谜托邦

MYSTOPIA

华文推理新大陆
推理迷的乌托邦

景旭枫 著

镜像人

The Mirror ImageMan

目录

上部　郭阳、郭刚的故事

- 005　第一章　另一个"我"
- 009　第二章　乌兰左旗
- 014　第三章　被跟踪
- 018　第四章　黑衣蒙面人
- 022　第五章　搬家避难
- 028　第六章　噩梦
- 034　第七章　相同的胎记
- 039　第八章　DNA鉴定结果
- 043　第九章　一切都过去了
- 048　第十章　撞车
- 053　第十一章　有替身的生活
- 057　第十二章　事情开始不对了
- 061　第十三章　究竟谁才是我妈
- 066　第十四章　二去乌兰左旗
- 071　第十五章　第一次谋杀
- 075　第十六章　雪夜追杀
- 080　第十七章　大雪封山
- 084　第十八章　三十六年前的故事
- 090　第十九章　野外生存
- 096　第二十章　奇怪的帐篷
- 102　第二十一章　和时间赛跑
- 106　第二十二章　探营

111　第二十三章　英文缩写"NPR"

116　第二十四章　寻找当年的女医生

121　第二十五章　他隐瞒了什么

126　第二十六章　第二次谋杀

131　第二十七章　鄂尔多斯避难

137　第二十八章　双胞胎档案

142　第二十九章　出发调查

148　第三十章　失踪了

155　第三十一章　匪夷所思的结果

161　第三十二章　比死胡同还死的死胡同

166　第三十三章　谁寄的快递

172　第三十四章　二维码

177　第三十五章　赴约

下部　赵山、赵峰的故事

183　第一章　镜子中的自己

189　第二章　对质

195　第三章　镜像人

200　第四章　富二代赵峰

204　第五章　不合常理的反应

207　第六章　孤儿院

212　第七章　三十五年前的灭门惨案

217　第八章　必须躲起来了

222	第九章	平生第一次绑架
227	第十章	亲子鉴定
232	第十一章	小数点后的误差
236	第十二章	第二次检测
241	第十三章	多了一个亲人
246	第十四章	赵峰的故事
251	第十五章	"我"已经死了
257	第十六章	两个绝色美女
262	第十七章	非正常手段接近
268	第十八章	两个女人的头发
274	第十九章	色诱
278	第二十章	摊牌
283	第二十一章	再探乌兰左旗
288	第二十二章	呼吉雅大娘
293	第二十三章	大雪中的追杀
299	第二十四章	打狼
304	第二十五章	拿到档案
310	第二十六章	第三次谋杀
316	第二十七章	再访赵德柱
322	第二十八章	三十六年前的女医生
328	第二十九章	正面遭遇
335	第三十章	跟踪
342	第三十一章	暗中保护
349	第三十二章	得到线索

354 第三十三章 赵红英的故事
360 第三十四章 被堵住了
365 第三十五章 终于取得进展
371 第三十六章 表白
377 第三十七章 行动
384 第三十八章 纳尔逊的话

大结局

390 第一章 真相大白
396 第二章 赴约
404 第三章 螳螂捕蝉
410 第四章 陷入绝境
416 第五章 活着真好
424 第六章 我结婚了
429 第七章 再次见到郭阳
435 第八章 套话
442 第九章 恐怖片
447 第十章 诀别
453 第十一章 最后的办法 —— 开诳
461 第十二章 绝境逢生
469 第十三章 闯出龙潭
477 第十四章 尾声

上部

郭阳、郭刚的故事

第一章 另一个"我"

事后我回忆了一下,所有不对劲,是从二〇一七年十二月二十五号圣诞节那天开始的。

我不是什么好男人,更准确地说,我花心,还游手好闲。

自从三年前我妈离世,再也没人管我,我就开始了混乱的、肆无忌惮的、没羞没臊的生活。所谓渣男配美女,我有个很漂亮的女朋友,胸大,腰细,大长腿,绝对是上得了厅堂,也上得了豪床的那种。

除此以外,我还有个小情人,和女朋友正好互补,是小鸟依人的类型。

谁都一样,每天正餐吃惯了,偶尔也想吃碗拉面不是?说实话,我觉得男人这种动物就属于劣等生物,根本没什么好东西,所谓的正人君子,大多是装出来的。男人的生活不就那点事吗?除了挣钱就是女人。我一哥们儿说得好,男人拼命努力、挣钱,不就是为了多勾搭几个姑娘吗?我对此不以为耻,深以为然。

十二月二十四日那天是平安夜,也是我生日。我和我的"正餐",还有我的"拉面",都大吵了一架。"正餐"要我陪她过平安夜,而"拉面"要给我过生日,都赶到一天了。我左右为难,既不能穿帮,我一个人又不可能掰成两半,一边陪一个。两边都逼我,我各种好话都说尽了,一气之下,索性把手机一关,爱谁谁吧。

我在东单日昌吃了碗煲仔饭,又到东方广场逛了一圈,看见几个行色匆匆的美女,上去搭了搭话,都没理我。也难怪,这大平安夜的,估计早都有约在先了。

华灯初上,街上的行人行色匆匆,十二月底的北京,冷得刺骨。

我刚刚走出东方广场,就被一群保安拦住,问我刚才干什么了。

我心里纳闷,我干什么了?

保安说:"你刚才是不是对女孩耍流氓来着?"

我一下明白了。"耍流氓?我在搭讪,搭讪你懂不懂?哪条法律规定不许在街上搭讪姑娘了?"

保安说:"你得跟我们走一趟。"然后就过来拉我。我一下子怒了,跟保安在大街上拉扯起来。很快,附近岗亭的警察跑过来,和保安一起把我拽回了派出所。

进了派出所,警察对我好一通思想教育,我原本就气儿不顺,跟警察大吵起来:"你们别跟我人五人六地装,谁看见喜欢的姑娘不想认识啊?你们不去,是因为你们不敢,装什么大尾巴狼啊!"警察见跟我说不通,索性把我关了班房。

第二天一早,我从东单派出所被放了出来。刚过六点,街头冷冷清清,没几个行人。

出了派出所,我点了根烟,骂骂咧咧地往前走着,觉得不能就这么善罢甘休。就在这时,我突然有了一种不对劲的感觉。

我被跟踪了!

回头看了看,并没有人。

其实,这种被人跟踪的感觉,昨天晚上在东方广场搭讪的时候就有了,更准确地说，是有一段时间了，只是一直模模糊糊的，不大作准，所以我就一直没太当回事。但是今天这种感觉格外强烈，我又往身后看了看，确实没有什么惹眼的人。

我松了口气，继续往前走。

过了路口，拐到外交部街，我进了家早餐店吃早点。

要了两根油条、一碗豆腐脑，刚坐下吃了两口，那种不对劲的感觉又来了，我四下看了看，还是没有看到什么惹眼的人。这次我警觉了，装模作样地又吃了几口，同时用余光扫视着周围。就在我假装不经意地一回头间，猛然看见刚进门处一根柱子旁边，有一个人坐在桌子后面的角落里，正死死地盯着我。

看清楚那个人的一刹那，我后背一下子冒出了冷汗，瞬间感到头皮发麻、口干舌燥，人一下子僵在了那里。

不会吧？

那是一个跟我长得几乎一模一样的人！

这什么情况？我没有双胞胎兄弟，这点我十分确定。

我们俩就这么静静地对视着，我和他的距离不到三米，早餐店的大灯泡照在他的脸上，每一根汗毛我都看得真真儿的。这个人的长相不是和我很像，也不是几乎一模一样，而是完全、百分之百一模一样！

愣神的工夫，那人已经起身出了早餐店。我放下手里的油条，大衣也没穿就追了上去。三步并两步来到门前，掀开厚厚的门帘，一阵寒风扑面而来。我顶着风冲了出去，只见大街上空空荡荡，一个人也没有，那人已经不见了踪影。

难道我犯癔症了？

不会，我还没老到一宿没睡觉就眼花的程度。

我不可能看错，那绝对是一个跟我长得一模一样的人，一模一样到连双胞胎都无法如此相像。看到他的时候，我感觉就像在照镜子。

"克隆人"，我脑子里闪出这三个字，马上又否认掉了。

怎么可能？现在克隆一条狗都得好几十万，克隆一个人出来，那不得大几千万？我又不是什么大人物，谁没事花那么多钱克隆我！

站在冬日清晨寒风刺骨的北京街头，我心里的那份震惊，简直无法用语言来形容。

这不是演电影，也不是写小说。演电影和写小说，你可以随随便便弄出两个长得一模一样的人来，无论说是化妆术还是易容术，都解释得通，反正都是编的，观众和读者也绝对不会跟你计较。

但在生活中，两个人除非是双胞胎，否则长得一样的概率实在太低了。

我刚刚看到的那个人，他和我的相似度，是百分之百的百分之百。除了衣服、发型不太一样，他的那张脸，跟我没有任何差别！

这事简直太邪门了，我的脑子已经完全蒙了。直到一阵寒风吹来，冻得我狠狠打了几个喷嚏，我这才回过神来，回早餐店拿了大衣，坐公交车回了家。

进了家门，我努力让自己平静下来，想了半天，也想不出个所以然来。算了，就当我眼花吧，反正这世界上弄不明白的事多了，也不多这一件。

一宿没睡，精神一放松，困劲儿立马就上来了。我强撑着洗了个澡，光着屁股就钻进了被窝，直睡到中午才起床。

第二天晚上，我正在卧室里收拾东西，打算第二天一早出趟远门，敲门声响了起来。

我冲门口喊了一句："快递放门口！"敲门声没有停，继续响着。

现在这帮快递小哥，是没脑子还是不识字啊？我家门口明明贴着"别敲门，快递放门口"，还是有事没事就乱敲一通。我骂骂咧咧来到门口，"唰"地一下拉开门，嘴里骂着："你聋啊？不是跟你说放门……"

我一下子停住了话，愣愣地看着前方，我的面前，并不是快递小哥。

门口站着的，是那个人，是那个昨天在外交部街早餐店看到过的，和我长得一模一样的人！

第二章　乌兰左旗

我出生在内蒙古乌兰左旗下面的一个小村子,距离地级市赤峰一百多公里。

我妈是当年的知青,长得漂亮。"文革"结束后,知青被允许返城,返城指标则控制在村子生产队长的手里,于是这些生产队长就利用手里这点生杀大权,各种潜规则女知青,我妈就是当年众多被潜规则的女知青之一。

拿到返城指标后,由于各种原因,她又在村子里滞留了一年多,并且在这期间生下了我。回到北京,一个没结婚还带着个来历不明孩子的女人,在那个年代是没人要的,于是我妈一直没结婚,一个人含辛茹苦把我养大,直到几年前去世。

自从不到一岁被我妈带回北京,我就再也没有回过那个乌兰左旗下面的小村子,我本能地从骨子里恨那个地方!

这两天,我走访了所有能在北京找到的亲戚朋友,打听我妈当年把我带回来时的情况。所有亲戚朋友都说,我妈把我带回来的时候就我一个,没听说有什么双胞胎兄弟。我要是想了解更多的情况,就得去趟我出生的地方了,也就是那个内蒙古小村子。我记得我妈提过,当年给她接生的,是生产队一个叫呼吉雅的大娘,只是不知道这么多年过去了,那个大娘还在不在。

二十七号一早,我租了辆车,一上午开了六百多公里高速路,中午终于到了那个鸟不拉屎的小村子。

下了车一打听,村子里叫呼吉雅的女人有十几号,敢情呼吉雅这名字在蒙古人里是很常见的。反反复复问了半天,终于在下午三点,找到了那个当年给我妈接生的呼吉雅大娘。

呼吉雅大娘听明白了我的来意,明显愣了半晌,然后肯定地跟我说:"没错,你出生的时候就你一个,不是双胞胎,更不是什么三胞胎、四胞胎,绝对就你一个。"

我让大娘再仔细回忆一下:"您这辈子接生的孩子多了,又过去这么多年,别记错了。"

大娘肯定地说她不可能记错:"你脚后跟有块胎记,我记得清楚极了。"

大娘说得没错,我脚后跟确实有块胎记。

这就怪了,如果我出生的时候就我一个,那这个跟我长得一模一样的人是从哪儿来的?除了双胞胎,哪儿去找长得这么像的两个人?

大娘唠唠叨叨说起我妈当年的事情,她记得很清楚,我妈是当年生产队里最漂亮的女知青,性格好,人也勤快,只是后来……

大娘突然停住了话,问我我妈现在怎么样。我说我妈死了,大娘怔了半晌,掉下了眼泪,说道:"可惜了……"

送我出来的时候,呼吉雅大娘指着坐在路边晒太阳的一个老头子对我说:"他就是当年祸害你妈的那个人,当年的生产队长,莫日根。"

那是个差不多七十岁的糟老头子,半闭着眼睛,坐在路边的长椅上晒太阳,还打着呼噜。

我把大娘送回屋,然后走过去,伸手捅了捅那个老头子。

"你叫莫日根?"我恶狠狠地问。

老头睁开眼睛,看到我,一时没醒过神来。

我又问:"三十六年前,一九八一年的时候,你是这儿的生产队长?"

老头子这回听明白了,一下子兴奋起来:"对对对,我是我是,我就是那时候的生产队长，足足干了十年呢，当时这儿一大片，都归我管……"

老头子絮絮叨叨还要往下说，被我拦住了。

"你认识我吗？"我问。

老头子疑惑地看了看我，摇头道："不……不认识……"

我点了点头："好，那我今天就让你认识认识！"说完，我一个大耳帖子就扇了过去，老头子被狠狠地扇在了地上。

我冲上去对着老头子一通拳打脚踢。

我也好色，可是君子好色，取之有道。我最厌恶那种利用手里的权力玩弄女性的人，那种男人已经不是渣男了，是人渣，是畜生。

我下了狠手，老头子发出杀猪般的叫喊声。很快，几个蒙古族小伙子跑过来劝架，我把他们推开，继续对着老头子拳打脚踢。那几个小伙子也急了，跟我打了起来。

我从小是在北京街头打架斗殴长大的，三五个人并不放在眼里，不过这几个蒙古族小伙子太壮实了，很快就把我打倒在地。

我也疯了，抄起旁边的一根棍子，爬起来追着他们往死里打，很快就打躺下好几个。更多的人围上来，我疯了一样抢着棍子见人就打，也不知道打躺下多少个，直到警察赶到，我也没停手。

最后，警察没有办法，鸣枪示警，我才停了下来。

我扔下手里的棍子，喘着粗气，瞪视着面前的人群。警察给我戴上手铐，村民们围上来，对我怒目而视，质问我为什么平白无故打人。

我挣脱了警察，冲他们吼道："为什么？你们去问问那个糟老头子，三十六年前，他干过什么缺德事！"

所有村民一下子愣住了，隔着人群，我看到那个刚刚被大伙儿扶起来的糟老头子，他听到我这句话，也明显呆住了。

警察把我带回镇派出所，盘问了我两个多小时。我累了，一句话也没有说。

七点多的时候，进来一个小警察，跟警察队长耳语了几句。警察队长听后一愣，随即示意旁边的协警把我手铐打开。

警察队长对我说："村里的人说不和你计较了，你可以走了。"

我一愣，但什么也没有问，拿了东西出了派出所。

走出大门的时候，门口迎上来一个人，竟然是那个糟老头子。他头上缠着厚厚的绷带，手里拿着个小包，颤巍巍地走过来，对我赔着笑。

我看着他，冷冷地说道："你还敢来找我，不怕我弄死你吗？"

老头子向我赔笑："我……我就是想问问，慧……慧敏她，是你什么人？"

老头子说的"慧敏"，就是我妈，我妈大名叫汪慧敏。

见我没有回答，老头子又问："我想知道，慧敏她……现在怎么样？"

"她死了！"我答道。

老头子一下子呆了，问道："什么，她死了？她……她怎么死的？"

"你管那么多干吗，关你什么事？"我吼道。

老头子呆了片刻，两行浑浊的眼泪从眼角流了下来，他喃喃说道："她死了，她死了……"

老头子抬起头来，问道："你……你今年应该三十六岁吧，是农历十一月二十九生的？"

"你怎么知道？"我脱口而出。

老头子嘴唇颤了颤，神色激动："你……你是我儿子啊！"

"你给我闭嘴！"我说完，转身就走。

"你等等，你等等！"老头子三步并两步追到我面前，讨好地说道，"你看，这么晚了，要不，我……我请你吃个饭吧？"

我瞪视着眼前面露谄媚神色的老头子，肚子突然咕噜咕噜叫了起来。我这才想起来，已经快一天没吃饭了，就早上出发的时候，在租车公司旁边的早点摊垫补了两个包子、一个茶鸡蛋。

"请我吃饭是吗？"我说道，"行啊，那就去这儿最贵的饭馆。"

老头子忙不迭地点头："好，好。"

老头子把我带到镇上最好的一家饭馆。我拿过菜单，什么贵点什么，连烤全羊都上了，又点了一瓶五千多块的茅台。酒菜上齐后，我自顾自吃了起来。

老头子在旁边陪着，一筷子没动。坐了半晌，他倒了杯酒，一口喝干，鼓了鼓勇气，才说道："孩子，我想跟你说，当年那事，我对不起你，更对不起你妈……"

我没理他，继续吃我的。

老头子又喝了杯酒，似乎陷入了回忆，喃喃说道："你妈当年，是咱村里最漂亮的女知青，我第一次见她，眼睛就离不开了。我知道我配不上她，后来在一块儿很多年，我连话都不敢跟她多说。直到'文革'结束，知青的返城指标下来，我当时也是鬼迷心窍了……"

"你闭嘴！"我重重地一撴酒杯。

老头子停住了话，又待了半晌，拿起那个小包，推过来，说道："这个给你！"

我看了看面前的那个小包。

老头子说道："我不知道该怎么补偿，这是我这辈子攒下的所有钱，一共三十万，你拿走吧，就算是我补偿给你和你妈的。"

我拿起面前的小包，掂了掂，里面是厚厚的几摞钱："这点钱，就想补偿？"

"那你说，你要多少？"老头子问。

"就你个糟老头子，能趁多少钱？"我鄙视地说道。

老头子急切地说道："我可以把房子卖了，我还有点牛、羊……"

我嗤笑了一声："行啊，你去卖啊。"

老头子点头："好，好。"

我懒得再跟他磨叽，将杯子里的酒喝干，揣了剩下的半瓶茅台，又拿了条没吃完的羊腿准备路上吃，拎起老头子的那包钱，起身离开。

走到门口的时候，我突然想起了什么，回头问老头子："对了，问你个事。"

老头子站起身来，说道："你说。"

我问道："我出生的时候，是就我一个，还是有个双胞胎的兄弟？"

老头子明显被我问得一愣，说道："怎么问起这个？当然就你一个。"

我不再说什么，推门离开了饭馆。

第三章　被跟踪

一天没睡，回到车上，困劲儿上来，我一下子就睡着了。

这一觉睡得很香，醒来以后，浑身酸痛。看来确实是年龄大了，这么一场大架打下来，身体还真有点吃不消。

伸了个懒腰，正准备再睡上一会儿，突然之间，那种不对劲的感觉又来了。

我瞬间睡意全无。坐起身来，警觉地四下看了看，后面不远处，一辆黑色的越野车引起了我的注意。这辆车我回来的时候就看到了，不过当时没有太留意。

仔细看了看，凭我的直觉，车里面有人。

内蒙古的十二月底，室外的气温已经是零下三十多摄氏度了，除了我这种没地方可去又实在困得受不了的人，谁会没事在车里待着？

再次确认了一下，车里面肯定有人。不过车子的发动机并没有打开，因为车身的后面看不到水汽。看了看表，凌晨一点三十五分，也就是说，从我回来算起，这辆车里面的人，已经盯我盯了整整四个小时了。

这事有点邪门！

等等，不对啊。上次跟踪我的人，是那个跟我长得一模一样的人，这次会是谁？我在这儿没什么仇人，如果是村子里的人想要报复我，盯我这么长时间干吗，直接过来干我不就完了？从后视镜可以看见，后面这辆车应该是辆顶配大切，少说也得百来万，普通的农村人一般不会买这种不实用的车子。如果不是村子里要报复我的人，那车上的人会是谁？

我慢慢坐起身来，轻轻放开手刹，挂上了挡，但是并没有打开车灯。我定了定神，猛地一踩油门，同时急打方向盘，车子瞬间向前冲了出去。

开出一百多米，从后视镜看了看，那辆大切并没有动。

我松了口气，看来我有点过度紧张了。

打开车灯，点了根烟抽了两口，拿出手机正准备导航，无意间瞟了一眼后视镜，只见那辆黑色越野车正缓缓从路边开出来，片刻间开上主路，快速跟了上来。

还真是冲我来的！

我猛踩了一下油门，车子向前冲去，果然，那辆车也加速跟了上来。我后背一下子冒出了冷汗，它要干什么？

我很清楚，后面那辆大切各方面性能都远远高于我现在开的这辆租来的比亚迪。我跟他飙车，肯定没戏。

从后视镜看了看，黑色大切在后面不疾不徐地跟着我，我加速他也加速，我减速他也减速，似乎并不着急撵上我。

猫捉老鼠啊？

我熄了大灯，四下打量起来，附近全是直路，在直路上，一辆比亚迪要想甩掉大切，是几乎不可能的事情。

我加速往前开，不大会儿工夫，车子开出了村子。

我把油门踩到底，凭着记忆，把车子向镇子的方向开去。那辆车也加速追了上来，但跟我保持着几百米的距离，并没有撵上来。

十几分钟后，车子开进了镇子，我见岔道就拐，试图把那辆车甩掉，但是根本没戏，那辆车死死盯着我，始终保持着几百米的距离。

前面又是一个路口，我向左急打方向盘，拐上了向左的岔道。这条路只有不到二百米长，我注意到，右前方不远处，有一个小型停车场。

看了看后视镜，大切还没有拐过来。我瞬间有了主意，踩下油门加速向前冲去，车子冲到停车场入口的位置，我打方向、换挡、拉手刹、踩离合，一气呵成。车子一个漂亮的漂移，进了停车场，正停在一个空车位上，同时我将发动机熄火。就在这时，我看到那辆黑色大切拐上了前面的那条路。

大切并没有注意到，我已经在这极短的时间内，将车子开进了停车场。它继续向前冲去。等大切开过去后，我打着发动机，慢慢将车子开出停车场，顺原路返回，拐了几拐后，从另一条路开出了小镇。

我没敢停车，也没敢开大灯，一路向前开去，找到了最近的一个高速入口，把车开上了高速。向前开了三十多公里后，有一个服务区。我把车开进服务区，一直开到最深处的一个隐蔽的墙角，这才把车停了下来。

把车熄了火，这时候我才发现，我浑身上下已经被汗水湿透，两只胳膊都有点不听使唤了。我点了根烟，抽了好几口，这才平静下来。

不行，我得仔细想想，把这些天遇到的事情好好捋一捋。

所有事情变得不对劲，是从圣诞节那天开始的。更准确地说，是从圣诞节之前的一周左右开始的。圣诞节前的一周多，我就隐隐约约开始有了一种不对劲的感觉，不过当时没有太在意。现在回忆起来，从那时候起，我就开始被人跟踪了。

之后，我就遇到了那个跟我长得一模一样的人。

我来内蒙古之前连夜审过那个人，但他什么也没有告诉我，我一气之下把他铐在了我家的暖气管子上，这才出发来内蒙古，查询我的身世。

我原本以为之前所有的不对劲都是因为那个人，但现在看来，我很可能错了。那人现在还铐在我家的暖气管子上，怎么可能出来再次跟踪我？

我虽然在道儿上混，但平时为人圆滑，从来不得罪人，更没有什么仇家。如果不是那个和我长得一模一样的人，那么刚刚一路追我的切诺基，上面会是谁？

从刚刚的追车过程中，我能感觉到驾驶那辆大切的不是一般人。

我二十岁左右那阵儿酷爱玩车，当年名动全国的"二环十三郎"，就是我哥们儿。我曾经花了很多年的时间研究赛车的各种技巧，虽然不算顶尖级高手，但跟一般人比车技，可以说分分钟碾压。刚刚的追车过程，尽管几乎每一个路口我都是用极限漂移过去的,但始终没能甩掉那辆大切。所谓外行看热闹、内行看门道,从这一点就可以看出来,那辆切诺基上的人,是受过专业训练的。

切诺基上的,到底是什么人?

他为什么要跟踪我?

坐在服务区的车里,我思来想去,但没有任何头绪。

看来这一切的答案,都得找那个跟我长得一模一样的人去要了。我使劲抹了把脸,努力精神了一下,把车子加满油,开出服务区,向北京的方向驶去。

一路上再没有遇到什么事情。当天中午十二点,我回到了北京。

第四章　黑衣蒙面人

我并没有先去租车公司还车,而是直接开回了家。我必须找那个人谈一谈,我必须要知道,这一切到底是怎么回事,那辆大切上的人到底跟他有没有关系。还有一件事,我走前那个人是被我铐在暖气管子上的,从昨天早上到现在,已经超过三十个小时了,我再不回去,他得饿死了。

打开房门,我不由得一呆,我原本猪窝一样的房间被收拾得干干净净、整整齐齐,几乎可以用窗明几净来形容。难道我女朋友来过了?

那可坏事了。

我三步并两步冲进客卧,暖气管子上并没有人!

铐人用的铐子就放在窗边的桌子上,房间显然收拾过。我一把抄起桌子旁边的棒球棍冲回了客厅,房间内很静,被收拾得很整齐,这时候我注意到,沙发上那个巨大的毛绒玩具熊,被放在了沙发正中间。

那个玩具熊是女朋友买给我的,女人就是这么婆婆妈妈,净买一些没用的东西。房间应该不是我女朋友收拾的,她每次给我收拾完屋子,都会把玩具熊整整齐齐地放在沙发的左面,而不是中间。

不是我女朋友,那会是谁呢?

正在琢磨,厨房的方向突然传来了几声轻轻的碗筷碰撞的声音,我拎起棒球棍蹑手蹑脚走了过去。来到厨房门口，隔着玻璃影影绰绰可以看到厨房里有人，我深吸了一口气，举起手中的棒球棍，一脚踹开了门。

厨房里面，是那个人，那个被我铐在暖气管子上，和我长得一模一样的人。

只见他穿着围裙，正神色轻松地炒着菜，看到站在门口的我，似乎也并没有吃惊，只是说道："你回来了？"

"你怎么在这儿，铐子谁给你打开的？"我问道。

那人没有回答，说道："吃饭了吗？帮我把菜端到客厅吧。"

桌子上放着三道做好的菜，那人正把最后一道炒好的菜装盘。他端起两盘菜，说道："还愣着干什么？帮忙啊。"

"你还没有回答我的问题，铐子是谁帮你打开的？"我再次问道。

那人笑了笑，说道："你那种手铐，又不是专门的警用手铐，随便找个什么东西就捅开了，来让一下。"

那人端着菜走出厨房，我放下手里的棒球棍，端起另外两盘菜跟了出去。

餐厅的桌子上放着蒸好的米饭，还有两副碗筷。

那人盛好饭，对我说道："先吃饭吧，有什么事吃完饭再说。"

看着满桌子的饭菜，我也确实饿了，不再问什么，端起碗狼吞虎咽吃了起来。

别说，这人做饭的手艺还真不赖，至少比我强多了。我的两个女人，无论是"正餐"还是"拉面"，厨艺都远远比不上他，他有点饭店大厨的意思了。

一口气扒拉完两碗饭，我放下碗筷，说道："行了，说说吧，怎么回事？你到底从哪儿来的，为什么跟我长得一模一样？还有，你为什么要跟踪我？"

那人放下碗筷，抽出一张餐巾纸擦了擦嘴，他的动作很优雅，一看就受过良好教育。他凝视了我半响，说道："你叫郭刚，对吗？"

我点头："对，你怎么知道？"

那人也点了点头，说道："我叫郭阳。"

我一愣："你也姓郭？"我叫郭刚，他叫郭阳。"阳刚"，两人的名字组合起来是一个词啊，这太像双胞胎的名字了。

面前那个叫郭阳的人说道："我也不知道该从哪里说起。自我介绍一下，我的中文名叫郭阳，英文名叫 Colin，我是在美国出生长大的。"

"美国长大，那你是怎么找到我的？"我问道。

郭阳说道："这件事，说来话长，我慢慢和你讲。"

我说道："不着急，我们有的是时间，你慢慢说好了。"

郭阳沉默了片刻，刚要开口，突然，客厅大门的方向传来了"咔嗒"一声轻微的响动。我一愣，转头向客厅的方向望去。

又是"咔嗒"一声。我心里猛然一惊，这不是用钥匙开门的声音，而是小偷撬门锁特有的那种声音。我一把抄起旁边的棒球棍，冲进客厅，只见客厅大门的把手正在轻轻地转动着。这是怎么回事？

郭阳问道："是你朋友？"

我说道："什么朋友啊？有贼！"

郭阳一呆，我抡起手里的棒球棍，郭阳也赶忙拎起了旁边的椅子，两人迅速来到大门旁。大门的把手还在转动着，只是片刻，大门被推开，一个一身黑衣的男人走进房间。

我抡起手里的棒球棍向那人身上砸去。

那人反应很敏捷，一伸手就撑住了我的手腕，随即一阵剧烈的疼痛从手腕传来，我感到被一股巨力一推，跟跟跄跄倒退了几步，一屁股就坐在了地上。举着椅子的郭阳也愣住了，一下子僵在了那里。

我捂着手腕，抬头望向面前的黑衣人。对方的身材异常魁梧，看起来有一米八五，脸上戴着面罩，看不清长相。

蒙面人扫视着我们两人，说道："穿上衣服，跟我走。"

"你谁啊？"我爬起来，抄起沙发旁边的一把垫脚椅，喊道。

蒙面人冷冷地看着我们两人，说道："不想死的话，放下家伙。"

我拎着手里的家伙，瞪视着面前的蒙面大汉，没敢动。我这个人从小就爱打架，十来岁到现在，大大小小打过百十来次架。虽说没有受过什么特别专业的训练，但三五个寻常大汉根本不是我的对手。刚刚和对方交手的那一下子，对方跟捏小鸡似的，我还没看清呢，他就给我撂倒了，这种情况我从来没遇到过。

看来对方不是一般人，硬拼我绝不是对手。想到这里，我挤出了个笑容，开始装屄："行行，听您的。"我放下手里的椅子，说道，"穿件衣服成不成？"

蒙面人冷冷地看着我，不置可否。

我拿起旁边的大衣穿上，又把挂在衣架上郭阳的衣服扔给他。那人闪了闪身，示意我们两个先出门。

郭阳在前面走，我一边慢慢往门边挪，一边说道："兄弟，都是道儿上混的，到底怎么回事？死你也要让我死个明白啊。"

"少废话，快走。"那人喝道。

"行行，快走快走。"我附和道，同时望向防盗门旁边的一个很小的盖子。

这个小盖子下面，有一个按钮，是我在装修时特意让装修工人装上去的。我十八岁上高二的时候退学，之后就一直在外面混，所谓防人之心不可无，虽说我天性圆滑，没有结过什么仇家，但还是不能不防。

这个按钮连接着进门处天花板上的一个机关，里面是两桶油漆，只要按下按钮，油漆就会落下来，关键时候可以保命。

我磨磨蹭蹭地往门外走着，同时嘴里絮叨着："我说兄弟，你是燕三儿的人，还是赵五的人啊？有什么事好说嘛……"

"别废话了，到地方你就知道了。"那人说道。

"好好，我不问，不问。"我一边说着话，一边用余光注意着后面，就在他走到油漆桶下方的一刻，我瞬间掀开防盗门旁边的盖子，用力按下了按钮。

两桶油漆从天而降，瞬间淋了那人满头满脸，也溅了我一身。前面的郭阳听到动静回过头来，一下子就呆了。我一推郭阳，喊道："还愣着干什么，快跑啊！"

我们两个沿楼梯快速下了楼，刚刚冲出楼门，没跑几步，那人已经追了出来。他用手抹着脸上的油漆，样子极度狼狈，喊道："别跑，给我站住！"

傻子才会站住呢，你缺心眼吧？

我拉着郭阳上了车，打着火，一踩油门，车子飞快地冲出了小区。

出小区的时候我注意到，小区的门口停着一辆黑色的大切。看来刚刚来找我们的这个蒙面人，就是昨天夜里，在内蒙古跟踪我的那个人！

第五章　搬家避难

我一口气把车子开上三环，看了看后视镜，确认没有人跟踪，这才松了口气，把车速降了下来。

郭阳问我："刚刚那两桶油漆，是怎么回事？"

我一笑："保命的小招儿，关键时候救命的。"

我琢磨了片刻，对郭阳说："我们得换个地方，我家暂时不能回了。"

郭阳对我说："那就去我那儿吧。"

我问他："你那儿，你不是从美国来的吗？"

郭阳说道："去我住的宾馆，就在外交部街那边。"

我明白了，不再说什么。按照郭阳的指引，半个小时后，我把车子停在了东单附近的一家宾馆门口。

郭阳住的是一家不算特别高档的连锁快捷酒店。进了房间，他给我倒了杯水，问我："刚刚那个人，是干什么的？"

我被他问得一愣，反问他："你不知道？我还以为是来抓你的呢。"

郭阳显然也愣住了："抓我？我没有什么仇人啊。"

郭阳的回答让我感到很意外。

从内蒙古回来的路上,我仔细想过这件事,我自问没有什么仇人,也从来没得罪过谁。如果说我的生活有什么意外,那就是郭阳这件事了。所以我本能地推断,那个从内蒙古一路追我追到北京的人,肯定和郭阳有关。但没有想到,他竟然矢口否认。

我问他:"对了,我的问题你还没回答呢。你到底是什么人?我们两个为什么会长得一模一样?还有,你来找我,到底要干什么?"

郭阳回过神来,说道:"其实也没什么,就是在两周多以前,我无意间在网上看到了你的微博,发现我们两个长得几乎一模一样,我就非常好奇。正好我公司在北京有一些业务要处理,所以我就过来了。"

我有些不相信:"就这么简单?"

郭阳说:"对啊,就这么简单,其实我知道的,并不比你多太多。"

郭阳出生在美国波士顿一个中产阶级华裔家庭,他父亲是医生、母亲是律师。郭阳从小受过良好的教育,念完大学以后,进入一家全球五百强企业工作,后来又创业,一切都非常顺利,生活可以说是波澜不惊。

"这么说,你十二月十五号到了北京,之后就一直跟踪我?"我问道。

郭阳说道:"也不能说一直跟踪你,我只是一直没想好该怎么跟你见面。直到昨天早上,你在外交部街的早餐店看到了我,我才下定决心,过来找你。"

我说道:"这么说,从一个多星期以前,我就一直觉得有点不对劲,老觉得好像有人在跟着我,就是你了?"

郭阳说道:"是我,实在抱歉,给你带来了麻烦。"

我摆了摆手,在脑子里捋了捋思路。也就是说,这一个多星期以来的那种不对劲的感觉,被人跟踪的感觉,确实是来自郭阳。现在这个答案有了,可是那个在内蒙古跟踪我,并且刚刚一直追到我家的蒙面人,又会是谁?

我抬起头来,问郭阳:"你确定没有仇人?"

郭阳回答得很干脆:"肯定没有。我的生活一直很简单、很平静,看到你的微博,发现你和我长得一模一样,这是我第一次遇到这么离奇的事情。"

我皱了皱眉头,说道:"那就邪了……"

郭阳问道:"以我对你的了解,你应该是在道儿上混的吧,你没有仇人吗?"

我愣道:"你怎么知道,你调查我?"

郭阳神色平静,说道:"遇到这么离奇的事情,我肯定要事先做些功课,然后才能来见你。你回答我,你真的没有仇人吗?"

我摇了摇头,斩钉截铁地说道:"没有,肯定没有。"

我在道儿上混,到现在也小二十年了。但是我为人一向圆滑,见人就给三分面儿,在道儿上的口碑极好,从来没得罪过谁。所以我可以确定,我没有仇家。家里之所以装那个保命的机关,那是道儿上的规矩,人在江湖飘嘛,这并不代表我真的有什么仇家。

郭阳说道:"好吧,我相信你。那这事就有些奇怪了……"

我问道:"你仔细回忆一下,从你看到我的微博开始,到今天,你遇到过什么事情没有?"

郭阳摇了摇头,说道:"没有。我记得很清楚,我看到你的微博是十二月四号的事情,这件事,我跟谁都没有说起过。"

我打断郭阳,问道:"跟你媳妇呢,也没讲过?"

郭阳说道:"我还没有结婚,也没有女朋友。"

我说道:"好吧,你接着说。"

郭阳说道:"之后我思索了好几天,也对你做了一些调查,正好我公司在北京有一些业务要处理,再加上这个事情,我就过来了。"

我问道:"你出发以后呢,一直到今天,你遇到过什么事情没有,比如说有没有人跟着你?"

郭阳说道:"没有,我的机票是在网上直接订的,然后我简单收拾了一下行李,就飞到了北京,住到了这家宾馆里,之后的事情,我刚刚都跟你说了。"

我点了点头,又把事情在脑子里过了一遍,但实在想不出个所以然来。脑袋沉得厉害,昨天一宿没睡,头晕晕的,于是我对郭阳说道:"这么着吧,我昨天一宿没睡,我得补个觉,你再想想,看看有什么忘了跟我说的。"

郭阳说道:"行,那你睡吧,我不吵你。"

我拉过被子,衣服也没脱,就躺到了床上,瞬间就睡着了。

这一觉睡得极不安稳，我做了很多梦，梦到了我去世的老妈，我问她我究竟有没有双胞胎兄弟，她看着我笑，就是不说。接着，我又梦到内蒙古那个小村子，给我妈接生的大娘，还有那个糟老头子，我梦到我抡着一根大棍子和村里的人对打，最后警察来了，什么都没说，"乓"的一枪就打在了我头上。

我一下子坐起身来，醒了，浑身大汗淋漓。

郭阳走过来，递过来一杯水，说道："醒了？喝杯水吧。"

我瞪着郭阳，愣了半响才回想起所有的事情来。我接过水一口气喝干，看了看手机，已经七点多了，这一觉我睡了足足有五个小时。

郭阳说道："我点了外卖，你起来吃点东西吧。"

桌上整整齐齐摆了几盒饭菜，我也不和他客气，坐到桌前狼吞虎咽地吃了起来。吃了几口，我问郭阳："你接下来有什么打算？"

郭阳沉吟了片刻，说道："公司的事情还没有处理完，要再待几天。另外，我想把这件事弄清楚再走。"

这也是我的想法。我们俩为什么会长得一模一样？这件事太奇怪了，确实得好好查查。另外，那个一路追我追到北京的黑衣大汉到底是什么人，他会不会也和这件事有关系呢？

想到这里，我突然心里一凛，说道："坏了，咱们得赶紧走，马上。"

郭阳问道："怎么了？"

我说道："来不及解释了，快走。"

我放下碗筷，不由分说拉起郭阳，拿上他的东西快步走出了房间。我没敢坐电梯，和郭阳从楼梯间下到一层，郭阳要去前台结账，被我拦住了。

我说道："不差这点押金，先走再说。"

郭阳问道："到底怎么回事？"

我没回答郭阳，拉着他从后门出了酒店，四下看了看，没有什么打眼的人。我拽着郭阳蹑手蹑脚上了车，一口气开到大街上，确认没有人跟踪，这才松了口气。

郭阳问道："怎么回事？"

我平复了一下心情，说道："今天中午追到我家的那个人，我们现在并不确定他到底是找你的还是找我的，对不对？"

郭阳说道："我觉得，应该是找你的吧。"

我说道："你别心存侥幸，万一他是来找你的，你住宾馆有登记，很容易就摸过去了。"

郭阳点了点头，说道："你说得有道理。不过……"

他顿了顿，说道："其实我倒挺想跟他聊聊的，我想问问他到底找我们干什么……"

"你傻啊你！"我打断郭阳的话，说道，"你不会是读书把脑子读糊涂了吧！人家上门抓你，你还上赶着往前送啊？"

郭阳说道："我就是觉得，既然我们没做什么亏心事，不应该有什么事情吧！"

"防人之心不可无。"我说道，"凭我的直觉，这件事情背后的事，恐怕不小。"

"不小？！能有多大？"郭阳问道。

"多大？弄不好，把咱俩的小命折进去！"我说道。

郭阳一惊，说道："不至于吧！"

我的社会经验不是郭阳这种天天念书坐办公室的菜鸟能比的。我有一种很强烈的直觉，这件事情，无论是我招来的还是郭阳招来的，都绝对不是件小事。今天中午在我家遇到的那个黑衣大汉，不可能是一般人，昨天晚上在内蒙古被追车的时候我就感觉到了。

郭阳打断了我的思绪，问道："那你打算怎么办？"

我说道："我们先找个安全的地方落脚，然后慢慢想。"

半个多小时后，我把车停在了鼓楼大街南锣鼓巷的北口。

这边有一间小旅馆，是我一个叫小海的朋友开的。旅馆不大，只有十几间客房，条件也不算太好，唯一的好处就是哥们儿开的旅馆，不用登记。

为了避免不必要的麻烦，进门的时候，我让郭阳戴上了口罩。

我找到小海，跟他简单说明了来意。我并没有告诉他整个事情的来龙去脉，只是跟他说我这哥们儿惹了点麻烦，我需要在这儿陪他躲几天。小海并没有多问，很快给我们俩开了间一层把角的客房。小海是我的一个小弟，人很靠谱，嘴也牢，几年前我帮过他大忙，我们俩算是生死之交，住在他这里绝对安全。

第六章　噩梦

其实，我要查的第一件事情，就是郭阳。

我不会轻易相信一个人。到现在为止，我还不确定郭阳跟我说过的每一句话、每一件事情，到底是不是真的。我必须先把这件事搞清楚。

接下来的几天，除了出了趟门把租来的车还了，我和郭阳深居简出，每天除了出去买烟、几瓶水，连吃饭都是点外卖，尽量不出门。小海也很懂事，一直没有过来打扰我们。

这两天，我旁敲侧击地把郭阳刨了一个底儿掉，虽然整件事情还没抠出什么结果，但至少有一件事情我基本确认了，郭阳并没有和我说谎。

郭阳的父母都是海外华人，他一家子是在他爷爷那辈迁到美国的。他爷爷祖籍湖南，一直生活在上海，从上海移居到美国，和内蒙古半毛钱的关系也没有。

郭阳和我同岁，也是一九八一年出生，但生日和我不同，他是一九八一年十二月三十一号，也就是农历腊月初六出生的，我看了他的护照，这一点确认无误。

而我是一九八一年十二月二十四号出生，正好比郭阳早一个星期。也就是说，如果他护照上的出生日期没有问题，我们是双胞胎的可能性几乎为零。

那么问题来了，既然我们不是双胞胎，为什么会长得一模一样呢？

郭阳对我说道："我们两个都姓郭，有没有这种可能，我们之间存在遥远的血亲关系，因此我们的身体里有部分相同的DNA，多少代之后，由于基因突变或者某些不知道的原因，造成了我们两个长得一模一样？"

"得了吧你。"我不以为然，说道，"我觉得没这么简单，这后面恐怕有事。"

"能有什么事呢？"郭阳问道。

"什么事？"我说道，"阴谋呗。"

郭阳愣住了，说道："阴谋？不至于吧。"

他顿了顿，说道："就算咱俩是双胞胎，那也谈不上有什么阴谋啊？"

我笑了，虽然和郭阳相处的时间不长，但我感觉得出来，他属于那种从小生活条件优越，没遇到过什么事的人。这种人的特点是凡事都喜欢往好处想，对人从不设防，也从来不会有什么危机意识。

而我不一样，我妈在那种鸟不拉屎的地方把我生出来，我们母子俩受尽了各种歧视。我十八岁退学，之后在道儿上混了这么多年，什么事没见过？所以凡事我都喜欢先往最坏的一面想，遇到事情先给自己留出后路来再说。

我没有和郭阳争辩，说道："你把你出生以后的事情，再仔细回忆一下，尤其是现在想起来有点奇怪的事情，有没有？"

郭阳摇了摇头，很肯定地说："没有。"

郭阳三十六年的人生，很平静，也很平淡，没有任何跌宕起伏，就像一本流水账。他一九八一年十二月三十一号出生，六岁前在家由爷爷奶奶带大，六岁后上小学，小学五年、中学七年，之后念了四年大学、三年研究生，二十五岁毕业，进入一家世界五百强企业工作，三年前辞职创业，现在经营着一家不算小的科技公司。不过公司还在起步阶段，各方面还没有完全进入正轨，所以郭阳并不算富有。

郭阳交过两个女朋友，都是华人，一个是上大学的时候，毕业几年后分手，女孩后来嫁给了一个美国人；另一个是在他三十三岁那年，一个带着三个孩子的单身妈妈，两人感情很好，后来因为孩子不接受郭阳，所以分手了，这是三年前的事情。

"带着孩子的女人你都要，没事吧你？"我听完郭阳的故事，很不理解。

郭阳解释道："这是中美文化差异，在美国，两个人相处，主要看性格。"

我撇了撇嘴："得得，你这差异我理解不了，就凭你这条件……"

我上下打量了一番郭阳，说道："美籍华人，还是大公司的老板，什么样的女人找不着啊，干吗非找一个带仨孩子的啊？"

郭阳笑了，显然对我的话并不认同，他说道："行了，咱们回到正题吧。"

我点了点头，说道："这么着，你把从你看到我的微博，到今天为止，发生的所有事情再仔细讲一遍，在这期间，有没有发生过什么不太合理的事情？"

郭阳凝神回忆了片刻，说道："我记得很清楚，第一次看到你的微博，是十二月四号，那天是星期一。那天下午，我处理完公司的几件棘手事情，感觉有点累，就随手翻了翻手机，看到了一个朋友转发的微博信息，是一篇有关男女感情的搞笑帖子，我就是从那篇帖子找到你的……"

我打断郭阳的话，问道："你等等，是不是一篇讲'舔狗的一百种死法'的帖子。"

郭阳说道："对，就是那篇帖子。"

那篇帖子我有印象，是一个叫风生水起的网友写的，我还在下面留了言。

郭阳继续说道："我看完帖子，意犹未尽，就翻了翻下面的评论。之后就看到了你写的那段评论，和绝大多数网友的评论不一样，你那段评论，很有内容。"

我记得我那段评论是关于"舔狗不得好死"的，我从泡妞的角度进行了心理分析，当时之所以会发这段评论，是因为那天喝多了酒，才会把我这二十多年来的宝贵泡妞经验发在了网上，要是搁平时，这都是不传之秘，出多少钱也不会告诉你。

如此看来，这个郭阳还是个识货的主儿。行，孺子可教。

郭阳并不知道我心里的想法，继续说道："看到这段评论以后，我觉得这段话说得很有水平，不像一般人说的，于是就点进了你的微博。连续看了你发的很多帖子和评论以后，越来越觉得你这个人挺有意思的，很多观点都有奇思妙想的感觉。就这样一路看下去，不知不觉就看到了天黑，直到我看到你在微博里发的自拍照和视频。"

郭阳说到这里，停顿了一下，似乎在回味第一次看到我照片时的震撼感觉，过了片刻，才说道："我当时震惊极了，我凝视着你的照片足足有十几分钟，接下来，我用了整整一个晚上，把你几年来的每一条微博都看了一遍，仔细对比你发的每一张照片和每一段视频，最后我不得不承认一件事，我们两个不是简单的撞脸，而是长得一模一样。"

我能理解郭阳第一次看到我照片时的震撼。我第一次在外交部街早餐店看到他的时候，也是同样的感觉。

我问道："然后呢？"

郭阳说道："之后我用了几天时间，查了所有能找到的关于你的资料，包括你的抖音、快手、博客等等，然后我决定，我一定要见见你，见见你这个和我长得一模一样的人，搞清楚我们为什么会长得一样。"

我问道："然后你就查到了我的地址？"

郭阳说道："我没有查到你的地址。你这个人很谨慎，从来不在社交网络里留下任何详细信息，似乎很小心。"

郭阳说得没错，这是我的习惯。我问道："那你是怎么找到我的？"

郭阳说道："从你的照片里。我用了好几天时间，试图查到你的地址，但是一无所获，于是我开始研究你的照片，利用谷歌的全景地图，我发现你的很多照片都是在东单和外交部街一带拍的，这说明你经常在这一带活动。"

郭阳这种高学历的人，社会经验不一定丰富，但智商确实高，居然能这样找到我，不得不佩服。我妈临死前给我留下了一爿小服装店，就在东单，所以我经常会在那一带出现。

郭阳说道："查到你常出现的地点后，我想亲自搞明白，所以也没派别人，借处理公司在北京的业务，就自己来了。到北京以后，每天处理完公司的事情，我就在东单和外交部街一带找你，很幸运，并没有花多长时间。"

我问他："按你的说法，你十五号到北京，很快就找到了我，也就是说，二十四号平安夜之前你就见到了我，那为什么不来找我，要拖那么多天？"

郭阳说道："你说得对，我确实跟踪了你好几天，主要是……我一直不知道该怎么面对你，可以说，那时候我还没有做好思想准备。"

我点了点头，表示理解，琢磨了片刻，问道："那你再仔细回忆一下，从你十二月四号在微博上见到我的照片，直到那天早上我在外交部街的早餐店见到你，在这之间有没有发生什么事情，比如说，你被人盯上了或者被人跟踪？"

郭阳很肯定地说道："没有，一切都很正常。"

那就有点奇怪了，如果郭阳没有被人盯上，我这边也没有什么仇家，那个黑衣大汉是哪里来的，来干什么？

郭阳说道："其实这件事也好办，那个人既然跟踪了我们一次，就不可能善罢甘休，肯定还有下一次，我们等下一次再见到他的时候，也不用躲，直接问清楚就好了，反正我们也没有做过什么亏心事……"

"肯定不行！"我斩钉截铁地打断郭阳的话，说道，"你这个人就是书生气太重，你知道对方是什么人吗？咱没做过亏心事，但难保不会遇到那种心眼小的、心理阴暗的。这种事情是能躲就躲，大不了别有那么大的好奇心，永远埋着就完了。"

"好吧，"郭阳点了点头，说道，"你说得有道理，那这件事情就放一放。更重要的一件事情，就是我们两个为什么会长得一模一样，我觉得，我们有必要去做一次科学检测。"

我说道："你是说，去做 DNA 亲子鉴定？"

郭阳说道："是的，我们要从科学的角度彻底检查一下，我们两个到底有没有血缘关系，这样，无论结果如何，至少心里踏实一些。"

我当即表示同意，说道："事不宜迟，明天一早我们就去。"

我立刻上网查询北京的亲子鉴定中心，距离鼓楼大街最近的是位于新街口赵登禹路上的一家，通过网络预约，我们约好了第二天中午十一点钟的检查。

一切忙活完毕，已经晚上十一点多了，我们两个闲聊了一会儿，就各自睡了。

郭阳很快进入了梦乡，我却躺在床上辗转反侧，折腾了好久才睡着。主要是白天睡得有点多，再加上这些天的事情确实有点闹心。好在明天做完亲子鉴定，一切就都有结果了。想到这里，我心里踏实了很多，迷迷糊糊睡着了。

我做了很多梦，最开始梦到在地上捡钢镚，一块钱一块钱地捡着，捡了一大袋子，心里别提有多美了。最后一个钢镚，我伸手一抓，结果发现不知道是谁吐在地上的一口黏痰，给我恶心坏了。紧接着，我又梦到我在内蒙古和那个叫呼吉雅的大娘聊天，大娘跟我说："你妈生你的时候，就你一个，你可别胡思乱想。"

然后我似乎是醒了，回到了这间小旅馆的床上，却怎么也睁不开眼睛，就感觉身子出奇的重，连翻身都翻不了。我的脑子很清醒，能想起所有的事情，就是睁不开眼睛。我拼命地挣扎，最后终于竭尽全力睁开了一点眼睛，发现郭阳躺在另一张床上睡着。就在这时，那种极度熟悉的不对劲的感觉又来了，我猛然抬头，只见窗户外面，有一张蒙着面的脸，正死死地盯着我。我们俩就这么互相对视着，我吓得动都动不了。那人慢慢地拉开面罩，面罩的后面，竟然是郭阳的脸。

我浑身一激灵，醒了过来。

第七章　相同的胎记

天光已经大亮，郭阳坐在旁边的床上，正静静地看着我。

我一时没醒过神来，问道："怎么了？"

郭阳说道："你做噩梦了，在这儿翻腾了好长时间。"

我这才清醒过来，回忆了一下刚刚的梦境，还真是瘆人，到现在心脏还突突狂跳呢。窗外那张蒙面的脸，竟然是郭阳，这个梦到底什么意思，难道郭阳这小子有问题？应该不太可能，我看人一向很准，这小子一脸书生气，不会是什么坏人。不过防人之心不可无，我多少还是要留个心眼。

"几点了？"我问道。

"快九点了，咱们该出发了。"郭阳说道。

我下床穿好衣服，简单洗漱了一下，和郭阳离开了旅馆。出门的时候，为了安全，也为了避免不必要的麻烦，我们两个都戴上了口罩。

一路上我非常小心，紧张了一路，但并没有什么人跟踪我们。上午十一点整，我们来到了位于赵登禹路上的那家亲子鉴定中心。

向前台的小护士打听了一下，普通亲子鉴定要三千六百块，一周出结果，加急鉴定四小时出结果，费用八千八百块。

"做加急的？"我问郭阳。

"行，我也想早点知道结果。"郭阳取出银行卡，"刷我的卡吧，没有密码。"

我伸手拦住，说道："别别，我喜欢亲兄弟明算账，把钱算清楚。要不就我来，要不就一人一半，我不喜欢欠别人的。"在道儿上混，我一向秉承这个原则，遇事多为对方想，至少不占别人便宜，这样，路才能越走越宽。

郭阳笑了，说道："好，我尊重你。那住旅馆的费用，我也和你AA。"

"行啊，只要你愿意，我不拦着。"我也笑了。

我们分别用手机刷了四千四百块钱，填好资料，到检材室提取了DNA鉴定所需要的检材，其实就是一人拔了几根头发，然后用小牙刷干刷了几下牙。

走出检材室，看得出来，我们俩都有些忐忑。

"走吧，我带你去吃点东西，想吃什么？"我问郭阳。

"要是方便，就带我吃点北京特色吧。"郭阳说道。

"行，那就带你去吃面吧，我请客。新街口路口把角有一家新川面馆，小馆子，几十年了，以前我妈总带我在那儿吃。"说到这里，我突然想起来，我小的时候，我妈一个人带着我，她为了我，自己什么都舍不得吃。每到周末，她就会带我到这儿来改善伙食，两个人点一碗面。她先看着我吃，等我吃不下了，她才吃我剩下的面，连汤都喝了。每次吃完面，我妈会特意到旁边的冷饮店给我买一瓶瓷瓶酸奶，她自己不喝。每次我问她，她都说不爱喝酸奶。现在想起来，女人哪有不爱喝酸奶的，只是当时太穷，喝不起而已。

想到这里，我的鼻子有些发酸。

以我妈的长相身材，放到现在绝对是八十分以上的美女，可她这一辈子，可惜了。想起莫月根那个老王八蛋，我暗暗咬了咬牙：兔崽子，你等着，等爷忙完了手边这些事，一定去内蒙古废了你。

郭阳看到我的神色，问道："你怎么了？"

我不想让郭阳知道我的身世，便说道："没事，咱们走吧。"

我带着郭阳从鉴定中心出来，沿赵登禹路往北拐上新街口内大街，我说的那家面馆，就在新街口丁字路口的把角位置。

进了面馆，我要了两碗担担面，郭阳端起碗，狼吞虎咽地吃了起来。

我说道："你慢着点，饿死鬼投胎啊。我还以为，你们美国来的不爱吃这种便宜的中国面条呢。"

郭阳说道："我毕竟是华人，还是爱吃咱们中国饭菜。"

看着狼吞虎咽地吃着十来块钱一碗的面条的郭阳，我突然觉得面前这个人，也有他可爱的地方，至少很真实，不装。

吃完面条，我的心情也缓和了一些，不像刚才那么紧张了。看了看时间，还有不到两个小时。我问郭阳："你觉得一会儿结果会怎么样？"

"说实话，我有点紧张。"郭阳说道。

"瞧你那点出息，"我笑骂道，"你紧张什么？"

"我也不知道。"郭阳说道。

"大不了咱俩就多一兄弟呗，那不也是挺好的事嘛。"我说道。

郭阳点了点头，说道："你说得对。其实，你知道我为什么要来北京找你吗？"

"为什么？"我问道。

郭阳沉默了片刻，说道："因为我们是双胞胎兄弟的可能性，非常大。"

我愣道："你说什么？"

郭阳重复道："我和你，是双胞胎的可能性非常大，超过百分之九十。"

我问道："你为什么这么肯定？"

郭阳说道："我来北京之前，做了大量的功课。根据我得到的信息，没有任何血缘关系的人，长相相似的可能性是五百万分之一，并且，相似度最多也只能达到同卵双胞胎相似度的百分之八十到九十。只有双胞胎，并且是同卵双胞胎，才可能达到接近百分之百的相似度。这是第一点。"

"第二点呢？"我问道。

"第二点，也是最重要的一点，就是胎记。几乎所有双胞胎，都会有相同的胎记。"郭阳说到这里，停顿了片刻，然后说道，"如果我没有记错，你跟我说过，你的脚后跟有一个胎记，对吗？"

我点头说道："没错，你什么意思？"

郭阳看着我，说道："我在相同的位置，有一个同样的胎记。"

"不会吧？"我一下子愣住了，说道，"你……你把鞋脱下来，给我看看。"

郭阳看了看周围的客人，说道："在这儿脱鞋，不太好吧？"

我说道："有什么不好的。"我一把拉过郭阳的右脚，把他的鞋脱下来，又除去了袜子，果然见他右脚脚后跟的位置，有一个半圆形的胎记。

我脱去自己的鞋袜对比了一下，无论是位置还是胎记的形状，都完全相同。

"这……这……"这信息量对我来说实在有点大，我已经惊得说不出话来了。

郭阳拉开我的手，把鞋袜穿上，说道："你赶紧把鞋穿上。"

我问道："我说哥们儿，这……这怎么回事？"

郭阳说道："很简单，从这两个情况看，我们两个是双胞胎的可能性，超过百分之九十，甚至是百分之九十五。"

"那你怎么不早告诉我？"我问道。

郭阳说道："我没准备好，这么大的事情，怎么也要让你有点思想准备吧，但是一会儿结果就出来了，我必须得跟你说了。"

"你还真沉得住气啊。"我说道。跟郭阳有可能是双胞胎这个事，我不是没想过，但看到我们两个竟然有相同的胎记，我还是有点蒙。

这么说，郭阳说的事情是真的了，我们两个几乎板上钉钉是双胞胎。

我此时的心情有点复杂，一方面对这个情况感到震惊，另一方面，也有点欣喜。自从我妈离世，我就没什么亲人了，如果突然有了一个至亲的兄弟，那是多大的好事啊。而且，郭阳是干吗的？美籍华人，又开了那么大一家公司，以后少不了能照顾照顾我，就算随便分我点原始股，那一旦上市也是至少上千万啊。

想到这里，我喜笑颜开，说道："那咱就别在这儿瞎猜了，走，咱们看结果去。"

我拉着郭阳走出了饭馆。冬日的阳光照在人身上，感觉暖暖的，我的心里也是暖暖的，如果在这个世界上多了个亲兄弟，那真是太好了。

我俩走到鉴定中心的门口，不约而同地停住了脚步。

郭阳说道："走吧，咱们进去。"

我看了看郭阳，说道："怎么有点上刑场的感觉？"

第七章　相同的胎记　　037

"你形容得还真准确,我也是这种感觉。"郭阳顿了顿,说道,"一会儿再从这个门走出来,我们可能就是亲兄弟了。"

我点了点头,嘘了口长气,拽着郭阳大步迈进了鉴定中心的大门。

第八章　DNA 鉴定结果

进到鉴定中心大厅，耐着性子等了一个多小时，一位小护士拿着一个文件夹走了出来，问道："请问哪两位是郭阳和郭刚先生？"

我和郭阳站起身来。

我紧张得手心都有点冒汗，迎上前去，说道："我们两个就是。"

小护士把文件夹递给我，说道："这是您二位的检测结果。"

我拿过文件夹，打开看了看，上面全都是密密麻麻的专业术语和英文字母，我对小护士说道："这看不懂啊，能不能找人帮我们解释一下？"

小护士向我们一笑，说道："您稍等。"

不大会儿工夫，一位身穿白大褂的小伙子走了出来，微笑着对我和郭阳说道："你们好，我姓赵，叫我小赵就行。请问两位有什么需要帮忙的？"

我将文件夹递过去，说道："这个麻烦您帮忙解释一下。"

那位叫小赵的工作人员接过文件夹看了看，说道："两位请跟我来。"

小赵将我们带进旁边的会客室，倒了两杯水，说道："两位请稍等，我看一下。"

小赵打开文件夹，认真地看了起来。我看了看郭阳，两人都把口罩摘了下来。

片刻，他看完了，说道："您二位的报告结果是……"

说到这里，他看到面前摘了口罩的我和郭阳，愣道："这份报告，是您二位的？"

我点头说道："对，上面写的什么？"

小赵又低头看了看报告，再看了看我们两人，说道："这有点奇怪了……"

我问道："是什么结果？"

小赵说道："报告上面显示，您二位的DNA匹配度，是百分之九十九点五五四三六七八五。"

我看了看郭阳，心中一喜，说道："九十九点五几，这么高？那是不是就说明，我们两个是双胞胎兄弟？"

小赵摇了摇头，说道："不是您想的那样。"

我愣道："怎么不是，不都是百分之九十九点五几的相似度了吗？"

小赵解释道："是这样，人和大猩猩之间的DNA匹配度，是百分之九十九，人和老鼠之间的匹配度，是百分之九十，所以九十九点五几的匹配度，在DNA检测中，并不算高。"

我问道："那这个结果，是什么意思？"

小赵又看了看报告，说道："这份报告上的数据显示，您二位，属于完全的陌生人，在血缘上，没有任何关系。"

我看了看身旁的郭阳，两人一下子全呆住了。

这个结果，竟然和我们事先想的完全不同。我说道："这不大可能吧？如果我们两个没有任何血缘关系，那怎么……怎么会长得一模一样？"

小赵说道："这样的案例确实很特殊，也非常少见，但并不是完全没有。据我所知，呼和浩特的鉴定中心和山西大同的鉴定中心，还有北京其他几家鉴定中心，都接待过这样的客户，国外也有很多这样的案例，只是我们这里还没有遇到过。您稍等，我可以给您看一些资料。"

小赵打开一旁的电脑，点开了一个文件，对我说道："这是我们内部的资料，上面是全世界的鉴定中心接待过的长得完全一样，却没有任何血缘关系的人。"

我接过鼠标，只见资料上全是一对一对长得几乎一模一样的人，有男有女，有老人也有小孩，每一对照片下面都写着详细的资料，包括 DNA 匹配度等信息。我花了十几分钟才看完，粗略地估计了一下，得有二十几对。

我放下鼠标，愣道："居然有这么多长得一模一样的人？"

小赵笑了，说道："放到全世界七十亿人里，不算多，这上面是全世界所有亲子鉴定中心接到的类似案例，一共才二十三对，还是包括您二位在内。"

小赵说得没错，七十亿人，才二十三对，确实不算多。我问道："那你知道，这种情况是怎么发生的吗？"

小赵说道："目前还没有十分确定的结论，我觉得，用巧合来解释比较合理。"

我看了看身旁的郭阳，他显然也有点蒙。两人一时之间都不知道该再问些什么。小赵看了看我们两个，说道："其实你们不用紧张，这只是小概率事件，很正常，以后也不会对你们的生活造成什么影响。"

我和郭阳都点了点头，小赵说得没错。

小赵站起身来，说道："还有一件事情，希望两位能帮个忙。我们希望能够留下两位的资料，还有照片，不知道是不是可以。"

"可以可以，我没问题，郭阳你呢？"我问郭阳。

"我也没问题。"郭阳说道。

小赵立刻找来了一台专业数码相机给我们拍照，鉴定中心的几个小姑娘听说了这件事，也都挤进会客室，竞相和我们合影，弄得我们两个跟明星似的。

都折腾完，已经快四点了。我和郭阳走出鉴定中心，心里多少有些怅然，原本以为自己在这世界上多了一个亲人，结果落得空欢喜一场。不过同时也感觉一阵轻松，毕竟这个困扰了我们两人半个多月的事情，终于算是解决了。

我问郭阳："有什么感想？"

郭阳摇了摇头，说道："有点遗憾。"

他看了看我，说道："不过还是感觉怪怪的，这世界上，怎么会凭空多了一个和我一模一样的人？"

我说道："有同感，就当是多了一个朋友吧。"

郭阳说道:"好,成不了兄弟,至少可以成朋友。你这个朋友,我交了。"

我说道:"能长得一样,是缘分,你这个朋友,我也交了。"

郭阳这件事情,看来是圆满解决了。虽然有一些离奇,但我们两个也只是碰到了小概率事件而已,没有什么大不了的。

剩下的一件事情,就是那个从内蒙古一路追我追到北京的人,他到底是谁,我必须得搞明白。这件事情弄不清楚,我就得一直东躲西藏,连家都回不了。

回到旅馆,我和郭阳仔细分析了一下,都感觉是我这边引来的可能性比较大。

想一想也是,俗话说得好,人在江湖飘,哪能不挨刀。怎么说我也是在道儿上混的人,虽然我为人一向圆滑,轻易不会得罪谁,但难保不会遇到那种心胸狭窄的,不小心得罪了他,我却不知道。

我花了一个晚上,仔细回忆了这段时间以来发生的每一件事,但是琢磨了好几个钟头也没有想起什么人来,于是我给小海打了个电话,让他过来一趟。

小海就是我们现在住的这间旅馆的老板,也是我的生死弟兄,几年前我救过他的命,算是过命的交情,他现在开的这间小旅馆,还是我帮他凑的钱。

小海过来以后,我把这些天发生的事情和他讲了,让他出去帮我打听打听,看看最近有没有谁放出话来要弄我,我到底是不是不小心得罪过谁。

小海答应我马上去查,一有消息就联系我。

事情都安排好了,我感觉轻松了一些。

痛痛快快地和郭阳一起吃了顿晚饭,又喝了点酒,心情完全舒缓下来。接下来的几天,我就在这间小旅馆里窝着,哪儿也没去,困了睡,饿了吃,足不出户。

为了安全,郭阳也暂时住在这里,每天忙完工作就回来陪我。我们两人晚上喝喝酒,谈天说地,聊聊各自以前的事情,日子过得也挺快活。

第四天一早,小海过来找我,告诉我他查到了。

第九章　一切都过去了

果不其然，我和郭阳猜对了！

小海告诉我，最近道上确实有一个人要弄我，就是内蒙古赤峰赫赫有名的管爷。管爷这个人我知道，是赤峰非常有名的黑道人物，早年是猎人出身，有过一次猎枪卡壳，用军刀捅死一头熊瞎子的经历，是个非常狠的主儿。

八十年代以后，他带着几个兄弟做皮货贸易，由于做事够狠，为人也算仗义，生意越做越大，后来逐渐渗透到零售、房地产、古玩领域。

半年前，我一个小弟帮我收回来一只春秋时期的三足紫羊青铜鼎，找了几个行家验了验，是真品，于是我作价五十万，辗转卖给了内蒙古赤峰的管爷。

但是据小海讲，我卖给管爷的这只鼎不是真品，而是明仿，也就是明朝仿制的赝品。这只鼎在最近的一次拍卖会上让管爷丢了大脸，所以他放出话来要弄我。

听完小海的讲述，我后背上冷汗直冒。

管爷这个人我虽然没见过，但素闻极不好惹。虽然他平时为人挺温和，但只要得罪了他，他出手非常狠，虽然不至于弄出人命，但绝对会让你生不如死。想起前几天一路从内蒙古追我追到北京的那个蒙面大汉，很像是管爷的做派。

小海给我的建议是，这件事躲是躲不掉的，最好的方法就是置之死地而后生，亲自去一趟内蒙古，找管爷当面赔罪，或许还有转机。

我琢磨了很长时间，小海的话是对的。管爷这种人并不缺钱，要的就是面子，只要我当面谢罪，这道坎儿应该还是能过去的。

想明白以后，我立刻到银行把所有钱都取出来，加上乌兰左旗的那个老头子给我的三十万，一共凑了六十万。

小海又给我凑了二十万，郭阳也拿出二十万给我，我不肯要，但他死活要给，说是借给我的，我只能收了。看来郭阳这个朋友我交对了，人品果然在线。

这样，加在一起我总共凑了一百万。那天是周六，郭阳和小海都没什么事，于是当天下午，他们两个陪我开车去赤峰找管爷谢罪。

管爷见我亲自登门谢罪，很是意外。我在赤峰最大的酒楼摆了三桌，请上当地有头有脸的人物，当面给管爷赔罪，给足了他面子。

按照行规，假一赔三，我答应管爷一共赔他一百五十万，我带的一百万算定钱，剩下的五十万等凑齐以后，我会亲自给他送到赤峰。管爷见我给足了他面子，当场把零头给我抹了，只需要赔他一百万就行，并且我带的一百万也只收了五十万，按他的话说，见我这么仗义，怎么也要给我留点生活费，剩下的钱有了再给他。

事情办得还算顺利，虽然赔了点钱，但是破财消灾嘛。

回来的路上，我一身轻松，钱虽然不好赚，但是命更重要，不是吗？

我问郭阳："接下来你有什么打算？"

郭阳琢磨了片刻，说道："我考虑，既然是第一次来北京，就不着急走了，好好玩几天。"

我欣喜道："行啊，那咱们就直接回旅馆拿东西，搬我那儿住去。"

郭阳说道："合适吗？"

我说道："有什么不合适的？咱们现在是朋友，你别忘了，我还欠你二十万呢。这几天我也没什么事，带你在北京好好转转。"

郭阳笑了，说道："行，就听你的，不嫌我做饭难吃，我给你做饭。"

回到北京以后，我们到旅馆放下小海，取了东西径直回家。

事情看来确实是过去了。接下来的一周，一切都回到了正轨，再没有什么异常的事情发生。我抽空把服装店的生意打理了一下，然后租了辆车，带着郭阳把北京的大街小巷转了个遍。郭阳的知识面很宽，每到一个地方，他都能说出个所以然来，听得我一愣一愣的，弄得我跟游客、他跟导游似的，很没有作为地主的感觉。

为了避免不必要的麻烦，我让郭阳每次进出小区的时候都戴上口罩。邻居的大妈大婶都一块儿住了好几年了，好奇心一个比一个强，要是跟她们挨个解释为什么我们两个会长得一模一样，非把我累死不可。

唯一让我心里不踏实的，是我的两个女朋友。这段时间，无论是"正餐"还是"拉面"，都没有联系我，不管是微信、电话还是短信，一个没有。不过按照我和女人相处的原则，这种事一定要绷住，谁先认错谁先死，咬牙扛着吧。

郭阳的生活习惯很好，每天把家里收拾得干干净净、整整齐齐，饭也做得地道，我也就乐得享受了。我只需要每天陪着他出门逛逛，车还是他开，我跟个游客似的，走到哪儿他来当导游，这些天也长了不少见识。

看得出来，郭阳是那种从小生活条件不错，各方面都受过良好教育，做什么都很有规矩的人。他每天早上七点起床，起来以后会去跑步、锻炼，回来做早饭。晚上我们俩玩回来，他负责做饭、洗衣服，还会把洗好的每一件衣服熨得平平整整。吃过晚饭，他会抱着电脑到小屋远程办公，工作一点没落下。

郭阳的出现，让我的生活规律了很多，有时候我甚至想，要是不泡妞，一辈子就跟郭阳这样的兄弟住在一起，也挺好，每天玩玩乐乐，挺开心。

人活着，不就是为了开心嘛。

打破平静的那天，是郭阳到我家后的第二个周末，也是春节前的最后一个周末，二月十二号。

出门转了一个多星期，我们两个都有点累了，那天我们没有出去，准备在家好好歇歇。郭阳正在里屋收拾房间，我在客厅玩游戏，突然，敲门声响起来。

我习惯性地冲门口喊了一句："快递放门口！"

敲门声并没有停，还在持续。我将游戏暂停，起身来到门口，透过猫眼往外一看，不由得一愣，门口站着的，是我女朋友。

我一时间惊喜交加，对付女人，还是扛着对，你看，这不就扛出来了吗？

我伸手就要开门，又突然停住了，郭阳还在我屋里呢。这房间里有两个长得一模一样的我，我女朋友胆子小，让她就这么进来，非吓着她不可。

我冲门口喊了一句："你等会儿啊！"

我返身冲进小屋。郭阳正在擦地板，看到我急火火冲进来，问道："怎么了？"

"我女朋友来了，在门口呢。"我说道。

郭阳笑了，说道："好事啊，你不是说你们吵架了，她好久没理你了吗？正好趁这个机会，好好跟她道个歉。"

"道什么歉啊，不是这个事！"我说道。

"那是什么事？"郭阳一时没明白过来。

我一把抢过郭阳手里的抹布，说道："别擦了，你个书呆子，你想想啊，我家平白无故多出个跟我长得一模一样的兄弟来，一句两句解释不清楚啊，我女朋友胆子小，非把她吓到不可。"

郭阳一下子明白过来，说道："你说得对，那怎么办？"

我琢磨了一下，说道："这么着，你在小屋里别动，我先把她迎进来，把事情跟她说清楚，让她有个心理准备，到时候我再把你叫出来。"

郭阳说道："行，就按你这个办法。"

我嘱咐道："你千万别动啊，别弄出声响来。"

郭阳笑了，说道："你放心吧，你不叫我，我不出来。"

我走出小屋，把房门带上，来到客厅，想了想，然后故意把客厅弄得很乱，再到我的卧室把电视机打开，声音开到很大。

仔细看看没什么问题了，我把皮带解开，提着裤子到门口把房门打开。看到我女朋友，我故意装作很生气的样子，说道："你怎么来了？"

女朋友没有回答我，问道："怎么这么长时间才开门？"

"我拉屎呢。"我装作没好气地回答，把女朋友让进客厅，对她说道，"正收拾屋子收拾到一半，客厅太乱，到我房间来吧。"

女朋友没说什么，跟我来到卧室，我反手把门带上，问道："你怎么来了？"

女朋友说道："今天休息啊，所以我过来看看你。"

听到女朋友这句话，我马上来了气。我女朋友就是这样，无论遇到多大的事，她都跟没事人一样，每次吵完架我气得半死，她一点不动情绪，该干吗干吗。有时候我都怀疑她心里到底有没有我。

"你怎么好几个星期不理我？"我问道。

"我这不是来了吗？"女朋友说道。

我被噎得一愣，好像也是，我这几个星期不是也没理她吗？

女朋友说道："这几个星期我有点忙，先是签了一个合同，又出了趟差，再加上我也有点生气，不过现在好了，没事了，所以就过来找你了。"

女朋友说完这句话，我的火一下子消了。算了，不跟她计较了。

女朋友问我："你这几个星期，都干吗了？"

我这才想起要跟她说的正事来，也就是郭阳的事情。我拉着女朋友在沙发上坐下，说道："我这些天还真遇到点事，正要跟你说呢，你做好思想准备啊。"

女朋友点点头，说道："好，你说。"

我组织了一下语言，正准备把这些天遇到的事情跟女朋友讲讲，突然，客厅方向又一次传来了敲门声。

我一愣，马上想到，这一次肯定是快递小哥了。我家的地址除了我女朋友，就再也没人知道了，这是道儿上的规矩，很少有人把自己的住址随便告诉别人。

我拉开房门，冲外面喊道："快递放门口！"

敲门声没有停，甚至敲得更响了，我有点火，对女朋友说道："你等会儿，应该是快递，我去接一下。"

我关上房门来到门口，冲门外喊道："不是说放门口吗，敲什么敲？"

我一边骂一边透过猫眼向外望去，当我看清门外站着的人时，后背一下子冒出了冷汗。

门外站着的，是我那个小情人，也就是我的"拉面"。

常在河边走，哪有不湿鞋。终于撞车了！

第十章　撞车

看清门外站的是"拉面",我的脑子一下子就蒙了。卧室里面是我女朋友,门外面是我小情人,她是怎么找到这儿来的？我明明没告诉过她地址啊,这要让她们俩见上面,那不就全完蛋了。

敲门声还在继续,我在门口急得就像热锅上的蚂蚁,这可怎么办？

眼看额头上的汗都要下来了,突然之间,我有了主意。

郭阳！对,只有郭阳能救我！

我三步并两步冲进郭阳的房间,说道:"郭阳,你得救我！"

郭阳看到我的样子,问道:"你怎么了？"

我说道:"来不及解释了,现在我女朋友在隔壁,'拉面'在门口敲门呢……"

郭阳愣道:"什么'拉面'？"

"'拉面'就是小情人,我情人,小三。"我已经急得口不择言了。

郭阳一下子明白了,说道:"你怎么能这样……"

我急道:"这事我慢慢再跟你解释,这回你得帮我,你一定得帮我。"

郭阳说道:"你说吧,怎么帮？"

我定了定神,组织了一下语言,说道:"这么着,咱们俩不是长得一模一样吗？没人认得出来。一会儿你进我房间,陪我女朋友聊会儿,想办法把她送走,我出去对付'拉面',只要这关能过去,兄弟这辈子给你当牛做马都行!"

郭阳点了点头,说道:"好,我就帮你这一回。"

我说道:"好好,太好了,大爷你这回是救了我的命啊。快快,咱俩先把衣服换过来。"我和郭阳迅速脱了衣服。

一边换着衣服,我一边对郭阳说道:"你记住了,我女朋友叫张小慧,是做广告营销的,今年二十六岁,你只要安抚住她就行,想办法把她送走,我一会儿把'拉面'带出去聊,如果你把我女朋友送走了,家里没人了,你就在阳台摆一盆花。"

郭阳无奈地笑了,说道:"瞧你,弄得跟间谍片似的。"

我说道:"生死攸关啊大哥,你记住了?"

郭阳说道:"好,我记住了。还有什么?"

我说道:"还有,你不许碰她啊。"

郭阳瞪了我一眼,说道:"你把我想成什么了?"

我换好衣服,拉着郭阳蹑手蹑脚走出房间,来到我的房间门口,小声对郭阳说道:"兄弟,拜托了,你记住,少说话,千万不能穿帮。"

郭阳说道:"你放心吧。"

我闪到一旁,看郭阳进了房间,这才轻手轻脚穿好鞋,又披上大衣,打开了房门。

大门外,"拉面"满脸怒色,质问我道:"你干吗呢,这么长时间才开门?"

我赶忙用身体挡住门,伸手在嘴边比了一个"嘘"的动作,说道:"轻点轻点,咱们出去聊,别吵到病人。"

"到底怎么了,有什么见不得人的事?""拉面"不依不饶。

"出去说,出去说。"我不由分说,关上门,拽着"拉面"下了楼。

我径直把"拉面"领到小区外面的一家咖啡馆,点了两杯咖啡。

"拉面"问道:"什么病人,到底怎么了?"

我说道:"我小舅,犯心脏病了,现在住在我家,我这几天正照顾他呢。"

"拉面"将信将疑:"你小舅,真的假的?"

我说道："我说姑奶奶，我骗你干吗？我妈的弟弟，我跟你说过。我舅妈前两年去世了，他心情一直不太好，身体也越来越差，这不，前些天他心脏病犯了，孩子正好在国外，也没人照顾他，我就把他接过来照顾一段时间了。"

我瞎话张嘴就来，"拉面"的表情立刻放松了下来，说道："难怪这么长时间不理我，发个微信的时间都没有吗？"

"我不是生你气了吗？谁让你那天没完没了的。"我一向擅长倒打一耙，反正女人都没什么逻辑，也不讲理，所以对付女人，你只要比她还没逻辑，比她还不讲理，就能把死的说成活的，最后她还得反过来跟你道歉。

"拉面"显然一愣，说道："你挂我电话，你还有理了？"

"我能没理吗？我这人脾气多好啊，你把我逼得都挂电话了，你想想得把我气成什么样了。我跟你说，你气得我好几天没睡好觉。"我训了她几句，赶忙又扔过去几根胡萝卜，"不是我说你，你这小姑娘啊，本来挺温柔、挺懂事的，我其实就喜欢你特懂事、特温柔的样子，可那天你干吗那样啊，犯什么魔怔了？"

"拉面"显然被我绕进去了，说道："人家不就是想陪你过个生日吗，一年才一次。"

我见"拉面"进套儿了，马上继续加温，一堆胡萝卜扔过去，说道："我能不知道吗？你对我好，我当然知道。但是女孩得懂事，我那天真的有事走不开，你得理解男人，这样咱们才好相处，是不是？下回不许这样了啊。"

"拉面"这回完全掉进去了，立刻变得很委屈，说道："我知道了，下次不这样了。你小舅生病，要不我上去帮你照顾照顾吧？"

我赶忙拦住她，说道："你千万别上去，他刚睡着，你不知道心脏病人睡觉特别轻吗？不能有一点打扰，你没注意我家门口挂着一个牌子吗？快递小哥都不让敲门。"

"拉面"笑了，说道："我说呢，你还挺逗，门口挂那么一个牌子。"

我说道："这么着吧，改天等我小舅好点，我带你见他。"

"拉面"很乖巧地点头，说道："行。"

我突然想起个事来，问"拉面"："对了，你是怎么知道我家地址的？"

我家地址从没告诉过"拉面"，我们俩认识的时间不长，还没到把她领回家的程度，再说我女朋友总是过来，她们俩不能同时知道我的住址。

"拉面"说道："你上回不是有个快递忘在我那儿了吗？上面有地址。"

我心里骂了一句，前些天我手机充电线不好使了，在网上买了一根。那天和"拉面"约会，出门看到放在门口的快递，就随手塞进口袋，到了"拉面"家掏东西的时候，不小心把快递掉了，就忘在她家里了，真是百密一疏啊。

我把"拉面"哄好，又陪她逛了会儿街，买了几件衣服，才把她送回家。看了看表，已经晚上八点多了，估计郭阳那边也把我女朋友安顿好了，我这才回家。

走到楼下，阳台上摆了一盆花，看来一切顺利，我上楼进了房间。

郭阳正在收拾被我弄乱的客厅，我忙不迭地问他："怎么样，怎么样？"

郭阳说道："你这一下午，把我累死了。"

我问道："没穿帮吧？"

郭阳说道："那倒没有。"

我松了口气，我并没有什么双胞胎兄弟，所以即便郭阳的表现有一点差错，我女朋友也不会轻易怀疑的。

我仔细问了问郭阳他们两个下午相处的情况。

郭阳按照我的嘱咐，尽量多听、少说话，在家里聊了一会儿后，女朋友提出要去看电影，他们就一块儿去双井 UME 看了场电影，之后又去合生汇吃了晚饭，然后他就送我女朋友回家了。整个过程中，我女朋友没有产生任何怀疑。

我拍了一下手掌，说道："太牛了！"

这简直是有了个替身啊，以后就可以为所欲为了。我兴奋地在屋里踱了几圈，对郭阳说道："哥们儿，以后这种事，我还少不了麻烦你。"

郭阳有些为难，说道："这样不太好吧，脚踩两只船？"

我不以为然，说道："有什么不好的。你知道每个好看的女孩后面，有多少备胎吗？在这世界上，谁也不比谁高尚多少。"

郭阳显然并不同意我的观点，但是也没有跟我争辩。

我说道："你不是还想再找女朋友吗？那就得跟我好好学学怎么和女孩相

处，哥这二十几年的经验不是盖的，准保你受用。"

郭阳撇了撇嘴，没有说什么。我还沉浸在今天下午的经历里，突然想起了什么，对郭阳说道："对了，我们可以利用长得一样这点，干点什么事啊。"

郭阳问道："干什么事？"

我一下子兴奋起来，拉着郭阳在沙发上坐下，说道："干什么事？赚钱呀。"

郭阳愣了，问道："赚钱，怎么赚钱？"

我说道："你不是说你也喜欢跑马拉松吗？"

这几天，我发现我和郭阳之间有很多共同点，相处起来十分愉快。

我从小喜欢运动，这几年更是迷上了马拉松，每年都会参加一次全马或者半马比赛，只是成绩一直一般。郭阳也有同样的爱好，经常在美国参加业余马拉松比赛，偶尔还能跑出个好成绩。

我把我的想法和郭阳说了，正常发挥的话，我的半马成绩是一小时十八分左右，最好成绩是一小时九分多一点，而郭阳的平均成绩是一小时十一分，最好成绩是一小时五分。如果我们俩一人跑半程，完成一个全马，正常发挥的话是两小时三十分左右，如果发挥得好，能进两小时十五分。

这个成绩，在全世界任何业余马拉松比赛里，都能轻轻松松拿到第一名。

不用说国际，全国每年的业余马拉松比赛就有二十几站，每站的冠军奖金都是四万到六万美元，也就是三十万到四十万元人民币，破纪录的话，还有四万美元的额外奖金。如果我们两个合作，每年抽空跑几站，就能轻轻松松赚个一百多万。

第十一章　有替身的生活

郭阳听了我的计划，有些疑惑，说道："我觉得……这样不太好吧？这是投机取巧，对其他选手不公平。"

我不以为然，说道："有什么公平不公平的，咱俩能碰巧长得一样，那也是本事，有本事他们也长得一样啊！"

郭阳沉默了，显然对我这种胡搅蛮缠的逻辑不知道该怎么回答。

我坐到郭阳身边，推心置腹地说道："咱俩是兄弟不是？你想想啊，我现在欠管爷那么多钱，还欠着你和小海的呢，如果不赶紧想办法赚点钱，怎么还债啊？你也不想看着我一个快四十岁的人出去讨饭吧。"

郭阳显然被我说动了，他说道："那我们说好，只要赚到足够还债的钱，就不干了，我还是觉得这种事情，实在太……"

我见郭阳答应了，很是兴奋，搓着手说道："行行，咱们赚一百万就收手，兄弟也不亏欠你，赚了钱咱俩一人一半。"

郭阳说道："我不要，都给你还债，说好了，还了债就不干了。"

我笑了，说道："都听你的，赚够一百万就收手。"可心里想的却是，等咱们赚到了一百万，你就不见得还这么想了，这种不费劲的钱谁不想赚啊？

我立即上网查询，最近一个月，一共有两站业余马拉松比赛，分别在北京和天津。冠军奖金，北京六万美元，天津五万美元，破纪录的奖金都是三万美元。

我琢磨了一下，不能每次都破纪录，那样会被人盯上的。第一站北京站的比赛可以拿冠军并破纪录，是九万美元，之后天津站只夺冠，拿到五万美元，这样加在一起正好是十四万美元，折合成人民币差不多就是一百万了。

计划完毕，我躺到床上美美地点了根烟，开始筹划我的美好未来。

按照刚才的想法，如果我和郭阳每年跑上十场马拉松，保守说能赚个四百来万，每人就是二百万。我的服装店一年还有个几十万的收入，再加上我平时没事东倒腾西倒腾捡个漏的，还能赚几十万，这样一年下来就是三百来万。

三百来万啊，在北京也算是个富人了。到时候换个大房子，找个女人给我生俩孩子，还结什么婚啊！花天酒地过一辈子，简直爽歪歪。

不过，郭阳那边我还得慢慢给他洗脑，郭阳这个人哪儿都好，就是呆，满脑子仁义道德，这工作我得慢慢给他做，就不信扳不过来他。

这段时间郭阳的工作不忙，北京这边的业务已经处理完了，美国那边的事情他可以通过远程办公来解决，一时倒也不着急回去。

于是，从第二天一早，我们两个就开始规律作息、合理饮食、做恢复性训练，开始准备比赛前的相关事情。

每天早上，我和郭阳一块儿七点起床，先来个五公里热身。吃过早饭后，出去逛逛名胜古迹。下午回来睡个午觉，然后来个十公里跑。晚上合理搭配饮食，早休息。

经过十来天的训练，我们俩的半马成绩都基本恢复到最佳水平。再过三天就是北京站的比赛了，我们事先一起勘察了路线。这次比赛是从天安门广场出发，之后一路向西从三环拐向玉渊潭，到八达岭高速，终点是亚运村的奥体中心。

我们计划在沿途的卫生间进行交换，前面一个人事先装扮成工作人员在卫生间等着，后面的人进卫生间后换人出来继续跑，每十公里换一次。

一切准备完毕，就等着比赛拿奖金了。

这段时间有郭阳在，我的两个女朋友都安排得妥妥当当的，撞车的时候就让郭阳出马，两个女朋友都被我收拾得服服帖帖。有替身的日子是真爽啊。

二月五号，北京站的比赛正式开始。郭阳跑第一站，我则骑上电动车，冒充成工作人员在约定的时间躲进十公里处的厕所隔间。郭阳到了以后，我把大衣、帽子、口罩给他，出来跑第二程，十公里之后再换郭阳。最后一站是我，我掐着表控制着时间和速度，在最后三公里加速，甩掉所有对手。最后的成绩是两小时十六分三十六秒，正好比上一次的纪录快十秒钟。

几天后，我拿到了奖金。冠军奖金是六万美元，破纪录奖金是三万美元，再加上这次成绩比上次纪录提高了十秒钟，每秒钟奖励一千美元，最后一共拿到了十万美元，折合成人民币是将近七十万了。

当天晚上，我请郭阳在王府井的全聚德大撮了一顿。

郭阳是第一次吃正宗的北京烤鸭，吃得是满嘴流油，连声称赞。不过，郭阳还是对我们做的事情感到心里不安，害得我对他一通安慰加解释。

两周后，我们又顺利跑完了天津站的比赛，拿到了五万美元的奖金，这样加在一起正好是十五万美元，折合成人民币是一百零五万。

郭阳建议把多出来的五万捐了，我没什么异议。

毕竟是投机取巧赚来的钱，散出去点儿也省得遭报应。老话讲，古代进京赶考的举子，路上让窑姐迷住，被骗光身上所有的钱，临走时，老鸨还会封五十两银子路费给他。所谓散财消灾，图个心安，这些老话都是有道理的。

休息了两天之后，我和郭阳一起把多出来的五万块钱捐给了慈善机构，然后租了辆车，郭阳陪我一起去内蒙古赤峰给管爷送钱。

事情全都了了，债也还清了，我一身轻松。

这时候，郭阳的假期也差不多结束了，他邀请我跟他一起回美国，他说他要做东，让我到美国好好玩玩，我欣然同意。

说实话，长这么大，除了一年多前去过一趟泰国，我还没怎么出过国呢。美国大片倒是看了不少，但美国从来没去过。不过也巧，当初泰国回来后，我趁兴头上又去办了个美国十年有效期旅游签证，正好派上用场，这次一定要好好玩玩。我没有跟"正餐"和"拉面"说是去美国旅游，而是骗她们说去外地进点货，过一段时间就回来，让她们别担心。

第十一章　有替身的生活　　055

事不宜迟，我和郭阳买了第二天一早的飞机票，直飞美国。

郭阳住在波士顿，那是美国第二大旅游城市，旅游景点众多，风景极美。郭阳住在距离市中心十几公里的一座六层小公寓里，两室两厅的房子，是他租来的。郭阳正在创业，资金并不充裕，所以暂时没有买房子。

按照郭阳的意思，他准备把我介绍给他的亲朋好友认识，被我给拦住了。别说我们俩没有血缘关系，就算我们俩是真的双胞胎，这种离奇的经历还是少让别人知道为好。我这人做事一向谨慎，小心驶得万年船嘛。

郭阳并没有坚持。倒了两天时差，郭阳把公司的事情安排了一下。从第三天开始，郭阳带着我四处旅游。

和郭阳一起出去玩的好处是，身边有一个免费的导游，郭阳的知识面极宽，可以说，上到天文地理，下到鸡毛蒜皮，就没有他不知道的。在北京的时候，他是地主，到了美国，他就更是地主了，我也跟着他长了不少见识。

用了一个星期的时间，郭阳陪我把波士顿市内的景点逛了个遍。自由之路、昆西市场、波士顿公园、美术博物馆等波士顿最有名的十几个景点全都逛过了。美国这地方哪儿都挺好，就是没有历史，超过两百年的名胜古迹一个都没有，对我这种兼职做点古董生意的人来说，不免有点遗憾。

第二周，郭阳带我扩大旅游范围，到波士顿周边去逛。波士顿是一个海滨城市，周边的小镇和景点都坐落在海边，风景优美，气候也很好。

这天上午，我们在哈佛小镇转了转，中午在小镇最有名的饭馆吃了午饭，然后驱车前往下一个景点——塞勒姆。车正行驶在高速路上，突然，我的手机响了。

第十二章　事情开始不对了

我对声音一向极其敏感。无论是多少年前遇到的人,只要听他说过几句话,若干年后,再听到他的声音,我马上就会想起来是谁。

接起电话的一刻,我就听出对方是谁了。

给我打电话的,是赵登禹路亲子鉴定中心的那个小伙子 —— 小赵。

我看了看表,下午一点半。按照波士顿和北京的时差,波士顿的下午一点半应该是北京的午夜十二点半。这深更半夜的,一个亲子鉴定中心的人突然给我打电话,会是什么事情?

小赵问道:"请问,您是郭刚先生吗?"

我说道:"我是郭刚,有什么事情吗?"

小赵说道:"我是赵登禹路亲子鉴定中心的,我姓赵,咱们前些天见过。"

我说道:"我记得你,给我打电话有什么事情?"

"是这样……"小赵说到这里,显然犹豫了一下,顿了顿,才说道,"是这样的,郭先生,我们这边出了一些事情,您要是有时间的话,最好能到我们鉴定中心来一趟,不知道是不是方便?"

看来我刚刚的感觉还是挺准的,我问道:"出了什么事情?"

"电话里一句两句说不清楚,您最好有时间能亲自来一趟。"小赵坚持道。

我说道:"我这边不太方便,我现在在美国,一时半刻回不去。"

小赵说道:"这样啊,那……那我就在电话里跟您说吧,可能要占用您很长时间。"

我说道:"没问题,你稍等一下。"

我放下手机,对郭阳说道:"你把车子停一下。"

郭阳问道:"怎么了?"

我说道:"是北京那个亲子鉴定中心的电话,你最好听一下。"

郭阳一愣,迅速把车停在了高速旁的紧急停车带,打开了双闪。

我点开手机的免提,对小赵说道:"现在可以了,你说吧。"

小赵说道:"我犹豫了整整一个晚上,才决定给您打这个电话的。"

说到这里,小赵又顿了顿,似乎鼓足了勇气,才说道:"是这样的,郭先生,你们上次在我们这里做的检测,报告可能出了点问题。"

我问道:"我们的检测报告出了什么问题?"

小赵说道:"你们上次被提取的测试检材,有可能……有可能被弄错了。"

我愣道:"怎么可能!你们那么大的鉴定中心,怎么可能弄错呢?"

小赵说道:"很抱歉,郭先生,您听我仔细跟您说。是这样的,我们中心的业务一直都很忙,所以直到今天下午快下班的时候,我才有时间把您二位的档案归档。你们的情况属于没有血缘关系但长相一样,这种情况极为罕见,我们中心也是第一次遇到,所以要特殊归档。但就在我检查你们的相关材料的时候,突然发现盛放您二位测试检材的瓶子,其中有一只瓶子上面的编号,是人为手写上去的。"

我没听明白小赵的意思,问道:"什么人为手写上去的?"

小赵说道:"这个我得跟您详细解释。我们中心用来盛放测试检材的瓶子都是专门定制的,每一对瓶子都一模一样,连上面的编号也一样,都是印刷上去的,就是怕把检材搞混,出差错。但是我检查你们的检材瓶子的时候,看到您二位其中的一只瓶子,上面的数字编号有些粗糙,看着有点不太像印刷体,我就用指甲抠了一下,结果上面的数字一下子就被抠掉了……"

我还是没有明白,问道:"这能说明什么问题?"

"我也不知道该怎么跟您解释,因为我也不是太清楚……"小赵明显有些吞吞吐吐,"我的意思是,如果有可能的话,我希望您二位能回来重新做一次检测……"

我打断小赵的话,说道:"你的意思是说,我们上次的检测报告,结果是错的?"

小赵说道:"也不能说一定是错的,但是有这个可能。我还是建议您二位要是有可能的话,再做一次检测,这一次我亲自给您二位做,保证结果准确。而且我可以向中心申请,这一次的检测给您二位免费。好了,该说的我都跟您说了,您二位什么时候回北京,跟我联系,我给您加急做,那我挂了,给您添麻烦了。"

小赵说完,挂断了电话。听到电话里传来"嘟嘟嘟"的声音,我和郭阳的脑子一时都有点蒙。

郭阳说道:"他什么意思,吞吞吐吐的,我怎么没听懂啊?"

我说道:"他的意思很简单,我们的检材,被人动了手脚。"

郭阳一惊,说道:"你说什么,动了手脚,不会吧?"

我说道:"如果我的判断没错,应该就是这个情况。"

郭阳说道:"我觉得不太可能,你太容易把事情往坏处想了。"

我没有和郭阳解释,这只是一种直觉,很难解释。不过郭阳说得对,我的经历让我凡事都喜欢先往最坏的地方想,对所有人都会防一手。

不过,这种突如其来的直觉让我也感觉很奇怪,按理说,就是随随便便的一个DNA检测,谁没事在里面动手脚?逻辑上说不通。但是不知道为什么,这种直觉非常强烈,或许就是刚刚小赵的态度让我感觉到的。

郭阳问道:"那现在怎么办?"

我说道:"看来咱们得再做一次检测了。"

郭阳愣道:"你的意思是,之前的那份报告错了?也就是说,咱俩有可能……有可能是双胞胎兄弟?"

我摇了摇头,说道:"我不知道。但我觉得,咱俩最好马上再测一次!"

郭阳说道:"好,那我们马上就去,就在这里做。"

第十二章　事情开始不对了

我拉开车门，说道："好，那我来开车，你马上联系。"

一个小时后，我们赶到了距离波士顿最近的一家亲子鉴定中心。

美国的物价确实比国内高多了，加急鉴定费用居然要一千五百美元，将近一万块人民币。郭阳没有犹豫，直接刷了卡。

我抽了足足一包烟。下午五点整，DNA 的检测结果出来了。

一个白人医生拿着检测报告出来，郭阳上前用英语和对方交谈了十五分钟，然后拉着我走出了鉴定中心的大楼。

我心里七上八下的，问郭阳："怎么样，什么结果？"

郭阳的脸色阴晴不定，他沉默了半响，才说道："结果出来了，你要做好思想准备。"

我点了点头，说道："你说吧，我扛得住。"

郭阳停顿片刻，说道："上一次的检测结果是错的，根据这一次的检测，我们两个，是双胞胎兄弟！"

我一把抓住郭阳，说道："你说什么？"

郭阳说道："这次的检测结果显示，我们两个的 DNA 匹配度是，百分之百，也就是说，我们两个是同卵双生双胞胎，同父、同母、同卵。"

我望着面前的郭阳，不由得张大了嘴巴，人一下子就蒙了。

郭阳说道："那个医生告诉我，我们两个就是最普通的双胞胎兄弟，所以会长得一模一样。我们 DNA 基因的 STR 分型检测数据是完全一样的，百分之百匹配。也就是说，我们的基因完全相同，因此可以百分之百确定，我们是双胞胎……"

郭阳说的专业术语我完全听不懂，也根本没有听进去，但有一点我明白了，我和郭阳，确实是有血缘关系的、至亲的双胞胎兄弟！

峰回路转，这到底是怎么回事？

第十三章　究竟谁才是我妈

对这个结果我完全没有任何心理准备，站在鉴定中心门口，我心中的震惊如排山倒海一般，无法用任何言语来形容，整个人完全蒙了。

自己在这个世界上突然多了一个至亲，这一点让我欣喜。但更多的是困惑、不解，甚至是一种后背发麻的不对劲的感觉。这到底是怎么回事？

郭阳的心情想必和我一样。我们两个都不知道是怎么回的家。进了家门，我们在沙发上坐下，相互对视着，一时间谁也不知道该说些什么。

也不知道过了多久，天黑了下来。郭阳说道："你饿了吧？我去弄点饭。"

我蒙蒙地点了点头，说道："行。"

郭阳起身去了厨房，不大会儿工夫，端出两碗蛋炒饭来，递给我一碗，说道："随便做的，你凑合吃点吧。"

我食不甘味地扒拉了几口饭，又喝了点水，心情终于平复下来一些。放下水杯，我对郭阳说道："郭阳，咱俩得好好聊聊了。"

郭阳放下手里的筷子，点了点头。

我问道："这次的检测结果，应该不会再有什么问题了吧？"

郭阳说道："应该不会了。"

我看着面前的郭阳，心中真是五味杂陈。我咽了咽口水，说道："那以后咱们俩……怎么论啊，谁当哥啊？"

郭阳说道："都行。"

我说道："你把你护照再给我看看。"

郭阳取出护照递给我，我再次仔细看了看，也拿出我的护照，说道："护照上面写的生日，我是十二月二十四，你是十二月三十一，那就按上面的来，我当哥？"

郭阳说道："行。"

我把护照还给郭阳，心中有些忐忑，说道："那你……你叫我一声？"

郭阳显然有点不太适应，酝酿了好久，才叫道："哥。"

我一把抓住郭阳的手，说道："好，弟弟。"

"弟弟"这两个字一说出口，我突然鼻子一酸，一把抱住郭阳，这几年来的委屈一下子全都涌了上来，我"哇"的一声哭了出来。男人活着不容易，自从我妈离世，这些年来的酸甜苦辣都是我一个人扛，现在突然知道在这世界上我还有一个至亲，这感情的闸门，一下子就关不住了。

郭阳问道："哥，你怎么了？"

听郭阳再次叫我"哥"，我越发忍不住了，哭得声音更大了，断断续续说道："没……没事，我就是心里……心里委屈，我妈走了以后，什么事都是我一个人扛，现在突然知道有了个弟弟，就……就控制不住了……"

郭阳的眼圈也红了，他拍着我的肩膀说道："我明白，我明白，其实我也是……"

我们俩抱头痛哭了十来分钟，这才把情绪完全宣泄了出来。

我放开郭阳，拿餐巾纸擤了擤鼻涕，又把眼泪擦干，郭阳也到卫生间洗了把脸，两人终于平静了下来。

回到餐桌前坐下，我沉默了很长时间，说道："咱们俩得好好合计合计了，你不觉得，这事有点不对吗？"

郭阳说道："我也有同样的感觉。上一次检测出错，确实有点奇怪。"

我点了点头，说道："没错，不过这件事我们可以慢慢琢磨。当务之急是一件很重要的事情，必须先搞清楚。"

郭阳问道："什么事情？"

我说道："到底谁是咱俩的父母？"

郭阳一下子没反应过来，问道："谁是咱俩的父母？"

我说道："对啊。你想想，在你的记忆中，你父母一个是医生，一个是律师，对吧？但是对我来讲，我妈是前几年去世的那个人。"

郭阳一下子明白过来，说道："你是说，我们先要搞清楚，究竟哪一边才是我们两个的亲生父母？"

我说道："没错。我们不可能有两对父母，肯定有一对跟我们没有血缘关系。"

郭阳说道："这件事好办，我父母都已经过世了，但他们的亲戚都在，我只要找他们拿到生物学检材，然后到鉴定中心检查一下，看看我和他们之间究竟有没有血缘关系，就能知道我父母是不是咱们的亲生父母了。"

郭阳的话听起来有点绕，他说的方法是，只要能确定我俩和郭阳父母的亲戚之间有没有血缘关系，就可以确定郭阳的父母究竟是不是我们的亲生父母了。

郭阳说道："如果我这边做完没有问题，你那边就不用做了。如果有问题，我陪你回北京，再去检查你那边的情况。"

我点了点头，心情无比复杂。我们都知道，我们两个中间，肯定有一个人的父母不是亲生父母，这样的结果无论对谁来说，都很难接受。

郭阳看出了我的心思，伸手按了按我的肩膀，说道："别难过，该来的都得来。咱们一件一件办，我们这就出发，去找我父母那边的亲戚拿检材。"

郭阳的父母在他十九岁的时候，在一次空难中双双离世。从那以后，他就一直一个人生活。他和父母两边亲戚的关系一直都很好，经常走动。

当晚十点，郭阳从最后一个亲戚家出来，取到了全部的检材。一份是他母亲那边的，他表姐的几根长发；另一份是他父亲那边的，他堂妹的头发。当然，按我的主意，郭阳分别向她们找了个小借口，并没有说明实情。

第二天一大早，我们就赶到鉴定中心。中午的时候，结果出来了，我们送过去的两份检材，检测结果显示，无论是郭阳父亲那边，还是他母亲那边，都和我们没有任何血缘关系。

这个结果在我意料之中，不过郭阳还是有些难过。

我拉着他走出鉴定中心，点了根烟递给他。郭阳没有抽过烟，抽了两口就大声咳嗽起来，我赶忙上前帮他拍打后背。

过了半晌，郭阳缓过神来，神色也平静了很多。他掐灭香烟，对我说道："我没事，咱们这就出发，去北京，做你那边的检测。"

我们没有耽搁，马上订了两张最近一班直飞北京的机票，回公寓简单收拾了一下行李，就立即动身赶往机场。

经过十几个小时的飞行，北京时间早上六点，抵达北京。七点半，我们乘出租车到了我妈那边唯一的亲戚，也就是我小舅家的楼下。

我在楼下的超市胡乱买了一堆吃的用的东西，然后径直上了楼。我并没有告诉小舅真实情况，只跟他说我路过，顺道来看看他。

陪他闲聊了一会儿后，我借口上厕所，到卫生间找了几根我小舅的头发，又把他的旧牙刷拿走，给他换了个新的，然后借口还有事，就离开了。

回到车上，时间已经过了八点。我把检材仔细包好，交给郭阳，然后给鉴定中心的小赵打了个电话，告诉他我回来了，要做个加急鉴定，让他帮着安排一下。小赵很痛快地答应了。

北京的早高峰是真堵，又正好赶上周一，将近九点半，我们终于赶到了位于赵登禹路的鉴定中心。把检材交给小赵后，我们找了个咖啡馆坐下，开始了又一次漫长的等待。

说实话，我之所以回来做这次检测，完全是为了郭阳。其实事情已经是明摆着的了，我和郭阳是双胞胎，既然他父母不是我们的亲生父母，那么我这边应该就没跑儿了。我陪着郭阳过来，主要是为了让他安心。

郭阳的神色还算镇定，但他一路上一直没怎么说话，只是一个人静静地出神。我看得出来，他的心情并不好。我完全理解，换谁遇到这种情况，突然得知自己的父母并不是亲生父母，心里都不会好过。

我也不知道该怎么宽慰他，只能在旁边静静地陪着他。

四个小时后，将近下午两点钟，小赵打来电话，告诉我们检测结果出来了。我和郭阳立刻赶到鉴定中心，小赵已经在大厅里等候了。

　　我快步走上前去，问道："怎么样？"

　　小赵将报告递给我，说道："你们送过来的两份检材，经过检测比较，DNA的匹配度是百分之九十九点五二。两份检材的主人之间，没有任何血缘关系。"

　　我一下子愣住了，看了看身旁的郭阳，他显然也呆住了。

第十四章　二去乌兰左旗

我送去的那两份检材，一份是我自己的，另一份是我小舅的，如果我和我小舅没有血缘关系，那么就是说，我妈并不是我和郭阳的生母。

我愣道："哥们儿，不……不可能吧，你没弄错吧？"

小赵说道："不会错的，这次检测是我亲自做的，绝对准确。"

我摇着头，不可能，这绝对不可能！

我们和郭阳父母那边已经没有任何血缘关系了，也就是说，郭阳的父母不是我们的亲生父母，如果我这边也不是，那我们两个究竟是从哪里来的，从石头缝里蹦出来的吗？

不对，肯定是哪里出错了。

我妈这一辈子，不就是因为当初未婚生了我，才彻底毁掉的吗？如果我不是我妈生出来的，那她干吗用一辈子的生活来背这个锅？

我突然想起了什么，问小赵："对了，我送来的检材，是一个人的吗？里面一个是牙刷，一个是头发，不会是两个人的吧？你只检查了一个？"

小赵立刻明白了我的意思。我送去的我小舅的检材，一份是牙刷上的口腔黏膜，另一份是头发，如果这两份检材一份是我小舅的，另一份是别人的，比如来他家的访客之类的，而小赵只检查了其中一份，那就有出错的可能了。

我像抓住救命稻草一般抓住小赵的胳膊，等着他的回答。

小赵说道："都检查了，那两份检材，其中一份是口腔黏膜，另一份是头发，属于同一个人，这个人和另一份检材的主人之间，没有任何血缘关系。"

这么说来，结果是真的了！

我舅妈几年前去世，他们的孩子，也就是我表弟，现在在美国，所以我小舅这几年一直一个人生活。我小舅那个人很独，几乎不让外人进他的家门，所以我刚刚拿到的检材肯定是他的，绝不会是别人的。

小赵看到我的脸色，问道："郭先生，您怎么了？"

我摆了摆手，说道："我没事……没事，你忙你的，你忙你的。"

我魂不守舍地走出了鉴定中心。郭阳眉头紧锁，显然对这个结果也有点蒙。我缓了缓神，问郭阳："你那边的检材，不会出什么问题吧？"

郭阳摇了摇头，说道："绝对不会。"

郭阳那边没问题，我这边也绝对没问题。那这结果怎么解释？

难不成真的是时间重置了，或者说我们两个现在是在做梦？我用手抓着头发，拼命地想着。突然之间，我想起了一句话。

没错，那句话绝对是个线索，而且是一个非常重要的线索！

那是乌兰左旗那个叫呼吉雅的大娘说过的一句话。当时我问她：您这么多年接生了那么多孩子，有没有可能记错了，有没有可能我是双胞胎之一？

呼吉雅大娘和我说，她肯定没记错，我脚后跟有块胎记，她记得很清楚。

就是这句话！

这句话说明，在我出生的时候，呼吉雅大娘是见过我的。所以，她一定知道当年的事情。

我掐灭了手里的香烟，对郭阳说道："我想到办法了。我们去内蒙古，马上！"

郭阳愣道："去内蒙古干什么？"

我说道："去找当年把我接生出来的人，她应该知道当年的很多事情。"

郭阳说道："你妈……是在内蒙古把你生下来的？"

"这件事情说来话长。"我看了看表,已经是下午两点半了,我对郭阳说道,"这么着,我马上租个车,然后咱们找地方吃点东西,等车送过来,咱们就出发。路上我把所有事情从头到尾都告诉你。"

我立刻拿出手机给租车公司打了个电话,这家租车公司和我很熟,这么多年,我用车一直在他们家,而且每次都是租同一款车型。确认了我的位置后,业务小哥告诉我,附近正好有一辆车刚还,加了油以后就给我送过来,一个小时就到。

之后,我和郭阳随便找了个饭馆吃了点东西。刚吃完,车子就送到了,比预计的提前了二十分钟。

我们把行李搬到车上,用微信付了款,两人上车,直接开上了去内蒙古的高速。

在路上,我仔仔细细把我的身世、从小到大的经历,以及我妈的故事讲给了郭阳,包括遇到他以后发生的每一件事,当然也包括我那次去内蒙古查询我的出生情况,呼吉雅大娘对我说过的那些话,以及后来被那辆黑色大切跟踪的事情。

郭阳听过我的故事后,思索了片刻,说道:"你的意思是,那个叫呼吉雅的大娘,至少应该在你很小的时候就见过你?"

我说道:"对,这是一个很重要的线索,所以我们必须找到她。"

郭阳点了点头,不再说什么,我们两个各自想着心事,一路无话。当天晚上十点,我们赶到了赤峰附近那座叫作乌兰左旗的内蒙古小村子。

我并没有把车开进村子,而是停在了距离村口二百多米远,路边一块不起眼的空地上。下了车,我从包里掏出一根甩棍,递给郭阳,说道:"这个你拿着。"

郭阳问道:"这是什么?"

我说道:"甩棍,会使吗?"

郭阳没接，问道："给我这个干吗？"

我说道："我上次来的时候，不是和这里的村民干过一架吗？以防万一。另外就是，我总觉得这件事情有点不对劲，还是小心点好。"

我给郭阳演示了一下甩棍怎么用，然后把甩棍塞给他，我又在路边找了一根结实的木棍揣在大衣里，这才和郭阳一起蹑手蹑脚地向村子走去。

时间已过十点，大部分村民已经关灯睡觉了，只有少数几家还开着灯，屋内不时地响起搓麻将的声音。我和郭阳小心翼翼地向前走着。

根据我的记忆，呼吉雅大娘家应该是在进村后第五排或者第六排房子。内蒙古村子里的房子都长得差不多，我们前前后后转了好几圈才找到。

我站到了一个院子前，对郭阳说道："应该就是这儿了。"

呼吉雅大娘的家门口挂着几串红辣椒，我上次来的时候留意过。

郭阳的神色看起来有点紧张。我安慰道："没事的，兵来将挡，水来土掩，万一有什么事，咱们俩老爷们儿呢，有什么可怕的？"

郭阳点了点头，我深吸了一口气，定了定神，上前敲门。

等了一会儿，门内没有任何回应。我加大了力度，空洞的敲门声回荡在夜色中，显得很是瘆人。又等了一阵，依旧没有任何反应。我伸手推了推，这才发现门并没有锁，只是虚掩着。

我推开院门，和郭阳走了进去。院子正中放着一个巨大的香炉，没错，这就是呼吉雅大娘的家，记得上次大娘和我说过，她是信佛的。

我绕开香炉，一边往里走，一边轻声喊道："呼吉雅大娘，呼吉雅大娘。"

面前的房间没有开灯，黑乎乎的。我来到门口，刚要伸手敲门，突然发现房门并没有关，开着一道很大的缝。

我拉住身后的郭阳，说道："好像不对！"

郭阳看了看我，神色瞬间警觉起来。

我抽出大衣里的棍子，对郭阳说道："你跟在我后面！"

郭阳点了点头，也拽出了我给他的那根甩棍，两人一前一后走进了房间。

屋里黑黢黢的，什么也看不见。刚往前走了几步，突然，脚下一个软乎乎的东西绊得我一个趔趄，我心头一凛，回头冲郭阳喊道："快开灯！"

郭阳没有反应过来，并没有动。

我再次喊道："快开灯啊！"

郭阳赶忙回身摸索墙壁，片刻，"咔嗒"一声，房灯点亮。

当我们看清房内的情景时，一下子全傻眼了。

只见一个女人仰面躺在房间正中的地上，胸部有三个伤口，正汩汩地往外冒着血，正是呼吉雅大娘！

第十五章　第一次谋杀

　　我扑上前去，喊道："呼吉雅大娘，呼吉雅大娘！"大娘没有任何回应，我伸手探了探她的鼻息，人已经死了。

　　我吓得扔掉了手里的棍子，一屁股坐在了地上，回头望向郭阳。郭阳面色惨白，显然也被吓坏了。

　　我们两人面面相觑，谁也不知道该说什么，突然，我隐隐约约听到从屋角似乎传来了一声响动。

　　郭阳说道："那边有人！"

　　我一把抄起那根棍子，站起身来，郭阳也举起了手里的甩棍。

　　就在这时，只听屋角的大衣柜后面，传来了一个阴森森的声音："放下家伙！"

　　话音未落，一个身穿黑衣的蒙面大汉从衣柜后面走了出来，他手里举着的，竟然是一把……手枪！

　　我一下子呆住了。没错，那人手里拿着的，是一把手枪，一把意大利伯莱塔92F型手枪，还带着消音器。在电影里，这是杀手才会用到的世界排名第一的手枪。这是什么情况，怎么会有手枪？这是在中国啊！

　　那人看了看我和郭阳，说道："没想到，你们这么快就查到这里来了。"

我脑中念头急转，赶忙装怂，说道："哥们儿，哥们儿，误会误会，我们什么也没看到，什么也不知道，让我们走行吗？"

那人冷笑了一声，说道："什么也不知道？既然你们查到这里来了，就不能留你们了，我不想让你们死在这里，出去，跟我走。"

我说道："大哥，这肯定是误会，您说的我听不明白啊。"

那人一晃手里的枪，低声喝道："走不走？"

说完，那人一扣扳机，一枪打在我脚前面的地上，被子弹击碎的地砖溅到我的脚踝上，一阵生疼。

我赶忙扔掉手里的棍子，喊道："好好，我们走，我们走！"

我向身后的郭阳使了个眼色，郭阳也放下了手里的家伙，两人被那大汉押着走出了房间。

我脑中飞快地盘算着，但这时候，脑子好像突然生锈了，怎么也想不出任何主意。看到院里的香炉，我一下子懊悔起来，刚刚进屋前，干吗不抓把香灰再进去啊？虽说这手段有点下作，但关键时刻能保命啊。

我正在胡思乱想，猛然间，身后传来一阵动静。我一回头，只见后面一片烟尘，一个老头正端着一盆香灰往那大汉身上泼去。

那老头不是别人，正是上回请我吃饭并给了我三十万的糟老头子。

他怎么会在这儿，难道和呼吉雅大娘有奸情？

我的脑袋也是没谁了，这种危急关头还能胡思乱想，尽是不着调的东西。

说时迟，那时快，香灰已经泼到了大汉的脸上。那大汉一手捂着眼睛，一手抬枪就射。我一推身边的郭阳，喊道："小心！"

"啪"的一声，一颗子弹贴着我的肩膀飞了过去，我俯身抱起地上的一个花盆，冲那大汉扔了过去。大汉目不能见物，花盆砸在他肩膀上，手枪飞了出去。

我俯身要去捡掉在地上的手枪，糟老头子已经冲过来，一把拉起我，喊道："快跑！"

老头子拽着我和郭阳，瞬间就冲出了院子。

三人一口气跑到村口，这时候我注意到，一辆黑色的大切正停在村口的路边,我们来的时候还没有这辆车。回头望去,那大汉已经拎着枪追了出来。

我心念一动,掏出车钥匙扔给郭阳,说道:"你去开车!"

郭阳接过钥匙,问道:"你要干吗?"

我向他喊道:"别管我,你们快走,我马上就来!"

郭阳不再问什么,拉着老头子快步向前跑去。

我低头捡起两块石头,又从旁边拽了几把蒿草,用草把石头裹起来,使劲塞进了大切的两根排气管里。

那大汉已经追到一百米左右的距离了,我飞跑到停车的位置,郭阳已经把车倒了出来,我冲他喊道:"我来开!"

郭阳迅速坐到副驾上,我上了车,一踩油门,车子向前冲去。

抬头看了看后视镜,那大汉已经上了车,黑色大切启动,很快追了上来。

我很清楚,我刚刚往大切的排气管里塞的石头和蒿草根本塞不紧,最多只能影响车子一定的功率,在大马路上用这种租来的比亚迪和它飙车,肯定是飙不过。我回头问那糟老头子:"附近有没有小路?"

老头子说道:"前面向右拐就是。"

我立刻把车子拐向右面的小路,后面的大切也跟了过来。

我谨慎地利用车子的性能,在不让车子报废的情况下,尽量最大化利用车子的功率,和后面的大切飙起了车。大切的排气管被堵了以后,显然性能受到了很大的影响,一直没能撵上来,但我也甩不掉它。

就这么往前开了二十多公里后,我突然发现,车子快没油了!

我心里一沉,刚刚那种开法是极其费油的,心急之下我给忘了。我们进村的时候,车子就已经没有多少油了,这么一番折腾,最多还能再开十来公里。

我冲糟老头子说道:"快没油了,有没有其他办法?"

老头子也是一愣,说道:"队上的马厩就在前面,你把车开到前面,我们骑马走。"

我愣道:"骑马走!骑马撵得过汽车吗?"

老头子说道:"你们放心,前面有片很大的草甸子,汽车是开不过去的。"

我一下子明白了,内蒙古有很多草甸子,里面的蒿草又长又密又韧,汽车开进去，草很快就会卷进轴承里，开不了多远，车就得报废。

我说道："好主意！"

回头看了看那辆大切，这时候距离我们大概就四五百米了。

我们停车、换马，再骑到草甸子，是需要一段时间的。我必须尽量把大切甩出较远的距离，这样才能争取到一定的时间。

想到这里，我顾不了那么多了，把油门踩到底，车子飞速向前冲去。

十几分钟后，车子在马厩附近停下。

进了马厩，老头子迅速挑了三匹马，然后帮我们把马鞍子套上。准备完毕，那辆大切已经追了上来，距离马厩只有不到三百米了。

我和郭阳上了马，老头子从马厩的墙上摘下一张弓、一壶箭，也飞身上了马，冲我们喊道："快走！"

三人一踢马肚子，三匹马向着坡下的草甸子冲去。

我回头望去，那辆大切已经在马厩的前面停了下来，那大汉下车进了马厩。没过多久，他也骑着一匹马追了过来。

第十六章　雪夜追杀

老头子也看到了后面的情况，对我们说道："你们别着急，我挑的是马厩里最好的几匹马，他的马不见得赶得上我们。长途追击最看马力，你们紧跟着我，别太快也别太慢，迟早能把他甩掉。"老头子带着我们催马向前冲去，后面那个人不疾不徐地跟着，似乎并不着急一时撵上我们。

往前跑了十几里地，终于跑出了草甸子。到了平路以后，老头子开始策马加速，让马完全跑起来。后面那个人也加速追了上来，但始终没有赶上我们。

一路向北，天气越来越冷。

又跑了二十几里地，天突然下起雪来，鹅毛大小的雪花从天而降，路也越来越难走。我和郭阳都没怎么骑过马，又没穿专用的马具，大腿和膝盖内侧，尤其是尾椎骨的位置都快被磨破了，只能硬着头皮坚持着。

又跑了十几里地，我回头看了看，后面那个人并没有被我们甩掉，一直不远不近地跟着。我对槽老头子说道："怎么回事，甩不掉啊？"

老头子的脸色有点凝重，他说道："这个人不简单，恐怕是个高手，他挑的马不比我们的差，而且，我看他的骑术也不赖，知道积蓄马力。"

我问道："那怎么办？"

老头子判断了一下方向，说道："这么着，我们往西边拐，西边有一片大山，进了山就好办了。"

我们立刻催马拐向了西面的岔道。往前跑了十来里地，马显然没有刚才那么有劲了。又跑了二十来里，我和郭阳已经累得不行，马也快到极限了，前面终于出现了一座大山。老头子面露喜色，说道："到了，快。"

三人催马向山上跑去。没跑多远，郭阳的马突然前腿一软，一下子趴了下来，郭阳也瞬间被掀翻在地。

我和老头子立即下马冲过去，我扶起郭阳，问道："怎么样，你没事吧？"

郭阳刚被扶起来，突然脚下一软，又跌了下去。

我再次将他搀起来，问道："怎么了？"

郭阳嘴里吸着凉气，说道："不太好，脚好像崴了。"

老头子蹲下身，摸了摸郭阳的脚脖子。我问道："怎么样？"

老头子说道："好像骨折了。"

我一下子呆住，回头望去，只见那个人已经策马追上山来。

老头子说道："牲口都不中用了，我们扶着他，徒步上山！"

我和老头子合力将郭阳拖起来，三人快步向山上跑去。

后面那人离我们越来越近，追到距离我们差不多一百米的时候，他的马也前蹄一软，趴了下来。那人身手极为矫健，他从马上一跃下来，拎着枪就徒步追了上来，跑得竟然不比马慢多少。

我喊道："快走啊！"

我和老头子拖着郭阳，拼尽全力向前跑去。又跑出去一百来米，老头子突然一下子停住。我们两个被带得一个趔趄，瞬间滚倒在地。

我爬起身来，只见老头子就像僵了一样，愣愣地注视着前方。

我和郭阳顺着老头子的目光向前望去，一下子呆了。

只见就在我们前方不到一百米的山口位置，一群狼正蹲在地上冷冷地注视着我们。这是一群典型的蒙古狼，数量在五十头以上，每一头的体重至少有一百斤，它们的颅骨长而宽大，四肢极为强健。

我完全蒙了，看了看前面的狼群，又看了看身后追来的大汉。这真是前有饿狼，后有追兵，看来我们今天是要交待在这儿了。

老头子的表情还算镇定，他一边脱衣服，一边对我们两人说道："你们别怕，一会儿你们就跟着我，咱们冲过去！"

这时候，老头子已经脱下了披在外面的羊毛坎肩，用打火机点燃，回头对我说道："你扶着他，跟紧我！"

老头子说完，挥着点燃的羊毛坎肩就向前冲去，我扶起郭阳快步追了上去。狼群看到老头子手里的火光，纷纷后退，但并不让路。

三人向前冲了百十来米，狼群始终围着我们，根本甩不开。在我们身后几十米的位置，那黑衣大汉拎着枪，一直不远不近地跟着。

我向老头子喊道："怎么办啊？"

老头子回头看了看，将着火的羊毛坎肩递给我，说道："你来赶狼！"

我接过坎肩，说道："你要干什么？"

老头子还没回答，前面的狼群就又逼了上来。我赶忙抡起手上着火的羊毛坎肩一通乱摇，狼群这才稍稍后退。老头子不再说什么，绕到我们两人身后站定，凝视着后面追上来的那个黑衣蒙面大汉。

等那大汉又往前走了十来米，距离我们只有不到二十米了，老头子突然摘下背后的长弓，举弓搭箭，"嗖嗖嗖"三声，一连三箭向那大汉射去。

那大汉一惊，连忙往旁边闪身，身手很是敏捷，三箭都没有射中他。

就在他躲箭的一瞬间，老头子的第四支箭又射了过去，这一次，那大汉来不及再闪，羽箭正中他的大腿。

只听那人"啊"的一声大叫，单腿跪在地上。

老头子背上长弓，回身扶起郭阳，说道："孩子们，没事了。"

我愣道："什么情况，怎么就没事了？"

老头子还没有回答，我猛然注意到身前的狼群开始四散开来，绕过我们，向山下那大汉冲去。

狼群瞬间就冲到了那大汉的面前。大汉极为彪悍，伸手一撅，就将插在他腿上的箭杆撅折，一咬牙站了起来。第一头狼已冲到他的面前，大汉抬枪就射，正中狼头，随即，更多的狼扑了上去，大汉连续开枪，六头狼瞬间倒在了他的面前。

这时，他枪里已经没了子弹，又有一头健壮的蒙古狼飞扑到他的面前。大汉扔掉手枪，一伸手正好抓住了狼的两条前腿。只听他惊天动地的一声大喊，双手用力，"咔嚓"一声，居然将那头健壮的蒙古狼的两条前腿生生掰断。

望着被扔到地上呜呜惨叫的同类，四下的狼群在这一瞬间，一下子停住了。

我和郭阳两人已经完全看呆了。老头子冲我们喊道："还愣着干什么，快走！"

我这才反应过来，和老头子一起拖起郭阳，拼命向前跑去。

三人竭尽全力向前跑着。

雪越下越大，最后只能看清前面十几米的距离了。也不知道究竟跑了多久，我们实在跑不动了，只得放下郭阳，在原地休息片刻。

老头子抬头看了看天色，喘着气说道："这雪下得好，能把我们的脚印盖上，没人能再追到我们了。"

老头子辨别了一下环境，说道："从这儿向北再走十几里地，那边有个树林子，树林里有间木屋，我们往那儿去。"

三人休息了一阵，体力都恢复了一些，我们搀起郭阳，两个多小时后，终于来到了老头子说的木屋。

这木屋坐落在一片密林的深处，老头子说道："这木屋是以前能打猎那阵，冬天打猎歇脚的地方，我们先在这里避一避吧。"

我们扶着郭阳进了木屋，三人累得一下子全都瘫坐在了地上。

过了半晌，老头子爬起来，对我说道："我去把床铺收拾一下，一会儿咱们把他扶到床上，先看看他的脚怎么样了。"

这时候我才注意到，这个木屋很大，有将近一百平方米。窗户边有一张餐桌和几把椅子，旁边堆放着锅碗瓢盆等各种用具。进门正对面是一个壁炉，屋子中间还有一个火炉子，用烟囱连到天花板。屋子北首有三张床，一张双人床，两张单人床，床上有褥子、被子、枕头等寝具，只不过上面全都落满了灰尘。

老头子把大床收拾干净，我们把郭阳扶上床。我脱下郭阳的鞋袜，只见他的脚踝已经肿得跟馒头一样大了，老头子伸手按了按，郭阳疼得直咧嘴。

老头子检查了一番，说道："还好，骨头没折，只是有点轻微的骨裂，上块夹板夹一下，歇一个来月就好了。"

老头子到壁炉前找了两根木棍，用随身的猎刀削直，将郭阳的脚踝绑好，说道："你只要躺着别动，尽量少下床，保准你好了以后，不会留后遗症。"

郭阳说道："谢谢您了。"

老头子拉过被子给郭阳盖好，说道："你们都饿了吧？我去弄点吃的。"

屋角的柜子里还有以前留下的几袋大米、白面和玉米面。老头子把壁炉点上，到外面铲了点雪，烧开以后和上玉米面，用铁锅在火上烙了几张贴饼子。

老头子拿了两张贴饼子，对我们说道："你们吃着，我去外面看看，把外面拾掇拾掇，别让那个人追过来。"老头子说完，拿着贴饼子离开了房间。

跑了一宿，我和郭阳都是滴水未进，望着眼前热气腾腾的贴饼子，顿时感到饥肠辘辘。我二话不说，抄起一张饼子就往嘴里塞。郭阳也拿起一张，狼吞虎咽地吃了起来。

我一口气吃了五张饼，又拿起水杯喝了一整杯水，这才心满意足地打了个饱嗝，对郭阳说道："我从来没吃过这么好吃的贴饼子。"

劫后余生，肚子又吃得饱饱的，困劲儿一下子就上来了。我什么话都没劲儿再说了，只感觉眼皮都抬不起来。看了看表，已经快五点了，我对郭阳说道："有什么事明天再说，困得不行了，我得先睡会儿。"

郭阳说道："你睡吧，我看着。"

我把旁边的单人床简单收拾了一下，拉过被子，衣服也没有脱就躺到了床上，一躺下就睡着了。

第十七章　大雪封山

这一觉一直睡到第二天下午才醒，连中间那糟老头子什么时候回来的我都不知道。睁开眼睛，屋里暗沉沉的，窗外，雪还没有停。

坐起身来，那糟老头子并不在房间里。

郭阳见我起来，说道：“你醒了。”

我拿起旁边的水杯一口气喝干，问道：“几点了？”

郭阳看了看表，说道：“快四点了。”

我再次看了看窗外，外面白蒙蒙的一片。

我问道：“那个糟老头子去哪儿了？”

"大叔说他去看看外面的情况。"郭阳顿了一下，问道，"大叔他……就是你说的那个人吧？"

我恨恨地说道："就是他，那个老不死的东西。"

郭阳点了点头，沉默了片刻，说道："哥，我们可能出不去了。"

我一愣，问道："什么意思？"

郭阳说道："大叔说外面雪太大了，很可能已经把进山的路都封死了，所以他才去看看。"

窗外的雪确实不小，看来是整整下了一夜一天。真是屋漏偏逢连阴雨，如果大雪封山，把我们给堵在这里，那可有点麻烦了。回想起昨晚的经历，我到现在还心有余悸，幸亏最后有惊无险，我和郭阳都还活着。

我问郭阳："你的脚怎么样？"

郭阳说道："还好，应该不算太严重。对了，昨天晚上追我们的那个人，到底是干什么的？"

我摇了摇头，说道："我不知道。不过，有一点可以确定，他就是当初从内蒙古一路追我到北京的那个人。"

郭阳问道："你的意思是，他和赤峰的管爷没有关系？"

我点了点头。我原本以为当初追我的那个黑衣大汉是管爷派来的，为的就是追回那笔债。现在看来，完全不是这么回事，我和管爷的过节已经了了，他没有必要再做这种事，况且杀人这事太大了，管爷绝不会做。

有关当时被那个黑衣大汉追杀的事情，我和管爷见面的时候并没有问。不是我不想问，而是道儿上有规矩，这种小事最好不要刨根问底。你欠人家的债，人家派人来盯你，你还非要问清楚对方有没有派过人、派的什么人、跟了自己几回等等，这种事情太二了。但是现在回想起来，当初还是应该问一问的。

现在的问题是，如果这个黑衣大汉和管爷没有关系，那他到底是干什么的，为什么杀死呼吉雅大娘？为什么一路追杀我们？

想了半天，没有任何结果。我说道："郭阳，我们得小心了，这件事情背后的谜底，很可能是我们难以想象的。"郭阳神色凝重，点了点头。

我们两个沉默了一阵，房门被推开，老头子回来了，一头一身都是雪。

郭阳问道："大叔，情况怎么样？"

老头子掸了掸身上的雪，说道："孩子们，咱们恐怕是走不了了。"

我问道："什么情况？"

老头子说道："雪太大了，进山出山的路全被封住了。"

我说道："封住了可以挖出去啊，我们有三个人呢。"

老头子说道："不可能的。两边山上的雪滑下来，已经把整个进山的路全都封死了，下面的雪有几人深，过去就是个死。"

我和郭阳交换了一个眼神，问道："那我们什么时候才能出去？"

老头子说道："看来要等雪化了。"

我愣道："雪化了，那不得等到四五月份啊？"

老头子说道："没错，最早也要到四月份。"

我掏出手机，说道："我们可以打电话叫救援。"

郭阳说道："我试过，没用的，手机没信号。"

我看了看郭阳，又看了看老头子，一下子愣了。现在才二月底，最早四月份才能下山，那我们至少要在这里待上一个多月。这简直太恐怖了。

我问老头子："还有什么办法吗？"

老头子摇了摇头，说道："没办法。想开点吧，既来之则安之。咱们别琢磨那些乱七八糟的了，好好筹划筹划，得在这儿待上至少一个来月呢。"

我冷静下来，问老头子："你说怎么办吧？"

老头子琢磨了片刻，说道："先铲雪。刚刚我出去看了看，这屋顶上的雪已经积了快一米厚了，再不铲，万一把屋子压塌，咱们非冻死在这儿不可。"

老头子说得有道理。在北欧那边，由于常年下雪，屋子都盖成尖顶，就是为了让积雪滑下来，避免压塌房屋。东北和内蒙古这一带，冬天雪没有那么大，所以还有很多房子是平顶的。赶上雪大，经常会发生压塌房子的事情。以现在的情况来看，如果这木屋被压塌了，我们三个就真的得在这儿等死了。

我说道："那就赶紧，现在就去铲。"

老头子说道："行，那咱们就辛苦一下。"

我立刻穿好鞋下地，和老头子一起拿上铁锹、木铲等家伙什儿，出了木屋。

时间刚过下午四点，但天色很暗，天空灰蒙蒙的，布满了乌云。雪还在下着，只是没有昨天半夜那么大了。放眼望去，四周都是白茫茫的一片。

老头子说道："咱们先铲屋顶，再把屋子四周的积雪铲一铲，要不然，雪再下的话，咱们连门都出不去了。"

我和老头子搬了把梯子，登上了屋顶。一个冬天下来，再加上昨晚和今天的这场大雪，屋顶的雪已经积了七八十公分厚。我和老头子小心翼翼地铲着，屋顶不时发出"吱吱"的不堪重负的声音，吓得我们心惊肉跳。忙活了将近一个小时，终于将屋顶的积雪全部铲下来，在地上堆了将近两米高。

我们又花了半个多小时，把木屋四周的积雪全部清理干净。忙活完毕，天已经全黑了下来。

回到房间，我已经筋疲力尽，浑身上下都冻透了，冷得直打哆嗦。老头子说道："你赶紧把湿衣服脱下来，我给你烤烤，要不容易做病。"

刚刚铲雪的时候，我出了一身大汗，里面的汗水混合着外面的雪水，很快又被冻上了，现在衣服已经成了一层冰壳。我把衣服脱光扔给老头子，最后连内裤都脱了，光着屁股钻进了被窝。

老头子却像没事人一样，在壁炉里添了几根木柴，把我的衣服捡起来，晾在了壁炉边，然后拿起弓箭就出门了。

我在被窝里缓了一个多小时，这才把身子完全暖和过来。刚把晾干的衣服穿好，老头子回来了，手里拎了两只野兔，说道："今天咱们吃兔肉。"

我愣道："这玩意儿你从哪儿弄回来的？"

老头子说道："白天出去的时候，我顺手下了几个套子，运气还不错。"

看到老头子手里的野兔，我的肚子不由自主地"咕咕"叫了起来。

老头子用刀把野兔剖了，再用雪洗净，合着辣椒炒了两大盘辣子兔肉丁，又焖上了一大锅米饭。林子里的纯天然野味，真正的绿色环保无公害食品，再加上老头子的手艺确实不赖，味道别提有多赞了。

吃过晚饭，老头子沏了壶茶，又把壁炉的柴火添旺。

我们三人围坐在壁炉前，望着壁炉内熊熊的篝火，喝着内蒙古特有的砖茶，一时间，木屋内一室皆春。

第十八章　三十六年前的故事

房间内的三个人谁也没有说话，各自喝着茶，想着心事。

良久，老头子放下手里的茶杯，问道："孩子们，到底发生了什么事情？"

我说道："你问这个干吗？"

我一张嘴，话就横着出来了，这回老头子确实救了我们的命，但我并不领他的情。他当年做了那些事情，我心里始终无法原谅他。

老头子看了看我，又看了看郭阳，说道："你们两个……怎么会长得一模一样，你们是双胞胎？"

说到这里，老头子似乎鼓了鼓勇气，说道："其实我就是想知道，你们两个，是不是……都是我的娃儿？"

"你给我闭嘴！"我吼道。老头子立刻闭了嘴，不敢说话了。

郭阳伸手拉了拉我。我按捺住心头的怒火，问老头子："对了，昨天晚上是怎么回事？你怎么正好就出现在呼吉雅大娘的院子里？"

老头子说道："哦，这个事啊，说来也巧了。我这么多年一直有个习惯，临睡前喜欢到村子四处转转，可能是当年做生产队长的时候养成的习惯。"

听老头子说到"生产队长"这四个字，我心里的火又上来了，使劲忍了忍，这才没有发作。

老头子说道:"昨天晚上我转到村口的时候,看见了你停在空场的车。这车我认识,上回你不就是开这车来的吗?我就琢磨,会不会是你又过来了。我当时就想,你这次过来是找谁啊,难道是找我的?我当时挺高兴,就赶忙跑回家看了看,结果没有人。于是想起呼吉雅来,觉得你应该是去找她了,然后我就跑到呼吉雅家去了。结果刚一进院儿,就听到了屋里的动静,也听到了你们说话,一下子就明白是怎么回事了。紧接着,那个人就举着枪押着你们两个出来,我一看没有别的办法了,就抄了个脸盆,盛了半盆子香灰,泼到那人身上了。"

我问道:"你在村口溜达的时候,有没有看到那辆黑色的大切?"

老头子问道:"什么黑色的……大切?"

我说道:"就是那辆黑车,后来追我们的那辆。"

老头子摇了摇头,说道:"没看到,我到村口的时候还没那辆车。"

看来当时的情况是这样:我和郭阳最先到,紧接着,老头子溜达到村口,发现了我停在空场的车,于是回村找我们。

就是在这个空当,黑色大切杀到,那个黑衣人直接去了呼吉雅大娘家。而这时候我和郭阳正在村子里转悠,找呼吉雅大娘的家,老头子也正在回家找我们的路上。等我们终于赶到呼吉雅大娘家,进院子的时候,那个杀手刚刚杀完人,还没来得及走,被我们堵个正着。随后老头子赶到,救下了我们。

原来,糟老头子是根据我租来的那辆车,猜到是我过来了,这才把我们救了。

幸亏我这个人有个特点,除了女人,干别的事情一向特别专一,租车也是一直租同一款的比亚迪。倒不是为别的,主要是便宜,一天才不到一百块钱,没想到关键时刻救了我的小命。

我看了看一旁的郭阳,两人心中同时暗叫了一句侥幸。

老头子问道:"对了,呼吉雅她……怎么样了?"

我说道:"呼吉雅大娘她……死了。"

老头子一下子呆住,说道:"你说什么,死了!到底发生了什么事?"

我说道:"这件事以后再跟你说,我们这次来内蒙古,是想调查一些事情,我有几个问题要问你,你好好回答我。"

第十八章 三十六年前的故事

老头子点了点头，努力平复了一下心里的震惊，说道："好好，你说。只要是我知道的，都会告诉你，谁让你是我的娃儿呢。"

我怒道："你给我闭嘴！再跟我说什么娃儿娃儿的，信不信我弄死你？"

老头子不敢再说什么。

郭阳见我发火，伸手使劲按了按我的肩膀。我平复了一下情绪，说道："你仔细听好了，我的第一个问题是，你能确定，我是我妈生下来的吗？"

老头子听到我的问话，显然没有明白是什么意思，说道："你这……你这问的是啥问题，啥意思啊？"

我说道："我的意思很简单，我到底是不是我妈生出来的？"

老头子说道："那……那当然是啊，你不是你妈生出来的，那你是从哪儿来的？"

我说道："你别那么多废话，这件事情，你确定吗？"

老头子说道："确定，当然确定！"

我点了点头，说道："好。我的第二个问题，我妈生我的时候，是只生了我一个，还是另外还有一个双胞胎兄弟？"

老头子说道："那肯定只有你一个啊，如果你还有个双胞胎兄弟，我是你爸，我怎么可能不知道呢？"

我问道："不要再说什么我爸我爸的。我问你，你确定吗？"

老头子十分肯定地说道："当然，你妈生产的时候，我就在旁边呢。"

我看了看一旁的郭阳，他的脸上也露出了极度狐疑的表情。

看来这件事真的有点邪门了。我和郭阳是双胞胎兄弟，这一点现在已经确定无疑。双胞胎只能有一个妈，也只能从一个女人的肚子里生出来。可现在老头子信誓旦旦地说我妈当年生产的时候就只生了我一个，那郭阳是从哪儿来的？

我说道："那你给我仔细回忆一下，从我妈怀孕到生产，直到后来她带着我离开这里回北京，这中间发生的每一件事，越详细越好，全都告诉我。尤其是现在回想起来，有没有什么不对劲的或者不合常理的事情？"

老头子点了点头，说道："我明白你的意思，你容我想一想。"

老头子皱起眉头，凝神开始回忆，我和郭阳都没有打搅他。望着面前的篝火，我们各自想着心事，都十分紧张而忐忑。

过了好长一段时间，老头子抬起头来，说道："听了你刚刚的话，我现在回想起来，当年确实有一些事情不是太对劲。"

我问道："什么事情？"

老头子说道："我和你妈的事情，其实并不全是你想的那样。当年我们俩好了以后，没多久她就怀孕了，是我陪她去县医院做检查查出来的。当时我就跟她说，留下来吧，别走了，把孩子生下来，咱们一块儿好好过，但是她不同意。她说不能让孩子在这种穷乡僻壤长大，我觉得她说得对，就不再勉强她。后来她回北京的日子定下来了，我最后一次陪她去医院检查，医生告诉我们，说她怀孕的情况不太好，不适合长途旅行，容易出事。为了安全，医生建议她就在这儿把孩子生下来，等身体恢复了再回北京。我们俩商量了一下，就同意了。"

难怪我妈当年拿到返城指标以后，没有立即回北京，又在内蒙古逗留了一年多，原来是发生了这样的事情。

我说道："这也没什么不对劲的啊，后来你们又遇到了什么事情？"

老头子说道："当时那个女医生跟我说，你妈的身体情况需要卧床养胎，最好不要来医院做产检，路上容易出问题。我们当时就愣住了，去趟医院都不行，那定期的产检怎么办啊？那个医生很热情，让我们不要担心，她可以定期到我们村子里给你妈做产检，保证她顺利把孩子生下来。"

我听到这里，开始感觉不对劲了。没有哪个女人怀孕会娇气成这样，连去医院做个产检都不行，需要完全卧床静养，这事有点奇怪。

我追问道："后来呢，那个女医生就定期过来给我妈做产检？"

老头子点头说道："对，基本上半个月来一趟，一直到你妈生产。我当时对她千恩万谢，那医生说没什么，都是为人民服务嘛，我也就信了。现在回想起来，这事确实有点奇怪。"

老头子说到这里，突然又想起了什么，说道："对了，还有一件事情，现在回想起来，就更奇怪了。"

我问道："什么事情？"

老头子说道："那个医生就这么半个月来一趟，直到你妈生产前几天，她突然带过来一个外国医生,说是要一起给你妈做检查。"

我问道:"外国医生,怎么又蹦出个外国医生来了?"

老头子说道:"具体我也不清楚,那是个红头发的外国女人,长得还挺好看的。县医院那个医生说,你妈怀孕的情况很特殊,那外国医生是个专家,正好来赤峰交流学习,就被她给请过来了。那外国医生在这儿待了好多天,直到帮你妈接生完才离开,后来我们就再也没见过她……"

我打断老头子的话,说道:"你等等,你说什么!当年给我妈接生的不就呼吉雅大娘一个人吗?你是说,不仅有那个县医院的医生,还有那个外国人!"

老头子说道:"对,没错。呼吉雅大娘是咱们这一片儿最有名的接生婆,医生说你妈的情况不适宜动,最好就在村子里生,于是我就自作主张,提前把你妈给接到呼吉雅家里去住了。当时那个县医院的医生知道这件事后,还训了我一顿。之后,你妈就一直住在呼吉雅家,直到把你生下来。当时给你妈接生的一共有三个人,除了呼吉雅,还有县医院的医生和那个外国医生。"

我看了看郭阳,事情越来越不对劲了。

那个外国医生如果是来赤峰交流学习,顺路来帮我妈做个检查还说得过去,但留下来直到接生完才走,那就实在太奇怪了。

我问道:"那你再仔细回忆一下,我出生的时候,你看到了几个孩子,真的就我一个吗?"

老头子说道:"肯定就你一个。你脚后跟不是有块胎记吗?我记得当时你妈难产,生了十多个小时,她们几个一直在里面忙活。直到后来我听到孩子哭声,没多久,呼吉雅就把你给抱出来了,跟我说母子平安,这孩子有福气,脚后跟有个胎记。按照我们内蒙古的说法,脚后跟有痣,会一辈子吃穿不愁,这个胎记,跟痣也差不多。当时肯定就你一个。"

"你等一下。"我迅速脱下鞋袜,伸出脚来给老头子看,说道,"你仔细看看,是不是这个胎记?"

老头子低下头仔细看了看,说道:"没错,就是这个胎记,脚后跟正中间,我记得特别清楚。"

老头子又想了想,说道:"对了,我记得你后背肩胛骨的位置,还有一个暗红色的胎记，对不对？"老头子说得没错，我身上除了脚后跟这个胎记，后背右侧肩胛骨的位置还有一个拇指大小的暗红色胎记。

郭阳的后背上是没有胎记的，这件事我问过他，他只有脚后跟有一个和我一模一样的胎记。

如此说来，我肯定就是当年呼吉雅大娘抱出来的那个孩子。也就是说，我确实是我妈生下来的。那问题就来了：第一，郭阳是从哪里来的？第二，为什么根据DNA检测，我和我妈之间没有任何血缘关系？

我问道："后来又发生了什么事，那个外国医生是什么时候走的？"

老头子说道："具体时间我不知道，应该很快就走了。当时呼吉雅跟我说你们母子平安，让我放心，她们还得处理一下，就让我回去休息了。我当时也是在外面等了十几个小时了，确实累了。我再过去的时候，已经是第二天了，两个医生都已经走了，呼吉雅正在照顾你妈，你就躺在你妈旁边。再之后，你妈又在呼吉雅家静养了小半年，直到身子完全恢复了，这才带上你，动身回了北京，从那之后，我就再也没有见过你们母子俩。"

听完老头子的讲述，我和郭阳面面相觑。

我原本的想法是，我和郭阳可能都不是我们父母亲生的，都是抱养来的。原本是一对双胞胎，我妈抱养了其中一个，郭阳的父母抱养了另一个，这样一切就好解释了。但是现在看来，我们的想法实在太简单了。

整件事情越来越扑朔迷离了！

按照DNA检测的结果，我和郭阳确定是双胞胎兄弟无疑，但是我们和我妈之间并没有任何的血缘关系，也就是说，我们肯定不是我妈生出来的。但老头子又信誓旦旦地说，那个当时被呼吉雅大娘抱出来的孩子，就是我。

现在看来，所有的疑点都集中在我出生的那个晚上。三十六年前，一九八一年十二月二十四号的那个晚上，在呼吉雅大娘的房间中，她们四个人，我妈、呼吉雅大娘、县医院的女医生，还有那个神秘的外国医生之间，究竟发生了什么？

第十九章　野外生存

由于大雪封山，我们不得不在这间深山中的木屋里待上一个多月的时间，看来要等到开春雪化了，才能离开这里。但我还是不死心，又拽着老头子把周围能去的地方都勘察了一遍，确实没有任何可以出去的路，我这才彻底死心。

最开始的几天，我心烦意乱。这个鸟不拉屎的地方连个手机信号都没有，实在太无聊了。幸亏郭阳的心态很好，不断地开导我，几天后，我总算接受了现实，心情平静了下来。既来之则安之，好在有三个人，也不算太寂寞。

我和老头子花了几天时间，把木屋彻底打扫了一遍。统计了一下所有吃的用的东西，除了各种工具，一共有三桶油、几斤盐、十来斤玉米面、二十斤大米，还有五斤白面。这点东西肯定不够我们三个人吃一两个月的，还得想其他办法。

我们在装工具的小屋里还发现了一副望远镜、一把不知道多少年前的鸟枪。鸟枪已经坏得不成样子了，看来是以前的猎人留下的。除此以外，还有十来斤火药和一袋子铅子。老头子看了以后很兴奋，用了一下午把鸟枪修好，对我和郭阳说："以后我们就靠这个，吃的东西就不愁了。"

我看着那把破了吧唧的鸟枪，心里犯嘀咕，就这破东西，行吗？

老头子把鸟枪装上火药，带着我到屋外试了试。别说，这把破鸟枪还真不含糊，射程至少有几十米，威力也不错，就是准头略微差点，比不上步枪。

我们的武器除了这把鸟枪，还有老头子的那张弓、十几支箭。为了节省弹药，打猎的时候除非遇到大家伙，我们决定还是尽量用弓箭。虽然箭并不多，但这难不倒老头子。他从工具箱里找出了几十根长钉子，用锤子敲成箭头的形状，再在磨刀石上磨尖了，装上事先做好的箭杆，插上羽毛，几十支箭就做好了。

老头子又教我们如何在林子里下套子。这样三管齐下，鸟枪、弓箭、下套子，看来这两个月吃的东西是有着落了。至于饮水就更不用发愁了，林子里到处都是积雪，随便扒拉点回来烧开了就能喝。

最麻烦的是柴火，木屋里没有找到一点煤，木柴不经烧，堆上一人高的柴火，一天就烧完了。所以我们每天最大的工作量就是去砍柴、捡柴火，累得要死。

郭阳看着我们忙活，是看在眼里，急在心里。不过他的脚伤恢复得很快，第三个星期已经能稍微下地活动活动了，只是还不能走太远的路。

每天早上不到六点，老头子就把我给叫起来。

我们吃过早饭后出发，先去检查前一天下的套子，看有没有猎物。打猎的路上如果看到柴火，就堆在路边，等回来的时候一起拿。两人的午饭就在外面吃，无论当天有没有收获，下午两点整，我们会准时回到木屋。稍事休息就出发去砍柴，一直砍到天黑，这样每天砍的柴火才勉强能够支持到第二天。

老头子的野外生存能力很强。据他说，他年轻的时候在深山里挖过参，在草原上打过猎，后来还在西藏当过几年兵，经历很丰富。

在老头子的指导下，我的打猎技术进步迅速。寻找猎物踪迹、下套子很快就学会了。没用多长时间，弓箭也练得像模像样了，如果遇到野兔子、山鸡什么的，十来米的距离，不能说百发百中吧，三四箭射中一只基本没有什么问题。

尤其是鸟枪，没想到，我只是稍微练了练，二三十米的距离可以说百发百中。按老头子的话说，我在射击方面有点天赋。听他这么说，我不由得懊悔起来，要是那天能把那支手枪给捡起来，现在就不用那么麻烦了。我们几次遇到大的猎物，比如獐子、狍子之类的，手里的家伙不行，只能流着口水，眼巴巴地看着它们跑了。

总体来说，打猎的收获还不错。运气好的话，我们下的套子每天都会套住一两只野兔子，每只都在两三斤左右。只不过我们现在的运动量很大，一只野兔子也就勉强够我一个人吃一顿。每天我都会和老头子背着鸟枪和弓箭走到很远的地方去打猎，老头子的打猎技术不含糊，我也进步得很快。不出意外的话，每次都能背回来几只山鸡、野鸡、斑鸠什么的，三个人基本饿不着。

这天上午，老头子带着我翻过两座山，刚刚绕过一片密林，猛然看见山脚下有十几只大白羊在那里吃草。我看到羊，瞬间就走不动道儿了，老头子拽了拽我，我没有动，望着山脚下的羊，猛咽了几下口水。

在北京的时候，无论春夏秋冬，我每周雷打不动要吃两顿涮羊肉。要说这个世界上什么肉我最喜欢，那肯定就是羊肉。刚跟我女朋友在一块儿的时候，有一次她问我最喜欢什么宠物，我想也没想，脱口而出："羊！"女朋友一愣，问我怎么个喜欢法，我说清炖、红烧、涮火锅都行，当时就给我女朋友气坏了。

老头子看见我的样子，笑了，问道："怎么，想吃羊肉了？"

我回过头来，问道："怎么样，能不能弄一只？"

老头子拿出从工具房翻出来的那副望远镜，仔细观察了一下山脚下的羊，说道："这虽然不是野羊，但还是蹿得太快，不好逮。"

我愣道："这东西……不是野羊？"

老头子点了点头，说道："这是家羊，野羊哪有长这样的。"

我向山下仔细观察了片刻，老头子说得确实不错，山下的那群羊，一身白毛，看着确实不像野羊。我问道："这地方，怎么还会有家羊，这附近有人住？"

老头子笑了，说道："当然没有，这些羊都是从牧民家羊群里跑出来的家羊，乌兰左旗这片，这十来年大家养的都是这种基因改良过的蒙古家羊，学名叫呼伦贝尔羊，这种羊是好几种家羊杂交出来的，皮实，不爱生病，肉质好，长得快，不过也有缺点，就是性子野，经常会从羊圈里跑出来，一跑进大山里，逮都逮不着。"

我说道："想想办法啊，这一只得几十斤，够咱们吃好几天呢。"

老头子又用望远镜看了看附近的地形，说道："这么着吧，咱们先猫下来，容我想想办法。"

老头子拉着我在旁边的草稞子蹲下来，观察了一阵，对我说道："这东西很机灵，进了山以后，性子更野了，跑得也快，咱们这两条腿肯定撵不上，不过也不是没有弱点。"

我说道："你就说吧，有什么办法能逮住一只。"

老头子说道："你别急。我琢磨着咱们这么办，我们两人兵分两路，前后夹击。这东西鼻子灵，现在下风口的位置是在山底下，我拿着弓箭绕到下面去截它们，你呢，就拿着鸟枪，想办法绕到它们上边。"

我愣道："我去上边！那不是上风口吗？我一过去它们就都闻到了。"

老头子说道："不怕它们闻到，这东西因为跑得快，所以即便看到人也不会马上跑，除非你进入了距离它们二十米以内的范围。"

我恍然大悟，说道："明白了。你是说我绕到它们上面，尽量想办法接近它们，在那儿放枪，这样它们肯定就往下跑，你在下面截它们。"

老头子说道："对，就是这招。你枪法好，从上面接近它们，尽量撂倒。就算撂不倒，我在下面还能截住它们，再补上几箭，也就差不多了。"

我很兴奋，摩拳擦掌说道："好主意，说干就干吧。"

老头子说道："你先别着急，尽量别惊动它们，等我到了位置你再动。"我点了点头，老头子说完，拿起弓箭，猫着腰从旁边往山脚的方向绕了下去。

我看了看山脚下的大白羊，它们还在那里悠闲地吃着草，完全没有发现我们。想到晚上就有羊肉吃了，我不由得猛咽了下口水。

我轻轻把鸟枪摘下来，将里面的霰弹退出来，又添了点火药，换上大号的铅子。一切准备完毕，老头子已经到达了指定的位置。

我向老头子打了个手势，猫腰站起身来，拎着枪慢慢往山下走去。

这东西果然机灵，我刚刚走了没多远，它们就发现了我，我立刻在原地站住。几只大白羊向我的方向望了望，低下头继续吃草，就跟没看到一样。

看来老头子还真说对了。我抬起腿继续往前走，仰起头故意不看它们。随着我的接近，所有大白羊全部站起身来，警惕地看着我。

我目测了一下距离，还有四十来米，太远了，我没有把握。

我再次停下。等了好一会儿，羊见我不动，于是放松了警惕，低下头继续吃起草来。我已经紧张得满头汗水，抬起腿开始慢慢往前挪。

一米、两米、三米，到了差不多三十米的位置，再也不能往前走了。这时候，所有羊都已经站起身来，摆出一副随时准备逃跑的样子。我慢慢蹲下身，找了一块石头，趴下架好枪，心里祈祷着："祖宗们，千万别跑，千万别跑啊。"

羊并没有动，只是警觉地看着我这边的动静。我已经紧张得浑身都是汗水，在裤子上使劲擦了擦手心上的汗，瞄准了一只体型最大的羊。为了提高命中率，我并没有瞄准头，而是用准星对准了那只羊的躯干部分。我心里默念着："放松，放松。"我努力守住心神、屏住呼吸，同时扣动了扳机。

随着一声清脆的枪响，射中了！

子弹准确地击中了那只羊的腹部。只见那羊"嗖"地一跳，就和其他羊一起，风一样地向山下跑去，我起身拎着枪追了下去。

老头子真没说错，这群羊的奔跑速度太快了，跟离了弦的箭一样。那只被我射中的羊明显慢了很多，很快就被其他羊甩下了。

只是一眨眼的工夫，大批羊掠过了老头子藏身的地方。就在这时，老头子猛地站起身来，弯弓搭箭，"嗖嗖嗖"一连三箭，射向后面的那只羊。

那只羊又往前跑了几步，跑到老头子的面前，一头栽倒。我冲上前去，只见老头子的那三箭，两支射中脖颈，一支射中胸口，那只羊已经没气了。

我叫道："牛啊！"

抬头望了望，其余的那十几只羊早已跑得不见了踪影。我拎了拎地上躺的羊，这只羊很肥，至少得有七八十斤重。

老头子上前拔下羊身上的箭杆，收到箭壶里，对我说道："咱们得抓紧时间，赶紧把羊抬回去。"

我见老头子的神色不对，问道："怎么了？"

老头子说道："这一片山里狼很多，如果让它们闻到血腥味，那就麻烦了。"

我不以为然，说道："不会吧，狼又不是鲨鱼，怎么可能呢？"

老头子说道："你不知道，狼是狗的祖宗，鼻子灵得很。冬天它们没有食吃，要是让它们闻到这股血腥味,咱俩跑都跑不了。"

我心里一惊,说道:"那咱就别磨叽了,抓紧吧。"

我们立即用绳子捆住羊的前后腿,又用猎刀削了一根长棍子,扛起羊快步往回走去。

我俩一口气翻过前面的山,这才停下来歇了口气。

我突然想起了什么,问老头子:"对了,那天晚上咱们上山的时候,狼群突然放开了我们,奔那个蒙面人去了,是不是就因为你射的那几箭?"

老头子笑了,说道:"冬天狼的食物少,都饿疯了,所以即便咱们打着火把,也根本甩不掉它们。我当时突然想起狼对血腥味敏感,就射了那人几箭,只要血一下来,狼群闻到血腥味,就会放过我们,冲那个人扑过去,咱们不就得救了?"

我问道:"你那天为什么要冒那么大的风险,来救我们两个?"

老头子看了看我,理所当然地说道:"为什么救你们?你们是我的娃儿啊!"

我被老头子的话噎得一愣。老头子没有什么文化,虽然这些天郭阳反复和他解释,DNA 检测显示,我们和我妈之间没有任何血缘关系,所以我们和他之间,肯定也没有任何血缘关系,但老头子还是固执地认为,我们就是他的儿子。

其实,这些天相处下来,我也能感觉到,老头子并不像我原来想的那么坏,他对我也很好。但一想起若干年前他对我妈做过的事情,即便我和我妈之间并没有什么血缘关系,我还是气不打一处来。

我没好气地说道:"行了,这种废话你以后就别说了,走吧。"

老头子不再说什么,两人抬起羊,快步往回走去。

第二十章　奇怪的帐篷

郭阳见我们竟然抬了一头大白羊回来，惊喜万分，单腿跳着下了床就过来帮忙。我特意找了杆秤称了称，这头羊可真不轻，足足有八十斤重。

老头子小心翼翼地把羊皮剥下来，挂到小屋风干。然后就是剔羊肉，这只羊很肥，光羊油就剔下来将近十斤，羊肉剔下来三十多斤，够我们吃好些天了。除此以外，还有内脏和羊骨头，都可以熬汤喝。

当天晚上，郭阳和老头子给我打下手，我亲自下厨，挑了几斤羊后腿肉，用刀切成薄片，然后从壁炉里舀了几脸盆炭火放到炉子里，再在上面坐了一盆开水，涮羊肉！

虽然作料并不齐全，但这顿饭还是吃得我们满嘴流油、连连称赞。

吃过晚饭，我撑得连路都走不动了，躺在床上打着饱嗝，心里想着："这深山老林里的生活，有羊肉吃，有猎可以打，也是挺不错的嘛。"

有了这头羊，我们终于可以歇几天了。在这将近一个月的时间里，我们早出晚归，每天不是打猎、砍柴，就是烧火做饭，累得跟三孙子似的。

一连歇了三天，我终于好好地补了补觉。我和郭阳也终于有时间把这些天发生的事情好好分析一下了。

第三天晚上，我的体力完全恢复。吃过晚饭，我们三人围坐在壁炉前，喝着砖茶，由郭阳牵头，把这些天以来发生的事情，从头到尾过了一遍。

整件事情，从郭阳看到我的照片开始。

之后，他借出差的机会到北京找我，我赶到内蒙古见呼吉雅大娘探寻真相，被杀手追杀。现在可以确定，当时追杀我的杀手，并不是管爷的手下。

然后就是我们的 DNA 检测结果出错，虽然到现在为止，还没有证据显示这次出错是人为的，但这件事确实有很大的疑点。

我们在美国做了第二次 DNA 测试，确定我和郭阳是双胞胎兄弟。然而这时候，不可思议的事情发生了，我们分别检测了郭阳和我这边，无论是郭阳的父母，还是我妈，都和我们没有任何血缘关系。

最后，为了查明真相，我们来到了内蒙古。呼吉雅大娘被杀，我们再次遇到那个杀手，关键时刻被老头子救下。之后从老头子口中得知，当时我妈生下来的那个孩子，确定就是我无疑。如果老头子说的是真的，那么郭阳是从哪里来的？为什么基因检测显示，我和我妈之间，并没有任何血缘关系？

到现在为止，整件事情已经扑朔迷离到无以复加的程度了，连美国大片都没有这么烧脑的。那么这一切背后的谜底，究竟会是什么呢？

分析到这里，我的脑子已经完全转不动了，一脸茫然。

郭阳说道："我们都别着急，我相信，所有奇怪的事情，背后一定有它的原因，只要慢慢查，肯定会查出结果的。"

我说道："但现在的问题是，呼吉雅大娘死了，所有的线索都断了，还有什么办法呢？"

郭阳沉思了片刻，说道："我觉得至少还有两个方向。第一就是那个杀手，等我们下山以后，一起去呼吉雅大娘家看一看，还有那天遇到狼群的地方，可能会留下什么蛛丝马迹。第二就是大叔说的那个县医院妇产科的女医生，还有那个红头发的外国医生，都可以去查一查。"

我眼前一亮。还是郭阳的脑子好使！

他说得没错，那个县医院的女医生，还有那个红头发的外国医生，她们都是当年我妈生产时候的见证人。当时一共有四个人在呼吉雅大娘家的房间里，现在我妈和呼吉雅大娘都不在了，所有线索就都落在她们两个身上了。

我们只要想办法找到她们中的一个，就一定可以得到我们想要的答案。至于那个杀手，我倒不存什么希望，除非他死了，否则应该不会留下什么线索。

郭阳说道："不过，这一切线索都要等到我们能下山的时候，才能开始去调查。"

老头子说道："你们别急，最多再有一个月，雪就化了。"

几天后，郭阳的脚伤基本痊愈，可以做恢复训练了。练习了一个来星期，他完全康复了。这时候，已经四月了，山上各处的积雪开始融化。我很兴奋，终于快解放了，这一个多月待在这鸟不拉屎的地方，简直跟关班房差不多。

我们开始筹划下山的事情。这一个月由于大雪封山，我们待在这里一直很安全，但山下究竟是什么情况就不好说了。那个追杀我们的杀手到底还在不在，从他的身手来看，他被那些狼弄死的可能性并不大，我们必须小心。

三人商量了一番，大伙儿都觉得，来时的那条路肯定不能再走了，必须找一条新路下山。又熬了几天，距离积雪完全化掉还有不到一个星期的时间了。这天早上，我们决定不再等了，先行出发，去探探路再说。

吃过早饭，二人带上干粮，在老头子的带领下，我们离开木屋，向北出发。根据老头子的记忆，从木屋所在的位置，要想下山，一共有三条路，一条就是我们来时的那条路，肯定不能再走，而另外两条路分别在木屋的北面和东面，北面这条路是距离最近的下山位置，离木屋有十来里地。

一路跋涉，上午十点来钟，我们到达了老头子所说的位置。这是被两山包围的一道峡谷。我们爬上了一侧的高山，向下望去，只见山谷下面依旧积着厚厚的雪。

老头子观察了一阵，说道："看来这边背阴，雪化得慢，至少还得十来天才能下山。"

我向下看了看，老头子说得确实没错，我说道："那就去东面那条路再看看。"

我们刚要动身，郭阳突然说道："你们等一下！"

我说道："我说大哥，你就别磨叽了，咱们得赶紧走。"

郭阳的神色有些凝重，他说道："不是这个，你把望远镜给我。"

我见他的神色有点不对，问道："怎么了？"

郭阳说道："你先给我再说！"

我没再问什么，掏出望远镜递给他。郭阳接过望远镜，在一块石头旁边趴下，对着山下观察起来。我和老头子交换了一个眼神，谁也不明白郭阳到底在做什么。我走到郭阳身边，问道："到底怎么了？"

郭阳没有回答，又观察了好长一段时间，才放下望远镜，用手指了指山下，对我说道："你看看那个地方。"

我顺着郭阳的手指向下望去，什么也没有看到。我又凝神细瞧了瞧，突然之间，我注意到山脚下很远的位置，似乎有几个黑点。

"这是什么东西？"我一把抢过郭阳手里的望远镜。透过望远镜的镜头，可以清楚地看到，远处山脚下的那几个黑点，是三顶帐篷。

三顶帐篷！

我放下望远镜，问郭阳："怎么回事，难道是来堵我们的？"

郭阳摇了摇头，说道："我不知道。"

老头子走上前来，拿过望远镜向山下观察了一阵，皱了皱眉头，说道："看样子像是进山偷猎的。不过也不作准，咱们还是小心点好。"

我和郭阳都点了点头。

老头子说道："这样吧，我们抓紧时间，到东面那条路看看再说。"

三人匆匆垫补了点东西，立刻出发。一路上，大伙儿都有些惴惴不安。四个多小时后，下午三点整，我们赶到了东面下山的那个山口位置。

不出所料，这条路的山脚下，也有三顶帐篷支在那里。

这就有点不对劲了。

按照老头子的说法，这个季节进山偷猎的人本来就少，再加上这几年政府对偷猎的打击力度很大，一下子让我们赶上两拨，这不大可能。

"怎么办？"我问道。

郭阳说道："我建议，第三条路，也就是我们来时的那条路，也去看一看吧。"

我和老头子都表示同意。这是明摆着的事情,如果在我们来时的那条路上也有帐篷,那这些人八成就是冲我们来的了。

我们不再耽误时间,立即出发。

几个小时后,我们赶到了南面进山的山口位置,这时候,天已经全黑了下来。我们爬到西侧的山顶,借着月光向下望去,果不其然,远远地可以望见山脚下有三顶帐篷,帐篷的旁边还点着一堆篝火。

我拿起望远镜,可以清楚地看到篝火的旁边是三个人,但是由于距离太远,并不能看清他们的面孔。我放下望远镜,说道:"现在看来,应该是冲我们来的了。"

郭阳和老头子都点了点头。

情况很危险,我们现在已经成了瓮中之鳖。这事情想都不用想,只要积雪一化,他们从三个方向同时进山堵我们,到时候我们跑都没有地方跑。想到呼吉雅大娘的事情,我不由得后背有些发凉。难道我这条小命,就要交待在这里了?

老头子说道:"看来咱们必须马上下山,越快越好!"

我说道:"马上下山?可是雪还没有化完呢。"

老头子说道:"我们就是要趁着雪还没有完全化,这样才有可能逃出去。"

我说道:"你说得有道理,可是雪没化完,我们怎么下山啊?"

老头子观察了一下周围的环境,说道:"这边是南坡,雪化得快,咱们的时间不多了,最多再有个五六天,这条路就可以进山了。"

我向下看了看,老头子说得没错,下面的积雪已经没有多厚了,我们的时间确实已经不多了。我问老头子:"你有什么办法?"

老头子说道:"从这里向西走两里多地,有一个断崖,那边应该可以下去,就是路不太好走,而且从断崖那边下山,非常危险。"

我说道:"现在危险已经不算个事了,再危险也没有下面那些拿枪的人危险,你别废话了,咱们这就过去看看。"

我们立即下山,在老头子的带领下,向他所说的那处断崖走去。这条路确实很难走,我们又没有登山工具,三人互相拉扯着,两里多地的山路,足足花了三个小时才走完。将近午夜十二点，我们总算到了老头子所说的那处断崖。

情况还不错，断崖下面的积雪并不算厚，应该可以出去。但是断崖很深，目测差不多有十层楼那么高，没有专门的攀爬工具，根本不可能下去。

老头子说道："咱们的运气不错，比想象的要好。不过咱们的时间已经很少了，得赶紧回去准备家伙什儿。"

老头子又观察了一下断崖，说道："要想从这儿下去，至少需要两根三十米长的绳子。"

我说道："这么长？那把所有床单、被罩都撕了也不够啊！"

老头子说道："还有办法，剥树皮搓绳子，就是速度会很慢。"

看来，我们这是要和时间赛跑了！

第二十一章　和时间赛跑

根据老头子的估算，南面出山路口的积雪最多只需要四五天，就化得差不多可以进山了。也就是说，我们最多还有四到五天的时间。

看来我们是要跟时间赛跑了。大家不敢再耽搁，立即下山往回返，一路跋涉，赶回木屋的时候，天已经蒙蒙亮了。

这一天下来，来来回回走了小一百里山路，累得三人连手指头都快抬不动了。进了房间，老头子说道："这几天咱们就不能多休息了。你们两个现在睡上个把小时，我去弄点吃的，再把东西准备准备，一会儿我叫你们。"

我和郭阳已经累得不行了，就不再跟老头子客气，两人衣服也没有脱，爬上床倒头便睡。一个多小时后，老头子叫醒了我们。

三人简单吃了点东西。老头子说道："各种搓绳子的工具已经准备好了。我统计了一下，一共有四床被子、三床褥子，另外，我在工具房找到了一根十来米的绳子，但比较细。这些东西加在一块儿，能搓出一根四十来米的绳子，而且绝对结实，可以做咱们下山的主绳索。至于备用绳子，就得靠剥树皮自己搓了。"

我说道："都听你的，你就分配活儿吧。"

老头子说道："那咱们这么安排，郭阳现在腿脚还不算太利落，就留在家里，用这些现成的材料搓那根主绳索，我们两个去剥树皮。"

我和郭阳都无异议。接下来，老头子用了半个多小时的时间，把搓制绳索的方法教给了郭阳，然后就立刻带上我出发了。

老头子告诉我，不是所有的树皮都可以用来搓制绳索。在北方，只有荨麻、柳树等很少的几种植物才适用。大山里不会有荨麻，不过柳树还是有一些的。

我们的运气还不错，只用了一个多小时就找到了一片不大的柳树林子。为了不破坏生态，我们并没有剥取主干位置的树皮，而是砍下了很多树枝。按照老头子的说法，树枝部分的树皮更嫩，强度也会更高。

忙活了整整一天，我们剥下了几十斤重的树皮，分批运回了木屋。

接下来的工作就非常累人了，要用手或者工具将树皮搓软，然后编成绳索。

第一天下来，我的两只手就已经肿得不像样子了。好在这条备用绳索并不需要太粗，我们用了整整三天时间，将两条绳索全部准备完毕。

一切就绪，已经是最后一天的上午了，此时，三人的体力都已到达了极限。为了保证不在回去的路上出事，我们掐着时间睡了四个小时。

下午三点整，所有人全部爬起身来。

老头子把剩下的白面和玉米面都烙成了饼子，作为路上的干粮。

临走之前，我童心忽起，找了根木炭，在进门正对面的墙上画了一个大大的中指。然后找了一口大锅，往里面倒上水，又拉着郭阳一起往锅里撒了一大泡尿，把这口盛着尿水的大锅小心翼翼地架在了门上。

如果那帮兔崽子追到这里，大爷就好好请他们喝顿尿！

三人都哈哈大笑。我们带上干粮，背上绳索，又拿上弓箭和鸟枪，最后看了一眼这个我们在一起生活了近两个月的地方，然后便向断崖出发。

一路上我们非常小心。谁也不清楚这几天山脚下的情况，万一雪提前化了，那帮孙子提前进山，撞个正着，那可就完蛋了。

晚上八点整，我们平安地来到了断崖的位置。天上挂着半个美丽的月亮，月光非常亮，把断崖下面映得清清楚楚。

第二十一章　和时间赛跑

下面的雪已经化得差不多了，看来出山应该没有问题。我们找了两根粗壮的树木，一根用来绑主绳索，另一根用来绑备用绳。

老头子用来打结的方法叫作"攀山结"，这种绳结是活结，下山以后，只要使劲一抖，就可以把绳子收回来。为了保证安全，这些绳索我们必须收回来，绝不能让山脚下的那帮孙子知道我们去哪儿了。老头子很快打好了绳结，又用备用绳分别捆在我们的腰上，把三个人串成了一串。一切准备完毕，老头子对我们说道："一会儿我先下去，你们跟紧我，记住了，千万要小心。"

我和郭阳的心里多少都有点紧张，毕竟我们都没有受过正式的攀登训练。这处断崖很高，站在崖顶向下看去，即便我这个没有恐高症的人也会感觉有点眼晕。好在我和郭阳都是常年锻炼，身手还算可以，应该没有问题。

老头子第一个下去，我和郭阳紧随其后。

一路有惊无险。二十分钟后，我们终于站到了崖底的地面上。三人悬了一路的心终于放下，再次向上望去，只觉得头发晕，双手发麻。

老头子迅速将两根绳索收回来捆好，我和郭阳分别背上。我们不敢耽搁时间，在月光的映照下，迅速向山下走去。

一个多小时后，三人顺利来到山脚下。

大伙儿实在是累坏了，把东西放下，在原地休息了片刻。这一通折腾，可以说是死里逃生，每个人的心情都是说不出地畅快。

老头子问我们："接下来你们有什么打算？"

我说道："我们还得在这边住几天，把该查的事情好好查一查。"

老头子点了点头，说道："你们不嫌弃的话，就到我那儿去住几天吧，我家里宽敞，就我一个人。"

我说道："行啊，你管吃管住就行。"

老头子笑了，说道："放心，什么都不用你们管。"

郭阳突然说道："我们不能去大叔家。"

我和老头子都是一愣。我问道："怎么了？"

郭阳说道："你们想一想，几个月前村子里出了这么大的事情。呼吉雅大娘死了，前生产队长，也就是大叔，一下子失踪了好几个月。那些人要是想打听，很容易就能打听出来。我们现在去大叔家，和自投罗网没有区别。"

我恍然大悟，还是郭阳心思缜密。

老头子也听明白了，说道："还是你考虑周全。那就这么着，我们去我一个安达那里，他自己单独住，也不在村子里，很安全。"

老头子说的"安达"，应该就是蒙古语里结义兄弟的意思，小时候看电视剧《射雕英雄传》，里面出现过这个词。

我说道："行，那就这么着。"

三人又休息了一会儿，体力都恢复得差不多了。大家起身拿起东西刚要出发，我突然心念一动，喊住了郭阳和老头子，说道："你们等一下。"

两人都站住了。我说道："你们想不想去帐篷那边瞧一眼？"

老头子一愣，说道："去那儿干吗？多危险！"

郭阳却一下子明白了我的想法，说道："好主意！"

我的意思很简单，要想继续往下查这件事，现在唯一的线索就是县医院的那个妇产科医生。然而过去了这么多年，这条线索究竟还在不在，不好说。但就在我们眼前，不就有一个最好的线索吗？那就是帐篷里的那些人。

老头子伸手拦住我们，说道："不行不行，你们不能去，这太危险了。你们这叫自己往枪口上撞，别忘了，他们可有枪啊。"

我拍了拍手里的鸟枪，说道："他们有枪，咱们手里的家伙什儿也不是吃干饭的啊，再说了，我们就是去摸摸情况，又不是去拼命，对不对？"

老头子见拗不过我们，勉强同意了，说道："那行吧，不过我得陪你们一起去，还可以给你们打个掩护。"

大伙儿简单收拾了一下，把剩下的食物全部吃光，其他东西都留在原地，只带上了鸟枪和弓箭两件武器，就向南面进山的山口位置出发了。

第二十二章　探营

向南走了三四里地，转到一块山壁，老头子拉住了我们，指了指不远处的一座土丘，说道："没多远了，前面翻过那个土丘，就到了。"

大伙儿在原地喘了几口气，然后贴着山壁，猫着腰小心翼翼地向土丘的方向走去。不多时，大伙儿爬上了土丘，果然那三顶帐篷就扎在土丘下面不远的地方，旁边点了一堆篝火，三个人正围着篝火喝酒聊天。

老头子低声问道："你们有什么打算？"

我想了想，说道："这么着，你们在这儿给我打掩护，我下去看看。"

郭阳说道："我陪你一块儿去。"

我说道："你就算了，你现在腿脚还不利落，下去只能给我添乱，就待在这儿吧，给我观敌瞭阵，打个掩护。"

郭阳见我坚持，不再说什么。

我把背后的鸟枪摘下来，退下了里面的大号铅子，又加了一些火药。把火药捣实后，塞上一大把小铅子，这样既能增加杀伤面积，还不会打死人。整完之后，我把鸟枪递给郭阳，说道："你拿着枪，在这儿掩护我，只要那帮孙子发现了我，你就开枪。瞄准点，打他们，别打我啊。"

郭阳笑了，说道："你就这么不相信我的枪法？"

郭阳的枪法很好，在美国的时候，他带我去打过几次靶，步枪一百米的距离，不能说百步穿杨吧，至少也是百发百中、枪枪中靶。

我抬头看了看天色，天上的月亮很亮，不太利于我接近帐篷。不过距离月亮不远的位置有一大片乌云，正好是往月亮的方向飘去。

我对郭阳和老头子说道："一会儿那块云彩一挡住月亮，我就下去。你们就守在这儿，千万别动，万一下面的人发现了我，你们就开枪、放箭，尽量拖住他们，这样我才能跑回来。"

郭阳说道："明白了，还有什么要嘱咐的？"

我说道："尽量别打要害，万一弄出人命，将来说不清楚。"

郭阳点了点头，说道："你放心吧，这个准头我有。"

全部交代完毕，我们分别找好位置隐蔽起来。我抬头看着天上的月亮，几分钟后，云彩上来，把月光完全遮住了。

我向两人打了个手势，起身向上丘下面爬去。

云彩将月光完全遮住后，整个山谷立刻暗了下来。要说匍匐前进这东西，没练过还真是不行，刚刚爬到土丘下面，我已经累得一身大汗了。

作为一个骨灰级别的驴友，我在山顶上就看出来了，下面的三顶帐篷都是美国 MSR 公司顶尖级的户外单人防寒帐篷，抗寒等级为十一级，可以抵抗零下五十摄氏度的低温，一个单人帐篷的售价在一千美元上下。篝火旁边有三个人，一共三顶单人帐篷，所以我肯定，帐篷里面是没有人的。

在原地喘了几口气后，我猫着腰快步奔到了第一顶帐篷后面。

再次观察了一下周围的环境，我必须想办法尽量离他们近一点，这样才能听清他们究竟说了什么，可以多得到点有用的信息。面前这三顶帐篷一字排开，最前面的一顶帐篷距离篝火大概七八米远，到那里应该可以听清他们的谈话。

我深吸了一口气，猫腰快步前进，很快就来到了最前面的那顶帐篷后面。探头向外望去，篝火就在前面不远处，几个人喝着酒，正聊得开心。

我侧耳倾听，声音非常清楚。但是……他们说的居然是英语！

我一下愣住了。这下可糟糕了，这是我完全没有想到的，之前和那个蒙面杀手两次照面，他说的都是汉语，我就先入为主地认为对方是中国人了，怎么能想到这几个家伙居然说英语?

早知道这样,让郭阳陪我下来就好了。

我急得满头是汗,我高二就退学了,之前那几年学的英语早就还给老师了,最多也就能说个"你好""再见"之类的。这可怎么办?

我抬头看了看,那片乌云已经过去很远了,天空一片晴朗。

再让郭阳下来的话,实在太危险了。我脑中念头狂转,要是手机还有电就好了,至少还能录个音,回去让郭阳听听。

不行,我死活得听出点什么来。

我静下心来,凝神细听。

深夜的山谷间异常宁静,篝火旁边三个人的谈话,每一个词在这里都可以听得清清楚楚,可偏偏就是一句也听不懂。听了十来分钟后,我注意到他们经常提到一个词,发音是"NPR",好像是个英文缩写,类似"NBA"之类的。

又听了十来分钟,实在是听不出个所以然来了。看篝火旁那三个人的架势,酒应该也喝得差不多了。我开始慢慢往回走,先找个地方藏起来,然后等他们都睡着了,再找机会溜回去。

我慢慢起身往回退。退到最后一顶帐篷边,四下观察了一番,距离这里十来米的位置有一块大石头,应该可以躲一躲。

我刚要起身,突然心念一动:对啊,我虽然没听懂他们说了什么,但至少可以去他们的帐篷里搜搜,没准有什么有用的线索呢?

想到这里,我兴奋起来,万一他们的帐篷里除了线索,还有把枪,那可就逮着了。老爷们儿没有不喜欢枪的,那天看到杀手拿的那把伯莱塔92F,馋得我直流口水,一直后悔当时没有把那把枪捡起来,这回算是有机会了。虽说在中国非法持枪得判个几年,但我就搁在家里收藏着,没事拿出来看看,总没关系吧?关键时刻还可以救命呢,相比丢了小命,判几年算什么!我做起了不靠谱的白日梦。

我探头向外看了看,那几个人的目光并没有望向帐篷这边。我深吸了一口气,蹑手蹑脚地绕到帐篷后面,掀开帐帘就钻了进去。

帐篷里一片漆黑,我四下摸着,从头到尾摸了一遍,除了枕头、睡袋,什么也没摸到。我暗暗骂了一句，不由得一阵失望。我没放弃，再次仔细摸了一遍，突然，在睡袋里摸到了一个厚厚的钱包。行啊，没摸到枪，钱包也行，里面应该有证件什么的，至少可以看看这几个兔崽子是从哪里来的。

我把钱包揣进口袋，掀开帐帘开始慢慢往出爬。刚刚爬出半个身子，突然觉得后脖颈子一凉，紧接着听到一个阴森森的声音在我身后响起："别动！"

我一下子僵住了。完蛋了，光顾着兴奋了，怎么出来之前没好好看看外面？但我马上想到，看有什么用！人家都到帐篷门口了，躲在帐篷里也是瓮中捉鳖啊。

那声音再次响起："转过身来！"

我听出来了，说话的就是与我们照过两次面的那个蒙面杀手。

我举起手来，同时慢慢转过身，没错，应该就是那个人。只见他还是一身黑衣，头上依旧戴着个面罩，看不清面孔。他手里拿着的，正是那把伯莱塔92F。

不过，那个人明显没有认出我来。我这一个多月，胡子从来没有刮过，头发也长得快赶上女人了，浑身上下一股土腥味，也难怪他认不出来。

我语无伦次地说道："大哥，这个这个，您容我解释……"

那大汉冷冷地看着我，说道："你是什么人？"

我赶忙找借口："大哥，我路过，这不正好……"

我话还没有说完，面前的大汉突然"啊"的一声大叫。我一愣神之下，只见他的肩膀上已经钉了一箭，手枪也瞬间脱手，飞出去七八米远。

牛啊，是老头子射的箭！

我想也没想，撒丫子就跑。篝火旁另外两人听到这边的动静，起身追了过来，口中用蹩脚的汉语喊着："站住，再不站住开枪了！"

傻子才会站住呢！篝火距离我这里至少有十来米远，我又是跑着的，就不信你们能用手枪打中我。我加速飞奔，向土丘的位置跑去。那两人开枪了，虽然加了消音器，但我还是能感觉到子弹"嗖嗖"地从我身旁飞过，但是并没有打中我。

但这么下去不是办法，他们迟早会打中我，我向土丘上喊道："开枪，快开枪！"话音未落，就听到"乓"的一声巨响，是鸟枪特有的声音，郭阳开枪了。

我回头望去,后面追我的那两个人已经滚倒在地,用手捂着脸痛苦地大叫着。

"牛啊!"我大喊了一声。郭阳的枪法还真不是盖的,我在枪里装的那一堆小铅子,够他们喝一壶的,不瞎也得成麻子。

这时候,我注意到之前抓住我的那个大汉已经撅掉了肩膀上的箭杆,捡起枪正向我这边追来。

我加速狂奔,没承想,刚跑了几步,一个没注意,被地上的一块石头绊了一下,一个狗吃屎就趴在了地上。我跑得太快,这一跤跌得实在太猛了,额头狠狠地磕在冻得硬邦邦的地面上,脑袋一阵发晕。

只听到土丘顶上,郭阳向我大喊:"快起来!"

我晃了晃脑袋,挣扎着试图爬起来,但地面实在太滑了,试了几下都没爬起来。这时,后面那个大汉已经离我只有七八米了。我越急反而越爬不起来,大汉越来越近,他越近我越急,我越急就越爬不起来。

就在这时,那大汉一声大叫,只见他的手腕和大腿同时中了一箭,枪立刻脱手,人也跪在了地上。

我一骨碌爬起来,飞快地跑上土丘。

郭阳伸手把我拉上去,问道:"怎么样,你没事吧?"

我说道:"我没事,咱们快走。"

我们三人下了土丘,飞快地向前跑去。

第二十三章　英文缩写"NPR"

三人一口气跑出去十几里地，跑到实在跑不动了，这才停住了脚。

大伙儿在原地歇了一会儿，老头子说道："这里还是不太安全，万一他们有车，很快就会追过来的，歇得差不多了，咱们就走吧。"

老头子说得没错，就算刚刚那几个人被我们干废了，但只要他们用手机或步话机联络到另外几拨人，就能很快追到这里。

我们咬着牙爬起身，拿上东西继续出发，这一夜没敢再停。走到快走不动了的时候，终于到了老头子说的地方。

这是一座位于河边空地上的小院子。老头子敲开门，他的安达听明白我们的来意，很热情地把我们迎了进去。这是一个看起来六十来岁、满面红光的健硕老头。老头子给我们介绍，他的名字叫作巴图，在蒙古语里是神箭手的意思。

我们三人都饿惨了，巴图大叔立刻宰了头羊，在院子里生上火，为我们烤羊肉。大伙儿狼吞虎咽地吃了半头羊，又喝了很多马奶酒，终于填饱肚子。吃完饭，困劲儿一下子上来了，我和郭阳连眼皮都抬不起来了。

巴图大叔把厢房打扫干净，我们简单洗漱了一下，就爬上床睡了。

一觉睡到当天下午，我们才爬起身来，巴图大叔已经做好了晚饭。

吃过晚饭，巴图大叔去厨房收拾东西，我们三人围坐在火炉子边，喝了一阵子茶，开始讨论接下来的安排。

回想起昨晚的事情，确实是太冒险了，现在想想还有点后怕。

要不是郭阳那一枪打得准，老头子的箭法精，我肯定就交待在那儿了。幸亏有惊无险，唯一有点遗憾的，就是没弄支手枪回来。

"你昨天下去，探听到什么了？"郭阳问我。

"什么也没探听到，他们说的是英语，完全听不懂。"我说道。

郭阳愣道："英语！他们是外国人？"

我摇了摇头，说道："距离太远，他们几个的面孔我没看清。不过，后来发现我的那个人肯定是中国人，就是跟我们照过两面的那个穿黑衣服的蒙面人。另外两个追我的时候，喊的是中国话，不过很蹩脚，像是外国人说的。"

郭阳问道："那你听到什么有价值的信息没有？"

我说道："我哪儿听得懂啊，我又不是你。不过我听他们一直提到一个词，听发音像是'NPR'，说了好多遍，也不知道是什么意思。"

"NPR？这应该是一个英文缩写。"郭阳皱了皱眉头。

"我也这么觉得，这是什么意思？"我问道。

郭阳琢磨了片刻，说道："这种缩写，没有语境很难知道是什么意思，等咱们能上网了，可以去查一查。还有别的吗？"

"其他就没什么了。"说到这里，我突然想起了什么，面露喜色，说道，"哎，对了，我还摸了个钱包回来。"

郭阳愣道："钱包？"

"对啊，贼不走空，我冒险下去一趟，不能白忙活啊。"说着，我从口袋中掏出那个钱包来。

这是一个黑色限量款的Prada（普拉达）男士钱包，应该价值不菲。钱包很厚，看来里面装了不少东西。打开钱包，映入眼帘的是厚厚的一沓美金。我把美金抽出来，一共二十多张，将近两千美元，除此以外还有五百多元人民币。

发财了！

我不客气地将钱包里的所有现金都揣进自己的口袋里，说道："全归我了，你们谁都别跟我抢啊。这帮兔崽子，合该给我点补偿，不过你们别眼馋，等这事过去了，我请你们撮饭。"

郭阳和老头子看到我一脸贪财样，全都笑了。

我把钱包里的其他东西全部掏出来，在桌面上一字排开。

一共有两把钥匙、五枚硬币、两张银行卡、一张带照片的小卡片，另外还有一张黑色卡片，看起来很精致，不知道是干什么用的。

郭阳拿起那张带照片的卡片看了看，说道："这是一张美国的驾照，持有人的名字叫 Leon Zhang，应该是个美籍华人，出生日期是一九七八年三月五号。"

我接过卡片看了看，照片上这个人应该就是那个和我们照过两面的蒙面大汉，不过两次交手他都蒙着脸，不能完全确定是同一个人。

我放下那张驾照，说道："还真是外国人啊，那这事……还真有点大了？"

郭阳点了点头，又拿起那张黑色卡片仔细看了看，突然说道："对了，你刚刚说昨晚你听到他们的谈话中，经常会出现一个英文缩写'NPR'？"

我说道："没错，怎么了？"

郭阳将那张卡片递给我，说道："你看看这上面。"

我接过卡片，卡片的正面没有任何东西，翻到背面，上面有一道磁条，在卡片右下角的位置，印着三个很小很淡的字母：NPR。

我说道："就是这三个字母，看来我没听错。只是不知道，这三个字母到底是什么意思？"

我和郭阳的手机早就没电关机了，不过就算有电，我们俩也不敢随便开机。现在的科技手段极其发达，一旦开机，那帮杀手很容易就可以查到我们的位置。巴图大叔用的是一部老人机，他家里没有电脑，更没有网络。

老头子说道："县城里面有网吧，我可以带你们去县城查。"

这倒是一个主意。我说道："行，那就这么安排，明天一早，我们一块儿去县城，先一起去县医院找那个女医生，然后再去网吧查资料。"

"没问题，全听你们安排。"老头子点了点头，说道，"就是不知道这么多年过去了，那个女医生还能不能找到。"

我拍了拍老头子的肩膀，说道："你放心，有我在，只要你能说出那个医生的名字，就算把县城翻个遍，我也能把她揪出来。"

我和郭阳都很清楚，我们肯定是无意间卷入了一个巨大的阴谋中，至于这个阴谋到底是什么，我们还不知道。从对手的种种手段来看，这件事情绝对小不了，呼吉雅大娘的死已经足以说明这一点。不过有一点我们可以肯定，那就是这件事一定和我跟郭阳是双胞胎有关。现在，对我们来说最重要的，不是查明真相，而是保护好自己。只有保护好自己，我们才有可能去查清谜底！

第二天一大早，巴图大叔开上他那辆破拖拉机，把我们三个送到了县城。

为了确保安全，我和郭阳都要稍微做一下乔装。我们先找了个服装市场，买了两身蒙古族的衣服穿上，又给郭阳弄了副眼镜戴上。对着镜子一照，别说，连我们自己都认不出自己来了。

从服装市场出来，我们又乘着巴图大叔的拖拉机，去了一家理发店。我和郭阳已经一个多月没理发也没刮胡子了，所以在店里都把头发简单修了修，又把胡子分别修成了不一样的形状。出来后，我找了个电话亭，先给租车公司打了个电话。租车公司的业务员一听是我，立马急了，问我这些天干吗去了，手机也打不通，害得他差点被公司开除。我连忙道歉，随便编了个理由，然后告诉他车辆现在的位置，让他过来把车开回去，至于这一个多月的租车费用，我回北京再跟他结。

挂了电话，我又分别给我女朋友和"拉面"打了个电话报平安。我女朋友还算淡定，只是很担心我。"拉面"则对我一通质问，我胡乱编了个理由糊弄过去，就匆忙挂了电话。我这儿还有正经事要处理呢，哪有工夫哄她啊。

所有事情处理完毕，接下来就是去找那个县医院的女医生了。

根据老头子的回忆，那个女医生姓赵，全名叫作赵红英，当时是县医院妇产科主任，三十来岁的样子，现在应该已经近七十岁了。这个女医生是我们现在最大的突破口，如果能够顺利找到她，接下来的事情就好办了。

在县医院门口下了拖拉机，老头子说道："你们在这儿等着吧，我进去找。"

我伸手拉住老头子，问道："你打算怎么找？"

老头子说道："我直接去妇产科问。"

我笑了，说道："你想过没有，这赵红英现在都可能有七十岁了，少说也退休十好几年了，妇产科恐怕早没人认识她了。再说了，你就这么直不棱登地过去，人家会理你？要是不爱搭理你，你查到猴年马月也查不出来啊。"

老头子问道："那你说怎么办？"

我笑了，说道："你们跟着我，看我的。"

第二十四章　寻找当年的女医生

来到医院大楼门口,我伸手拉住一个长得很甜的小护士,说道:"嗨,美女,请问你们医院人事科怎么走。"

小护士听到我嘴很甜,立刻笑靥如花,给我指了人事科的方向。

看着小护士的背影,别说,这小县城的小姑娘身条还不错。我咂了咂嘴,要是没什么事,我肯定得上去跟她要个微信,说不定今天晚上就有地方住了。

老头子问我:"你问人事科干吗啊,不是妇产科吗?"

我说道:"你糊涂啊,这种退休职工的档案,肯定只有人事科才有啊。"

老头子恍然大悟,说道:"对对,那咱们赶紧走。"

按照小护士的指引,我们很快找到了医院的人事科。接待我们的是一位五十来岁的大婶,一脸严肃地问我们有什么事情。

见大婶的样子好像不太好说话,我立刻施展出嘴甜神功,三句两句就把大婶忽悠得五迷三道。我告诉大婶,我就是在这家医院出生的,给我接生的医生是当年的妇产科主任,叫赵红英。我妈当年难产差点死了,幸亏这赵医生医德与医术双高,不抛弃不放弃,这才救了我们母子两命。我妈在半年前去世,临死前跟我说,一定要代她去看看这位赵医生,也算帮她了个心愿。

我声情并茂地忽悠着,最后把自己都感动了,还挤出了几滴眼泪。弄得大婶的眼圈也红了，说道："孩子你别激动，我帮你查一下。"

我十来岁就开始在外面混，什么话张口就来，跟真的一样。我一直觉得，要是我去当演员，肯定没有那帮明星什么事了，只能说生不逢时啊。

忽悠完大婶，我得意扬扬地瞟了瞟一旁的郭阳和老头子，两人嘴巴张得老大，被我这一番表演惊得目瞪口呆。

不大会儿工夫，大婶拿过来一份档案，对我们说道："档案显示，你们要找的这个赵医生，在一九九一年就离开这家医院了。"

"那她去哪儿了？"我问道。

大婶说道："档案上没有写。"

我又问道："那您能想办法帮我们查一下吗？"

大婶摇了摇头，说道："时间太长了，查不到了。"

她突然想起了什么，说道："对了，有两个当年的老护士还在，我可以帮你们问问。她们一九九一年的时候已经在医院了，应该认识赵主任。你们在这儿坐一会儿啊，我去问问。"

我们在沙发上坐下，十来分钟后，大婶回来了，对我们说道："很抱歉，没有问到，她们也不知道赵医生去哪里了。"

"她们是怎么说的？"我问大婶。

大婶说道："她们说当时赵主任走得很匆忙，没跟她们说去哪儿了，听赵主任的意思，好像是要出国，但具体是去哪儿，她们就不清楚了。"

我看了看一旁的老头子和郭阳，两人也是一脸失望。

大婶安慰我道："小伙子，你们也别着急，我可以给你们赵主任家的地址，你过去看看。"

我眼前一亮，问道："您有她家的地址？"

大婶说道："档案上有，不过快三十年了，也不知道她还住不住在那儿。"

大婶给我抄了赵红英家的地址，我拿着纸条，和郭阳、老头子千恩万谢地离开了。

上了拖拉机，我把纸条递给巴图大叔，问道："这地方您认识吗？"

巴图大叔看了看纸条,说道:"不远,就在县城边上,我送你们过去。"

二十分钟后,巴图大叔把拖拉机停在了县城西侧的一片十分破旧的小区门口。从大门望进去,里面有十来栋楼房,都是八十年代的那种六层红砖楼。

我们按纸条上的地址,很快找到了对应的楼号,直接上到四层。这是一栋典型的八十年代筒子楼,阴暗狭长的楼道,两旁是一个一个单独的房门。

我和郭阳交换了一个眼神,两人心里都有些紧张。地址上的房间号是四〇五,三人走到四〇五的门前站定,不知道为什么,我突然想起了一部不知道什么时候看过的国产片《四〇五谋杀案》,吓得我一激灵。我还真是有点神经过敏了,不过也难怪,这些天遇到的事情实在太多了。

我伸手敲门,片刻,一个七十来岁的老头打开了房门。

我立刻满脸堆笑,问道:"大爷您好,请问赵红英赵医生,住在这儿吗?"

老头问道:"你们找谁?"

我重复了一遍,老头摇了摇头,说道:"我们家不姓赵。"

我把那张纸条递给老头,问道:"您看,这儿是这个地址吧?"

老头眯起眼睛看了看,说道:"地址是这个地址,不过我们家没有姓赵的啊。"

这时候,门内走出一个小伙子,问老头:"爸,什么事啊?"

我赶忙把情况和小伙子说了。小伙子恍然大悟,说道:"哦,明白了明白了,你们找的这个姓赵的医生,应该是原先住在这儿的。我们家是去年才搬过来的。"

他扭头问那老头:"对了,爸,原先住的那户姓什么来着?"

老头说道:"男的姓李,女的姓钱,都不姓赵啊。"

小伙子说道:"那你们找的应该就是再前面一户,我们就不认识了。对了,你们可以找这里的老邻居打听打听啊……"

小伙子说到这儿,正好一位六十来岁的老太太拎着一兜子菜从旁边走过去,小伙子拦住老太太,问道:"张大妈,我们家这儿以前的住户,您认识吗?"

老太太停住脚步,说道:"那怎么可能不认识呢?这楼一盖好,我就搬过来了,我当年可是这楼的第一批住户。"

小伙子问道:"我们家之前的那户不是姓李吗？再之前的那户,您认识吗？"

老太太回忆了片刻,说道:"你说那户啊,他们好像一九九一年就搬走了,是对夫妻,男的是个个体户,姓孙,女的姓什么来着？对,姓赵,好像还是县医院的妇产科医生。"

"对对对。"我连连点头,"我们要找的,就是这位赵医生,她是不是叫赵红英啊,县医院妇产科的主任？"

老太太说道:"哎哟,是不是主任我就不知道了,不过那女的好像是叫赵红英。"

"那您知道她们家搬哪儿去了吗？"我问道。

老太太摇了摇头,说道:"那可就不知道了,这家人啊,平时也不怎么跟我们走动,有点清高,我记得那是……"

老太太回忆了片刻,说道:"对,应该是一九九一年的夏天,他们从这儿搬走的,我记得当时好像是听谁说的,说他们是要出国还是怎么着来的……"

我问道:"您记得清楚吗,是出国吗？"

老太太回忆了片刻,说道:"时间太长了,确实记不太清楚了,当时好像是听谁跟我说的。"

我向四〇五的小伙子借了纸笔,把巴图大叔的电话号码写在上面,又编了个假名字写上,对老太太说道:"大妈,这是我的电话,您要是再想起什么来,就给我打这个电话。最好您能跟其他老邻居再打听打听,问一问这位赵医生现在的地址。您不知道,这位赵医生对我有恩,当年我妈难产,就是这位赵医生给救回来的……"

我口若悬河地把刚刚在县医院编的那个故事又跟老太太说了一遍。内蒙古这边的人都热情,老太太向我保证,一定好好替我们打听,一有消息就联系我。

有关赵红英这边的信息,看来只能等了。接下来就是去查询那三个英文字母的含义。我们在县城找了一个位置很偏僻的小网吧,要了一个包间,但是我和郭阳查了整整一个上午,没有任何实质性的进展。

缩写字母可以代表的意思太多了,就像中文里随便一个"TMD",除了我们熟知的那个骂人的意思,"挺萌的""他们的""铜铆钉"都可以用这个缩写,确实很难查。一口气查到将近下午一点,饿得我头昏眼花,我对郭阳他们几个说道:"行了,就到这儿吧,下午再说。走,我请你们撮饭去,县城里最好的饭店,随便挑。"

我这人一向好客,手里一旦有了点钱,绝对存不住。拉着郭阳几人来到县城最好的一家酒楼,我叫来服务员,打开菜单就一通猛点。

郭阳伸手拦住我,说道:"别点太多了,我们得省点钱。"

我不以为然,说道:"省什么钱啊,昨天我不是刚弄来两千多美元……"

郭阳打断我的话,说道:"有件事情你想过没有?我们现在的情况,手机不能用,银行卡也不能随便乱刷,最近这段时间,我们可能只能靠那些钱了。"

我一愣,瞬间反应过来。

郭阳说得对,从现在的种种情况看,一路追杀我们的那伙人,绝不是善茬。所以,为了保险起见,我们不能透露任何信息出去。

郭阳对服务员说道:"服务员,麻烦你给我们上四碗面条吧。"

我们几个在深山老林里寡淡了一个多月,好不容易下了山,第一次进馆子,就点四碗面条,郭阳你没事吧?我要再点几个热菜,被郭阳拒绝了,不过,在我的强烈坚持下,最后他还是答应给每个人加了五串羊肉串。

第二十五章　他隐瞒了什么

吃过午饭，我们回到网吧继续查资料，老头子和巴图大叔帮不上什么忙，就坐在包间的沙发上打瞌睡，干陪着我们。

一口气查了一个下午，还是没有什么收获。太阳快落山的时候，我突然灵机一动，问郭阳："对了，这个英文缩写，会不会是一个黑社会的名字？"

郭阳说道："对啊，我怎么没想到，有这个可能。"

我也很兴奋："现在好多黑社会，不论是国外的还是国内的，一般都挂个公司的名字，我们可以查一查和这个英文缩写有关的公司。"

郭阳赞道："好思路。"

郭阳用英文搜索引擎输入了"NPR"三个字母，立即跳出了无数条结果，我不懂英文也帮不上忙，就用旁边的电脑查百度。一个多小时后，我们一共甄选出三十多个和"NPR"有关的公司名字，其中有国内的，有国外的，行业更是五花八门，有做体育器材的，有做妇女用品的，有搞船运的，有搞心理学研究的，最神奇的是，有一家卖壮阳药的公司，英文缩写也是"NPR"。

我们把甄选出来的结果一条一条抄下来，郭阳说道："这三十多家公司，我们得一家一家仔细地筛选，看来要花一点时间。"

我点头："不着急，只要有方向，就好办了。"

我伸了个懒腰，刚准备抽根烟歇会儿，巴图大叔的电话响了。他的手机是一部老人机，铃声用的还是最熟悉的广场舞神曲《最炫民族风》，声音贼大，吓了我一大跳。巴图大叔接起电话，说道："啥，找姓阿的先生，我不姓阿啊。"

巴图大叔刚要挂电话，我突然想起什么，跳起来喊道："别挂别挂，我的电话。"

今天上午去查赵红英家地址的时候，我给那个姓张的老太太留的是巴图大叔的电话号码，留名字的时候，我胡乱写了个名字"阿同木"，是小时候我最喜欢的一部动画片的主人公"阿童木"名字的谐音。我接过电话，说道："是张大妈吧？"

电话里传来张老太太的声音："是我是我，你是阿先生吧？"

我说道："对对，您叫我小阿就行，我们家是满族，这个姓少。"我满嘴跑火车。

张老太太说道："我就说嘛，这一般汉人谁姓阿呀！"

我说道："对对，张大妈，怎么样，您查到了？"

张老太太说道："小阿啊，你要找的那个县医院的赵医生，我给你找到了！"

我眼前一亮，说道："在什么地方？"

张老太太说道："我们这儿的一个老邻居，正好半年多以前见过赵医生她爱人，就在县城里，不过具体住什么地方就不知道了。她爱人在解放路和前进路把角开了家水果店，你到那儿一打听就能找到他。他姓孙，我记得叫什么来着……孙国庆，对，孙国庆，他是十月一号国庆节生的。"

我千恩万谢地挂了电话，对郭阳说道："好消息，那个赵红英找到了。"

郭阳问道："在什么地方？"

我说道："就在县城里，咱们这就去。"

我们匆匆结了包间的钱，坐上巴图大叔的拖拉机，往解放路开去。

张老太太说得没错，来到位于县城中心的解放路和前进路交界口，路口把角确实有一家水果店，门头上写着：老孙瓜果。

"没错，就是这儿了。"我对郭阳说道。

我和郭阳走进水果店，店里只有三三两两几个顾客和一个卖货的小姑娘，孙国庆显然并不在。

我等顾客结完账，上前问小姑娘："请问你们的老板是不是姓孙，他在吗？"

小姑娘有些警觉，问道："请问你们有什么事吗？"

我见小姑娘好像不太好骗，立即搬出事先编好的那个故事，顺利要到了孙国庆家的住址。孙国庆的家就在水果店后面的那个小区，很好找。

我和郭阳上午已经换了装扮，每个人的胡子都很长，又修剪成了不一样的形状，发型也都换了，另外郭阳还特意戴了一副眼镜，不仔细看的话，没人能看出我们是双胞胎。

几分钟后，我敲开了孙国庆家的房门。开门的是一个看起来七十岁左右的精瘦老头。

老头的神色很警觉，问道："你们找谁？"

我立刻满脸堆笑："请问赵红英赵医生，她住在这儿吗？"

老头问道："你们是什么人？"

我和郭阳交换了一个眼神，看来我们找对地方了。我再一次端出事先编好的那个故事。这个故事今天我已经是第四遍讲了，还是听得郭阳一愣一愣的。这遍我说得更是感人，声情并茂，听得老头眼圈都红了。

听完我的故事，老头卸下了防备，说道："你们进来吧。"

我和郭阳在客厅里坐下，我问道："赵医生她，在家吗？"

老头叹了口气，说道："我爱人她，不在了。"

我愣道："您是说，她去世了？"

老头神色黯然："是啊，她好多年前就去世了。"

我问道："她什么时候去世的，怎么去世的？"

老头听到我的问话，眼神之间似乎有些躲闪，说道："哦，那是好多年前的事情了，她是……得了癌症，去世的。"

我看了看一旁的郭阳，他似乎皱了皱眉。我抬头打量了一下房间，老头住的地方不大，只是套一居室，房间很破旧，显然已经很久没有装修过了。

我说道："是这样，我妈去世前，让我一定要找到赵医生，好好磕几个头，您这儿有赵医生的照片吗？我对着她照片磕几个头就行，也算是了了我妈的心愿。"

老头点了点头："好，好。"

他从里屋找出来一本相册，翻开一页，说道："这就是我爱人。"

相册很旧，似乎被水泡过，皱巴巴的，里面的照片已经发黄，显然有年头了。照片上的赵红英看起来三十来岁，穿着一身白大褂，身后的背景正是县医院的大门口。

我把相册立起来放在茶几上，跪下来装模作样地磕了三个头，然后站起身来，对孙国庆说道："大叔，我们能看看这本相册吗？"

孙国庆说道："哦，没问题，你们看，你们看。"

我道了谢之后，和郭阳拿起相册看了起来。这是一本典型的八十年代的相册，里面大大小小一共有百十来张照片，有黑白的，有彩色的，按照时间顺序排好。从孙国庆和赵红英单身时代的照片开始，到他们两人结婚、生小孩，一直到两人三十来岁为止，最后的几页，就只有孙国庆一个人的照片了。

我把相册放好，起身对孙国庆说道："谢谢您了，那就不打扰了。"

孙国庆似乎松了口气，说道："好，好。"他起身送我们。

走到门口的时候，我随口问道："对了，大叔，您儿子没跟您住一起啊？"

孙国庆听到我的问话，明显愣了一下，说道："啊，你说我儿子啊，他现在……现在在外地工作，很少回来……"

我点了点头，没再问什么，和郭阳一起走出了孙国庆的家。

出了小区，郭阳问我："你感觉怎么样？"

我说道："回去再说吧。对了，你等我一下，我去买点水果。"

郭阳拦住我："算了吧，省点钱，冬天的水果挺贵的。"

我说道："咱们好久没补充维生素了，你放心，我挑便宜的买。"

郭阳看着我，突然问道："你不是想去买水果，你是有什么别的事吧？"

我一笑，说道："还真是什么事都逃不过你的眼睛，等我回来再说。"

郭阳放开我，我径直走进一旁孙国庆开的那家水果店。

时间已过八点,店里面已经没有客人了,小姑娘正在收拾东西,准备打烊。我挑了两袋苹果、一袋梨,走到柜台前结账。小姑娘看到我,认出来了。

我说道:"谢谢啊,刚刚你帮了我大忙,我来照顾照顾你的生意。"

小姑娘笑了,问道:"找到我们老板了?"

我说道:"找到了找到了,还得多谢你。"

小姑娘说道:"不客气。"

她称好重量,我掏出钱来结账,假装闲聊天似的问道:"对了,你们孙老板他儿子,最近没回来照顾照顾他啊?"

小姑娘一愣:"我们老板儿子?没见过啊。"

我问道:"他不是在外地工作吗,也不经常回来看看他爸啊?"

小姑娘摇了摇头,说道:"没见过。"

我问道:"你在这儿工作几年了?"

小姑娘说道:"两年多了,开了春就整三年了。"

我把小姑娘找给我的零钱塞进口袋,说道:"得嘞,多谢了啊。"我拎起水果离开。

走出水果店,我的脸色一下子沉了下来。这个孙国庆,百分之百有问题!

第二十六章　第二次谋杀

当晚回到巴图大叔的住处，老头子和巴图两个去厨房忙活晚饭。我和郭阳回到大屋坐下，郭阳问我："怎么样？"

我问郭阳："你先说说你有什么感觉。"

郭阳沉吟了片刻："我觉得这个孙国庆，好像不大对劲！"

我点了点头："我也是同样的感觉。你有没有注意到，他提到赵红英死因的时候，反应不太正常。"

郭阳说道："我注意到了。而且我还注意到一点，最后你问他和赵红英的孩子的时候，孙国庆也是同样的反应。你有什么想法？"

我说道："我严重怀疑，不仅仅赵红英，恐怕他们两人的儿子，也不在了。"

郭阳一愣，问道："你说什么？"

我说道："你有没有注意到，他那本相册里，所有的相片都是按时间排列的，赵红英死后，他们孩子的照片也不再出现了，就只剩下孙国庆一个人的照片。"

郭阳回忆了一下，说道："好像还真是这样。所以你的意思是，他们两人的孩子，很可能不在了？"

我说道："具体我还不能判断，但至少从赵红英死后，他就不和孙国庆在一起了。我刚刚去水果店问过那个卖水果的小女孩，她说这两三年的时间，从来没见过孙国庆的孩子。"

郭阳说道："两三年都没见过，这确实不太正常。"

我说道："所以我才会有这样的怀疑。还有一件事情不知道你注意到没有，相册里有一张照片，赵红英的手腕子上，戴的是一块浪琴手表。"

郭阳点头："我记得，那张照片，赵红英还特意摆了个姿势，好像就是为了把手表露出来，不过我不太认识牌子，那块表是浪琴的吗？"

我说道："错不了。那张照片是八十年代拍的，当时一块浪琴手表至少几千块钱，普通人根本不可能买得起。"

郭阳问道："你有什么想法？"

我思索了片刻，说道："我觉得，我们必须再找一次孙国庆了。"

郭阳说道："再找恐怕也没什么用啊，刚才他什么都不肯说，再去找恐怕他也不会说什么的。"

我笑了，说道："你就这么小看我的水平吗？软的不行，咱们来硬的呗。"

郭阳愣道："你不是要刑讯逼供吧？"

我说道："刑讯逼供干吗啊，吓唬吓唬他总可以吧？咱怎么说也在道儿上混了快二十年了，也不是白混的，想撬开一张嘴，不是什么难事。"

郭阳有点担心："你悠着点儿，千万别弄出什么事情来。"

我拍了拍郭阳的肩膀："你就尽管放心吧，交给我，吃完饭咱们就去。"

四人吃过晚饭，我把事情和老头子说了，听说我们要再去找孙国庆，老头子说道："我看这样吧，安全起见，还是我陪你们去。"

我说道："这次就不用麻烦你们了，院子里不是有辆自行车吗，我和郭阳骑车去，目标小，不引人注意，正好吃完饭出去消消食，你们尽管放心。"

我们把院子里的自行车推进来检查了一下，这是一辆老式的二八永久加重自行车，七八十年代产品，算老古董了，不过保养得还不错。我把车擦了擦，两个轮胎打满气，又把打气筒背上，就和郭阳出发了。

巴图大叔家距离县城不算太远，也就十来里地的样子。我和郭阳轮流骑车带着对方，溜溜达达不到一个小时就进了县城。又往前骑了十来分钟，上了建国路，再往前骑个几百米，前面就是孙国庆家的小区了。

时间已经过了十一点，街面上一个人也没有，我一边哼着小曲一边往前骑着，突然，一辆越野车呼啸着超过了我们。

是一辆黑色的大切，我一下子愣住了。

郭阳感觉到了我的不对，问道："怎么了？"

我说道："你看到刚刚那辆车了吗？"

郭阳说道："看到了，怎么？"

我说道："黑色大切。"

郭阳愣道："不会吧？"

我不再说话，加速向前骑去。骑了几百米，我让郭阳下车，把自行车藏在了路边的一个角落里，拽着郭阳猫腰向前奔去。

转过街角，只见那辆黑色大切正停在孙国庆家的小区门口，车门打开，两个戴着头套的黑衣大汉下了车，径直向小区内走去。

"来晚了一步。"我望着进了小区的那两个黑衣大汉，心中无比懊悔，对郭阳说道，"要是早点出来就好了！"

郭阳说道："你应该庆幸，幸亏咱们晚来了一会儿。"

我一愣之下，马上明白了。

万幸啊，这要是前后脚进去，我们肯定被他们逮个正着。但我立刻想起了什么，说道："不好，你记得呼吉雅大娘吗？"

郭阳的脸一下子白了："你不会是说，他们是去杀孙国庆的吧？"

我点了点头："很可能是。"

郭阳说道："那赶紧报警吧！"

我摇了摇头："报警恐怕来不及了，就算是报警，一般的警察过去，哪儿是这两个杀手的对手啊，那不害了警察了吗？"

郭阳急道："那现在怎么办？咱不能就这么看着孙国庆死啊！"

我也六神无主，绞尽脑汁思索了片刻，说道："这么着，咱们过去看看，小心着点，就算救不下人，至少也能去搅合搅合。"

郭阳点头："行，也没有别的办法了，咱们快走。"

我们立刻起身向小区奔去。进了小区，刚跑到孙国庆家的楼门口，猛听到楼道内传来一阵急促下楼的脚步声。

郭阳说道："坏了，好像是他们下来了。"

我回身四望，楼门口是一大片空地，没有任何可以躲藏的地方，脚步声越来越近，眼看着他们就要走出楼门了。

我灵机一动，一把抓住郭阳，说道："抱住我。"

郭阳一伸手抱住了我，几乎同时，两个杀手已经走出了楼门口。我一下子软倒在郭阳的怀里，把舌头捋直，装成醉鬼的样子，断断续续嚷嚷起来："你……你别扶我，我没……喝多，一斤……一斤白酒算个屁啊……"

两个杀手走过来，一把推开我们俩，说道："让开。"

我们俩被推得一个趔趄，我回头向后面骂道："孙……孙子干吗推我，你……你们给我站住……"

两个杀手回过头来，厌恶地看了我们一眼，快步向小区外走去。我嘴里不依不饶："你们跑……跑什么，给我站……站住……"

两个杀手已经出了小区，紧接着是发动机点着火的声音，汽车离开。

虽然只有短短不到一分钟的时间，我后背已经完全被冷汗湿透了。

我放下郭阳，说道："快！"

我们两人飞快地跑上楼，来到孙国庆家门口，只见房门紧闭。我趴在门上听了听，里面隐隐约约传来一阵若有若无的呻吟声。

我对郭阳说道："有银行卡没有？"

郭阳迅速掏出一张银行卡递给我，我用卡在门缝里一别，捅开了房门。

冲进房间，只见孙国庆仰面倒在地上，用手捂着脖子，大量的鲜血从他手指缝里涌出来。我扑上前去扶起孙国庆，喊道："孙国庆，孙国庆！"

孙国庆睁开眼睛，看到我们两人，张了张嘴，拼尽全力说道："N……NPR，他们终于……终于找到了我……"

孙国庆说到这里，一口气接不上来，头一歪，就此死去。

郭阳问道："他怎么样，能救吗？"

我摇了摇头："颈动脉被割断，没救了。"

郭阳瞪大眼睛，一下子呆住了。

我放下孙国庆，只见自己满身满手都是鲜血，我对郭阳说道："咱们得赶紧走，万一被人看见了，说不清楚。"

郭阳蒙蒙地点了点头。我站起身，拉起目瞪口呆的郭阳，走出房间把大门关好，带着郭阳迅速离开了孙国庆家的小区。

第二十七章　鄂尔多斯避难

直到回到巴图大叔家,我和郭阳才勉强缓了过来。老头子看到我满身是血,立刻迎上前来,问道:"出了什么事情,你受伤了?"

我摇了摇头,一屁股坐在沙发上,说道:"我没事,孙国庆死了!"

老头问道:"你说什么?"

郭阳将事情和老头子简单讲了,我则瘫坐在沙发上,头脑中一片混乱。

这已经是这段时间以来发生的第二起凶杀案了。第一次是呼吉雅大娘,第二次是孙国庆。我们的对手,实在是太可怕了!

我呆坐良久,对郭阳说道:"郭阳,我们不能再留在这儿了。"

郭阳点了点头:"你说得对,我们再留在这儿,会连累两位老人。"

老头子急道:"说什么呢,你们是我儿子,有什么连累不连累的!"

我对老头子说道:"你先出去吧,让我们静一静。"

老头子见我下了逐客令,不敢再说什么,马上离开了房间。

我思索了片刻,对郭阳说道:"我们必须换个地方。再留在这儿,第一,很容易被他们找到;第二,万一出了什么事,会连累老头子他们。"

郭阳说道:"是的。我们两个留在这里实在太扎眼了,只有我们离开,两位老人才会安全。不过问题是……咱们现在能去哪儿呢?"

这确实是个问题，我们俩现在的情况，手机不能用，身份证也绝不能使，连去旅馆开个房间都不能，还能去哪儿呢？我琢磨了片刻，有了主意，对郭阳说道："你去把巴图大叔的电话拿过来，我有办法。"

　　郭阳找巴图大叔要了手机。

　　我把我手机的 SIM 卡先取下来，然后开机从通讯录里找到了小海的电话。小海就是我那个开旅馆的朋友，现在能帮我的，只有他了。

　　我用巴图大叔的手机拨通了小海的电话，小海一听是我的声音，连声问道："刚子，你这几个月干吗去了，出什么事了？"

　　我说道："我这边是出了点事情，我需要你帮个忙。"

　　小海答应得很痛快："没问题，你说。"

　　高科技的东西我不太懂，看电影里面演的，只要打电话不超过一分钟，对方就无法定位到手机的位置，所以为了确保安全，我必须长话短说。

　　我组织了一下语言，说道："是这样，小海，我和郭阳遇着点事，需要躲一段时间，你能不能帮我找个安全的地方？"

　　小海问道："多长时间？"

　　我想了想，说道："一到两个月，也可能半年。"

　　小海说道："没问题。我前两年在鄂尔多斯买的那套房子一直空着呢，你们可以去那儿住。"

　　我说道："第二件事情，你帮我找辆车，再借个人给我，最好是干净、没案底的人，让他平时给我们买买菜，出去办个事什么的，要可靠的。"

　　我把现在的大概位置告诉了小海。小海思索了片刻，说道："这样吧，明天早上八点，你们在高速口等，我派人去接你们，他会打开双闪，闪三下大灯。"

　　我挂断了电话，时间刚刚好，五十九秒。

　　我对郭阳说道："我们去小海那儿，他在鄂尔多斯有套房，我们住那儿去。他会派个人给我们，还有一辆车，以后我们就不用抛头露面了。"

　　我让郭阳把老头子叫过来，把情况跟他说了。老头子见我们要走，说道："你们就在这儿住着吧，没事。"

我不耐烦地说道："你就别废话了。记住，我们走了以后，你们两个也要小心，尽量少出门。另外，你千万不能回家，等什么时候我给你打电话，告诉你事已经过去了，你再回家，明白吗？"

老头子点头："知道了。"

交代完毕，我和郭阳简单收拾了一下东西。第二天一早，老头子亲自开拖拉机，把我们送到高速口。下了车，我对老头子说道："你回去吧，我和郭阳在这儿等就行，你和车在这儿，目标太大。"

老头子很是不舍，拿出一个报纸包，对我说道："这个你们拿着。"

我问道："什么东西？"

老头子说道："我和巴图给你们凑的，不多，不到两万块钱。"

我伸手接过来，说道："行了，你赶紧走吧。"

老头子一步三回头，驾驶着拖拉机离开。看着老头子的背影，不知道为什么，在这一刻，我突然觉得他好像也不那么招人恨了。

我在心里暗骂了一句，为自己这种心软感到有些恼火。

"其实他对你挺好的。"郭阳说道。

"得了，你也别废话了。"我打开报纸，里面是厚厚一沓钱。我将钱揣进随身的包里，拉着郭阳在路边的草稞子里蹲下来。

十几分钟后，将近八点钟，一辆不太显眼的灰色尼桑在路旁停下，打着了双闪，又闪了三下大灯。是和小海约定好的信号，我拉着郭阳站起来，向尼桑挥了挥手。汽车开过来，出乎意料，开车的竟然是小海自己。

"怎么是你？"我愣道。

小海笑了，说道："我想了半天，还是我亲自来吧，打虎亲兄弟嘛，万一遇到什么事，也省得我着急不是？"

小海说着，递过来一个小包，说道："里面有十万块钱，还有一张手机卡，卡是非实名的，很安全，你们随便用。"

我接过小包，心里很感动，一时间不知道该说什么好了。

郭阳拉着我上了车，小海发动汽车，向高速上开去。

第二十七章　鄂尔多斯避难

鄂尔多斯距离乌兰左旗将近一千公里,我们三人轮流开车。当天下午六点,我们来到了小海在鄂尔多斯的那套房子。

鄂尔多斯确实不愧"鬼城"名号,本来是晚高峰,但下了高速,路上就基本没见到人,到处楼房林立,就是没有人。

小海这套房子是二〇一五年鄂尔多斯房价崩盘的时候抄的底,现在已经回来得差不多了,当时买的时候是一平米不到三千,现在已经涨回到小七千了。

这是一套独栋的别墅小楼,占地将近两百平米,建筑面积三百多平方,楼上楼下一共三层,有七八个房间。只是小海的审美品位确实不敢恭维,这么好的一套房子,装修得跟乡镇企业的办公室似的。

三人吃过晚饭,小海沏了壶好茶,我们围坐在客厅的沙发上。

小海是我的生死之交,所以这件事没必要瞒他。我和郭阳用了一个多小时的时间,把这几个月遇到的事情,全都讲给了小海。

小海显然被我们的故事震惊了,愣了半晌,对郭阳说道:"你把眼镜摘下来,让我仔细看看。"

郭阳摘下眼镜,又特意把胡子往下捋了捋,小海凝视郭阳良久,又仔细看了看我,说道:"果然是一模一样。"

小海沉默了片刻,对我说道:"刚子,你的意思是,到现在为止,为了这件事情,至少已经死了四个人了?"

我说道:"对。呼吉雅大娘、孙国庆,还有赵红英和她的孩子。"

小海眉头紧锁,喃喃说道:"这帮孙子,到底是什么人?"

郭阳说道:"目前还不清楚,不过有一点可以肯定,他们绝对不会轻易放过我们,如果不做点什么,呼吉雅大娘和孙国庆的下场,恐怕就是我们的结局。"

我生气道:"既然不让我们活,那咱也不让他们活,大不了跟这帮孙子拼个鱼死网破,同归于尽!"

小海安慰我道:"你先别着急。"

他思索了片刻,说道:"我是这么想的,既然已经把咱们逼到这个地步了,索性跟他们干到底,咱们把整件事情的真相彻底查出来。一旦证据确凿,就去报警,让警察对付他们。"

小海说得有道理，冲动是魔鬼，我们必须冷静。

以现在的情况来看，警察肯定是我们最好的保护伞，一旦证据确凿，必须找警察帮忙。但是在拿到证据以前，我们最好先不要露面，躲在暗处更安全。

我平复了一下情绪，说道："那咱们就从这个 NPR 查起。孙国庆临死前说过一句话，NPR 终于找到了他。所以可以肯定，这个 NPR 就是整个事件的元凶。"

说到这里，我停顿了一下："不过，这件事情有难度，我和郭阳在网上查过，有嫌疑的公司和机构至少有几十家，排查起来很费时间。"

小海问道："你们有没有想过，从与你们两个有相同经历的人查起？"

我问道："你不会是说，鉴定中心的那份内部档案吧？"

小海点了点头，说道："我就是这个意思。"

我和郭阳交换了一个眼神，小海的提议，我和郭阳也考虑过。

整件事情，就是源于我和郭阳一模一样的长相。我们俩第一次做亲子鉴定，结果很意外，我们没有任何血缘关系。如果不是鉴定中心的小赵细心，恐怕到现在为止，我们还被蒙在鼓里。之后，所有的事情真的变得不对劲，就是从确认了我们俩是双胞胎兄弟的时候开始的。

所以，这件事情背后秘密的核心，一定与我和郭阳的双胞胎身份有关。

如果真是这样，我们的经历是唯一的吗？鉴定中心的那份档案上一共有几十对长相一模一样，但是检测结果却没有血缘关系的人。他们会不会和我们的遭遇相同，亲子鉴定流程被人为动过手脚呢？

这绝对是最好的突破口，但难点就在那份档案上。那份档案是鉴定中心的内部资料，没有很铁的内部关系，恐怕很难拿到。

小海听出我的顾虑，说道："刚子，我觉得是不是可以考虑，把鉴定中心的那个叫小赵的医生，给争取过来？"

我问道："你什么意思？"

小海说道："你想想，没有这样一个外援，我们要想查下去很难。我觉得，如果这个医生人品可靠，我们可以把一些事情告诉他，让他加入进来。听你们刚刚讲的情况，这个小伙子是个热心肠，我觉得可以争取。"

我看了看郭阳，问道："你觉得怎么样？"

郭阳思索了片刻，说道："我觉得可以，在确保小赵安全的情况下，可以让他加入进来，但我们两个不能露面，否则会给他带来麻烦。"

小海说道："信得过的话，这件事情就交给我吧，我是生面孔，不会带来什么麻烦。"

第二十八章　双胞胎档案

小海是我非常信得过的人，把事情交给他，我绝对放心。

第二天一大早，小海就动身回了北京，我和郭阳则留下来继续查询和那个英文缩写"NPR"有关的信息。上次在那个县城的小网吧查资料，总是提心吊胆，查也查不踏实，这次我们住在小海的别墅里，安全绝对有保证，别墅里有电脑也有网络，住得也舒服，我们可以踏踏实实地仔细查。

人这种动物一旦有了安全感，思路马上就活络起来。查询之前，我和郭阳仔细分析了一下，思路一下子清晰了很多。

既然这件事情的起因是我和郭阳一模一样的长相，并且对方极力想隐瞒我们的双胞胎身份，那么基本可以排除掉一些明显不相干的公司和团体，比如机械公司、农业公司，包括那个卖壮阳药的公司。剩下的那些，我们把主要精力放在跟双胞胎有关，比如基因、亲子、母婴之类的公司和团体上。

我们又仔细查询和筛选了一遍，这一次的工作十分细致彻底，尽量不漏掉任何有价值的信息。初选的结果是，从我们原有的一百多个初选名单，扩大到了三百多个。之后的两天就是排除，删掉了所有八竿子打不着的公司，第一轮筛选下来，结果是九十七个，这些机构分布在世界各地。

九十七个，这是一个让人绝望的数字。要是一家家调查下来，非累死不可，看来还得想个什么办法，继续往下筛。

整整忙活了两天。第三天晚上，小海回来了，他果然不辱使命，拿到了那份档案。小海告诉我们，按照我们事先和他描述的特征，他在下班路上截住了鉴定中心的小赵医生。小赵一听说小海是我和郭阳派来的，非常吃惊，连忙问小海我和郭阳出了什么事情，怎么这么长时间没有联系他。

原来，小赵医生早已感觉到这件事情不对劲。上次和我通完电话后，他听从我的建议，没有将鉴定结果出错这件事情上报中心的领导，而是一直私下调查报告出错的原因。这一查不得了，还真发现了很大的问题。

根据小赵的调查，赵登禹路这家亲子鉴定中心自成立以来，将近十年时间，接手过超过一万件鉴定案例，从没有出现过鉴定结果出错的情况，中心的鉴定流程极为严格，出错是几乎不可能的事情。

小赵最后的结论是，这一次鉴定结果出错，九成以上是人为故意造成的。

小海向小赵医生说明了来意，小赵答应得很痛快，第二天一早他到了中心，就会将那份档案发到我的邮箱里。事情办得很顺利，小海就没有将具体情况透露给小赵，这也是为小赵的安全考虑。但是临行前，小海郑重嘱咐小赵，这件事情一定要严格保密，否则会带来不必要的风险。小赵医生非常聪明，立刻明白了小海的意思。不过小海承诺，等整件事情查出了真相，一定不会对小赵有所隐瞒。

我立刻打开邮箱，果然，那份档案已经发过来了。小赵还给我写了几句话，告诉我以后无论我这边有什么要求，就用这个邮箱和他联系，他一定全力配合，如果需要再做鉴定，他会私下里亲自给我们做，不通过中心，绝对安全。

看来我们已经有一个超级外援了，这样再往下调查，会少走很多弯路。

小海这两天一夜往返于北京和鄂尔多斯之间，来回超过两千公里，已经很累了。他和我们交代完之后，我就让他去睡觉了，剩下的就是我和郭阳的事情了。

小赵这次发过来的档案，比我们上次在鉴定中心看到的那份，内容要全很多，每一个人的姓名、职业、电话以及住址都清清楚楚地写在了上面。接下来的一星期,我们三人足不出户,所有精力都放在了那份档案上。

经过一番仔细研究,还真在这份档案中发现了几个问题。

档案上一共有四十六个,也就是二十三对长得一模一样的人,分为四类:

白种人五对十个;黄种人六对十二个;棕色人种六对十二个;黑色人种六对十二个,数字非常平均。除黄种人以外,其他三色人种的出生日期都集中在一九七八年到一九八二年这五年之中;黄种人的出生日期,则全部集中在一九八〇年到一九八五年这六年之中。

把档案上的人员归类完毕,我对郭阳说道:"这上面的出生日期,可有点集中啊。"

郭阳说道:"我有同感,还有人数比例,不太像随机事件。"

我愣道:"什么随机事件?大哥你说点我听得懂的吧,我没文化。"

郭阳笑了,解释道:"在你们看来,两个人没有任何血缘关系,但长得一模一样,这种事情应该属于巧合事件吧?"

我点头:"没错,然后呢?"

郭阳说道:"也就是说,发生这种情况,属于概率事件,是有比例的。比如某个人种的人数多,发生的数字就会大一些;人数少,发生的数字就会小一些。我记得世界人口中,白种人大约占五成,黑种人占一成,黄种人占四成左右,剩下的是棕种人。但你们看这份档案上的数据,每个人种的数字基本是平均的,这似乎不太合逻辑。"

郭阳解释得还是有点复杂,不过我大概明白了,问道:"你是说,这份档案有蹊跷?"

郭阳说道:"是这个意思。但也不能说百分之百有问题,毕竟取样的数字太少。但是配合第二个疑点,有问题的可能性就很大了。"

我说道:"你说的是出生日期?"

郭阳说道:"没错。你看这上面的出生数据,所有黄种人都是一九八〇年到一九八五年出生的,而其他三个人种全部都是一九七八年到一九八二年。这有点太巧了,长得一模一样的人都集中在一起出生,又不是在菜市场买菜,堆在一起卖吗?"

第二十八章 双胞胎档案

说到这里，郭阳看着我和小海，说道："你们有没有一种感觉，看这份档案的时候，有一种看实验室里出来的实验报告的感觉？"

郭阳的话让我心里一震，我说道："你不会是说，这档案上的人，都跟咱们一样，其实全都是双胞胎，但是他们的亲子鉴定流程，却被人动过手脚？"

郭阳和小海听到我的话，都是一惊，立刻明白了我的意思。我和郭阳第一次做亲子鉴定，结果不就显示我们是陌生人，只是长得一模一样而已吗？如果不是鉴定中心的小赵细心，我们也不可能知道真相。

那么档案上的这些人，会不会全部都是遇到了我们这种情况呢？

我这个想法实在太大胆了，说完以后，连我自己都有点不信。但如果我的猜测是真的，这事也太大了。这份档案上一共有二十三份亲子鉴定报告，出自全世界十几个不同国家、不同地区的亲子鉴定中心。如果能一口气买通这么多亲子鉴定中心一起造假，这得有多大的实力才能办到？

郭阳点了点头，说道："有这个可能！如果这个猜测是真的，咱们的对手，就实在太可怕了，手眼通天啊。"

郭阳说到这里，顿了顿，说道："那咱们就从这里查起，看看档案上这二十三对人，是不是都是双胞胎！"

到现在为止，我们所有的想法，都只是设想，只停留在猜测的阶段，没有任何实质性的证据。为保万全，我们必须加倍小心。

我们的计划是，先把所有该准备的东西准备好，所有该查清楚的事情查清楚，下一步，就是亲自去寻找档案上的那些人，一个一个当面探访。

相信在他们身上，一定会有突破性的发现。

档案上的外国人暂时没有办法探访。从安全角度考虑，我们三人决定从现在开始，即便出行，也绝对不出示任何身份信息，包括护照、身份证、银行卡之类的东西，所以火车、飞机等公共交通工具，我们肯定用不了，因此也就出不了国。档案上，黄种人除了一对华裔生活在美国外，其他都是居住在国内的中国人，除我和郭阳外，一共是五对十个人，够我们查的了。这些人的距离都不算太远，分别在内蒙古、辽宁、山西、河北和北京，我们计划全部拜访一遍。

我和郭阳用了几天时间，把整件事情从头到尾再次梳理了一遍，我们俩还仔细地查了一遍户口，又发现了几个疑点。

郭阳在很小的时候，曾经遇到过一次绑架，但很快被送回来了。到现在为止，把郭阳救回来的这个"雷锋"究竟是谁，没有任何答案。之后他又遇到过几次危险，但每一次都是有惊无险，不知道怎么回事就化险为夷了。

在我身上，也有类似的事情。二十岁那年，我刚刚出道没多久，得罪了一个道儿上的老大，差点被他弄死。结果，莫名其妙地，这个老大突然就失踪了，他的手下也树倒猢狲散。到现在为止，这个老大依旧是音信全无。

在道儿上混了十几年，危险肯定遇到过不少，但每一次都是有惊无险。我原本一直以为是我会做人，好人有好报，但现在看来，应该没有那么简单。

除此以外，我和郭阳分别都在五岁、十岁、十五岁的时候，被国外的儿童机构选中，做过大量的测试题，现在回忆起来，应该是智商、情商测试之类的，每次测试结束后，还发给我们很多小纪念品。

回想起来，这些事情，恐怕都不能用巧合来解释了。

虽然分析出了很多疑点，但是没有任何答案，看来到了我们该出发的时候了。

第二十九章　出发调查

临行前，我让小海到鄂尔多斯的黑市搞到几把弹簧刀、三根甩棍，外加数瓶防狼喷雾。这一趟出去凶险万分，我们不得不防。

一切准备完毕，三人收拾好东西，驾车离开了鄂尔多斯的这栋别墅。

第一站是呼和浩特。我们第一个要拜访的人，一九八三年九月十二日出生，名叫麻雨轩，是呼和浩特当地一家很大的私人企业的老板。

为了保证安全，我们这一轮找人除非迫不得已，都尽量先不给对方打电话。我们也不会贸然到对方的工作单位或家里去找。反正档案上有他们的照片，我们只需要在他们的单位或住址附近蹲守就行。

我们并没有事先给麻雨轩打电话，而是在他公司附近蹲守，三天之后，直接在他公司楼下的地下车库拦住了他。麻雨轩见到我们几个，非常警觉，直到我和郭阳摘下口罩，告诉他："我们和你一样，在这个世界上有一个长得一模一样的、没有任何血缘关系的兄弟。"麻雨轩愣了半响，才放松下来。

安全起见，我们拒绝了麻雨轩去他公司谈的邀请，而是找了一个小饭馆的包间。郭阳用了一个下午的时间，将这几个月来遇到的每一件事情，全部讲给了麻雨轩。麻雨轩听过之后，神色还算平静，但心里的震惊肯定是无法形容的。

沉默了很长一段时间，他问我们："你们的意思是，我需要重新做一次亲子鉴定？"

我说道："是的。我们现在有理由怀疑，那个和你长得一模一样的人，并不是跟你毫无血缘关系的陌生人，而是你的双胞胎兄弟。"

麻雨轩脸上的肌肉抽动了一下，说道："好，那我马上联系他，尽快重新做一次亲子鉴定。"说完，麻雨轩掏出了手机。

我一把按住了他，说道："你不能亲自联系他！"

麻雨轩一愣，马上明白了。

我和郭阳真正遇到危险，就是我们做完第二次亲子鉴定之后的事情，所以他绝不能就这么轻易地去联系和他长得一样的另一个人。

麻雨轩问道："那怎么办？"

我说道："我们替你办，你只要把检材交给我们，我们去安排。"

麻雨轩很痛快，说道："没问题。"

他从随身的小包里掏出一万块钱，说道："鉴定费用我先付给你们，多退少补。"

郭阳伸手拦住他，说道："这个不用了，我们做鉴定不用钱。"

麻雨轩愣了一下，说道："你们还是拿着吧，会用得到的。"

我和郭阳一时都没明白麻雨轩的意思，见麻雨轩坚持把钱塞给我们，也就没再拒绝。我拿出纸笔，写下小海给我的那个备用电话号码，递给麻雨轩，说道："还有一件事情，你可以利用这段时间，在你这边好好查一查，如果有什么发现，随时打这个电话联络我们。"

麻雨轩接过纸条，说道："你们放心，我会仔细查一下的，保持联络。"

告别了麻雨轩，我们立即动身前往第二站，山西大同。

第二个要拜访的人，叫赵德柱。这名字没什么文化气息，但谐音还不错，"罩得住"，还挺罩得住的。

"罩得住"的档案上只有一个电话和一个住址，职业写着：无。

当天下午，我们来到档案上所写的地址，但是整整等了三天，也没见到这位"罩得住"的踪影。没有办法，只能采取事先准备好的第二方案了。

我用备用号码拨通了赵德柱的号码，电话很快接通了，对方是一个操着一口纯正山西口音的男人："买票啊，去哪儿的？"

这个"罩得住"，居然是个票贩子。

我说道："你是赵德柱吗？"

赵德柱说道："是我，买去哪儿的票？"

我说道："我不买票，我有事找你。"

赵德柱骂骂咧咧地说道："不买票找我干吗？没这闲工夫。"说着就要挂电话。

郭阳见我搞不定，赶忙拿过手机，打开免提，说道："您好赵先生，我姓郭，有一些很重要的事情，想找您聊一下。"

赵德柱很不耐烦，说道："有什么重要的事啊？买票就到火车站找我，不买票赶紧滚蛋。"说完，赵德柱就挂断了电话。

我这暴脾气，怎么还有这样的孙子啊？

郭阳把电话还给我，说道："直接去火车站吧。"

我气不打一处来，说道："走，去火车站逮那孙子，我还就不信了。"

半个多小时后，我们三人来到了大同火车站，很容易就在一堆票贩子里找到了那个赵德柱。之所以很容易，是因为他和麻雨轩长得一模一样。

但怎么说呢，这个"罩得住"，虽然长得和麻雨轩一样，但气质却完全不同。"罩得住"十分油腻，脏了吧唧，一副吊儿郎当、流里流气、什么都无所谓的样子，穿着一件已经看不出来本色的大衣，还瘸了一条腿。

听说我们就是刚刚打电话的人，赵德柱很不耐烦，说道："你们怎么回事啊？不是说了吗，要买票就买票，不买别废话。"

郭阳见对方不好说话，便报出麻雨轩的名字，说道："是麻雨轩让我们来的。"

赵德柱听到郭阳这句话，马上笑了，说道："哟，是麻大老板派你们来的啊，这次让你们带了多少钱过来？"

郭阳一愣，问道："什么钱？"

赵德柱说道："给我带的钱啊，你们每次不都给我带钱过来吗？"

我和郭阳、小海一下子明白了，看来麻雨轩自从认识了这个和自己长得一模一样的赵德柱，就经常接济他。

郭阳说道："我们找你，是有一些事情。"

赵德柱笑了，说道："有事？行啊，对面那家酒楼，先请我撮一顿再说。"说完，赵德柱一瘸一拐地就向前走去。

我们三个一时间谁也没有反应过来。赵德柱见我们没动，回过身来，说道："怎么着啊，不是有事吗，那不得先请我吃个饭？"

我心里的火儿一下子上来了，张嘴就要开骂。郭阳拉了拉我，说道："走吧，请他吃顿饭而已，正事要紧。以前我不也请你吃过饭吗？"

我说道："那不一样。"

郭阳笑了，说道："走吧，我们也都饿了。"

看在郭阳和小海的面子上，我强压了压火气，几人一起向前走去。

进了酒楼，我们找了个僻静的包间。赵德柱也不客气，拿起菜单一口气点了十来个菜。我要阻拦，被郭阳拉住了，说道："算了，就请他吃一顿吧。"

郭阳说到这里，突然笑了笑，说道："麻雨轩不是给钱了吗？"

我一愣，猛然想起麻雨轩死活要塞给我们的一万块钱，原来是这样，看来麻雨轩早就知道他这个兄弟是什么德行了。

饭菜上齐，赵德柱不理我们，拿起筷子闷头就吃。

我敲了敲桌子，说道："嘿嘿我说，你别着急吃啊，我们有事找你呢。"

赵德柱头也不抬，说道："你们说你们的，我吃我的。"

看到赵德柱这副德行，我腾地一下站起身，就要发作。

郭阳按住我，说道："我来说吧。"

我强忍怒气坐回到椅子上，看了看一旁的小海。

小海显然也被那孙子给气着了，郭阳示意我们放松，然后把事情简单地和赵德柱讲了。赵德柱听完，没有任何反应，打了个饱嗝，说道："你们说的这个

第二十九章　出发调查

事情啊，我也听不懂，跟我也没什么关系。你们不就是让我再做个鉴定吗？"

郭阳说道："对，所以我们希望您能配合一下。"

赵德柱说道："配合一下，没问题啊。"

他伸出手来，说道："给多少钱？"

郭阳问道："给什么钱？"

赵德柱说道："上回那个姓麻的拉我去鉴定，给了我五万块钱。这回我也不给你们涨价，还是五万。五万块钱，这事我帮你们办了。"

狮子大开口啊，这都哪儿跟哪儿啊？

我压住火，对赵德柱说道："姓赵的，坐地起价是吗？你给我听好了，这事跟你也有关系，帮了我们，就是帮你自己。"

郭阳说道："对啊，只有查出真相，我们才能都安全。"

赵德柱很不耐烦，说道："什么安全不安全的，你赵爷我是吓大的！"

赵德柱把他那条瘸腿"咚"地一下撅在一旁的椅子上，说道："看到我这条腿了吗？你赵爷我烂命一条，你们几个兔崽子，别跟我扯这些没用的，到底给钱不给？"

听到赵德柱说"兔崽子"，我的火儿一下子上了头，我起身一把抓住赵德柱的头发，将他按在桌上，吼道："孙子，你他妈说谁兔崽子呢，嘴里吃屎了？"

赵德柱一边挣扎一边喊道："王八蛋，你放开我！"

我一脚将赵德柱踹倒在地，抄起桌上的水壶就扔了过去，正中赵德柱的额头，血一下子就下来了。我返身又抢起一把椅子，郭阳死命拉住我，说道："哥，别惹事，算了。"小海也上来劝架，我被两人生拉硬拽弄出了包间。

郭阳要去结账，我一把拉住他，说道："结什么账，让他自己结。"

我拽着郭阳和小海出了酒楼。刚走出去没几步，赵德柱从酒楼里冲出来，冲我们几个喊道："王八蛋！给我站住！"他又冲着火车站的方向大声喊道，"哥儿几个快过来啊，这帮北京的找事来了！"

火车站售票口的几个票贩子听到这边的动静，立刻抄家伙飞跑了过来，一边跑一边喊着："北京来的兔崽子，敢到我们大同来撒野！"

我和郭阳看到眼前的情景，一下子愣住了。小海非常淡定，拽出兜里的甩棍就冲了过去，三下五除二，七八个票贩子就躺了一地。我反应过来，上前一脚将赵德柱踹倒，拽住他的头发就往一旁的树上磕，"罩得住"发出杀猪般的叫喊声。

我一口气撞了十几下，直到把赵德柱撞得人都迷糊了，这才放手。小海跑过来，拽起我和郭阳就跑，说道："他们是地头蛇，快走。"

跑回车上，我总算是冷静了下来，对小海说道："这回解气倒是解气了，不过咱们要办的事黄了。"

小海看了看我，突然笑了，说道："你看看你身上是什么？"

我低头望去，只见我的大衣上沾了不少血迹，还有一绺一绺的头发，我这才想起来，这都是刚刚把赵德柱往树上撞的时候弄的。

小海从我胸前取下一绺头发，说道："这不就是我们要的检材吗？"

第三十章　失踪了

除了在赵德柱那儿遇到点小麻烦，一切还算顺利。

我们前后用了半个来月的时间，跑遍了内蒙古、辽宁、山西和河北四个省，总共找到了档案上这几个地方的三对六个人，全部都要到了检材。

这段时间，我们几个累得跟三孙子似的，每天晚上轮流开车，白天找人。

为了安全，我和郭阳一直戴着口罩，就算是最熟悉的人见到我们，也绝对不可能认出来。住店的事情就由小海来安排，用他的身份证开一间最便宜的三人间，我和郭阳晚上偷偷溜进去，第二天一早离开。

找人期间，我们又陆陆续续发现了一些以前没有太留意的事情，一些细节上的疑点。第一个就是，我们发现，我们找到的这六个人，一共两对男的、一对女的，无一例外都长得相当不错，男的都很帅很高，女的也很漂亮。

尤其是在沈阳找到的那一对女孩，一个是大学讲师，另一个居然是二〇〇七年全国CCTV模特大赛的总冠军。两个女孩长得一模一样，全都是一米七七的个头儿，腰细、胸大、大长腿，看得我和小海都直流口水。

第二个就是，这三对人之中，每一对现在的处境都是一好一坏。

混得好的一边有大学讲师、私企老板、还有政府官员。混得不好的一边，"罩得住"就不用说了，一个瘸腿票贩子，还有一个是河北街边摆小摊的，这两个基本都是社会最底层。沈阳的美女模特算是混得最好的，她凭长相嫁给了一个暴发户，但日子过得鸡飞狗跳。前一段时间，暴发户出轨，她刚离了婚，现在拖着个几岁的孩子，靠老公离婚给的钱过日子。

混得不错的那几个人，素质都非常高，也都非常重视我们说的事情，不仅很痛快地给了检材，而且全都表示，一定会在保证安全的前提下，尽最大力量协助我们调查，找到这件事情背后的真相。

至于混得不怎么样的那三个人，"罩得住"就别提了，害得我还打了一架。另外两个也对我们说的事情没有丝毫兴趣，能要到检材就不错了。想一想也理解，日子都快过不下去了，谁还关心什么谜底啊？什么都没有人民币实在。

新发现的这些疑点，让我和郭阳、小海都感觉到，事情更加令人费解了。如果这一切都不是巧合，那会是什么，都是人为的安排吗？

最后一站，北京。

北京是我和小海的地盘，住的地方不用担心，就住在小海的旅馆里。回来以后，我们三个在旅馆里大睡了一天一夜，这才缓了过来。

档案上只剩下四个人了，全在北京，一对男的，一对女的。

说实话，我对这对女孩还挺感兴趣，之前找到的那两对女孩，全是大美女，这对也不差。第一个女孩是北京舞蹈学院毕业的，留校当了老师，名字还挺好听，叫沈若冰。第二个女孩叫陈雅楠，是三里屯那边一家健身房的瑜伽教练。

没想到的是，这一次却不太顺利，我们分别在舞蹈学院和三里屯蹲守了三天，却没有见到这两个女孩的任何踪影，打电话过去，两个女孩的手机都关机了。

看来只能先去找最后一对了。

这最后一对，和之前的四对完全不同。这一对，两个人都混得相当不错，还真看不出谁好谁坏。其中一个叫赵峰，是一家很大的上市公司振远集团的董事长，富二代，身价过百亿。另一个虽然不算很有钱，但是个作家，名叫赵山。郭阳告诉我，这个赵山还有点小名气，写过不少书，还拍过电影、电视剧，不过我这个人没什么文化，一个都没看过。

我们决定先拜访富二代赵峰。下午下班前，我们赶到了位于海淀区上地信息产业基地的振远大厦门口。把车停好，我们三人轮班，两人盯着，一人休息。这富二代不难找，他开的那辆车很容易辨认，是一辆限量版的宾利跑车。

一个多小时后，到了下班时间，写字楼地库里的车呼呼啦啦开出来了，盯得我们眼睛都快花了，直到晚上十一点，也没见到赵峰的那辆宾利跑车。

接下来的几天也是如此，我们一大早就出发，从早上八点一直盯到晚上十一点，始终没有见到我们要找的那个人。赵峰难道出差了吗？

第三天晚上，我们回到旅馆，小海说道："我觉得咱们别耽误时间了，万一这个富二代真的出差了，等也是白等，先去找那个作家吧。"

小海说得没错，我们之前找过的那些人，除了北京的那对姑娘，从来都没费过这么大的劲。但是作家这个事不太好弄。作家作家，一般都是坐在家里办公，很少出门，万一不巧赶上人家闭关写作，就算蹲个十天半个月也不一定见得到。

商量了一下，我提议让郭阳写封信，说清楚事情的来龙去脉，然后由小海假扮快递小哥送到赵山家里，和他约个地方。之所以用这个方法，还是为了安全，万一那个作家的家里有窃听器呢，不能不防。

郭阳和小海都笑了，说我有点神经过敏。不过，他们同意我的说法，小心驶得万年船嘛。郭阳连夜写了一封信，第二天一早，我们动身前往作家赵山的住处。

要说这作家确实是会享受，他的住址是在通州的一处小区。这个小区我听说过，当时我一哥们儿还想买来着，价格不贵，每户占地面积半亩多到一亩地，房子可以自己盖，想盖成什么样都行，唯一的缺点就是，这个小区都是小产权房。

正好赶上周一早高峰北京最堵车的时间，我们开了一个多小时，将近十一点才开到通州。在街上吃了点东西，十二点整，我们来到了作家住的那个小区。

小区的环境还真的不错，每户整整齐齐用围栏隔着，有的盖的是青砖磨缝的四合院，有的是大瓦房，有的是西式别墅，院子里种着花花草草，甚至还有各种蔬菜。最牛的是一户人家居然盖的是纯欧式的古堡，看起来没少花钱。

作家赵山的住处在小区最里面，我们找了很久才找到。

我和郭阳最好都不露面，把车停好后，郭阳把昨晚写好的信交给小海，嘱咐他道："一定要小心，不见到他本人绝不能说明来意。"

小海说道："你们放心吧，一会儿就回来。"小海把信揣进口袋，下车离开。

我和郭阳一边等着，一边欣赏旁边的风景。

没过多久，车门拉开，小海上了车。

我一愣，问道："这么快就回来了，怎么样？"

小海摇了摇头，说道："没见到。"

我问道："没在家吗？"

小海问我："你们这个地址，不会有错吧？"

我愣道："没问题啊，怎么了？"

小海说道："开门的是一个老太太，说不认识什么叫赵山的作家。她说房子是买的二手房，快三年了，她也不认识原来的房主。"

"搬家了？"我说道。

郭阳说道："有这个可能，实在不行，我们就打电话吧。"

作家都是自由职业，没有单位，所以档案上只留了他的住址和电话，现在住处找不到人，只能打电话了。

我拿出手机，拨通了赵山的电话，等了好长一段时间，电话里传来人工语音的提示音："对不起，您所拨打的号码是空号。"

拨错了吗？我仔细对着档案上的号码又拨了一遍，还是空号。

郭阳问道："怎么了？"

我说道："是空号。"

郭阳一愣，说道："我试一下。"

我把电话递给郭阳，郭阳对着档案上的号码又拨了一遍，依旧是空号。

郭阳放下电话，说道："有可能是搬了家，又换了手机。没关系，他既然是个作家，也算是个名人了，想找他应该不会太难。"

郭阳说得对，名人确实不难找，只要肯花点时间就行。

郭阳说道："我们还是回上地等。一般公司出差也就一个星期左右，最多再等一两天，肯定能找到那个富二代，至于这个作家，咱们慢慢来。"

在通州城里吃了点午饭，我们开车回到了位于上地的振远集团。

又整整蹲守了两天，还是没有见到那个叫赵峰的富二代。这天下午，我们一边在车里等着，一边闲聊着天。郭阳看过的书很多，他说起那个叫赵山的作家的一些作品，别说，这个作家编故事还真编得不错。

赵山是专门写侦探悬疑类小说的。反正待着也是待着，我让郭阳给我们讲了赵山写的几个故事，确实个个都精彩纷呈。

我好奇起来，开始用手机百度赵山的资料，看看他还写过什么东西，以后晚上要是睡不着觉，可以用来解解闷。把"作家赵山"几个关键字输入进去，瞬间弹出来上万条搜索结果。这娱乐圈还真是够乱的，前几条全是有关这个作家与美女明星夜宿酒店的花边新闻，看来这个作家不仅有才，还挺花的。

我嘴边带着淫笑，一条一条翻看着，心里幸灾乐祸的同时，还真有那么一点羡慕嫉妒恨。第一页看完，翻开第二页，突然，一条新闻的标题让我一下子呆住了。

我脱口叫道："妈呀！"

郭阳和小海都被我吓了一跳，问道："你怎么了？"

我没有回答，睁大眼睛盯着手机上的新闻，只见新闻的标题写的是：

知名作家赵山葬礼，娱乐圈多位明星前往灵堂吊唁

我颤巍巍点开链接，新闻的内容写的是，作家赵山去内蒙古采风，在高速路上遭遇车祸，不幸身亡。

呆了半晌，我把手机递给郭阳，说道："你们看看这条新闻。"

郭阳看了看，说道："不会是假新闻吧？明星去世的传闻挺多的。"

我喘了口气，说道："那你再搜一下，作家赵山车祸，看看是不是真的。"

郭阳马上输入我刚刚说的关键词，瞬间手机上弹出了上千条新闻，内容全部一样：去年的九月四号，赵山前往内蒙古采风，在丹拉高速一〇五公里处遭

遇车祸，车辆掉入山涧，当场身亡。

我们三人你看我，我看你，目瞪口呆。片刻，我突然想到了什么，一把抢过郭阳手里的手机。郭阳说道："你要干吗？"

我说道："给那个富二代打个电话。"

郭阳一惊，说道："你不会怀疑他也……"

我没有回答，翻开手机通讯录，找到事先存好的那个富二代赵峰的电话，拨了过去。

电话里没有任何声音。过了很长时间，电话里传来人工语音的提示音："对不起，您所拨打的号码是空号。"

郭阳问道："怎么样？"

我有点蒙，看了看郭阳，说道："是空号。"

郭阳愣道："号码存错了？"

我摇了摇头，说道："不知道。"

郭阳点开手机里的邮箱，打开小赵传来的那份档案对了对，号码没错，再拨过去，依旧是空号。郭阳说道："这，不……不会吧？"

我腾地一下拉开车门。郭阳问道："你干吗去？"

我说道："我去问问。"

郭阳急道："你别冲动！"

我没有理会郭阳，下车向前面的振远集团走过去。郭阳和小海追了上来，郭阳说道："哥，你先别急，不一定是我们想的那样。"

我甩开郭阳，说道："我必须弄清楚，你别拦着我。"

郭阳见我急了，没敢再拉我。

我径直走到振远集团的门口，努力平静了一下，上前问门口的保安："哥们儿，给你添麻烦了，跟你打听个事。"

保安回过身来，说道："别客气，你说。"

我说道："我想跟你打听个人，你们振远集团的董事长，叫赵峰，他现在还在这儿办公吗？我联系不上他，打手机也打不通。"

保安听完我的话，明显一愣，说道："我们董事长啊，他不……他不失踪了

第三十章 失踪了 153

吗？"

我问道："他失踪了！怎么失踪的？"

保安说道："这事振远集团的人都知道，去年秋天，有一天下班，我们董事长从这儿走了以后，也不知道去哪儿了，就一直没回来。"

我问道："去年秋天，秋天什么时候？"

保安说道："九月份的事，我记得是个周一，对，九月份第一周的周一，周二我们全公司的人就都知道了。"

我打开手机，把日历翻到去年的九月，只见上面显示，去年九月的第一个周一，是九月四号。也就是说，赵山与赵峰这一对长得一模一样的人，同时在去年九月四号，一个在内蒙古的高速上遇到车祸身亡，另一个，神秘失踪。

第三十一章　匪夷所思的结果

截至目前，小赵提供的那份档案名单上，一共六对长得一模一样的人，除了我们自己之外，另外找到了三对。另外两对，赵山与赵峰这一对，赵山车祸身亡，赵峰神秘失踪；而北京舞蹈学院的沈若冰与三里屯瑜伽教练陈雅楠这一对姑娘，至今没有任何下落。我们试过很多次，她们两人的手机一直无法接通，始终处于关机状态。

这四个人到底出了什么事情，为什么都找不到了，是巧合吗？

我刚出道的时候，一个老前辈告诉过我一条在道儿上混的铁律：当你遇到的巧合太多的时候，那就肯定不是巧合了，说明你已经进套儿了。对于目前的情况，我们谁都不敢妄加猜测，但每个人的心里，都不约而同感到了不安。

幸好我们已经拿到了另外三对的全部 DNA 检材。

到了该揭开第一层的时候了！

回到旅馆，我第一时间联络了鉴定中心的小赵医生，告诉他我回来了，需要马上做几个亲子鉴定测试，希望他能帮个忙。

小赵听到是我，很意外，问我到底出了什么事情，怎么这么长时间不联系他。我在电话里告诉小赵，为了他的安全，我暂时不能把这件事情跟他讲，但我答应他，等事情完全过去了，我一定和盘托出。

小赵很聪明，而且这件事情小海事先也对他讲过。

小赵在电话里沉默了片刻，对我说道："郭先生，您说的事情我很理解。我估计你们遇到了很大的麻烦。这样吧，我建议你们，要做的这些测试，不要走鉴定中心的常规流程。你们夜里来，我亲自给你们做，不要钱。"

我说道："这样……合适吗？"

小赵笑了，说道："一切从权嘛。再说了，就算是上次出错的事情给你们的补偿吧。你们今天晚上就来，十一点整，我们在中心的门口见。"

挂掉电话，看了看表，八点五十，距离和小赵见面的时间还有两个多小时。在屋里坐了一会儿，几人心里都是七上八下的，实在坐不住了，索性拿了东西，先开车去东直门簋街吃了点夜宵，然后直奔位于赵登禹路的亲子鉴定中心。

不知道为什么，吃饭的时候，我那根敏感的神经又哪儿不对劲了，总感觉好像有人盯着我们。四下看了看，并没发现什么可疑的人，想一想我们这次出来，所有的保密工作已经做到头儿了，应该不会有问题，一颗心才总算放了下来。

差十分十一点，三人赶到了鉴定中心，小赵已经到了。

其实我这次带来的检材，不是三对，而是四对。除了那三对，我把我和郭阳的检材也混在了里面，编号从〇〇一到〇〇四。

我现在谁都不敢轻易相信，包括小赵。我弄不清上一次检测出错会不会跟他有关系，所以我要留个心眼。我和郭阳已经在美国做过鉴定，如果小赵这次做的测试和我们上次的结果不一样，就说明他有问题。

现在的情况，绝对不能用人不疑、疑人不用，对所有人都得留个心眼。

我把所有检材交给小赵。小赵对我们说道："这次的检材比较多，至少需要五六个小时。你们别在这儿干等着了，回去歇会儿吧。"

我说道："这不合适吧，你忙活着，我们回去睡觉？"

小赵说道："没事的，再说，你们在这儿等着，万一夜里中心来个什么人加班，我也不好交代。明天早上我们上班前，八点半钟，咱们在护国寺小吃店见。"

小赵已经这么说了，我们也不好坚持，大伙儿向小赵表示了感谢，便走出了鉴定中心。

忙活了小一个月，阶段性的结果终于快出来了，每个人的心里都十分忐忑。回到旅馆，我翻来覆去在床上折腾了两个多小时，直到将近三点，才迷迷糊糊睡着。

这一觉睡得极不踏实，做了很多梦。先是梦到跟老头子一块儿打猎，接着梦到在内蒙古被那辆黑色切诺基追杀，最后梦到一个一脸是血的人来找我。

他告诉我他是那个作家赵山，他知道整件事情的谜底。我问他谜底是什么，他看着我，阴森森地笑了一下，说道："所有的一切，都是你的幻觉。"赵山说完，转身就走，我扑上去试图抓住他，结果一个不留神就从楼梯上摔了下去。我腾地一下坐起身来，才发现自己已经从床上滚到了地下。

看了看表，已经快七点了，我抽了根烟，把郭阳和小海叫了起来。

八点整，我们赶到了距离鉴定中心不远的那家护国寺小吃店。刚刚点上早餐，小赵就风尘仆仆地赶过来了。一看他就是一宿没睡，神色极为疲惫。

我压抑住心中的好奇，对小赵说道："哥们儿，一会儿再说，你先吃点早饭。"小赵看来是真饿坏了，一口气吃了三个油饼，又喝了一碗豆腐脑、一碗粥，这才抹了抹嘴，对我们说道："咱们说正事吧，估计你们也着急了，结果出来了。"

小赵拿出一摞报告递给我，说道："你们一共送来四对检材，编号从〇〇一到〇〇四，咱们一个个说。"

小赵从报告里拿出编号〇〇一的那份，说道："编号〇〇一这对检材，它们的主人，是完全同父同母的，同卵双胞胎兄弟。"

我和郭阳、小海交换了一个眼神，编号〇〇一那两份检材的主人就是我和郭阳。小赵做出来的结果，和我们上一次在美国做的结果一模一样。

看来我们没有看错人，小赵是可以相信的。我在心里舒了口气，既然小赵没有问题，那么马上就是揭开这一层谜底的时候了！

我问道："那么其余的三对怎么样，是不是和我们一样，都是双胞胎？"

小赵摇了摇头，拿起另外三份报告，说道："剩下的这三对，这次的检测结果和档案里写的检测结果一样，他们每一对都是完全的陌生人，甚至连亲属都不是，就是完全没有任何血缘关系的陌生人，只是长得一模一样而已。"

我愣道："不会吧？"

小赵说道："我做得很仔细，每一份检材都做了两遍测试，双保险。检测结果是，他们就是最普通的陌生人。"

我望向一旁的郭阳和小海，三人面面相觑，全都呆住了。

这个结果，和我们事先想的完全不同。

当初我和郭阳发现我们两个长得一模一样之后，第一次去做亲子鉴定，结果报告显示我们就是普通的陌生人。当时如果不是小赵细心，发现我们的检材被人动过手脚，我们可能至今还被蒙在鼓里。

随后我们在美国又测试了一遍，这才发现我们两个就是双胞胎。

而所有事情就是从那之后发生的，包括我们两人被追杀，呼吉雅大娘和孙国庆被人灭口。所以我们才会怀疑这是一场阴谋，也因此推断档案上其他长得一模一样的人，很可能和我们一样，都是双胞胎，他们之前的亲子鉴定流程，都是被人动过手脚的。

但是现在看来，我们的推测，竟然是错误的。

我问小赵道："你确定吗，这次的检测，肯定没有问题？"

小赵说道："我明白你的意思，我这次做测试的时候，整个中心就我一个人，不可能有人动手脚。另外，为了确保这次测试的准确，每份检材我都仔细测试了两遍，结果一模一样，所以这次的检测结果，绝对不会有任何问题。"

这么说，这个结果是真的了？

小赵看到我的脸色，问道："郭先生，你怎么了？"

我缓了缓神，说道："我没事，你放心吧，多谢你了。"

小赵说道："那行，那我就先回去了，有什么事情，随时联系我。"

小赵起身，我拉住他，说道："这件事情，实在是多谢了。"

小赵笑了，说道："不用客气。"

我沉吟了片刻，说道："另外，这些天你要小心着点，一定要注意安全。"

小赵愣了一下，点了点头，说道："好，我记住了，你们放心吧。"

回到车上，小海说道："难道咱们调查了半天，连方向都错了吗？"

郭阳叹了口气，说道："看来是这样，从小赵医生的检测结果看，档案上的其他人，确实和这件事情没有什么关系。"

小海皱了皱眉头："和其他人没有关系……"

小海望向我和郭阳，说道："那也就是说，其实这整件事情的起因，和长得一样不一样没有关系，就是纯冲着你和郭阳来的？"

我不知道该怎么回答，我现在脑子里也是一团乱麻。小赵医生的报告是实打实的证据，既然那三对六个人，都是没有任何关系的陌生人，并不是双胞胎，那么他们和这件事情就应该没有什么关系了。

那么这件事情就只能是冲着我和郭阳来的，可我们两个都是普普通通家庭出来的孩子，能有什么事呢，让他们又是追杀，又是灭口的？

思来想去，我找不到任何答案。

整件事情越来越匪夷所思了。虽说现在已经是铁证如山，但我的直觉还是告诉我，我们之前考虑的方向，是不应该有问题的。

那么问题到底出在哪里呢？

我又一次想起昨天晚上那突如其来的不对劲的感觉。昨天晚上来找小赵的路上，我们去簋街吃饭的时候，我就一直觉得很不对劲，总感觉有人在后面跟着我们，但是我仔细看过，周围并没有什么惹眼的人。

为什么会突然有这样的感觉，难道是对今天这件事情的预感吗？

我感觉连我自己都有点不对劲了，整个人敏感得几乎有点变态了，但我这个人的直觉一直都很准，这到底是怎么回事呢？

我努力让自己平静下来，把所有事情在脑子里捋了一遍。既然现在已经可以确定，这件事情和别人没有任何关系，那么问题就一定出在我和郭阳身上，也就是我们两个的出生和身世上，难道老头子还有什么没告诉我们吗？

我对郭阳说道："你把手机给我，我给老头子打个电话。"

郭阳问道："怎么了？"

我说道："我刚刚想到，既然这件事情和别人没有关系，那就肯定只能落在我们两个身上了，也就是我们的出生和身世上。我想让老头子帮我回忆一下，他还有什么没告诉我们的，或者是没想起来的事情。"

郭阳点了点头，说道："你分析得有道理。"

郭阳掏出手机递给我，说道："另外我觉得，要不还是把他们接过来吧。我总觉得把他们两个扔在那边挺危险的，让他们到这边来，和咱们在一起，这样万一出什么事情还有个照应。"

我点了点头，接过手机，拨通了巴图大叔的电话。

电话拨通以后，没有任何声音，过了很长一段时间，电话里传来了人工语音的提示音："对不起，您所拨打的电话已关机。"

郭阳问道："怎么了？"

我愣道："关机了。"

郭阳说道："不可能啊？"

我记得很清楚，我和郭阳临走前特意嘱咐过老头子和巴图大叔，让他们务必电话二十四小时开机，这样万一有什么事情，我们可以随时和他们联络。

郭阳拿过手机又拨了一遍，依旧是关机。

郭阳眉头紧锁，说道："有点不对，他们不应该关机的。"

郭阳说得没错，他们没有理由关机，难道是出了什么事情？想到这里，我心头一凛，说道："我们去内蒙古，马上！"

郭阳愣道："你不会觉得，他们出事了吧？"

"有这个可能。"我对小海说道，"小海，咱们赶紧走。"

第三十二章　比死胡同还死的死胡同

一路上，我不停地拨打巴图大叔的电话，但是电话一直关机。我不得不承认，我非常担心，虽然在理智上，我对老头子三十多年前做的那些事情一直耿耿于怀，但是这几个月相处下来，他一直对我不错，人毕竟是有感情的动物。

郭阳一直在安慰我，反而弄得我更加心烦意乱。乌兰左旗距离北京超过六百公里，小海一路超速，终于在下午三点，我们赶到了乌兰左旗。

在距离巴图大叔家很远的地方，我们把车子停下来。

我找出车里的弹簧刀和甩棍，郭阳和小海死活要跟我一起去，被我拦住了。

我用备用手机拨通了小海的电话，并保持通话状态，对两人说道："你们就在这儿盯着，车子千万别熄火，随时听着手机，万一我那边出了什么事情，你们马上过来接应我。"郭阳和小海答应了。

我揣好家伙，努力平静了一下心神，然后装作没事人一样溜溜达达向前走去。穿过前面的树林，又往前走了几百米，巴图大叔的院子就在不远的地方了。四下看了看，一切如常，附近冷冷清清，没有一个人。

我装作很轻松的样子，走到院门口，伸手敲了敲门，嘴里喊道："耐家，耐家，有人吗？""耐家"是蒙古语"朋友"的意思，这还是在山里打猎的时候和老头子学的。

门内没有回应。这时候我注意到，院门并没有锁，我伸手推开了门。进了院子，我抽出身上的弹簧刀，又把甩棍拽了出来。

院子里没有任何异常，走到正房门口，我拍了拍房门，喊道："老头子？"

门内依旧没有人回应，推开房门，只见房间内收拾得整整齐齐，和我们走的时候差不多，四下检查了一番，房间非常整齐，只是落满了灰尘，一看就是好多天没住人了。又检查了其他几个房间，全都一样，整整齐齐，落满灰尘，但是并没有发现什么可疑的地方。

回到车上，我把情况和两人说了。

郭阳说道："有没有可能他们临时出去了，手机忘充电了，你再打一次试试？"

我掏出手机又拨了一遍，依旧是关机。

小海问道："现在怎么办？"

我说道："先找个地方住下来吧，我怎么也得弄清楚，他们两个到底去哪儿了。"

小海点了点头，启动车子往县城开去。

我们在县城找了一家位置很偏的小旅馆，小海用他的身份证开了一个三人间。县城的小旅馆管理得并不严，我们进去的时候，没有遇到任何人盘查。

接下来的几天，我们找遍了所有能找到的地方，包括之前我们去过的所有地方，甚至呼吉雅大娘家、老头子在村里的住处，都没有找到老头子和巴图。

他们两人的手机，也一直关机。

我不死心，甚至带着郭阳和小海去了一趟山里我们曾经住过两个月的地方。木屋大门上放着的那盆尿水已经被打翻，看来那帮孙子来过这里。房间内一片混乱，明显被人翻过，但是没有老头子和巴图大叔的踪迹。

之后我又去了老头子带我打过猎的几个地方，甚至我们最后下山的那个断崖也去了，还是没有任何发现。最后我们来到了山口那晚我夜探帐篷偷钱包的地方，除了看到一堆篝火的痕迹和几摊血迹，没有任何发现。

老头子和巴图大叔，就这么莫名其妙地同时失踪了。

找到第八天，我基本放弃了希望，三人也累得筋疲力尽。这天晚上，我们回到小旅馆，小海问我："还有什么办法？"

我摇了摇头，说道："没有办法了，所有能想到的办法，都已经用了。"

三人一阵沉默。良久，郭阳说道："我觉得我们不能放弃，但是另一方面，我们也得继续行动了，调查的事情不能停。"

听了郭阳的话，我这才想起来，这些天为了找老头子和巴图大叔，调查的事情已经完全停掉了。我问郭阳："你是怎么想的？"

郭阳说道："从现在的情况看，巴图大叔他们两个到底是不是出了什么事情，我们并不能确认。所以我建议，我们就留在这里，反正咱们去哪里都一样，只要安全就行。我们就留在这儿，如果他们两个回来，我们第一时间就会知道。"

我点头表示同意。

郭阳说道："至于第二点，就是调查的事情，我们要继续了。"

我问道："你有什么想法？"

郭阳说道："县医院的那位妇产科医生赵红英，一家三口现在都死了，但我们还是可以想办法再找一找她当年的同事和老邻居，说不定能打探出一些新的蛛丝马迹来。另外，就是那个英文缩写'NPR'，我们要继续调查。"

郭阳说得没错，不能再耽误了，该做的事情还得做。于是从第二天开始，一切调查工作又回到了正轨。

每天早、中、晚三次，我们会一起到巴图大叔的住处扫一眼，看看他们是否回来了，其间我还让小海假扮路人，询问了巴图大叔住处附近的几户牧民，但他们都说有一段时间没有看到过巴图大叔了。

寻找赵红英的事情，我们想尽了各种办法，功夫不负有心人，最终让我们找到了一位八十年代初和赵红英一起工作过的老护士。

然而令人失望的是，从她的讲述中，并没有获得任何有用的信息。

之后在老护士的介绍下，我们又找到了两位还在世的赵红英当年的同事，依旧是一无所获。按照她们的讲述，这个赵红英几乎就是一个完人，不仅为人亲和低调，工作也非常努力，还乐于助人，几乎没有任何缺点。

帮助高危产妇上门产检的事情她们也是知道的，但细节就完全不清楚了，她们只记得当年赵红英还因为这个事情，被评选上了单位的三八红旗手。

三四天的走访，什么有价值的信息我们也没有得到，对事情的进展没有任何帮助。可以说，赵红英这条线索到现在为止，完全断掉了。

至于查询与那个英文缩写"NPR"有关的机构或单位的事情，也毫无进展。我们几个再次重头筛选了一遍，这一次的筛选更加仔细，尽量不漏掉任何有价值的信息。结果是，我们把原有的一百多个单位或机构的名单，扩大到了三百多个。之后我们竭尽全力排除，删掉了所有能删掉的八竿子打不着的单位和机构，最后我们的名单上，还剩下一百八十七个，分布在世界各地。

一百八十七，又是一个让人绝望的数字。

这么大的数字，又遍布世界各地，我们根本不可能排查得过来，要是这一圈亲自走访下来，到我们几个头发都白了也走访不完。

绞尽脑汁、冥思苦想了数天之后，我们不得不承认，到现在为止，我们所有的调查工作已经完全陷入了僵局，是比死胡同还死的死胡同。

但这件事情不像其他的事情，实在不行就算了。

这件事情根本没有办法算了，那些杀手是不可能放过我们的。如果不能把整件事情彻底查清楚，我们就只能一直东躲西藏，甚至躲一辈子。我和郭阳都还不到四十岁，这要是以后的几十年都得过这样的日子，那还不如死了算了。

已经没有任何办法了，我和郭阳陷入了深深的绝望。

接下来的几天，我和郭阳极其颓废，每天就是躺在旅馆里，吃了睡、睡了吃，小海负责买饭，他也不知道该如何安慰我们。

就这么躺了一个星期，我决定还是回北京。就算是死，也不能死在这个鸟不拉屎的小县城里，北京毕竟是我长大的地方。

决定好了之后，我们退了小旅馆的房间，开车返回北京。

开了足足七个小时，我们终于回到了北京，回到了小海位于南锣鼓巷的那间小旅馆。进了房间，我有一种恍如隔世的感觉。

刚刚放下东西，郭阳去卫生间洗澡，敲门声响了起来。

我打开房门，只见门口站着一位顺丰快递的小哥。小哥看到我，很客气地问道："请问您是郭刚先生吗？有您的快递。"

第三十三章　谁寄的快递

我和郭阳躲在小海这间小旅馆里的事情，除了我、郭阳和小海三个人，在这世界上没有任何人知道，怎么会有我的快递寄到这里来？

我一把从快递小哥的手里抓过快递，没错，上面的地址就是这里，而收件人的名字和电话确实都是我的。

"这……这是谁寄来的？"我结结巴巴地问快递小哥。

"哦，寄件人上面应该有，您自己看一下。"快递小哥说完，拎着一堆快件快步离开，急着去送下一家了。我低头望去，只见快递的寄件一栏写着，"寄件人：蒙特"，地址一栏是空的，没有留电话，只有一个寄出日期。

望着手里的快递，我感到后背发凉，有一种毛骨悚然的感觉。我缓了缓神，四下看了看，楼道里只有我一个人，我又到旅馆门口转了一圈，并没有什么惹眼的人。

回到房间，我把事情和郭阳、小海说了，两人看到我手里的快递，也呆住了。郭阳说道："这……这不可能啊，没有人知道我们住在这里！"

我摇了摇头，脑子也完全蒙了。

小海说道："先别着急，看看里面是什么东西。"

我翻出弹簧刀拆开快递，里面是一个小纸包，用胶带里三层外三层地缠着，费了九牛二虎之力，把胶带全部撕开，纸包里面包裹的是一个很小的U盘。

小海将快递的外包装捡起来。

我说道："别看了，寄件人的姓名是假的，其他什么信息都没有。"

小海仔细看了看手里的快递包装纸，说道："发出时间是三天前，应该是外地寄来的。"

我们三人你看我，我看你，这个U盘，会是谁寄来的呢？

沉默了片刻，小海突然说道："哥几个，我们得赶紧搬家，这里不能再待了。"

我一愣，马上反应了过来。小海说得对，从这个快递来看，我们的行踪肯定已经暴露了，只是现在还不清楚，给我发快递的这个人究竟是敌还是友。

但无论怎么样，安全第一，先搬家换个地方再说。

我们迅速收拾好东西。小海说道："我一哥们儿前一段时间去国外，把钥匙留在我这儿了，我们先去他那儿躲一躲，应该没事。"

三人拎着行李从后门出了旅馆，警觉地四下看了看，一切都很正常。上了车之后，我们异常小心，但整整担心了一路，并没有发现有人跟着我们。

小海哥们儿的房子在大兴的一处原国棉二厂的宿舍区。我们三人小心翼翼地上了楼，直到进了房间，锁好门，这才松了口气。

我问小海："这个地方，没人知道吧？"

小海说道："你放心吧，没人知道我在这儿还有个房子。"

郭阳突然说道："其实我们不用这么着急搬家的。"

我明白郭阳的意思，说道："你的意思是说，既然对方已经知道我们躲在哪里了，不用寄这个快递，直接过来搞我们就完了？"

郭阳说道："对，所以，至少现在，我们暂时不会有什么危险。"

我说道："你说得有道理，但还是安全一点好。"

郭阳点了点头，不再说什么。

我从口袋中掏出那个U盘，仔细看了看，这就是一款很普通的纽曼U盘。这会是谁呢，谁会知道我究竟躲在哪里，又为什么给我寄来这么一个U盘呢？

我问小海:"小海,这边有电脑吗?"

小海从里屋拿出来一台笔记本,我将电脑开机,再把U盘插上。U盘很空,里面只有一个文件,是一个视频,大小是四十五兆。

我双击鼠标,点开了那个视频。

最开始是黑屏,我看了看视频的时长,两分十五秒。黑屏持续了十五秒钟之后,画面出现了,居然是一个康师傅桶装方便面的广告!

我看了看一旁的郭阳和小海,郭阳说道:"继续看。"

耐着性子看完三十秒钟的广告,接下来又是很长的一段黑屏,耐心等了十五秒之后,画面再次出现,还是康师傅的桶装方便面的广告,就这样一段黑屏,一段广告,重复了三次,画面最后停在了男一号傻乎乎的脸上。

我们三人抬起头来,面面相觑。

"完了?"小海问道。

这是什么情况?

郭阳从我手里拿过鼠标,说道:"咱们再看几遍。"

郭阳再次点开视频,我们一连看了三遍,还是没有看出任何问题来。视频的内容,就是普普通通的三段内容完全相同的康师傅广告。

"这什么意思啊?"我问郭阳,"就三段广告?"

郭阳眉头紧锁,思索了片刻,说道:"既然对方给我们发来这个U盘,就肯定是有信息要传达给我们。"

我说道:"我也这么觉得,可这里面都什么玩意儿啊?"

郭阳说道:"有可能对方要传达的信息并不在这段视频里,我们看一看U盘里面,有没有隐藏文件或者文件夹。"

我眼前一亮,只见郭阳一番操作,修改了文件和文件夹的属性后,再次刷新,果然在根目录下发现了一个隐藏文件。但这是一个很普通的".ini"后缀的系统配置文件,打开以后,里面只有十几行代码,郭阳一行行检查完毕,没有发现任何异常。

接下来,郭阳又把整个U盘仔仔细细检查了一遍,最后放下了鼠标,摇了摇头,说道:"我确定,这个U盘里面除了这段视频,什么也没有。"

"不会吧？"我说道，"这不合逻辑啊！"

郭阳说道："既然对方给我们发过来这个 U 盘，就肯定是要告诉我们什么，但这里面确实没有任何信息，这太奇怪了。"

郭阳琢磨了片刻，说道："对了，有没有可能在视频的源代码里？"

郭阳的话，我和小海都没听懂，我问道："你说什么？"

郭阳解释道："每一个视频文件，实际上是有源代码的，我知道有一种方法，可以在视频的源代码里植入一定的文本信息，但不影响视频播放。"

我有点听明白了，问道："你是说，这个视频能变成一行一行的代码，里面有信息？那……那怎么弄出来啊？"

郭阳说道："我需要一个专业的软件把这个视频转换一下。"

郭阳立刻到网上搜索，不多时，下载了一个专业软件，然后用软件的程序将视频文件打开。虽说 U 盘上的视频文件只有几十兆，但鼠标光标足足转了好几分钟，还是没有将文件打开。

我又等了几分钟，问郭阳："死机了吧？"

郭阳笑了，说道："视频文件转换成源代码的文本格式，会变得很大，再耐心等一会儿。"

我问道："能有多大？"

郭阳说道："这个几十兆的小视频，还原成文本格式的代码，至少要有十几万行。"

我一下子愣了，说道："十几万行，那不得上百万个单词？那要是在里面植入了什么信息，不得找到猴年马月去啊！"

郭阳点了点头，说道："是的，至少要上百万个单词，我们必须一点一点地找。"

足足等了两个小时，文件终于打开了，全部是一行一行的英文代码。郭阳检查了一下，一共有三十五万七千多行，超过两百万个英文单词，这下够我们找的了。

接下来的几天，郭阳不眠不休，在电脑上一行行地检查代码，他检查得极为仔细，每一个单词都不放过。这样进度就更慢了，基本上一天下来，只能检查几万行。这事我和小海都帮不上忙，英文这东西它认识我们，我们不认识它，只能全心全意地伺候郭阳。

这段时间可把郭阳累惨了，但是整整检查了一个星期，一无所获。

郭阳告诉我们，视频的源代码里，并没有任何信息。我们又把那段视频反反复复看了上百遍，还是没有什么发现。那段视频就是最普通的康师傅方便面的广告，电视上每天都在播的那种，没有任何稀奇。

三人都非常失望，原本以为这会是一个新的转机，但整个事情进展到这儿，所有的路又全都堵死了。

可奇怪的是，究竟是什么人能够知道我们藏在小海的旅馆里，这个人究竟是敌是友？这个U盘里面明明没有任何信息，那么他把这个U盘发给我的目的到底是什么？这个给我寄U盘的人，到底是谁？

我们想了好几天，百思不得其解。

冥思苦想了一个多星期之后，我们完全放弃了希望。到现在为止，我们三人都不知道究竟该何去何从了。对手找不到，事情的调查又一点都进展不下去了，我们究竟还能怎么办，还能去哪里？再过几天，小海的哥们儿就要回来了，到时候我们连个住的地方都没有了。

这件事实在太诡异了，到现在，就算是报警，警察也肯定不会理我们，我们手里又没有任何实质性的证据，警察肯定觉得我们是得了被迫害妄想症。

在家里憋了好几天，这天晚上，我拉着郭阳和小海到楼下散散心。

三人闷闷不乐，谁也没有说话。说实话，我觉得还不如真刀真枪跟对方干一仗，就算干不过，被人家给弄死了，至少图一个痛快。现在的生活就跟耗子似的，东躲西藏，但还是说不准哪天就被人家找到给弄死了。

我在心里骂了一句，掏出烟来准备抽一根，这才发现烟盒已经空了。

"走，陪我买盒烟去。"我对郭阳和小海说道。

三人拐到小区外面的小卖店，我要了两盒玉溪，郭阳又拿了一条酸奶、几个面包，准备明天当早饭吃。我掏出一百块钱结账，小卖店的大妈见到我手里的百元大钞，面露难色，说道："小伙子，能用手机结还是尽量拿手机结账吧，我们这儿现在都没现金了，您这一百块钱我这儿找不开，没零钱。"

这都什么事啊，我要是能用手机结账，还用现金干吗啊？这简直是给我们挤对到头儿了，这日子以后要都是这么过，活着还有什么意思啊？

我一肚子邪火儿瞬间就爆发了出来，跟小卖店的大妈吵了起来。

小卖店的大妈也是个牙尖嘴利的主儿，指着我就骂："你们几个土包子哪儿来的啊，这年月谁不用手机结账啊，你们几个越狱犯吧，连手机都不敢用，信不信我报警让警察抓你们！"

我一下子急了，破口大骂："老帮菜你说什么呢，信不信我抽你？"

那大妈显然也是一混不吝的泼妇，骂道："你个小兔崽子，让你扫个码，你想抽我？"

大妈把脑袋往前一凑："抽啊，你有本事抽啊，不抽死我我跟你没完！"

大妈说完，一头扎进我怀里。但是在这一瞬间，我一下子愣住了，举起的手也僵在了半空中。

我想起了什么！

呆了半晌，我一把扶起大妈，说道："大妈，是小辈儿错了，我给您赔不是了。"

说着，我把那一百块钱塞给大妈，说道："这一百块钱给您，不用找了。"

大妈看了看手里的钱，愣住了："这……这怎么回事啊？"

我神色激动，说道："大妈，您就是我的贵人，我谢谢您！"我抓住大妈的肩膀，在大妈的脸上使劲亲了一口，拉起郭阳和小海就跑。

郭阳和小海完全蒙了，小海问我："刚子，你这是怎么回事？"

"回去再说。"

我拽着两人跑出了小卖店，身后传来大妈的骂声："你个小不正经的东西，钱还没找你们呢！"

一口气跑进小区，上了楼，郭阳问我："你到底怎么了？"

我没有回答，开门进了房间，把电脑打开，调出那段视频，把进度条拖到最后，指着屏幕的右下角，对郭阳和小海说道："你们看看，这是什么？"

屏幕上定格的画面，是广告最后男一号傻乎乎的笑脸，在画面的右下角位置，是一个不太显眼的二维码标识。

第三十三章　谁寄的快递　　171

第三十四章　二维码

郭阳瞪视着屏幕上的二维码，问我："这个二维码以前我注意过，但是你为什么会认为这个二维码有问题？"

我说道："一共三段视频，这个二维码，是唯一的。"

郭阳一怔，马上抢过鼠标，从头到尾拖动了一遍整个视频。视频里一共三段广告，每段广告的内容都完全一样，最后一个画面都是停在了男一号傻乎乎的脸上，但是三段广告的最后画面，只有结尾的那一个，在右下角的位置上，有一个不太显眼的二维码。

郭阳说道："果然，只有最后这个视频有，没想到竟然这么简单。"

确实是太简单了，但我们三个之前都忽略了，这个二维码我们以前都注意过，但都以为是广告自带的，谁也没有想到，对方给我们留下的东西，就在这里。

小海掏出手机递给我，说道："扫一扫吧，看看里面是什么。"

我接过小海的手机，手有点颤抖，这个二维码的后面，到底是什么？

我咽了咽口水，打开微信，点开了扫一扫功能，用手机的镜头对准了屏幕上的二维码，只听"叮"的一声，进度条滑过之后，手机的屏幕上出现了一条网址的链接。我用手指点了一下链接，选择浏览器打开，片刻，屏幕上出现了几行汉字，只见上面写着：

你要找的答案，在这里。

后面是一个地址：甘肃省张掖市黑河大街一百三十九号院二十一栋五一三。

我们三人看着手机上的内容，都有点发愣。这是什么意思？明摆着的，这是一个邀请啊，是要我们几个过去。

对方到底是什么人，为什么要我们过去？都无法想到。

我和小海在甘肃没有任何朋友，郭阳肯定也没有，这会是谁呢，究竟是敌是友呢，这会不会是一个圈套呢？

我抬起头来，问郭阳和小海："去，还是不去？"

小海说道："我听你们的，只要你们去，我一定奉陪！"

郭阳沉吟了片刻，问我："你觉得呢？"

我咬了咬牙，说道："去，我觉得一定要去。"

我望向郭阳和小海，说道："与其这么东躲西藏的，不如去一趟，死就死了，总比现在这样强。"

郭阳说道："说得好，那就这么定了，即使是龙潭虎穴，咱们也闯这一回。"

我狠狠地点了点头。

既然决定要去了，再分析什么已经没有任何意义了。张掖距离北京走高速要一千七百多公里，至少要走两天，我们商量了一下，决定第二天收拾准备一下，第三天一早出发，龙潭虎穴，就看这一回了。

第二天一早起来，我们陪小海一起到修车厂把车子检查了一下，小两千公里的路程，万一路上车子出了什么问题，会很麻烦。为了尽量少抛头露面，我们买齐了在路上吃的喝的东西，这样就可以不在服务区露面了。

全部整完，在外面随便吃了点东西，我们回到了小海朋友的住处。

进了房间，我坐在沙发上，突然觉得身心俱疲。这些天实在太累了，尤其是精神上，已经快到临界点了。

郭阳收拾好东西，见我还在沙发上发愣，倒了杯水递给我，说道："想什么呢?"

我没有回答,接过水杯,在沙发上坐了半晌,对郭阳说道:"不知道为什么,我突然特别想去看看我女朋友。"

郭阳一愣,说道:"那就去吧,我送你过去。"

我点了点头。郭阳和小海交代了几句,拿了车钥匙,我们下楼上了车。

六月中旬的北京,初夏炎炎,到处都是穿着小短裙、露着大白腿的小姑娘。

车子行驶在熙熙攘攘的北京街道上,阳光穿过车窗,照得身上暖暖的,我竟然有了一种恍如隔世的感觉。

开进城里,我让郭阳在一条小街道上把车停下。我下了车,找了一个街边角落的台阶坐下,点上了一根烟。这条街很偏,没有人认识我,也没有理由认识我。看着来来往往的行人,我突然觉得就这种平平淡淡的生活,其实挺好。可是我为什么以前总不满足呢,总是想着法儿地多赚点钱、多泡几个妞呢?

想到这里,我笑了。可惜的是,现在已经回不去了。

一口气抽了三根烟,我这才回到车上,让郭阳径直把车子开到我女朋友单位的楼下。我拉开车门,对郭阳说道:"你回去吧,我吃过晚饭再去看一眼我的'拉面',睡觉前就回去,不会耽误咱们明天早上出发。"

郭阳没有回答,突然说道:"郭刚,你不觉得,同时有两个女朋友,挺累的吗?"

我一愣,心里动了一下,笑了笑,对他说道:"这事你不懂。"

走进女朋友的公司,我让前台把我女朋友叫下来。

在大堂等了一会儿,女朋友下了楼,看到满脸大胡子的我,一时间竟然没认出来。我苦笑了一下,说道:"怎么,不认识我了?"

女朋友听出我的声音,说道:"你是……郭刚?"

我鼻子一酸,眼泪一下子就掉了下来,说道:"是……是我。"

女朋友伸手拉住了我,说道:"你……你这么长时间,去哪里了,你怎么哭了?"

我哽咽着说道："没什么，发生了点事情。我就是想你了，过来看看你。我……我想吃你做的面条了……"

女朋友的眼圈也红了，说道："那就去我那儿吧，我去请个假。"

我点了点头，女朋友上楼请了假，直接带我回到她的家里。

女朋友住在酒仙桥的一个小区，一室一厅的小房子，是公司给她租的。女朋友是南方人，被公司外派到北京，已经有一年多的时间了。

我女朋友是扬州姑娘，做得一手好淮扬菜，尤其是她做的阳春面，简直是一绝。进了房间，女朋友就去厨房忙活，不大会儿工夫，就端出来一碗热气腾腾的面条。我拿起筷子狼吞虎咽地吃了起来。

女朋友递过来一张餐巾纸，说道："慢点吃，小心噎到。"

这几个月风餐露宿，东一榔头西一棒槌的，我几乎没静下心来吃过什么正经饭，尤其是我女朋友给我做的饭。虽然是简简单单的一碗面条，但吃得别提有多香了。把面吃完，又把汤都喝了，我这才心满意足地舒了口长气。

女朋友把碗筷收拾好，回到沙发上坐下，看到我满脸疲惫的样子，问我："你累吗，要不要歇一会儿？"

我点了点头，说道："是累了，我躺会儿吧。"

我在女朋友的腿上躺下，女朋友拉过来一个小毯子给我盖上。

这一刻，我突然觉得特别幸福。可我以前怎么从来不这么觉得呢？我这个人事儿多，也特别挑剔，平时总是觉得这儿也不满意，那儿也不舒服，但今天就是和女朋友在家里待一会儿，吃一碗她做的面，突然觉得没有比这更幸福的事情了，平平静静地生活，真的是挺好的。

我就这么躺在女朋友的腿上，迷迷糊糊睡着了。这一觉睡得很香，一个梦都没有做。醒来的时候，天已经黑了，我坐起身来，问道："几点了？"

女朋友说道："快七点了。"

我一下子跳起身来："这么晚了？我得赶紧走。"

这一觉居然睡了四个多小时，晚上还说要去看"拉面"呢。女朋友说道："我给你做点吃的再走吧。"

女朋友站起来，突然身子一歪。我伸手扶住她，问道："怎么了？"

女朋友笑道:"坐得太久,腿麻了。"

看着女朋友一蹦一跳地往厨房走,我想起来,刚刚一直躺在她的腿上,这一觉睡了四个多小时,她为了不吵醒我,居然一动也没有动,连腿都压麻了。想到这里,一直狼心狗肺的我,突然第一次有了十分感动的感觉。

女朋友炒了两个菜,陪我吃过晚饭之后,送我下楼。

我女朋友是那种特别懂事,心理也特别强大的女孩子,平时小事会跟我小任性一下,但凡大事情,只要我不愿意跟她说,她从不会多问。

这整整一个下午,她就是陪着我,一句也没有问起我这几个月到底干什么去了。其实我知道,她也会好奇,也会担心。但我不说,她就从不会问。

上了出租车,女朋友一直站在楼门口向我挥着手,直到我看不到她。

在这一刻,我突然觉得自己特别不是东西,有这么好的一个女朋友,还非要在外面吃"拉面"。如果我能重活一次,我再也不会这么干了。我心里暗暗发誓,如果这件事情我能够找到真相,我能够不死,活着回来,我一定跟我女朋友好好过,一辈子再也不吃什么"拉面"了。

我狠狠扇了自己一个嘴巴,对出租车司机说道:"师傅掉头,不去望京了,回大兴。"

回到小海哥们儿的住处,郭阳见我这么早就回来了,问道:"怎么这么早,不是说睡觉前才回来吗?"

我一屁股在沙发上坐下,说道:"没什么,就是突然不想去'拉面'那儿了。"

郭阳愣了一下,看了看我,目光中似乎别有深意,但什么也没有说,只是说道:"也好,咱们早点休息,明天一早还要出发呢。"

第三十五章　赴约

人们总觉得女人是柔弱的动物，可我从来不这么想。我妈还在世的时候，我无论在外面受了什么样的欺负，受了什么样的气，只要回家跟我妈待一会儿，聊会儿天，一觉醒来，就满血复活，又可以出去跟别人干了。

可能是和女朋友待了一下午的原因，虽然明天一早就要出发，奔向我们未知的、九死一生的命运了，但夜里这一觉我睡得别提有多踏实了，一个梦都没有做。第二天一早八点，郭阳把我和小海叫起来，我们收拾好东西，直奔甘肃。

张掖市距离北京近一千八百公里，中间要经过北京、河北、山西、陕西、宁夏、甘肃。我们一路上人歇车不歇，三人轮换着开，为了避免不必要的麻烦，我们尽量不违章、不超速，就这样，一口气干到当天晚上八点多钟，我们开出去一千多公里，当天晚上歇在了宁夏与甘肃交界的一个叫中卫的小县城里。

还剩下七百多公里，八九个小时的车程，就不用着急了。当天晚上，我们好好睡了一觉，一直睡到第二天早上九点来钟，我们起来吃了早饭继续赶路，当天傍晚六点钟，终于到了这个除酒泉以外，甘肃最西边的一座城市——张掖。

路上我们商量过，既然不知道这个给我们快递U盘的人到底是敌是友，也不知道他究竟要我们到这里来做什么，所以我们还是要有所准备，小心为妙。我们的想法是，半夜动手，先去探探路，再作决定。

下了高速，我们先在城里最好的饭馆吃了顿晚饭，然后找了个洗浴中心舒舒服服洗了个澡，又在大堂歇了一会儿，看了看表，已经过了八点，到了该出发的时候了。

我们穿好衣服出了洗浴中心，为了避免再遇到上回在内蒙古被追车没油的情况，我们先到加油站把车子加满了油，然后按照二维码里的地址，找到了那个黑河大街一百三十九号院，小海把车停在了距离院门口一百多米远的路边。

从车窗向外望去，这是一个极为破旧的居民小区，看上去至少有五十年了，很多楼还是"文革"时期盖的那种苏式红砖楼。小区的院门口挂着一块破旧的牌子，上面写着：张掖市矿业第一机械厂宿舍。

来之前我们做过一些功课，张掖市的第一产业是农业，第二产业就是矿业，这边有几个国营大矿场和矿业机械厂，不过很多在九十年代国企改革的时候就已经倒闭了，眼前的居民小区从破旧程度来看，恐怕也属于这种。

我对郭阳和小海说道："咱们这么着吧，为了安全，咱们分成三拨，我先进去，郭阳在我后面盯着，好有个照应，小海你留在车里，别熄火，咱们的手机一直通着话，万一遇到什么情况，你赶紧过来接我们两个。"

小海说道："好，你们放心吧。"

我掏出手机，和小海拨通了电话，然后和郭阳下了车。

我拉着郭阳躲到路边的一棵大树后面，再次观察了一下前面的小区，我对郭阳说道："我先走，等我进了大门你再进去，你就在后面，在暗处盯着我，万一遇到什么事情，你千万别来救我，等小海到了再说。"

郭阳伸手按了按我的肩膀，说道："你一定要小心。"

我再次摸了摸口袋里的防身家伙，向郭阳点了点头，迈步向前走去。

走到小区门口，我这才看清，眼前的这个小区远比我们之前看到的要破旧得多，除了时间太久远，主要是很长时间没打理了，就像好多年没人住了一样，很多墙皮已经完全脱落，脱落的墙皮堆在地上，也没有人打扫。

进了小区，更加确定了我的观点。小区里一共有二十几栋居民楼，只有零零星星几家还开着灯，很多住户家的玻璃窗已经碎了，窗户上布满灰尘，一看就是很久没有人住了。

小区的院子里没有路灯，黑黢黢的，我只能借助天上的一点星光，勉强辨认着楼号。我一栋一栋楼找着，二十一栋在小区最里面，孤零零地坐落在整个小区的最北面，前面是一片不大的空地。

我躲到一棵树后，探出头来仔细观察着面前这栋黑乎乎的居民楼。

这是一栋六层的红砖结构的苏式建筑，看起来是"文革"前盖的，楼的东西两侧各有一个门洞，应该是那种老式的筒子楼结构。和前面的很多楼一样，这座楼也极为破旧，楼身上还有隐隐约约的宣传口号：抓革命，促生产。

整栋楼没有一户亮着灯，很多窗户都已经被打碎了，这些住家应该都是很久没有人居住过了。我仔细数了数，从窗户的情况看，这栋楼的住户可能不足十分之一了。定了定神，四下观察了一番，院子里没有一个人，我蹑手蹑脚地向前走去，不多时，走到了西面的门洞口。推开斑驳陆离的楼门，破旧的木门发出了一声"吱呀呀"的响声，吓得我浑身一激灵。

楼道里堆放了很多杂物，地上落满尘土，我先到一楼看了看，我猜得没错，这是一栋老式的筒子楼，一条狭长的楼道，两边都是一扇一扇的户门。

我沿着楼梯，蹑手蹑脚地向楼上爬去，不多时爬到了五层。我停下来，侧耳倾听，楼道内没有任何声音。我轻手轻脚地走进楼道，五层的格局和一层一模一样，只是整个楼道内空空荡荡的，没有堆放任何物品。

此时我的精神已经绷到了极点，感觉心脏快跳到嗓子眼了，甚至可以听到自己心跳的"怦怦"声，我努力克制了一下，一扇房门一扇房门向前走去，每扇房门上都写着一个门牌号，左手的是单号，右手的是双号。

走到左手第七扇门，只见房门上写着一个数字：五一三。

就是这里了！

我深吸了一口气，努力定了定神，把耳朵贴到门上听了听，门内没有任何声音。我把耳朵往前凑了凑，就在这时，我突然感觉，贴在耳朵上的门似乎动了一下。我一愣之下，低头望去，面前的这扇门，竟然没有锁！

这是什么情况？

我伸手推了推，果然，门并没有锁，只是虚掩着，我轻轻把门推开一道缝，向门内望去。

不会吧？

我一把将门推开，在我面前的，是一个空荡荡的房间！

这是怎么回事？

我看了看一旁的房门，没错，五一三，我所在的地方，就是U盘里二维码指向的那个地址，张掖市黑河大街一百三十九号院二十一栋五一三。

可这里怎么会只是一个空房间呢？

我马上想到，难道U盘只是指向这里的一个线索，真正的线索是在这个房间里？我迅速检查了一下整个房间，房间里没有任何家具，也没有任何东西，四面的墙壁和天花板上也是干干净净的，没有任何字迹。

我站在这空空荡荡的房间内，脑子完全蒙了。

就在这一瞬间，我心里突然产生了一种非常不安的感觉。我掏出手机，低声对小海说道："小海，我已经到了，什么都没有，我马上回去，你等着我，车子别熄火。"

手机里没有任何声音，我拿起手机一看，不知道什么时候已经挂断了。

难道小海那边出了什么事情？我心里那种不安的感觉更甚了。不行，我得赶紧回去。出了房间，将门轻轻带好，我快步下了楼。

往回走的路上，并没有看到郭阳，我加快了速度，出了小区大门，一口气跑到停车的位置，问道："小海，郭阳回来了吗？"

我拉开车门，车里并没有人，我一愣神之际，猛然感觉似乎有人从后面快速地接近我，我刚要回头，就感觉一个冷冰冰的物体顶在了我的腰上，同时身后响起了一个阴森森的声音："别动！"

我刚要挣扎，一副手铐就铐住了我的双手，紧接着，我眼前一黑，一个头罩罩到了我的头上，我被推上了车子。

车子启动，迅速向前开去。这是怎么回事？郭阳和小海他们两个呢？我拼命挣扎，说道："大哥大哥，到底怎么回事？"

没有人理我，十几分钟后，车子停了下来，我被拽下了车，有人推搡着我向前走去，走了一百来米，进了一扇大门，紧接着又是一扇门，然后我被一推，就坐在了一把椅子上。

这时候，我听到有人说道："还有两个人。"

另一个人说道："都带进来吧。"

不多时，只听到有人骂骂咧咧地被带进了房间，是小海的声音，我心中一喜，看来小海没事，刚刚说是两个人，那么和小海一起的肯定就是郭阳了。但几乎同时，我心中暗叫完蛋，这回是真完蛋了，被人家给一锅端了。

脑子里正胡思乱想，突然感觉眼前一亮，脸上的头罩被摘了下来，房间内非常亮，我一下子闭上了眼睛，缓了好一会儿，这才慢慢睁开眼。

只见我旁边站着的是郭阳和小海，两人都被手铐铐着。郭阳和小海看到我，都愣住了。

就在这时，只听有人对我说道："郭刚，我们总算见面了！"

我转头向前望去，当我看清面前那个人的时候，不由得一下子张大了嘴巴，瞬间有一种魂飞魄散的感觉。我胆子并不小，无论我面前站的是谁，我都不会吓成这样。

站在我面前的这个人，我在网上看到过照片，他就是我们曾经找过却没有找到的作家赵山！不，不对，赵山已经死了，他去年秋天在丹拉高速上的车祸中丧生……那面前这个人是谁？难道是赵峰？

至此，郭刚、郭阳的故事讲述完毕。

下部

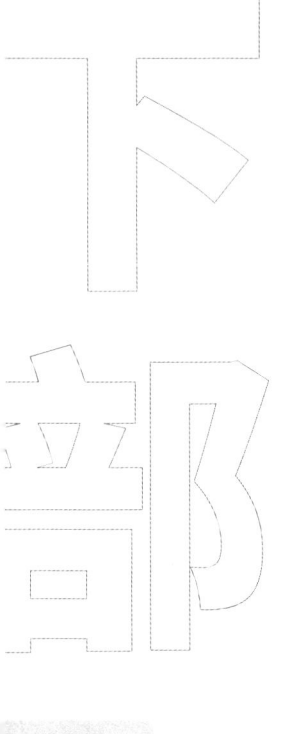

赵山、赵峰的故事

第一章　镜子中的自己

我叫赵山，是一个侦探悬疑类小说作家。

作家的生活是孤独而枯燥的，我的作息十分规律，每天早上七点起床，阅读一些灵修和心理学类书籍，再冥想半个小时，然后进入写作状态。

不写东西的人很难感同身受，作家在写作过程中，会进入一种一片空明的状态，仿佛去了另一个世界。每天上午，我会在这种状态下写满三千到五千字，中午我会再次回到人间，午饭和午睡之后，下午再工作两到三个小时。

我的作品还算畅销，衣食无忧，我做人也很检点，整个人基本挑不出什么毛病。如果说我有什么缺点，那就是我有比较严重的被迫害妄想倾向，这一点，我从来没有告诉过任何人，也从来没有寻求过医生的帮助。

没有人知道我有这个毛病，在生活中我伪装得很好，我通过心理学和冥想来平衡我的病状，尽量把它维持在不影响生活的状态下。

我很清楚，没有这个病状，我也就没有了写作的源泉。我的过度敏感和紧张，以及这种比较严重的被迫害妄想倾向，构成了我每一部作品的灵感，我靠它吃饭。但我更清楚的是，我必须每一天谨小慎微、如履薄冰地让自己维持在一种尽量正常的状态下。对我来说，疯狂与正常之间，只有一线之隔，如果有一天这个平衡被打破，我将会变成一个疯子。

那是一个星期五的下午，当影视公司的女老板提出晚上要我陪她一起去东方广场逛逛，顺便谈谈我小说改编电影的项目的时候，我心里就"咯噔"了一下。

这个女老板我开罪不起，她提出的要求，我不能拒绝。

这本小说我写了整整三年，如果能拍成电影，将会对我的事业有很大的帮助，可以说，我的命门掌握在人家手里。

女老板的出身很苦，从群众演员一路混过来的。不过她人长得很漂亮，后来机缘巧合结识了几个行业大佬，出资给她开了这家公司。没想到她虽然演戏不行，做起公司来却能力爆棚，不到十年的时间，她的那间小公司就成了国内一线的影视公司，拍过无数脍炙人口的作品。不过这十几年的事业忙下来，个人的事情也就耽误了。虽然还是有很多人追求她，但大多都只是跟她玩玩。毕竟女老板已经快四十岁了，又是个身家数亿的女强人，一般人消受不起。

女老板对我很好，她明里暗里的意思，我能感觉得到。我知道女老板对我是认真的，但我确实无福消受，倒不是嫌她年纪大，而是我已经有女朋友了。

这就是做男人的悲哀，很多时候为了事业，必须与方方面面虚与委蛇。

影视圈子尤其乱，以前在剧组工作的时候，很多女演员为了让你给她加戏，无所不用其极。虽然我一向非常谨慎，从没做过什么出格的事情，但也架不住狗仔队天天盯着，还是弄出过不少的花边新闻。

我女朋友是个正经姑娘，她不是这个圈子里的人，这也是我最看重她的一点，但我女朋友和绝大多数女孩一样，有个共同的缺点，就是爱吃醋。

女老板提出的见面地点在东方广场，东方广场是我女朋友上班的地方。她平时没事就喜欢下来到商场逛逛，要是让她撞见了，那肯定麻烦大了。

但我又不能随便拒绝女老板的邀请。

在东单和女老板见了面，我磨磨蹭蹭地往东方广场走着。

女老板问我怎么了，我说今天脚后跟有点疼。女老板笑了，说你这个疼的地方还挺奇怪的，就从来没听说有谁的脚后跟疼过。女老板说她小侄子马上过生日了，她要买个礼物，让我帮她参谋参谋，其实我知道这是借口。

硬着头皮走进东方广场，陪着女老板一家店一家店逛下去。整个过程就像做贼似的，恨不得脑袋后面长出一双眼睛，随时警惕着周围的人群。

不过，今天的运气还不坏，一直逛到快八点了，并没有撞到我女朋友。我暗自庆幸，说不定她今天加班就没下来，也可能是提前下班回家了。

我长长地出了一口气，看来今天的这一关应该是过去了。就在这时，远远地走过来一个女孩，引起了我的注意。这是一个身材极好的姑娘，我这人眼神虽然不算太好，有点近视，但几百米范围内走过任何一个美女，都不会逃过我的眼睛。这可能是所有搞艺术的人的特点，喜欢美女。不过我不好色，只欣赏。

我就这么静静地欣赏着，这时候，那女孩走近了，我一下子看清了，还真是怕什么来什么，过来的那个女孩不是别人，正是我女朋友！

看清楚来人是女朋友，我的脑袋瞬间就蒙了。女朋友越走越近，就在我彷徨无计的时候，突然斜刺里冲上来一个戴眼镜的小个子拦住了她，一看就是附近店铺做推销的工作人员。这可救了我的命，趁着这个当子，我赶忙对女老板说道："你先自己逛一下，我去个卫生间。"说完，我扭头就走。

女朋友已经看到了我，她一愣之下，推开身边那个工作人员，大步向我这个方向追过来。我加快脚步向前奔去，同时不停地回头观察我女朋友的动向。女朋友走过那个女老板的时候，略微停了停，上下打量了一番女老板，眼神一看就不善。绝不能让她追上我，这要是让她追上我，再怎么解释都没用了。

我一边快步向前走着，一边赶忙把手机掏出来静了音，以防我女朋友或别人突然打电话给我。前面就是扶梯，我紧赶了几步上了扶梯，扒开扶梯上的人，快步上到东方广场的一层。

我女朋友虽然个子不高，但脚步很快，我刚往前跑了十几步，她也追了上来。我不敢走得太快，同时心中暗自安慰自己，她应该还没有完全看清我。不过我绝对不能让她给逮住。观察了一下周围的环境，记得前面不远的地方有条通道，通道尽头有扇大门可以出去，只要出了商场，一切就好办了。

打定主意，三步并两步拐进通道，一口气跑到了通道的尽头。然而，当我来到大门前，一下子就傻了眼，大门被锁住了！

回头望去，整条通道空荡荡的，没处躲，没处藏，眼看女朋友就要拐进来了，我急得在原地直打转。就在这时，我突然注意到旁边不远处有一个小门面，是家眼镜店。真是急昏了头了，刚刚居然都没有看到。

我头也没回地一头扎进了眼镜店。

服务员见我进店，笑着迎上前来，问道："先生，您想买点什么？"

我哪儿有工夫理她，快速扫视了一下整个小店，屋角有个柜台，我快步上前，蹲在了柜台的后面。服务员愣了一下，上前问我道："先生，您……"

我连忙用手在嘴边比画了一个"嘘"的手势，示意她别出声，又指了指门外。服务员愣愣地看了看我，似乎没明白。

从柜台的玻璃向外望去，女朋友已经冲到了眼镜店门口，正在四处张望。

服务员显然没有明白我的意思，上前一步，再次问我："先生，您怎么了，有什么需要我帮忙的吗？"

我刚要出声制止服务员，女朋友已经注意到了这边的动静，只见她狐疑地向这边望了望，连犹豫也没有犹豫，就大步向眼镜店这边走了过来。

完蛋了！

我脑中飞快地转着念头，但此时已经没有任何办法。我索性把眼睛一闭，这一关看来是过不去了，听天由命吧。

等了好久，没有任何动静。我睁开眼睛，只见服务员站在一旁，笑吟吟地看着我，显然她已经明白了是怎么回事。

我问道："怎么了？"

服务员说道："没事了，她已经走了。"

我愣道："走了？！什么情况？"

服务员说道："她好像突然看到了什么，在通道口那边，就追过去了，没进来。"

我长出了一口气，一屁股瘫坐在地上。缓了半晌，我对服务员说道："你再帮我看看，她确实走了吗？"

服务员走到门边看了看，说道："确实走了，没人了。"

我站起来拍了拍裤子，对服务员说道："多谢了，多谢了。"

我千恩万谢地出了眼镜店，刚走了几步，突然觉得事情有点不对。

我这人一向非常敏感，但我一直很相信我的直觉和判断。确实有点奇怪，我女朋友刚刚明明已经追我到眼镜店门口了，只要她进了眼镜店，那就是瓮中捉鳖，我连躲都没处躲，怎么她突然就走了呢？

回忆了一下刚刚服务员说的话，她说我女朋友好像突然看到了什么，就在通道口的方向，于是追了过去，这才没有进眼镜店。

说句不好听的话，她这是在捉奸啊，有什么事能大过捉奸？

我女朋友到底看见什么了？

我是个好奇心极强的人，当即决定去弄清楚是怎么回事。我把羽绒服的帽子拉了拉，又戴上口罩，无论怎样，我不能让我女朋友认出我来。

走出通道口，四下看了看，并没有见到她的身影。

又往前走了一阵，左侧是个大门，我无意间向外瞟了一眼，脑袋"嗡"的一下子就大了。只见大门外不远处的街边，我女朋友正拉着一个男人，两人正在说着什么，从动作和姿势看，他们非常亲热。

这是什么情况！怎么又蹦出一个男人来，这男人是谁？

我一把推开商场的大门，没错，前面肯定是我女朋友。只见她拽着那个人的胳膊，两人说了几句话之后，就一起向前走去。那个男人的背影和走路的姿势非常眼熟，应该是我的一个熟人，但一时又想不起来究竟是谁。

我的情绪已经上到了头顶，居然敢给我戴绿帽子？我抬腿就要冲上去捉奸。突然有人拉住了我的胳膊，回头望去，是女老板。

女老板问我："你跑哪儿去了，怎么半天都不回来？"

我愣了愣，赶忙敷衍道："哦，我刚上完卫生间，想出去买盒烟。"我一边说着话，一边回头望去，女朋友和那个背影很熟的男人已经不见了踪影。

女老板不再问什么，拽着我回了商场。当天晚上剩下的时间，我一直魂不守舍，心里始终惦记着这件事情，连和女老板谈正经事都没有谈好。

送走女老板后，我回到家，连衣服也没脱就瘫倒在沙发上，头脑中不停地琢磨这件事情，越琢磨心里越难受，那个男的到底是谁？

没有男人受得了被戴绿帽子这种事情，我掏出手机就要给女朋友打电话，但想一想又不行，那样我会先穿帮的。

郁闷了一阵，我又开始宽慰自己，我女朋友应该不是那种人，说不定是我误会了。想到这里，我心里稍微好受了一些。我起身到卧室脱下羽绒服，又换上家居服，准备去卫生间洗个澡。

就在这时，我无意间向墙角的穿衣镜瞟了一眼，不由得愣了一下。

只见那大大的穿衣镜里映出的我自己的背影，怎么看着这么眼熟？

左右动了动身子，我一下子想了起来：今天晚上，在东方广场看到的那个和我女朋友在一起的男人，难怪我会觉得他的背影和走路的姿势很眼熟。他的背影和走路的姿势，像的不是别人，正是我自己！

这是什么情况？

我再次左右晃了晃身子，又前后挪了几步。没错，那个人的背影和走路姿势，现在回忆起来，可以说跟我一模一样，就像看到了镜子中的自己！

第二章　对质

我心中极度疑惑，就在这时，放在床上的手机突然亮了起来。我接起电话，电话里传来女朋友怒气冲冲的声音："你干吗去了，怎么一晚上不接我电话？"

我这才想起来，晚上在东方广场的时候，为了躲女朋友，我把手机给静音了，一直忘了开。看了看通话记录，十几条未接来电，都是女朋友打来的。

我赶忙敷衍道："不好意思，我睡着了，没听见你电话。"

女朋友没好气地说道："你在哪儿呢？我去找你。"

我看了看表，已经快十一点了，我说道："太远了吧，你明天不是还要上班嘛，要不还是我去找你吧，咱们老地方见？"

女朋友怒道："怎么了，不让我过去，家里有情况？"

我说道："哪儿有什么情况，我是心疼你，你要不信就过来呗。"

女朋友听我这么说，口气稍微缓和了一下："好吧，那就老地方，我这就下去。"

我们说的老地方，是女朋友家楼下的一家小咖啡馆，那是我们俩经常去的地方，我们都很喜欢里面的甜品和咖啡。

其实我也急着想见女朋友，今天晚上的事情，我必须向她问清楚。匆匆忙忙把衣服又换了回来，半个多小时后，我来到了位于望京的那家咖啡馆。

女朋友还没有到，我点了两杯咖啡和一份甜点，找了个角落坐下。磨蹭确实是女孩子的通病，耐着性子等了十来分钟，她终于到了。

我把咖啡推给她，正琢磨着怎么开口问她晚上的事情，女朋友却先冷着脸问我："今天晚上你是怎么回事？"

看来今天晚上女朋友虽然没抓到我，但毕竟还是起了疑心了，我装作什么也不知道，反问道："什么怎么回事？"

女朋友说道："在商场我跟你说话，你为什么不理我？"

我一下子愣住了，问道："在商场，你跟我说话，你什么时候跟我说话了？"

女朋友说道："就今天晚上在东方广场，我跟你说话，你为什么不理我？"

我听得有点蒙，完全没有明白她的意思。今天晚上在东方广场，我确实见到她了，不过她一直在追我，也没有追上啊，哪儿有机会跟我说话？更别提我不理她了。

她到底是什么意思，在诈我吗？

我说道："你先平静平静，到底什么情况？"

女朋友说道："今天晚上我在公司加班，下班以后准备去东方广场逛逛，结果刚一下去就看见你和一女的在一起逛街……"

我心里"咯噔"一下，果然让她给看见了。幸亏没让她抓到现行，应该还有解释的机会。但是我先不忙跟她解释，听听她怎么说。

我不露声色地问道："然后呢？"

女朋友说道："然后？然后你就跑了呗，我一路追，你一路跑，一直追到一层通道大门那儿，发现你在通道口那边站着呢，我就过去找你，结果你扭头就走，根本不理我。"

怪不得晚上那会儿女朋友都把我给堵到眼镜店了，结果她没有进来，原来是在通道那边看到了另一个人，简直是遇到了个救命的活菩萨啊。我心中一阵庆幸，同时说道："那你肯定看错人了，怎么可能是我呢？"

女朋友用鼻子"嗤"了一声，说道："别跟我来这套，骗我是吧，跟我装穷？你们这群富二代玩儿的那套，我懂！"

她伸手拽了拽我的羽绒服领子,说道:"你那件盟可睐的羽绒服呢,怎么没有穿过来?还有你手腕子上那块百达翡丽呢,出门的时候搁家里了吧?"

我越听越晕,她到底在说什么!什么盟可睐、百达翡丽,我哪有这些东西?女朋友说的那个盟可睐我知道,是意大利的一个顶级奢侈品品牌,这个品牌的羽绒服被称为"羽绒服中的宾利",随随便便一件就几万块钱,是大牌明星最钟爱的羽绒服品牌。我虽然写作收入不算少,但还没有有钱到那种地步。

但女朋友的意思我还是听出来了,她好像是在说,我其实是个富二代,靠装穷来考验她的真诚度。我确实知道现在很多富二代,怕女孩子就是贪图他们的钱财,并不是爱他们这个人,所以都会在最开始认识的时候故意装穷,来考验这些女孩子的人品。可是这跟我有什么关系?我就是一个穷作家而已,和富二代不沾边啊!

我伸手摸了摸女朋友的额头,问道:"你今天晚上没发生什么事情吧,发烧了吗,怎么净说胡话?"

女朋友一把打开我的手,怒道:"我说什么胡话?"

我说道:"你肯定是认错人了,我要是有钱买盟可睐,还穿身上这件波司登干什么!你说你看见我了,你看到正脸了吗?你肯定是没看到正脸。"

女朋友一下子又怒了,说道:"还骗我,我要是没看见正脸,我跟你急什么急?"

我说道:"那就是那个人肯定戴着口罩呢,你没看清。"

她说的那个人我晚上也见到了,他的背影和走路姿势确实跟我很像,如果戴着个口罩,女朋友并没有看清正脸,搞错了也是很正常的。

女朋友说道:"当然看清了,我当时一路追你追到东方广场的路边,这才把你拽住,你又没有戴口罩的习惯,我怎么可能看不清你的正脸?就是你!"

听女朋友说到这里,我开始觉得有点不对了。

如果说是背影像我,让她认错了,这有可能。连正脸都看清了,还死活说是我,这可就绝对不对了。

这个世界上除了双胞胎,怎么可能有长得一模一样的人,一样到连我女朋友都分不出来？"

我打断她的话，问道："你确定看到正脸了，那个人就是我？"

女朋友说道："当然看清了，不是你是谁？你还跟我说你不认识我，说什么别在大街上拉拉扯扯的，你装什么装啊！你跟我说，到底是怎么回事……"

女朋友絮絮叨叨地说着，但是她下面的话我已经完全听不到了。

我瞬间感到了一股寒意从背后升了起来，不会吧？

原来今天晚上在关键时刻把我救下来的那个人，居然是一个跟我长得一模一样的人，这怎么可能呢？我并没有什么双胞胎兄弟啊。

我努力压制住心头的震撼，然后费了九牛二虎之力，总算把女朋友的情绪给安抚下来，这才了解清楚当时的情况。

她在东方广场地下一层见到我的时候，并没有看太清楚，只是凭直觉感觉是我，于是就追了上来。

上到一层以后，一路追到通道大门那儿，发现没有人，正准备进旁边的眼镜店去"捉奸"，猛然看到"我"就站在通道口的一家店铺门口。

于是她快步走到那个人的身后，对他大声喊道："赵山，你给我站住！"

但是那人似乎并没有听见，转身向大门的方向走去。女朋友一下子急了，抬腿就追了过去，那人走得很快，一直到出了商场的路边，她才把他给拽住。

按照女朋友的说法，那个人就是我，因为长得一模一样。

女朋友质问了他几句，但那个人似乎完全不认识她，只是很礼貌、很客气地对她说："对不起小姐，你认错人了。"

女朋友不依不饶，拽着那个人一直纠缠到外交部街，直到那人上了一辆宾利跑车，她这才没辙了，于是给我打电话，但我一直没接。

听我女朋友的描述，那个人应该是个富二代，穿着一件几万块钱的盟可睐羽绒服，戴着一块百十万的百达翡丽手表，还开着一辆将近一千万的宾利限量版跑车。

听明白了事情的来龙去脉，我心里的震惊更甚，但我知道，必须先安抚住我女朋友。我努力调整好情绪，对她说道："你先放松一下，你说你看清了那个人就是我，你再仔细回忆一下，他真的跟我一模一样？"

女朋友依旧理直气壮："当然看清了，不是你是谁，你说你为什么要骗我？"

见她依旧纠缠不清、不依不饶，我安抚道："你好好想一想，当时是晚上八点多钟，那一带的路灯很暗，你又在气头上，很有可能没看太清楚。我问你一个问题吧，他的气质跟我一样吗？"

我说的情况在逻辑上是有道理的，其实这世界上长得相像的人还是不少的。当时是晚上将近九点钟，东方广场到外交部街那一段路的路灯非常暗，最重要一点是，女朋友当时是在气头上，情绪很激动，所以肯定不会看得太仔细。

女朋友显然被我的问题问愣住了，说道："气质……"

她琢磨了一下，说道："气质好像还……还真的不太一样，那个人不太爱说话，挺有礼貌的，感觉冷冷的，但是特别绅士……"

我说道："对啊，特别绅士，这是最关键的。你觉得我这样的人，装绅士能装得出来吗？我跟你说，长相撞个脸还有可能，气质那东西是装不出来的，其实你就是遇到了一个跟我长得很像的人，闹误会了。"

女朋友将信将疑地问道："真的吗？"

我很肯定地说道："当然了，我今天不太舒服，晚上一直在家睡觉，你看到的那个人不可能是我。"

女朋友终于相信了，点了点头，说道："好吧，那我原谅你了，你以后可不能骗我啊。"

我笑了，说道："你放心吧，我不会骗你的，我要是骗你，罚我以后再也写不出东西来。"其实我知道，不骗她是不可能的，我只能保证大事不骗她，小事情就没办法了，这就是做男人的悲哀，自古忠孝不能两全。

女朋友看到我信誓旦旦赌咒发誓的样子，"扑哧"一声笑了，说道："好吧，这事过去了，太晚了，我得走了，明天还要早起去上班呢。"

我看了看表，确实太晚了，已经过十二点了，于是起身送女朋友回家。

回家的路上，我的神经一直紧绷着，始终无法放松。

虽然我成功地把女朋友给哄过去了，这是我作为一个男人必须要做的，这是我的责任，在绝大多数时候，女人并不需要真相，女人需要的，是安全感。

但是我的直觉告诉我，这件事情绝不简单！

不可能有一个人能够和我相像到连我女朋友都分辨不出来，这不是在拍电影。我甚至能够感觉到，我很可能陷入了一个巨大的阴谋中，我非常害怕。

但同时，我残存的一点点理智却告诉我，很可能我的被迫害妄想症又发作了，其实这就是一次很普通的撞脸，不是什么大不了的事情。

然而我没有想到，就是从这一天开始，我三十几年平静如水的生活，被彻底打破了。

第三章　镜像人

以我三十多年的人生经验，男人和女人绝对是不一样的动物。

男人在情绪方面，只要有"开心"一项就足够了，男人最不喜欢的就是各种不舒服的负面情绪。女人就不一样了，女人在情绪方面最喜欢的是情感过山车，喜怒哀乐、悲欢离合样样不能少，一句话，就是要全套，少一样都不行。

如果一个男人只能给女人"开心"这一样情绪，那对不起，你离死不远了。你没见过那些把女人整得死去活来的男人，同时也会是让女人爱得死去活来的男人吗？反过来说，只要是一个正常的女人，她就不可能永远让你只待在"开心"这一种情绪里，不隔三差五地跟你闹一闹，她就不正常。

经历了东方广场"捉奸"事件以后，女朋友那边的负面情绪发泄得差不多了，接下来的日子她让我很满意，小鸟依人，每次见面都乖乖的。

女老板那边的事情我也抓紧时间处理好了，我找了一个合适的机会，辗转向她表明了我的态度。女老板是个聪明人，什么事情不用点破，接下来我们的合作正常进行。女老板是那种很洒脱的人，不会把感情和事业混为一谈。

这天下午，我的新小说卡在了一个重要的情节点上，始终突破不过去。我索性拿上电脑离开家，准备去城里找家咖啡馆写。

这是我的写作诀窍，每当重要情节过不去的时候，往往是因为心不够静，导致灵感激发不出来。这时候，往往越找安静的地方越不行，反而到闹市里去找一个嘈杂的环境，所谓闹中取静，反而能收到奇效。

正是一月份，北京最冷的季节，街上冷风刺骨，稀稀拉拉的没有几个行人。我在望京下了出租车，拎着电脑溜溜达达地往前走着。

刚走了没多远，我突然产生了一种很不对劲的感觉，神经一下子绷紧了。

好像有人跟着我！

我猛然回头，并没有什么人。

其实这种被跟踪的感觉，刚刚出家门打车的时候就有了，我当时以为是我的老毛病又犯了，就没有太在意。但此时这种感觉格外强烈，不由得我不信。我又往身后看了看，确实没有什么惹眼的人。

我松了口气，继续向前走去。

过了路口，拐到广顺北大街，我进了和女朋友常去的那家咖啡馆。

我要了一杯咖啡，刚刚坐下打开电脑写了几行字，那种不对劲的感觉又来了，我四下看了看，还是没有看到什么惹眼的人。这次我警觉了，装模作样地又敲了几下电脑，同时用余光扫视着周围。就在我假装不经意地一回头间，猛然看见刚进门处，有一个人坐在桌子后面的角落里，正死死地盯着我。

是他！

远处的那个人，正是女朋友和我说过的，那个和我长得一模一样的人！

我之所以这么快、这么肯定地认出他来，除了长相，还有他身上穿的盟可睐的羽绒服，和桌上放的一把宾利的车钥匙。

就在我愣神的工夫，那人拿起车钥匙，起身出了咖啡馆。

我想也没想，拿起大衣和电脑就追了出去。三步并两步来到门前，掀开厚厚的门帘，一阵寒风扑面而来。我顶着风冲了出去，那个人已经走出了十几米远。

我一边穿上大衣，一边跟了上去，不过我并没有直接追上他，而是在他身后十来米的地方远远跟着，前面那人似乎也并不着急，像逛公园一样，慢慢往前走着。就这么向前走了一百多米，拐上了广顺北大街，街边停着一辆限量版的宾利 GT 小跑。我还没有来得及反应过来，那人已经上了车，一轰油门，车子从我面前开了过去。

车子在我面前经过的一刹那，那人转头看了看我。

就在这一刻，我完全看清了他的长相。这个人的长相不是和我很像，也不是几乎一模一样，而是完全的、百分之百的一模一样！

站在寒风刺骨的北京街头，我心中那份震撼，简直无法用语言来形容。

难怪女朋友会认错！我原本以为女朋友说这个人和我长得很像，最多也就是八九分相似，我没有想到，居然是百分之百相似，相似得就像从镜子里走出的人一样。

我很清楚，这不是我写的小说。现实生活中，两个人除非是双胞胎，否则长得一模一样的概率实在太低了。所谓撞脸的那些明星，其实差别还是很大的，就算是其中长得最像的一对，最多也只是八九成相似而已。

我刚刚看到的那个人，他和我的相似度，几乎是百分之百。除了衣服、发型不太一样，他的那张脸，跟我没有任何差别！

我再也没有任何心情工作了，打了个车迷迷糊糊地回到家，洗了个热水澡，又缓了好久，这才算完全回过神来。

发生了前些天的那件事情以后，其实我一直心存侥幸。

我很清楚自己的毛病，习惯性的被迫害妄想倾向，所以很多时候我会拼命地用理智去调节。我一直在努力说服自己，这世界上撞脸的事情很多，女朋友看到那个人的时候正好是晚上，光线不好，她又在气头上，所以肯定没太看清楚。但是刚刚的事情就不一样了，那人的车子从我面前开过去的时候，我离他最多也就两米远。下午三点多钟，响晴薄日，那个人脸上的每根汗毛我都看得真真切切的。

那个人确实就是我的翻版，我们两个完全是一个模子里刻出来的！

我拿起手机给女朋友拨了个电话。电话接通，声音很嘈杂，女朋友对我说道:"你等我一会儿,我正在活动现场,马上给你回过去。"我想起来,女朋友和我说过,她公司今天有一个很重要的发布会。

我挂断电话,耐着性子等了半个多小时,电话终于拨过来了。女朋友的声音有些不太友好:"不是跟你说我今天有发布会吗,有什么重要的事情?"

我说道:"实在抱歉,我确实有个特别重要的事情要问你。"

女朋友说道:"好吧,你说吧。"

我组织了一下语言,说道:"你还记不记得上回,你说在东方广场遇到一个跟我长得很像的人,你再跟我仔细说说,当时是怎么个情况,越详细越好。"

女朋友问道:"我不都跟你说过了吗,怎么又问起这个来?"

我说道:"你先别管这个,先帮我好好回忆回忆。"

女朋友回忆了片刻,说道:"我记得当时看到他在通道口的一家店门口站着,我就追过去了,他没理我,直接出了商场大门。我一直追到街边才把他拉住,后来就拽着他的胳膊一路到他停车的地方,直到他上了车。"

我问道:"你当时除了看到他跟我长得很像,还有什么别的特征没有?"

女朋友想了想,说道:"对了,他手上也有一个胎记,和你一样,要不我怎么会死活认定了他就是你呢?"

我愣道:"胎记,在什么地方?"

女朋友说道:"和你一样,就在大拇指下面虎口那个位置,也是个月牙形的胎记。"我看了看自己的手,我生下来就在右手虎口的位置有一个月牙形的胎记。

不会这么巧吧,那个人也有?

我问道:"你看清了吗,是左手,还是右手?"

女朋友说道:"当然看清了,不过是左手还是右手……"女朋友说到这里,开始有些犯含糊了。我了解女朋友这个人,她和很多女孩子一样,都有个共同特点,就是分不清左右,我提醒她道:"是你写字的那只手,还是拿筷子的那只手?"

女朋友是左撇子,除了写字用右手,干其他的都是用左手。

女朋友想了想,说道:"左手,是我拿筷子的那只手。"

我的胎记是在右手,也就是说,那个人胎记的位置和我正好相反,但是具体地方和形状是一模一样的，都在虎口，并且都是月牙形的。

我怔怔地看着自己手上的胎记，突然又想起一个细节来。今天下午在咖啡馆看到那个人的时候，他拿杯子的手，是左手。我追出去之后，他晃着车钥匙往前走，用的也是左手。也就是说，那个人很可能是个左撇子。

胎记和我是相反的，而我是右利手，他是左撇子，跟我也是相反的。

不会是"镜像人"吧？

我脑子里突然蹦出了这个词，不由得把自己吓得一激灵。

第四章　富二代赵峰

女朋友见我半天不说话，问我："你怎么啦，怎么不说话了？"

我回过神来，赶忙说道："没事没事，我没事了，我先挂了。"

女朋友问道："哎我说，你这是怎么回事啊，没头没脑的，你怎么突然问起这个事情来了？"

我现在哪有心情和她解释这个，说道："这事以后再跟你说，我先挂了。"

挂掉了女朋友的电话，我立刻在脑海里搜索了一下所有的记忆。

有关"镜像人"的事情，好像是很久以前看过的一个新闻，说是有一种人和普通人长得一模一样，但五脏六腑和身上的所有特征都是相反的，就像从镜子里走出来的人一样。并且新闻上好像说，这种人的身上会有很多灵异现象和奇怪的事情发生。

我打开电脑，在搜索引擎里输入了"镜像人"三个字，立刻弹出来一大堆资料。

所有的资料内容都差不多，说是在一九五几年，新疆的罗布泊地区发现了一座古城，考古学家在里面找到了一块双鱼玉佩。之后没多久，所有的考古人员、守卫部队甚至是附近县城的老百姓都被复制了。

这些被复制出来的人，就好像从镜子里走出来的人一样，和原来的人所有地方都是相反的，包括五脏六腑的位置，都是反着的。他们的性格也发生了翻天覆地的变化，和以前的性格完全不同，所以被称为"镜像人"。

之后，双鱼玉佩时隔不久就会启动一次，镜像人也越来越多。那时候，如果有人来罗布泊旅游，经常会看到一模一样的人走在一起，即便是双胞胎都不可能有这么多。这些镜像人的行为很不寻常，随着影响面越来越大，政府开始介入。由于相互之间缺乏了解，正常人与镜像人之间经常起冲突。

最后，政府为了解决新疆罗布泊镜像人事件，采取了极端措施，对罗布泊常有异类出没的地区，进行了几次精确的军事打击，直到将所有镜像人全部解决。

看完了网上的资料，我不由得用鼻子"嗤"了一声，这简直是胡扯嘛。

自从有了互联网，很多人为了博取眼球，没事就喜欢瞎编乱造，动不动就弄出个神秘事件、灵异事件来，还时不时会搞出个什么中国多少大未解之谜之类的，说得有鼻子有眼，跟真的一样，其实全都是胡扯。

"镜像人"这种可能性，看来纯属无稽之谈。那还有什么可能性，会让两个人长得一模一样呢？

答案很简单，就只有双胞胎了！

想到这里，我突然有点激动。

我从小父母双亡，在孤儿院长大，我在这个世界上没有任何亲人，如果真有一个双胞胎兄弟，那真是太好了。除此以外还有一个让我很兴奋的事情，就是那个人的财富。想一想，他身上穿的是几万块钱的盟可睐，戴的是百十万的百达翡丽，开的是一辆将近一千万的宾利限量版跑车，肯定是富二代无疑。

如果他是我的双胞胎兄弟，那我不也有钱了？

我这个人并不贪财，但我一直有一个愿望，就是希望能够自己导演、制作一部由自己小说改编的影视作品。然而至今为止，还没有任何一家影视公司肯冒险给我这个机会。如果我有钱了，那我这个心愿不就很容易实现了吗？

我越想越兴奋，站起身在房间内踱了几步，使劲搓了搓手。

无论从哪个角度分析，这世界上绝不可能平白无故就出现这么一个和我长得一模一样的人，所以我们俩很可能会有些什么关系。万一他真的跟我是双胞胎兄弟，那我不就亲情、事业双丰收了吗？

我到卫生间洗了把脸，坐在沙发上仔细思考起来。

第一件重要的事情，我必须先确认一下，我和这个人是双胞胎的可能性到底有多大，别到时候忙了一气，到头来竹篮打水一场空。

我静了静神，开始在网上搜索资料。一个多小时后，我得到了初步的结论：我和那个人是双胞胎的可能性，非常大，超过百分之九十。

根据网上查到的资料，没有任何血缘关系的人，长相相似的可能性是五百万分之一，并且，相似度最多也只能达到同卵双胞胎相似度的百分之八十到九十。只有双胞胎，并且是同卵双胞胎，才可能达到接近百分之百的相似度。

至于第二点，也是最重要的一点，就是胎记。几乎所有双胞胎都有相同的胎记，胎记的形状会完全一样，只不过有的是位置相同，有的则是位置相反。

查清楚了这些信息，我心里初步有了底。

接下来的事情，就是想办法找到这个人。这应该不难办，他开的那辆限量版跑车，全球一年也卖不出去几辆，只要找到这辆车，就能找到他。

我拿出手机，给一个叫小志的朋友打了个电话。

我这个朋友是做汽车生意的，有很多在 4S 店工作的朋友。北京各大品牌 4S 店的销售员都互相有联系，彼此之间经常会介绍客户。我把要查的事情在电话里跟他说了，小志拍着胸脯跟我保证，给他两个小时，准保查出来。

放下电话，我调整了一下心情，换上运动服到小区里慢跑了一个小时，回来刚刚洗完澡，换好衣服，小志的电话就打过来了。

我接起电话，问道："怎么样，查到了？"

小志说道："怎么样，效率高吧！都给你查到了。你说的那种宾利 GT 限量版跑车，是今年的新款，中国只进口了三辆，北京、上海、广州各一辆。北京的这个车主叫赵峰，是个富二代，他家是做房地产的，他爸叫赵振远。"

赵峰？我的名字叫赵山，他的名字叫赵峰，我们两个人名字的最后一个字凑起来是一个词，"山峰"，这太像双胞胎的名字了。

我问道:"还有别的吗?"

小志说道:"地址和电话暂时查不到,他买车时留的是他助理的地址和电话,你要找他的信息,可以去网上查查,他家的公司叫振远房地产。对了,据说这个富二代平时喜欢玩车,经常去金港赛道,你要找他,可以去那儿看看。"

"好,多谢了。"我挂断电话,立刻在搜索引擎里输入"赵振远""赵峰""振远房地产"几个关键词。网上的信息显示,这个叫赵峰的人,是著名房地产商赵振远的独子。赵振远的经历和万达老总王健林类似,年轻时当过兵,八十年代复员后进入国企,九十年代初下海开办了振远房地产公司。十几年下来,赶上这些年房地产行业井喷,公司成功上市,现在市值已经接近一百个亿。

两年前,赵振远夫妇在一次车祸中双双离世,现在公司的董事长是赵峰。不过赵峰这个人为人十分低调,所有抛头露面的事情,他都会交由公司的总经理去处理,所以能在网上查到的信息并不多。

这些已经足够了。

赵振远的身价至少几十个亿,如果我和赵峰真是亲兄弟,那绝对够我实现梦想了。别说几十个亿,只要能达到王健林说的那个小目标的十分之一——一千万,我就心满意足了,拍一个普通电影的成本,也就这么多。

最重要的是,我终于在这个世界上有了一个亲人。

那么接下来该怎么办?

这件事情并不难办,原因很简单,我这张脸就是最有说服力的证据。只要找到赵峰,让他见一见我,看看他的反应,听听他怎么说,然后再决定下一步该怎么办。

想明白以后,我平复了一下心情,穿上大衣出了门。

第五章　不合常理的反应

　　金港赛道，又名金港国际赛车场，在机场高速附近的东苇路边上，是一个专业级别的赛车场，举办过很多国际级别的赛车比赛。

　　半个多小时后，我来到金港赛道。为了避免不必要的麻烦，我特意准备了口罩和帽子，把这两件东西都戴上，我这才踏踏实实地进了赛车场。

　　然而，从晚上七点一直等到深夜十二点，并没有见到赵峰。

　　我找几位车手打听了一下，他们都说赵峰一般下午都会在这里，不过这几天好像有什么事情，一直没有过来。

　　没关系，好事多磨嘛。所谓精诚所至，金石为开，为了我的那个梦想，就算在这儿连蹲一个月也值了。

　　接下来的几天，我每天早出晚归，上午一起床就直奔金港赛道，一直待到晚上没有人了才走。功夫不负有心人，等到第五天的下午，我终于再一次见到了那个跟我长得一模一样的人——赵峰。

　　这是我第二次见到他，这个人确实和我长得太像了，简直就是一个模子里刻出来的。只见他下了车，谁也不理，酷酷地晃着车钥匙往更衣室的方向走去。

　　我摘下口罩，上前跟他进了更衣室。金港的更衣室宽敞无比，足足有十几个房间，我一间一间地找过去，转了整整一圈，并没有见到赵峰。

心里正在纳闷，刚刚明明见他进来了，可人跑哪儿去了？就在这时，突然有人从后面拍了一下我的肩膀，我猛一回头，是赵峰。

赵峰看到我，似乎并没有太吃惊，只是微微皱了皱眉，说道："是你？"

他的话反而让我愣住了，问道："你……你认识我？"

赵峰没有回答，说道："你在找我？"

我说道："对，我找你。"

赵峰面无表情，问道："有什么事情？"

赵峰的反应让我觉得很奇怪。按理说，遇到一个跟自己长得一模一样的人，无论是谁，多少都会有些吃惊，而且一定会很好奇，但赵峰的反应太平静了，难道他早就知道这世界上有我这么一个人吗？

我看了看周围的环境，说道："要不咱们换个安静的地方聊吧？"

赵峰冷冷地说道："对不起，我没有时间，你要是有事情就在这儿说。"

我没有强求，说道："好，那就在这儿说。"

我在心里捋了一下思路，对赵峰说道："你不觉得，咱们两个长得很像吗？"

赵峰凝视了我片刻，目光中波澜不惊，说道："那又怎么样？"

我说道："是这样，那天下午我们在咖啡馆遇到后，我查了很多资料。那些资料显示，像咱们俩这样，长得几乎百分之百相似的人，是陌生人的可能性非常小。"

我看着赵峰，继续说道："所以我觉得，我们两个人，很有可能有血缘关系，甚至可能是双胞胎兄弟，所以我才来找你。"

赵峰摇了摇头，斩钉截铁地说道："不可能。"他说完，转身就走。

我一把拦住他，说道："你等等。"

赵峰停住脚步，我说道："我问你，难道你对我们俩的长相，一点都不好奇吗？你真的不觉得，我们很可能有什么关系吗？"

赵峰说道："对不起，你说的这个话题我没有任何兴趣。如果你觉得我们两人有什么关系，可以拿出证据来。如果没有，不要骚扰我。"

赵峰说完，转身大步离开，把我一个人扔在了更衣室。

第五章　不合常理的反应

我一下子愣住了，难道这些有钱人的脑回路跟正常人不一样吗？

按理说，一般人遇到这种事情，多少都会有些好奇心，可这个赵峰，从头到尾冷着一张脸，就跟谁欠他八百吊钱似的。

等一等，我突然感觉有点不对。

是什么不对呢？没错，是赵峰的反应，他的反应绝对不对！

富二代、有钱人虽然成长环境跟我们不一样，但他们也是人，也会每天吃饭睡觉，也会有好奇心，但赵峰刚刚的反应，实在太奇怪了。

如果说他是不愿意被我分家产，所以不愿意认我，这个理由很成立。但是见到和自己长得一模一样的人，他居然没有任何好奇的表情，这很不正常。

我是写侦探小说出身的，一个人脸上的细微表情是绝对装不出来的，难道他早就知道有我这么一个人，所以才见怪不怪？

我没有离开，就在金港的更衣室等了下来。两个多小时后，赵峰回来了，见我还在更衣室，他皱了皱眉头，但没理我，直接去换衣服。

我上前拦住他，说道："你等一下。"

赵峰说道："你还有什么事情？"

我说道："我还是想问你，你对咱俩长得一样这回事，真的就一点好奇心也没有吗？"

赵峰说道："我还是那句话，如果你觉得咱俩有什么关系，可以拿出证据来。否则，请不要再骚扰我。"

我等的就是这句话。我用手指着赵峰，说道："好，这是你说的，说话要算数。我这就去找证据，到时候你别不认账。"

赵峰凝视了我片刻，说道："好，我等着你。"

我点了点头，说道："行，那你等着我。"说完，我转身大步离开了更衣室。

走出更衣室的大门，我抬头望了望阴沉沉的天空，长长地出了一口气。

就在这时，我的电话响了。

第六章　孤儿院

我是个孤儿，从小在唐山的一所孤儿院长大。

一九七六年唐山大地震后，国家在唐山开办了很多家孤儿院。后来，随着地震的那批孤儿逐渐长大，陆续离开孤儿院，这些孤儿院也开始接收其他省市的孤儿。

我不知道我的父母是谁，更不知道我的出身。十七岁那年，我离开孤儿院，开始在社会上闯荡，靠着小聪明四处流浪、坑蒙拐骗，一直到二十二岁。

可能由于从小无父无母，自幼就受尽了各种歧视和白眼，我做人一直非常低调而警觉，对所有人的防范之心都极重。也就是从那时候起，我开始产生了被迫害妄想倾向的幻想，我的脑海里每天都在不停地冒出各种被迫害的虚构情节，让我每天紧张兮兮，甚至夜不能寐。

好在这个毛病并不算特别严重，还没有到会对别人产生伤害的程度。再加上我比较善于伪装，所以在很多人眼里，我基本还算是一个正常人。

二〇〇三年，随着网络兴起，每当夜不能寐的时候，我就在网上记述我脑海里不停地冒出来的那些虚构的被迫害情节和故事，没想到很受欢迎，后来，我居然成了一名小有名气的侦探悬疑类小说作家。从那时候起，我才彻底告别了颠沛流离的日子，过上了正常人的生活。

自十七岁离开唐山市郊的那所孤儿院,我就再也没有回去过。我从本能上排斥那个地方,虽然孤儿院的院长和阿姨们对我一直都很好。

见到赵峰的第二天,我租了一辆车,时隔二十年,再一次回到了那个我生活了整整十五年的地方。

我已经整整二十年没有回过这个地方了。二十年的时间,沧海桑田,物是人非,当年照顾我的那位大学毕业没多久的小阿姨,如今都已经快五十岁了。

大家都为我今天取得的成就感到很开心,很多人甚至看过我写的小说,以及由我的小说改编的电视剧,这让我的自尊心得到了很大的满足。

寒暄了一阵后,老院长屏退了左右,对我说道:"孩子,我特意打电话把你从北京给叫回来,是有很重要的事情要告诉你。"

昨天下午,我从金港赛道更衣室出来时,接到的那个电话,就是孤儿院的老院长打过来的,她在电话里什么也没有说,只告诉我尽快回来一趟,她有很重要的事情要告诉我。

我问道:"老院长,究竟是什么事情?"

老院长沉默了片刻,说道:"是有关你身世的事情。"

听到老院长的话,我一下子愣住了。

我从来不知道自己的身世,孤儿院里也从来没有人告诉过我,每次我向孤儿院里的阿姨们问起这件事情,大家都让我去找院长,说我的身世只有院长知道。所以,自从我记事起,我就一次又一次地去找院长问这件事情,但她从来也没有告诉过我。我一直不知道这是为什么,我甚至一度以为,有关我的身世,很可能会成为我一辈子无法知道的秘密。现在听到老院长再次提起这件事情,而且要向我揭开谜底了,我又激动又紧张。

老院长问我:"有关你的身世,你知道我为什么一直不愿意告诉你吗?"

我问道:"为什么?"

老院长说道:"我是为了你好。我们都是做教育的,一个孩子的身世,和他的心理形成以及一辈子的成长都有很大的关系,所以请你原谅,有关你的身世,我从来没有告诉过你,是因为我不希望你从小就有心理阴影。"

老院长说到这里，停顿了良久，才说道："孩子，其实你是……你是从小被你父母遗弃的！"

我问道："您是说，其实我的父母都还在世，我是……我是被他们遗弃了？"

老院长说道："他们是不是都还在世，我不知道，但你确实是被你父母遗弃的。"

我一把抓住老院长的手，说道："您快告诉我，到底是怎么回事？"

老院长回忆了片刻，说道："我记得那是一九八二年的冬天，有一天一大清早，孤儿院的门房老蔡刚一开门，就发现你被人扔在了孤儿院的大门口。老蔡赶忙把你给抱了进来，交给了我，你当时被包得挺严实，小脸儿冻得红扑扑的，睡得正香。装你的箱子里有一条粉红色的围巾，里面有一张纸，上面写着你的名字和出生日期。我们当时找派出所查了好多天，也没有找到你究竟是被谁遗弃的，孤儿院就收留了你。我们都是做教育的，知道小孩子最怕被家长遗弃，一个孩子如果从小知道自己是被亲生父母遗弃的，长大以后会形成很大的心理阴影，所以我们就商量好了，这件事情要一直瞒着你，等你长大了再告诉你。"

我问道："后来呢，你们有没有找到我的亲生父母？"

老院长摇了摇头，说道："没有。我们后来让派出所的同志帮忙找了好多年，我们自己也试过，还是没有找到任何线索。这件事情就这么搁下来了，直到你十岁那年，有一天，你爸爸突然来到孤儿院找你……"

我愣道："我爸爸？"

老院长说道："对，你爸爸。我见到他，当时就狠狠地骂了他一顿，让他去办手续，把你接走好好照顾。但是他没有同意，他说他没脸见你，同时他也养活不了你，不如就让你继续在孤儿院里生活，这里的阿姨和老师们对你也挺好的，他让我带他到教室的外面，隔着窗户看了看你，然后留了些钱，就走了。"

我愣道："那……您就让他这么走了？"

老院长说道："当然不会。你爸爸走了以后，我马上让门房的老蔡去跟着他，看看他是从哪里来的。这才发现，原来你爸爸就住在这附近没多远的地方，就在唐山市。从那以后，他每年都会过来看你，每次或多或少都会带点钱来给你，这些钱我一直帮你攒着，除了平时给你贴贴补补生活，买些你想要的必要的东西,剩下的直到你离开孤儿院的时候,才一起都给了你。"

我还记得,我十七岁离开孤儿院的时候,老院长塞给了我一笔钱,足足有好几万块,当时我问起她这钱是从哪儿来的,她一直没有告诉我。

"老院长,那您知道,那个老东西……"我没有用"爸爸"这个称呼,因为一听到是他们遗弃了我,我没有办法叫出那个称呼来,我问道,"那个老东西他……他在哪里,您知道吗?"

老院长听到我的话,叹了口气,说道:"孩子,我理解你的心情,但这些恩恩怨怨,还是让它过去吧。你爸爸得了癌症,没有多少时间了,昨天是他托人找到我,让我跟你联系,他想跟你见最后一面。"

一个多小时后,我在老院长的陪同下,来到了唐山市医院,见到了一位躺在病床上奄奄一息的老人,也就是老院长和我说的,我的"爸爸"。

我的面前,是一位已经骨瘦如柴、行将就木的老人,浑身上下插满了管子。看到老院长走进房间,老人愣了一下,然后看到我,他的眼睛立刻亮了起来。

老院长拉着我的手在他旁边坐下,说道:"你要见的人,我带来了。"

老人一把握住我的手,颤巍巍地说道:"孩子,我……我总算见到你了……"说到这里,他已泣不成声。

我望着面前的老人,心中五味杂陈,不知道该说什么。

老人缓了半晌,终于平静了下来,他沉默良久,对我说道:"孩子,有一件事情,我要告诉你,其实我……我并不是你的爸爸!"

我看了看一旁的老院长,老院长听到老人的这句话,也愣住了。我问道:"你说什么!你……你不是我的爸爸,那你是谁?"

老人说道:"我是你的舅舅。这件事情我原本想隐瞒你一辈子的,但后来我还是觉得,你有权力知道你的爸爸妈妈是谁,他们是什么人。"

我问道:"他们是谁,他们为什么要把我扔在孤儿院,他们现在在哪里?"

老人叹了口气,说道:"他们……他们早就不在了。"

我问道:"不在了?到底是怎么回事?"

老人说道:"你听说过一九八二年发生在内蒙古的'七一九'灭门惨案吗?"

我一下子愣住，说道："难道你是说……"

老人点了点头，说道："对，那件案子，就是你爸爸做的。"

第七章　三十五年前的灭门惨案

我是专门写悬疑和侦探小说的，因此，我对世界各地发生过的大案要案，可以说是如数家珍。内蒙古"七一九"灭门案，发生在一九八二年夏天，是赤峰下面的一个小村子里的事情。那个小村子村支书的儿子是一个地痞无赖，欺负了同村的一个小媳妇。受害家庭上告无果，反而被村支书利用手里的权力，诬陷小媳妇生活作风有问题，主动勾引他儿子。小媳妇不堪羞辱，数度自杀未果，他丈夫一怒之下，杀了作恶多端的村支书一家，最后被判了死刑，那个小媳妇后来也不知所终。

让我震惊的是，没有想到，我的身世竟然和当年这宗轰动全国的刑事案有关，而我的父亲，就是这起案件的主犯，也就是说，我是一个杀人犯的儿子。

老人说道："我很早就离开了家，所以直到出事以后很久，我才知道这个消息。你爸爸被判死刑以后，你妈妈就抱着你找到了我，她把你放在我这儿以后，就偷偷离开了。我找了她很长时间，也没有找到，直到后来，警察在内蒙古的巴达格尔湖找到了你妈妈的尸首，那个湖……是你爸爸妈妈结婚旅行去过的地方，他们两个，就是在那个地方，有了你的……"

老人说到这里，已是泣不成声。我已经完全明白了，当年我爸被枪毙之后，我妈找到我面前的这个老人，也就是我的亲舅舅，把我托付给他，然后就去了她和我爸一起去过的那个结婚度蜜月的地方，结束了自己的生命。

听完我父母的故事，我悲愤交加。我没有想到，我的身世竟然这么悲惨。

我问道："那你为什么会把我扔到孤儿院？"

老人叹了口气，说道："孩子，是我对不起你。我当时很穷，一个单身汉吃了上顿没下顿的，又要出去赚钱，又要养活你、照顾你，我那时候根本做不到。最后实在没有办法了，我只能一咬牙，一狠心，把你送到了孤儿院。直到好多年以后，我经济稍微宽裕了一点，这才敢去看你，所以我一直没脸见你。孩子，我辜负了你妈对我的嘱托，我没有照顾好你……"

望着面前这位将死的老人，我觉得我应该恨他，但不知道为什么，此时此刻，我的心里平静如水，甚至连一点怨念都没有。我一个人孤苦伶仃地生活了三十几年，现在突然知道在这世界上我还有一位至亲，心里真是有一种说不出的滋味。

病床上的这位老人，也就是我的亲舅舅，一位孤寡老人，一辈子以拾荒为生，无儿无女。我没有离开医院，接下来的几天，我一直在病床前陪伴他。

可以说，这是我一生中最幸福的几天，因为我终于在这个世界上找到了一个至亲。舅舅和我说了很多有关我爸爸妈妈的事情，其间我也问起过，我出生的时候究竟是一个人，还是有一个双胞胎的兄弟，对此我舅舅并不知情，因为我妈也从没有对他提起过这件事情。舅舅告诉我，如果我想知道答案，只能去一趟内蒙古我的出生地了，他记得我妈曾经和他提起过，当年给我妈接生的是村子里一个叫呼吉雅的大娘，我出生的那个村子，叫乌兰左旗。

乌兰左旗，我记住了这个名字。

一个星期后，舅舅去世，我趴在他的尸体上恸哭，我失去了在这个世界上唯一的亲人。我舅舅很早就离开了内蒙古老家，到唐山以拾荒为生，后来开了一个小小的废品收购站，他临死前，把他一生的积蓄都留给了我，一共六十万。

看着存折上的数字，我感慨万千，我知道，这上面的每一个数字都是我舅舅用一个个酒瓶子、易拉罐积攒下来的。

安排好舅舅的葬礼，我留在唐山为他守孝七天。舅舅的死让我更深刻地明白了一件事情，在这个世界上，没有比亲情更宝贵的东西了。调整好情绪后，我动身前往内蒙古，查明我的身世。我一定要弄清楚，我和赵峰之间，究竟是什么关系。

因为赵峰，这个和我长得一模一样的人，很可能是我的亲人。

来到内蒙古的乌兰左旗，看着村子里的每一处地方，我都有一种说不出来的感觉，似曾相识，又非常陌生。这是我出生的地方，也是我爸爸妈妈曾经生活过的地方，但是我对这个地方，没有丝毫的印象。

我找到了当年给我妈接生的那位名叫呼吉雅的大娘。说明情况后，没想到大娘还记得我，想一想也是，当年发生了那么大的事情，没有人会忘记的。

大娘告诉我，我出生时的情况她还记得，因为她记得我手上的那个月牙形的胎记。我问大娘我出生时是不是还有一个双胞胎兄弟，大娘很肯定地告诉我，没有，是她亲自给我接生的，我出生的时候，就我一个。

我让大娘再好好帮我回忆一下，大娘很肯定地告诉我，她不会记错的。

从大娘家出来，我感觉这件事情有点奇怪，既然出生时就我一个，赵峰就不可能是我的双胞胎兄弟，那为什么他会和我长得一模一样呢？

这世界上除了双胞胎，真的会有长得一模一样的人吗？

难道是克隆人？又或者，这整件事情是一个巨大的阴谋，有人要害我？

我努力克制头脑中的胡思乱想，和大娘道别，上了车。

我慢慢地向回北京的高速入口方向开着，同时克制不住地胡思乱想着。快开到高速口的时候，突然之间，我又一次有了那种极其不对劲的感觉，这和第一次遇到赵峰时的那种不对劲的感觉，一模一样。

我从后视镜向后看了看，一切都很正常，但我就是感觉好像被人跟踪了。我不知道是不是我的被迫害妄想的毛病又犯了。我努力调整了一下心情，继续向前开去，但还是忍不住不时地从后视镜向后看着。

看了几次之后，我注意到在我后面不远处，有一辆黑色的越野车一直跟着我，行迹很可疑。由于工作的原因，我研究过很多刑侦案例，所以我具备较强的侦查与反侦查能力，果然，没过多久，那辆车跟我一起上了高速。我向前开了一阵，在第一个服务区下了高速，到加油站加了一次油，那辆车也跟我一起进了服务区。这一次我看清楚了，那是一辆价值不菲的黑色大型切诺基越野车。

我现在九成确信，我被人跟踪了。

虽然我还不知道那辆黑色切诺基上是什么人，他为什么要跟踪我，但我知道我必须得想个办法，不能让他就这么一直跟着我。

又向前开了一百多公里，我在一个大服务区下了高速，果然，那辆车再次跟我一起下了高速，停在了距离我一百多米远的地方，但是车上的人并没有下车。

我没有着急下车，思考了片刻，我有了主意。

我从背包里翻出墨镜和口罩，塞进大衣的口袋里，然后拉开车门，装作什么都不知道，神色轻松地下了车，向前面不远的服务区超市走去。

进了超市，我躲在货架后向外望了望，黑色切诺基上的人还是没有下车。

我平复了一下心情，在货架上选了半打玻璃瓶的百威啤酒，结了账以后，拎着啤酒直接从超市侧门进了旁边的卫生间。

我身上的这件羽绒服可以双面穿，正面是黑色，反面是白色。我在卫生间的隔间把羽绒服翻过来穿好，又戴上了帽子、墨镜和口罩。从卫生间出来，沿着走廊走到服务区建筑的最右面一侧出来，绕到服务区的后面。

我找了一个不会被人看到的角落，把事先买好的几瓶啤酒拿出来，在一个墙角用特定的方法把啤酒瓶打碎。

这是我在一份内部资料里看过的方法，这个方法可以在犯罪分子不注意的情况下，破坏对方的车辆。从特定角度将啤酒瓶打碎以后，瓶底会形成一个凸起的尖利形状，然后悄悄将瓶底放到犯罪分子的车轮下，对方一旦启动车辆，必然爆胎，导致车辆无法移动，只能束手就擒。

这里面还有一个诀窍，就是必须选择进口品牌的啤酒，因为进口品牌的啤酒酒瓶的玻璃硬度更高，把握也更大。根据测试，硬度排行第一的就是百威啤酒的玻璃瓶，所以我在超市特意选了这个品牌，对方是一辆顶级越野车，轮胎强度肯定非常高，不放大招是不行的。

六瓶啤酒打碎以后，我在里面仔细挑了四个形状最好的瓶底，把上面的玻璃碴仔细擦拭干净后,揣进了口袋。将地上的玻璃碴清理干净后,我深吸了一口气,起身向那辆黑色切诺基停车的方向走去。

绕过服务区的建筑,只见那辆黑色切诺基就停在前面不远处,并没有熄火,车屁股后面的排气管冒着腾腾的水汽。我躲在墙角观察了一阵,正在琢磨怎么接近它,突然有一辆大巴在我旁边不远处停下,呼呼啦啦下来好几十人,大家吵吵嚷嚷地向服务区的餐厅走去。

我有了主意,迅速闪身出来,快步跟上了前面的人流。

溜溜达达走到黑色切诺基的后面,我蹲下身假装系鞋带,趁着没有人注意,快速将口袋里的四个啤酒瓶底塞到了大切的两个后轮下面,一边两个。百威啤酒的瓶底面积小,硬度大,够这家伙喝一壶的。

塞好瓶底后,我迅速起身追上了前面的人流。

我从餐厅的侧门绕回超市,摘下了墨镜和口罩,再把羽绒服换回原来的样子,然后在超市随便买了一大兜子东西,拎着袋子回到了车上。

我没有再停留,启动汽车向高速入口处开去。

从后视镜望去,没过多久,那辆大切也启动了,不疾不徐地跟了上来。我冷笑了一声,看你还能追我多远。上了高速以后,我迅速将车速加到了一百二十公里/小时,果然,最开始,那辆黑色大切还在后面不远处跟着我,但很快就被甩掉了。

在高速上,如果两个后胎全部爆掉,不可能再开到我现在这个速度,除非车上的人活得不耐烦了。所以我确定,我已经甩掉他了。

我没有再停车,一口气开回了北京。

第八章　必须躲起来了

我没有想到，查询自己的身世，查询我和赵峰的关系，居然查到被人跟踪的地步。我得罪了谁，这到底是怎么回事？

回到家以后，我思索了一下，虽然暂时还弄不清具体情况，但为了安全，我最好换一个地方，家里暂时不能住了，我决定先去潮白河躲几天。

我的一个朋友前一段时间出国，临走前给我留了一套房子，在顺义县城潮白河边上的一片农家院小区。由于是小产权房，卖也没法卖，租也不好租，索性就把房子留给了我，让我帮忙照看一下。我做事一向谨慎，这套房子除了我那个朋友，并没有别人知道，所以暂时在那里躲几天应该很安全。

一个多小时后，我来到了位于顺义潮白河边上的那片依山傍水的农家院小区。朋友的这套房子面积很大，占地两百多平方米，前面是一个大院子，后面是一排五间平房，并且装修得非常好。

说实话，刚刚在高速上发生的事情给我吓得不轻，我原本就有很严重的被迫害妄想倾向，这件事情让我的精神更为紧张。

进了房间以后，我静下心来，把这些天来发生的每一件事情，仔仔细细地捋了一遍。

我确定我并没有得罪过谁，如果说最近这一段时间有什么意外的事情发生，那就只有那个富二代赵峰了。可是思来想去，我自问对赵峰做过的事情并不过分，我就是去找他问了问我们两人为什么长得很像，有没有可能是双胞胎兄弟，没有弄到被人跟踪的地步。难道是这件事情犯了什么忌讳吗？

我又把遇到赵峰的事情在脑海里仔仔细细回忆了一遍。

一个多月前，我陪那位女老板到东方广场逛街被我女朋友撞见了，几乎穿帮。危急时刻，突然被一个人莫名其妙救了。而救我的这个人，竟然是一个五百万分之一概率的、跟我长得几乎一模一样的人。

这是我第一次知道，世界上还有一个和我长得很像的人——赵峰。

两个星期后，我在望京的咖啡馆见到了他。

这件事情我到现在回想起来还是觉得有点奇怪。按理说，像赵峰那种身份地位的人，一般出门都会带几个保镖，绝不会没事一个人跑到那么不上档次的咖啡馆去喝咖啡，怎么也要去个五星级的酒店啊。那么他一个人去那里，究竟是干什么去了，真的是去喝咖啡吗？

再一次见到赵峰，就是金港赛道那次，他依旧是一个人，没有带保镖。最让我感到奇怪的是，他见到我以后的反应可以说非常不合常理。按理说，一般人遇到这种事情，突然见到一个和自己长得一模一样的人，就算不会特别热情，至少也有点好奇心吧？

但赵峰完全没有，他就像早就知道了这件事情，甚至已经见过我几百次了，早就见怪不怪了一样。后来我问他有没有感觉我们很可能是双胞胎，他想也没想，斩钉截铁地回答不可能。

现在回忆起来，他凭什么这么肯定，难道他事先就知道些什么吗？

最后一件事情，就是刚刚的跟踪。

我就是一个以写字为生的普通人，没有任何背景，而且我为人一向谨慎低调，从来不会得罪任何人，更没有什么仇家，那么刚刚从内蒙古乌兰左旗一路追我的那辆黑色切诺基，上面的人究竟是谁？

在刚刚追车的过程中，我能感觉到开那辆大切的不是一般人。他的跟踪水平非常高超，可以说是不疾不徐、不露痕迹，如果不是我职业的原因，再加上我过度敏感的性格，我是绝对不可能发觉的。那是辆豪车，那个款型的顶配大切至少也要一百多万，能花得起钱雇用这样人的，除了赵峰那种富二代，还会有谁呢？而且我有一种直觉，我甚至觉得那辆黑色切诺基上的人，很有可能就是赵峰本人。

几件事情分析下来，答案已经有很强的倾向性了，赵峰绝对有嫌疑。

其实，这个富二代给我的第一感觉，就是非常的神秘，现在看起来，在这个赵峰的身上，一定隐藏了什么秘密！

从呼吉雅大娘家出来的时候，我原本以为调查我和赵峰关系的这件事情，已经卡住了，然而发生了后面的事情，我现在反倒有主意了。

突破口，就是赵峰本人！

我决定不绕圈子，出其不意直接去找赵峰摊牌，他不会想到我居然敢就这么明目张胆找上门的，而我要的答案，一定就在他的身上。

思索已定，我开始翻箱倒柜找家伙。对赵峰这种人，我不能不防。

这套房子的房主，也就是我那个出国的朋友，是个军事迷，家里各种警用、军用的道具类武器攒了很多。不大会儿工夫，我就翻出来一根甩棍、一副手铐，还有两瓶防狼喷雾，外加一根电棍，我试了试，电棍还有电。我一股脑将这些全都塞进大衣口袋，又仔细把事情在脑子里过了一遍，穿上大衣出了门。

半个多小时后，我到了金港赛道。赵峰的那辆宾利小跑就停在刚进门的停车场里，看来今天的运气很好，他就在这边，那就在这里等他吧。

我把车停在了他的车子旁边。没等多长时间，赵峰从赛道上下来，进了更衣室，又过了十来分钟，他从更衣室出来，拎着大包向停车场这边走了过来。

我等他走近，下车迎了上去。赵峰看到我，微微一怔，停住了脚步。

我拿出那根电棍，按了按上面的开关，电极处立刻闪出几条吓人的噼里啪啦的火花。赵峰微微皱了皱眉，说道："你要干什么？"

"换个地方说话。"我指了指自己租来的那辆车，对赵峰说道，"上车。"

赵峰的表情没有丝毫的惊讶，他没有拒绝，不置可否地上了车。

我把车子开出赛车场，沿着小路一口气向前开了七八公里，确认后面没有人跟踪后，这才在一条乡间的土路上把车子停了下来。

一路上，赵峰只是静静地坐在我的旁边，一句话也没有说。

我把车子熄了火，点上一根烟，问赵峰："为什么要派人跟踪我？"

赵峰看了看我，说道："我不明白你的意思。"

我说道："不明白我的意思？不仅这回，咖啡馆见面那次也是，你告诉我，你到底要干什么？"

赵峰神色平静地看着我，说道："你把我拉到这里，就是要问这个吗？"

我没理他，再次问道："回答我，为什么要派人跟着我？"

赵峰说道："我再和你说一遍，我不知道你在说什么。"

赵峰凝视了我片刻，问道："你上次走的时候，不是说要给我证据吗，你找到了？"

我被他问得一愣，说道："没有。"

赵峰说道："你说过，如果找不到证据，不会再来纠缠我。"

我脱口说道："我当然有证据！"

赵峰问道："什么证据？"

我说道："你和我去做一次亲子鉴定，就有证据了。"

赵峰看了看我，问道："你确定，你要和我做亲子鉴定？"

赵峰的问话很奇怪，但我当时并没有留意，我说道："当然。"

赵峰沉默了片刻，缓缓点了点头，说道："好，我可以答应你。"

其实，我刚刚就是随口一说，没想到他居然答应得这么痛快，反而弄得我一下子愣住了。我问道："你说的是真的？"

赵峰说道："但我有一个条件。"

我说道："你说。"

赵峰说道："如果鉴定的结果不是你想的那样，请你以后不要再来骚扰我。"

我答应他道："没问题，我可以答应你。什么时间去？"

赵峰说道："明天就可以。东四十条就有一家亲子鉴定中心，明天早上八点，我们在那里见。"

我说道："明天早上在那儿见，万一你不来呢，我凭什么相信你？"

我的怀疑是有道理的，万一赵峰只是看我现在手里有电棍，所以想暂时安抚我一下，明天早上他不仅不会来，还会再派几个大汉来对付我，那我可就竹篮打水一场空了。想一想今天跟踪我的那辆黑色大切，我现在还心有余悸。

赵峰说道："你只能相信我。"

我摇了摇头，说道："对不起，我没么容易相信别人，除非你现在跟我走，明天做完了亲子鉴定，我再放你。"

赵峰凝视了我片刻，说道："你这是绑架。"

听了赵峰的话，我心里不由得"咯噔"了一下，其实这正是我来时的想法。我这次来找赵峰的目的，除了和他当面对质，最重要的，就是无论用什么方法，也要逼他和我去做一次亲子鉴定。和舅舅的意外重逢让我明白了一件事情，那就是在这个世界上，亲情大于天，所以，这一次我一定要弄清楚我和赵峰之间的关系，哪怕他不情愿，哪怕是用犯罪的方法，我也豁出去了。

我看着赵峰，点了点头，说道："你说对了，我就是要绑架你。等我们做完亲子鉴定，我可以给你磕头赔罪，要杀要剐随你，但是现在，你必须跟我走。"

赵峰的嘴角露出了轻蔑的笑意，但神色依旧很轻松，他说道："好啊，反正我现在也在你的手里，你要做什么，随便你，我悉听尊便。"

还真是倒驴不倒架，看着神色依旧十分平静的赵峰，我心里不由得暗暗骂道。我把事先准备好的套头帽子扔给他，说道："你把这个戴上，再把眼睛蒙上，我不想让你知道我住在什么地方。"

赵峰接过帽子，说道："是怕我报复你吗？"

我说道："防人之心不可无。我说过，明天做完亲子鉴定，我给你磕头认错。"

赵峰无可无不可地戴上帽子，将两只眼睛遮住，我启动了汽车。

第九章　平生第一次绑架

金港赛道和我现在住的那套房子都在顺义，距离并不算远。半个多小时后，我押着赵峰回到我那套临时藏身的住所。

进了客厅，我把沙发推到暖气边，又掏出那副手铐，对赵峰说道："说实话，我信不过你，咱们先小人后君子。你把手机给我，我还得把你铐起来。"

赵峰显然并不意外，掏出手机递给我，说道："我自己来。"

赵峰拿过手铐，将自己铐在了沙发旁边的暖气管子上。我注意到，他铐的是右手，看来我之前的判断是对的，赵峰是个左撇子。

我现在虽然佯装镇定，其实心里七上八下的。绑架这种情节虽然在我的小说里经常出现，但真正实施还是头一回，这属于犯罪，万一被抓住，我吃不了兜着走。不过为了弄清我和赵峰的关系，我只能紧咬牙关，挺过明天就没事了。

其实我之所以敢这么做，还有一个原因，那就是我对明天的亲子鉴定结果是有信心的。这些天来，我一直在网上查询各种资料，得到的结论是，我和赵峰是双胞胎兄弟的可能性，超过百分之九十。所以，只要明天结果一出来，证明我们俩是有血缘关系的亲兄弟，我之前对他做过什么就都无所谓了。

随便弄了点方便面，我们俩吃完以后，我搬了张行军床到客厅铺好。今天晚上我必须看着他，万一他跑了，那就前功尽弃了。

赵峰这个人还真的跟一般人不一样。以现在这种情形，他居然还能十分淡定，吃完饭以后，他就躺在沙发上闭目养神起来，似乎什么事都没有发生。

我躺在行军床上看了会儿手机，怎么也看不下去。又试着睡觉，结果翻来覆去睡不着。我爬起身来，对赵峰说道："咱们聊聊吧。"

赵峰睁开眼睛，无可无不可地看了看我。

我说道："你到底有没有找人对付过我？"

赵峰回答得很干脆："没有。"

我摇了摇头，说道："你说没有就没有！你是不是事先就知道些什么？"

赵峰说道："对不起，你说的话题我没有兴趣。但是我可以答应你一件事情。"

我问道："什么事情？"

赵峰说道："今天你绑架我这件事情，我可以不报警。"

我问道："真的？"

赵峰说道："不过你要记住你答应我的事情。如果明天的结果不是你想的那样，以后不要再骚扰我。"

我说道："缓兵之计是吧？我明白。你放心，我说过的话算数。"

赵峰说道："那就好。"

我看着一脸淡然的赵峰，说道："你们这些有钱人，是不是真的和一般人不一样？普通人遇到这种事情，不可能没有好奇心，我很想知道，你真的是对这件事情没有任何兴趣，还是怕我分你的家产，装出来的？"

赵峰说道："我自然有我感兴趣的东西，但你说的这件事情，我没有兴趣。"

我问道："那万一，我说是万一，明天结果出来，咱们是亲兄弟，你怎么办？"

赵峰说道："如果真是那样，我会认你，并且把我的家产分一半给你。"

我一下子张大了嘴巴，说道："你当真的吗？"

赵峰说道："信不信由你。我困了，我要睡了。"

赵峰不再理我，没多大工夫，他居然打起了呼噜。这家伙的心可真够大的，遇到这么大的事情，人被铐着，而且还是躺在沙发上，居然也睡得着？

我心里暗骂了一声,光凭这一点,我就被他给比下去了。

赵峰这个人,对我来讲,像个谜一样。

不知道是不是富二代的成长环境跟普通人不一样,虽然跟他接触得不多,但我明显能感觉到,赵峰和一般人完全不同。用一个准确的词语来形容,就是"淡定",淡定到将生死置之度外。要想从他脸上看出点什么来,那是几乎不可能的事情。

世界上真的有这么淡定的人吗?我不相信,至少我没见过。

我又想起刚刚赵峰说的那句话,不知道是真是假。那是至少几十亿的家产,可不是一盒烟,给谁抽都是抽,说分给别人就分给别人。不过,看赵峰当时说话的语气,又不像在说假话,这家伙,还真是让我搞不懂。

脑子里就这么胡思乱想着,直到天光大亮,我还是没有睡着。爬起来看了看表,已经快七点了,我把赵峰叫起来,随便洗了把脸,收拾了一下,带着他离开了我这个临时住处。为了安全,我还是让赵峰在出门的时候戴上帽子,遮住眼睛,我也戴上一个大口罩,直到车子上了机场高速,才让他把帽子摘下来。

一路上我非常小心,但整整紧张了一路,并没有什么人跟踪我。上午八点整,我们到了位于东四十条的那家亲子鉴定中心。

向前台的小护士打听了一下,普通的亲子鉴定要三千六百块,一周出结果,加急鉴定四小时出结果,费用八千八百块。

"做加急的?"我问赵峰。

赵峰取出银行卡递给我,说道:"刷我的卡吧,没有密码。"

我看了看赵峰,有钱人确实跟我们不一样,小一万块钱连眼睛都不带眨一眨的。我拦住赵峰,说道:"不用你掏,这钱咱俩一人一半,我不占你的便宜。"

赵峰回过头来看着我,似乎有些不解。

我说道:"我喜欢亲兄弟明算账。大家一起花的钱,我一分钱也不占你的便宜。但如果我们真是兄弟俩,你答应分给我的家产,我一分钱也不会少要。"

赵峰点了点头,说道:"好,我尊重你。"

我们办好手续，分别刷了四千四百块钱，然后填好资料，到检材室提取了DNA鉴定所需要的检材，其实就是一人拔了几根头发，然后用小刷子干刷了几下牙。

走出检材室，我心里有些忐忑。赵峰还是那个样子，神色丝毫没有变化。

我问道："你就不紧张吗？"

赵峰没有回答我，说道："我饿了，我要去吃早饭。"

我说道："好，我带你去。反正好几个小时呢，面条吃吗？"

赵峰说道："可以。"

我说道："那就去吃担担面。东四路口有一家打卤面馆，小馆子，不过几十年了，味道还不错。这顿我请你。"

赵峰停住脚步，说道："你不是说亲兄弟明算账吗？"

我笑了："这么一点小钱，就不用算了吧。"

赵峰不再说什么，我带着他从鉴定中心出来，从北纬路往北拐上东四十条大街，我说的那家面馆，就在东四十条路口的把角位置。

进了面馆，我要了两碗肉酱面，赵峰狼吞虎咽地吃了起来。没两分钟，赵峰的一碗面就吃光了，他放下筷子，说道："你请客是吗？"

我说道："没错啊。"

赵峰说道："我再要一碗。"

我说道："没问题，面条管够。"

我又给他要了一碗，看着赵峰狼吞虎咽地吃着几块钱一碗的肉酱面，我突然觉得面前这个富二代也有他可爱的地方。

我对他说道："你慢着点，昨天晚上我不是管你饭了吗？"

赵峰说道："你煮方便面的技术太差，以后要是有机会，我可以教教你。"

我笑了，说道："你还会煮方便面！我以为你们富二代什么都不会干呢。"

赵峰不理我，继续狼吞虎咽地吃着面条。

我说道："我一直以为，你们这些富人家的孩子，不会吃这种小馆子呢。"

赵峰停下筷子，似乎陷入了沉思，说道："其实我小时候家里挺穷的。我爸从部队转业，回来找不到工作，我妈就是一个普通小学老师，那时候每年冬天，顿顿都是醋熘白菜，到现在，我一闻到醋和白菜的味道，就会恶心。"

我点了点头，说道："我也一样。我无父无母，在孤儿院长大，十七岁来北京，谁也不认识，住桥洞子，靠坑蒙拐骗为生，吃了上顿没下顿的。那时候最开心的，就是每周末到这里吃碗带肉的面条，改善改善伙食。"

说到这里，我的鼻子突然有些发酸。回想起我十七岁刚刚到北京的日子，那时候我带着院长给我的几万块钱，但由于人小不懂事，很快就被人骗光了。我身无分文，只能住在桥洞子底下，靠每天到各个居民楼偷住户放在门口的空啤酒瓶卖到废品站为生，一旦被人发现，就少不了挨顿揍，身上总是青一块紫一块的。那时候最大的享受，就是每周末到这家面馆吃一碗带肉的面条。

赵峰静静地注视着我，似乎猜出了我的心情，但并没有问什么。虽然他什么都没有说，但我能感觉到，在他的眼神里有一种东西，是理解。

我吸了吸鼻子，说道："不说了，咱们吃面。"

经过这一番谈话，我突然觉得和赵峰亲近了很多。原本那种多少想分他一点家产的念头好像也淡了不少。人毕竟是感情动物，我甚至觉得，即便没有一分钱，能找到这么一个亲兄弟，在这世界上多一个亲人，也是挺好的事情。

第十章　亲子鉴定

吃完了饭，我和赵峰沿着东四大街慢慢往回溜达。

快到鉴定中心的时候，我问赵峰："其实你的情况我都了解，你父母都不在了，而我也是无父无母。你有没有想过，如果一会儿鉴定结果出来，我们俩确实是双胞胎兄弟，那我们不就在这个世界上多了一个亲人吗？"

赵峰摇了摇头，说道："我不知道。我对还没有发生的事情，从来不作任何期待和预估，等结果出来再说吧。"

我点了点头，两人往亲子鉴定中心的大门走去。

回到鉴定中心的大厅，又等了一个多小时，一个小护士走出来问道："请问哪两位是赵山和赵峰先生？"

我和赵峰都站起身来。

我紧张得手心都有些冒汗，问道："怎么样，结果出来了？"

小护士说道："结果已经出来了，二位请跟我来。"

小护士把我们带到旁边的一间办公室，一位很漂亮的女医生拿着一份报告正在看，见我和赵峰两人进来，她微微一愣，问道："是你们二位来检测吗？"

我说道："对，就是我们两个，结果怎么样？"

女医生又低头看了看报告，再看了看我们两人，说道："这有点奇怪。"

我问道："是什么结果？"

女医生将报告递过来，说道："这是你们的报告，你们可以先看一下。"

我接过报告，只见报告上DNA匹配度一栏写着：百分之九十九点五五九五三五二一。

赵峰并没有看懂，但我对DNA检测是非常了解的，百分之九十九点五几的匹配度，说明报告上的这两个人，没有任何血缘关系。

我一下子愣住了："这……这不可能啊。"

女医生说道："我理解您的心情，您二位长得一模一样，但根据DNA检测，其实你们并没有血缘关系，属于很普通的陌生人。"

我看了看一旁的赵峰。他依旧一脸波澜不惊，好像早就知道结果会是这样。

我急道："不可能，绝对不可能，没有任何血缘关系，那我们两个怎么会长得一模一样？只有双胞胎才会这样。"

女医生耐心地说道："你们这样的案例确实很特殊，但并不是完全没有。呼和浩特和山西大同的鉴定中心，还有北京其他几家鉴定中心都接待过这样的客户，国外也有很多这样的案例。我可以给你们看一下我们内部的资料。"

女医生拿起鼠标，点开了电脑里的一个文件，说道："这份资料里，是全世界鉴定中心接待过的长得完全一样，却没有任何血缘关系的人。"

我向屏幕望去，资料上全是一对一对长得一模一样的人，每一对的照片下面都写着详细的资料，一共有几十对。

我愣道："居然有这么多长得一模一样的人？"

女医生笑了，说道："全世界七十亿人，加上你们两个，只有二十二对，并不算多。"

女医生说得没错，七十亿人，才二十三对，确实不算多。

没想到费了这么大的劲，到头来竹篮打水一场空。我从鉴定中心走出来，手里拿着那份报告，心里感觉空落落的。

赵峰在街边停下脚步，说道："好了，你要求的事情办完了，我要走了。"

我看着赵峰，不知道该说什么，突然之间，我想起了一件事情，说道："你等一下，你是不是……你是不是早就知道是这个结果？"

赵峰看着我，不置可否。

我越想越觉得可疑，说道："怪不得你昨天答应得那么痛快，你是不是早和这家鉴定中心勾结好了，弄出一个假报告来骗我？"

赵峰说道："我有这么厉害吗？"

我说道："你是有钱人，有钱能使鬼推磨，只要花钱，什么事办不到？"

赵峰说道："那你想怎么样？"

我说道："不行，这件事情不能就这么完了。这家鉴定中心是你选的，为了公平，我再选一家，咱们再做一次鉴定。"

赵峰说道："有这个必要吗？"

我斩钉截铁地说道："当然。"

赵峰问道："如果再做一遍，还是这个结果怎么办？"

我说道："如果还是这个结果，我保证以后绝不再骚扰你。"

赵峰凝视了我片刻，点了点头，说道："好，我尊重你。"

我立刻打开手机，搜索北京的DNA亲子鉴定中心。这一搜才知道，全北京大大小小一共有将近三十家亲子鉴定中心。

这个结果让我有点吃惊，亲子鉴定中心是什么地方？其实就是男人来检测自己的孩子究竟是不是亲生孩子的地方。有需求才有市场，看来网上流行的那句话说得还真对，"爱是一道光，绿到你发慌"，这个世界到底怎么了？

我选了距离最远、位置最偏僻，位于门头沟的一家鉴定中心。我对赵峰说道："就选这家吧，我想你不可能跟所有鉴定中心都有勾结吧？"

赵峰说道："可以。今天全听你的，你怎么说就怎么是。"

下午一点整，我们到了位于门头沟区中心位置的那家亲子鉴定中心。交过费，取过检材之后，我们随便找了家饭馆吃了点午饭，又休息了一会儿。

赵峰对我说道："这是最后一次，如果结果和上次一样，我不会再陪你做第三次了，我还有自己的事情要去做。"

我说道："你放心，如果结果和上回一样。我把刚刚一人一半的钱退给你，而且保证绝对不再找你，这样行吧？"

事情发展到现在，我对这第二次鉴定，其实已经死马当活马医了。亲子鉴定中心是由司法部门审核备案、具备相关法律许可和资质的正规机构，不是想贿赂就能随便贿赂、想作假就可以作假的。但是赵峰的神色又真的让我起疑，他好像早就知道结果会是这样。我问赵峰："你能不能跟我说句实话，你是不是事先就知道是这个结果？"

赵峰抬头望向我，问道："你什么意思？"

我说道："我总觉得你心里有事，没有告诉我。"

赵峰淡淡地说道："你愿意怎么想，那就怎么想吧。"

我说道："如果不是，你第一次见到我的时候，怎么一点吃惊的神色都没有？"

赵峰说道："我从小就是这样，对任何事情都没有好奇心。"

我不相信，有一句话叫好奇害死猫，世界上不会有没有好奇心的人。我说道："算了，反正从你这儿什么也问不出来，走吧，让结果来说话吧。"

回到鉴定中心，结果已经出来了。

没有任何奇迹发生，结果还是和第一次一样，我和赵峰之间的DNA匹配度，依旧是百分之九十九点五几，也就是说，我们两个是完全没有任何关系的陌生人。

这回我彻底绝望了。走出鉴定中心，我把手机还给赵峰，说道："好了，我答应你的事情，我会办到的。你给我个收款码，我把这次的鉴定费转给你。"

赵峰接过手机，说道："不用了，算我请你吃饭了。"

我看着赵峰，说道："虽然你很有钱，我很穷，但我还是不想占你的便宜。反正以后也不会再见面了，我不想给你留下什么不好的印象。"

赵峰说道："现在就有好印象了吗？"

我被赵峰的话噎得一愣，说道："你别废话了，给我收款码。"

赵峰无可无不可地打开手机，给了我支付宝的收款码，我用手机给他付了四千四百块钱，对他说道："我们善始善终，我送你回去。"

赵峰摇了摇头，说道："不用了，我们就在这儿分手吧。"

赵峰说完，凝视了我片刻，从口袋里掏出一张名片，对我说道："这是我的名片，上面有我的电话，以后要是有重要的事情，可以打这个电话。但你要记得你的承诺，没什么特别的事情，不要再骚扰我。"

望着面前这个跟我长得一模一样的人，不知道为什么，我突然觉得有些不舍。我知道，我们这一次分手，应该不会再有机会见面了。

相比没有分到赵峰的家产，无法实现我做导演的梦想，此时此刻，让我更难受的是，我原本以为我很可能找到了一个至亲，结果什么也没有。以前一直听别人说，钱不是这世界上最重要的东西，我并不完全认同，但在这一刻，我觉得这句话是绝对的真理。

我接过名片，说道："好，那你多保重。"

赵峰点了点头，说道："你也保重。"

赵峰说完，最后凝视了我片刻，转身离开。

望着赵峰的身影在我面前消失，突然之间，我觉得心里空落落的。

这件事情就这么结束了吗？

看来，是结束了。

第十一章　小数点后的误差

由于心情有些消沉，我在车上足足坐了一个小时，这才到租车公司把车还了，然后回到了位于顺义区中心边上的那个临时住处。

赵峰这件事情看来是过去了，只落得空欢喜一场。

网上查到的那些资料，现在看来都不作准，什么普通人长得最多到九成相似，百分之百相似是不可能的。鉴定中心的那份档案里，全都是没有任何关系但长得一模一样的人，七十亿人里有几十对，只是概率小一些而已，但还是存在的。

其实，我就是碰到了一个小概率事件而已，这件事情，就让它过去吧。剩下的一件事情，就是那个在高速上跟踪我的人到底是谁，我必须要搞明白。

这件事情弄不清楚，我就得一直东躲西藏，连家都回不了。

仔细回忆了好几天，确定我没有任何仇人，按理说不会到被人跟踪的程度。唯一的可能，就是那时候我被迫害妄想症发作了，那辆黑色大切上的人其实并没有跟踪我，只是碰巧都在同一个服务区下了高速而已。

我用我的理智把事情仔细回忆了好几遍，感觉这种可能性很大。

于是，第二个星期，我悄悄回了家。果然，很多天过去，一切平静，没有任何事情发生。不过我这个人的被迫害妄想倾向还是很严重的,即便一切如常,我还是每天提心吊胆,这么下去肯定不行。

我索性找中介把房子退了,赔了一些违约金,然后让我女朋友以她的名义在她住的小区附近,也就是望京找了一套房子。

搬到新家,我一直紧绷着的神经终于放松了下来。

接下来的几个月,一切正常,生活回到了正轨。

所谓否极泰来,运气这个东西,有时候就是一阵坏一阵好的。麻烦的事情全部解决完,搬到新家之后,所有的事情都开始顺风顺水起来。

可能是很长一段时间没有见面了,我前段时间又是唐山又是内蒙古地折腾,一直没有见女朋友,所谓小别胜新婚,我回来之后和她再次见面,女朋友变得非常温柔,很长一段时间没再给我找过什么事,完全成了贤妻良母。

我的工作也很顺利,和女老板的项目进展很快,第二个月,我们签订了版权合同,我的小说年底就将拍成影视作品。新小说也写得很快,还没写完,出版合同就已经签好了,首印十万册,出版社对这本小说很看好。

日子就这么平平静静地过了半年多,我再也没有和赵峰见过面,也不再有他的任何消息。对我来说,这件事情算是彻底过去了。半年前,我还梦想着能继承个几十亿元的家产,实现我的导演梦,现在想想都觉得可笑,哪有这种平白无故天上掉馅饼的好事?

第一场秋雨之后,我去南方参加了一次新书发布会。回来的时候,已经是八月下旬。那个周末,我带女朋友去承德转了一圈,逛了逛避暑山庄,又吃了承德最有名的老三羊汤。周日晚上回到家,女朋友给我做了顿丰盛的晚饭,吃完饭后,又帮我把家里收拾干净,这才离开。

没有女人,生活的确自由,但是有女人也会有有女人的好处。看着被女朋友收拾得十分干净的家,我有一种幸福感。

女朋友干活很细心,家里收拾得整整齐齐,每一件东西都按类别收拾好,脏衣服扔进了洗衣机,该干洗的衣服送去了洗衣店,桌子上留下了一堆从我每件衣服的口袋里翻出来的乱七八糟的东西,还有她不知道该怎么分类的东西,摆满了一茶几，说是留给我自己整理。女朋友走后，我开始一件件收拾，该扔的扔，该留的留。

整理了一阵，我从茶几上翻出来一张名片，居然是赵峰的名片。

我想起来，上次和赵峰分手的时候，他给了我这张名片，我当时随手塞进了口袋里，刚刚被女朋友翻了出来。

赵峰的名片很简单，上面只有一个名字和一个电话。

我笑了笑，把名片扔在一旁。又收拾了一会儿，翻到了我和赵峰的那两份DNA鉴定报告，应该是和赵峰的名片一起塞进口袋的，一直没有扔。

我打开报告看了看，回忆起当时的情景，不由得笑了。我把两份报告团成一团，和赵峰的名片一起扔进了垃圾桶。

收拾完毕，我下楼把垃圾扔进了垃圾站，回来洗了个澡，上床睡觉。

但不知为什么，那天晚上，我失眠了，躺在床上翻来覆去睡不着，一直折腾到凌晨三点多钟，还是无法入睡，我索性起来到客厅抽烟。

我隐隐约约感觉想起了什么事情，但是坐在那儿想了半天，还是想不起来是什么。

我感觉那应该是一件很重要的事情，会是什么事情呢？

我开始一点点回忆，从我开完新书发布会回到北京，带女朋友去承德旅游，回来以后，她帮我做饭、收拾屋子、洗衣服，然后就是她走了以后，我开始整理茶几上的东西，看到了赵峰的名片，还有那两张半年多前塞进口袋里的DNA检测报告……

会是赵峰的那张名片吗，还是那两份检测报告？

应该不会，名片和报告会有什么事情？

就在这时，我的脑子里猛地一闪。

我想起来了，没错，是那两份报告。让我今天晚上睡不着觉的，就是我和赵峰的那两份DNA亲子鉴定检测报告！

我一下子跳起身来，外衣也没有穿就飞奔下了楼。

天已经蒙蒙亮了，一辆垃圾车停在垃圾站旁边，正在清垃圾桶。

我飞跑着冲过去,喊道:"等一下等一下,先别收,先别收。"

垃圾车停了下来,司机打开车门问道:"什么事啊,小伙子?"

我说道:"师傅,给您添麻烦了,东西扔错了,我得找找。"

我绕到垃圾车后面,印象中,我是把那袋垃圾扔进了垃圾站最左边的垃圾桶,上前翻了翻,垃圾桶已经被倒空了。我看了看面前的垃圾车,也顾不得脏了,爬上车一通翻找,运气还不坏,只翻了十来分钟,就找到了那个垃圾袋。

要说能这么容易找到,还得感谢我女朋友,我家的垃圾袋全是她特意从淘宝上买来的那种一毛多一个的正经带提手的塑料购物袋,上面还印着个黄色的卡通大笑脸,要不然,这一大车垃圾翻起来,不知道要翻到什么时候。

我臭气熏天地从垃圾车上下来,拎着那袋垃圾上了楼。

进了家门,我立即把一大袋子垃圾全都倒在了地上,很快就找到了赵峰的名片和那两份检测报告。名片和报告上已经沾满了菜汤,恶心得不能再恶心了,我找了条干净抹布将两份报告擦干净,放到桌上,仔细看了起来。

几分钟后,我知道是怎么回事了。

可能是遗传了我妈的基因。据我舅舅讲,我妈生前是做会计的,每天都和数字打交道。我从很小的时候就对数字极为敏感。在孤儿院的时候,我其他课程都学得很差,唯独数学次次考试都是满分。到现在为止,任何数字,别管有多长,包括一大堆电话号码,我只要看上几遍,基本就能全记下来。

我手上的第一份报告,是我和赵峰在东四十条的亲子鉴定中心做的,上面,我和赵峰的 DNA 匹配度数字,是百分之九十九点五五九五三五二一,小数点后精确到第八位。

我手上的第二份报告,是我们俩在门头沟做的,上面,我和赵峰的 DNA 匹配度数字,是百分之九十九点五五九五七五九五,同样是小数点后精确到第八位。

第一份的数字是:百分之九十九点五五九五三五二一。

第二份的数字是:百分之九十九点五五九五七五九五。

两份报告中,小数点后的第五位到第八位,数字完全不同!

第十二章　第二次检测

我对 DNA 检测有一定了解，DNA 检测属于极为精密的生物科技检测，误差率极低。同样的两个人，做两次检测，结果应该不会有这么大的误差。

我的直觉告诉我，这里面有问题。

怀疑归怀疑，我毕竟不是专业人员，必须找一个专业人员来问一问。如果这两组数据真的有问题，这事情可就绝对不对劲了。

然而，在完问题全弄清楚之前，我最好先不要瞎想，别自己吓唬自己。

现在的问题是，我到哪里去找这方面的专业人员？

我把所有认识的人在脑子里过了一遍，想到了我的一位小读者。

这位小读者名叫孙朗，是很多年前我在一次新书发布会上认识的，他当时还在念高中，很喜欢我的小说，到现在，我们还会时不时地在微信和 QQ 上聊聊天。他现在已经二十八岁了，品学兼优，在北大念完本科后，又去美国念了研究生，现在在普林斯顿大学念博士，我记得他学的就是生物学专业。

看了看表，凌晨四点五十分，美国那边应该是下午四点多，我掏出手机，给他拨过去电话。孙朗听了我的问题后，非常肯定地告诉我，如果是相同的两个人，即便做一百次测试，每次的测试结果即使精确到小数点后几十位，也会是完全相同的，绝不会有丝毫误差。和孙朗反复确认过之后，我挂掉了电话。

我的判断是对的，那么发生了这种情况，会是怎么回事？

答案只有两种可能，第一就是鉴定中心搞错了，如果是这样，那倒好办，重新做一次检测就行了。但第二种，就比较可怕了，那就是有人故意做了手脚。

如果是第二种，会是谁在背后做了手脚，赵峰吗？

当然不能排除这种可能，但这种可能性并不大。那两天他一直在我的监视下，连手机都让我给没收了，他应该没有机会提前去安排什么事情。

如果不是赵峰，那会是谁呢？

此时，我的心情又紧张，又害怕，又好奇，同时又很兴奋，甚至亢奋。我和赵峰的关系又有了新的希望，这样，我不仅有可能提前实现自己的梦想，还会在这世界上多了一个亲人，怎么能不让我激动和兴奋？

看来，必须给赵峰打个电话了。

我努力平复了一下心情，拿起赵峰的名片，拨通了上面的号码。

电话响了几声之后，赵峰接起电话，问道："哪位？"

赵峰的声音听起来懒洋洋的，看来是被我吵醒了。

我说道："赵峰，我是赵山，还记得我吗？就是那个跟你长得一样的人。"

赵峰问道："这么早找我，有什么事情？"

我说道："你仔细听我说，你还记得我们上次做的亲子鉴定吗？我昨天晚上收拾房间的时候，无意间又看到了那两份报告，在上面发现了一些问题。"

接下来，我把发现的问题，以及和读者孙朗的电话内容告诉了赵峰。

赵峰听过之后，问道："你说的事情，确定吗？"

我说道："你可以找一个学生物的朋友问问。"

赵峰说道："你把检测报告发到我邮箱，我会再打电话给你。"

赵峰留下了他的邮箱。挂断电话，我立刻用手机把两份检测报告一张张拍成高清图片，发到了赵峰的邮箱里。

半个小时后，赵峰打来了电话。

我问道："怎么样？"

赵峰没有回答我，而是问道："你在哪里？"

我说道:"我在家。"

赵峰说道:"你带上护照,一小时后,到首都机场一号航站楼的候机大厅等我。"

我愣道:"你要我去机场干吗?"

赵峰还是没有回答我,说道:"到了你就知道了,一会儿见。"说完,他挂了电话。

这是什么情况,赵峰什么意思?

赵峰这个人,可能是大老板当习惯了,说话的口气中永远带着一种不容置疑的味道,连问都不让问,就算是问,他要是不想说,也绝对不会告诉你。

他突然莫名其妙地让我去首都机场,到底要干什么?我完全不清楚赵峰的葫芦里到底卖的什么药,但问题是,我到底是去还是不去?

思来想去,我决定不管怎么样,还是要去,这个谜底我一定要揭开。

打定了主意,我穿上衣服拿好护照出了门。半个多小时后,我到了首都机场,等了十来分钟,赵峰到了。

半年多没见,赵峰没有什么变化,但是气质更加沉稳了。我记得以前有人跟我说过,有钱人的生活远比我们普通老百姓丰富,他们一年的经历,顶得上我们普通人好几年,看来所言不虚。

我问赵峰:"你葫芦里到底卖的什么药,为什么要我来这里?"

赵峰说道:"你跟我走吧。"

看来还是老样子,问也没用。我跟着赵峰进了 VIP 通道,安检之后,坐专车到了停机坪。只见停机坪上,停着一架崭新的私人飞机。

我一愣,问道:"你的?"

赵峰神色淡然,说道:"是。"

我目瞪口呆,真是贫穷限制了想象力。我知道赵峰有钱,但不能想象他居然连私人飞机都有。要知道,随随便便一架私人飞机,至少要好几个亿。

跟着赵峰上了飞机,我就跟刘姥姥进了大观园似的,看什么都新鲜。

赵峰还是那么平静,上了飞机就坐在沙发上闭目养神。我东瞧瞧、西看看,不多时，飞机起飞了。

赵峰自从上了飞机，就一句话也不说，只是在那儿闭目养神。

最后，我实在忍不住了，把他推醒，问道："我说兄弟，你别老那么闷葫芦好不好？你跟我说说，到底是怎么回事，你要带我去什么地方？"

赵峰说道："我们去曼谷，重新做一次DNA鉴定。"

我恍然大悟，一下子明白了赵峰的意思。我们前两次的检测结果确定已经出错，如果真和我想的一样，这两次出错都是人为捣的鬼，就很难保证第三次不会出错。因此，北京的这些鉴定中心肯定是不能再去了，外地的也不保险，去国外是最好的选择。

赵峰这家伙还真不是一般的聪明。想到这里，另一个疑问从我心头升起。

"那你就让我有点不明白了，"我看着赵峰，问道，"你上一次不是挺不配合的吗，怎么这回突然这么主动，不会是有什么事吧？"

赵峰凝视了我片刻，说道："以后再和你说。我困了，要睡一会儿。"

赵峰说完就闭上了眼睛。我暗暗骂了一句，赵峰这个性格，我也真是服了。

我知道，再跟他说什么也没用了，索性也学他闭目养神起来。

但是，我心里的事情实在太多，死活也睡不着。现在看来，前两次检测报告出错，肯定不是赵峰干的了，否则他不会带我去泰国做第三次检测。那如果不是赵峰，会是谁呢？难道真的是鉴定中心不小心弄错了？

赵峰这一次的态度也让我很是诧异，我万万没有想到，他居然来了个一百八十度的大转弯，变得如此主动。

到底发生了什么事情呢，莫非他真的良心发现了？

我脑子里就这么胡思乱想着，三个多小时后，下午两点整，泰国当地时间一点钟，飞机在曼谷素万那普国际机场降落。

根据我以前查到的资料，赵峰家的生意确实做得很大，在全世界很多国家都有分公司，其中最大的一家分公司就在泰国，难怪他要带我来这里。

下了飞机，赵峰的司机直接把我们送到了曼谷最大的一家DNA亲子鉴定中心。泰国的物价确实比国内要低很多，加急鉴定费用才五千多泰铢，折合成人民币还不到两千块钱。赵峰刷了卡后，接下来，就是漫长的等待了。

我抽了足足有一包烟，下午五点整，检测结果出来了。

一个黑黢黢的泰国医生拿着检测结果出来，赵峰上前用泰语和对方交涉了十五分钟，然后拉着我走出了鉴定中心的大楼。

我心里七上八下的，问赵峰："怎么样，什么结果？"

赵峰的脸色阴晴不定，这是我从来没有在他脸上见过的表情。

见赵峰没有回答，我再次问道："到底怎么了？"

赵峰回过神来，说道："先回酒店吧。"

我没有再问，耐着性子和赵峰回到酒店。进了房间，赵峰洗了把脸，坐到沙发上，沉默了很长一段时间，对我说道："结果出来了，你做好思想准备。"

我点了点头，说道："你说吧，我有思想准备。"

赵峰凝视着我，一字一句说道："根据检测，我们两个人，是双胞胎兄弟！"

我望着面前的赵峰，不由得张大了嘴巴，人一下子就蒙了。

第十三章　多了一个亲人

虽然我一直期待这个结果,但当这个结果真的来了,我心中的震惊,还是如排山倒海一般,简直无法用任何语言来形容。

坐在酒店的房间里,我整个人完全蒙了。

就这么容易吗?这么容易就得到结果了吗?我们真的是双胞胎兄弟?

在这个世界上突然多了一个至亲,这一点让我十分欣喜。但更多的是困惑、不解,甚至是一种恐惧,发生的这一切,到底是怎么回事?

赵峰的心情想必和我一样。

我们在房间中呆坐良久。赵峰站起身来,说道:"你饿了吧?我去点个餐让他们送上来。"

我蒙蒙地点了点头,说道:"行。"

不大会儿工夫,服务生送来两份晚餐,我食不甘味地吃了几口,又喝了杯水,心情这才平复下来一些。

我对赵峰说道:"赵峰,咱俩得好好聊聊了。"

赵峰点了点头,放下手里的饭碗。

我问他:"这次的检测结果,不会再有什么问题了吧?"

赵峰肯定地说道:"我想不会了。"

我看着面前的赵峰，心中真是五味杂陈。

赵峰说道："我答应你的事情，我会办的。"

我一时没反应过来，问道："什么事情？"

赵峰说道："我的家产，会分一半给你。"

我明白了他的意思，说道："其实我来找你，不是要来分你家产的。"

赵峰凝视着我，我沉默了片刻，说道："你不觉得这件事情，有些不对劲吗？"

赵峰点了点头，说道："前两次报告全部出错，确实很奇怪。"

我说道："这件事情我们必须好好讨论讨论，不过，你能先回答我一个问题吗？"

赵峰说道："你说。"

我说道："我们俩最开始见面的时候，你为什么会是那样的态度？"

赵峰一愣，犹豫了片刻，说道："那时候我觉得你很无聊，也不相信你说的话，因为我父母从没有跟我说过我有双胞胎兄弟。"

我问道："那你见到我跟你长得一模一样，不好奇吗？"

赵峰摇了摇头，说道："我说过，我这个人的好奇心并不强，而且长得一模一样这种事情，也并不是特别稀奇，所以那时候我不想理你。但是今天早上，你突然给我打电话，告诉我两份报告的数字不一样，我就感觉有问题了。"

我点头说道："你说得没错，而且我觉得这个问题，恐怕不是报告出错那么简单了，咱们俩的身世很可能都有问题。"

赵峰凝神思索了片刻，说道："我们两个是双胞胎兄弟，这一点现在确定无疑。双胞胎只能有一对亲生父母，那么我们的父母中，究竟哪一对是我们的亲生父母？"

这也正是我脑子里所想的。既然我和他是双胞胎，那我们两边的父母就不可能都是我们的亲生父母，肯定有一方是我们的养父母，和我们没有任何血缘关系。再往下想，之前的两份报告意外出错，会不会和我们两人的身世有关呢？

我脑子里立刻闪出了一大堆宫廷争斗和豪门恩怨的电影，还有狸猫换太子之类的狗血情节，虽然是电影，但历史上确实有过不少类似的事情。

赵峰出身豪门，发生类似的事情，也是绝对有可能的。

我说道："那咱们就从这件事情查起。虽然我们双方的父母都不在了，但是只要找到他们的亲戚，和他们做一下亲子鉴定，就知道谁是我们的亲生父母了。"

赵峰说道："就按你的办法。"

赵峰的父母是在两年半前的一次车祸中双双离世。从那以后，他就一直一个人生活。不过，他和父母两边亲戚的关系一直都很好，经常走动。很多亲戚也都在他的公司工作。在曼谷的分公司，就有他母亲最小的妹妹，也就是他的小姨，还有一个他父亲那边的亲戚，他大伯的女儿，也就是他的堂姐。

当天晚上，我陪赵峰分别前往他父母两边在曼谷的亲戚家，取到了检测所需的全部检材。一份是他母亲那边的，他小姨的几根头发，另一份是他父亲那边的，他堂姐的头发。当然，赵峰并没有告诉她们真正的原因，我们俩都觉得，这种事情在出最后的结果之前，最好暂时保密，以免引起不必要的麻烦。

第二天一大早，我们赶到了昨天去过的那家亲子鉴定中心。

上午十点钟，结果出来了。我们送过去的两份检材，也就是赵峰那边的检材，检测结果显示，无论是他父亲那边，还是他母亲那边，都和我们没有任何血缘关系。

其实这个结果在我的意料之中。

我上回去内蒙古调查的时候，见过当年给我妈接生的呼吉雅大娘，她当年见证过我的出生，所以我们俩不太可能是赵峰他妈妈生出来的。只是为什么呼吉雅大娘一口咬定当初就生了我一个，我一直都没有想明白。

虽然赵峰有心理准备，但知道了这个结果，还是有些难过，只是神色依旧没有太多的变化，他对我说道："走吧，我们回北京，去做你那边的检测。"

我这边的检材是现成的。当年我舅舅把我放在孤儿院门口的时候，我的襁褓里有一条丝巾和一缕头发，都是我妈妈的遗物。另外，在我舅舅去世前，我留下了他的几根头发，一是为了留个纪念，另外也是想有机会去做个鉴定，确定我们的亲属关系。

我们没有耽误一点时间，回酒店收拾好东西后，直奔机场。回来的飞机上，赵峰一直没有说话，只是一个人静静地望着舷窗外的天空出神。我理解他的心情，换谁遇到这种事情，突然得知自己的父母并不是亲生父母，心里都不会好过。

我突然想起一件事情，同时也是为了缓解赵峰的情绪，便对他说道："对了，有件事情我一直想问问你。"

赵峰回过头来，说道："你说。"

我说道："这么多次见到你，你都是一个人。所以我一直觉得很奇怪，以你的身价，为什么不请几个保镖？我绑架你那次，如果我真是坏人，你不就危险了？"

赵峰淡淡地说道："我不需要保镖。"

我问道："难道你就不怕危险吗？"

赵峰说道："我三十岁以前，在东方神剑特种大队服役过五年。"

我一愣，赵峰说的东方神剑特种大队，我有所了解，那是中国数一数二的特种部队，隶属于北京军区。东方神剑特种大队在中国所有的特种部队里是淘汰率最高的，每一名成员都是精英中的精英，可以说能以一敌百，难怪赵峰会有这种自信。

想到这里，我有点后怕，我绑架赵峰的时候，以为自己手里有个电棍就保险了，现在看来，赵峰当时根本没想对付我。

我问道："我绑架你那次，你为什么不反抗呢？"

赵峰说道："因为我并不觉得你是坏人，而且，你的要求也不过分。"

我们随便闲聊了一会儿，两人的情绪都有所缓解。

当天下午三点，飞机在首都机场落地。赵峰的车子就停在一号机场的停车楼，我们取了车子后，回家取了我收集的检材，然后就直奔位于东四的那家DNA鉴定中心。

几个小时后，检测结果出来了。

出人意料的是，我送过去的两份检材，检测结果显示，无论是我妈妈，还是我舅舅，都和我与赵峰是完全的陌生人，没有任何血缘关系。

我望着手里的报告，目瞪口呆，连一向淡定的赵峰脸色也变了。

走出鉴定中心，我的脑子已经乱了，根本弄不明白是怎么一回事。这个结果，是完全出乎我们两人意料的。

我问赵峰："怎么会这样，这个报告……不会有错吧？"

赵峰说道："我们换个地方，再做一次。"

我明白赵峰的意思，既然之前我和赵峰的报告出过错，那么这一次的报告，也很有可能出错。

第十四章　赵峰的故事

从第二天开始，我们几乎跑遍了北京的鉴定中心，然而没有任何例外，每一次的结果都是一模一样的，我们两边的父母，都和我们没有任何血缘关系！并且我们找专业人员检查了所有报告，每一份报告上的数据都完全一样，没有任何问题，也就是说，报告的结果是准确的。

这不可能。如果我们两边的父母，都不是我们的亲生父母，那么我们俩是从哪里来的，难道都是被捡回来的吗？

从最后一家鉴定中心出来，我问赵峰："这到底是怎么回事？这不可能啊！我们要不要再去泰国做一次测试？"

赵峰缓缓摇了摇头，说道："这肯定就是最后的结果了，我们不用再去任何地方做检测了。"

我说道："那……那这结果怎么解释？"

赵峰说道："一定是什么地方出了问题，你让我想一想……"

赵峰眉头紧锁，凝神思索，突然，他抬起头来，眼睛一亮，说道："我知道到哪里去找线索了，你跟我走。"赵峰说完，大步向前走去。

我追上赵峰，问道："你要去什么地方？"

赵峰说道："去内蒙古，我的出生地。"

我愣道:"你……你是在内蒙古出生的?"

赵峰说道:"对,内蒙古乌兰左旗。"

我一下子呆住了,说道:"你等一等,你再说一遍,你是在哪里出生的?"

赵峰停下,重复道:"内蒙古,乌兰左旗。"

我张口结舌,说道:"你是在内蒙古乌兰左旗出生的?那给你妈接生的人,是不是呼吉雅大娘?"

赵峰一愣,问道:"你怎么知道?"

我说道:"我也是在乌兰左旗出生的,给我妈接生的,也是呼吉雅大娘!"

赵峰看着我,一下子愣住了。

我和赵峰这一对被搞错、被拆开的双胞胎,全都是在内蒙古乌兰左旗出生的,而且给我们的母亲接生的是同一个人,呼吉雅大娘。

上面这句话,原本是一句非常正常的话。双胞胎自然只能有一个母亲,也只能在同一个地方出生,但这句话放在我和赵峰的身上,就不一样了。

根据赵峰的回忆,他母亲曾经告诉过他,他的出生地是内蒙古的乌兰左旗,把他接生出来的人,是呼吉雅大娘,并且他出生的时候,只有他一个,至少他妈妈没有跟他提起过他还有一个双胞胎兄弟。而我这边也一样,我见到呼吉雅大娘的时候,她十分确定地告诉我,我出生的时候,只有我一个。

我们两边的出生见证人给我们的信息全都是一样的,我们分别有不同的母亲,但奇怪的是,我们两个的确是双胞胎,那么究竟是检测报告出错了,还是我们的身世被人隐瞒了什么?

上面这一点已经够离奇的了,而第二点就更离奇了,分别生下我们的亲生父母,无论是赵峰的父母,还是我的父母,经过DNA检测,居然和我们全都是陌生人,没有任何血缘关系。

要想知道这一切的答案,我们只有一个办法,找到我们两人出生的见证人,也就是呼吉雅大娘,答案就在她那里,这个十分神秘的呼吉雅大娘,究竟隐藏了一个什么样的秘密,她为什么要隐藏这个秘密?

第十四章 赵峰的故事

我们两人静下心来，把所有事情分析了一遍。

我对赵峰说道："现在看来，我们也不用着急了，只要找到呼吉雅大娘，就一定可以知道所有的真相。她一定是整个事情的关键人物，至少是关键见证人。"

赵峰说道："你说得对，我们立刻出发，去内蒙古。"

我看了看表，已经是晚上将近十点钟了。我们今天做的最后一个测试，是临近下班才开始的，即便是加急测试，做完的时候也已经快九点了。

我思索了片刻，对赵峰说道："咱们这么安排吧，就别开你的车了，去那种小地方，你的车实在太招眼，容易引起不必要的麻烦。我去租个车，然后我们找个地方吃点东西，等车送过来我们就出发。"

赵峰表示同意。我想了想，又说道："对了，一会儿我们去你的车上拿一下你的驾驶执照，咱们这几天国内国外地折腾，都没睡好觉，到那边的路程将近八百公里，又是夜路，我们必须换着开，保证安全。"

赵峰说道："驾照就不用拿了，我们直接去吃饭。"

我愣道："怎么不用？让警察抓到无照驾驶，会很麻烦的。"

赵峰笑了，说道："我们两个是双胞胎，你的驾照不就是我的驾照吗？"

我一愣，立刻明白了赵峰的意思。

我们俩是双胞胎，长得一模一样，我的驾照就等于是他的驾照。看来有个双胞胎兄弟，确实有很多意想不到的便利，我需要慢慢适应。

我立刻拿出手机，给我常光顾的那家租车公司打了个电话，订了一辆车。然后，我们在附近随便找了一家饭馆吃了点东西。刚刚吃完饭，车子就送到了，赵峰拿出信用卡要帮我刷卡，被我拦住了，我对他说道："以后这种小钱咱们兄弟俩就别算了，你不是还要分我一半家产吗？"

赵峰笑了，不再坚持。

我用支付宝付了押金，两人上车，直接开上了去内蒙古的高速。

在路上，我仔仔细细地把我的身世、我从小到大的经历，以及我爸爸妈妈和我舅舅的故事讲给了赵峰，包括遇到他以后发生的每一件事，当然也包括我那次去内蒙古查询我的出生情况，呼吉雅大娘对我说过的那些话。

赵峰静静地听着，我说完之后，他只是轻轻地叹了口气。我能感觉到，他为我的经历、我爸爸妈妈的故事而触动，但赵峰是那种面冷心热的人，他并没有安慰我什么，只是伸出手来，用力按了按我的肩膀。

两人沉默了很长一段时间，赵峰也向我讲述了他的故事，他的出生，他的成长，他小时候家里的贫穷，他爸爸的创业，以及他父母的离世……

赵峰的故事中最让我感动的，是他和他女朋友的事情。

赵峰在上大学的时候，有一个一见钟情、非常相爱的女朋友。那个女孩子阳光、漂亮，非常喜欢唱歌，两人在一起很开心，甚至从来都没有红过脸。女孩子最喜欢做的事情，就是陪在赵峰的身边，给赵峰唱歌。

但就在大四临近毕业的时候，女孩子检查出了癌症，赵峰想尽了各种办法，依旧没能留住她。女孩子在弥留之际提出的最后一个要求，就是希望赵峰能和她一起，再去一趟他们经常去的那家咖啡馆。

于是，赵峰偷偷把女孩从医院背出来，疯了一样一路闯红灯向那家咖啡馆开去。女孩子强打精神，一路给赵峰唱歌，但她最终没有坚持到目的地，随着歌声越来越低，越来越弱，女孩子就在赵峰的身边，在去咖啡馆的路上，离开了这个世界。

那家咖啡馆，就是我第一次遇到赵峰的那家位于望京的咖啡馆。

赵峰为此再也没有交过女朋友。

两年半前，他的父母在一场车祸中双双离世，赵峰失去了这世界上最后的至亲。

赵峰的性格也是从那时候开始变成了现在这样，即便发生了再大的事情，在他的心里也不会引起任何的波澜。

我是那种典型的直男性格，平时最讨厌的就是那种叽叽歪歪、情情爱爱的电影和故事，但是不得不说，我还是被赵峰的故事深深感动了。

难怪赵峰最开始见到我的时候会是那样的反应，难怪赵峰的性格会和普通人完全不一样。原来，他三十七年的人生，竟然经历了这么多的事情。

我们不再聊伤感的话题，为了让赵峰开心，我讲了很多笑话和我以前遇到过的好玩的事情。赵峰的情绪的确没有过于低沉，可能他早就习惯了。

十一点钟的时候，天上下起了雨，能见度变得很差，路面也开始变得湿滑。我不敢开得太快，把车速降到了八十公里/小时左右。

又开了一个多小时，距离目的地不到五百公里了，十二点半，赵峰在服务区换下了我。夜里两点钟左右，我们终于进入了内蒙古境内。这时候，两人都非常困了，我坐在副驾上，强打着精神不敢睡，陪赵峰聊着天。

车祸就是在这时候发生的。

我记得赵峰跟我说的最后一句话是问我几点钟了，我看了一下表，告诉他夜里两点一刻了，然后只听"砰"的一声，我眼前一黑，就什么也不知道了。

第十五章 "我"已经死了

醒过来的时候，天上下着小雨，我发现自己躺在高速旁边的山涧底下。我的大脑一片空白，什么都记不起来了，试着动了一下身子，也完全动不了。

四周都是散落的物品，离我十几米的地方，有一辆几乎摔碎的、燃着火的汽车，有一个人在车上拼命地喊着："赵山，赵山，你在哪里？快来救我！"

赵山是谁？我又是谁？我在什么地方？到底发生了什么事情？

我拼命地回忆着，突然之间，我想起来了，我和赵峰去内蒙古查询我们的身世，在路上出车祸了。那辆摔碎的、燃着火的汽车上的人，是赵峰！

我一下子清醒过来，大声喊道："赵峰，我在这儿，我来救你！"我用尽全身的力量试图爬起来，但努力了几次，却一根手指头也动不了。

赵峰还在喊着："赵山，快，快来！"

我喊道："赵峰，你听我说，我动不了，你得想办法自己下来！"

赵峰喊道："我的腿被卡住了！"

我一下子呆住了。我大叫了一声，再次试图爬起来，但是一点用也没有。

我拼命地努力着、挣扎着，赵峰在燃着火的汽车上凄惨地叫喊着，但我一动也动不了，完全无能为力。

火势越来越大，赵峰的惨叫声在深夜的山谷中回荡着，那是一个人在临死前的哀号，那种声音响彻山谷，是一种令人毛骨悚然的恐惧和绝望。

没有人能够理解，深夜两点多钟，在高速路旁边的山涧底下，我就这么躺在地上，距离我十几米远的地方，是那辆摔碎的车子，燃烧着熊熊大火，车子里传来我在这世界上最亲的亲人，也是我最后的亲人，我的双胞胎兄弟，赵峰一声声凄惨的喊叫，但是我动不了，就只能这么眼睁睁地看着他被大火一点点烧死。

我绝望地喊着："赵峰，对不起，对不起……"

火烧得越来越旺，在最后时刻，赵峰突然向我喊道："赵山……你听我说！"

我喊道："我在！我听着呢！"

赵峰喊道："你一定要找到我们的亲生父母……好好孝顺他们！"

我喊道："我会的，我一定会的！对不起，赵峰，对不起……"

赵峰喊道："不要说对不起！我能找到你……找到你这个亲兄弟……找到你这个世界上最亲的人……我很开心。"

我向他喊道："我也是！"

赵峰喊道："我很开心……我可以走了……"

此时，我已经泪如雨下，一句话也说不出来。

山谷中沉寂了片刻，突然间，大火中传出了歌声，我一愣，是赵峰唱的。听了几句之后，我听出来了，这是郑智化最有名的一首情歌，《别哭，我最爱的人》。

我一下子想起来赵峰在路上对我说过的他的经历。她女朋友在弥留之际，在车上给赵峰唱的最后一首歌，就是这首《别哭，我最爱的人》。赵峰为此至今未娶，也再没有交过女朋友。

赵峰的歌声在深夜淋淋细雨中的山谷里回荡着：

别哭，我最爱的人，今夜我如昙花绽放
在最美的一刹那凋落，你的泪也挽不回的枯萎
别哭，我最爱的人，可知我将不会再醒

在最美的夜空中眨眼，我的眸是最闪亮的星光

是否记得我骄傲地说，这世界我曾经来过

不要告诉我永恒是什么，我在最灿烂的瞬间毁灭

是否记得我骄傲地说，这世界我曾经来过

不要告诉我成熟是什么，我在刚开始的瞬间结束……

歌声越来越弱，越来越弱，最后终于在大火中沉寂。

大滴大滴的泪珠从我的眼角落下……

山谷内一片寂静，只能听到大火燃烧时不时发出的噼啪声响以及刷刷的雨声。也不知道过了多长时间，火终于熄灭了，我又昏了过去。

再次醒过来的时候，天已经蒙蒙亮了，雨也停了。我检查了一下自己，发现我的左腿断了，身上其他地方并没有明显的伤口。

我一点体力也没有，完全无法爬起身来。看了看手表，已经是凌晨五点多钟了，距离车祸发生已经过去了三个多小时，可是救援一直没有过来。

我躺在地上，感觉到冷，非常的冷，刺骨一般的寒冷。那种感觉，就是生命从身体里一点一点流逝出去的感觉。我感觉我快要死了，但我一直没有再昏过去。

这时候，我的头脑异常清醒，一种从未有过的极度的清醒。

我以前看过很多有关人类死亡和濒死体验的帖子，所以我知道，人在濒临死亡的时候，头脑就会异常清醒。

也就是在这一刻，我突然想到了一件事情，一件不对劲的事情。

这场车祸，有问题！

我不知道我为什么会突然产生这样的感觉，但我就是有这样的感觉。

我集中注意力，仔细回忆整个车祸的过程。

发生车祸的时候，我们是在中间的那条车道上，当时赵峰开车，我坐在副

驾驶的位置上。本来一切都很正常，我正在和赵峰聊着天，他问我现在几点了，我看了看表，告诉他两点一刻了。

车祸就是在这时候发生的。我凝神仔细回忆着，就在这一瞬间，我一下子全都想起来了，包括每一个细节。我记得我说完那句话之后，突然感觉车子的左后轮位置，似乎被轻轻地碰了一下，随即，那个位置仿佛被人向右面猛然一拨，紧接着，车子就失控了，在原地转了几圈之后，就冲下了右侧的山崖。

人在濒死状态下，头脑清晰而冷静得让人感到可怕。这时候，我回忆起的每一个细节，就像电影的慢镜头一般，一个个镜头在我眼前回放：

我看到我们的车子在原地打转，我看到赵峰吃惊的脸，我甚至能看到自己那张大了眼睛的惶恐表情。我看到赵峰竭尽全力试图控制住车子，然而我们的车子已经完全失控，我看到就在我们的车子后面，有一辆黑色的越野车。

就在我们冲下悬崖的那一刻，我看清了，我们的后面是一辆黑色的大型切诺基，就是曾经在内蒙古回北京的高速上跟踪我的那辆黑色切诺基。我甚至可以看清那个驾驶员的面孔，那是一个三十出头的男人，他的车子在我们面前呼啸而过。

之后，我们的汽车就坠入了高速旁边的山涧。

这时候，我脑中闪现出了一件事情。那是几年前，我看到过一份汽车驾驶培训资料，上面介绍了一种美国联邦调查局（FBI）和联邦警署使用的，在高速上令前方犯罪车辆失控的安全逼停方法。

这是美国联邦调查局和联邦警署发明的一种专业级别的在高速追车时让前车瞬间失控的技巧。一九八三年以前，美国警方几乎没有任何安全的办法在高速上逼停前面的犯罪车辆。每年公路追车导致的警车事故及人员死亡人数极为庞大，于是，在一九八三年，美国联邦警署联合FBI及通用汽车公司、加州理工大学物理系，花了将近三年时间，最终研究出了这种安全的强制前车失控逼停的方法。

这种方法的特点是，在前车失控的同时，后车几乎是零风险。

这种方法操作起来非常简单，只要后车缓慢接近前车，用右前轮侧方位置轻轻抵住前车左后轮侧方位置，然后向右打方向盘，将前车的后侧向右面轻轻一拨，前车就会瞬间失控，开始原地打转，最终翻车甚至翻下公路。

我和赵峰的车子，不就是这样冲下山涧的吗？

这不是一场偶然的车祸事故，这是一场蓄意的谋杀！

我又将车祸的每一个细节在头脑中仔细回忆了几遍，确定我的判断没有错，这场车祸绝非意外，而是人为的。

我瞬间感到毛骨悚然。

几乎同时，这些天以来发生的每一件奇怪的事情，全都在我头脑中闪现出来。

从我在女朋友那里知道有赵峰这个和我长得一模一样的人开始，之后我在望京的咖啡馆第一次见到赵峰，那些天的那种奇怪的被人盯上、跟踪的感觉，其后在内蒙古突然被人莫名其妙追车，现在回忆起来，那辆黑色切诺基上的人，就是今天造成我们车祸的凶手。

再之后，我和赵峰的两次检测报告全部莫名其妙地出错，最终确认我们两个是双胞胎兄弟，但我们双方的父母竟然都和我们没有任何血缘关系，最后，就在我们开始着手调查这件事情的路上，发生了这场车祸。

只有在小说和电影、电视剧里才会发生的情节，居然在我的现实生活中发生了，我现在明白了，我和赵峰两个人，一定是无意间卷入了一场巨大的阴谋中。

就在想明白这些事情的一瞬间，一种强大的求生欲望突然在我的心头升起。

我不能死，我要活下去，我一定要活下去，我要把这件事情彻底查清楚，我要为赵峰报仇。

我突然感觉我有力气了，我挣扎着爬起身来。

我检查了一下自己，我伤得不轻，除了左腿骨折，很可能还断了几根肋骨。

仔细思索了一下，我现在有两种方法逃生：第一，死等救援，但不知道会等到什么时候；第二，自己想办法逃出去。

我再次看了一眼不远处那辆烧毁的车辆，我在这个世界上最后一个至亲，我的双胞胎兄弟，赵峰的尸体就在那里面。

我悲痛欲绝，但就在这时候，我突然产生了一个想法。

不错，这是一个机会，这绝对是一个机会！

在经历失去兄弟的这种痛苦的同时，老天赐给了我一个机会，一个可以让我潜伏下来，在暗地里安全地把这件事情查下去的机会。

我瞬间在头脑里把刚刚的想法捋了一遍。没有问题，这绝对是一个天才的想法，可以说是天衣无缝，没有任何人能查出来。

到现在为止，我和赵峰是双胞胎兄弟这件事情，并没有任何人知道，甚至没有任何人知道我和赵峰认识。

我们出发时开的这辆车，是我租来的，租车登记上留的是我的身份信息，而现在，这辆车躺在山涧里，被烧得面目全非，车里面是一具烧焦的尸体。

当然，这具尸体是赵峰的。但我和赵峰是双胞胎兄弟，我们的DNA是百分之百相同的，也就是说，车上这具烧焦的尸体的DNA，也就是我的DNA。

车子的租车信息是我的信息，而车里面的尸体，是我的DNA。

所以，对于任何人来说，我，赵山，已经死了！

这样，我就可以躲在暗处，去查清这件事情了。

我再次梳理了一下想法，确认没有任何破绽。

我马上又想到了一件事情，那就是我必须尽快离开这里，绝不能等警察过来救援，否则，一旦让其他人看到我还活着，赵峰就白死了。

此时，我的身体极为虚弱，我挣扎着四下寻找了一番。

很幸运，我找到了一个从车上掉下来的背包，里面有一些水和饼干。我胡乱吃了几口饼干，又喝了点水，体力终于恢复了一些。然后，我用包里的一把瑞士军刀，从旁边的树上锯下一根树枝当作拐杖，挣扎着爬出了山涧。

那天下午，我终于走出了那片大山，来到了附近的一个小镇子。

幸亏我身上还有一些现金，在镇上的一家私人诊所把腿骨接好，然后找了一个不要身份证的大车店，就在那儿住了下来。我耐着性子在当地待了足足四个月，直到腿伤基本痊愈，行走无碍。而且车祸的风波此时也彻底平息，于是我搭车回到了北京，开始着手调查这件事情。

第十六章　两个绝色美女

在小镇大车店养伤期间，我一直在思考，究竟应该从哪里查起。

我想到的第一件事情，就是我必须要找一个帮手，倒不是不相信自己的能力，而是我现在是一个"死人"，很多事情我并不方便抛头露面。

我不敢相信任何人，连手机都是我在镇上待了一个多月后，买了张非实名制的新 SIM 卡换上，才敢开机。虽然我不是专业人员，但至少看过很多影视剧，我知道利用手机卡是可以定位的。另外，作为一个死人，如果他的手机一直没有停机，会引起不必要的麻烦。

所以，我不能找任何熟人帮忙，秘密这个东西对一个人来说是秘密，只要有两个人知道，那就不再是秘密了。既然不能找熟人，我又不能轻易相信陌生人，那还有谁可以帮我？思来想去，我想到了一个办法。

只有和我经历相同的人，或者是志同道合的人，才可以和我一起保守秘密，并且可以帮助我。

我想到了那份档案。

我记得当时我和赵峰第一次做亲子鉴定，是在东四十条的那家亲子鉴定中心。报告的结果出来以后，有一个很漂亮的女医生给我们做讲解，为了消除我们心中的疑惑，她给我们看了一份鉴定中心的内部档案。

我想到的，就是这份档案。

在那份档案中，一共有二十几对全世界各家亲子鉴定中心的案例，全部是没有任何血缘关系，但长相完全相同的人。

我考虑的是，那二十几对长相完全相同的人中，会不会有和我俩经历一样的人，他们的鉴定报告是被弄错的，也就是说，虽然档案上显示他们（她们）并没有任何血缘关系，但实际上，他们（她们）就是双胞胎兄弟或姐妹。如果我的猜想没错，这一点就是我调查的第一个突破口。

我的直觉告诉我，我和赵峰的经历，恐怕并不是唯一的。

那份档案我当时只是匆匆浏览了一下，现在已经不大回忆得起来了。

幸运的是，我的记忆力还不错，而且天生对美女非常敏感。我到现在还记得很清楚，那份档案上有一对女孩，给我留下了极为深刻的印象。

那对女孩的模样如果不是"照骗"，至少从照片上看都是超过九十分的美女，其中一个是北京舞蹈学院毕业的，现在留校当了老师，从照片上看很文静。另一个是瑜伽教练，在三里屯那边的一家健身房上班，应该是很活泼好动的那种，连眼睛都会说话。

两个女孩单单从照片上看，长相完全一样。

好吧，就从这两个女孩着手！

在小镇的大车店养了四个多月后，我的腿伤基本痊愈，不过还是有点瘸。看来小镇的蒙古大夫确实不怎么靠谱，好在行走已经没有什么问题了。

我不敢乘坐任何需要身份证的公共交通工具，比如火车、飞机之类的，只能坐长途车，这样来回倒了好几趟，花了将近两天的时间才回到北京。

我再一次回到了潮白河我朋友留下的那套房子里。之前我经常会过来帮我朋友照顾院子里的花花草草，也会偶尔在这边住上几天，所以这里有一些衣服、被褥之类我用的东西，另外，我还在这边放了几万块钱现金，以备不时之需，没想到现在派上用场了。这几万块钱，应该够我生活很长一段时间了。

安顿好了以后，我开始筹划怎么接近那两个女孩。

肯定不能直说，否则她们会拿我当精神病。我只能迂回地接近她们，也就是找一个机会和她们很正常地认识，等和她们混熟以后，再和盘托出。

那两个姑娘从照片和工作经历看，应该是完全不同的两种人，对付这两种不同的姑娘，必须要用不同的方法。

知己知彼，百战不殆，我决定在开始前，先好好了解一下这两个姑娘。

朋友在这套房子里留了一辆自行车，还是一辆相当不错的公路赛自行车。为了尽快恢复体能，同时为了尽量少接触生人，我决定以后一切外出都用自行车。

我把自行车仔细收拾了一下，将两个轮胎打满气。回到北京的第三天，我开始了对那两个女孩子的跟踪和蹲守。

那个瑜伽女孩工作的地方是一家名叫中体盛世的健身房，在三里屯太古里广场西侧的一幢二层小楼上。下午一点整，我骑车来到了三里屯，到周围踩了点后，我在距离小楼一百来米的地方找了个台阶，作为我的蹲守点。找个地方把自行车找了个地方锁好后，我在台阶上坐下，点上一根烟，开始欣赏来来往往的美女。

三里屯是北京几大著名的美女出没地点之一，也是那些搭讪惯犯经常猎艳的地方。坐了还没有半个小时，来来往往的女孩里已经有四五个八九分的姑娘了，美人如美景，确实让人赏心悦目。我静下心来，耐心等候，一个多小时后，只见一个身材高挑的姑娘远远走了过来，凭直觉，我感觉这是我要找的目标。

不大会儿工夫，那女孩走近了，果不其然，就是她！

眼前这位瑜伽姑娘比照片上还要漂亮、惹眼。目测，她身高至少一米七〇，身材极好，没有化妆，头上随意扎了一根马尾辫，一件紧身的抹胸外面套了一件薄羽绒服，背了一个小双肩背包，下身穿了一条浅灰色的健身裤，一双粉红色的运动鞋，大步流星地走了过来。

目送她走进了健身房的二层小楼，我吁了口长气。

看了看表，下午三点整。这个女孩应该是过来上课的，我以前在健身房办过卡，知道健身教练上班一般会一直上到晚上九十点钟，在这之前是不会出来的。

我还有六到七个小时的空闲时间，可以利用这个时间去舞蹈学院看一看，这样一天下来，两个姑娘一个不落都可以找到，不耽误时间。

这里距离舞蹈学院至少十来公里，不能再骑自行车了。我现在腿伤刚好，体力还没有完全恢复，如果来回骑上三十公里，晚上肯定没劲儿回家了。

我步行到农展馆地铁站上了车，一个小时后，到了位于北京城西魏公村的北京舞蹈学院。我先在附近扫了一圈，踩了点。舞蹈学院一共有四个门，东南西北各一个。看来有点麻烦，我是绝不能进到学校里面去蹲守的。

我现在的样子，无论是装老师还是装学生，肯定都不像，万一被保安发现了，还会引起不必要的麻烦。我现在的处境，肯定是事越少越好，安全第一。

只能撞大运了，我决定从西门开始盯起，不成过几天再换。大不了多花点时间，肯定可以见到我要找的人。

我的运气很好，真的很好，四分之一的概率让我撞到了。只等了一个多小时，我要找的那位姑娘就出现在了我的视野里。

看到眼前的北舞美女，我不由得感叹造物主的神奇。这两个姑娘的长相几乎完全一样，但气质却是一时瑜亮、各擅胜场。三里屯那位瑜伽姑娘大步流星、充满活力，属于小野猫类型，而眼前这位姑娘端庄得体，但显然是高冷的类型。

北舞姑娘走路的姿势极为好看，是典型的鹤步，也就是模特步的生活版，好看但绝不夸张，用一个词来形容，那就是"优雅"。

她从舞蹈学院的大门走出来，在附近的水果摊买了点水果。我上前观察了一下，女孩说话的语气很温柔，也很有礼貌，声音淡淡的，有一种见过世面、处事不惊的感觉，但同时又给人一种冷冷的、不好接近的感觉。

北舞姑娘买完水果，拎着袋子一路走到中关村大街。这一路上，她的回头率极高，经过的男男女女一旦看到她，都会注目瞧上几眼，但是这个姑娘和所有绝顶高分的美女一样，走路目不斜视，从来不和别人眼神接触，只自顾自往前走。

凭我的经验，这应该是那种最难接近的姑娘，难度系数九点九。看来要想认识她，我必须出点大招才行，不过不着急，先观察几天再说。

我一直目送北舞姑娘坐出租车离开后，这才乘地铁回三里屯。

看了看表，刚过七点，时间还很富余。

我找了个地方踏踏实实吃了顿晚饭，八点整，回到了健身房外的蹲守点。又等了一个多小时，不到九点半，瑜伽姑娘出来了。

一看她就是刚刚洗过澡，马尾辫已经放下来了，头发蓬蓬松松地披在肩膀上，远远地似乎都能闻到一股香喷喷的洗发水味道。

我坐在台阶上静静地欣赏着，就在她走到我坐的台阶附近的时候，突然斜刺里不知道从哪儿冲上来一个二十四五岁的小男生，戴着副小眼镜，跑上前去，怯生生地对瑜伽姑娘说道："你好，我想认识你！"

瑜伽姑娘略停了一下脚步，脸上并没有任何吃惊的表情，她上下扫视了一下面前的小男生，说道："可是，我不想认识你啊。"

小男生一下子被噎在了那里，不知道该怎么应对了。

瑜伽姑娘笑了，继续大步向前走去。

看着那个呆在原地的小男生，我也笑了，掐灭手里的香烟，起身追了上去。

我始终保持着十来米的安全距离，在后面跟着瑜伽姑娘。和北舞姑娘以及所有高分美女一样，瑜伽姑娘走路也是目视前方，绝不东瞧西望，自顾自往前走着。根据我的经验，这是所有顶级美女的第一大特点。只是这个姑娘走路实在太快了，我腿伤还没完全好，害得我偶尔还得小跑几步才能跟上她。

三里屯不愧是搭讪圣地。从健身房到农展馆地铁站这一路走了不到二十分钟，总共有三拨"搭讪犯"过来和瑜伽姑娘搭讪，都被她回绝了。

第一个就是刚刚那个小男生。第二个看起来是个小混混，瑜伽姑娘连理都没理他，小混混一直纠缠了二百多米，最后只能灰溜溜地走了。第三个是个富二代，开了辆敞篷的保时捷，一路尾随到地铁站，直到瑜伽姑娘进了地铁站才放弃。

看来，这位瑜伽姑娘，接近起来难度也相当不小。

第十七章 非正常手段接近

我很有耐心，并没有轻举妄动。

接下来的一个星期，每天下午到晚上这段时间，我都会到三里屯和舞蹈学院分别蹲守，我必须搜集这两位姑娘的更多信息。

瑜伽姑娘很有规律，每天下午三点到健身馆，晚上九点多钟离开。据我观察，这一个星期的时间，每天都会有至少两三拨的男人上前和她搭讪，但没有一个成功的，看来我的判断是对的，要想接近这位姑娘，难度很大。

至于那位北舞姑娘，她下课的时间不太固定，但基本都是在下午四点到七点这段时间。每次她都是从舞蹈学院的西门出来，先在那个水果摊买一些水果，然后拎着水果步行到中关村大街，再打车或坐地铁回家。这个姑娘确实非常冷，绝对是个冷美人，一个多星期下来，我就几乎没见她笑过。

舞蹈学院这边毕竟是学院区，遇到的搭讪犯并不多。这七八天的时间，只见过两三次男人上来搭讪她的情况，但每次都是一样，北舞姑娘目不斜视，就像什么也没有发生一样，继续往前走。等搭讪犯说腻了，没话可说了，实在坚持不下去了，只能自行离开。无招胜有招，这是绝顶高手的表现。

两个女孩子的情况基本摸清楚以后，我开始思考，究竟应该用什么方法来接近她们。我接近这两位姑娘，不同于一般搭讪犯在街上搭讪女孩子，他们是为了泡妞，而我是为了查明真相。

我的直觉告诉我，我和赵峰的经历绝不可能是唯一的，所以这两位姑娘是我现在把那件事情调查下去的唯一希望和突破口，所以我只能成功，不能失败。

由于工作原因，我对很多旁门左道的知识都有所涉猎，几年前为了写一本小说，我曾经仔细研究过国外和国内的"把妹文化"。所以我很清楚，一个男人要想接近一个女人，尤其是一个顶级高分的美女，最重要的不是招数和技巧，而是心态。

很多男人一旦遇到自己心仪的姑娘或者高分美女，首先就会在心态上矮一截，这时候，就算你有再高超的招数和技巧，其实都没用了。

没有女人会喜欢在心理地位上比自己矮一截的男人。

再漂亮的女人，其实也是柔弱的动物，也需要安全感和被保护，所以女人喜欢心理强大的男人。如果一个男人仅仅因为女人好看，或者是被对方吸引了，就缴枪投降，在心理上矮了一截，这样的男人是无法给女人安全感的。

心理地位的高低决定了你是对方的主人还是奴隶，没有女人会喜欢地位低于自己的奴隶。

我的目标是两位无论容貌还是身材都绝顶高分的美女，任何男人接近她们，都会立刻感受到一种莫名的压力。再加上这两位姑娘都是高冷无比，虽然表现形式不同，但全都会给人一种高高在上的感觉，稍不留神就会败下阵来。

为了赵峰，为了查清这件事情的真相，我必须做好充足的准备。

我用了整整三天时间来调整心态，第三天下午，行动正式开始。

我的第一个目标，是瑜伽美女。

下午两点半，我准时到了三里屯。十几分钟后，瑜伽美女出现在了我的视野中，我并不准备在她上班的路上行动，看着她大步流星地走进健身房的小楼后，我看了看表，两点五十分，我还有六个小时的时间来准备。

这次搭讪，是我平生第一次搭讪。这次搭讪要比一般人在街上搭讪心仪的女孩子难很多，因为我只能成功，绝不能失败。

任何事情只要得失心太重，在心态上就很难控制。我再一次想起了赵峰，为了赵峰，为了彻底查清这件事情，无论多么艰难，我必须要做到。

我努力平复了一下心情，在台阶上坐下，开始用冥想的方法来调整状态。将全部注意力集中在身体内，与身体内的我连接，然后作为观察者，观察头脑中的胡思乱想和各种情绪，不抗拒，于是各种不必要的胡思乱想和情绪就会自然消失。

用最舒服的姿势坐下后，我闭上了眼睛，开始静静地数息。

一开始，心中的杂念还是很多，但是慢慢地，我进入了一片空明的状态。三个多小时以后，我睁开眼睛，感觉状态已经调整得非常好了。

时间已过六点，我休息了一会儿，找了个地方好好吃了顿晚饭。回到台阶上继续打坐，九点整，我再次睁开眼睛，一切就绪。

这时候，我的状态，用"爆棚"来形容都不为过。

我起来活动了一下，到附近的一家面包店买了一根法棍，和卖面包的小姑娘闲聊了几句，算是热身，然后我抱着法棍，再次来到了健身房附近。

我今天并没有特意穿很得体的衣服，只是随便穿了一身运动服，裤子上还有前几天不小心粘上去的饭渣，我故意没有洗掉，头发也乱蓬蓬的没有打理。

在街上接近高分美女，最忌讳的，就是打扮得过于漂亮得体，那会给女人一种搭讪惯犯的感觉。我现在这样一身不怎么样的装扮，又抱了一根法棍，是一种很随意的正常生活状态。这时候接近美女，她们会觉得你就这样一身打扮，还敢过来跟我说话，是什么给你的自信？

女人不见得会因此直接对你有好感，但至少会有好奇。

有好奇，就足够了。

十几分钟后，瑜伽美女出现在我的视野中。我等她从我面前走过去之后，静静地数到三，起身大步追了上去。走到她身后的一瞬间，我伸出手去，一把拉住她的胳膊，同时口中说道："嗨！"

我拉住她胳膊的这一下，是绝对的确定、有力，没有丝毫犹豫、退缩，完全是一种理所应当、天经地义的感觉。

瑜伽美女显然愣了一下，看了看我，说道："你是……"

果然，她把我当成熟人了，这就是我要的效果。没有哪个男人敢在大街上一把将一个陌生美女直接拉到身边，除非他们是熟人。我要的就是这种熟人的感觉，虽然我们并不认识，但是这种熟人的感觉，会让我们下面的谈话变得容易。

我并不着急回答她的问题，只是微笑着，静静地、欣赏地看着她。

瑜伽美女更加疑惑了，再次问道："您是……哪位？"

这时候我笑了，开口说道："你好漂亮。"

瑜伽美女一下子反应过来，用手捂住嘴笑了，说道："谢谢。"

我伸出手来，说道："我是赵山。"

我故意没有说"我叫赵山"，而是说"我是赵山"，因为这样会显得自信。除此以外，我在伸出手来的一刻，显示出来的是一种极度的自信、确定，没有丝毫的犹豫和退缩，就是那种天经地义我们要握手的感觉。

果然，瑜伽美女像是被催眠了一般，也伸出了手，说道："我叫陈雅楠。"

我握住了她的手，没有丝毫停顿，紧接着问道："陈亚楠，是……'亚洲'的'亚'，还是……？"

瑜伽美女说道："是'雅致'的'雅'，'楠'是'楠木'的'楠'。"

我点了点头，似乎回味了一下她的名字，说道："陈雅楠，名字很好听。我叫赵山，'赵'是'赵本山'的'赵'，'山'是'赵本山'的'山'。"

陈雅楠笑了，再次用手捂住了嘴，都忘了我一直握着她的另一只手。

我拉起她的手，笑着调侃了她一下，说道："我们就要这样……在街上一直拉着手吗？"

陈雅楠的脸一下子红了，立刻把手从我的手里抽出来。

我在心里暗暗吁了一口长气。开门红，我知道，最艰难的一关过去了。

我说道："看你的打扮，应该是健身教练吧。下班了？"

陈雅楠说道："对啊，去坐地铁。"

我说道："那咱们就……别在这儿傻站着了，往前走走吧。"

陈雅楠没有拒绝，我们俩开始慢慢往地铁站溜达。接下来就是比较正常的聊天了，对于接近陈雅楠这种高分美女来说，其实最难的就是第一关。只要第一关能顺利过去，美女并不比一般的小女孩更难相处。

第十七章 非正常手段接近

这时候，我唯一需要注意的，就是不要害怕冷场，更不要去卖弄、炫耀或者耍小聪明。很多男人在和女孩子相处的过程中都会犯这些毛病。由于刚认识，还不熟，就找各种话题，甚至尽力去卖弄、炫耀或者耍小聪明，其实女人很讨厌这些。

我们一边聊一边慢慢往前走。开始我说得多一些，渐渐地，两人熟悉了一些，陈雅楠的话开始多了。看得出来，她的性格非常活泼阳光，一旦打开了话匣子，就开始叽叽喳喳说个不停。最开始和她搭话的时候，我说了百分之九十的话，但到了后来，基本都是她在说了。我只是静静地听着，偶尔会问上一两个问题。

我控制着自己，绝不卖弄任何小聪明，也不炫耀任何我熟知的知识和话题，只是静静地聆听，偶尔也会说一说自己的经历。中间遇到冷场的时候，我不会马上寻找新的话题，只是静静地享受着和她在一起的感觉，等着她继续说点什么。

果然，到下地铁的时候，我们已经熟络得像老朋友一样了。

陈雅楠见我和她一起走出了地铁站，问道："你也住在这儿附近吗？"

我说道："对啊。"

陈雅楠说道："好巧，怎么以前从来没碰到过你？"

我没有回答她的问题，问她："你饿不饿？"

听了我的话，陈雅楠好像这才想起了什么，摸了摸肚子，说道："哎呀，我都忘了，晚上一直代课，到现在还没吃饭呢。"

我笑了，晃晃手里的法棍，说道："不嫌弃的话，就跟我一起吃这根法棍吧，正好我也饿了。"

我四下看了看，不远处有一家便利店，我对她说道："走吧，我们去买瓶饮料。"我说得很轻松，也很坦然，好像老朋友一样。

果然，陈雅楠没有拒绝，和我一起进了家便利店。

我拿了一瓶可乐，她挑了一瓶加热的无糖柠檬茶，结账的时候她不让我付款，对我说，既然我贡献了法棍，饮料就由她来贡献吧，我没坚持。

看来陈雅楠是个不错的姑娘。

我们拿着饮料出来，一起坐到富力城前面的台阶上，一人半根，把我的法棍吃光。陈雅楠确实是个爱说话的活泼姑娘,吃着东西也堵不住她的嘴,叽叽喳喳说个不停。两人把法棍吃完,我看了看表,已经快十一点了。

我站起身来,说道:"好了,酒足饭饱,我得回家了。"

陈雅楠也站起身来,伸出手,对我说道:"把手给我。"

我伸出手来,问道:"怎么?"

陈雅楠拉过我的手,从包里掏出一支笔,在我的手上写下一个电话号码,说道:"这是我的电话,有空可以给我打电话,一起出来聊天。"

我笑了,说道:"好。"

陈雅楠也笑了,说道:"和你聊天很开心,就是你的法棍……有点硬,哈哈。"

陈雅楠向我挥了挥手,转身蹦蹦跳跳地离开。

看着陈雅楠离去的背影,我越发觉得这个姑娘还真是挺不错的,如果我没有女朋友,真可以考虑和她发展发展。

一想起女朋友,我的心里狠狠地痛了一下。几个月前,在赵峰的尸体旁作出那个决定的时候,我就知道我和女朋友已经结束了。为了她的安全以及我自己的安全,我绝不可能再和她联系。

现在,对于我女朋友来说,我已经死了,等到我办完这件事情,能够恢复身份的时候,不知道会过去多长时间。这世界上没有人会为一个死人守身如玉,到了那个时候,说不准她已经有了男朋友,甚至已经结婚了。

想到这里,我心里非常伤感。

第十八章　两个女人的头发

　　瑜伽美女陈雅楠这第一道难关，算是成功迈出了一小步。

　　接下来的第二道难关，也是最难的一关，就是北舞的那个女孩。我只有顺利接近她们两人，才有机会拿到两个女孩的 DNA 检材。

　　这是我计划的第一步。

　　取到两个女孩的检材后，下一步就是鉴定她们究竟是不是遇到了与我和赵峰同样的情况，也就是说，两个女孩之前的亲子鉴定报告是不是被人为搞错了，她们两人并非只是长得像但没有任何血缘关系，而是同卵双胞胎姐妹。

　　只有确定这一点，我才可以和她们摊牌。

　　我的直觉告诉我，我的判断不会有错。我相信这件事情的背后，一定有着一个巨大的阴谋，我甚至能感觉到，那份档案中的二十几对人，很可能都有问题，不过不用着急，等陈雅楠和北舞姑娘的事情解决后，一个一个来。

　　接近陈雅楠成功之后，我的信心一下子强了很多，所谓万事开头难，有了第一次的成功，一定会有第二次。

　　认识陈雅楠之后的第二天下午四点，我准时来到了舞蹈学院。事先我已经想好了接近北舞姑娘的方法，北舞姑娘和陈雅楠不同，如果采取接近陈雅楠的办法，只会有一个结果，那就是一点戏也没有。

北舞姑娘显然比陈雅楠成熟很多，这种对付小姑娘的办法用在她的身上，很可能会弄巧成拙。对于这种在舞蹈学院长大的女孩，我多少有些了解，她们从小就被各种富二代、官二代，还有所谓的成功人士包围，什么样的男人都见过，什么样的世面也都经历过，她们长到这么大，早就修炼成一副针扎不进、水泼不进、钢筋铁骨般的心态了。

对付这样的姑娘，什么样的招数、什么样的小聪明都不管用，唯一的办法，就是良好的心态，再加上耐心。

五点整，北舞姑娘出来了。虽然已经盯了她一个多星期，也见过她至少七八面了，再次见到她，我还是有点心跳加速的感觉。这女孩实在太正了，气质优雅，光彩照人，一身简简单单的练功服，显得身材更加凹凸有致。

她照例在水果摊买了一点水果，然后拎着袋子走上了中关村大街。

我在后面不远的地方不疾不徐地跟着。这一路上，所有过往的行人看到她，都会不由自主地驻足瞧上好几眼。我想，每一个见到她的女孩子，都会有相形见绌的感觉。我深吸了一口气，该我出手了。

接近北舞姑娘这样的女孩，难度是极大的。所以，我这一次并不奢求能立刻结识她，我只有一个目的，给她留下印象。

打定了主意，我大步追上前面的北舞姑娘，走到她斜前方四十五度角的位置，转过头来和她说道："嗨！"

北舞姑娘就像没有听到一样，没有任何反应，继续往前走。

果然是高手，但我根本不管她是什么反应，继续说道："你是我见过的最漂亮的姑娘，你没发现周围的人都在看你吗？"

北舞姑娘抬眼看了我一眼，脚步没有停，继续往前走。

我说道："开心就笑出来呗，谁被人夸都会开心的，别绷着个脸，装得特别淡然、特别矜持，其实心里挺受用的，对不对？"

北舞姑娘的脸色没有丝毫变化，连理都不理我，继续往前走。

我说道："你不用回答我，最好你也别回答，就让我自言自语好了。其实我这人要求特别高，遇到一个感觉这么好的姑娘不容易，我怕你一开口就破坏了你在我心里的美好形象,你就现在这样挺好。其实我就喜欢跟你这样不说话的物件聊天,不好意思啊,你不是物件,你是美女。其实对我都一样,我最讨厌和认识的人说话,每天假惺惺地装,特别累。所以我在家的时候就喜欢和邻居家的小猫小狗聊,出门的时候就喜欢找美女聊,反正大家都不认识,说完了一拍两散。"

这时候,北舞姑娘已经走到了中关村大街的路口,停下来等出租车,我继续口若悬河地说着:"我这人从小就不爱说话,尤其不爱跟熟人说话。别人问你她穿这件衣服好看吗,你明明觉得不好看,可嘴里非得说好看,心里别扭极了。天天说假话,活着都没有意思。比如现在吧,咱俩不认识,我说什么都行,其实我一看到你,就觉得你穿的这身衣服特别不合适,你说你这么好的身材,就随随便便穿这么一身练功服,也太对不起自己的好身材了吧?怎么着也得穿条铅笔裤啊。不过其实我也理解,你要是那么穿,把所有优点都显出来,还让别的女孩怎么活,那不得让她们羡慕嫉妒恨死啊,你说对不对?别别,你别说话,你听我说。所以我觉得你是个特别善良、特别善解人意的好姑娘,这种好姑娘现在不多了,你得保持。我从小就特别想做一个特别真实的人,难过就哭,高兴就笑,想说什么就说什么,想干什么就干什么,可是不行,没人允许你这样,所以每天就得各种虚与委蛇,戴着张假脸活着。你说这事该怎么办,你有什么好主意吗?别别,你别说话,你千万别说话,好多美女就是没忍住和我说话了,结果破坏了她们在我心里的美好形象,你得坚持住,我希望你是与众不同和超凡脱俗的……"

我就这么滔滔不绝地说着,北舞女孩几次想说话,都被我堵了回去。一直到出租车来,我替她打开车门,说道:"谢谢你陪我聊这么久,你真是一个温柔善良懂事又体贴的好姑娘,和你聊天特别开心,以后要是再碰到你,我还找你聊天。"

目送着出租车离开,我长出了一口气,过关。

刚刚过去的这半个小时,我相信,我已经给北舞姑娘留下了印象,这种印象既不是好印象,也不是坏印象,而是深刻的印象。

北舞姑娘先到这里。接下来的日子，我又制造了几次和瑜伽美女陈雅楠的下班偶遇。陈雅楠的性格很好，是典型的北京姑娘，阳光、活泼、大大咧咧，很可爱，是那种外向型女孩，熟了以后什么都会跟我讲。她主动告诉我，她有一个长得一模一样，但是没有血缘关系的小姐姐，在舞蹈学院工作，名字叫沈若冰。原来，那个北舞姑娘叫沈若冰，我记住了这个名字。

沈若冰，果然是人如其名，冰雪一样冷艳美丽。

一个星期后，我和陈雅楠已经熟络得像老朋友一样了。周末的时候，我和她一起吃了个晚饭，顺利拿到了她大衣上的几根头发。

已经成功一半了，接下来就是那个叫沈若冰的北舞姑娘了。

这些天我并没有闲着，隔三差五就会去舞蹈学院，在北舞姑娘沈若冰经过的路上等她。见到她之后，我就会假装邂逅地走上前去，和她口若悬河、滔滔不绝地聊上一路，不容她插一句嘴，直到送她上车。

取到陈雅楠检材的第二个星期，我觉得火候差不多了。

我已经聒噪了沈若冰一个多星期了，她并没有明显的反感，反而在和我相处的时候越来越轻松了，可以进入第二步了。

这天下午，我再次来到舞蹈学院。等了一会儿后，沈若冰出现在了她常出现的那条路上，我迎了上去，看了看表，才四点半，我说道："今天挺早的嘛。"

沈若冰照例没有说话，因为她知道，就算她想说话，也会被我堵回去。

我说道："其实我今天是特意来等你的。"

沈若冰抬头看向我，目光中有询问的神色。

我说道："我今天心情不太好，你要是没什么事，就陪我待一会儿吧。"

我并没有骗她，今天是赵峰离开整整半年的日子，我的心情很低落。

沈若冰没有回答，但明显放慢了脚步。

我看了看周围，说道："要不这么着吧，你请我吃点东西吧。其实我中午就没吃饭，而且出来的时候我忘带手机了，现在饿得前胸贴后背的。我要求不高，拉面就行。你不会像一般俗妞儿那样，对请男人吃饭那么在乎吧？"

沈若冰停下脚步，看着我，并没有回答。

我说道："你要是实在不愿意就算了，反正咱们也是陌生人。"

沈若冰说道:"我没有说不请你啊。"

"原来你会说话啊?"我假装惊喜道,"我还以为你是个哑巴呢,我都习惯了跟一个哑巴在一起了,你真是让我惊喜。"

沈若冰笑了,说道:"你才是哑巴呢,是你一直不让我说话的。"

我拍拍脑门,说道:"对对对,你看我这记性。"

沈若冰说道:"你真的就只想吃拉面吗?"

我说道:"拉面就行,我这人不挑。咱俩也不认识,让你破费已经不好意思了。"

沈若冰再次笑了,说道:"现在不就认识了。"沈若冰笑起来很好看,和陈雅楠的风格不一样,含蓄、内敛,但美到极致,我看得都有点呆了。

沈若冰伸出手来,说道:"我叫沈若冰。"

这回轮到我好像被催眠了一样伸出了手,握住她的手说道:"我叫赵山,'赵'是'赵本山'的'赵','山'是'赵本山'的'山'。"

沈若冰笑了,说道:"走吧,我带你去吃面。"

有一个骨灰级的把妹达人朋友曾经告诉过我,把妹的要诀就是,不要在低分女孩身上浪费时间,要泡就泡顶尖级的大美女。

顶尖级大美女相比普通女孩,往往更善良、更懂事、更专一。对他的话我一直不太相信,但和陈雅楠、沈若冰接触后,让我不得不改变了以往的看法。

进了饭馆,沈若冰点了一碗拉面,又给我要了两个热菜、一个凉菜,还加了十个羊肉串。沈若冰并没有动筷子,她说她为了保持身材,晚饭一般只吃水果。

我的确饿了,由于心情不好,中午我确实没有吃饭。我拿起筷子狼吞虎咽地吃了起来,沈若冰坐在旁边,看着我吃。

沈若冰非常文静,整个吃饭的过程中,她一句话也没有说,只是静静地在旁边陪着我,看着我狼吞虎咽地吃着。

把桌上的饭菜全部吃光,我这才吁了口长气,放下了筷子。

沈若冰问道:"够不够,要不要再加点?"

我摆着手说道:"不用了不用了,我觉得自己都快成饭桶了,谢谢你管我饭。"

沈若冰微笑地看着我，像一个大姐姐看着他的小弟弟。

我和她聊了起来。和沈若冰在一起的感觉，与陈雅楠完全不同。陈雅楠是那种很可爱的小妹妹的感觉，需要你照顾她、哄着她。和沈若冰在一起，则完全是一种和大姐姐在一起的感觉。

她的话很少，永远只是静静地看着我，听着我说，当然偶尔也会说说她自己的事情或者问我几个问题，但绝大多数时间，她都是在陪着我，听我絮叨。和沈若冰在一起，是那种非常宁静和平静的开心，我几乎都忘了我是来干什么的了。

我们一口气聊到晚上十点多钟，她给我留下了她的微信和手机号码。我没有忘记，在给她拿大衣的时候，偷偷藏下了她落在大衣上的几根头发。

第十九章　色诱

虽然难度并不小，我还是成功地取到了两个女孩的 DNA 检材，接下来的事情，就是为这两个姑娘重新做一次 DNA 检测。

现在的问题是，我究竟找谁去做这次检测呢？

北京的所有鉴定中心，包括外地的鉴定中心，我都不能相信。去国外又不可能，我现在是一个死人，除非偷渡，我不可能出国。

我再一次想到了我在美国读书的那位叫孙朗的小读者，他一定可以帮助我。

思索了很长时间，我究竟能不能跟他直接联系，最后，我还是否决了这个方案。为了安全，我还活着这件事情最好不要让任何人知道。既然不能直接联系，那么我究竟该用什么方法，让他来帮这个忙呢？

思来想去，我想到了一个方法，虽然有点阴损，但绝对可靠并且安全。这个方法就是，"色诱"他，让他心甘情愿帮忙。

我的小读者孙朗这个人，虽然一路品学兼优，但和所有理工科男生一样，不会和女孩相处。他只在上大学的时候交过一个女朋友，那个女孩我见过，最多也就五六分的样子，孙朗却将其视若珍宝，那真是捧在手心里怕摔了，含在嘴里怕化了，最后还是让人家无情地给抛弃了，孙朗为此还痛苦了好几年。

他现在在美国念书，美国那边的情况我很了解，外国女孩绝对看不上中国人，而中国留学生里男多女少，"恐龙"在那边都会被捧成公主。孙朗自从去了美国，一直单身到现在，连做备胎都没有资格。

我们两个关系很好，他的情况我是看在眼里，急在心里，我曾经介绍我那个把妹达人朋友给孙朗认识，让他多少学学如何与女孩子相处，孙朗却死活不学，甚至极度排斥，他说我们这套东西会玷污了他心中纯洁美好的爱情，弄得我很无语。

想清楚以后，我注册了一个QQ号，显示性别为女，又在微博里找了几张美女照片。

我不能找分数太高的女孩，太漂亮的女孩反而不容易让孙朗上钩。挑来选去，我找到了一个勉强七分的女孩子的照片，选了几张。我相信，这样长相的女孩子在孙朗的眼睛里，已经是天仙了。我一边操作一边心里愧疚，暗暗发誓："等忙完了这件事，如果我还能活着，我一定去趟美国，就算是死皮赖脸逼着打着，也要教会孙朗如何与女孩相处，到时候帮助他好好找一个好女孩。"

接下来，我在微博上找了一些女孩子写的日志，从中挑了几段，连同那些照片一起，把我新注册的QQ号的空间好好装扮了一下，最后选了一张看起来最好看的照片，当作QQ头像。

下一步，就是愿者上钩了。

我不能主动加孙朗QQ，这样做太明显了。孙朗很有文采，工作学习之余，经常会写些小文章发到QQ空间里。于是，我用新注册的号进入孙朗的QQ空间，在他的一篇文章下发了条评论。

接下来，等着就可以了。

果不其然，第二天一早起来，孙朗回信息了。

和他在评论上往复聊了几句之后，孙朗主动加了我的QQ。

下面的事情就简单了，孙朗这种男生很容易搞定，只要这女孩长相过得去，表现得温柔一点、善解人意一点，再小小地表示一下对他才华的欣赏，他马上就会扑上来，立刻把所有关于美好爱情的想象全都加到你身上来，也不管QQ头像的后面究竟是一个大妈，还是一个五大三粗的壮汉。

接下来的几天，我有事没事就用那个号找孙朗聊上几句。果然，并没有花多少时间和工夫，孙朗就已经完全沦陷了，每天嘘寒问暖，几乎有求必应，极是殷勤。但"我"始终保持着"女孩"特有的矜持，直到一个多星期后，我才委婉地向孙朗提出，希望他能帮"我"一个小忙。

孙朗连是什么忙都没有问，就一口答应了下来。我随便编了个理由，然后将陈雅楠和沈若冰的检材给他发了过去，快递里我还附了一张纸条，纸条上我模仿女孩的笔迹写了几个字："谢谢你，你是最好、最热心的男孩子。"

写纸条的时候，我自己都觉得脸红加肉麻。

从中国发往美国的快递大概需要三天。第四天一早，孙朗的QQ头像闪动了，我打开对话框，只见孙朗说道："你的快递收到了，我现在就给你做。"

"我"很懂事地回复道："谢谢你，不用那么着急。"

孙朗说道："没关系，反正我也没什么事，你等着我哈。"

我发了个害羞的笑脸过去。

两个多小时后，孙朗兴冲冲地发来一条信息，说道："大功告成，做好了！"

我按捺住心里紧张的情绪，说道："好快啊，你真棒。"

我故意没有去问结果，而是等着孙朗主动告诉我，太主动不符合"我"这个矜持女孩的性格特点。

孙朗是个直肠子，连关子都不会卖，直接说道："结果出来了，你寄给我的这两份检材的主人，是一对双胞胎姐妹！"

果不其然，和我事先的判断是一样的，但是听到这个消息，我依旧十分震惊。我打字的手指都有些颤抖，我问道："你确定吗？"

孙朗发来一份文档，说道："这就是检测报告，你看一看。肯定没问题的，检测是我亲自做的，结果绝对正确。这两份检材的主人就是最普通的双胞胎，同卵双胞胎，她们的DNA基因完全相同。"

打开报告，上面是各种密密麻麻的专业术语和数据，我根本看不懂，但我明白一件事，孙朗说的话，是真的！

我已经没有心情再和孙朗继续聊下去了，胡乱地安抚了他几句之后，我关上了电脑，感觉浑身都有点发颤。虽然事先想到了很有可能是这个结果，但当答案来临的时候，我还是后背发凉，感觉到了一种无以名状的恐惧。

我和赵峰是这个情况，现在陈雅楠和沈若冰也是这个情况，如此推论下去，档案名单中那二十几对人，极有可能全部都是这个情况。那么这件事情的背后，究竟隐藏着一个多么大的秘密？我都不敢继续往下想了。

现在只有我一个人，以我一个人的能力，能够与这件事情背后的那股神秘力量对抗吗？但是现在的情况，我已经被逼到了死胡同，无路可退。我咬了咬牙，为了赵峰，为了能够活下去，跟这帮兔崽子死磕到底了！

我努力平复了一下心情，用了整整一下午的时间，思索下一步究竟应该怎么做。现在看来，必须拉陈雅楠和沈若冰两个姑娘下水了。

我这样做确实会给她们增加危险，但同时，也是在救她们的命。所谓富贵险中求，死中求活，主动出击是有风险，但总比命运掌握在别人的手里强。

最近这段时间，我已经跟两个姑娘相处得非常熟络了，全都成了很好的朋友。我那个骨灰级别的把妹达人朋友说得很对，和顶尖级别的美女真正相处起来，确实和普通姑娘完全不一样，她们更单纯、更懂事，也更好相处。

到了该和她们摊牌的时候了！

第二十章 摊牌

思索完毕，我给陈雅楠和沈若冰分别打电话，约她们周末到我家来玩，两个姑娘都欣然同意。我和她们约定的时间，都是周六下午三点。

说实话，我觉得很对不起这两位姑娘。虽然我并不标榜自己是好男人，但我还是觉得对女孩子撒谎是一件不舒服的事情，何况要同时对两个女孩子撒谎。

距离周末还有三天，我还有时间好好静下心来，把整件事情认认真真、仔仔细细地捋一捋，思索一下究竟如何向两个姑娘摊牌。

这整件事情的起因，是去年我女朋友在东方广场看到了一个和我长得一模一样的人，也就是赵峰。

现在回忆起来，大概就是从那一天，我开始有了一种不太对劲的被人盯上了的感觉。由于赵峰离开得太突然，我一直没有机会问他当时盯着我的人究竟是他，还是别人，也就是后来从内蒙古追踪我，以及制造车祸令赵峰死亡的那辆黑色切诺基上的人。

这是第一件至今还没有任何答案的事情。

之后，我主动找到赵峰，但是赵峰并没有配合我。于是我前往我的出生地，内蒙古乌兰左旗去调查我的身世，也就是在那里，我遇到了追踪我的那辆黑色切诺基。

这是第二件事情。

回来之后，我绑架了赵峰，先后在不同的鉴定中心做了两次亲子鉴定，结论都是我俩没有任何血缘关系，当时我失望至极。

但就在我认为所有事情都过去了的时候，我无意间在那两份亲子鉴定报告上发现了问题，这导致我和赵峰到泰国做了第三次 DNA 亲子鉴定。

而这份在泰国曼谷做的 DNA 亲子鉴定报告的结果，和前两份报告的结果大相径庭，报告结果显示，我和赵峰是同卵双胞胎兄弟。事情从这里开始，就变得不对劲了。

既然第三份报告是这样的结果，那么前两份报告究竟是怎么回事？

两家不同的检测中心同时出错，而且误差那么大，究竟是疏忽，还是人为？

如果是人为，究竟是谁干的，他做这件事的目的是什么？

这是第三件事情。

接下来，第四件极为怪异、不合常理的事情发生了。

为了搞清我和赵峰双方的父母究竟谁是我们的亲生父母，我们分别做了DNA 亲子鉴定。但结果显示，赵峰的父母并不是我们的亲生父母，而我妈和我舅舅，居然也和我们两个没有任何血缘关系。

为了搞清我们的身世，我和赵峰动身前往内蒙古乌兰左旗，寻找当年为我俩接生的呼吉雅大娘，但就在我们前往内蒙古的路上，发生了那场车祸。

赵峰在车祸中丧生，而我侥幸逃生，潜伏下来，开始调查这件事情。

这是第五件事情。

第六件事情，就是孙朗给我发来的这份陈雅楠与沈若冰的 DNA 检测报告。

六件事情摆在这里，连傻子都知道这是实打实的证据了。有一点现在已经可以非常确定，那就是这件事情的背后，一定有着一个巨大的阴谋。

我现在要做的并且能做的，有三件事情。

第一件就是与陈雅楠和沈若冰摊牌，看看从她们那里，是否可以得到一些有用的信息，比如她们的出生和身世，是不是可以顺藤摸瓜，找到一些线索。

第二件就是那份档案。我必须想办法安全地拿到那份档案。我相信，档案上那二十几对人,一定还有这样的情况,所谓人多力量大,纸里包不住火,在这些人的身上,我一定可以查到点什么。

至于第三件事情,就是我和赵峰还没有完成的那件事情,去内蒙古乌兰左旗,寻找呼吉雅大娘,我相信这个当年把我们接生出来的人,一定知道些什么。

在家里静静地思索了几天,我又把屋子和院子仔仔细细收拾干净,毕竟是两个女孩子要来,总要给她们留点好印象。这几天,我并没有断了和孙朗的联系,有事没事还是跟他聊上几句,以后的调查,我还需要他帮忙。

周六一早,我早早起来,把屋子的犄角旮旯又仔细收拾了一遍,骑上自行车到附近的超市买好了菜,就等两个姑娘到了。

下午不到两点半,北舞姑娘沈若冰先到了。

我没有想到她竟然这么准时,我和两个姑娘约的都是下午三点整,原本以为所有的女孩子都会像我女朋友一样喜欢迟到,没想到沈若冰居然提前了半小时,看来顶级美女确实和一般的女孩子不太一样。

沈若冰进了院子,好奇地打量了一下院子里的各种花花草草,但并没有说什么。进了客厅,我将她让到沙发上坐下,倒了一杯水。我决定还是开门见山,有话直说,反正就算现在不说,一会儿她也就什么都知道了。

我对她说道:"有件事情没有告诉你,其实今天……你不是唯一的客人。"

沈若冰微微一怔,问道:"还有一位客人?"

我说道:"对,而且还是你认识的人。"

沈若冰确实和一般的女孩子不太一样,见我没有继续往下说,她只是点了点头,抱着水杯静静地坐在那里,没有继续往下问。

我们静静地等了十几分钟,门铃响起。我起身说道:"来了。"

我走到院门口打开大门,是陈雅楠。陈雅楠的性格不像沈若冰那么文静,她一进院子就跳了起来,活泼得像一只小兔子,她说道:"哇,你这里好棒啊,这么大的院子,可以种葡萄啊,夏天还可以……烧烤。"

陈雅楠蹦蹦跳跳地四下看着。我拉住她,说道:"你等一下再看,我有件事情要告诉你。"

陈雅楠停住脚步，问道："什么事情？"

我说道："其实我今天还请了另一位客人。"

陈雅楠好奇地问道："另一位客人，是谁啊？"

我说道："你见到她就知道了。"

说完，我牵着陈雅楠的手，将她领进客厅。见到屋子里的沈若冰，陈雅楠一下子愣住了，问道："姐姐，你怎么会在这里？"

我事先就知道她们两个认识，因为她们曾经一起做过亲子鉴定。果然，沈若冰看到陈雅楠，也愣住了，用探寻的目光望向我。

我说道："没有想到吧？"

陈雅楠用狐疑的目光望着我，说道："老赵……"陈雅楠的性格大大咧咧，有点像男孩子，她一直习惯叫我"老赵"。

陈雅楠问道："老赵，你这葫芦里，卖的是什么药？"

我对陈雅楠说道："来吧，我们坐下来说。"

陈雅楠满脸问号地在沙发上坐下，我给她倒了一杯水，沉默了片刻，对她们说道："我先要向你们说一声对不起。因为我认识你们的目的，并不单纯。"

我停顿了一下，说道："其实我知道你们两个是认识的，并且你们也一直认为，你们只是长得一模一样，但实际上是没有任何血缘关系的陌生人，对吗？"

陈雅楠和沈若冰互相对望了一眼，都点了点头。

我说道："其实我接触你们两个的目的，就是要拿到你们的生物学检材，也就是你们的头发，重新鉴定一下你们的亲子关系。"

陈雅楠问道："那……你为什么要这样做？"

我说道："原因我一会儿就告诉你们。"

我拿起笔记本电脑，将孙朗发来的那份检测报告打开，说道："这就是我为你们重新做的亲子鉴定报告，你们看一看吧。"

两个姑娘向电脑屏幕上望去，陈雅楠问道："这上面写的什么？"

我说道："鉴定结果显示，你们两人，是具有百分之百血缘关系的，同父同母的同卵双胞胎姐妹。"

两个姑娘一下子呆住了。陈雅楠说道:"这不可能啊,我们两个以前做过亲子鉴定,结果不是这么说的。"

我说道:"我理解你们现在的心情,因为我遇到了和你们一样的情况。"

陈雅楠看了看沈若冰,又看了看我,问道:"你说什么?"

我说道:"有关这份报告的权威性,你们可以找专家鉴定。但是今天,我希望你们听一听我的故事。"

见我神色异常郑重,陈雅楠和沈若冰交换了一个眼神,都点了点头。

我沉默了片刻,好好组织了一下语言,然后用了整整一个下午的时间,把我这一年多来遇到的所有事情,给她们详详细细地讲了一遍。

讲完之后,我对两个姑娘说道:"你们现在知道我为什么要接近你们了吧?对不起,我真的很抱歉。"

两个姑娘显然都没有反应过来。

陈雅楠愣了半响,问道:"你说的事情……都是真的吗?"

我点了点头,说道:"是的。你们可以看一下这个。"

我用电脑登录到交通部有关车祸登记记录的网页,调出来半年前发生在内蒙古丹拉高速上的那场车祸,网页上记录着那场车祸的所有细节,包括死者的姓名和身份证号码,我拿出我的身份证递给两个姑娘,说道:"你们看一看,是不是同一个人?"

陈雅楠和沈若冰看过我的身份证,这一回是完全呆住了。

第二十一章　再探乌兰左旗

陈雅楠下意识地握住了沈若冰的手,两个姑娘明显被我的故事震惊了。

沉默了很长一段时间,还是沈若冰最先缓过神来,问我:"那你找到我们,是希望我们做点什么?"

我说道:"我希望你们加入进来,和我一起调查这件事情。"

沈若冰点了点头,思索了很长一段时间,抬起头来,说道:"好,我答应你。"

我说道:"你要想清楚,这件事情,可能很危险。"

沈若冰说道:"我想清楚了,我不怕危险。"

她又问陈雅楠:"你呢?"

陈雅楠一时没有缓过神来,说道:"啊,你们说什么?"

沈若冰说道:"赵先生希望我们能够加入进来,一起调查这件事情。"

"我同意,我最喜欢这种刺激的事情了。"陈雅楠想了想说道,然后举起一只手来,"我同意,我参加。"陈雅楠的性格确实活泼可爱,一旦缓过神来,立刻恢复了原来蹦蹦跳跳的样子,开心得就跟遇到了什么好事似的。

我觉得又好气又好笑,提醒她道:"我说姑娘,你要想清楚,参加这件事情,是有很大危险的,弄不好会丢了小命。"

陈雅楠说道:"我才不怕危险呢,每天上班下班多没意思啊,遇到这种刺激的事情，怎么少得了我呢？我参加，我参加。"

见两个姑娘答应得这么痛快，我反倒有点担心起来。我很怕她们还是不明白这件事情的危险性，便说道："这样吧，这么大的事情，也不着急这么快就作决定，我给你们几天的时间，好好考虑一下。"

沈若冰说道："我刚刚已经仔细考虑过了，这件事情如果不查清楚，我们所有人，随时都可能会有危险，既然这样，不如主动去调查。"

陈雅楠说道："对啊，姐姐说得对，再说了，我真的不怕危险。"

看来她们真的是考虑清楚了。我的担心是多余的，我遇到的是两个看起来柔弱，但骨子里却很勇敢的女孩子。想一想也是，沈若冰是舞蹈学院毕业的，据我所知，每一个练舞蹈的女孩子，都是从很小的时候就开始接受严酷的训练，意志不坚定的女孩子早就被淘汰了。所以，每一个能从舞蹈学院顺利毕业的姑娘，绝不是一般人。陈雅楠也不简单，这么多年能管住嘴、迈开腿，坚持健身，保持这么好的身材，毅力也绝不是一般姑娘能比的。就算将来遇到危险，别的不说，就以她们两人的体能，想跑还是很容易的。

想到这里，我一颗悬着的心稍微放下来一些，对她们两个的愧疚也稍稍减少了一些。沈若冰问道："你准备从哪里开始查起？"

我说道："就从我们的身世查起，我考虑了很长时间，整件事情的关键点，就是我们的出生和身世。所以我们第一步就从这里开始。"

沈若冰说道："我这边恐怕不太好查，我父母很早以前就去世了，我家的亲戚也都不在北京……"

沈若冰说到这里，陈雅楠插嘴道："我也是，我爸妈也去世了，我所有亲戚现在要么在外地，要么在国外，一时半会儿都找不到。"

我愣道："你们等等，你们说什么……你们的父母，也都不在了？"

两个姑娘都点了点头。

这有点太巧了吧？

我和赵峰这边，我父母不在了，赵峰的父母去世了，现在沈若冰和陈雅楠双方的父母也都不在了，我们这两对双胞胎，全都是孤儿，这是巧合吗？

我问道："你们的父母是怎么去世的？"

两个姑娘几乎同时说道："车祸。"

说完，两个女孩互相看了看，连她们自己也愣住了。

我感觉事情确实有点不大对了。沈若冰的父母是在一场车祸中去世的，时间是三年前。陈雅楠的父母也是在一场车祸中去世的，时间也是三年前。赵峰的父母也是车祸去世，时间同样是三年前。我感觉后背有点发冷。

陈雅楠说道："你是说，我们几人的父母，都不是意外死亡？"

我摇了摇头，说道："我不知道。现在证据并不充足，所以还不能肯定，但这件事情确实非常可疑。"

我思索了片刻，说道："既然是这样，我们现在就只剩下一条线索可以查了，那就是内蒙古把我接生出来的那位叫呼吉雅的大娘。"

两个姑娘都点了点头。

我说道："这样吧，我明天就动身，去内蒙古调查这件事情，你们等我的消息。"

陈雅楠说道："我们陪你一起去。"

我说道："你们就不用去了，这件事情我一个人去就行。"

陈雅楠看了看沈若冰，说道："这种事怎么少得了我们呢？再说，你现在又没有身份，干什么都不方便，连旅馆你都没法住。"

我笑了，说道："合着你们跟我一块儿去，就是为了给我开房啊？"

陈雅楠也笑了，说道："想得美，你要是敢动什么歪脑筋，小心我们揍你！"

两个姑娘现在都有时间，舞蹈学院快放寒假了，陈雅楠是健身教练，请假很容易。于是我们决定，三人回去准备准备，约定三天后的下午出发。

两个姑娘都没有车，我拿出钱包，数了两千块钱出来，对陈雅楠说道："现在我不太方便去租车，这样吧，你们到时候去租一辆车，我们开车过去。"

陈雅楠说道："租车的钱就不用你掏了，你出伙食费和宾馆的钱就行。"

我知道两个姑娘都不是小气的人，也就不再坚持，但我特意嘱咐她们一定要租一辆越野车，最好是北京吉普那种很皮实的、能爬山路的车。我们这一次去调查，前途未卜，租一辆实用的车子比租一辆舒适的车子更重要。

商量完了之后，我们三个一起做了晚饭，沈若冰的菜做得很好，陈雅楠就

第二十一章　再探乌兰左旗

一般般了，不过有她这个开心果在旁边叽叽喳喳的，让沉重的气氛缓和了不少。

送走了两个姑娘之后，我仔细收拾了一下这次出发该准备的东西，又在朋友的房子里好好翻了翻，找出来一些防身的用具，全都塞进了包里。

第三天中午，吃过午饭，陈雅楠和沈若冰来接我，我和两个姑娘一起开着车动身前往内蒙古，开始了我们的正式调查。

难怪所有男人都喜欢和美女在一起。别的不说，光看起来赏心悦目这一点，就足够让人心旷神怡的了。我开着车，不时欣赏一下身边的两个美女，心情确实舒畅，几乎忘了我们不是去旅游，而是去干一件有危险的事情。

陈雅楠和沈若冰这两位美女的性格截然不同。沈若冰的性格淡淡的，很安静，和她相处会感觉很恬静、很舒服，一路上，她只是静静地坐在后排看书，偶尔和我们聊上一两句。陈雅楠就不同了，从上车开始就叽叽喳喳地说个不停，就像一只蹦蹦跳跳的小兔子，我开了两个小时以后，她死活要换下我来。

陈雅楠是第一次在高速上开车，车技也不怎么样，一路上惊险连连，再加上她不时地大呼小叫，吓得我紧抓住车门旁边的把手。好在她开了一个多小时以后，总算是适应了一些，也没有开始那么紧张了，却又唱起歌来。就这样，一路欢声笑语，当天晚上十点钟，我们赶到了赤峰附近那个叫作乌兰左旗的内蒙古小村子。

为了避免引起不必要的麻烦，我在距离村口一公里多的地方就停了车。下了车，我从包里掏出一根甩棍递给陈雅楠，说道："这个你拿着。"

我并没有给沈若冰，她看起来文文弱弱的，估计她也不会使。而且，就算她会使，万一遇到什么事情，以她那种温柔的性格，肯定也下不去手。

陈雅楠好奇地问道："这是什么？"

我说道："甩棍，会使吗？"

我给陈雅楠演示了一下。陈雅楠接过甩棍，好奇地甩了几下，说道："咦，这个好玩哎。"

她又甩了几下，突然调侃我道："对了，你给我们这个干吗啊！你是个大男人哎,遇到了什么事情,不是应该你来保护我们吗?"

我笑道:"我来保护你们?到时候我跑还来不及呢,你们得自己保护自己。"

陈雅楠撇了撇嘴,说道:"噢,合着遇到了什么事情,你就自己跑了,把我一人扔下?"

我说道:"那不可能,我怎么可能把你一个小姑娘扔下呢?"

陈雅楠说道:"这还差不多。"

我说道:"我不会把你一个小姑娘扔下,我是把你们两个小姑娘都扔下。"

陈雅楠笑着将粉拳招呼到我身上,说道:"你真讨厌死了!"

一旁的沈若冰也笑了。

我们笑了一会儿,我说道:"不开玩笑了,咱们说正经的,你还是收好它,以防万一。另外,虽然我现在隐蔽得挺好的,这回也没人知道咱们来这里,但还是不能不防,我们不能忘了赵峰的事情。"

陈雅楠收起笑容,郑重地点了点头,把甩棍收了起来。我又拿出另一根甩棍,揣进自己的大衣口袋里,这才和两个姑娘一起向村子走去。

时间已经接近十点,大部分村民都已经关灯睡觉了,只有少数几家还开着灯。凭着记忆,我很快找到了呼吉雅大娘的家,对两个姑娘说道:"就是这里。"

两个姑娘的神色看起来都有点紧张。我安慰她道:"没事的,兵来将挡,水来土掩,一会儿万一有什么事,你们别管我,赶紧跑自己的。"

陈雅楠说道:"那怎么可能呢,我怎么可能不管你,一个人跑?"

我说道:"这么讲义气?"

陈雅楠说道:"对啊,我肯定不会一个人跑,我会拉上沈姐姐一起跑,把你一个人扔在这儿,哈哈。"

我们三人都笑了,气氛一下子轻松了不少。

我深吸了一口气,上前敲门。

第二十二章　呼吉雅大娘

等了不大会儿工夫，院内传来一声"谁呀"。院门打开，只见呼吉雅大娘站在门后。见到我们三人，大娘明显愣了一下，但她马上认出了我，说道："是你？"

我说道："大娘，您还记得我吗？我有点重要的事情，想再和您聊聊。"

大娘很热情："记得记得，来来，孩子们，快进来，进屋说。"

大娘把我们让进正房，几人在沙发上坐下。我说道："大娘，实在不好意思这么晚来打扰您，我确实是有几件重要的事情，想问问您，问完就走。"

大娘很爽朗，说道："你是我接生出来的孩子，就跟我的孩子一样，有什么打扰不打扰的？有什么问题，尽管问。"

我说道："还是上次的事情。大娘，我上次来的时候，问过您，我出生的时候是不是还有一个双胞胎兄弟，您还记得吗？"

大娘说道："当然记得，你上回来，不就是为了问我这件事吗？"

我说道："这件事情，我想让您再帮我好好回忆一下。"

大娘听到我这句话，脸上露出疑惑的神色，问道："孩子，你们是不是遇到了什么事情，怎么一直问这个问题？"

我说道："我们是遇到了一些事情，所以想请您再帮忙仔细回忆一下。"

大娘点了点头，说道："其实这件事情也没什么好回忆的，我记性一直特别好，你出生的事情，我记得清楚极了，绝对就你一个，我不可能记错的。"

我和沈若冰、陈雅楠两人交换了一个眼神。沈若冰问道："既然您记得很清楚，那您还记得他出生的时候身上有什么标志吗，比如说胎记什么的？"

"当然记得。他手上有一个月牙形的胎记，在虎口的地方，好像是……"大娘回忆了一下，说道，"是在右手，对，右手虎口的地方。"

我抬起胳膊看了看自己的手，我右手虎口的位置，确实有个胎记，一个淡红色的月牙形胎记。如此说来，大娘肯定是没有记错。

大娘看着我手上的胎记，突然皱了皱眉，说道："说起你手上胎记这事，有一件事很巧。你生下来没几天，我给隔壁村另一个孕妇接生，她生下来的那个孩子手上也有一个月牙形的胎记，跟你一样，只不过是在左手，也是在虎口的位置……"

听到大娘的话，我一愣，问道："您说什么！那个孩子，您还记得他叫什么名字吗？"

大娘说道："叫什么名字……你得让我想想，他们是隔壁村的，不是很熟，我记得孩子他爸是附近部队上的，好像姓赵，还是个营长呢……"

我打断大娘的话，问道："他姓赵？是不是叫赵振远？"

大娘眼睛一亮，说道："对对，就是这个名儿，赵振远。我记得好像听人说，那个孩子他爸复员以后，他们一家子就搬走了，去了北京，后来他们家还开了一个特别大的买卖，名字就叫什么振远房地产……"

大娘说到这里，停顿了一下，说道："对了，我想起来了，他们的孩子叫赵峰，没错，赵峰！"

所有的线索全对上了，赵峰确实在和我相反的左手虎口位置，有一个同样的月牙形胎记。赵峰也和我说过，他出生在内蒙古的乌兰左旗，给他接生的人，也是呼吉雅大娘。但听完大娘的话，我和沈若冰、陈雅楠三人已经目瞪口呆，如果呼吉雅大娘说的都是实话，我是我妈生出来的，赵峰是他妈生出来的，那我和赵峰两人，又怎么会是同父同母的同卵双胞胎？这……这应该怎么解释？

我缓了好长一段时间，再次问道："大娘，您再……您再好好回忆回忆，我确实是我妈生出来的吗？那个赵峰，也确实是他妈生出来的？"

大娘听到我的话笑了，说道："你说你这孩子，这话问的，当然了，你要不是你妈生的，赵峰不是赵峰他妈生的，那你们是从哪儿来的啊？"

大娘的笑容很轻松，但我的后脊梁骨却在这一刻升起了一股寒意。两个妈妈，分别生出了两个孩子，这两个孩子却是同父同母的同卵双胞胎兄弟！

我们三人你看我，我看你，面面相觑，谁也不知道该说什么。

沉默了好长一段时间，突然，院门外传来了一阵"砰砰砰"的急促的敲门声。我们三个都是一愣，大娘说道："哎哟，不好意思，又来客人了。"

大娘站起身来，对我们说道："你们先坐一下，别客气。我这个人啊，虽然年纪大了，但是闲不住，虽说现在不再给人接生了，不过哪家的孕妇要是有什么不舒服了，大家伙儿还是习惯过来问我。"

大娘起身要去开门，被我拉住了。我说道："大娘，实在不好意思，我们几个现在……不是太方便见外人。"

我看了看一旁里屋的房门，说道："我们能不能，到里屋去等一会儿？"

大娘微微一愣，但没有拒绝，说道："行啊，那你们就去里屋歇会儿，里边有炕，要是累了就躺会儿，别客气，等我说完了事，咱们再接着聊。"

大娘把我们带进里屋，然后出去开门。

大娘家的里屋是一个十来平米的小房间，还是农村住宅的那种老式布局，进门左手边是一个土炕，对面墙边放了一个三开门大衣柜。我把房门关好，又下意识地把灯也关了，三人在炕上坐下，在黑暗中互相对视着，谁也没有说话。

刚刚和呼吉雅大娘的这一番谈话，让我们三人都极度震惊。

大娘看起来并不像在撒谎，但她说出来的这些情况，已经令整个事情的逻辑变得一塌糊涂。我们三人的脑子，可以说现在已经乱成一团糨糊了。

就这么在黑暗中静静地坐了一会儿，外面房门响动，大娘带着客人走进了客厅。只听大娘的声音说道："我说小伙子，怎么以前没见过你啊，你是哪个旗的，有什么事要大娘帮忙啊？"

大娘说完了话，但是并没有人回答，沉默了很长一段时间，大娘又说道：

"我说小伙子，你怎么了，怎么不说话啊？遇到什么难事了？"

又是一阵沉默。突然，一个异常低沉的声音响起："对不起，我不是来找你帮忙的，是一个老朋友，要我来看看你！"

听到外屋的声音，我突然浑身一紧，我的直觉告诉我，不对劲！

我站起身来，快步走到门口，轻轻将房门打开了一道缝。只见客厅内站着两个人，一个是呼吉雅大娘，另一个是个男人，背对着我，看不清长相，穿着一身黑衣，身材极为健硕。他的背影看着很眼熟，但一时间又想不起来是谁。

这时，大娘问道："老朋友让你来看我，是谁啊？"

黑衣人停顿了片刻，缓缓说道："杰西卡！"

大娘显然一愣，但随即声音中充满惊喜，说道："哦，我说谁呢，杰西卡啊，你说的是……是那个红头发的外国女医生吧？我还记得她，我记得她，我们可有年头没见了，怎么样，她还好吗？"

黑衣人阴森森地笑了，说道："她很好，非常好，她让我问候你，另外，还让我帮她带一句话给你。"

大娘问道："什么话？"

那人并没有立即回答，而是抬起头来，扫视了一下整个房间，就在他转过头望向我们方向的一瞬间，我看到了他的正脸。

是他！

看清外面那个黑衣大汉的面孔，我顿时毛骨悚然，后背的冷汗一下子湿透了衣服。外面客厅里站着的那个黑衣大汉，不是别人，正是在丹拉高速上将我们的车子逼下悬崖，导致赵峰死亡的那辆黑色切诺基上的杀手！

我用手使劲捂住了嘴，才没有叫出声来。

沈若冰和陈雅楠看到了我的动作，也立刻感觉到了不对，全都围了过来。

透过门缝，只见那人转向呼吉雅大娘，缓缓地说道："杰西卡要我告诉你，谢谢你很多年前帮她做的事情，她要你去天堂等她！"说完，那人"嗖"地掏出一支带着消音器的手枪，同时扣动扳机，只听"咔咔咔"三声轻响，呼吉雅大娘中弹倒地，胸口三个弹孔，鲜血汩汩流出。

陈雅楠张大嘴巴,一声惊呼就要喊出来,我一把捂住了她的嘴,但还是发出了一声轻微的响动。外屋的黑衣大汉"嗖"的一下转过身来,目光如电,望向这边,同时枪口指向了我们的方向。

我们被发现了!

我和沈若冰、陈雅楠三人目瞪口呆,眼见那人举着手枪,一步一步向这边走来。我使劲一咬牙,跑是跑不了了,拼个鱼死网破吧!

在这一瞬间,我想起了赵峰,今天就算是死,我也要拉上这个兔崽子做个垫背的,给我的兄弟报仇!我一把将两个姑娘护在身后,抽出了口袋里的甩棍。

我抬头看了看屋内的环境,土炕旁边的那扇窗户应该可以打开,我向两个姑娘使了个眼色,示意她们先跑。陈雅楠坚决地摇了摇头,同时抽出了我给她的那根甩棍,沈若冰也拿起了桌子上的一个茶壶。

我叹了口气,转头从门缝向外望去,那人举着手枪,已经到了门口。

第二十三章　大雪中的追杀

我握紧手中的甩棍，已经准备好门一开就拼命。就在这时，猛听到院外传来了一阵"砰砰砰"的急促的敲门声，黑衣大汉一愣之下，停住了脚步。

那大汉望向院外的方向，又是"砰砰砰"三声沉重的敲门声，这一次显然加大了力量。黑衣大汉迅速关了房灯，几乎同时，只听"吱呀呀"一声响动，院子的大门被推开了，可以听到有人走进了院子。

透过门缝向外望去，朦胧之中，只见那黑衣大汉扫视了一下整个房间，迅速闪身到客厅角落的一个大衣柜后面。

就在这时，只听院子里有人喊道："呼吉雅大娘，呼吉雅大娘？"

是个年轻男人的声音，片刻，那人已经走到了门口，随即房门被推开。

模模糊糊可以看到进来的是两个人，前面那个人向前走了几步，突然被地上呼吉雅大娘的尸体绊了一下，那人显然一惊，喊道："快开灯！"

房灯随即被打开，前面那个人看到呼吉雅大娘的尸体，吓得扔掉了手里的棍子，一屁股坐在了地上。

这时屋角似乎传来了一声响动，后面的那人迅速扫视了一下整个房间，最后将目光停在了客厅角落的那个大衣柜上，顿时举起手里的棍子，警惕地说道："那边有人！"

前面那个人听到后，一把抄起刚才掉在地上的棍子，又站起身来。

黑衣大汉从衣柜后面闪身出来，说道："放下家伙！"

那两人看到黑衣大汉手里的枪，显然愣住了。

黑衣大汉扫视了一下面前的两人，说道："没想到，你们这么快就追到这里来了。"

前面那人显然是个老江湖，愣了一下之后，立刻开始装屁，说道："哥们儿，哥们儿，误会误会，我们什么也没看到，什么也不知道，让我们走行吗？"

黑衣大汉冷笑了一声，说道："什么也不知道？既然你们查到这里来了，就不能留你们了，我不想让你们死在这里，出去，跟我走。"

先前那人说道："大哥，这肯定是误会了，您说的我听不明白啊。"

黑衣大汉一晃手里的枪，喝道："走不走？"

说完，他扣动扳机，一枪打在了那人脚前面的地上，那人赶忙扔掉了手里的家伙，喊道："好好，我们走，我们走！"

另一人也放下了手里的家伙，两人被黑衣大汉押着走出了房间。

我松了口气，放下了手里的甩棍，看了看身后的两个姑娘，她们显然吓得不轻。刚刚喘了几口气，突然听到院子里一阵响动，我们三个向窗外望去，只见不知道从哪里蹿出来一个老头，端着一盆东西正往那黑衣大汉的身上泼去，顿时一片烟尘。

是香灰！我想起来了，呼吉雅大娘家的院子里，有一个很大的香炉。

说时迟，那时快，香灰已经泼到了黑衣大汉的脸上。那大汉一手捂着眼睛，一手抬枪就射。先前那人一推身边的另一人，喊道："小心！"

只听"啪"的一声，一颗子弹贴着那人的肩膀飞了过去，那人俯身抱起地上的一个花盆，冲那黑衣大汉扔了过去。那大汉满脸香灰，目不能见物，花盆砸在他肩膀上，手枪立刻飞了出去。

老头冲过去，一把拉起那两人，喊道："快跑！"

三人瞬间就冲出了院子。

那黑衣大汉摸索着跟跟跄跄来到院内的水池边，拧开水龙头洗了洗眼睛，然后从地上拾起手枪，推开门快步追了出去。

这一幕看得我们三人目瞪口呆。

我缓了缓神，确定没有危险了，这才拉着两个姑娘小心翼翼地走出大屋，院子里一地狼藉。三人走出呼吉雅大娘家的院子，来到村里的大路上，向前望去，远远地只见那大汉拿着手枪，正向前飞奔而去。

我对两个姑娘说道："你们在这儿待着，我过去看看。"

沈若冰说道："我们跟你一起去。"

我拗不过两个姑娘，只得同意。当下，我和陈雅楠拎着甩棍，沈若冰还端着那个茶壶，紧跟着我们，三人猫着腰快步向前奔去。

来到村口，远远地只见那里停着一辆黑色的切诺基，黑衣大汉已经奔到车前，拉开车门上了车。前面几百米远的位置，模模糊糊可以看见有一辆白色汽车，并没有开大灯，正向前飞驰而去，黑色切诺基启动，快速追了上去。

我看了看身旁的两个姑娘，说道："走，我们去取车，跟上他们。"

三人一通狂奔，来到我们停车的位置。我上车打着了火，迅速把车子开上了主路，我没有敢开车子的大灯，一脚将油门踩到底，向前追了过去。

我原以为耽误了这么长时间，很可能会追不上了。我们停车的位置距离村口差不多有将近一公里半，虽然我们三个跑得很快，但至少也花了七八分钟的时间。可是谁也没有想到，追了没有多久，远远地就看到了前面的那两辆车子。

后面的是那辆黑色的切诺基，开着车灯，非常显眼，大切前方几百米远的位置，是那辆白色的轿车，正在向前飞奔。

我控制着车速，始终和前面的大切保持着几百米的距离。路上很黑，乡村的土路上并没有路灯，再加上我没有开车灯，前面的大切应该不会发现我。追了没有多远，前面的两辆车子拐上了一条向右的小路，我也加速跟了上去。

小路的路况并不是很好，极为颠簸，前面两辆车子的车速也降了下来。就这么一路尾随，向前开了半个多小时，前方突然一片开阔。放眼望去，只见正前方几百米远的位置，是一片很大的草甸子。

我把车子停了下来，观察了一番，右前方不远处，有一个很大的马厩，前面那辆白色轿车已经停在了马厩的门口，只见车上的三人下车进了马厩，很快就骑着三匹马从马厩里奔出来，向下面的草甸子冲去。

后面的那辆切诺基也很快开到了马厩前。车子停下后，车上的黑衣大汉快速下了车进了马厩，没过多久，他也骑着一匹马从马厩里冲出来，向草甸子奔去。

陈雅楠问道："他们怎么不开车了？"

我说道："下面这片草甸子，车开不过去。"

陈雅楠问道："那咱们现在怎么办？"

我问两个姑娘："你们两个会骑马吗？"

陈雅楠看了看沈若冰，说道："我们两个，都是……就会一点点。"

我点了点头，说道："一点点就够了，走，咱们骑马去追他们。"

我们所处的位置西边有一片树林，应该可以藏车。我小心翼翼地把车子开到树林深处停了下来。下车查看了一番，这个位置很安全，从外面应该看不到这里藏了一辆汽车。藏好车子后，我拉着两个姑娘来到了马厩。

几年前，我写过一部和内蒙古有关的侦探小说。当时为了收集资料，我曾经在内蒙古的格日勒旗住过将近一年的时间，那时候写累了就骑马出去转，所以我的骑术还可以，虽说比不上内蒙古人，但相比没有骑过马的人来说，算是高手了。

我很快在马厩里挑了六匹马，我们每人两匹。

把马套上了马鞍子，我扶着两个姑娘上了马，然后在马厩里检查了一下。

马厩的角落放了几个麻袋，我打开看了看，里面都是黑豆、黄豆之类蒙古马最爱吃的饲料，我找了几个空布袋，分别在里面装了十来斤豆子，绑到了马背上。

两个姑娘的身手都很好，又多少骑过马，没什么太大的问题。我又把一些注意事项给两个姑娘讲了一遍，三人策马向草甸子跑去。

进了草甸子，前面的人已经跑远了，我们沿着路上留下的痕迹向前追去，向前跑了十来里地，终于跑出了草甸子。

到了平路上以后，我们加快了速度。好在面前只有一条路，并不担心跟丢。

就这样一路向北，天气越来越冷。又跑了二十几里地，天上突然下起雪来，鹅毛大小的雪花从天而降，路变得越来越难走。我们下马休息了片刻，给几匹马都喂了点饲料和雪水，换马继续上路。我一共挑了六匹马，虽然我挑马的技术不行，但一人两匹马，长途跑起来肯定比前面的人占便宜。古代蒙古骑兵打仗，往往是一个人三四匹马换着骑，这样才能保证马力和速度。

雪下得很大，地上很快就积了厚厚的一层，我们可以很清楚地看到前面的人留下的马蹄印，所以倒也不担心跟不上他们。不过我们三人都没有穿戴专用的马具，又跑了一阵以后，三人的大腿和膝盖内侧都快磨破了，只能咬牙拼命地坚持着。

又跑了十几里地，路上的马蹄印拐向了西面的岔道。

我们策马追了上去，继续跑了二十来里地，三人都累得快不行了，胯下的马也没有最开始有力气了，这时，前面出现了一座大山。

从地上的马蹄印可以看出，前面的两拨人向山上去了。

我勒住马，喘了几口气，对两个姑娘说道："咱们得积蓄点马力，先休息一会儿，然后我们牵着马，徒步上山。"

我扶着两个姑娘从马上下来，大伙儿都已经累得快走不动了，抓了几把地上的积雪吃了，又歇了一会儿，三人都缓过来一些。我从马鞍子上拿出饲料，又给几匹马喂了一些，然后三人牵着马开始上山。

向上走了没有多远，猛然见到地上有一匹倒毙的马，旁边不远处还有两匹马，显然也已经累得不轻，正在啃食着地上的积雪。

我点了点头，对两个姑娘说道："快追上了，咱们要小心了！"

三人牵着马小心翼翼前行，走了一阵，在地上又看到了一匹倒毙的马，就在这时，猛听到前面不远处传来了一阵阵"呜呜"的嚎叫声。

陈雅楠问道："这是什么声音？"

我脸色一变，说道："不好，是狼群！"

两个姑娘一下子愣住了，这时，我们手里牵着的马也开始躁动起来。

我拼命按住了手上牵的马，查看了一下地上的脚印，脚印通向前方，我说道："前面肯定是出事了，我们先把马藏起来，徒步上去看看。"

我四下看了看，左前方不远处有个小山坳。三人立刻把马牵了过去，山坳里面很避风，雪也小了很多。我找了几棵大树分别把马拴好，又把剩下的饲料全部倒在了地上，让马自己吃，然后拉着两个姑娘向山上奔去。

第二十四章　打狼

　　沿着山路向上爬了四五百米，转过一道山梁，狼群的嚎叫声越来越大，应该不远了。我拉着两个姑娘躲到了一块巨石后面，放眼望去，只见我们正前方一百米左右的位置，有几十头身形健硕的蒙古狼，围住了三人。

　　那三个人应该就是最前面白色轿车上的三人，只见他们挥舞着一件点着火的衣服，正在驱逐四下的狼群。狼群见到火光，稍稍后退，却并不让路，始终把那三人围得死死的。在狼群后面几十米远，黑色切诺基上的那个黑衣大汉拎着手枪，正不疾不徐地跟着前面的狼群，似乎在看热闹。

　　陈雅楠说道："他们遇到危险了，怎么办，我们要不要帮忙？"

　　我摇了摇头，说道："他们三人是敌是友，我们并不清楚，另外，下面这么多狼，我们就算过去也起不到丝毫作用，还白搭上自己的性命。"

　　陈雅楠说道："那怎么办，就眼看着他们被狼群咬死吗？"

　　其实我也是左右为难，现在这种情况，别说我们不能露面，就算能露面，下去帮忙，没有合适的武器也无济于事。唯一的办法，就是打电话报警，但警察能不能来，究竟什么时候才能来，他们三人能不能坚持到那个时候，都不知道。

　　我对陈雅楠说道："你把手机给我！"

　　陈雅楠递过来手机，我按下110的号码，刚要拨出去，才发现手机在这里根本没有信号。就在这时，陈雅楠突然喊道："你们看！"

我放下手机，向前望去，只见狼群中的那个老头已经将点着火的衣服递给了另一个人，他们的火源一换手，狼群瞬间就逼了上去。那人赶忙抡起手上点着火的衣服四下挥动着，狼群这才稍稍后退。老头把火源交给那个人之后，绕到那两人身后站定，静静地注视着后面拎着枪的那个黑衣大汉。

陈雅楠问道："那老头要干什么？"

我摇了摇头，也看得是丈二和尚摸不着头脑，不知道那老头究竟要干什么。只见那老头就这么静静地站着，凝视着狼群后面的那个持枪大汉。又过了一会儿，待那大汉随着狼群又往前移动了十来米，那老头突然摘下背后的长弓，举弓搭箭，一连三箭，"嗖嗖嗖"向那大汉射去。

旁边的陈雅楠不由得"啊"地叫了一声，我赶忙捂住了她的嘴。

向下望去，那大汉显然没有料到老头还有这招，连忙向旁边闪身，他身手很是敏捷，三支箭都没有射中他。但就在他躲箭的同时，老头的第四支箭又射了过去，这一次，大汉来不及躲闪，那支箭正中他的大腿。

只听那大汉"啊"的一声大叫，单腿跪在了地上。

眼前这一幕看得我们三人目瞪口呆，谁也不知道那老头的葫芦里究竟卖的是什么药，难道是临死也要拉个垫背的吗？可是要拉垫背的，看那老头的箭法，去射对方的躯干部位不就行了，为什么要射对方的大腿呢？

就在我们愣神的工夫，陈雅楠突然喊道："你们快看！"

我和沈若冰向前望去，不知道为什么，突然之间，围住那三人的狼群一下子四散开来，绕过那三人，向下面大汉的方向冲去。

我一愣之下，马上明白了。看来刚刚那老头射向大汉的一箭，并不是为了射死他，而是为了让他流血。内蒙古的冬天，大雪封山，狼的食物极少，全都饿疯了，所以即便刚刚他们三人打着火源，也根本驱不散狼群。但是狼这种动物鼻子很灵，尤其对血腥味极为敏感，老头射那人一箭，只要血一下来，狼群闻到血腥味，就会立刻放过他们三人，冲那人扑过去，这样他们就得救了。

果然，只是片刻工夫，狼群已经离开那三人，冲到了后面的大汉面前。那三人趁着这个机会，互相搀扶着向山上跑去，很快就没了踪影。

狼群已经将那大汉围住。那大汉极为彪悍，伸手一撅，就将插在他腿上的箭杆撅折，一咬牙站了起来。这时候，第一头狼已经冲到他的面前，那大汉抬枪就射，子弹正中狼头，随即，更多的狼扑了上来，大汉连续开枪，六头狼瞬间倒在了他的面前。

这时候，他的枪里应该已经没有子弹了，又有一头健壮的蒙古狼飞扑到他的面前。电光石火的一瞬间，那大汉扔掉手里的手枪，一伸手就抓住了那头狼的两条前腿。只听他惊天动地的一声大喊，双手同时用力，"咔嚓"一声，竟然将那头健壮的蒙古狼撕成两半，鲜血、内脏撒落一地。

四下的狼群在这一瞬间，一下子停住了。

那大汉趁这个空当，捡起地上的手枪，迅速换了一个弹匣。

狼群并没有丝毫退下去的意思，但也不敢再逼上来。大汉用枪指着面前的狼群，一瘸一拐地退到旁边的一块山壁前坐下，只见他掏出了一个什么东西，对着说了几句话，然后就靠着石壁，举着枪和面前的狼群对峙着。

狼群并不敢贸然上前，但不时地有一两头饿疯了的狼试图蹿上去，都被那大汉抬枪击毙，每次击毙一头狼，狼群就会暂时安静一阵，但是没过多久，又会有一两头狼试图蹿上去。那大汉不停地开枪，一个多小时以后，他的面前已经躺了二十多头狼尸，但那大汉已经换了三个弹匣，恐怕他的子弹也没有多少了。

狼群已经不敢再向前扑，双方就这么静静地又对峙了半个多小时，猛然听到一阵轰鸣的汽车马达声从山下传来。我们三人转头向山下望去，只见两辆黑色的大型切诺基呼啸着冲上山来。我一下子明白了，看来刚刚那大汉掏出来喊话的东西，不是步话机就是卫星电话，现在他的同伙到了。

想到这里，我暗自庆幸，幸亏我一向谨慎，刚刚上来之前，我们把带出来的六匹马全都藏到了山坳里，这要是被他们发现，后果不堪设想。

我们三个躲在巨石的后面，大气也不敢出。

远远地，只见那两辆大切在狼群前停下，几名大汉从大切上下了车，每个人的手里都拎了一支带着消音器的微型冲锋枪，几人对着狼群一通扫射，片刻间，狼群尸横遍野，剩下没死的狼四散奔逃，不大会儿工夫，整个狼群逃得无影无踪。

那几人从车上取出急救包,给先前的黑衣大汉包扎好伤口。然后几人商量了一阵,有三个人上了一辆车,车子启动,向山上开去。剩下的几个人将地上的狼尸扔到旁边的山谷下,清理过现场之后,都上了另一辆车,但车子并没有启动,而是打着了火,在原地等候。

陈雅楠问道:"他们在干什么?"

我说道:"如果我没猜错,那辆车应该是追之前的三个人去了。"

陈雅楠说道:"那……前面那几个人不就有危险了?"

我抬头看了看天色,雪还在下着,一点也没有减小的意思。我摇了摇头,说道:"不一定,雪下得这么大,脚印肯定全都盖住了,他们不见得追得上。"

陈雅楠点了点头,也抬头看了看天,不由自主打了个哆嗦。

我问道:"冷吗?"

陈雅楠说道:"冷,快冻死了。"

我看了看一旁的沈若冰,她紧咬牙关,看来也冻得够呛。我们在这块巨石后面已经躲了将近两个小时。来的时候骑马,一身都是汗,这时候,热劲儿已经过去了,就觉得浑身上下刺骨地寒冷。下面的那辆大切也不知道什么时候才能走,我们现在绝不能轻举妄动,让外面那些人发现就麻烦了。

我翻了翻口袋,没有任何吃的东西。于是,我伸出手来,把两个姑娘揽到怀里,说道:"咱们挤一挤吧,不知道还要在这里待多久呢。"

三个人抱在一起,顿时暖和了很多。就这么在巨石后面又等了大约三个小时,天已经完全亮了,开出去的那辆大切总算是回来了。两辆车上的人全都下了车,在原地商量了一阵,然后分别上车,向山下开去,很快就不见了踪影。

我们三个都长出了一口气,同时瘫倒在了雪地上。

陈雅楠说道:"我现在最大的愿望,就是吃一碗热乎乎的面条。"

我早已饿得前胸贴后背了,听到陈雅楠的话,肚子立刻咕噜咕噜叫了起来。我爬起身来,对两个姑娘说道:"走吧,再坚持一下,我请你们吃热面条。"

我俯身把两个姑娘拉起来。三人临走之前,又挣扎着到昨晚打狼和大切停车的地方检查了一下,但是积雪已经将近二十公分厚了,什么都被盖住了。

我们到下面的山坳把马牵出来，六匹马休息了一夜，又吃了饲料，都很精神。当天中午，我们顺利返回了马厩。

我们在很远的地方就下了马，然后把马放了，马是认路的，可以自己跑回马厩。我们徒步走到马厩附近，只见那辆白色的轿车还在，黑色大切已经开走了。

我们到树林里取了车子，径直开到县城，好好大吃了一顿。吃完了饭，三人又累又困，两个姑娘找了家小旅馆，要了一个标间，我们三个也顾不得男女避嫌了，衣服也没有脱，爬上床一觉睡到了第二天早上。

第二十五章　拿到档案

此次可以说是九死一生，但可喜的是，我们的调查终于取得了相当的进展，三人都很兴奋。

第一件可以确定的事情是，黑色切诺基上的那些人，就算不是这件事情幕后的主谋，也一定和主谋有着很大的关系。不过他们到底是什么人，我们还有待调查。

第二件事情是，被追杀的那三个人，箭法很好的老头，还有那两个年轻人，他们到底是干什么的，究竟是敌是友，我们还暂时不清楚。

从那天夜里最后发生的情况看，那三个人肯定是趁着狼群围向大汉的时候，逃进了深山。后来，那辆黑色切诺基进山寻找，应该没有找到他们。那三个人究竟去了哪里，他们现在在什么地方，这也是我们要弄清的事情。

吃过早饭以后，我们把所有事情分析了一番。接下来，我们有两件事情要去做，第一件就是要再去昨天遭遇狼群的地方仔细查看一下，如果能找到先前那三个人的踪迹最好，至少这是一条很重要的线索。我的直觉告诉我，这两天的雪下得很大，那三个人很有可能被困在了山里。

第二件就是调查那几辆黑色切诺基上的人，我相信他们和我的想法是一样的，绝不会轻易放弃之前的那三个人，所以我们去山里搜索，很有可能会再次遇到他们，他们是更重要的突破口。

商量好之后，我们立即出发，先驱车去附近最大的城市赤峰，采购了一些专业的登山工具。在路上，我仔细查询了地图，并且在地图上找到了那夜我们遇到狼群的地方。我必须规划出来一条能开车直接到达那里的路线，如果每次过去都要骑马，实在是太不方便了。一切准备完毕，我们再次杀回乌兰左旗。

按照事先规划好的路线，我们很容易就找到了那夜遭遇狼群的地方。

为了避免被切诺基上的那些人认出来，我们三个乔装成了滑野雪的游客，每个人都装模作样地背上了在赤峰买好的滑雪板。勘察了整整一天，我确信我事先的判断是对的，这几天的大雪已经将所有进山出山的路口封死了，之前的那三个人，老头和那两个年轻人，肯定被封在山里还没有出来。

勘察完毕后，我们找了一个隐蔽的地方，支上帐篷，静静等待了几天。果然，等到第三天上午，那几辆黑色大切回来了。我拉着陈雅楠和沈若冰藏在了一块大石后面，只见那些人下了车以后，取出很专业的装备，开始进山勘察。看来我猜对了，他们想到了和我同样的事情。

几个小时之后，那些人勘察完毕，上车离开了。

我们从大石后面闪身出来，陈雅楠问道："要不要跟上他们？"

我摇了摇头，说道："这次还是不行，下面的环境太空旷了，不利于跟踪，不过我相信，他们一定还会回来的。"

陈雅楠问道："你怎么知道？"

我笑了，说道："之前的那三个人，现在应该还在山里。由于大雪封山，切诺基上的那些人现在也没有办法进山去抓他们，所以他们一定会回来的。"

陈雅楠问道："那我们怎么知道他们什么时候回来呢？"

我很有把握地说道："时间不会太长，再过一个多月，等到四月份雪化了的时候，他们一定会回来的。"

我在网上查询过，这一带地区化雪的时间大致在四月初到四月中，现在是三月初，也就是说，我们还有一个多月的时间来准备。

我们三人并没有离开，就在附近的县城住了下来，我想办法弄了一张假身份证,让陈雅楠和沈若冰用这个身份证租了一个民居。这边的物价很便宜,一套家具齐全、装修还不错的两居室只要几百块一个月。

安顿完毕,我们静下心来,商量了一下接下来的安排。

现在我非常确定,一个多月后,黑色大切上的那些人肯定会回来,而进山的那三个人也一定要下山,这绝对是我们最好的调查突破口。

不过我们也不能就在这儿死等。这一个多月,我们必须尽可能把能查的事情都查清楚,这样不耽误时间。

仔细思索之后,第一件重中之重的事情,就是那份档案。

我说的那份档案,就是我在北京东四十条那家亲子鉴定中心看过的那份二十几对没有血缘关系,但长得一模一样的人员档案。现在我们已经有充分的理由相信,档案上的那些人,他们的检测报告很可能是有问题的。

不过困难的是,那份档案属于内部资料,只有亲子鉴定中心才有。我现在的身份是个死人,不方便露面,就算能露面,直接去找鉴定中心要,没一些特殊的关系,人家也绝不会给我。想到这里,我不由得心中有些后悔,早知道事情会发展成这样,当初看到那份档案的时候,我无论用什么方法,也一定要弄到手。

陈雅楠看到我满面愁容,突然狡黠一笑,说道:"我和你打个赌好不好?"

我问道:"打什么赌?"

陈雅楠说道:"我们不用回北京,也不用找那家亲子鉴定中心,明天一大早,我就可以把那份档案拿给你。"

我和沈若冰都是一愣。我问道:"你个小丫头,能有什么办法?"

陈雅楠说道:"那我就不能告诉你了,明天你就知道了。"

三人商量完毕,我满肚子问号地回自己房间睡觉,死活也琢磨不明白陈雅楠这个小丫头葫芦里到底卖的是什么药。

她有什么本事,一下子就能拿到那份档案呢?

第二天一大早,我睡得正香,突然被人晃醒。我迷迷糊糊睁开眼睛,只见陈雅楠正笑吟吟地坐在我的床头,说道:"懒虫子快起来,看看这是什么!"

陈雅楠递过来她的手机，我接过来一看，上面竟然是那份档案名单。

我一下子清醒过来，坐起身，问道："这……你怎么弄来的？"

陈雅楠看了看一旁的沈若冰，两人都笑了。陈雅楠说道："很简单啊，就许你男扮女装，色诱你的小读者，不许我去色诱一下鉴定中心的小伙子吗？"

其实事情很简单，陈雅楠和沈若冰第一次做亲子鉴定的时候，是在中关村的一家鉴定中心，接待她们的是一个姓李的年轻医生。陈雅楠的容貌和活泼性格一下子就吸引了那个小伙子，他当时留下了陈雅楠的微信和电话号码。

陈雅楠性格开朗，没过多久，两人就成了很好的朋友。

昨晚，陈雅楠联系到这个姓李的医生，假称自己公司要搞个活动，想邀请一些没有血缘关系但长得很像的人，很轻松就要到了那份档案。看来，一个女孩子要是长得好看，性格再好点，确实会有很多方便之处。

陈雅楠拿到的这份档案，比起我上次在鉴定中心看到的那份，内容要全很多，每一个人的姓名、职业、电话、住址都清清楚楚地写在了上面。

接下来的几天，我们的全部精力都放在了这份档案上。

经过一番仔细研究，档案上确实有很多不合常理的地方。第一就是档案上各个人种的概率比例非常平均，不像随机事件；第二是年龄段，档案上按照人种，每一种人的出生日期都集中在五到六年以内，这一点更为奇怪。

分析过后，我们确定这份档案是有问题的。接下来的行动，就是要走访上面在国内的每一个人，想办法取到他们的鉴定检材，重新为他们做一次亲子鉴定。

分析档案期间，我们又抽空到乌兰左旗的村子里调查了一次。

呼吉雅大娘家已经贴上了封条，我们假装游客走访了一些村民，凶杀案在这种平静的小山村里很少见，经过这十来天的一传十、十传百，这件案子在村民的口中已经完全走了样，他们所说的内容绝大多数是以讹传讹，不足为信。

但有几点是可以肯定的，第一就是犯罪现场并没有发现太多有价值的线索，警方目前还在全力破案，但至今没有取得实质性的突破。

第二点很重要，在呼吉雅大娘被杀的那个晚上，村里的老生产队长，一个名叫莫日根的老人同时失踪了。我马上想到，这个叫莫日根的老人，会不会就是进山没有出来的那三个人之一,也就是那个箭法很好的老头?

几天之后,所有准备工作完毕,接下来就是亲自走访档案上的相关人员了。我们行程的第一站是呼和浩特,我们要拜访的第一个人,叫麻雨轩,是一个私企老板。在跟踪了这个叫麻雨轩的人三天之后,我们摸清了他的行程。一天下午,他下班回家的路上,我们拦住了他的车子。

麻雨轩一开始非常警觉,但当他看到了我们出示的那份档案,以及陈雅楠和沈若冰两人的第二次亲子鉴定报告后,他相信了我们。

麻雨轩智商极高,他非常配合,了解到所有的情况之后,他明白了事情的严重性。麻雨轩亲自带我们找到了那个与他长得一模一样的人,居住在山西大同的赵德柱,顺利取到了他们两人的DNA检材。

接下来,我们又用了一周的时间,拜访了在辽宁和河北的两对人,也顺利取到了他们的DNA检材。

取到这三对检材之后,为了节省时间,我们没有再回内蒙古,而是回到了我在北京的临时住处。

档案上还有最后一对黄种人,一个在北京,一个在美国。美国那位暂时先不打算探访,我们花了两天寻找北京那位,却一直没有办法联系上。

乌兰左旗山里的雪没多久就要化了,我们剩下的时间不多了。这时陈雅楠提议,不如先把包括她和沈若冰在内的四对检材鉴定了再说。我和沈若冰听后,都表示同意。

现在到了该揭开这一层谜底的时候了!我第一时间联络了在美国的那个小读者,孙朗。

第二天一大早,我们就将这四对八个人的DNA检材全部用快递寄往美国。

从中国发往美国的快递需要三天时间。这三天,我们几人不约而同地都绝口不再提这件事情,沈若冰变着花样给我们做好吃的,陈雅楠带着大家锻炼,我们这三天只做了几件事情,增加营养、保证休息、恢复体力。

其实,我心里非常不踏实,每天晚上都噩梦连连。最后一晚,我又是翻来覆去地在床上折腾了好几个小时，直到将近三点钟才迷迷糊糊睡着。第二天一大早，我在噩梦中惊醒，看了看表，还不到六点钟。我无法再睡，于是来到桌前，打开电脑，登录了QQ，小读者孙朗的信息来了！

我把沈若冰和陈雅楠全都叫起来，三人围坐到电脑前。我拿起鼠标，点开孙朗的对话框，只见孙朗说道："东西收到了，刚刚做完检测，结果已经出来了。"

我看了看身旁的沈若冰和陈雅楠，两个姑娘的神情也明显有些紧张。

我按捺住心头的情绪，问道："怎么样？"

等了一会儿，孙朗发过来信息："你寄过来的一共是四对八个人的检材，检测结果是，每一对都是同父同母，并且同卵的双胞胎。"

虽然事先有心理准备，但真的拿到实打实的证据，那种震撼还是完全不同的。

我再次问道："你确定吗，这个结果，没问题吗？"

孙朗很肯定地回答道："我亲自做的，肯定没问题！"

我点了点头，这是一个极为可怕的结果！

我们送过去的检材一共是四对，八个人。无一例外，每一对的测试结果，都与他们先前在鉴定中心测试出的结果不同。这说明什么？说明有人暗地里做了手脚。那份档案上一共有二十几对人，遍布世界各地数十家亲子鉴定中心，想必都是如此。

我们的对手竟然拥有如此强大的实力，想到这里，一股极度的惧意袭上了我的心头，我不由自主地握住了身旁两个姑娘的手。

就在这时，我的电话响了。

第二十六章 第三次谋杀

我这个电话卡，是我在小镇养伤的时候买的一张非实名 SIM 卡，这个号码除了沈若冰和陈雅楠，基本没人知道，谁会打这个电话？

拿起手机，上面是一个陌生的座机号码，区号是 0471，我接起电话，问道："哪位？"电话里的声音非常熟悉："你好，是赵山吗？"

我松了口气，是呼和浩特的那位私企老板，麻雨轩。当时分开的时候，我给他留了这个电话号码，让他有急事的时候打给我。

我点开免提，问道："怎么样，老麻，有什么事情？"

麻雨轩问道："你们那边情况怎么样？"

我说道："还算顺利，检测结果已经出来了。"

麻雨轩问道："什么结果？"

我把刚刚得到的检测结果告诉了麻雨轩。

麻雨轩在电话那头沉默了很长时间，说道："我猜到了。"我点了点头，但没有说什么，我和赵峰，包括沈若冰和陈雅楠，都有过和麻雨轩相同的经历，我完全理解他此时此刻的感受，他需要缓一会儿。

良久，麻雨轩似乎缓过神来，说道："有一件事情我要告诉你们，我做了我和我父母之间的 DNA 亲子鉴定，前些天拿到了报告。"

我问道:"怎么样?"

麻雨轩说道:"我和他们之间,没有任何血缘关系。"

我看了看身旁的沈若冰和陈雅楠,这个结果,与我和赵峰当时的情况一模一样。我安慰麻雨轩道:"老麻,你别太难过了。"

麻雨轩说道:"谢谢你们,其实听完你们的事情,我已经有思想准备了,不过拿到这个结果,我还是有点……没事,我现在还好。"

麻雨轩停顿了片刻,说道:"几天前,我和我父母已说清了情况,并且向他们了解了当年的整个事情,得到了一些信息……"

我问道:"他们都说了什么?"

麻雨轩说道:"我父母告诉我,我确实不是他们的亲生儿子,而是抱养来的。我父母结婚后很多年一直没有孩子,后来查出来我父亲患有不育症,之后治疗了好多年也没有成效,他们索性放弃了。一九八二年初,一个远房亲戚来呼市出差,住在我家,有一天闲聊的时候他突然说起来,问我父母为什么不抱养个孩子,我父母说没有渠道去抱养。那个亲戚说他可以帮着试试,我父母当时很开心,就答应了。过了没多久,那个亲戚说他已经找到了一个孩子。"

说到这里,麻雨轩问我们:"你们知道,这个孩子在什么地方吗?"

我问道:"你不会说,也是在内蒙古吧,不会是……"

麻雨轩说道:"对,也是在内蒙古,而且……就是你们说过的那个,乌兰左旗。我父母得知这个消息以后很高兴,立刻动身前往乌兰左旗,在乌兰左旗的县医院里,他们见到了那个孩子,也就是我。"

同样在内蒙古,同样在乌兰左旗,与我和赵峰的出生地一模一样,这应该不是巧合。麻雨轩继续说道:"县医院的医生跟我父母说,这个孩子的父母出了车祸,父亲当场身亡,母亲送过来的时候还有一口气,孩子是剖腹产下来的。由于孩子的父母双方都没有亲人,所以符合领养条件。"

我打断麻雨轩的话,说道:"你等一等,这有点太巧了吧,两边一个亲戚也没有吗?"

麻雨轩说道:"现在回想起来,这件事情确实不太符合常理。不过当时我父母抱养孩子心切,就没考虑那么多,办好了领养手续后,就把我接回来了。我父母知道的，就这么多了，没有别的有价值的信息了。"

我问道："对了，你那个远房亲戚呢，他应该知道些什么吧？"

麻雨轩说道："我明白你的意思。我父母是通过那个远房亲戚联络上那家县医院的，当然也可以说，是那家县医院通过我那个远房亲戚，联络上我父母的。所以我也觉得，他们之间肯定有什么我们不知道的秘密。"

我说道："你分析得没错。那你有没有联系到他？"

麻雨轩说道："联系了，但是他……已经死了。"

我不由得心里暗暗骂了一句，刚刚有了一点进展，线索又断了。我问道："他是什么时候死的？"

麻雨轩沉默了片刻，说道："我不知道，应该……应该就是在刚刚吧。"

麻雨轩的口气和回答都非常奇怪，我一时没有明白他的意思，问道："你什么意思？"

麻雨轩似乎努力地平复了一下情绪，说道："我现在就在他家，他的尸体……就躺在我旁边，我进来的时候就这样了，是……是割喉。"

我一下子呆住了，说道："你说什么！你……你是说，他是刚刚被人杀死的？"

麻雨轩说道："应该是，我来晚了一步。"

沈若冰突然说道："麻先生，你快离开那里！"

"我知道，我知道……"麻雨轩顿了顿，说道，"但是我在想，最危险的地方……可能就是最安全的地方。我需要把整个事情捋一捋，所以……我就在这里待了一段时间，平静了以后，才给你们打的电话。"

我和沈若冰、陈雅楠交换了一个眼神，这个麻雨轩还真不是一般人，守着一具血糊糊的尸体，还能这么冷静，基因还真不是一般的强大。

我问道："他临死之前跟你说什么没有，现场有没有什么发现？"

麻雨轩说道："什么都没有。我进来的时候他已经断气了。不过有一件事情，我进小区的时候，在门口看到了你们说过的那辆黑色切诺基。"

我心里一惊，果然，又是黑色大切！

我说道："老麻，你马上离开那里。另外，呼市你不能再回去了，你马上找个安全的地方，我们去接你。"

麻雨轩说道："你们放心，我会注意安全的。但是我必须先把我父母转移到安全的地方，公司还有一些事情要处理，另外，我还要去找一个人。"

我问道："你要去找谁？"

麻雨轩说道："我要去趟山西，去找我那个双胞胎兄弟，赵德柱。"

麻雨轩说得没错，他既然已经遇到麻烦了，赵德柱很可能也会有危险。我说道："老麻，你听我说，你一定要注意安全。山西我们和你一起去，你把事情处理好，马上联系我们。"

麻雨轩说道："好，那就明天下午我们在呼市见。具体的时间和地点我会在邮箱里发给你们，从现在开始，我的手机就关机了。"

我挂掉了电话，看了看一旁的沈若冰和陈雅楠，三人一时间谁都不知道该说什么。事情发展到现在，已经远远超出了所有人的预期。

这已经是这些天发生的第三起谋杀了，第一个是赵峰，第二个是呼吉雅大娘，第三个就是麻雨轩的这个亲戚。我知道，我们所有人都卷入了一场巨大的危机中。我抬起头来，问两个姑娘："你们还要跟我一起查下去吗？"

陈雅楠和沈若冰交换了一个眼神，两个姑娘都坚定地点了点头。

陈雅楠说道："停下来，就是等死，前进一步，或许还有生机，最不济，我们也可以跟他们拼个鱼死网破！"

我说道："好！那咱们就跟他们拼了，大不了鱼死网破。"

时间还不到七点，我们各自回房补了个觉。

脑子里的事情实在太多，这一觉也没睡踏实。起来的时候，两个姑娘已经做好了午饭，但显然大伙儿都没有什么胃口，胡乱扒拉了几口饭，沈若冰和陈雅楠起来收拾碗筷。我坐在沙发上，突然之间，感觉身心俱疲。

这些天确实是太累太累了，我们三个每天起早贪黑地去调查、去分析，每个人的身体和精神都快到极限了。坐在沙发上发了会儿呆，沈若冰收拾完碗筷，倒了杯水递给我，问我："怎么了？"

我笑了笑，说道："没什么，就是突然觉得，有点累……"

说到这里，不知道为什么，我突然产生了一种强烈的念头，我很想去看一看我的女朋友。我已经很久没有见到她了，也不知道她现在怎么样了。我自己知道，前路漫漫，生死未卜，或许明天离开这里，我就很可能再也不能活着回到北京了，我很想在临走前，再见一见我的女朋友。

我对沈若冰说道："我想去外面转转，去看看我女朋友……"

沈若冰微微一怔，说道："我们陪你一起去吧。"

我说道："不用了，我就是出去转转，散散心，你们在家好好待着吧。"

陈雅楠说道："还是我们陪你去吧，多少有个照应。"

我知道两个姑娘是好意，就没有再拒绝，三人拿了车钥匙出门，上了汽车向城里开去。

三月下旬的北京，春天的气息已经很浓了。路边的迎春花和丁香花都已经开了，到处是一阵阵丁香花特有的香气。我开着车，行驶在熙熙攘攘的北京街道上，阳光穿过车窗，照在身上暖暖的。

车子开进望京，我在一条小街道上把车停下来，对两个姑娘说道："你们就送到这儿吧，我一会儿就回去，不会耽误明天咱们出发的。"

陈雅楠说道："你一定要小心！"

我点了点头，说道："放心吧，我会小心的。"

目送着两个姑娘开车离去，我点了根烟，慢慢向前走去。女朋友的家就在这儿附近，其实，我只是想看一看她，想知道她现在怎么样了，我知道我并不能见她，因为我怕我会连累到她。我已经半年多没有见到她了，对于她来说，我已经死了半年多，或许她已经把我忘了。现在社会节奏这么快，谁对感情都不是那么认真，认识一个男人，忘记一个男人，其实都挺容易的。

今天是周末，女朋友应该在家。

在女朋友家的楼下坐了一个多小时，我看到了她。只见我女朋友和一个很年轻、很帅气的小伙子下了楼，手牵着手向前走去，两人的关系非常亲密。果然，她已经把我忘了，有了新的生活。

我很为她感到高兴，有一个新开始挺好的，总比跟着我强。

目送我女朋友和她的新男友消失在视野中，不知道为什么，我的鼻子有些发酸。我趴在自己的膝盖上，无声地啜泣了一会儿。

就在这时，突然有一只柔软的手按在了我的肩膀上，我抬头望去，是沈若冰。沈若冰后面不远处，是一脸担忧的陈雅楠。

我愣道："你们怎么来了？"

沈若冰的脸上，满是关怀，她说道："我们不放心你。"

听到沈若冰的这句话，突然之间，我感情的闸门再也关不住了，我抱住她的腿，"哇"的一声哭了出来。

第二十七章　再访赵德柱

难过归难过，我毕竟是一个理智的人。

其实想一想，即便是这个世界上最贞洁的女人，也没有必要一直为一个死人守寡，毕竟已经不是古代了。从当初我遇到那件事情开始，这样的结果就已经注定了。抱着沈若冰哭了好一阵子，我的情绪宣泄出去很多，两个姑娘把我拉回家，进门的时候，我已经基本缓过来了。

作为一个男人，你可以有情绪低落的时候，也可以有难过伤心的时候，但是这种情绪持续的时间越短越好，因为你还有很多重要的事情要去做。

就这样吧，让它过去。

冷静下来之后，我开始思索麻雨轩的事情。

坦白讲，以现在的情况，我和沈若冰、陈雅楠三人是绝不能轻易相信任何人的，我必须确定麻雨轩说的是不是实话，他是不是可以信任。到家之后，我回拨了麻雨轩的座机号码，电话是麻雨轩那个远房亲戚家的座机，同时也是杀人现场，拨了很多遍，始终没有人接。

收拾好东西，休息了一晚之后，我们动身前往呼和浩特。

呼和浩特距离我们有六百多公里，我们开了将近七个小时，第二天下午一点整，赶到了麻雨轩给我们发的位置。

这是位于呼和浩特郊区的一家不起眼的小饭馆。再次见到麻雨轩，他看起来十分疲惫，上车之后，我问他："怎么样，没遇到什么事情吧？"

麻雨轩说道："没有人知道我在这里，你们放心。走吧，我们出发！"

我们这次要一起去拜访的人，是麻雨轩的双胞胎兄弟，家住在山西大同的那个名叫赵德柱的人。我们有几件事情必须和他确认清楚：第一，赵德柱和他的父母之间，究竟有没有血缘关系；第二，也是最重要的，从赵德柱父母那边，能不能寻找到一些有价值的线索，这是我们现在很重要的突破口。

在路上，麻雨轩向我们讲述了他和我们分开后发生的所有事情。

和我们分开后，他第一件事就是去检查他和他父母之间的关系。取到结果以后，他难过了很多天，同时也十分震惊。仔细考虑之后，同时也是为了查明真相，他和两位老人摊了牌，于是得到了他和我们讲述过的那个答案：他父母承认，麻雨轩确实是抱养的，并告诉了他当时的整个过程。以麻雨轩对父母的了解，两位老人应该没有说谎，不过看起来，两位老人知道的情况也并不多。

那么，接下来，也是很重要的一步，就是去探访当年抱养事件的中间联络人，也就是他那位远房亲戚。

麻雨轩非常谨慎，在出发之前，他先用一个安全的座机电话和那位亲戚联络了一下，亲戚听到他问起这件事，说话显然有些吞吞吐吐。

麻雨轩确定，事情是有内情的。挂掉电话后，他立即动身前往远房亲戚的住处——内蒙古赤峰，但还是晚了一步。麻雨轩到达亲戚家的时候，房门是虚掩的，他推门进去，就看到了他向我们描述过的场景。

他的那位亲戚已经被害了！

麻雨轩当时吓坏了。但他瞬间回想起来，他进小区的时候，在小区门口看到了我们和他说过的那辆黑色切诺基，他在停车的时候见到两个身材壮硕的男人上了车，把车开走。也就是说，他们几乎前后脚到，麻雨轩只要再早到几分钟，屋子地上的尸体，很可能就是他和那位亲戚两个人的了。

麻雨轩在原地缓了很久，不过，他毕竟是一家大企业的老板，怎么说也是见过世面的人，很快就冷静了下来。

第二十七章　再访赵德柱

麻雨轩看过很多侦探类的小说和影视作品，有一定的反侦察能力。

他马上想到，必须先尽可能摆脱自己的嫌疑，别让警察到了以后把自己当成犯罪嫌疑人。这样不仅自己会陷入不必要的麻烦，还会给警方的侦破工作造成困难。第二件事情，就是要利用自己在现场的契机，尽可能拿到一些线索。

他先在他站的地方附近找了两个塑料袋，把自己的鞋子套上，再用毛巾将自己进门处里外外的鞋印和指纹都擦掉。接下来，他在亲戚家的厨房找了双一次性手套戴上，然后开始仔细勘查现场。

麻雨轩毕竟不是专业人员，仔细查看了半天，也没看出什么有价值的东西，不过可以确定的是，他的亲戚是被割喉而死，手法很专业，一刀毙命。

接下来，他平静了一阵子后给我打了电话。为了安全，他并没有用自己的手机，而是用了房间里的座机，他知道我的手机号码不是实名的，很安全。和我通话后，麻雨轩又仔细清理了他在房间内留下的痕迹，这才离开。为了避免不必要的麻烦，他并没有报警，而是把房门虚掩着，这样很容易被人发现。

麻雨轩的话听起来没有漏洞，但我还是要验证一下。现在我能相信的人，除了沈若冰和陈雅楠，任何一个新加入进来的人，我都要小心，大意不得。

其实，从昨天晚上我就不断地给那个座机号码拨电话，但一直没有人接听。没有人接听，至少说明麻雨轩暂时可以相信，因为有可能接听电话的，除了警察，不会再有别人，只要有人接听电话，就说明麻雨轩是在对我们说谎。

下午三点多钟，在右玉服务区加油的时候，我借着上厕所，再次拨通了那个座机号码，这次接通了。接电话的是一个年轻小伙子，他的声音很警觉，我掐着手表上的时间，假装推销股票产品，和对方闲聊了不到一分钟，然后挂掉了电话。

因为工作的原因，我和警察接触得很多，我可以断定，和我通电话的是一个警察，看来对麻雨轩的警觉暂时可以解除了。

我们的团队又增加了一个新成员。

山西大同距离呼和浩特并不算远，下午四点多钟，我们下了高速。麻雨轩用我的安全号码给赵德柱打通了电话。听到是麻雨轩的声音，赵德柱显得很兴奋，说道："哎哟，是麻老板啊，怎么有空想起兄弟来了？"

麻雨轩说道："我有事情找你，你现在在什么地方？"

赵德柱说道："家里待着呢，最近生意不太好做，在家里歇两天。"

赵德柱居住在大同市郊区一间很小的破平房里，屋里乱得跟猪圈一样。赵德柱看到我和沈若冰几人，明显一愣，问麻雨轩："麻哥，他们怎么又来了？"

麻雨轩说道："老赵，我们有很重要的事情找你，你要做好思想准备。"

赵德柱见麻雨轩面色凝重，有点发愣。麻雨轩沉吟了片刻，把事情的来龙去脉讲给了赵德柱。

赵德柱听完麻雨轩的讲述，已经完全蒙了，说道："麻哥，你不会是说，你……你是我哥吧？"

麻雨轩点了点头，说道："是的，我们是双胞胎兄弟。"

赵德柱愣了半晌，说道："麻哥，你说这事吧，多了一个亲兄弟，是挺高兴的事，但你看我这……我这日子过得，我自己都管不过来自己……"

麻雨轩说道："我明白你的意思，既然我们两个是兄弟，以后有我一口吃的，就一定会有你一口，但是你要答应我一件事情。"

赵德柱说道："麻哥你说。"

麻雨轩说道："你要争气，你身上的那些臭毛病，你要给我改了！"

赵德柱笑了，说道："麻哥你放心，只要你能让我过上好日子，让我爸妈过上好日子，我都听你的，你说吧，我能干什么？"

麻雨轩说道："第一件事情，我要你帮我取到你父母的检材，我要确认他们和我们之间，究竟有没有血缘关系。"

赵德柱答应得很痛快："没问题，我这就带你们去。"

赵德柱说到这里，突然面露难色，说道："麻哥你也知道，我从小不争气，是被我爸妈赶出来的，我现在回去，怎么也得拎点东西，总不能空着手过去吧？"

麻雨轩无奈地笑了，从包里拿出两万块钱，递给赵德柱，说道："你把这个给他们，就说是你孝敬他们的。"

赵德柱喜笑颜开地接过钱，说道："好好，我穿件衣服，这就带你们过去。"

赵德柱的父母家距离这里并不远，也是在郊区的一片平房区。赵德柱把我们带到一扇灰黑色的铁门前，说道："你们在这儿等着，我进去拿你们要的东西。"

赵德柱推门进院，只是片刻，院内便传来了一阵吵闹的声音，还有摔盘子、摔碗的声音。不大会儿工夫，院门打开，一个老头拿着一把扫帚，把赵德柱轰了出来，嘴里还吼着："你这个兔崽子，给我滚，永远不要再进这个家门！"

赵德柱灰头土脸地被轰了出来，手里拿着两把牙刷和一把梳子，对麻雨轩说道："红的这把是我妈的，黑的是老头子的，梳子上的头发一看长短就知道是他们谁的了。"

赵德柱把东西塞到麻雨轩的手里，又把那两万块钱塞给麻雨轩，说道："钱他们也不要，人也打出来了，这老头老太太啊……"

麻雨轩把钱塞给赵德柱，说道："钱你拿着吧，贴补贴补，你父母的事情，以后我慢慢帮你想办法。你先回去，有什么事情我再找你。"

赵德柱显得有些感动，说道："哥，我叫你声哥吧，以后我都听你的。"

麻雨轩的眼圈也有点红，他拍了拍赵德柱的肩膀，说道："去吧，小心点。"

赵德柱一瘸一拐，一步三回头地走了。

麻雨轩叹了口气，问我："下面怎么办，我们去哪里做鉴定？"

我说道："就在这里吧，可以快一些。"

麻雨轩问道："在这里，能保证结果准确吗？"

我说道："这里是山西，我不相信他们的手能伸这么远，另外，我不是还有个学生物的小读者吗？结果出来以后，可以让他看一看。"

几人都同意了。麻雨轩说道："昨天晚上我已经查询了大同这边的亲子鉴定中心，还真有一家，六点钟关门，时间还来得及。"

在车上，我们几个商量了一下，为了确保安全，这一次去做亲子鉴定，我和麻雨轩都不方便露面，陈雅楠最机灵，让她去就行。

我们之前给赵德柱做过鉴定，所以手上有赵德柱的DNA信息，这次只要分别拿到他父母的DNA信息，让我的小读者给对比一下，就知道结果了。

几人都没明白我的意思，我解释道："很简单，就让陈雅楠拿着她自己的头发，和赵德柱父母做检测，咱们不就拿到赵德柱父母的DNA信息了吗？咱们手里本来就有赵德柱的DNA信息，让我的小读者一对比，就行了。"

几人这才明白，陈雅楠笑道："作家的脑袋就是灵光，给你点个赞。"

第二十八章　三十六年前的女医生

六点之前，我们赶到了位于大同解放路的一家 DNA 亲子鉴定中心。我把检材交给陈雅楠，嘱咐她道："尽量做加急的，越快越好，最好明天上午就能拿到结果。"

陈雅楠一笑，说道："你放心吧，交给我。"

半小时后，陈雅楠从鉴定中心出来，我问道："怎么样？"

陈雅楠说道："今天晚上就出结果。"

几人都是一愣，居然今天晚上就能拿到结果，看来陈雅楠的本事还真不一般。我问道："怎么做到的，使美人计了吧？"

陈雅楠使劲捶了我一拳，说道："使什么美人计？尽瞧不起女人。走走走，我饿了，快去吃饭。"

我看了看表，即便是加急的亲子鉴定，出结果也要将近四个小时，也就是说，最早要将近十点才能等到结果。我们先找了个饭馆吃了晚饭，又找了家按摩店休息了一下。有按摩小妹在，我们也不好聊什么，四人谁都没怎么说话，其实大伙儿心里都很焦急，尤其是我，好奇心本来就强。

为了缓解紧张情绪，我问陈雅楠："对了，你用了什么方法，让鉴定中心今晚给你加班的？"

陈雅楠笑了，说道："那还不简单？我给他们编了个故事，说我爸这人特别爱吃醋，最近不知道听了什么风言风语，说我不是他的孩子，就跟我妈吵起来了。我妈一气之下犯了心脏病，现在住在ICU，我爸还不依不饶，我就赶紧过来做鉴定，也不知道我妈能抢救得过来不，所以希望能赶紧出结果。"

我们听了陈雅楠的话，哈哈大笑。

聊了一阵子闲天，一直紧张的气氛放松了很多，就在这时，手机响了，陈雅楠接起电话，说道："喂，是我，好的。"

陈雅楠放下电话，说道："结果出来了，我们快走。"

半个小时后，我们顺利拿到了检测结果。事先我已经和孙朗联络过了，我用手机将厚厚的一沓报告拍好照片，用邮箱发给了他。十几分钟后，孙朗发过来信息，告诉了我答案。我们事先的猜测是对的，赵德柱这边，无论是他的父亲，还是他的母亲，都和他与麻雨轩没有任何血缘关系。

麻雨轩和赵德柱这一对双胞胎兄弟，竟然与我和赵峰的经历完全相同。这已经是第二次了，两对双胞胎，竟然都不是他们双方父母亲生的。

拿到这个结果，我们几人都极度震惊，尤其是麻雨轩。

下面的一个疑问就是，赵德柱，是他妈亲自生出来的吗？

这句话说起来似乎有些荒唐，但这件事情也一直是我们几人心中最大的疑问。当时，在确定了我和赵峰是双胞胎兄弟以后，我们分别检测了我们的父母，结果是都与我们毫无血缘关系。但奇怪的是，唯一见证过我出生的呼吉雅大娘一口咬定，当年我确实是我妈生出来的，而赵峰，也是他妈生出来的。

沈若冰说道："看来下面的一步，就很重要了，我们要亲自去见一见赵德柱的父母。一定要从他们的口中得知，当年到底发生了什么事情？"

我摇了摇头，说道："这件事情恐怕有些难度，你们也看到了刚刚赵德柱回家时候的样子，他的父母和他仇怨很深，还没说什么就给打了出来。"

麻雨轩沉默了片刻，说道："这样吧，这一次不通过赵德柱，我们自己去。"

陈雅楠说道："我们自己去？他们不会相信我们的。"

麻雨轩笑了，说道："他们会的，原因很简单，就凭我这张脸，他们就可以相信我们。"

几人恍然大悟，麻雨轩的长相和赵德柱一模一样，但气质完全不同，就凭这一点，就足以勾起赵德柱父母的好奇心了，他们一定会对我们说实话的。

凭着记忆，我们再次回到了位于大同郊区的那片老平房。时间已过十点，街道上冷冷清清的，没有一个行人。来到赵德柱父母家的门口，我上前敲门。

空旷的敲门声在胡同内响起，在深夜之中显得异常清晰，不远处传来了几声狗叫。不知道为什么，我突然想起拜访呼吉雅大娘的那次了，心里猛然"咯噔"了一下。不大会儿工夫，门内传来了一声喊叫："谁啊，这大半夜的？"

我再次拍了拍门，说道："大爷，请您开门。"

下午把赵德柱轰出来的那个老头披着衣服打开了院门，看到我们几个，神色立刻变得十分警觉，问道："你们是干什么的？"

我说道："大爷，有些事我们想跟您咨询一下，打扰了。"

看得出来，这个老头的脾气很臭，听明白了我们的来意，他立刻爆发了，骂骂咧咧地说道："你们哪儿来的啊，这大半夜的不让人睡觉，咨询什么啊？"

麻雨轩按了按我的肩膀，我退到一旁。麻雨轩走上前去，对老头说道："大爷，您看看我是谁，就知道我们为什么来了。"

麻雨轩说完，摘下了脸上的口罩。

老头看清麻雨轩的脸，立刻勃然大怒，骂道："你个兔崽子……"

刚骂到这里，他突然觉得不对，愣道："你……你是谁？"

老头的眼睛还挺贼，麻雨轩除了长得和赵德柱一模一样，气质和作派完全不同，老头一眼就分辨出来了，用手指着麻雨轩，问道："你……你是什么人？你怎么会，会和我儿子长得一模一样？"

麻雨轩正要回答，赵德柱的母亲走了出来，问道："什么事啊，老头子？"

她突然看到门口的麻雨轩，说道："儿子来了，你这老头子怎么不让他进来啊？这大半夜的，这么冷……"

刚说到这里，她也突然觉得不对劲了，说道："你……你是谁？"

麻雨轩说道："大爷，大妈，我不是你们的儿子，我只是和你们的儿子赵德柱，长得一模一样。"

赵德柱的母亲瞪大了眼睛，看了看麻雨轩，又看了看一旁赵德柱的父亲，说道："老头子，这……这是怎么回事？"

麻雨轩说道："大爷大妈，您让我们进去说吧，我都会告诉你们的。"

几分钟后，我们坐到了赵德柱父母家的客厅里。两位老人已经从刚刚的震惊中缓了过来，赵德柱的母亲问道："孩子们，这……这到底是怎么回事？"

麻雨轩说道："大爷大妈，你们做好思想准备，我接下来要说的事情，可能会让你们感到很吃惊。"

赵德柱的母亲点了点头，说道："好，你们说。"

麻雨轩说道："我叫麻雨轩，我和你们的儿子赵德柱，是双胞胎兄弟。"

赵德柱的母亲打断麻雨轩的话，说道："你说什么？这……这不可能！"

麻雨轩说道："确实很难相信，您听我慢慢跟您说。"麻雨轩整理了一下思路，把整件事情的来龙去脉，向两位老人仔细讲述了一遍。

赵德柱的母亲听完，说道："这绝对不可能，你们肯定搞错了，我儿子是我生下来的，他有个双胞胎兄弟，我怎么可能不知道？"

"这就是我们这次来的目的，我们想弄清楚，赵德柱他……"麻雨轩说到这里，停顿了一下，问道，"当初是您亲自生下来的吗？"

赵德柱的母亲显然被问得一愣，说道："你这话什么意思啊！不是我亲自生下来的，那他是哪儿来的？"

麻雨轩说道："但是，根据我们做的亲子鉴定报告，您二位和赵德柱之间，没有任何血缘关系，也就是说，他不是你们的儿子。"

老太太说道："这不可能，绝对不可能。你的那个什么报告，肯定是错了。"

麻雨轩说道："大妈，您要相信科学，这个报告是我们亲自做的，下午赵德柱过来，就是来拿你们的DNA检材，您要相信这份结果。"

老太太显然呆住了，看了看一旁赵德柱的父亲，说道："老头子，这……你不会是领孩子的时候，给抱错了吧？"

老头一下子急了,说道:"你说什么呢你,怎么可能抱错?"

麻雨轩说道:"大爷大妈,你们先别着急,这中间肯定是出了什么差错。我有一个请求,就是当年发生的所有事情,您能帮我们仔细回忆一下吗?"

老太太点了点头,说道:"好,我仔细给你们回忆一下。"

按照赵德柱母亲的讲述,她和赵德柱父亲结婚以后,很多年都没有孩子。一开始,两人还没觉得有什么,但是过了好几年,仍然没有动静,就有点着急了,于是去医院做了仔细的检查。医生检查之后,说赵德柱母亲的身体不太好,不利于怀孕,需要好好调养一下。

于是,从那时候开始,她就经常去医院检查,各种调养。过了一段时间后,她又一次去医院检查,医生恭喜她,说她已经怀孕了。

两人都很高兴,医生说,她的身体不好,以后最好不要再到医院检查了,路上容易动胎气,弄不好孩子会流掉,建议她在家卧床休养。医生又说,她可以定期上门给她做产检,保证她把孩子生下来。

听到这里,我和沈若冰几人交换了一个眼神,事情有点奇怪,什么孕妇能娇气成这样,连产检都不能去做?

我问老太太:"您说的这家医院,是哪家医院?"

老太太说道:"我们当时不住在山西,是后来搬到这里来的。当时我们在内蒙古,赤峰旁边的一个县,叫乌兰左旗,医院就是那里的县医院。"

我一下子愣住了,问道:"您说的是乌兰左旗的县医院?"

老太太说道:"对,乌兰左旗县医院。我还记得那个医生叫赵红英,是那家医院的妇产科的主任。"

我看了看一旁的麻雨轩,有点太巧了,又是乌兰左旗,又是县医院,我和赵峰都是在乌兰左旗出生的,而麻雨轩是在那家县医院被抱养的。

老太太继续讲道:"这个赵医生人还不错,后来,她就每两个星期来我家替我免费检查一次,我当时特别不好意思,她说,都是为人民服务嘛。就这样,一直到我生产完,连接生都是她给我接生的。"

老太太说到这里,沈若冰问道:"大妈,我想问问您,您能确定,您当时生下来的孩子，就是赵德柱吗？"

老太太听得有点糊涂了，说道："那……那肯定是啊。"

沈若冰又问道："我的意思是，孩子出生的一刻，您看清楚了吗？"

老太太说道："那倒没有，我生产之前，赵医生说要给我打一针，可以减少疼痛，我就同意了。打完针以后，我就睡着了，所以，孩子出生的时候我没见着。"

说到这里，老太太问赵德柱的父亲："对了，孩子他爹，你当时不是也在吗，你有没有看见啊？"

赵德柱的父亲说道："我又不在屋里，我哪儿看得见啊？"

沈若冰问道："大爷，那您帮我回忆回忆当时的情况。"

赵德柱的父亲回忆了片刻，说道："我记得当时我就在外面守着，孩子他妈生得不太顺利，从一早折腾到晚上，后来听到里面孩子哭，我知道生了，没过多久，赵医生就抱着孩子出来让我看，说母子平安。"

我问道："您当时看到的孩子，确定是赵德柱吗？"

老头说道："那肯定是啊，这兔崽子屁股蛋子上有块黑痣，我还能看错了？"

我又问道："那房间里的情况，您看到了吗？"

老头说道："那没看到，孩子生下来以后，赵医生说没事了，让我回去休息，我也累了。等我再过去，已经是晚上了，孩子他妈挺好，孩子就躺在旁边，赵医生又跟我交代了几句，就走了。"

我突然想起了什么，问道："大爷，您当时看到的那个孩子，是新出生的婴儿吗？"

老头被我问糊涂了，说道："小伙子，你啥意思？"

我解释道："我是说，有没有这种可能，大妈生的孩子被人抱走了，换了一个，所以这孩子不见得是刚生下来的，可能是生了好几天的？"

老头一下子明白了，说道："看你这话说的，我还看不出来这孩子是不是刚生下来的？羊水还在身上沾着呢，头发一绺一绺的，肯定是刚生下来的。"

我点了点头，不再问什么。

第二十九章　正面遭遇

截至目前，可以确定的疑点一共有三个：第一，所有的这些双胞胎，第一次检测报告全部出错；第二，已知的两对双胞胎，我和赵峰，麻雨轩和赵德柱，从得到的信息来看，居然各有各的生母；第三，这四个人又分别与他们的生母没有任何血缘关系。

事情扑朔迷离，我已经可以肯定，这些表面疑点的背后，一定有一场巨大的阴谋，但这阴谋到底是什么，这一切的谜底，看来都要找那群黑衣人来问了，答案一定在他们的身上！

时间已经是第二天凌晨，距离乌兰左旗一带山上化雪的时间只有一两周了。从赵德柱家出来以后，我们简单商量了一下，直接驱车回到了乌兰左旗。

由于快到化雪的时间，草原上将会极为泥泞，我们花了两天的时间，到汽配城把租来的这辆吉普车做了一些改装，临时换了一个发动机，增大了马力，又购买了增大摩擦力所需要的专用防滑链。这一次我们进山，就要面对那帮穷凶极恶的对手了，我们必须作好充足的准备。第三天下午，带好帐篷和充足的食物，我、麻雨轩、沈若冰和陈雅楠四个人驱车前往那个山口。

太阳快落山的时候，我们来到了上次打狼的那个山口附近，距离上一次已经有两个月了。我们把车子停在了一个事先选好的极为隐蔽的位置，然后装作游客，徒步来到那个山口。

检查了一番之后，这里一切如常，和我们上次走的时候没有任何变化，看来那群人还没有到，这下我心里踏实多了。现在是螳螂捕蝉，黄雀在后，黑衣人在盯着之前进山的那三个人，而我们在暗处从容地盯着他们。

我们在附近找了一个很隐蔽的山坳，支上两顶双人帐篷，就这样住了下来，静静地等候。并没有等多久，第四天的下午，黑色大切上的那些人来了！

我们四人藏在山顶的一块巨石后，按捺住心头的紧张，向下望去，这一次来的一共是三辆车，全部都是黑色的大型切诺基。只见这三辆车开到山口的位置，每辆车三个人，一共下来九个人。这几个人在山口附近观察了一番之后，从车上取出专业的登山工具，分成三组，一组两个人，进山搜索，剩下的几个人留在原地。

我们藏在山顶的巨石后，静静地观察着，两个小时后，那几组人回来了，只见这些人商量了一番之后，六个人分别上了两辆车，向山下开去，很快就没了踪影。而剩下的那辆车上的三个人，则从车上取下各种工具和帐篷、睡袋，开始搭帐篷。

麻雨轩问我们："他们在干什么？那两拨人干什么去了？"

我说道："他们是在搭帐篷，肯定是要在这儿堵了，但那两拨人干吗去了呢？"

麻雨轩的问题，我也没有办法回答。沈若冰突然说道："我估计，很可能这片大山，进出山的山口不止这一个。"

沈若冰果然是冰雪聪明，我一下子明白了她的意思。之前的那三个人在打狼的那一夜逃进了深山，之后被大雪封在了山里，一直没出来。但进山的山口应该不止我们眼前的这一个，之前走的那两辆大切上的人，应该是去其他的进山位置堵截了。

麻雨轩也明白了，说道："这倒是咱们没想到的，那另外几处山口，咱们怎么盯？我们要不要也分成几队？"

我琢磨了片刻，摇了摇头，说道："还是不要了，我们的人手本来就少，再分开的话，万一出了什么事情，连个照应都没有。"

麻雨轩说道："那万一，万一之前的那三个人没走这条路怎么办？"

我说道："不怕，我们只要盯好了眼前的这几个人，他们就跑不了。"

麻雨轩点了点头，不再说什么。

山下的那三个人装好帐篷以后，又从车上卸下很多食物和生活用品，点上一堆篝火，支上桌子开始做饭。

我看了看天，已到傍晚，天色暗了下来。那些人吃过晚饭后，围坐在篝火旁开始聊起天来。

又观察了一阵，估计也不会再有什么新的发现了，我们四人撤了下来，回到我们的临时营地，四人吃了点东西，商量了一阵。

陈雅楠突然说道："对了，我突然觉得，我们是不是应该去探个营？"

我一愣，问道："探什么营？"

陈雅楠说道："就是一会儿等他们睡觉了，去他们那儿看看，没准能发现什么有价值的线索呢？实在不行，咱们就绑一个回来，审讯！"

看着陈雅楠兴奋的神色，我心里是又好气又好笑，陈雅楠这个女孩，虽然长得好看，但性格就和幼稚的孩子一样，唯恐天下不乱。

不过陈雅楠的提议有道理，探营虽然危险，但所谓富贵险中求，或许会有意想不到的收获。

我沉吟了片刻，说道："既然要去探营，那就不要等他们睡觉再去，要去就现在去。他们睡着了，我们就什么都探不到了，现在去，我们可以听听他们说了什么，看看他们的帐篷里有什么，车里有什么，这都是线索。"

陈雅楠立刻兴奋起来，说道："好啊好啊，那我们马上就出发。"

我们立刻商量了一下，原本按照我的意思，我一个人负责探营，他们仨负责接应，但最后实在是拗不过陈雅楠，于是决定由麻雨轩带着沈若冰负责接应，我带陈雅楠去探营。出发前，我们仔细检查了一下车辆，又把车子上的防滑链仔细固定了一下。这样万一出了什么事情，至少可以跑路。

准备完毕，我和麻雨轩分别拿了一个对讲机，麻雨轩和沈若冰留在车上，随时准备接应，我带上陈雅楠出发了。

正是农历月半时候，天上有一轮饱满的圆月，将路上照得清清楚楚。我和陈雅楠小心翼翼地往前走着。我们宿营和停车的位置距离那个山口大约有两公里。走了将近四十分钟，这才来到了那个山口。

借着天上的月光，可以看到前面不远处有一块石壁，我和陈雅楠快步绕到石壁后，向前望去，再往前不远处有一座土丘，那里是一个很好的观察点。

我指了指那个土丘，陈雅楠会意地点了点头。我们两个在原地喘了几口气，然后贴着山壁猫着腰，小心翼翼地向土丘的方向走去。不多时，我们两人爬上了土丘，向下望去，只见那辆切诺基就停在土丘下面不远的地方，再往前扎了三顶帐篷，帐篷前面十来米的位置点了一堆篝火，那三个人正围着篝火喝酒聊天。

我对陈雅楠说道："你在这儿给我打掩护，我下去。"

陈雅楠不同意："不行，我要陪你一块儿去。"

我说道："带你到这儿就不错了，你一个姑娘家的就别去了，再说了，你下去只能给我添乱。你好好待在这儿，给我打掩护，万一我遇到什么事，还能有个照应。"

陈雅楠见我不同意，噘起了嘴，但也没有再坚持，伸手拉住我，说道："那你……一定要小心！"

看到陈雅楠关心的神色，我很感动，摸了摸她的头，说道："放心吧，这不还有你呢吗？"

陈雅楠笑了。为了确保安全，我取出耳机插在对讲机上，这样可以防止万一对讲机发出声响，引起不必要的危险。一切准备完毕，我深吸了一口气，猫着腰向土丘下面爬去。

为了不引起前面那三个人的注意，我不敢爬太快，花了将近五分钟，总算爬到了土丘的下面，累得一身大汗。

在一块石头后面藏好，我向前观察了一番，那三个人基本都背对着我，只要不弄出声音，应该没有问题。前面不远处就是他们的那辆切诺基，我准备先到车上看看有没有什么有价值的线索。

又观察了一番，见那三个人并没有注意这个方向，我猫着腰快步走到车前。

我没敢直接拉车门，而是透过车窗玻璃向里面看了看，车子落了锁。这种车都是有警报器的，看来车子里面是进不去了。

没关系，还有他们的帐篷，另外还可以听听他们说了什么。

我绕过那辆大切，慢慢向前走去，前面就是那三顶帐篷了。这三顶帐篷都是美国货，顶级的户外用品。篝火旁边有三个人，一共三顶单人帐篷，所以我肯定，帐篷里面没有人。几分钟后，我走到了第一顶帐篷后面。

再次观察了一下周围的环境，我必须想办法尽量离他们近一点，这样才能听清他们究竟说了什么，可以多得到点有用的信息。面前这三顶帐篷一字排开，最前面的一顶帐篷距离篝火大概七八米远，到那里应该可以听清他们的谈话。

我深吸了一口气，猫腰快步前进，很快就来到了最前面的那顶帐篷后面。探头向外望去，篝火就在前面不远处，几个人喝着酒，正聊得开心。

我侧耳倾听，声音可以听得很清楚。

但让我吃惊的是，他们说的居然是英语！

我一下愣住了。这是我完全没有想到的，之前在呼吉雅大娘家和那个蒙面杀手照面，他说的是汉语，我先入为主地认为对方是中国人，怎么能想到这几个家伙居然说英语？

我侧耳倾听，我的英语不是很好，但还是能大致听出来他们在聊什么。

听了一会儿，我大概听出来了，他们正在聊女人，说中国女人都是 Easy Girl，非常好搞，言语之间极为轻浮，我咬了咬牙，心中的怒火一下子就上来了。

努力克制住心中的情绪，我继续听下去，这帮兔崽子聊完女人之后，又开始聊球赛，说的是美国 NBA 的事情，具体内容听不太清楚。

就这样躲在帐篷后面，足足听了一个小时，他们终于聊到正事了，提起了之前进山的那三个人。我拼命想听清楚他们说的每一个词，但无奈我这半吊子英语，听听他们大概说了什么没问题，具体每句话就不大能听懂了。

我沉吟了片刻，从口袋中拿出了手机，点开了录音，我不敢确定对方的声音手机能否收录下来，但至少这是一个办法，沈若冰和麻雨轩的英语都不错，可以回去让他们听一听。同时，我也按下了对讲机上的对讲键，让麻雨轩和沈若冰可以听到这边的情况。

就这样，又听了半个多小时，那三个人又把话题引到了女人身上，而且越聊越兴奋，看来一时半会儿这个话题不会结束。看了看表，已经是晚上将近十点钟了，我还要去探查一下他们的帐篷，以后还有时间过来，到时候再听他们的谈话好了。

想到这里，我关掉录音，将手机放回口袋。再次看了看篝火旁的那三个人，酒应该喝得差不多了。我决定开始慢慢往回走，去看看他们的帐篷。前两顶帐篷的正面都对着篝火，不利于探查，我慢慢退到最后一顶帐篷边，再次探头向外看了看，那几个人的目光并没有望向帐篷这边。我深吸了几口气，蹑手蹑脚地绕到帐篷后面，掀开帐帘就钻了进去。

帐篷里一片漆黑，我伸手四下摸着，从头到尾摸了一遍，除了枕头、睡袋，什么也没摸到。我再次仔细摸了一遍，突然，在睡袋里摸到了一把枪，还有几个弹匣。

我犹豫了一下，把枪和弹匣揣进口袋，再次摸索一番，确认再没有其他东西后，掀开帐帘准备爬出去。

我低着头，刚刚爬出半个身子，突然觉得后脖颈子一紧，紧接着听到一个阴森森的声音在我身后响起："别动！"

我一下子僵住了，被发现了。那人一使劲，将我拎了起来，我转身望去，面前这人一身黑衣，冷冷地注视着我。

他的手上并没有枪，他凝视了我片刻，问道："你是什么人？"

我语无伦次地说道："不好意思，我我……我就是想摸点东西……"

那大汉笑了："摸点东西！据我所知，这方圆几十里都没有人家，说，你到底是什么人？"

这一回我不知道该怎么回答了，那大汉回过头去，就要叫后面那两个人。

我趁着那大汉回头之际，用尽全力一推他，由于地上都是积雪，那大汉一个趔趄，被我推翻在地，我扭头就跑。

这时，篝火旁另外两人听到这边的动静，起身追了过来，口中用蹩脚的汉语喊着："站住，什么人，再不站住开枪了！"

我加速飞奔，向土丘的位置跑去。后面那两人开枪了，虽然加了消音器，但我还是能感觉到子弹"嗖嗖"地从我身旁飞过,但是并没打中我。

我拼命地跑着,这时候我注意到之前抓住我的那个大汉,已经爬起身来,飞快地向我这边追过来。我迈开步子狂奔,突然脚下一打滑,身子狠狠摔在冻得硬邦邦的地面上。

我匆忙起身,一转头却发现后面那个大汉已经追到离我只有七八米了,我心里一沉,完蛋了!

就在危急关头,猛见一个人影飞一般地从土坡上滑下来,是陈雅楠!

只见陈雅楠以极高的速度从土丘上冲下来,正停在那大汉的面前。

大汉正在往前奔,突然见到一个绝色大美女拦住了去路,不由得一下子愣住。要说陈雅楠和沈若冰的长相,我现在是见多了,习惯了,一般人第一次见到她们,难免都会一愣,因为两个姑娘长得实在太漂亮了。

就在那大汉一愣神之际,陈雅楠提起右腿,一记极为专业而且漂亮的高鞭腿,狠狠地抽在了那大汉的太阳穴上,那大汉身子一歪,倒在了地上。

我张大了嘴巴,都快咧到耳根子了。陈雅楠转过身一把拉起我,喊道:"快跑!"我被动地被陈雅楠拖着,两人拼命地向前跑去。

第三十章　跟踪

跑出去百十来米，奇怪的是，后面并没有人追上来。我回头望去，这一望可不得了，只见那三个人已经上了汽车，车子启动，大灯打开，向我们的方向追来。我抬头四望，这时候我们已经跑下了山坡，四周是一望无际的平原。

陈雅楠问道："怎么办？"

我说道："去车那边！"

我们两人互相搀扶着，向我们停车的位置跑去。我掏出对讲机，试图联络麻雨轩，这才发现，刚刚摔的那一跤，已经把对讲机摔坏了。真是屋漏偏逢连阴雨，回头望去，只见后面的汽车似乎并不着急跟上我们，就像猫捉老鼠一样，不疾不徐地在后面跟着。又狂跑了几百米，由于跑得太快，我们俩实在已经没有力气了。

我停下脚步，陈雅楠问道："怎么不跑了？"

我说道："跑不动了，就在这儿等老麻他们来接我们！"

陈雅楠愣道："对讲机不是坏了吗？"

我一笑，从口袋中掏出那把手枪，陈雅楠愣道："这……是哪儿来的？"

我说道："从他们的帐篷里摸来的。"

说完，我把手枪上的消音器拧掉，拉动套筒，将子弹上膛，对着天空就是三枪，巨大的枪声在深夜的草原中显得格外响亮，后面的切诺基见到我开枪，一个急刹车就停下了，我端平枪口，对准了面前的切诺基。

两人一车就这么在草原上静静地对峙着。

我和陈雅楠不敢动，对面那辆大切也没有动，就这么静静地对峙了几分钟，我却感觉就像过了几个小时一样，忽然之间，猛听得一阵汽车马达的轰鸣巨响，回头望去，只见麻雨轩和沈若冰开着我们的那辆吉普车飞驰而来，片刻就到了我们眼前，麻雨轩一脚将车子刹住，向我们喊道："快上车！"

我和陈雅楠飞快地爬上车子，麻雨轩在雪地上一个漂亮的掉头，车子向山下疾驰而去。回头望去，那辆黑色的大切也追了上来。

两辆车向山下飞快地驰去，到了平地之后，地上的积雪逐渐变得泥泞，路越来越难走，我们车子的轮胎上加了专业的防滑设备，所以没有什么问题，后面的大切就明显不行了，速度越来越慢，一个小时后，大切被我们成功地甩掉了。

麻雨轩问我："怎么样，没什么事吧？"

我把刚刚发生的事情简单向麻雨轩和沈若冰讲了下，麻雨轩听到陈雅楠救我的事情，大为惊奇，对陈雅楠说道："真没想到啊，居然是你救了老赵？"

我也上上下下打量了陈雅楠一遍，感觉都不认识这个姑娘了，我说道："我怎么觉得，我都不认识你了！你刚刚那一下子……什么情况，怎么突然一下子变成功夫小妞了？"

陈雅楠笑着说道："切，你以为我只是个瑜伽教练啊？我还是俱乐部的搏击教练呢。"难怪陈雅楠每天晚上那么晚下班，一个人溜达二十分钟去坐地铁，路上又总是被各种骚扰，却从来不害怕，原来是有这样的身手。

我看看陈雅楠，又看看沈若冰，口中"啧啧"了几声，说道："你们这俩小姑娘，一文一武，人漂亮，身材又好，不知道哪个小子上辈子修得好福气，将来能娶到你们。"

陈雅楠笑着说道："你赶紧修啊，现在修，还来得及。"

陈雅楠一向说话口无遮拦，但这句话脱口而出，脸却腾的一下红了。

我笑了，说道："你说的啊，说话得算数，在我修好之前，你们两个都不许嫁人!"

麻雨轩也笑了,说道:"加我一个。"

陈雅楠一巴掌打在我的肩膀上,说道:"又占便宜,小心我踢死你。"

麻雨轩和沈若冰都笑了。我看看佯装恼怒的陈雅楠,又看看一旁微笑不语的沈若冰,所谓月下看美人,越看越销魂,我一时间都有些发呆。

我们一口气把车子开回县城的临时住处,进了房间,麻雨轩问我:"怎么样,探听到什么有用的消息没有?"

我把整个探营的过程向三人讲述了一遍,我问麻雨轩:"你们在对讲机里听到了什么?"

麻雨轩看了看沈若冰,说道:"我们都听到了,对讲机里的声音是英语,对不对?"

我点了点头,问道:"那就是他们的谈话,你们听出来什么没有?"

麻雨轩摇了摇头:"声音实在太不清楚了,我们只是约略听出来,他们似乎是在聊这件事情,聊最开始跑进深山里的那三个人。"

我点了点头,我刚刚听到的也是这些。我从口袋中取出手机,把刚刚的录音给他们放了一遍,麻雨轩听过之后眉头紧锁。

我问道:"怎么样?"

麻雨轩说道:"你给我找个耳机,我仔细听几遍。"

沈若冰立刻找来一副耳机,麻雨轩戴上耳机,反反复复听了很多遍,半个多小时后,麻雨轩放下耳机,说道:"大致听出来了。"

陈雅楠问道:"什么内容?"

麻雨轩说道:"他们主要在聊那三个之前进山的人,另外,还聊了他们的公司。"

我问道:"公司?"

麻雨轩点了点头,说道:"是一个英文缩写,NPR,应该是他们所隶属的公司,或者是机构。"

我点了点头,麻雨轩继续说道:"从他们的谈话内容可以听出来,那三个人似乎是和他们公司的一项秘密实验有关,所有接触到这个核心机密的人,都要死,所以他们是来灭口的,剩下的就是一堆抱怨,没有什么意义。"

我问道:"他们那家公司,是做什么的?"

麻雨轩说道:"他们没有细讲,但从他们的谈话内容来看,应该是一家美国公司,具体是做什么的,他们也没有提到。"

不过,这些信息已经足够让我们兴奋的了。我们讨论了一下接下来的安排,由于第一次去探营就被对方发现了,我们必须更加小心。不过从今天发生的事情来看,我们现在比他们有一个优势,就是我们的车子好,看来他们对于内蒙古地区化雪后的泥泞没有提前准备,虽然他们开的是顶级的越野车,但是在这种路上,并不比我们那辆加了防滑链的北京吉普占优势。

另外,最重要的,我偷到了他们的一把枪,我检查了一下,枪里面的弹匣还有五发子弹,另外两个弹匣是满的,里面一共有十六发子弹,这样,万一遇到什么事情,至少可以自保。

接下来的几天是最关键的,我们必须利用这几天的时间,尽量探听到更多的信息。

我们必须尽量拿到充足的资料和证据,才可以寻求警方的帮助。

必须有足够的把握将他们一网打尽,我们才可以出手,否则会打蛇不死,反受其害。以我们现在的处境,做任何事情都必须要有十足的把握。

当天晚上,我们好好睡了一觉,第二天起来,沈若冰和陈雅楠到菜市场买了菜,给大伙儿做了一顿好吃的。一连好几天都没有吃到正经饭了,我们住在山脚下的这几天,为了安全,一直不敢动火,只能吃面包、火腿肠充饥,简直寡淡死了。

吃过午饭,到电子市场重新买了一个对讲机,回来以后,我们又好好睡了个午觉。

大家养精蓄锐,一连休息了好几天。四月六号晚上七点整,我们带上东西出发了。

由于不敢开车灯,我们的车速很慢,将近十点钟,我们才再次来到那个山口附近，远远地把车子停下，还是昨天的分工，麻雨轩和沈若冰在车里接应，我带陈雅楠前去二次探营。

由于那晚的突发状况，这一次来，我们没敢把车子停得太近，从导航上看，我们停车的位置距离那个山口至少有五公里。

我和陈雅楠谁也没有说话，小心翼翼地往前走着。由于地面极为泥泞，我们走得很慢，将近十点半的时候，只走了一半的路程。

两人已经累得气喘吁吁，我们找了个背阴的地方坐下来稍事休息。

刚刚喝了几口水，突然隐隐感觉到远处传来一阵动静，我不由得一愣，我们休息的这个地方距离山口的那几顶帐篷至少还有两三公里远，那帮人应该不会在这里出现的，难道是有野兽吗？

陈雅楠也听到了，用目光示意我，我点了点头，两人爬起身，从我们隐蔽的地方向外望去。

我们的对面是一片山坡，透过明亮的月光，隐隐约约可以看到山坡上似乎有三个黑点，正在向这边移动，我刚刚听到的动静，就是他们发出来的。

"那是什么东西？"陈雅楠小声问我。

我摇了摇头，说道："不知道。"

陈雅楠问道："会不会是野兽啊？"

我伸手测了测风向，还好，我们在下风口，即便对面山坡上是野兽，我们暂时也是安全的，想到这里，我松了口气，从口袋中取出手枪，检查了一下弹匣，又把消音器装上，和陈雅楠一起趴在隐蔽处后面，静静地等待着。

对面山坡上的三个黑点移动得很慢，我没有望远镜，一时也看不清究竟是什么东西，但从它们走路的姿势看，很像是三只狗熊。这个季节，内蒙古的熊瞎子冬眠结束，确实到了它们要下山的时候了。

又过了一会儿，那三个黑点走近了，竟然是三个人。只是他们穿得极为臃肿，看起来就像是三只狗熊。我松了口气，但同时一愣，三个人！会不会是之前逃进深山的那三个人？他们怎么会从这边过来？

我看了看陈雅楠，显然，她也想到了这一点。

我们藏在大石后面，静静地观察着，没多一会儿，那三个人已经可以看得很清楚了，当先的是一个老头，背上背着一张弓，另外两人一个身上背着绳索，另一个背着一支鸟枪，看来我猜对了，就是之前的那三个人。从他们背的绳索看，他们很可能是从附近某处断崖攀下来的。

那三人走下山坡，看来已经极度疲劳了，他们把身上的东西放下，躺倒在地上。他们休息的位置，距离我们也就七八米远。只见他们躺了一会儿，那个老头先爬起身来，问另外两个人："接下来你们有什么打算？"

一个人说道："我们还得在这边住几天，把该查的事情好好查一查。"

老头说道："你们不嫌弃的话，就到我那儿去住几天吧，我家里宽敞，就我一个人。"

那个人说道："行啊，你管吃管住就行。"

老头说道："放心，什么都不用你们管。"

这时，另一个一直没说话的人突然说道："我们不能去大叔家。"

另外两个人显然都是一愣。第一个人问道："怎么了？"

那个人说道："你们想一想，几个月前村子里出了这么大的事情。呼吉雅大娘死了，前生产队长，也就是大叔，一下子失踪了好几个月。那些人要是想打听，很容易就能打听到。我们现在去大叔家，和自投罗网没有区别。"

老头说道："还是你考虑得周全。那就这么着，我们去我一个安达那里，他自己住，也不在村子里，很安全。"

第一个人说道："行，那就这么着。"

那三个人说完了话，又休息了一会儿，起身拿起东西要走。第一个人突然说道："你们等一下。"

另外两个人都站住了。第一个人说道："你们想不想去帐篷那边瞧一眼？"

老头说道："去那儿干吗？多危险！"

另一个人说道："好主意！"

老头伸手拦住两人，说道："不行不行，你们不能去，这太危险了。你们这叫自己往枪口上撞，别忘了，他们可有枪啊。"

第一个人拍了拍手里的鸟枪，说道："他们有枪，咱们手里的家伙也不是吃干饭的啊，再说了，我们就是去摸摸情况，又不是去拼命，对不对？"

老头似乎拗不过那两个人，说道："那行吧，不过我得陪你们一起去，还可以给你们打个掩护。"

　　那三个人简单收拾了一下，从行李里拿出点东西吃了，又把其他东西都留在原地，只带上了鸟枪和弓箭，就向南面进山的山口位置出发了。

　　见那三个人走远了，陈雅楠问我："他们干吗去了，不会是……"

　　我点了点头，说道："你猜对了，他们应该是去干和我们前几天晚上一样的事情了，走，跟上他们。"

　　陈雅楠点了点头。我们从隐蔽处出来，我先检查了一下那三个人留下的东西，都是一些食物和工具。那些食物都是一些野味，看来这三个人这几个月就是靠着打猎活下来的。

　　检查完毕，没有发现什么有价值的线索，我拿出对讲机，把情况和麻雨轩、沈若冰说了，然后带上陈雅楠，沿着那三个人离去的方向追了过去。

第三十一章　暗中保护

向前追了两三百米，远远地就看到那三个人向山口的那几顶帐篷的方向去了，看来我猜对了。不过这几个人是怎么知道这件事情的呢？思索了片刻，我恍然大悟，一定是他们事先观察到山口附近的那几顶帐篷，这才选择从附近的断崖下山。

又往前走了一阵，来到那块山壁附近，远远地，只见那个老头拉住了另外两人，指了指不远处的那座土丘，向他们说了几句话。只见那三个人在原地喘了几口气，然后贴着山壁，猫着腰小心翼翼地向土丘的方向走去。不多时，他们已经爬上了土丘。

我和陈雅楠小心翼翼上前，躲到山壁后面，探出头向外观察。

远远地可以看见土丘下面不远处就是那几顶帐篷，那三个黑衣大汉正围着一堆篝火喝酒聊天。之前那三个人在土丘顶上嘀咕了一阵，然后就趴了下来。其中一个人不停地抬头打量天色，也不知道在干什么，我抬头望去，天上的月亮很亮，距离不远的位置有一大片乌云，正往月亮的方向飘去。

我一下子明白了，看来这几个人很聪明，想等到月亮被云彩遮住的时候动手。果然，几分钟后，云彩飘过来，遮住了月亮，整个山谷一下子暗了下来，只见第一个人向另外两个人打了个手势，起身慢慢向土丘下面爬去。

我和陈雅楠屏住呼吸，静静地观察着。那人的动作很熟练，不多时，已经爬到了土丘的下面，在原地喘了几口气后，起身猫着腰快步奔到了第一顶帐篷后面。

他歇了一会儿，再次观察了一下周围的环境，然后猫腰快步前进，很快就来到了最前面的那顶帐篷后面，探头向外望去，似乎在偷听篝火旁那几个黑衣大汉的对话。那人听了一阵，看来没有听出个所以然来，慢慢起身往回退。

只见那人退到最后一顶帐篷边，四下观察了一番，又探头向篝火的方向看了看，然后蹑手蹑脚地绕到帐篷后面，掀开帐帘就钻了进去。

这家伙居然跟我想的一样，我忍不住笑了。

就在这时，我突然注意到，篝火那边有一个大汉站起身来，向帐篷的方向走去，我不由得心里一紧，下面的那个家伙要倒霉了。

陈雅楠也注意到了，低声说道："老赵你看。"

我赶忙捂住陈雅楠的嘴，四周非常寂静，一点声音就会传得很远。

我用手势向陈雅楠比画，那三个人有武器，应该没有事。

陈雅楠点了点头。果然，那大汉刚刚走到帐篷附近，先前那个人正好从帐篷里爬出来，被发现了。由于距离太远，听不清他们在说什么。

那大汉用枪对着那个人，两人在说着什么，突然之间，那大汉"啊"一声大叫。只见他的肩膀上已经钉了一箭，手枪瞬间脱手，飞出去七八米远。

是土丘上那老头射的箭，好准！

我两个月前在山口遭遇狼群的时候见识过这老头的箭法，确实非常厉害。

这时，只见先前那个人转身撒丫子就跑。篝火旁另外两人听到这边的动静，起身追了过来，口中用蹩脚的汉语喊着："站住，再不站住开枪了！"

前面那个人加速飞奔，向土丘的位置跑去。后面那两人开枪了，枪口进出火光。只见前面那个人一边跑一边向土丘上喊着："开枪，快开枪！"话音未落，就听到"乓"的一声巨响，是鸟枪特有的声音，土丘上的人开枪了。只见后面追他的那两个人已经滚倒在地，用手捂着脸痛苦地大叫着。

"好厉害！"我不由得在心里喊了一声。

突然，先前飞奔的那个人不小心自己绊了一跤，倒地后迟迟没能起来，看样子是摔得不轻。就在此时,之前抓住过他的那个大汉,已经撅掉了肩膀上的箭杆,捡起枪又追了上来。

紧急关头,土丘上又"嗖嗖"射出两箭,那大汉一声惨叫,手腕和大腿同时中箭,枪立刻脱手,人也跪在了地上。这时先前跌倒的那个人终于一骨碌爬了起来,飞快地跑上土丘,会合同伴后,三人拼命向我们的方向跑过来。我伸手拉住陈雅楠,躲到石壁后,片刻工夫,那三个人从我们面前飞快地跑了过去。

陈雅楠问道:"怎么办?"

我说道:"不能让他们跑了,盯上他们,他们的身上很可能有重要的线索!"说完,我拉着陈雅楠沿着那三个人离去的方向追了下去。同时,我取出对讲机,把这边的情况向麻雨轩两人讲了,让他们赶快过来,盯住那边受伤的歹徒。

那三个人跑得很快,一口气跑出去十几里地,这才停下来歇脚。

我和陈雅楠累得不轻,那三个人并没有休息多一会儿,起身继续往前跑。看来他们也意识到自己并没有完全脱离危险。要说这三个人的体力真是相当可以,之后整整一夜,几乎没有休息,在那个老头的带领下,一路向南走。那个老头显然很有经验,专挑不会留下痕迹和脚印的地方走,如果不是我和陈雅楠始终没让这三个人离开我们的视线,光从脚印来跟踪,很容易跟丢。

就这样,整整跟了一夜,到第二天黎明,天色蒙蒙亮的时候,那三个人来到了一处河边。河边的空地上有小院子,那老头上前敲门,不多时,一个满脸白胡子的蒙古老汉打开了房门,将三个人让了进去。

我和陈雅楠并没有着急上前,在原地等了片刻,这才慢慢走到门边,透过门缝向院子内望去,那三个人不在院内,院子里只有那个白胡子老汉,只见他点上了一堆炭火,正在宰羊,看来是在给那三个人做饭。

我拉着陈雅楠退了下来,到小院前面不远处的一大堆干草垛子后面藏好,取出对讲机联络麻雨轩,轻轻呼叫了几遍之后,并没有人应答。

我们手上的这部对讲机的通信半径是二十公里,没有应答说明要么已经超出了通信范围,要么就是他们现在暂时不方便回答。没办法,只能等他们想办法联系我们了。

我和陈雅楠都是整整一夜没有睡了,又等了一个多小时,太阳上来了,照在身上暖洋洋的,两人的困劲儿一下子就上来了。见陈雅楠已经快睁不开眼睛了,我说道:"咱们不能就这么干盯着,不知道要盯多久呢,会把人熬死的,这么着,我们得轮流睡一会儿。"

陈雅楠强打精神,说道:"我没事。"

我笑了,说道:"你一个小姑娘,就别强撑着了,来,我给你铺个草床,你先睡会儿,一会儿起来换我。"

我从草垛子上取下干草,在地上铺了厚厚的一层,让陈雅楠躺下,然后又在她身上铺上一层,干草被太阳晒过之后,暖烘烘的很舒服。陈雅楠困惨了,她向我笑了笑,片刻后就睡着了。

我用手使劲搓了搓脸,让自己努力精神一下,继续盯住前面的那座小院子。小院子内很安静,没有任何异常。两个小时后,我已经困得不行了,陈雅楠醒过来,换下了我。等我醒过来的时候,麻雨轩和沈若冰已经到了,陈雅楠正低声和他们说着我们昨晚看到的事情。

麻雨轩见我醒来,说道:"老赵醒了?"

我问道:"你们那边怎么样?"

麻雨轩说道:"我们听到你们的信息之后,马上就赶过去了,那几人伤得不轻,后来,另外两辆大切开了过来,他们简单交流了一下,一辆大切开了出去,应该是追院子里这三个人去了,另一辆大切上的人给受伤的那三个同伙包扎过之后,就一直等着,直到几个小时后,第一辆大切开回来,他们又商量了一阵,就全开走了。"

我点了点头,说道:"那个老头还挺厉害,大切上的那些人并没有跟踪到他们。"

麻雨轩说道:"我也这么想。老赵,你觉得,这院子里的那三个人是干什么的?"

我摇了摇头,说道:"暂时判断不出来,不过敌人的敌人,就是我们的朋友,但我们也不能轻举妄动,先盯好他们再说。"

我看了看表,已经上午九点钟了,我对麻雨轩和陈雅楠说道:"接下来这么安排，咱们分成两组，轮流盯住他们，我的直觉告诉我，这些人身上，很可能有我们想要的线索。"

麻雨轩点了点头，表示同意。

我说道："我和陈雅楠都已经休息一会儿了，你们先回去睡一会儿，起来弄点吃的，然后来换我们。"

麻雨轩没有反对，起身带着沈若冰离开了，留下我和陈雅楠盯守。小院内一直很平静，没有任何动静。几个小时后，麻雨轩和沈若冰回来换我们。

就这样，我们轮流休息，一直蹲守到第二天早上，我正在我们的临时住处睡觉，对讲机的声音将我吵醒，我拿起对讲机，问道："怎么样？"

里面传来麻雨轩的声音："老赵，你们赶紧起来，他们出来了，我和沈若冰正在盯着。"

我问道："他们要去什么地方？"

麻雨轩说道："应该是县城的方向，你们原地等我们的消息，随时联络。"

我放下对讲机，到隔壁房间叫醒了陈雅楠，两人简单洗漱了一下，刚刚吃了点东西，对讲机里传来了麻雨轩的声音。

我拿起对讲机，只听麻雨轩说道："你们赶快来县城东北角的服装批发市场，他们现在在里面。"

我放下对讲机，查询了一下导航，县城东北角的服装批发市场距离我们不到五百米，我和陈雅楠立刻出发，十几分钟后，来到了那个批发市场，我们的那辆吉普车正停在批发市场门口一个不太引人注意的角落。

车上只有沈若冰一个人，我问道："老麻呢？"

沈若冰指了指对面的批发市场，说道："他进去了。"

三人等了一会儿，麻雨轩上了车，我问道："怎么样？"

麻雨轩说道："他们马上出来，他们刚才买衣服了。"

我向车窗外望去，果然，没多大会儿工夫，那三个人和那个白胡子蒙古老汉从批发市场走出来，每个人身上都穿着蒙古族的衣服。只见四人上了一辆拖拉机，向前开去。

待拖拉机开远了，我启动汽车，跟了上去。

之后的一个多小时，我们就在后面不疾不徐地跟着前面的几个人，他们先是到了一个理发店，两个年轻人进去理了个发。出来后，其中一个人又到附近的公共电话亭打了好一会儿电话。最后，拖拉机开到了县医院的门口停下。

陈雅楠看得丈二和尚摸不着头脑，问我："他们到底在干什么？"

我还没有回答，麻雨轩笑了，说道："这你还看不出来啊？他们在乔装啊。"

陈雅楠恍然大悟，突然说道："那他们现在去县医院，会不会……"

陈雅楠的话让我一愣，没错，他们去县医院干什么，难道是……

我们之前的所有调查，最后的线索全部指向了乌兰左旗的县医院，但是当时急着赶回来调查进山的这三个人，就停下来了，难道这三个人也在查和我们一样的事情吗？

我把我的想法和大伙儿说了，所有人都感觉这个可能性很大。

不大会儿工夫，那几个人从县医院出来，坐上拖拉机，向县城的北面开去。我们慢慢地跟了上去，十几分钟后，拖拉机开出县城，在县城边上的一片很老旧的小区前停下，几人下了车，向小区内走去。

我思索片刻，对麻雨轩和沈若冰说道："老麻，你和沈若冰假扮成情侣，跟上去看看。"

麻雨轩说道："好，交给我吧。"麻雨轩和沈若冰立刻下了车，装作一对小情侣，走进了小区。我和陈雅楠在车里静静地等候，十几分钟后，麻雨轩和沈若冰回来上了车。

我问道："怎么样？"

麻雨轩说道："我们判断对了，他们是在找一个叫赵红英的县医院女医生！"

"赵红英？"我一下子愣了。

麻雨轩点了点头，说道："对，赵红英，就是赵德柱的母亲说的那个赵红英。"

看来我们猜对了，他们几个人，正在查和我们一样的事情。

我问道："他们查到了吗？"

麻雨轩摇了摇头，说道："还没有，赵红英已经不住在这里了。"

我点了点头，不大会儿工夫，那几个人出来了，上了拖拉机，径直向县城开去。十几分钟后，拖拉机在县城的一个网吧门口停下，那几个人进了网吧。

从进入网吧开始，那几个人除了中午出去吃了一顿饭，整个下午就一直待在网吧里，没有再出来。

我们几个在车里分析了一下，这几个人到底是什么人，但没有分析出任何确定性的答案。

沈若冰突然说道："你们觉得，那两个年轻人，有没有可能是咱们在档案中没有找到的那一对人？"

我一愣，问道："你是说，那个叫郭刚的北京人，还有那个在美国的叫郭阳的人？"

沈若冰说道："对，就是他们两个。"

我凝神回忆，今天整整一天的跟踪，始终距离那几个人比较远，但沈若冰这么一说，我确实感觉那两个年轻人和档案上的照片有一些相似。

我点了点头，说道："还真有这个可能！"

陈雅楠很兴奋，说道："那这么说，这几个人跟咱们是一伙的了？那……我们要不要让他们加入进来。"

我摇了摇头，说道："就算他们是，暂时也不要让他们加入进来。"

陈雅楠一愣，问道："为什么？"

我说道："第一，咱们的对手实在太厉害了，如果他们真的和我们是一边的，我们凑到一起，等于把所有鸡蛋都放在了一个篮子里，万一出了什么事情，很可能就被一网打尽。第二，这几个人的反侦察能力太差了，我怕他们会拖累我们。"我说的情况很重要，这几个人一看就没有受过任何反跟踪、反侦察训练，想想也是，普通老百姓一般来讲不会具备太多这方面的能力。我是由于工作的原因，在公安部旁听过很多这方面的课程，所以相比普通人，我具备一定的反侦察、反跟踪能力。

我沉吟了片刻，说道："咱们这么着，我们只在背后盯住他们，先确定好他们到底是什么人，如果他们真的和我们是一边的，暗中保护一下就行了。"

陈雅楠点了点头。

第三十二章　得到线索

等了整整一个下午，到太阳快落山的时候，那几个人突然步履匆匆地从网吧走出来，上了拖拉机，向县城开去。

我们等甩出了一段距离后，启动汽车慢慢跟了上去。

前面的拖拉机一直向县城中心的方向开去，不大会儿工夫，停在了一个路口的把角，拖拉机上的两个年轻人下了车，径直进了水果店。

我注意到，水果店的门头上写着：老孙瓜果。

几分钟后，那两个人空着手出来，并没有买什么东西，径直走进了旁边的小区。

麻雨轩问道："他们在干什么？"

我心里也很奇怪，沈若冰突然说道："我觉得，他们会不会是去找赵红英的？"

我们三人都是一愣，沈若冰说得有道理，上午的时候，那几个人去了县医院，然后找到了赵红英家的原住址，但没有找到赵红英，麻雨轩和沈若冰当时听到他们向赵红英的老邻居打听并留下了联络方式。

刚刚他们几个急匆匆从网吧出来，很可能是有新线索了。

想到这里，我对麻雨轩和沈若冰说道："你们在车里等着，我带陈雅楠去看看。"

我和陈雅楠下了车,快步进入了小区,远远地,只见那两个年轻人正在一栋楼一栋楼地寻找着楼号,不多时,他们走进了一栋六层的红砖楼。

我和陈雅楠快步跟了上去,进了楼道。只听楼梯的上面传来了脚步声,两人正在上楼,我们蹑手蹑脚地跟了上去,上面的人上到三层停住了。

紧接着,响起了敲门声,一个老年人的声音响起,问道:"你们找谁?"

一个人说道:"请问赵红英赵医生,她住在这儿吗?"

我看了看身旁的陈雅楠,果然是找赵红英的。这几个人效率很高啊,居然这么快就找到了。

只听那老年人问道:"你们是什么人?"

停顿了片刻之后,只听先前那人絮絮叨叨地说道:"哦,是这样,我当年就是赵医生接生出来的,我妈当年难产,差点死了,幸亏赵医生医术高,把我们母子救活了,这不,我妈在半年前去世了,临死前跟我说,一定要代她去看看这位赵医生,也算帮她了个心愿。"

那人说得声情并茂,但我知道,这个故事一定是编的。

果然,那人讲完故事,那个老年人似乎卸下了防备,说道:"你们进来吧。"

几人进了屋,随即,房门关上。

我拉着陈雅楠上了楼,隔着房门听了听,里面几个人正在聊天,声音听不真切。又听了一会儿,实在听不出所以然来,对陈雅楠说道:"我们先走。"

回到车上,我将刚刚的事情讲给了麻雨轩两人。又等了十来分钟,那两个人出来了,其中一人再次进了水果店,不大会儿工夫,拎了两袋水果出来,然后上了拖拉机离开了。

麻雨轩挂上挡,准备跟上去,我按住了麻雨轩的手,说道:"不用跟了。"

麻雨轩愣道:"怎么了?"

我说道:"他们肯定是回他们的临时住处了,我们现在最重要的事情,不再是跟踪他们了。"

麻雨轩问道:"那是什么?"

我说道:"小区里面的这个赵红英,我们必须亲自拜访一下。如果我没有猜错,他们刚刚的拜访,并不成功。"

麻雨轩问道:"你怎么知道?"

我说道:"时间,他们进去的时间太短了。"

麻雨轩明白了我的意思,说道:"那我们这就去?"

我思索了片刻,说道:"不着急,我们先去吃点东西,另外我们得想一想,怎么才能撬开这个赵红英的嘴,她恐怕不会那么轻易就跟我们说出真相的。"

吃饭的时候,我一直在思考如何让赵红英开口。

从目前我们得到的信息看,这个赵红英,应该是整件事情最关键的人物,至于她与那个神秘的"NPR"组织究竟是什么关系,若干年前,他们究竟做了什么事情,还不得而知。

我在头脑中搜索了一遍所有的审讯方法,最后决定,还是采取最简单的办法,直来直去,实在不行,就使一点手段,很多时候,最简单的办法,反而会收到奇效。考虑完毕,我们结了账,走出饭店。

麻雨轩问我:"怎么样,老赵,有把握吗?"

我咬了咬牙,说道:"交给我吧,无论用什么办法,我一定要撬开这个赵红英的嘴。"

我们上了车,向赵红英的住处开去,时间已经过了九点,街道上冷冷清清的,十几分钟后,我把车子停在了距离小区一百多米的地方。为了安全,我让麻雨轩和沈若冰留在车上,不要关闭发动机,万一遇到什么事情,马上来接应我们。

交代完毕,我和陈雅楠下了车,径直向赵红英居住的小区走去。

凭着记忆,我们找到了赵红英家的那栋楼,上到三层,陈雅楠上前敲门。

片刻工夫,一个看起来七十多岁的干瘦老头打开了房门,很警觉地望了望我们,问道:"你们找谁?"

陈雅楠问道:"请问赵红英赵医生住在这里吗?"

老头明显一愣,马上说道:"不认识,你们找错地方了。"

老头说完就要关门,我伸脚抵住了房门,老头一下子怒了:"你们要干什么?"

我凝视着老头,缓缓说道:"没什么,我们进去说。"

我一推老头，三人走进了房间。

老头显然愣住了，喊道："你们要干什么，打劫啊？"

我说道："我们不打劫，只是想问你一些事情。"

老头嚷道："你们赶紧出去，要不我报警了啊！"

我看了看面前的老头，说道："你能不能安静点？"

说完，我从口袋中掏出了那把手枪，老头看到手枪，一下子呆住了，说道："你们……你们是什么人？"

我没有回答，打量了一下面前的房间。眼前的这个住所显然只有这个老头一个人住，房间内很乱，沙发上放了一个打开的行李箱，里面的东西刚刚装了一半，显然这个老头正在收拾行李。在沙发前的茶几上，放着一本打开的相册。

我拿起相册看了看，这是一本典型的八十年代的相册，从老头年轻的时候开始，一直到最近的照片，前几页都是这个老头自己的照片以及和他家人的照片，从第五页开始，相册上出现了一个女人，有和他一起的合影，有单独的，其中一张照片是在县医院门口照的，那个女人手里还捧了个奖杯，上面写着：一九八三年年度三八红旗手，赵红英。

没错，看来眼前这个老头，就是赵红英的爱人。

相册继续往下翻，是两人结婚的照片，之后生了小孩，是一个虎头虎脑的男孩子，此后基本是小孩的照片和他们三人的合影，最后一张他们三人的合影，从照片右下角的日期看，是一九九一年三月二十四日，再之后，就全都是老头自己的照片了。

看完相册，我大致明白是怎么回事了。

放下相册，我示意老头坐下，我和陈雅楠也在沙发上坐了下来。

老头颤巍巍地说道："你们……你们到底要干什么？"

我说道："刚刚告诉你了，我们不要干什么，只是想问你一些事情。"

老头点了点头，说道："好好，你们说。"

我凝视着老头，说道："你是赵红英的丈夫？"

老头说道："对，我是，我叫孙国庆。"

我点了点头，说道："好，我想知道，一九八〇年年初的时候，赵红英究竟在做什么，发生了什么事情？"

老头听到我的问题，立刻面露难色，吞吞吐吐地说道："你问的这个事情，我……其实也不太清楚……"

我凝视着面前的老头，缓缓说道："你听好了，我们不是你的敌人，我们也是受害者，我们既然能够找到你，就一定能找到真相，替你的妻子赵红英和你们的孩子报仇……"

孙国庆听到这里，一下子呆住了，说道："你……你怎么知道我妻子和孩子，都死了？"

我说道："我为什么会知道，你不用管，我只告诉你，你要想替他们报仇，就必须帮助我们，把你知道的事情全部告诉我们。"

我的话显然打动了面前的这个老头，他犹豫了良久，说道："那我……我凭什么相信你们？"

我拿起桌上老头的手机，塞到他的手里，说道："你可以搜一搜我是谁，我叫赵山，是一个作家，网上有我的信息。"

老头颤巍巍地接过手机，戴上老花镜，开始按照我说的信息查询，片刻，老头抬起头来，说道："你……你已经死了？"

我缓缓点了点头，说道："是的，我已经死了。我的遭遇，和我刚刚问你的事情有关，如果有必要，将来我会告诉你，现在你愿意把你知道的事情告诉我们了吗？"

老头惊魂未定，点了点头，说道："好，好，我全告诉你们。"

老头缓了良久，说道："我的妻子赵红英，还有我们的孩子孙建军，在一九九一年的时候，全都被他们杀害了……"

说到这里，老头泣不成声。我和陈雅楠交换了一个眼神，看来我的判断是对的，从相册上透露的信息可以看出，一九九一年三月二十四号之后，赵红英和他们的孩子，也就是老头说的孙建国，全都出事了。

我没有插嘴，给老头倒了一杯水，老头接过水杯并没有喝，又平静了良久，这才开始给我们讲述发生在三十多年前的事情。

第三十二章　得到线索

第三十三章　赵红英的故事

赵红英毕业于内蒙古医科大学，成绩优异，按照孙国庆的话说，赵红英对医学极度热爱，甚至可以说到了痴迷的程度。一九八〇年，赵红英在一次去国外交流学习的过程中，认识了一些国外研究机构的专家，回国以后，他们就一起合作进行一些医疗项目的研究，至于具体内容是什么，孙国庆并不知道。

我打断孙国庆的话，问道："那个研究机构，叫什么名字？"

"是个英文名，叫 N 什么……"孙国庆凝神回忆了片刻，说道，"对，NPR，是个缩写。中文名好像叫纽卡什么研究中心。"

我和陈雅楠交换了一个眼神，NPR，果然是 NPR。

孙国庆继续说道："我爱人和他们在一起合作了很多年，研究了好多项目，具体的我也不知道是什么，后来，在一九九一年初的时候，有一天，我爱人突然回家对我说，她申请到了一个出国工作的机会，就是去那个 NPR，并且全家都可以移民到美国去。我听了以后很高兴，很快就转让了手头的门面生意，她也辞职了，到了夏天，我们俩就带着孩子去了美国。在美国落地以后，那个 NPR 公司的人亲自到机场接我们，我们觉得还挺好的，但谁也没想到，就在我们从机场回去的路上……"

孙国庆说到这里停住了话，用手抱住了头，神色极为痛苦。

我问道:"发生了什么事情?"

虽然我这么问,其实看到孙国庆的表情,我已经大致猜到了。当年赵红英和那些外国人合作的项目,一定是一个见不得人的项目。那个 NPR 表面上是邀请赵红英出国工作,实际上应该是她已经没有什么用了,所以借着出国的机会,杀人灭口。之所以把他们骗到国外才杀,应该是为了避免在中国动手,引起不必要的麻烦。

果然,只听孙国庆继续说道:"我们的车子从机场出发,越开越偏僻,最后离开公路,停在了深山里的一条小路上。司机拿出手枪逼着我们下了车。我和我爱人都吓呆了,那个杀手当着我们的面杀死了我们的孩子,这时候,我爱人明白怎么回事了,死命抱住那个杀手,让我跑。我当时也不知道是怎么了,吓得要死,什么也管不了,我就跑了,然后我就听到了枪声,那个杀手追了过来,一路把我追到悬崖边,我当时又怕又慌,一不小心就从山崖掉了下去。幸亏那个山崖下面是条河,我被河水冲到了十几公里的下游,捡了一条命。"

我问道:"后来呢,你怎么回到国内的?"

孙国庆停顿了片刻,缓和了一下情绪,说道:"我当时被一个农场的外国人救了,养好伤以后,他把我送到了唐人街,我丢失了所有的身份,只能在唐人街打黑工。几年以后,一次偶然的机会,我认识了一个蛇头,这才偷渡回到中国。"

孙国庆叙述完毕,房间内沉默了很长一段时间,我和陈雅楠都被孙国庆的故事震动了。良久,我问孙国庆:"那个 NPR,到底是什么机构,你了解吗?"

孙国庆摇了摇头:"具体我也不太清楚。"

我思索了片刻,问道:"你这里还有你爱人的什么遗物吗?"

其实我问这句话,也是死马当活马医,当年孙国庆和赵红英遇险的时候,行李都扔在了现场,孙国庆只身逃出来,应该没有留下任何东西。

但是我没想到,孙国庆点了点头,说道:"有,有。当时出事的时候,我身上正好背着我爱人的包,里面装的都是她的东西。这几十年来,里面所有的东西我一件都没有扔。"

孙国庆说到这里,从沙发上的行李箱里翻出来一个小包。这是一个手工缝制的挎包，看起来有年头了。孙国庆将包打开，把里面的东西一件件放在茶几上。

孙国庆说道："你们刚刚看到的那本相册，也是这个包里的。"

难怪我刚刚看那本相册的时候，感觉它像是被水泡过，孙国庆刚刚讲到，他当时是被河水冲到了十几公里的下游，这才得以逃生的。

包里面的东西明显都被水浸泡过，我一件件仔细检查，都是一些女人用的东西，擦脸油、护手霜、梳子，最有价值的是一个很小的记事本，但是打开以后，由于整个本子被河水长时间浸泡过，里面的字迹已经无法看清了。

我仔细地一页一页查看，翻到最后，只见在本子的封底位置，贴着一张小小的便笺纸，上面写了一些字，但已经完全看不清了，我对着灯光仔细观察，突然发现在这张纸的右下角，有一个不起眼的水印，上面写着一行英文字：

Newcastle Center for Psychological Research

我心里猛然一震，找到了，就是它！

我激动得手都有些颤抖了，我把便笺纸递给陈雅楠，说道："你看，这是什么？"

陈雅楠接过便笺纸仔细看了看，神色也很激动："就是这个，NPR，我们找到了！"

我点了点头，对孙国庆说道："这张纸我们可以拿走吗？"

孙国庆连连点头："没问题，没问题。"

有了这张纸，我们就可以查到这家公司了，然后顺藤摸瓜，找到线索。

我和陈雅楠都很激动。

我把纸揣进口袋，对孙国庆说道："谢谢你今天的配合，对我们的帮助很大，但是，你不能再留在这里了。"

孙国庆立刻明白了，点头说道："我明白，我明白，自打晚上那会儿来了两个人，我就觉得有点不对劲了，这不，我正收拾东西准备走呢。"

我说道："你说的那两个人我知道，他们来干什么？"

孙国庆说道："他们……我也不太清楚，我就是感觉不大对，他们说是来看看我爱人，那个人说他是我爱人接生出来的，他妈当年难产，我爱人救了他们的命。"

我点了点头，那两个人说的话，我当时藏在楼梯下面也听到了。

我问道："他们还干什么了？"

孙国庆说道："也没干什么，随便闲聊了几句，看了看我爱人的照片，磕了几个头，就走了。"

我说道："你最好马上离开这里，越快越好，最好不要留在内蒙古了，去其他城市，也不要住在亲戚朋友家里，找一个没人的地方躲一躲，如果有什么事情，可以联系我。"

我拿起茶几上的纸笔，给孙国庆留下了我的电话，对他说道："这是我的电话，有紧急情况，可以打给我，另外，等这件事情过去了，我会和你联络的。"

孙国庆接过纸条，连连点头，将纸条小心翼翼地塞进上衣口袋。我从随身的小包里掏出一万块钱现金，递给孙国庆，说道："这个你拿着用，从现在开始，你的手机号码就不要用了，藏好以后，去买一个非实名的手机号，然后发个短信给我，方便我们联络，如果你再想起什么有用的信息，也马上和我联络。"

孙国庆接过钱，很感动，说道："你们放心，我会的。"

我凝视了孙国庆片刻，说道："好，那我们就走了，你多保重，记住，尽快离开这里，最好今晚就走。"

孙国庆连连点头，说道："我明白，我明白，你们放心，我一会儿就走！"

我不再说什么，和陈雅楠一起离开了孙国庆的家。

回去的路上，我和陈雅楠久久没有说话，两人走出小区，缓缓地向停车的位置走去。走出去好长一段，陈雅楠感慨地说道："没想到这个 NPR 公司，竟然这么可怕……"

我叹了口气，说道："是啊，所以我们要加倍小心。"

陈雅楠点了点头。

就在这时，我们旁边的大路上，一辆黑色的越野车呼啸着从我们旁边冲过去，我问陈雅楠："看到刚刚那辆车了吗？"

陈雅楠的脸色也变了:"是那辆黑色大切。"

两人面面相觑,但只是片刻,我说道:"快,我们回去,孙国庆有危险。"

陈雅楠也立刻明白了,我掏出口袋中的手枪,拉着陈雅楠回身向小区跑去,刚刚跑了没多远,陈雅楠突然将我拽在了旁边一棵树的后面,几乎同时,一辆自行车从我们面前飞驰而过,车子骑得飞快,片刻间,已经在一百米开外了,可以看到,自行车上面,是两个人。

陈雅楠说道:"是那两个人!"

我问道:"哪两个人?"

陈雅楠说道:"白天我们一直跟踪的那两个年轻人。"

我瞬间明白了,说道:"快!"

两人飞快地向前跑去。来到小区门口,那辆黑色大切正停在小区外,旁边不远处,扔了一辆二八的永久自行车。

我揽过陈雅楠,两人装作情侣的样子,快步走进小区。刚进小区没多远,就看到前面骑自行车的那两个人,正飞快地向孙国庆家的楼门跑去。

我拉着陈雅楠闪身到一棵树后,只见那两个人已经走到孙国庆家的楼门口,突然,其中一人一把拉住另一人,两人瞬间停住了脚步。

就在这时,猛听得楼门内传来一阵急促下楼的脚步声,我瞬间明白了,对陈雅楠说道:"坏了,大切上的杀手正在下楼,他们要撞上了!"

孙国庆家那栋楼的前面,是一大片空地,没有任何可以躲藏的地方,耳听得脚步声越来越近,我"咔"的一声将手枪的子弹上膛,实在不行,只能拼了!

虽说前面那两个人究竟是敌是友,还不能最后确定,但我肯定不能眼看着他们死在那些坏人的手里。陈雅楠瞬间明白了我的意思,俯身拾起了地上的一块石头。

几乎同时,两个黑衣大汉已经从楼门口走出来,门口那两个人在这一瞬间,突然抱在了一起,其中一人装成了醉鬼的样子,嘴里絮絮叨叨地嘟囔着,晃晃悠悠地向那两个黑衣大汉走去。

这两人不一般,反应好快!

我还来不及赞叹,一名黑衣大汉伸手推开那个"醉鬼",喝道:"让开。"

两人被推得一个趔趄，装成醉鬼的那个人立刻回头向后面骂道："孙……孙子干吗推我，你……你们给我站住……"

我的心脏一下子提到了嗓子眼，这人胆子也太大了，居然还敢公然挑衅，但我瞬间明白了，他现在所做的才是正常醉鬼的反应，他如果不这么做，反而会引起对方的怀疑。

果然，两个杀手回过头，厌恶地看了那"醉鬼"一眼，并没有停，快步向小区外走去。那"醉鬼"嘴里兀自不依不饶，嘟嘟囔囔地叫道："你们跑……跑什么，给我站……站住……"

两个杀手已经出了小区，只听到发动机点火的声音，汽车离开。

虽然只有短短不到一分钟的时间，我的后背已经完全被冷汗湿透了。那两个人并没有停留，见杀手离开，快步奔进楼道。

陈雅楠问我："我们要不要上去？"

我沉吟片刻，说道："先等一下，观察一下再说。"

也就两分钟左右，只听到"嗵嗵嗵"的脚步声响，那两个人奔出楼道，飞快地跑出了小区，样子极为慌张。

我出了口长气，对陈雅楠说道："你在这儿等着，我上去看看。"

陈雅楠说道："不，我要和你一起去。"

我说道："你一个小姑娘，还是不要去了。"

这时候我们两个都已经猜到，孙国庆恐怕已经凶多吉少了，从刚刚那两个人飞奔下楼的慌张样子，就可以看出来。

陈雅楠很坚持："不行，我必须陪你一起去。"

我叹了口气，说道："好吧。"

第三十三章　赵红英的故事

第三十四章　被堵住了

上楼梯来到孙国庆家门口，只见房门紧闭，伸手轻轻敲了敲房门，里面没有任何应答，陈雅楠递过来她的身份证，说道："用这个试试。"

我接过身份证，在门缝里一别，捅开了房门。

冲进房间，只见孙国庆仰面倒在地上，用手捂着脖子，大量的鲜血从他手指缝里涌出来，流得满地都是。我俯身摸了摸他的鼻息，已经断气了。

孙国庆脖子上的伤口，手法非常专业，割喉，一刀毙命。

我突然想起了什么，伸手去掏孙国庆的上衣口袋，不由得心里一紧，我给他的那张写有电话号码的纸条已经不见了。

我不由得暗叫一句："坏了！"

我们的对手如果有高科技手段，只要知道了我的号码，立刻就可以定位到我们的位置。想到这里，我后背冷汗直冒，立即掏出手机关了机。

但显然已经晚了，猛听到大门外传来一阵急促的上楼脚步声，我瞬间变色，对陈雅楠喊道："把门关上！"

陈雅楠一时没有反应过来，我冲上去拽过陈雅楠，将房门一把推上。几乎就在同时，"啪啪啪"三颗子弹，正打在陈雅楠刚刚站的位置上。

陈雅楠的脸一下子白了。

我喊道:"快,把衣柜推过去,堵上门!"

两人用尽全力,将客厅的一个大衣柜推上前堵在门口。刚刚堵好,大门上传来一阵震耳欲聋的撞门声。

陈雅楠问道:"怎么办?"

我们显然已经被瓮中捉鳖了,我四下看了看,说道:"这里楼层不高,看看能不能从窗户爬下去。"

孙国庆家的这种老式楼房,每层高度都不到三米,三楼的窗户距离地面也就是六米左右,只要有条绳子,爬下去没有任何问题。

来到房间朝阳的一面,从窗口向下望去,我不由得心中暗叫一句"运气"。

孙国庆家这栋砖楼,位于整座小区最南面,面前这扇窗户的下面,已经是小区的外面了,只要我们顺利下到地面,杀手即便追过来,从楼道下去出小区,再绕到小区南面,至少需要五六分钟。

也就是说,我们有五六分钟的时间可以逃生。

迅速打量了一下房间,我又拉过门边的一个柜子将门挡住,然后从床上拽下床单,扔给陈雅楠,说道:"快,把床单撕成绳子。"

陈雅楠立刻会意,接过床单撕了起来。我又把窗帘扯下来,用最快的速度撕成一条一条的布条。片刻工夫,我们已经准备好一条十米左右的绳索。

孙国庆家的窗帘和床单已经很旧了,不知道能不能承受住一个人的重量,但我们已经来不及做更粗的绳索了,看运气吧。

把绳索系到窗台下的暖气管子上,打开窗子,我将绳子扔了下去,对陈雅楠说道:"你先下。"

陈雅楠没有动。

我急道:"快啊!"

陈雅楠突然狡黠一笑,说道:"其实我们不用下去!"

我愣道:"你说什么?不下去,他们一会儿就冲进来了。"

陈雅楠指了指窗口的绳子,说道:"有了这条绳子,我们就不用下去了。"

我恍然大悟,门外的杀手冲进房间,只要看到窗口系的绳索,一定以为我们已经下楼了。陈雅楠这个姑娘,果然冰雪聪明。

我四下打量了一下房间,只有屋角的木床下可以藏人,我对陈雅楠说道:"那我们就藏到床底下。"

陈雅楠一笑,指了指顶在门口的柜子,说道:"不,我们就藏在那个柜子里。"

我赞道:"好主意!"

话音未落,猛听到门外"砰"的一声巨响,客厅大门被撞开,有人冲了进来。随即房门外传来了震耳欲聋的踹门声。

外面的杀手显然力气很大,只是片刻,房门已经被撞出了一个缝隙。

陈雅楠说道:"快。"

我心头一动,说道:"等一下。"我掏出手枪,打开保险,拉开柜门,隔着柜子背板,对着房门处就是三枪,只听门外"啊"的一声,撞门声停住了。

趁着这个空当,我拉着陈雅楠藏进了柜子。

片刻后,撞门声再次响起。我一手抱紧陈雅楠,另一手从内侧拉上柜门。外面的杀手显然异常孔武有力,只撞了四五下,门就被撞开,我们藏身的柜子在门被撞开的同时,也被撞翻在地。

我紧紧抱住陈雅楠,透过柜子背板上我刚刚用手枪打出来的弹孔向外望去,只见几名大汉已经踩着柜子的背板冲进了房间。孔隙太小,看不清外面的具体情况。只听到外面有人用英语喊道:"他们从窗户下去了。"

紧接着听到另一个人的声音,应该是在对着对讲机讲话:"他们从窗户逃下去了,你们包抄到位没有?"

只听到对讲机里有人喊道:"我们刚刚到位,这边只有一条路,他们应该向北面跑了,我们正在追。"

屋里那人说道:"好,我们马上就过去。"

那人放下对讲机,对屋内其他几人说道:"快,我们下去。"

一阵杂沓的脚步声响过后,房间内安静了。

刚刚的整个过程，我一直紧紧地抱着陈雅楠，两人连大气都不敢出。

听到外面没有声音了，陈雅楠趴在我耳边，低声问道："他们走了？"

我说道："再等一会儿。"

陈雅楠不再说什么，两人静静地等待。柜子内的空间极为狭小，两人紧紧抱在一起，连转身都转不了。陈雅楠的呼吸吹在我的脸上，有一股淡淡的幽香。刚刚杀手们在房间里的时候，我精神高度紧张，脑子里根本来不及想别的。这时候，房间内安静了下来，怀中抱着陈雅楠这样一个顶级大美女，我瞬间感觉头都有点晕了。我努力克制住头脑里的心猿意马，说道："我们等一分钟就出去。"

陈雅楠的声音突然变得非常温柔，她说道："好，我听你的。"

两人谁也没有再说话，这时候，我的头脑里已经完全忘记了危险，只希望这一分钟的时间越长越好。狭小的空间，两人的呼吸越来越热，我只感觉到陈雅楠的身子越来越软，我的脑子也越来越迷糊，连忙扭了扭身子，试图离她远一点，没想到，头刚刚向后一靠，正顶在后面的衣架尖角上，我下意识地向前一躲，只觉得嘴上软软的，正亲在了陈雅楠的脸上。

我一下子愣住。

生活中，我一直是一个挺淡定的人，但这时候不知道怎么了，语无伦次地解释道："对不起对不起，我不是有意亲你的，我……我就是……"

解释到这里，我也不知道下面该说什么了，只觉得越解释，越解释不清楚。气氛一下子变得异常尴尬。幸好柜子内光线很暗，否则我更加无地自容了。

过了良久，陈雅楠轻声道："到时间了吗？"

我说道："到了吧……应该到了。"

我挪了挪身子，说道："你等一下，我想办法出去。"

我们两个现在的姿势，其实挺尴尬的，我们的身下，才是柜子的柜门，背后是背板。我伸手推了推上面的背板，还好，柜子的背板并不厚，应该是用那种三毫米纤维板制成的。我在柜子内缓缓挪动身体，把身体调成跪着的姿势，然后慢慢蹲起身，用尽全力一蹬腿，后背一下子将背板顶开，一阵新鲜的空气进来，我的头脑瞬间清醒了。

我伸手将背板推开,拉着陈雅楠站起身来。昏暗的房灯照射之下,陈雅楠的脸色微红,显得很是娇羞。

我说道:"咱们走吧。"

陈雅楠点了点头,轻轻"嗯"了一声。

走出孙国庆家,我的头脑已经完全清醒过来。将房门带好,思索了片刻,我对陈雅楠说道:"我们暂时还不能离开。"

陈雅楠问道:"为什么?"

我说道:"这帮人非常鬼,他们事先就已经猜到我们可能从窗户爬下去,在上来之前,就已经派人去外面拦截我们了。所以我猜测,他们很可能会发现我们其实并没有从窗户下去,那他们会怎么办?"

陈雅楠说道:"你说得对,他们一定会回来堵我们,我们现在出去,很可能会撞上他们。"

她思索了片刻,说道:"那我们就上楼顶!"

陈雅楠和我想到一块儿去了,这种老式砖楼,每一单元的顶层都会有一个通向楼顶的天窗。我说道:"不过,最好的方法,不是躲在这栋楼的楼顶,如果有可能,我们想办法躲到旁边的楼顶上去,那就绝对安全了。"

陈雅楠赞道:"好主意。"

第三十五章　终于取得进展

两人小心翼翼地下楼，来到一层，外面并没有人。我们装成情侣的样子，手拉手走出楼门，然后快步来到旁边的一栋楼前，一口气上到顶层。

果然，顶层的天花板上，有一扇通往楼顶的天窗。我和陈雅楠的身手都不错，很轻易就翻了上去。来到楼顶，我找了根铁丝将天窗锁死，这才松了一口气。

现在我们暂时安全了，就算那杀手再回来，也不大可能查到这里来。

两人找了个地方坐下。天空中挂着一弯如眉似弓的残月，隐隐照见四周的景物，只是北方的四月中旬，气温还是很低。我打开对讲机和麻雨轩联络，简单告诉了他我们这边的情况，告诉他们我们要明天早上才能回去，让大家不要担心。

陈雅楠突然说道："对了，你要让老麻他们赶紧盯住之前的那两个人，我觉得他们很可能要换地方。"

我一想没错，昨晚那么大的事情，孙国庆被杀，那两个年轻人肯定不会再住在原来的地方了。幸亏陈雅楠及时想到这一点，我赶忙对麻雨轩交代了一下，老麻答应我立刻动身，前去盯住那两个人。

放下对讲机，我对陈雅楠说道："看来我们需要在这儿待到天亮，等明天早上，住户们都起来上班的时候，我们再下去，这样，就算他们留了人在小区里盯着，也认不出我们来。"

陈雅楠点了点头，打了个冷战。内蒙古的四月中旬，气温还是很低，看了看表，现在是凌晨一点钟，我们至少还要坐六七个小时才能下去。

陈雅楠原本是一个极度活泼，特别爱说话的女孩子，但不知是太冷了，还是有过刚刚在柜子里的经历，一时间我们谁都不知道该说什么。两人就这么静静地坐了一阵，身上越来越冷，我伸手抱住陈雅楠，两人就这么静静地睡着了。

第二天一早醒来，天光已经大亮。太阳照在身上，暖洋洋的，很是舒爽。陈雅楠已经醒了，看到我睁开眼睛，笑道："你这个懒虫子，真能睡。"

我擦了擦嘴边的口水，尴尬地笑了，问陈雅楠："几点了？"

陈雅楠说道："八点多了。"

我愣了一下，我还真是能睡，这一觉足足睡了七个钟头，我问陈雅楠："你什么时候醒的？"

陈雅楠说道："我啊，我六点多就醒了，见你还睡着，就没敢吵你。"

我起身伸了个懒腰，说道："好了，咱们可以走了。"

陈雅楠没有动，我问道："怎么了？"

陈雅楠嗔道："还说呢，你一直靠在我身上，死沉死沉的，我都不敢动，腿都坐麻了。"

我笑了，说道："来吧，我拉你起来。"

陈雅楠说道："才不要你拉，你请我吃早饭。"

我说道："好，没问题，随便点，点最贵的。"

陈雅楠笑了。我俩来到楼边，向下望去，小区里的住户都已经起来了，很多晨练的老人在下面的空场锻炼，很是热闹。我说道："安全了，咱们下去吧。"

来到下楼处的天窗边，我贴着窗户听了听，下面很安静，应该没有人。

我蹑手蹑脚地拧开铁丝，打开天窗，不大会儿工夫，我们已经来到了楼下。两人装作情侣的样子，手拉着手走出了小区，然后，我们一口气穿过了好几条街区，一路上，我确定并没有人跟踪我们。

松了口气，我对陈雅楠说道："安全了，走，我带你吃早饭去。"

我俩找了县城最有名的一家当地口味早餐店，一人喝了一大碗羊汤，又吃了整整一大盘蒙古馃子，其实就是一种类似油条的油炸食品。吃饱喝足之后，刚刚走出早餐店，对讲机的耳麦里传来了麻雨轩的声音。

我问道："老麻，你们那边怎么样？"

麻雨轩说道："你们估计得没错，那两个人在刚刚八点钟的时候出了门，拿着行李到了高速口，有一辆京牌的汽车在高速口接他们，现在我和沈若冰正在跟着他们，在 G45 高速上，从方向上看，他们应该是去鄂尔多斯。"

鄂尔多斯，确实是一个不错的藏身地点，我对麻雨轩说道："那就辛苦你们两个了，一定要盯紧他们，有情况随时联系。"

结束通话，我和陈雅楠先到手机黑市换了一张非实名的电话卡，这才回到我们的临时住处。当天晚上，麻雨轩发来信息，那几个人已经到了鄂尔多斯，现在躲在市区边上的一栋小别墅里。我把我这边的最新情况和麻雨轩详细地沟通一遍，听到我和陈雅楠得到了最关键的信息，麻雨轩和沈若冰都很兴奋。

大家商量了一下接下来的安排，从现在起，我们分成两组，麻雨轩和沈若冰盯住那几个人，而我和陈雅楠负责把那家 NPR 公司的详细情况调查出来。

接下来的几天，我和陈雅楠足不出户，在网上查询了所有能查到的资料，将这家 NPR 机构查了一个底儿掉。

这个英文简写为"NPR"的机构，英文全名为 Newcastle Center for Psychological Research，中文名为纽卡斯特心理研究中心，成立于一九六五年，它的研究方向主要集中在人类性格形成、先天基因及后天环境对人类性格形成的影响几个方面。

这家研究中心的研究成果极为惊人，机构成立二十年后，也就是从一九八五年开始，被命名为"纽卡斯特理论"的人类性格成长理论体系逐渐完善，一九七八年，这项理论获得了被称为"心理学界诺贝尔奖"的塞洛斯年度心理学大奖。

之后，研究中心的理论体系开始进入到实践领域，先后在全世界开设了上千家胎教中心、幼儿心理学诊所、幼儿园、托儿所，甚至私立小学、私立中学，从他们建立的机构里培养出来的孩子，成材率极高。

查询完所有资料之后，我的后背感觉到一阵凉意。

几乎同时，我的头脑中产生了一个非常大胆但也非常可怕的想法，我们这些双胞胎，很可能都是这个 NPR 实验室里的小白鼠。

我曾经看过一部电影，《楚门的世界》，很可能我们这些双胞胎，从一出生起，就是他们实验室里的小白鼠，就像楚门的命运一样可悲，甚至有过之而无不及。他们从我们出生开始，就将我们人为地分开了，放到不同的成长环境中进行观察，采集实验数据。

难怪我们每一对双胞胎的成长环境都截然不同，麻雨轩的父母是政府工作人员，赵德柱生活在底层，所以一个成长为私企老板，一个沦落为票贩子；沈若冰生活在一个艺术家庭，陈雅楠生活在普通家庭，结果一个成为了全国著名的舞蹈艺术家，另一个成为了瑜伽教练。

至于我和赵峰，应该是一个意外。

赵峰成长在一个层次很高的家庭，父亲是军官，母亲是大学教师，最终他成了企业高管，这是顺理成章的。我成长在内蒙古的一个底层家庭，父亲是杀人犯，母亲自杀，我从小在孤儿院长大，其实我的经历一直被业界人士津津乐道，这是一个典型的浪子回头的故事。我从小打架斗殴不学好，高中没念完就退学了，一个人到北京闯荡，坑蒙拐骗无恶不作，那时候进班房是常事。如果不是碰巧我把自己的一些经历写出来，最终成了职业作家，到现在我可能还在社会上混着。

我把想法和陈雅楠讲过之后，陈雅楠也惊呆了，但我们都知道，这个推断，可能性极大。

调查工作终于取得了关键性的突破，我和陈雅楠都很兴奋。不过，接下来的难题是，这个 NPR 机构极为庞大，全球雇员有上万人，它的总部又在美国，我们调查起来，会非常困难。

不过，功夫不负有心人，又仔细搜寻了几天资料以后，我无意间看到了一条新闻，一个多月后，也就是五月十八号，在北京将有一个全球级别很高的心理学年会，NPR 公司的创始人兼 CEO ——纳尔逊，将来到北京主持这场年会。

看到这条新闻后，一个大胆的方案很快在我的头脑中形成了。

麻雨轩和沈若冰已经抵达鄂尔多斯一个多星期了，我们一直没有联系。这天，麻雨轩打来电话，告诉我他们已经基本摸清了对方的情况。那一伙一共三个人，除了那两个年轻人，还有一个司机，就是当时在乌兰左旗高速路口接他们的人。这个司机在他们到达鄂尔多斯后的第二天，回了一趟北京，拜访了北京赵登禹路亲子鉴定中心的一名工作人员，然后再次回到鄂尔多斯。

如此看来，这一伙人很可能也在调查这件事情。

那几个人基本每天足不出户，只是那个司机隔两天会出来买点菜和一些生活用品，其他时间就一直待在别墅内，也不知道在做什么。

挂断电话，我和陈雅楠商量了一下，我们在这边的工作已经全部结束，于是两人收拾了一下东西，到鄂尔多斯与麻雨轩、沈若冰会合。

见面后，我把所有资料和我的推断讲给他们两人听之后，无论是麻雨轩，还是沈若冰，全都惊呆了。

虽然我的想法目前只是一个推断，并没有什么实质性的证据，但我们几人都知道，我的这个推断，准确性极高。

麻雨轩缓了良久，说道："我们现在确实是取得了非常关键的突破，但问题是，这家公司这么大，员工这么多，而且他们的总部在美国，我们怎么查？"

我打开手机，点开了一个新闻链接，将手机递给麻雨轩，说道："你看一下这个新闻。"

麻雨轩看完北京将举办全球心理学年会的新闻后，问我："你的意思是？"

我说道："我相信，这个叫纳尔逊的人，他既然是 NPR 的创始人和 CEO，肯定知道些什么，甚至他很可能就是幕后的大老板！"

麻雨轩说道："我也想到了，但即便他来了北京，我们又能怎样？我们手上没有证据，也不能报警抓他。"

我笑了，说道："你说得很对，我们现在最大的问题，就是没有证据，但是，这个纳尔逊，不就是最好的证据吗？"

麻雨轩一愣，问我："你什么意思？"

我说道："这个NPR，杀死了赵红英一家，杀死了呼吉雅大娘，杀死了我的兄弟赵峰，他们该受到惩罚了。"

麻雨轩听到我的话，一愣，问道："老赵，你想干什么？"

我咬了咬牙，一字一句说道："很简单，劫持他！劫持这个纳尔逊，然后审讯他，拿到第一手的证据，之后将他们绳之以法！"

麻雨轩三人听到我的话，都惊呆了。麻雨轩说道："你说得有道理，可是对方是那么大一家公司的CEO，肯定带着保镖，安保一定会做得很好，就我们几个人，不可能做到的。"

我说道："无论多难，这一次，我们必须做到。"

第三十六章　表白

呼吉雅大娘和赵红英一家的死，尤其是我的兄弟赵峰的死，给我的触动极大。自从选择写小说作为职业以后，我就发誓要做一个好人，与以前的生活完全告别。但是对不起，这一次我要食言了，为了对付这个NPR，我将无所不用其极，无论用什么手段，我也要让他们受到应有的惩罚，我要为这些死去的人报仇，尤其要为我的兄弟赵峰报仇！

麻雨轩几人之所以认为这件事情很难，是因为他们不了解我的工作。

我是一个专门写侦探和悬疑小说的作家，对全世界的重大犯罪和侦破案例，可以说如数家珍。别说是去劫持一个人，就算是到他们公司拿到核心资料，只要愿意，我也一定可以想到办法。

优秀的侦探和悬疑小说作家，哪一部作品不是情节极度曲折离奇？无论是犯罪手段，还是侦破手段，几乎都达到了人类极限，要说这些侦探小说作家没有侦破与反侦破手段，那绝对不合逻辑。

现在是四月中旬，距离北京的那个国际心理学年会还有一个多月的时间，也就是说，我们还有一个多月的时间来策划这次绑架，时间非常宽裕。

我把四个人分成了两组，第一组麻雨轩和沈若冰，负责继续盯住那三个人，第二组我和陈雅楠，负责行动前的所有准备。

一切商量妥了之后，我和陈雅楠没有停留，立即动身回到北京，麻雨轩和沈若冰则继续留在鄂尔多斯监视那三个人。大家约定，只要没有重大紧急的事情，就用邮箱联络，除非事态紧急，平时尽量少用手机。

回到北京，我先让陈雅楠租了辆车。紧接着就是行动前的准备工作，第一步也是最重要的一步，就是勘察会议现场及周边的环境。

五月召开的这次国际心理学年会，安排在北京东城区的一家五星级酒店，我们两人用了整整两周的时间，仔细勘察了酒店内外的所有地形，包括周边每一条道路、每一个摄像头的位置。至于酒店内的勘察工作，那就更加细致了，所有紧急逃生通道，每一层卫生间、储物间、杂物间的位置，每一处摄像头的位置，都被详细记录下来。全部工作完毕之后，我们又把所有汇总的资料画成图纸。

接下来，我把自己关在房间内，认真研究了所有路线。这项工作花费了整整一周的时间，拟定出三套行动方案。一切完毕，我将行动方案反复推演，最后确认，行动方案没有任何问题。

其实很多人并不知道，小说、电影和真实的生活，是完全不同的。真实生活中的犯罪，远比小说、电影中简单得多，而真实的侦破过程，却远比小说、电影中艰难不知道多少倍。我由于工作的原因，和警方人员联系很多，我很清楚，作为人民警察，他们的工作，究竟有多么的辛苦和不容易。

我相信，以我的经验和智商，再加上这三周的精心准备，这一次策划出的行动方案，绝对万无一失。

一切准备就绪，距离年会开幕还有一周时间。

这一周，我和陈雅楠索性好好放松放松，每天早起锻炼身体，然后结伴去菜市场买菜做饭，下午一起爬爬山，或者逛逛公园，晚上再看场电影，两人的日子过得俨然像一对小夫妻。其实，自从上次在孙国庆家发生的事情之后，我和陈雅楠的关系就变得微妙起来，两人都可以从对方的态度上感觉到。

不过我们也都很清楚，以目前的处境，我们这四个人之间的关系，越简单越好，所以谁也没有挑明。我们四个，现在的处境可以说极度危险，谁都不知道能否看到明天的太阳，说句不好听的话，我们就是一群有今天没明天的人，这样的情况下谈感情，实在是太奢侈了。

这段时间一直没有和麻雨轩、沈若冰见面，他们两个留在鄂尔多斯继续监视那三个人的行踪。每隔几天，麻雨轩会通过邮件与我们联络，沟通一下各自的进展。

那三个人在鄂尔多斯的小别墅里封闭了一周多以后，就驾车离开了。他们的第一站是呼和浩特，让所有人都没有想到的是，他们去呼和浩特的目的，竟然是拜访麻雨轩。

之所以确定这一点，其实很简单。那些人到达呼和浩特以后，就开始在麻雨轩公司的附近监视。发现这一点之后，我们立刻想到，那三个人会不会和我们一样，也在逐一寻访探查亲子鉴定中心那份档案上的相关人员？

但问题是，他们是从哪里得到那份档案的？

我马上回想起麻雨轩和我说过的话，那三人抵达鄂尔多斯后，那个司机在第二天回过一趟北京，并且在北京拜访了位于赵登禹路的一家亲子鉴定中心的工作人员，看来问题就出在这里了。

我建议麻雨轩见一见那三个人，一个目的是探一探对方的底细，另一个目的，就是不要让他们把怀疑目标盯到麻雨轩这边来。

大伙儿都同意了这个方案。

于是，在那三个人蹲守麻雨轩公司的第三天，我让麻雨轩假装上班，把车开到公司地下车库，然后到下班时间再从车库把车开走。

果然，当天那三个人在麻雨轩公司的地下车库里，拦住了他。

我们的判断是对的。三个人中，有两个人是双胞胎，一个叫郭阳，一个叫郭刚。他们遇到了和我们同样的事情，也在调查这件事情，但是非常明显，这三个人的调查手法，非常业余。

商量过后，我们决定暂时不要让这三个人太深地介入到这件事情中来，一是为了保证他们的安全，另外，这三个人究竟是否可以相信，我们也没有百分之百的把握。

于是，我们立刻联络了档案上的所有相关人员，让他们在见到这三个人的时候，不要给对方真实的 DNA 检材，一切等对他们了解清楚再说。

接下来，由麻雨轩和沈若冰继续追踪那三个人的行踪和落脚点。一直到国际心理学年会开幕的前一天，他们在北京与我们会合。

见面后，我们又花了整整一个晚上，把事先拟定的三套行动方案仔细过了一遍，确保没有任何问题之后，这才各自回房睡觉。

躺在床上，翻来覆去怎么也睡不着。

说实话，我十分紧张。毕竟是这辈子第一次干这样的事情，而且我们的对手，就是这个 NPR 机构，究竟是一个什么样的恶魔，我们所有人的心里都很清楚。虽说我们的方案可以说万无一失，但我们的对手实在太强大太邪恶了，稍有闪失，我们四个人付出的很可能是生命的代价。

脑海里正胡思乱想着，黑暗中，房门突然被人轻轻推开，抬头望去，是陈雅楠。

只听陈雅楠轻轻问道："你睡了吗？"

我坐起身来，拧亮台灯，说道："怎么了，有事吗？"

面前的陈雅楠身着睡衣，站在床边，只是静静地看着我，并没有回答我的问题。昏黄的灯光中，只见她肤如凝脂，长发垂肩，美得不可方物。

我低下眼睛，努力不去看她，再次问道："怎么了？"

陈雅楠沉默了良久，说道："我想告诉你一件事。"

我说道："你说。"

陈雅楠平静地说道："我喜欢你！"

我没有想到陈雅楠竟如此直接，反而面红耳赤，说道："你……"

陈雅楠没有丝毫羞涩，说道："其实你搭讪我的那天，我就喜欢上你了！"

我已经不知道该说什么了，有些语无伦次："你说的这个，我……"

陈雅楠笑了笑，说道："你不用有心理负担，我就是想告诉你！"

陈雅楠说到这里，轻轻地叹了口气，说道："我不知道明天我们几个离开这里，还能不能活着回来，所以我想让你知道，在这个世界上，有一个女孩子喜欢你。"

我很感动，点了点头，说道："好的，我知道了。"

陈雅楠也点了点头，说道："好了，那你睡吧，早点休息。"

陈雅楠说完，向我笑了笑，转身离开房间，轻轻带上了房门。

我怔怔地坐在床上，大脑完全停止了运转。我不知道该如何形容此时的心情，一种巨大的幸福感袭上心头的同时，伴随的是一种极大的无奈和悲哀。

明日隔山岳，世事两茫茫。

是啊，陈雅楠说得对，明天，会怎样，我们几个能活着回来吗？

其实我很清楚，现在想这么多并没有任何用处，该发生的都会发生。对于一个男人来说，在他死的那一天，如果知道有一个女孩子会惦记他，死而无憾了。

我是一个幸福的人。

第二天早上，八点整，我们准时出发。

这次一年一度的国际心理学年会，十点钟准时开幕，到会的全都是世界顶尖级别的心理学家以及心理学机构负责人。

九点整，我们到达会场。由于只是普通的科学年会，整个会场的安保工作做得并不严格。观察了整整一天，NPR 的创始人兼 CEO 纳尔逊，似乎并没有带什么保镖，他身边只有一个男秘书和一名司机，这一点让我们感到非常奇怪。

按照我们原先的理解，NPR 既然是一个极其邪恶的组织，那么这个 CEO 纳尔逊的身边，一定是保镖如云。但是来到现场以后，却完全不是这么一回事。难道我们看到的所有情况，只是一个假象？

关于这个纳尔逊的安保工作，NPR 还有更深的安排？

就是因为这一点，我们没敢在当天动手。原本是对方在明处，我们在暗处，动起手来很容易。但如果对方有更深的安排，反而会变成对方在暗处，我们在明处了。如若贸然行动，局势将会对我们非常不利。

年会将持续五天，我们还有足够的时间好好观察一下。

接下来的几天，我们每天早早到达现场，一直盯到散会。经过了整整两天的观察，我们大致摸清了纳尔逊的行动规律。他住在距离会场不远的一个四星级酒店里。这一点很奇怪，会场的酒店几乎可以说是全北京最好的酒店，可这个纳尔逊偏偏不住在这里，反而住在旁边一个比较便宜的酒店里。按理说，这么大一家公司的CEO，应该是不差钱的，我们几个想破脑袋，也没有想出原因来。

纳尔逊每天早上九点三十分准时从酒店出发，由司机和秘书陪同到达会议现场。中午休息的时候，他会由司机陪同，到东直门的簋街吃中国菜。下午则继续开会，直到傍晚会议结束，回到酒店后，就再也不出来了。

第三十七章　行动

经过整整三天的观察，我确定这个纳尔逊除了那个男秘书以及司机，并没有携带任何保镖，男秘书和司机看起来也并非安保人员，他们显然没有受过任何相关的训练。这件事情实在有些奇怪。

第三天中午，会议结束后的午休时间，纳尔逊再次由司机陪同，来到簋街吃中国菜。我们四人坐在车里观察着，一个小时后，纳尔逊和司机两人走出餐馆。纳尔逊站在路边等候，司机则快步跑去停车场开车。

我突然灵机一动，眼下不正是劫持纳尔逊的最好机会吗？

抬头望去，只见纳尔逊静静地站在街边，司机正把车缓缓开过来。

我对麻雨轩说道："老麻，马上去预定地点等我，我现在就动手，把纳尔逊劫过来！"

三人都是一愣，麻雨轩说道："这么突然，你一个人去？"

我说道："来不及解释了，听我的，马上把车开到预定地点等我。"

不容他们回答，我拉开车门就下了车。

其实，对于很多特殊行动来说，最好的机会，经常不是事前周密的计划，而是随机应变，抓时间差。这一点，很多警方行动组以及特种部队人员都非常了解。

经过这几天的观察,纳尔逊每次从餐馆出来,都会站在路边等司机开车来接他,司机把车子开过来以后,会下车给他开车门,纳尔逊上车以后,司机将车门关上,然后从车尾部绕回驾驶室的位置,再上车把车子开走。

我说的时间差,就是指司机刚刚给纳尔逊关上车门,从车尾部绕回到驾驶室的这段时间,虽然只有短短几秒钟,但对我来说,足够了。

我快步向纳尔逊的方向走去,这时候,司机已经把车子开了过来,停在了纳尔逊面前。司机打开车门下了车后,并没有关驾驶室门,就绕到车右后门处打开车门,纳尔逊上了车,司机将车门关好,回身从车尾部绕回来。

就是这个时间点!

我向前紧赶了几步,就在司机被车尾部挡住的一瞬间,我上车坐到了驾驶室的位置,关上车门,并迅速将车子从里面落了锁。纳尔逊正坐在后排低着头看着一堆文件,完全没有注意到发生了什么事情。

我挂上前进挡,一踩油门,车子飞快地向前驶去。

透过后视镜,我看到司机在车子启动的那一刹完全呆住了,呆了足足有两秒钟,这才挥着手大声喊了起来,不过这时候我已经把车子开出了几十米远,什么都听不到了。从后视镜望去,纳尔逊正低头聚精会神地看着手里的文件,完全不知道发生了什么事情,我笑了笑,将车子开上了二环路。

二十分钟后,我把车子停在了机场高速附近的一条乡村土路上,这是我们事先勘探好的接应地点,附近的乡村小路没有摄像头,而且这一带的道路四通八达,只要我们在这里换辆车再开出去,就很难从监控上查出我们的行踪了。

麻雨轩的车子早就在这里等待我们了。把车停下,我用英语对纳尔逊说道:"纳尔逊先生,我们到了,下车吧。"

纳尔逊抬起头来,看到外面的环境,又看到司机换成了我,一下子愣住,说道:"你……你是谁,这是什么地方?"

我没有回答他,这时麻雨轩已经打开了车后门,说道:"请吧!"

纳尔逊这个老头看起来非常有性格,他说道:"我不下车,我不管你们要做什么,马上送我回去,我对你们所做的事情,可以不追究。"

听到老头的嘴这么硬,我心里的火儿一下子就上来了。回想起这几个月来,这么多人无辜枉死,想起我的亲兄弟赵峰,我亲眼看着他在大火中被活活烧死,而我却无能为力。我掏出手枪顶住了纳尔逊的脑袋,吼道:"走不走?"

纳尔逊依旧非常倔强,昂着头说道:"你打死我吧,我不会屈服于你们这群恐怖分子的。"我被气笑了。我们是恐怖分子,那你们是什么!都到了这个地步,居然还敢觍着脸倒打一耙,贼喊捉贼?

我伸手将纳尔逊一把拽下车,用铐子铐上,嘴里塞上毛巾,再给他戴上头罩,粗暴地塞进麻雨轩的车里。

下午两点整,我们押着纳尔逊回到了我们的临时住处。

临时住所的客厅已经被我们布置成"审讯"室,所有录音录像设备早已准备好。为了增加效果,我还专门找了一盏大台灯放在桌子上,专门用来照纳尔逊的脸,当然,也会起到很大的威慑作用。

我和麻雨轩将纳尔逊拖进客厅,将他的手脚都铐在椅子上,然后拉开他脸上的面罩。取下塞在口中的毛巾后,纳尔逊立刻大喊了起来:"你们要干什么?我抗议,我要抗议!你们这群恐怖分子,我不会向你们屈服的,我要控告你们!"

沈若冰将所有设备开机,又检查了一遍之后,对我说道:"可以了。"

麻雨轩在国外念过书,又在国外生活过很长时间,英语非常好,所以由他来给我翻译。沈若冰和陈雅楠负责操作机器设备。

一切就绪,我和麻雨轩坐到桌后,我伸手将桌上的台灯转过来,直接照在纳尔逊的脸上。纳尔逊用手挡住脸,喊道:"你们这群恐怖分子,你们到底要干什么?"

我凝视着面前的纳尔逊,冷冷地说道:"纳尔逊先生,请注意你的风度,声音小一些,会吵到邻居的!"

纳尔逊不理会我,继续喊道:"你们这群卑鄙的恐怖分子,你们到底要干什么?"

我冷笑了一声,说道:"卑鄙!卑鄙的人说别人卑鄙,恐怕没有比这更可笑的事情了吧？"

我的话显然让纳尔逊愣了一下，说道："你说什么，我卑鄙？"

我反问道："难道不是吗？"

纳尔逊被激怒了，吼道："你们可以杀了我，但不可以侮辱我，我是一个科学家，我把毕生的精力都献给了科学研究，造福人类，你说我卑鄙，你这是污蔑！"

麻雨轩拍案而起，直接用英语对纳尔逊吼道："伪君子！道貌岸然！不错，你表面上是一个科学家，甚至是一个伟大的科学家，一个伟大的人类心理学成长专家，但是背地里呢，你是一个什么人？你是一个恶魔，你是一个刽子手！"

纳尔逊喊道："我抗议，你们不可以这么侮辱我！"

果然，就像一个刑侦专家对我说过的，每一个坏人，在你把全部犯罪证据摆在他们面前之前，他永远会认为自己是一个好人。

我示意麻雨轩坐下，对纳尔逊说道："好，纳尔逊先生，既然你不承认，我可以帮助你回忆一下，你究竟做过些什么样的事情。"

说到这里，我停住了话，凝视着纳尔逊的表情，然后才说道："你仔细听好，一个词都不要漏过。"

我又停顿了片刻，才将这几个月来发生的所有事情，每一桩、每一件，甚至每一个细节，全部给纳尔逊讲述了一遍。讲述的过程中，我的语速非常慢，同时，我的眼睛在捕捉着纳尔逊脸上的每一个细微的表情。

我在模拟一种"多次重复试谎法"的专业手法来询问纳尔逊，这个方法的发明者为平托上校。平托上校是"二战"期间英国顶尖级别反间谍专家，他曾经写过一本书《我的反间谍生涯》。平托上校的整个职业生涯中，审讯过一万多名来自各个国家的顶尖级间谍，没有一例失败。

二〇〇九年，美国二十世纪福克斯电影公司以平托上校的经历为原型，拍摄过一部电视剧，名字叫作 *Lie To Me*，中文名《别对我说谎》。

平托上校发明的这种多次重复试谎法，准确度几乎是百分之百，所以我非常自信，自己肯定能问出结果来。

我的整个讲述过程，持续了三十分钟。这三十分钟内，我全程观察纳尔逊的每一个表情和动作，包括脸部肌肉的抖动、瞳孔放大等。让我吃惊的是，纳尔逊的所有反应，甚至每一个微表情，都像是第一次听说这件事一样。

讲述完毕，纳尔逊已经完全安静了下来。沉默了很长一段时间，纳尔逊说道："小伙子，你讲的这些，都是真的吗？"

我反问道："你不相信吗？"

纳尔逊看着我，动了动嘴唇，似乎在努力地措辞，想要辩解什么，但最终什么也没有说。良久，他叹了口气，使劲摇着头说道："小伙子，你说的这个故事，确实很符合逻辑，我找不出任何漏洞，但是，我还是没有办法相信。"

我凝视着纳尔逊，一字一句说道："如果我能够让你相信这个故事是真的呢？"

纳尔逊说道："如果你能向我证明这个故事是真的，那我答应你，我会把我知道的所有事情，全都告诉你，我甚至可以帮助你们来调查这件事情。"

麻雨轩、沈若冰和陈雅楠互相交换了一个眼神，显然都愣了一下。只有我已经感觉到了什么，我思索了片刻，对纳尔逊说道："好，我马上给你证据。"

我打开电脑，从网络上调出赵峰和我的所有资料以及照片，之后，我找到了去年内蒙古丹拉高速上那场车祸的新闻，最后，我登录交通运输部的网站，调出了我和赵峰车祸的调查报告，以及车祸死亡者，也就是我的信息。

纳尔逊虽然不懂中文，但电脑里有自动翻译软件，几分钟后，看完所有资料，纳尔逊整个人完全呆住了。

我们谁也没有说话，只是静静地等待着他。过了很长一段时间，纳尔逊放下鼠标，喃喃地说道："所有的这些，都是NPR做出来的？"

我点了点头，十分确定地说道："是！"

纳尔逊用手抱住了头，似乎陷入了沉思。

我对纳尔逊说道："纳尔逊先生，我们为你准备了房间，你可以休息一会儿，仔细思考思考，等你想清楚了，我们好好聊一聊。"

由于不清楚这一次行动会持续多久，我们事先为纳尔逊准备了房间。窗户全部是防盗窗，房间里面有独立卫生间。虽然我们现在在劫持，但毕竟我们都不是真正的犯罪分子,即便这个纳尔逊是真正的罪人,也会有法律来惩罚他,在这里的几天,我们只询问真相,并不想虐待他。

麻雨轩将纳尔逊带到房间后,将房门锁好,回到了客厅。

几人沉默了一阵,麻雨轩问我:"为什么问了这么一会儿就让他休息了?我记得你说过,摧毁对方抵抗意识的最好方法,不就是疲劳战术吗?"

我回过神来,说道:"纳尔逊的情况不一样。"

麻雨轩问道:"怎么不一样?"

我说道:"这个纳尔逊,很可能什么都不知道。"

麻雨轩愣道:"不会吧,怎么可能?"

陈雅楠也说道:"对啊,他是NPR最大的老板,他们公司做的事情,他怎么可能不知道?"

我说道:"他的表情告诉我的。"

麻雨轩几人交换了一个眼神,显然都没明白。

沈若冰突然说道:"我同意你的说法。"

几人抬头望向沈若冰,沈若冰继续说道:"我虽然说不出什么道理,但是从刚刚见到那个纳尔逊,到你和他讲述这几个月来发生的所有事情,我的直觉告诉我,他这个人应该很单纯,他所有的反应,纯属自然,不是装出来的。"

陈雅楠听完沈若冰的话,愣了一下,琢磨了片刻,点了点头,说道:"沈姐姐说得没错,其实我也有同样的感觉。"

我转头问麻雨轩:"老麻,你的感觉呢?"

麻雨轩显然有些困惑,说道:"我……说实话,我不知道。"

男人和女人确实是不一样的动物,在感觉的敏感性方面,男人远远比不上女人。有一句话是这样说的,女人的直觉是最准的,所以,永远不要去欺骗女人。很多时候,男人之所以能够骗过女人,只不过是她想被你骗而已。

我对麻雨轩说道:"这样吧,我们重新看一遍录像,就都清楚了。"

接下来一个多小时,我们几人静下心来,认真回看了整个询问过程。

四人仔细回看了刚刚的全部录像后,认真分析了纳尔逊的所有反应和表情,我们最后的结论是,至少以我目前的水平来看,纳尔逊在聆听我讲述的过程中,每一个细微的表情都说明了一件事情：他对我所说的事情，完全不知情。

　　这个结论,是我们所有人事先都没有想到的。我们原本以为绑架了纳尔逊，他是 NPR 机构最大的老板，创始人兼 CEO，我们想要的所有答案，都会从他那里得到。但现在看来，我们失算了。究竟是哪里出了问题？

　　四人苦思良久，百思不得其解。

　　难道这个纳尔逊并不是 NPR 最大的老板，他只是 NPR 的一个小人物，所以他完全不知情？如果真是这样，我们忙活了这么久，这个乌龙可是大了。

第三十八章　纳尔逊的话

当天晚上，纳尔逊主动要求找我们谈话。

虽然前后只隔了几个小时，纳尔逊却显得苍老了很多，人也异常疲惫。沉默了很长一段时间，纳尔逊才开口，对我们说道："孩子们，我刚刚思考了所有的事情，我选择相信你们的话。"

我问道："这么轻易就相信我们吗？"

纳尔逊苦笑了一下，说道："你们别忘了我是做什么工作的，我一生的精力，全都奉献给心理学了，一个人有没有对我说谎，我是看得出来的，虽然你们的话，我十分不愿意相信，但我还是选择相信你们。"

我们几人互相看了看，看来这回还真是业余选手遇到职业选手了。

纳尔逊说道："我选择相信你们，我也相信你们说的这个故事。但是坦白来讲，得知这件事情，我的心情很不好。我没有想到，我辛苦了一辈子创建的机构，竟然发生了这样的事情，而我作为创始人和主要负责人，竟然毫不知情。"

麻雨轩问道："你说什么，这些事情，你毫不知情？"

纳尔逊说道："是的。不过我答应你们，如果你们让我回去，我会动用我所有的力量，将这件事情查个水落石出，为你们死去的亲人、朋友讨回公道。"

我问道："我为什么要相信你？"

纳尔逊将目光望向我，说道："因为你是个聪明的年轻人，如果我没有猜错，你们使用的方法，是平托上校的多次重复试谎法，对吗？"

所有人都是一愣。

纳尔逊说道："平托上校的这种方法，确实从来没有出过错。因为人即便说谎手段极为高明，微表情却无法掩饰。我相信你们刚刚已经仔细研究了录像，录像里的内容，已经告诉了你们答案。"

这个老头果然厉害。

纳尔逊说完，静静地注视着我。我思索了很长一段时间，说道："好，既然这样，我也选择相信你，放你走。但是你要在临走之前，把知道的所有事情，包括你回去以后，准备怎么着手去查这件事情，全部讲给我们听。"

麻雨轩说道："老赵，你不能就这么轻易答应放他走……"

我打断麻雨轩的话，说道："老麻，这是我们唯一的机会。"麻雨轩愣了愣，明白了我的意思。我转头对纳尔逊说道："纳尔逊先生，你的意思呢？"

纳尔逊说道："没问题，你想知道些什么？"

我思索了片刻，说道："你个人所有的经历，另外，有关NPR的所有事情，包括机构如何成立，这些年以来的发展过程，所有的重大事件中有没有可疑的地方，还有你回去以后，具体打算怎么来查这件事情。"

纳尔逊点了点头，思索了片刻，开始详细回答我的问题。

纳尔逊所说的事情，与我们查到的NPR公司的资料，没有任何出入。

看来我们之前做的功课，已经足够细致了。只是纳尔逊所讲的，更为详细。其后，我和纳尔逊交换了我们这边知道的所有信息。

纳尔逊告诉我，NPR确实是研究人类性格成长的一家研究机构，也确实用很多孩子做实验对象，但都获得了孩子父母的同意，全都是公开、公正的研究，但我跟他讲的这种双胞胎分开抚养的案例，他公司的所有实验案例里面，一例都没有。他在和我们谈话前，仔细回忆了NPR公司从筹建到今天的每一个细节，但是没有发现任何值得怀疑的地方，这一点他也感觉非常奇怪。

我和麻雨轩几人交换了一个眼神，其实这个原因我们大家都看出来了，虽然接触的时间不长，但我们都已经感觉到，纳尔逊是一个非常单纯的科学家，他的心里除了科学研究，没有别的，所以，即便公司里有一些不合常理的事情，他也不会留意到的。

我将我的想法告诉了纳尔逊，纳尔逊说道："你说得对，这些年，除了做研究，对其他的事情，我确实没有太在意。但是请你们相信我，回去以后，我会动用所有的手段，把这件事情查清楚，而且我答应你们，只要一有结果，我会马上联络你们。"

我点了点头，说道："好，那我们马上送你回去，但有一点，你一定要注意。"

纳尔逊问道："什么？"

我说道："安全，你的调查工作一定要先保护自己的安全，我们的对手，实在太邪恶了。"

纳尔逊点头说道："好，我会注意的。"

为了确保万无一失，送走纳尔逊的时候，我们还是给他戴上了头罩。将他送回到我们最初的接应地点，再用纳尔逊的手机给他的司机打了电话，通知来接。我们躲在暗处，直到看到司机过来接上纳尔逊离开，我们才撤离。

回到住处，麻雨轩说道："老赵，我还是觉得你太容易相信人了。"

我说道："相信我的判断，这个老头肯定什么都不知道。放了他，还有可能查出真相。除此以外，我们没有任何办法能够接触到这件事情的核心机密。"

麻雨轩明白了我的意思，不再说什么。

说实话，我之所以这样选择，也是无奈之举。我们现在面对的，是一个极为庞大的犯罪集团，而且手段无所不用其极，极度残忍。我们现在没有任何实质性的证据，所以没办法报警。以我们几人的能力，要想把这件事情彻底查清，可以说难于上青天，因此，纳尔逊是我们唯一的希望。

接下来的日子，我们没有任何事情可以做了，只有等待。

大家随时关注着网上的新闻。国际心理学年会结束的第二天，纳尔逊就回了美国，新闻上对纳尔逊失踪了一个下午和晚上的事情，没有任何报道，看来纳尔逊并没有报警。

就这么静静地等待了两个多星期,时间进入六月,这天早上,我刚刚跑完步回来,邮箱里收到了纳尔逊的来信。

我立刻叫来麻雨轩几人,点开邮件,只见纳尔逊在邮件里写道:

孩子们,很抱歉这么久才给你们写信。回到美国之后,处理完手里的一些工作,我就开始调查那件事情。情况远比我想的要复杂,不过可喜的是,我已经取得了一些重要的进展,虽然还没有查到幕后主使,但已经取得了一些实质性的突破。我将于六月十九日抵达中国,到中国甘肃省的张掖市出席第二天 NPR 的一个新实验机构落成仪式。之所以提前一天到达,是希望如果可以,我能够先在那里与你们进行会晤,随时保持联络。

纳尔逊的信到这里就结束了,看来纳尔逊之所以来这封信,第一是要告诉我们事情的进展,第二就是与我们约定见面时间。

麻雨轩问道:"老赵,你感觉怎么样,去还是不去?"

终于收到纳尔逊的来信,我们几人的心里都很高兴,这至少从某种层面说明,纳尔逊并没有骗我们,他确实回去就开始调查这件事情,但同时让我们担忧的是,万一这是一个陷阱呢?

我问麻雨轩:"你觉得呢?"

麻雨轩说道:"我觉得要去,不过只我们俩去,她们两个姑娘,留在这里。"

我还没说什么,陈雅楠已经不干了,说道:"你们干什么呀!这么长时间大家都在一起,现在终于要有进展了,你们要甩了我们!"

我和麻雨轩连忙解释,我们不是要甩了她们,而是从安全角度出发。

没想到越解释越乱,最后连沈若冰也不干了,我和麻雨轩拗不过她们两个,最后只能同意,但同时,我和麻雨轩的心里都很感动。

距离纳尔逊约定的时间还有几天,我们决定不在北京待着了,收拾一下,明天就动身前往张掖市,到得早的话,至少还可以先勘察一下环境。

张掖市位于甘肃省中部,距离北京将近两千公里。第二天一早,我们简单收拾了一下东西就出发了，四人轮换着足足开了两天的车，第三天晚上，我们抵达张掖市。为确保安全，我们并没有住宾馆，而是在路上联系了一家中介，找了一家民宿，安顿好之后，四人足足睡了一觉，第二天早上，一路的疲劳一扫而空。

起床吃过早饭，我们先到纳尔逊提到的那个高新技术产业园区勘察了一下。回到住处，沈若冰突然问我们："对了，那几个人怎么办？"

沈若冰突如其来的问题让我们几个都是一愣，我问道："哪几个人？"

沈若冰说道："就是我们一直监视的那三个人。"

麻雨轩问沈若冰："你的想法是？"

沈若冰说道："我在想，我们这一次见纳尔逊，究竟有没有危险谁也不知道，那几个人和我们的遭遇是相同的，他们有权力知道这件事情的真相。"

我明白了沈若冰的意思，还是她心思缜密。沈若冰说得没错，从目前我们掌握的情况看，那几个人的遭遇和我们一模一样，他们确实有权知道真相。最重要的，万一我们出了什么事情，这件事情必须有人继续查下去。

我看了看麻雨轩和陈雅楠，两人都缓缓点了点头。

我说道："那好，那就立刻通知他们，让他们来这里和我们会合。"

至此，作家赵山的故事讲述完毕。

大结局

第一章　真相大白

时间回到二〇一八年六月十八号晚上十一点，张掖市的那家民宿。

我、郭阳、小海三人刚刚经历了一场惊险的"绑架"，但听完"绑架者"作家赵山讲述的故事后，全又目瞪口呆，半晌说不出话来。过了很长一段时间，我才结结巴巴问道："我说哥们儿，按你的意思，自打二月底，在呼吉雅大娘家遇险那次以后，你们就一直盯着我们？"

赵山平静地回答道："是！"

我说道："这……这不可能啊，我们怎么一点感觉也没有？"

赵山笑了，说道："你们太业余了，能活到今天，纯属侥幸。"

我心里暗骂了一句。不过想想也是，赵山这种写小说的人，要写侦探戏就写侦探戏，要写犯罪戏就写犯罪戏，写出来的东西虽说都是编的，但跟真的一样，唬得读者一愣一愣的，你要说他们没有侦察和反侦察的本事，还真没人信。

我问道："那你们跟了我们这么久，怎么一直不找我们？"

赵山说道："凭你们的本事，找到你们也帮不上什么忙，只能添乱。另外，我们也是为了你们的安全着想，不想让你们卷入得太深。"

我问道："那你们干吗现在又找到我们了？"

赵山沉默了片刻，说道："我们之所以安排了那么复杂的一套谜题，才让你们找到这里，有两个原因，第一是考验你们的胆量，但最重要的，是考验你们的智力，如果连这个地址的谜题你们都无法破解，那也就算了。"

我说道："哥们儿，你这不是耍我们吗？"

赵山并没有回答我的问题，沉吟许久，才说道："明天，就是纳尔逊和我们约定好的时间，你们要知道，我们这一次去，很有可能九死一生……"

我打断赵山的话，说道："你等等，哥们儿，你刚刚不是还一直说，那个纳尔逊，没有什么问题吗，你说可以相信他啊？"

赵山说道："是的，一开始我们都是这么想的，因为我们用的测谎方式，那是世界上最权威的方法，利用的就是人类无法控制的潜意识微表情。"

我说道："对啊，然后呢？"

赵山说道："但是我忽略了一个细节……"

我问道："什么细节？"

赵山说道："那个纳尔逊，是世界顶尖的心理学专家。"

我心里一沉，说道："你是说，他……他能对付你们这套办法？"

赵山点了点头，说道："是的，很有这个可能！"

我瞪大眼睛，说道："那……那你还决定明天去？"

赵山很肯定地说道："是！我们几个已经商量好了，无论明天将面对什么，我们都会去，这是我能想到的唯一能够揭开谜底的机会。"

我说道："哥们儿，你是不是傻啊，明知道是火坑，还要往里跳？"

赵山伸手打断我的话，说道："所以我把你们请过来，就是希望如果明天我们几个出了事，你们可以接手我们的工作，继续把这件事情调查下去。"

我愣了一下，和郭阳、小海两人交换了一个眼神，说道："我说哥们儿，你说什么呢，你把我们几个当娘儿们了？这件事，怎么说我们已经卷进来了，明天就算是要去，那也得大伙儿一起去啊。再说了，你们这儿虽说是四个人，有俩小姑娘嘛，男的就两个，我们这边三个大老爷们儿呢，人多力量大，还对付不了他们？"

赵山苦笑了一下，问我："你有什么好办法吗？"

我笑了笑，说道："赵大作家，论怎么破案、怎么反侦察，那我不如你，不过我在社会上这小二十年也不是白混的，要说玩儿心眼，你比不过我。"

赵山说道："那你有什么主意？"

我说道："主意简单啊，咱们现在一共七个人，五个男的，两个女的，你手里不是还有把枪吗？咱就这么安排，五个男的里面，选四个最能打的过去，到时候你拿着枪，就坐在那个叫纳尔逊的老头旁边，把家伙亮出来。万一有个什么风吹草动，你就拿枪把他劫持了，看他们还有什么招儿。"

赵山听了我的话，愣住了。显然，在他的头脑里，从来没有出现过这种刚进门就要无赖的方法。

赵山思索了片刻，说道："即便我们这样做，也不能说百分之百保险。"

我说道："你别急啊，我这儿还有后招呢。咱们不是四个男的进去吗，外面还有三个人，到时候，外面这三个人分成三组，每个人都拿着手机，和里面的人始终通着话，随时监控里面的情况，只要一出事，就立刻打110报警，110快着呢，我保证三分钟之内，警察叔叔一准儿就到。到时候，警察到了，咱还有什么可怕的？"

赵山和麻雨轩两人交换了一个眼神，那个叫陈雅楠的大美女说道："我觉得，进门就把纳尔逊用枪顶起来，这……这有点太无赖了吧？"

麻雨轩说道："我也觉得是……有点太无赖了。"

赵山和沈若冰都没有说话，屋子里只有郭阳和小海最了解我，听到麻雨轩和陈雅楠的话，两人不禁莞尔。

我说道："无赖怎么了！他们办的那些事就不无赖了？我们几个都逃进深山里了，他们居然在外面堵了我们一个多月，都快堵被窝里了，这不无赖？"

赵山思索了片刻，说道："好，就按你说的办。"

我看了看一旁的郭阳和小海，三人都笑了。

接下来，大伙儿做了详细分工：赵山具备很强的侦察和反侦察能力，他必须在现场；我脑子灵活、身手好，我也要在；剩下的就是郭阳、麻雨轩和小海三人，郭阳和小海的身手都不错，但以我的意思，小海是局外人，没必要跟我们冒险，但小海死活要坚持，不过还是没弄过我。最后大伙儿决定，由小海带着沈若冰和陈雅楠两个姑娘在外面接应，我和赵山、麻雨轩、郭阳四个人进去和纳尔逊会面。

所有事情安排完毕，天已经快亮了。

距离与纳尔逊约定的时间，还有不到九个小时。

我和郭阳、小海三人离开赵山几人的临时落脚点，随便找了家宾馆住下。说实话，虽说已经决定要去冒险，但心里还是七上八下的。从小长到这么大，做这么冒险的事情，我还是头一遭。洗漱完毕，我把心里的想法讲给了郭阳和小海。

从他们的神色可以看出来，两人的心里和我有同样的担忧。郭阳沉默了很长一段时间，对我说道："你的担心是有道理的，我也是同样的想法。"

我苦笑了一下，说道："其实我也知道，想这么多，没啥用。但不去冒这次险，咱们又能怎么办呢？什么也不干，那就只能等死了，等着那帮杀手哪天来要咱们几个的脑袋。赵山那边手里至少还有把枪，还能拼一拼，咱们有什么？两把弹簧刀，三根甩棍，外加三条小命。所以啊，拼吧，活着干，死了算！"

小海也笑了，说道："话糙理不糙。不过，我倒是觉得没你想的那么悲观，赵山说的话我听着没有什么漏洞，他应该不会骗我们。至于那个纳尔逊，还不太好判断。不过咱们肯定得去，这是到现在为止，咱们最接近谜底的一次。"

郭阳说道："我们可以用数学上的概率，计算一下风险系数。"

郭阳这个书呆子，明显又在掉书袋。我笑道："我说哥们儿，你个书呆子。我们两个没文化，你就不能说点我们能听懂的？"

郭阳笑道："我是学数学和计算机的，这世界上任何事情，对学数学的人来讲，都只是一道计算题而已。来吧，我们算一下，就知道风险系数是多大了。"

我说道："这也能算出来？"

郭阳说道："当然。我问你，你对赵山的话，信几成？"

我想了想，说道："七成吧。"

"好，你七成，我是九成。"郭阳又问小海，"你呢？"

小海琢磨了片刻，说道："我八成吧。"

郭阳拿出手机，说道："好，我九成，郭刚七成，小海八成。"

他在手机的计算器上算了一下，说道："这样，我们三人加权平均，赵山谈话的可信度对我们来说，是百分之八十二点五。第二个问题，你们觉得纳尔逊的话，赵山相信多少？"

我说道："我觉得……应该也在八成左右吧，要不然他也不会冒这个险。"

小海点头，说道："我觉得也差不多。"

郭阳说道："好，那就是在刚才的百分之八十二点五的基础上，再打八折，是百分之六十六，也就是说，我们这一次去，没有风险的概率是百分之六十六，超过百分之五十了，值得冒险。"

小海说道："百分之六十六，也就是才三分之二，风险还是挺大的。"

郭阳说道："没错。所以我们才要想办法，把那百分之三十四的风险降低。"

郭阳这一番分析，把我脑袋都整晕了，一直听到小海的话我才明白，我问郭阳："你的意思是，这一次的风险，如果我们去三次，有两次可能没事，一次肯定会出事，是这样吗？"

郭阳说道："是这意思。所以我们要尽量降低那三分之一的风险。"

我点了点头，说道："明白了，还是按我那个主意，进门就要无赖，先让赵山用枪把那个纳尔逊控制起来，咱们里外始终电话连着线，只要有一点风吹草动，外面的人立刻报警。对了小海，那两个姑娘虽说长得漂亮，但肯定是俩棒槌，你一定要机灵点，千万别跟她们两个一起让人一锅端了，自己单独找个地方猫着，万一里面出事了，你别脑子一热就冲进来，记住，先把报警电话打了再说。"

小海郑重地点了点头，说道："你放心吧，外面交给我。"

我吁了口长气，说道："好，那咱们就这么定下来，一会儿就算是龙潭虎穴，咱们这回也闯定了，生死就这么一回了，总比窝在这里等死强！"

从小长到这么大，我从来没有一觉睡得这么不踏实过。毕竟我还在道儿上混了小二十年，危险的事也经历过不少了。我尚且如此，郭阳和小海就更别说了。起来的时候，两人都是睡眼惺忪，一看就是都没睡好。

匆匆吃了点东西，下午一点整，我们赶到赵山的临时落脚点。赵山、麻雨轩和那两个姑娘已经等在门口了。

赵山看到我们的样子，说道："怎么样，没睡好吧？"

郭阳说道："那肯定是，多少有点紧张。"

赵山笑道："我们几个也一样，半斤八两，几乎没怎么睡着。"

几人都笑了，气氛一下子轻松了不少。

第二章　赴约

纳尔逊和赵山约定的地点，在张掖市郊的一处高新技术产业园区，距离市区大约三十公里。半个小时后，我们在距离园区五公里的地方停下了车。

下车之后，我们分成四组。我、赵山、郭阳和麻雨轩一组先行进入园区，小海带着沈若冰和陈雅楠两个姑娘，他们三人再分成三组，在我们后面进入园区，负责外围的接应和掩护。最后一次交代完毕之后，我们把手机全部拨通，小海和我的手机接通，赵山和陈雅楠一组，麻雨轩和沈若冰一组，手机全部接通。

准备完毕，我们正要出发，陈雅楠突然说道："等一下。"

我们停住，陈雅楠说道："我们要再加一道保险。"

麻雨轩问道："保险，什么保险？"

陈雅楠说道："就是万一手机信号中断。"

麻雨轩恍然大悟，说道："对啊，说得没错，咱们进到约定地点以后，万一手机信号断了，没信号，必须得有个后招。"

我看了看陈雅楠，赵山果然没有说错，陈雅楠这个姑娘，还真是冰雪聪明。

我问陈雅楠："那你有什么办法吗？"

陈雅楠说道："我是这样想的，你们进去之后，如果手机信号畅通，那没问题。万一手机没有信号，一个小时整的时候，你们出来一下，假装到车里拿东西，我们看到你们出来，就代表一切正常。再进去之后，谈到第二个小时整，你们就撤出来，再有什么事情就明天再说。在这两个时间点，也就是第一个小时整和第二个小时整的时间点，但凡我们见不到你们出来，就代表出事了，我们立即报警。"

我赞道："好主意啊！"

赵山思索了片刻，说道："不错，那咱们就这么办。郭刚，你来负责计时，到时候你想办法混出来，给小海他们发信号。"

我笑道："这种事我最拿手了，交给我吧，我来负责计时，到时间了我一定想个冠冕堂皇的招儿，混出来给他们几个发信号。"

一切交代完毕，赵山深吸了一口气，对我、郭阳、麻雨轩三人说道："走吧兄弟们，我们就去闯一闯这个龙潭虎穴，把谜底揭开！"

所有人点了点头，每个人都有一种"风萧萧兮易水寒，壮士一去兮不复还"的豪迈感。

十几分钟后，车子开进园区。

这是一片很大的园林，风景极好。赵山一边开着车，一边给我们介绍着园区内的环境，他们事先已经踩过好几次盘子，对这里非常熟悉。

据赵山介绍，这片园区是张掖市政府在两年前开始规划的，今年年初才建好，目前里面入驻的公司还不算多，NPR 在去年和园区签署了入驻合同，准备在这边开设一个很大的分支机构，并逐渐把 NPR 的业务引入西北地区。

纳尔逊发过来的地址，是位于园区西北角的一栋三层小楼。我们停好车，来到小楼门口。这座小楼一看就是刚刚落成，门口立着一块立牌，上面用英文写着：

Newcastle Center for Psychological Research

英文我虽然不认识，但这几个词的首字母我还是认出来了。这个牌子上写的应该就是纽卡斯特心理研究中心，也就是那个——NPR。

赵山说道:"纳尔逊在邮件中告诉我,这里是他公司刚刚租下的,还没有正式开始办公,所以非常安全,没有人。"赵山说完,上前就要按门铃。

我突然心念一动,说道:"你等一下。"

赵山停住手。我掏出钱包,从里面拿出从乌兰左旗山脚下的帐篷里偷来的那张卡,在面前的门禁上刷了一下,只听"嘀"的一声,门自动打开了。

"就是这里!"我说道。郭阳和赵山、麻雨轩对望了一眼,看来证据确凿了,一直在追杀我们的那几个杀手,果然和这里有关。赵山和麻雨轩两个都听过我们的故事,所以也知道门卡的事情。

一时间,几人都有点紧张,并没有进去,片刻,门又自动关上了。

就在这时,我的蓝牙耳机里传来了小海的声音:"刚子,我已经到位,就在你们不远的地方,另外,我已经把园区里外都扫了一遍,没发现什么可疑情况。"

我回头假装不经意地四下看了看,并没有找到小海的踪迹,看来他藏得很隐蔽。我给赵山使了个眼色,赵山会意地点了点头。

我深吸了一口气,上前按下门铃。

不大会儿工夫,一个看起来三十来岁的男人从里面走出来,给我们开门。赵山低声对我们说道:"这就是纳尔逊的司机兼私人助理。"

助理打开门,很绅士地伸了伸手,示意我们进来。

进门的时候,我看了一下手表,下午两点零一分。

助理将我们带到二层会议室,一个看起来七十来岁的老头已经在里面等我们了,他应该就是纳尔逊,看起来很文雅,穿着一身合体的西装,满头白发。

纳尔逊起身,用蹩脚的汉语说道:"你们好。"

我问赵山:"他会说汉语?"我还记得在赵山的叙述中,纳尔逊是不会讲中文的。纳尔逊显然明白了我的意思,很幽默地用手比画了一下,说道:"汉语,一点点。"

我点了点头,心中对赵山的疑惑消除了。

纳尔逊伸出手来,用蹩脚的汉语说道:"请坐,别客气。"

下面的情节中，我们所有的对话，纳尔逊用的全部是英语，由郭阳和麻雨轩来给我和赵山翻译，但在故事的记述中，我就全部使用中文了。

纳尔逊说完，我们并没有坐。

我给赵山使了个眼色，赵山犹豫了片刻，并没有动。

看来他从一个小混混改邪归正以后，确实有点不适应我这种无赖的做法了。我又给他使了一个眼色，赵山这才咬了咬牙，说道："很抱歉，纳尔逊先生，为了我们的安全，我们需要对你采取一点行动。"

纳尔逊问道："什么行动？"

赵山掏出手枪，顶住了纳尔逊，说道："为了我们的安全，必须控制住你。"

纳尔逊愣了一下，说道："孩子们，你们要相信我，不过我也理解你们的处境和心情。你们可以做你们想做的，不过我保证，这里只有我和我的助理两个人，我们两个，都是你们可以信任的。"

我说道："对不起，纳尔逊先生，最后的谜底揭开之前，你还是要先委屈一下，请坐吧。"

纳尔逊无奈地笑了笑，被赵山用枪顶着坐下，我们几个也在对面的椅子上坐下来。纳尔逊的助理倒是云淡风轻，没有任何反应，给我们端来咖啡，然后站到了纳尔逊的身后。

纳尔逊打开桌上的电脑，取出一个U盘插上，调出了一份文件，对赵山说道："赵，你们几个委托我调查的事情，已经找到了一些线索。"

他将电脑推到赵山的面前，说道："所有的情况都在这上面，你们可以看一看。"

我和郭阳、麻雨轩也凑上去看了看，只见电脑上是一张密密麻麻的表格。

纳尔逊说道："你们现在看到的文件，就是纽卡斯特这些年来的一些心理研究报告。"

赵山问道："这上面有什么问题吗？"

纳尔逊说道："上次和你讨论过之后，我回到美国，马上就开始调查这件事情。但是在最开始,我没有取得任何进展。我查询了公司从一九六五年成立开始,所做的每一件成长跟踪案例,但在其中没有找到任何一例有关双胞胎的案例。"

赵山说道:"这不太可能吧?"

纳尔逊说道:"是的。赵,我相信你们,所以我也觉得不太可能。于是我开始一份一份检查纽卡斯特做过的成长跟踪案例报告,果然在其中发现了问题。"

赵山说道:"就是现在电脑里的这些文件?"

纳尔逊说道:"是的。你们看到的这些文件,一共有一百六十八份,分为八十四组,我发现,每一组的出生日期,都是相同的。"

赵山说道:"你是说,这些档案,很可能就是那些双胞胎的档案?"

纳尔逊点头说道:"有这个可能。但有一件很奇怪的事情,这些档案上的人名和住址,以及联系方式,我都分别联系过,全都是查无此人。"

说到这里,纳尔逊停顿了片刻,看着我们,说道:"所以我不知道,这是不是你们要找的资料。"

郭阳问道:"这八十四组文件,是全部吗?"

纳尔逊说道:"应该不是全部,我还没有找完,但是我着急见你们。"

郭阳说道:"你们稍等一下。"

郭阳拿起鼠标,开始仔细查看电脑里的文件。

看了一阵,郭阳突然停住,似乎发现了什么,我问道:"怎么了?"

郭阳指着电脑,对赵山说道:"你看看,这是什么?"

赵山向屏幕上看去,问道:"什么?"

郭阳说道:"如果我没猜错,这应该就是你和赵峰的档案。"

赵山一下子愣住了,再次向屏幕上望去,果然,只见在两条档案的出生日期一栏写着:一九八〇年二月二十九日。

赵山说道:"没错,一九八〇年二月二十九日,我和赵峰的生日是同一天,我们是闰年二月二十九号生日,这一天生日的人很少。"

赵山继续翻看电脑里的档案,脸色已经白了,他说道:"是的,这就是我和赵峰的档案。"

我一把拉住郭阳，说道："快看看有没有咱俩的？"

郭阳说道："好。"

他从赵山手里接过鼠标，迅速翻看资料，没过多久，指着屏幕对我说道："这应该就是咱们俩的。"

我连忙凑过去看，只见两个人的生日栏上也都写着"一九八一年十二月二十四日"。仔细看下去，郭阳在旁边给我翻译，档案的编号分别是〇四一和〇四二，我的那份是〇四一，上面并不是我的名字，而是一个英文名，Perry，档案上事无巨细地记录着我出生以来的每一件事情，包括我小时候做过的心理测试题目。

我看着电脑里的档案，脸色已经不由自主地全白了，有一种毛骨悚然的感觉。那种感觉就像被人剥光了衣服一样，从小到大的每一件事情，都清清楚楚地展览在这里，毫无秘密可言。望着档案上的编号，〇四一，对他们来讲，我不是一个人，而是一个编号为〇四一的、名字叫 Perry 的，实验室里的小白鼠！

赵山的脸色铁青，问道："这些东西，是谁做出来的？"

纳尔逊摇了摇头，说道："现在还不确定，不过你们的推测是对的，这整件事情，一定是一个巨大的阴谋。我的整个公司就是靠这种卑鄙的、灭绝人性的实验，才发展到今天这么大规模的。"纳尔逊说到这里，脸上是一种极其复杂的表情，有羞愧，有愤怒，也有痛苦，甚至还有一种绝望和不甘心。

纳尔逊继续说道："我一直以为，公司之所以能够壮大到今天的规模，是我努力的结果，没有想到，竟然是靠这种卑鄙的实验。"

纳尔逊狠狠地咬了咬牙，对我们说道："你们放心，我一定会查出来，这是谁干的。"

赵山问道："现在你有方向吗？"

纳尔逊说道："有，最大的嫌疑人，是我公司的出资人，查尔斯。"

赵山问道："查尔斯？你是说，纽卡斯特的最大股东，丹佛顿·查尔斯？"

纳尔逊说道："没错，他是我大学同学，也是好朋友。这个人很神秘，我只知道他出身富豪家庭，大学毕业以后，就是由他出资，我们一起建立了这家研究中心。查尔斯的性格很极端，做事不择手段，这种事情，很像他干出来的。"

赵山问道:"那你查过他没有?"

纳尔逊摇了摇头,说道:"没有。"

赵山愣道:"既然已经怀疑到他了,为什么不查?"

纳尔逊说道:"在五年前,他已经去世了。"

我和郭阳等人全都愣住了。郭阳问道:"如果查尔斯是主使的话,他五年前就已经死了,那些追杀我们的人,是谁派来的?"

纳尔逊说道:"这也是我心中最大的疑问,查尔斯已经死了,但这个实验并没有停止,你们依然遭到追杀。所以我这次过来,除了要给你们看看这些资料,最重要的是想了解更多情况,越详细越好,这样对我下面的调查有帮助。"

赵山说道:"我的经历已经全部告诉你了,而我这两个朋友……"

赵山用手指了指我和郭阳,说道:"他们遇到了同样的事情,不过我要征得他们的同意。"

纳尔逊点了点头,说道:"我尊重你们的意见。"

赵山望向郭阳和我,问道:"你们两个的意思呢,你们的经历是否可以告诉他?"

郭阳沉思了片刻,看了看我,说道:"我认为可以。"

我琢磨了片刻,如果这个纳尔逊是好人,告诉他无所谓,如果他是坏人,事情都是他们干的,告诉他们就更无所谓了,于是我点了点头。

郭阳整理了一下思路,开始向纳尔逊详细讲述我们两个的全部经历。

郭阳讲述的过程中,说的全部是英语,我开始还试着听了听,一句都听不懂,后来索性不听了。我拿起面前的咖啡,喝了一口,这是什么咖啡啊?一点糖都没放,苦得跟药汤子似的。

我把咖啡吐回杯子里,挥手叫纳尔逊身边的那个助理过来。助理走过来俯下身,很绅士地看着我,用眼神示意我有什么吩咐。

我说道:"哥们儿,你这咖啡太苦了,能不能换杯茶来?没有的话,白开水也行。"

助理下意识地咳嗽了一下,用手捂了捂嘴,然后比了一个 OK 的手势,端起我面前的咖啡离开。就在他离开的一刹那，我突然本能地感觉到了一种不对劲。

这是我在道儿上混了小二十年培养的一种直觉，这个助理肯定有问题！

这时候我想起来，从我们进门开始，他就一直时不时地咳嗽几声，是那种典型的干咳，和感冒的咳嗽不太一样，我当时并没有太在意。不过，就在他刚刚帮我拿咖啡的一瞬间，我注意到他的脖颈位置，有一大片红疹子。

想到这里，我突然回忆起一件事情，正准备细想，那助理已经端着一杯水走了过来。我心念一动，假装起身去接，嘴里说道："谢谢啊。"刚刚站起身，我装作没站稳的样子，一个踉跄，伸手扶住他的腿。那助理眉头微微紧了一下，我赶忙站起身，说道："不好意思，不好意思，腿坐麻了。"

助理伸手扶住我，向我笑了笑，将水杯放在桌上，回到纳尔逊身边。

我假装没事似的坐回到椅子上，但就在这一瞬间，我后背一下子冒出了冷汗。

是他！

第三章　螳螂捕蝉

纳尔逊的助理，也就是我面前的这个人，正是与我们交过好几次手的黑衣蒙面杀手。坐在椅子上，郭阳的话我已经完全听不到了，后背的冷汗涔涔落下。

最先引起我怀疑的，是他的咳嗽声，那不是普通感冒或咽喉炎的咳嗽，而是一种由油漆过敏而导致的特有的干咳。我之所以有这个知识，是在一档卫视节目里看过相关的内容。除此以外，他脖颈处的大片红疹子，是典型的油漆过敏症状。我记得那个节目中讲过，并不是每一个人身体粘上大面积油漆都会过敏，不过西方人由于饮食以肉食为主，油漆过敏的比例远比中国人高。

我与那个黑衣蒙面人的第二次交手，也就是在我家的那次，我曾经用两桶油漆淋了他满头满脸，那件事情发生在半年前，油漆过敏的症状如果严重，确实可以持续一年以上，这是第一个疑点。

第二个疑点，是他的腿，我和那个黑衣蒙面人的最后一次交手，是在乌兰左旗的山脚下，当时老头子在他的腿上射了一箭，位置我记得很清楚，就是在右侧大腿偏上部，也就是我刚刚假装扶他用手按到的地方。这个助理虽然当时没有什么明显反应，但有一个细节出卖了他，他脸上的肌肉轻微地颤动了一下，这是疼痛导致的。

蒙面人中箭是四个月前的事情，老头子的那张弓劲头极大，射出的箭要是射在腿上，完全可以钉到骨头里，疼个小半年实属正常。

除此以外，还有另一个疑点，就是我们到了这里以后，这个家伙几乎跟哑巴一样，一句话都没说过，他一定是怕我和郭阳听出他的声音。

所以，我现在百分之百确定，面前这个纳尔逊的助理，就是当时追杀我们的那个黑衣蒙面杀手！

我要冷静，一定要冷静！

现在的情况，我知道他是谁，但是他还不知道我已经知道了他是谁。所以，这是一个机会，我稍占主动，我怎么办，到底该怎么办？

我脑中念头狂转，转头看了看一旁的郭阳，他还在向纳尔逊讲解着我们的遭遇，我又看了看对面的赵山和麻雨轩。突然之间，我有主意了，心中默默对赵山和麻雨轩两人说道："哥们儿，对不起了，你们三个我只能救一个了。"

想到这里，我用手捂住肚子，大叫了一声"哎哟"，郭阳听到我的声音，停住了谈话，问道："怎么了？"

我弯下腰，用手使劲捂住肚子，说道："不知道怎么回事，肚子突然疼得不行，可能……可能早上吃的那个鸡蛋，有问题……"

郭阳扶住我，问道："没事吧？"

我一把拽住郭阳，说道："不行不行，我得赶紧拉个屎，你扶着我去，我走不动道儿。"我一直在暗中用力，脸已经憋得通红，再加上刚刚紧张得满头都是汗，这时候一使劲儿，汗水已经顺着额头涔涔流下。更巧的是，由于我一直在故意使劲装痛苦，一个没留意，竟然憋出几个巨响无比的屁来，瞬间，屋内臭气熏天，弄得赵山和纳尔逊直用手扇鼻子。我心中暗喜，老天配合啊，这戏演得太像了。

郭阳扶住我，说道："慢着慢着，我扶你去。"

纳尔逊对助理说道："Leon，你带他们去。"

我连忙摆手，说道："不用不用，我找得到。"

纳尔逊说道："还是让他陪你们去吧。"

我不好再拒绝，助理上前，和郭阳一起扶住我，我装作走不动道儿的样子，被两人搀扶着，挣扎着走出会议室。

出了房间，楼道尽头就是一个卫生间，来到卫生间门口，我对助理说道："你就别进去了，我拉屎太臭，让郭阳陪着我就行。"

助理点了点头，留在卫生间门口。

进了卫生间，我立即将房门关上，郭阳问我："你怎么样？"

我一把抓住郭阳，说道："郭阳，我们进套了，纳尔逊不是好人。"

郭阳问道："怎么回事？"

我说道："他的那个助理，就是一直追杀我们的蒙面杀手。"

郭阳愣道："你说什么？"

我把来龙去脉讲给郭阳，郭阳呆了片刻，说道："没错，是他！我也想起来了，刚刚纳尔逊管他叫 Leon，你记不记得你在帐篷里找到的那个钱包，里面的驾照上面，那个人不就叫 Leon Zhang 吗？"

我也回忆起来了，说道："没错没错，赶紧让小海他们报警！"

我从上衣口袋中掏出蓝牙耳机，对着耳机说道："小海，小海，你们听到了吗？赶快报警，赶快报警，快！"

耳机里没有任何声音。

我忙掏出手机，点开屏幕，这才发现我和小海的通话已经挂断了。我按下重拨，但是良久没有任何声音。我拿起手机一看，这里居然没有信号。

郭阳也呆住了。我拿着手机满卫生间找，但没有任何地方有信号。

我急道："哪儿都没有信号，怎么办？"

郭阳说道："你别急，我们得冷静，冷静。"

郭阳说得对，我努力让自己冷静下来，对郭阳说道："咱们现在很危险，必须得想个办法，先看看这里有没有地方能逃出去。"

我抬眼四下寻找，试图找到通风管道之类的地方。郭阳拉住我，说道："就算能跑，咱们也不能跑啊，赵山和麻雨轩还在会议室呢。"

我说道："你这个书呆子，咱们已经泥菩萨过河了，能跑一个是一个吧，我能把你拉出来，就已经不容易了，还管得了别人啊？"

郭阳说道："你想过没有，既然纳尔逊是幕后黑手，他能让我们这么轻易跑出去吗？再说，这种普通的楼房，根本不可能有人能爬出去的管道，这不是电影。"

我又四下看了看，郭阳说得对，整个卫生间里，没有任何通风管之类的装置。我问郭阳："那你说怎么办？"

郭阳说道："你先别慌，我们不能在这里待太久，否则会引起他们的怀疑，现在的情况，就指望小海他们那边了……"

郭阳抬腕看了看手表。我恍然大悟，看我这慌的，我急什么急啊！我们还有后招呢，就是陈雅楠说的那道保险，只要我们进来以后一个小时不出去发信号，小海他们就会报警，到时候我们不就安全了？

我说道："对对对，还没到山穷水尽的时候，还有小海他们呢！"

看了看表，下午两点三十六分，距离和小海他们约定的时间，还有二十五分钟。

郭阳说道："所以，现在最重要的，就是咱们的戏还得演下去，一会儿回去以后，绝不能让他们看出任何破绽，该干什么干什么。"

我点了点头，说道："好，都听你的。"

我们两人深吸了一口气，郭阳扶起我，一起走出了卫生间。

回到会议室，纳尔逊问道："怎么样，好些了吗？"

我看了看纳尔逊，单从他的表情来看，确实一点破绽都看不出来，我心里不由得暗骂了一句"老狐狸"，脸上还是堆满笑容，说道："没事，好多了，好多了。"

回到座位上，纳尔逊说道："我们继续吧。"

郭阳清了清嗓子，继续给纳尔逊讲述我们的经历。

郭阳看起来就跟什么事也没发生一样，手不晃，声不抖，我不由得暗自佩服，就论这份定力，我远远比不上他。不说别的，这时候我已经满手心全是汗水，要是让我讲话，估计说不了几句，就让人家给看出来了。

我努力让自己镇定下来，看了看表，下午两点三十八分，还有二十三分钟。我抬起头来，开始观察面前这两个人。

纳尔逊的助理就站在他的身后,低眉垂首,没有任何表情和动作,似乎入定了一般。纳尔逊听得很认真,还不时地向郭阳提问几句。要不是我已经知道了真相,还真是一点破绽都看不出来。"真是只老狐狸!"我不由得心里又骂了一句,这老头子不去演电影可惜了,他要是去演电影,都能拿奥斯卡了。

时间显得异常漫长,我忍不住一次又一次地想去看表,但是我知道,我得忍住,因为我不能让他们看出破绽来。

就像过了几个小时一样,郭阳终于讲完了。我看了看表,两点五十七分,还有不到五分钟,我松了口气,快熬到头了。

郭阳讲述完毕,纳尔逊并没有马上说什么,他喝了口水,又静静地坐了好一阵,这才开始问郭阳问题。郭阳认真地回答,神色之间没有丝毫破绽。纳尔逊静静地听着,听了一会儿,突然皱了皱眉,用手捂住胸口,神色显得异常痛苦。

郭阳问道:"你怎么了?"

纳尔逊没有回答,伸手示意自己没事。但只是片刻,他突然弯下腰来,人一下子倒在了地上,连椅子都翻倒在一旁。

郭阳起身上前,问道:"纳尔逊先生,你怎么了?"

纳尔逊手捂胸口躺在地上,一动不动,没有任何反应。

赵山拦住郭阳,说道:"你别动,可能是急性心梗。"

郭阳停住,赵山上前摸了摸纳尔逊的脖颈位置,一下子愣住了。

郭阳问道:"怎么了?"

赵山的脸上是一种难以置信的表情:"他……他死了。"

郭阳愣道:"这怎么可能?"他上前摸了摸纳尔逊颈动脉的位置,脸色一下子变了。

我问道:"什么情况?"

郭阳说道:"赵山说得对,他已经死了。"

我一下子呆了,这都哪儿跟哪儿啊,刚刚发现这个老头子是整件事情的幕后黑手,结果还没怎么着呢,他就先死了?

我急道:"赶紧抢救啊,叫救护车啊!"

我蹲下身去按压纳尔逊的胸口,倒不是不愿意让他死,这老东西做的坏事死一百回都不多，但是他就这么死了，也太便宜他了。

赵山并没有动，拿起桌上的水杯闻了闻，突然说道："不用抢救了，救不过来了。"

我说道："好歹也得试试啊。"

赵山说道："他不是猝死，他是中毒，这杯水里面，有蓖麻毒素！"

我愣道："蓖麻毒素，什么蓖麻毒素？"

赵山说道："蓖麻毒素是美国军方最高级别的一种神经毒素，只要千分之一克，就可以致人死亡，而且在尸检时找不到任何死因，只能判断为心脏骤停……"

赵山话音未落，猛听到一阵掌声。我们几人回头望去，只见房门已经打开，七八个黑衣大汉推着一辆轮椅走进房间。轮椅上坐的是一个七十来岁的外国老头，鼓掌的人，正是这个老头！

第四章　陷入绝境

只见老头笑吟吟地说道:"赵山,中国最有名的悬疑侦探小说作家之一,曾经协助中国警方破获多起大案要案,果然名不虚传。"

赵山问道:"你是什么人?"

老头说道:"自我介绍一下,我是查尔斯。"

赵山愣道:"查尔斯,哪个查尔斯?"

查尔斯笑了笑,说道:"还能是哪个查尔斯?纽卡斯特的两名合伙人之一,纳尔逊的投资人,也是他大学时期的好朋友,丹佛顿·查尔斯。"

我和郭阳、赵山、麻雨轩几人你看我,我看你,郭阳说道:"你,你不是已经死了吗?"

查尔斯并没有回答郭阳的问题,他看了看躺在地上的纳尔逊,表情显得非常复杂,良久,才似乎是喃喃自语地说道:"纳尔逊,你是我最好的朋友,也是我最好的合伙人,但你知道吗?你也是我最大的绊脚石,现在你的事业已经完成了,以后这家公司,就交给我吧,你可以放心地走了。"

查尔斯低下头,静默了片刻,对纳尔逊的助理说道:"你做得很好,把他们带走吧。"

助理一挥手,几名黑衣大汉上前,押着我们走出了会议室。我们谁也没有反抗，大家都知道，面对着黑洞洞的枪口，再怎么挣扎也没有用。我看了一下表，两点零四分，小海那边看不到我们出来，肯定已经报警了。这帮兔崽子，就让你们再嚣张一会儿。我和郭阳交换了一个眼神，抬起手腕上的手表，示意他不用紧张，郭阳会意，点了点头。

我们四人被黑衣大汉押着下到一层，推出了小楼，只见门口停了十几辆黑色的大切。就在这时，又有十来名大汉远远走过来，他们押着三个人，远远望去，正是小海、陈雅楠和沈若冰。我和郭阳、赵山、麻雨轩面面相觑，全都愣住了。

众人走近，郭阳问道："你们……你们怎么？"

小海苦笑了一下，说道："刚子哥，阳哥，对不起，还是让他们发现了。"

我忙问道："你们报警了没有？"

小海摇头说道："没来得及，这帮兔崽子就摸上来了。"

我心里一下子凉了，小海他们是大家最后的指望，现在看来，彻底完蛋了。

查尔斯笑了，对助理说道："走吧，带他们去给他们准备好的墓地，让他们跟这个世界，好好道个别。"

什么意思？给我们准备好的墓地？这是要弄死我们吗？我想起这帮人的手段，想起呼吉雅大娘、赵峰，还有赵红英一家的下场，腿一下子就软了。

我们被查尔斯的手下拖下台阶，分别塞进几辆黑色的大切。我的腿不停打颤，心里瞬间涌出一种前所未有的恐惧。我要死了，我知道我要死了，这一次我真的是要死了。所有的底牌都已经打光，我们已经没有任何办法，没有任何人会来救我们了！

这种死亡逼近的感觉，是一种根本无法用语言表达出来的感觉。

就好像我们平时，无论遇到多么不好、多么悲催，或者多么绝望的事情，即便对生活失望，连活都活不下去了，心里至少还有最后的支撑，那就是：至少我现在还活着，只要我不想死，只要我还愿意，我就可以继续活下去。

但死亡真正逼近的时候，你连这最后的支撑都没有了。即便你再不愿意，即便你想尽所有办法，你依旧无法阻挡死亡的来临，你只知道，自己要死了。

巨大的、排山倒海一般的恐惧包围着我，我浑身抖如筛糠，已经说不出话来，我拼命地试图想点办法，但此时我的大脑已经完全不听使唤了。

汽车驶出园区，很快开上了连霍高速。一个多小时后，车子下高速进了大山，又往前开了半个多小时，车子终于停下，查尔斯的手下把我们几个拖下汽车。

这是群山之间的一块山谷，我注意到，山谷的正中间挖了一个大坑，足足有两米深。看来，这就是查尔斯说的，事先给我们准备好的墓地了。

查尔斯下了车，抬头打量了一下四周的风景，似乎很满意，说道："怎么样，我特地为你们选的，山清水秀，能死在这里，我对你们还不错吧？"

他对身旁的助理说道："动手吧。"助理一挥手，查尔斯的众手下就向我们冲过来。

我大声喊道："等一下！"

众人停住，冷冷地看着我。

我说道："既然我们都要死了，至少也得让我们知道是怎么回事吧？"

查尔斯笑了，很不屑地说道："孩子，你以为是拍电影吗，临死之前还要让你们知道真相？很抱歉，我没有这样的习惯。解决掉他们。"

查尔斯旁边一名刀疤脸的手下突然说道："老板，那两个女人长得不错嘛！"

我们几人都是一愣。

查尔斯看了看沈若冰和陈雅楠，笑了，说道："真羡慕你们啊，年轻就是好，还可以有这样的享受。"

他点了点头，说道："好吧，她们两个就归你们了，我这几天还要去北京逛一逛，临回国前，把她们两个解决掉就行。"

刀疤脸兴奋地答道："是，老板。"他上前就去拖沈若冰，沈若冰拼命地挣扎。

赵山一下子怒了，大声骂了一句，扑上前去救沈若冰，被刀疤脸一脚踹倒在地上。我也急了，左右是个死，就算是死，我也得拉个垫背的，我抄起地上的一块石头，向郭阳、麻雨轩喊道："跟他们拼了！"

我们几个疯了一样扑上前去，没想到根本不是他们的对手，我瞬间就被那刀疤脸打倒在地，我爬起身再次扑上去，刀疤脸一拳打在了我的眉骨上，血一下子就下来了。刀疤脸一伸手，抓住了我胸前的衣服，把我像拎小鸡一样拎起来。

我大吼一声，抡起右腿，狠狠地兜在了刀疤脸的胯下。刀疤脸一声惨呼，摔倒在地，瞬间就一动不动了。

两名黑衣大汉上前将我架了起来。

查尔斯的助理上前检查刀疤脸，片刻，他站起身来，脸上是一种难以置信的表情。

查尔斯问道："怎么了？"

那助理说道："他……他死了！"

所有人一下子愣住，连我也呆住了。

但我一下子就明白了，我刚刚向刀疤脸踢过去的那一脚，是几年前一个健身教练教给我的。这哥们儿从小酷爱搏击，四处寻访名师，据他说，这一招，是一位以色列特种部队前教官教给他的。

普通人踢裆，由于是用脚，面积小，很难踢准，往往会踢到对方的大腿上。但他的招数，是用整个前小腿从下向上抢起来，兜在对方的裆部，这样，接触的一刹那，包裹得非常严密。那教练告诉我，这一招绝不能轻易使用，因为这属于一击毙命的招数。他的以色列教官，就曾经用这招在巴格达街头击毙过一个恐怖分子，事后尸检时发现，对方的两个蛋蛋，包括鸡鸡，都已经全部被踢碎了。

我看了看地上躺着的刀疤脸，张开嘴，一口带血的唾沫吐在地上，骂道："孙子，还想动我们中国的妞儿？先去阎王殿报到吧，你到了阎王殿，也是个太监！"

赵山和小海喊道："刚子，好样的！"

那助理脸色铁青，上前一把抓住我胸口的衣服，狠狠地说道："你找死。"

我骂道："找什么死啊！不就是死吗？死我也要拉个垫背的。"

助理点了点头，说道："好，那你是第一个，我亲自送你上路！"

冰冷的手枪顶在了我的额头上，助理将手指扣上扳机，狞笑着望向我。

我知道，我要死了。

在这一刻，三十几年来的人生，像过电影一样在我的眼前瞬间闪过。不知道为什么，我突然想起我的女朋友，上次分手之前，我都没有跟她说一句我喜欢她。而且，我这个王八蛋，有了这么好的女朋友，还非要在外面找什么"拉面"。

算了，这辈子算是交待了，现在想什么都来不及了，下辈子再还吧。我苦笑了一下,最后看了一眼这个我生活了三十几年的世界,闭上了眼睛。

然而,枪声并没有响,取而代之的,是我身前"啊"的一声惨叫。

我睁开眼睛,这什么情况?

只见面前的助理用手捂住脖子,一支锋利的羽箭正插在他的脖颈上,鲜血溅了我满身满脸。所有人都呆住了,就在这时,只听到鸟枪那种特有的"乒"的一声巨响,三四个黑衣大汉倒在地上,用手捂着脸,发出杀猪一般的惨叫声。

是老头子!他怎么会在这儿?

来不及细想,我一把拉起身旁的赵山,对郭阳、麻雨轩喊道:"快跑啊!"

两人回过神来,和我一起向旁边的山坡跑去,只听耳旁的羽箭破空之声嗖嗖不绝,我一边跑一边回头望去,四五个查尔斯的手下已经倒在地上,有的是胸口中箭,有的是腹部中箭,大声地惨叫着。但更多的黑衣大汉拎着枪追了上来。

子弹不停地从我们身旁掠过,我们拼了命地向山上跑去。跑了几十步,猛见老头子从一块大石头后面蹿出来,向我喊道:"娃儿,接弓!"

老头子一甩手,扔过来一壶箭和一张弓,我伸手接过,将箭壶背到背上,抽出一支羽箭,回身弯弓搭箭,向距离我最近的一名大汉射去。

也是寸了,那大汉正张着大嘴喊着:"别让他们跑了……"我的一箭正好从他的嘴里射进去,那大汉一头栽倒。

老头子已经迎上前来,巴图大叔紧跟在他后面,手里也拿了一张弓。老头子问道:"娃儿们,你们没事吧?"

我问道:"你怎么会在这儿?"

老头子说道:"一会儿再说,咱们快跑。"他拖起我就向山上跑去。

这时,查尔斯的手下追上来的还有十几个人,每个人的手里都拿着一把枪,看起来弹药充足,不停地向我们射击。我们这边就不行了,九个人只有三张弓,一把破鸟枪。虽然老头子和巴图的箭法都很好,无奈我们也只有几十支箭,那帮兔崽子经过最初的慌乱,都学精了,很难再射中他们。

就这么一路跑,一路追,很快就到了山顶。

老头子喊道:"巴图,去看看有没有路!"

巴图飞快向前跑去，很快回来，说道："没有路，前面是一个断崖。"

我一下子傻了，这真是前无去路，后有追兵。我掏出手机，没有信号！

下面的人越来越近，我们三个不停地向下射箭，不大会儿工夫，箭就用完了，这时候，三人已经累到极限，即便有箭也射不动了。

古代军团作战，最厉害的弓箭手也只能一口气射十几箭，然后就没力气了，我们每个人都已经射了几十箭了，这时候胳膊都抬不起来了。

麻雨轩说道："怎么办？"

我看了看四周，这片山顶光秃秃的，居然连一块像样的石头也没有，我喊道："找找有什么可以往下扔的东西！"

大伙儿立即散开四下寻找，我在附近仔细寻找，终于在一堆草稞里摸到了一块足球大小的石头，我搬起石头来到路边，就要往下扔去。

但我刚刚把石头举过头顶，突然觉得身子一软，石头掉在了地上。郭阳扑了过来，喊道："你怎么了？"

我低头望去，只见自己的胸口破了一个洞，鲜血正汩汩地冒出来。

郭阳惊呼："哥，你中弹了！"

真正中弹的感觉，和电影里演的完全不一样，就这一瞬间，我已经没有了任何力气，甚至连一根小指头都动不了了。

我的神志还十分清醒，并没有感觉到疼，只是半边身子全都麻了。

郭阳奋力将我拖到一边，脱下衣服，手忙脚乱地按在我的胸口上，喊道："你没事，你没事，你坚持住……"

我看着郭阳，郭阳的后面是湛蓝的天空，我的意识已经开始模糊，我能感觉到血不停地从胸口流出，甚至能闻到炙热的弹丸穿过身体后留下的火药灼烧的气味，我知道我快要死了，我用尽全力对郭阳说道："郭阳，帮我一个忙，找到我女朋友，跟她说，我对……对不起……对不起她……"

一句话没说完，我眼前一黑，就什么也不知道了。

第五章　活着真好

据说人在濒临死亡的时候，会看到很多活着的时候看不到的东西。

我那天也是。

我躺在郭阳的怀里，慢慢失去意识，然后我就觉得身子越来越轻，越来越轻，一点一点像氢气球一样飘到半空中，从上面俯瞰整个世界。

我看到查尔斯的手下逐渐向山顶逼近，我看到赵山他们拼命地向山下扔石块，我看到沈若冰绝望的眼神……

然后，突然一闪，我发现我已经在一条隧道中，在那里，我看到了我去世多年的母亲，看到了呼吉雅大娘，看到了孙国庆，甚至看到了我从来没有见过的赵红英、赵峰。隧道口很亮，我们手拉着手，齐心协力向隧道口奔去，隧道内越来越亮，越来越亮，最后，在一片白光之中，我突然一下子醒了过来。

我望向前面，我的眼前是白茫茫的一片，始终无法聚焦。我觉得很累，非常累，我闭了闭眼睛，休息了片刻，再次睁开眼睛。

这一次我看清了，眼前是白花花的天花板。我转头四下望去，这是一个单间的病房，我躺在床上，身上插满各种管子，老头子和郭阳就坐在我的床边。

老头子见我醒来，神色激动，说道："娃儿，你……你醒过来了？"

我动了动嘴唇，声音很微弱："我死了吗，这是哪儿？"

郭阳激动地说道："你没事，咱们在医院，我们得救了。"

我笑了，说道："你骗我，我们肯定在天堂里，也没准在地狱。"我不相信郭阳的话，我认为我还在幻觉里，毕竟那种死亡的感觉，实在太真实了。

老头子说道："真的，是真的。"

我虚弱地说道："你们别说了，让我再睡一会儿。"

我再次闭上眼睛，又昏睡了过去。接下来的几天，我时而清醒，时而昏睡，直到第三天的下午，我终于完全清醒了过来。

得知我终于醒了过来，巴图大叔、小海、赵山、麻雨轩，还有沈若冰和陈雅楠全都赶到了医院，看到面前一张张熟悉的面孔，我这才终于相信，我们得救了，我并没有死。

接下来的一两个星期，除了老头子和郭阳一直在医院照顾我，其他几人轮番来医院探望我，警察也在这期间到医院对我做了笔录。

通过郭阳他们几个还有警方的叙述，我这才知道了那天我昏倒以后的事情。

那天我昏倒之后没几分钟，查尔斯的手下就攻上了山顶，就在这时，警察赶到，很快就制伏了全部歹徒。

之所以警察能够及时赶到，还要归功于老头子和巴图大叔。

一个多月前，我和老头子在乌兰左旗高速口分手后，他一直惦记着我们，等了一段时间后，实在等不下去了，索性来找我们。

巴图大叔给他出主意，与其和我们会合，出了事情被一锅端，不如藏在暗处，默默地保护我们，这样万一事情有变，他们可以是最后一张底牌。

老头子一听，觉得这个主意挺好，于是两人开始合计。

老头子年轻时当过兵，有带部队打仗、追踪的经验，巴图大叔是乌兰左旗远近闻名的猎人，他们两个都不是一般人。商量完之后，两人都觉得，他们两个年纪都大了，对于很多现代化高科技的东西都玩不转，必须得有一个外援才行。

巴图大叔拿出了全部积蓄，在村里几个小伙子的帮助下，找到了北京一个很有名的私家侦探。有了私家侦探的帮助，之后的所有行动如虎添翼。

也就是从那一天开始，我们的所有行踪都在老头子和巴图大叔的掌握中。老头子那里有我的电话号码，也就是小海给我的那张非实名电话卡的号码，我在鄂尔多斯的时候，曾经给他打过一个电话报平安。

私家侦探就根据我这个手机号码，随时定位我的位置。而他们跟踪我们的时候，始终保持着一公里左右的距离，所以，我们一直没有发现他们。

从鄂尔多斯开始，我们就被他们跟踪了。

后来我们出发找麻雨轩、赵德柱他们，再到北京做亲子鉴定，甚至之后再次回到乌兰左旗找老头子，他们都一直躲在暗处，没有露面。直到我们和赵山见面后，去了张掖市高新技术产业园区的那栋小楼，老头子才感觉不对劲。

私家侦探定位到我们进入那座小楼之后，很快查到了那座小楼的租用单位，Newcastle Center for Psychological Research，而这家机构的英文缩写，就是"NPR"。

老头子立刻回忆起我从帐篷里偷来的那张卡片，上面就写着这三个英文字母，老头子马上就意识到，我们有危险了。果然，没过多久，他们就看到我们被查尔斯一伙人押上车，上了高速。老头子马上让私家侦探报警，私家侦探利用自己的关系，立即联络上张掖市警方的高层，向他们通报了这件事情。

调动警力增援需要一点时间，于是老头子和巴图先行赶到，救下了我们，警察也在最后时刻及时赶到，抓捕了全部歹徒。

听完众人的讲述，我不由得暗自佩服老头子够机灵。

老头子这个人非常固执，一直认为我和郭阳就是他的儿子，所以这几个月来，他为了我们，简直是连命都豁出去了，我不由得十分感动。

至于整个 NPR 公司背后的秘密，警方在对所有歹徒进行审讯之后，也得到了答案。

NPR 是在一九六五年由纳尔逊主持、查尔斯投资开设的一家心理学研究机构。

查尔斯和纳尔逊两人是大学时期的同窗好友，两人都痴迷于人类性格形成的心理学机制研究。毕业后他们一拍即合，开设了这家研究机构，主要研究方向就是先天基因以及后天环境对人类性格形成的影响。

纳尔逊是一个单纯而善良的科学家,他的研究方法是科学而透明的,选取志愿者,进行跟踪、记录,然后研究他们的成长性格原因。

而查尔斯的性格极端,做事不择手段。最开始的时候,他和纳尔逊一样,做正常的研究,但在一九六九年,他无意中看了一本英文版的,讲述日军七三一细菌部队的报告文学后,一切都改变了。查尔斯得到这本书如获至宝,做了大量笔记,很快,一个极度邪恶的念头在他的头脑中形成了。

六十年代末,人工授精技术已经成熟。查尔斯背着纳尔逊,秘密组织了一批人员,正式开始了他们邪恶的、灭绝人性的人类心理学实验。

NPR 的研究方向主要集中在相同基因在后天不同成长环境下,对个体性格形成的影响方面。这样的实验最好的对象就是双胞胎,同卵双胞胎。因为同卵双胞胎的先天基因几乎完全相同,后天环境的不同,可以得到最好的对比数据。

查尔斯的第一批实验是根据四大人种,也就是白种人、黑种人、棕种人和黄种人的人口比例,一共进行了五百对一共一千人的对比实验。

其中,白种人二百一十对四百二十人,占比百分之四十二;黑种人六十对一百二十人,占比百分之十二;棕种人四十对八十人,占比百分之八;黄种人一百九十对,占比百分之三十八。

查尔斯开始这个实验的时间是一九七〇年,那时中国还处在动荡时期,NPR 的业务无法进入中国,所以他们的实验地区并不包括中国。

NPR 的实验对象是同卵双胞胎,但这些双胞胎,并不是自然出生的双胞胎,而是通过人工授精的试管婴儿。查尔斯团队通过种种不法手段,在全世界找到了数量庞大的各色人种优秀男士的精子,又找到了很大数量的优秀女士的卵子,在实验室进行人工授精,合成同卵双胞胎甚至多胞胎,之后寻找对比家庭来抚养。

查尔斯的方法是,找到具有对比意义的两位母体,分别让她们受孕。

这种对比意义,主要体现在生活水平和知识层次上,比如,其中一位女性的家庭生活条件优渥,那么与她对比的另一位女性,一定是生活较为艰难的。一个女性母体如果出身于高知家庭,另一位女性一定是生长于文化层次不高的家庭。

作这样状况悬殊的对比实验，结果才有意义。

找到合适的对比母体后，无论对方是已婚还是未婚，查尔斯都会在对方不知情的情况下，将人工授精的同卵双胞胎受精卵注入对方身体，使对方怀孕。

这样，查尔斯在实验室人工授精合成的这对同卵双胞胎，将分别成长于不同的生活环境，之后，查尔斯会派人暗中走访、观察这对双胞胎的成长情况，取得重要的第一手实验数据。

实验进行了数年之后，查尔斯取得了极大的成功，被命名为"纽卡斯特理论"的人类性格成长理论体系逐渐完善，并于一九七八年获得了被称为"心理学界诺贝尔奖"的塞洛斯年度心理学大奖。之后，查尔斯利用这套成长心理学理论，在全世界开设了大量胎教机构、幼儿园、托儿所，甚至私立小学、中学，赚得盆满钵满。

中国人口众多，是一个巨大的市场，但由于历史原因，查尔斯的业务始终不能渗透进中国。一九七六年以后，机会来了。

查尔斯的团队于一九七九年正式进入中国。此后，他们利用各种坑蒙拐骗的手段，很快收集到大量基因优良的男士女士的精子与卵子，并在实验室通过人工授精，合成了很多同卵双胞胎的受精卵。

下面最重要的一步，就是寻找到一个安全的实验地点。

查尔斯把目光锁定在内蒙古的乌兰左旗，这里位置偏远，非常安全。而乌兰左旗县医院的赵红英，就是他们的第一个合作伙伴。

查尔斯迅速买通了赵红英，赵红英加盟团队后，利用自己县医院妇产科主任的职务之便，很快为查尔斯找到了多位可以代孕的母体。

将这些母体的数据汇报给查尔斯后，查尔斯立刻派出团队对这些母体展开调查，最后筛选出其中的八位，作为第一批母体实验对象。

而我和郭阳的母亲，就在那份名单之列。

随后，赵红英利用我妈去医院检查的机会，危言耸听地告诉她有严重的妇科疾病，要经常过来治疗检查。

  在这段所谓的治疗期间，赵红英为我妈做好了全部的怀孕准备，之后，在一次合适的机会，将事先准备好的人工受精卵，注入到我妈的体内。

  之后的故事，我在前面已经叙述过了。

  为了保证安全，查尔斯决定孩子不能在医院出生，于是赵红英哄骗我妈说身体太虚弱，只能在家养胎，可以由她上门做产检。由于是在中国的第一次实验，查尔斯极为重视，在我们出生前的两周，他亲自赶到乌兰左旗，见证了我们的出生。

  我妈生产的时候，赵红英为我妈注射了麻醉药，并临时支走了呼吉雅大娘，所以我妈一直不知道，她当年生出来的是一对双胞胎。

  再之后，双胞胎的其中一个，也就是我，郭刚，跟随我妈长大，高二退学，混迹于社会，混混沌沌长到现在。而双胞胎中的另一个，郭阳，则送到美国的一个中产阶级家庭，从小接受良好的教育，最终成为一名成功人士。

  这就是整件事情的谜底，我和郭阳的成长故事。

  这天下午，坐在医院的病房里，郭阳向我讲述了整件事情的来龙去脉。

  听完他的讲述，我心中五味杂陈。

  想想我妈，这辈子因为这件事情，全都毁了。如果她当时没有怀孕，一个人回到北京，还能结婚生子，一辈子平平安安地过去。

  还有老头子，一辈子活在悔恨里，这滋味恐怕也不好受。

  我狠狠地咬了咬牙，说道："查尔斯这个兔崽子，我恨不得弄死他。"

  "他已经被警方羁押了，一定会受到法律的公正制裁。"郭阳停了一下，突然笑了，说道，"对了，其实赵山已经帮你出过气了。"

  我问道："什么？"

  郭阳说道："那天警察到了以后，把他们所有人都抓住了，赵山冲过去狠狠地揍了那个查尔斯一顿。"

  我听了哈哈大笑，之后突然想起了什么，问道："对了，还有一件事情你没说，一开始，那个叫 Leon Zhang 的人，是怎么知道我们两个联系上的？"

郭阳说道:"其实很简单,查尔斯这个人非常谨慎,他的每一对实验对象,都在他们的严密监视之中,包括手机、住址、行踪,我当时一买机票要到中国来,他们就已经得到消息了,于是立刻派出手下监视我们。"

我点了点头,原来是这样。

我沉默了片刻,说道:"也就是说,我们的父母,其实都不是我们的亲生父母,那这样的话,咱们的亲生父母到底是谁,能查到吗?"

郭阳摇了摇头,说道:"查不到了,查尔斯的公司里,并没有留存相关数据。"

我叹了口气,说道:"看来我在这个世界上,只有你一个亲人了。"

郭阳点了点头,说道:"是的。"

看来整个故事,就这样结束了。我笑了笑,对郭阳说道:"好了,都结束了,也别多想了。在屋子里憋了这么多天了,推我出去转转吧。"

郭阳找来轮椅,把我推出病房大楼。北京的七月,天气已经很热了,耳畔到处传来蝉的鸣叫声,郭阳问我:"想去哪儿转转?"

我想了想,说道:"我想去看看我女朋友。"

郭阳一愣,说道:"你还没有完全好,医生不会让你出去的。"

我说道:"那就得你想办法了,书呆子。"

郭阳笑了,说道:"好,你等着我。"

郭阳离开。没过多久,他就叫了一辆出租车进来,把我扶到车上,又将轮椅折好,放进后备厢,我们偷偷摸摸离开了医院。

因为怕郭阳这一模一样的长相,吓到我女朋友,我把我的口罩让给了他。

今天是周末,女朋友应该在家里。

车子快开到的时候,我用郭阳的手机给女朋友发了个信息,说我就在她家楼下,女朋友几乎是秒回,说她刚买完菜,正在回家的路上。

出租车停在了酒仙桥的一个小区门口,郭阳把我扶下车,再扶上轮椅。

我们刚往前走了几步,只见我女朋友拎了一袋子菜,正猛跑着往回赶。多日没见,她人清减了很多,整个人瘦得都快飞起来了。

女朋友看到轮椅上的我，一下子愣住了，扑上前来，问道："你怎么了？"

我笑道："没事，受了点小伤。"

女朋友蹲下身来，轻轻拉起我的手，这时我才注意到，她满嘴都是大燎泡，人也瘦得不成样子，我问道："你怎么了，想我了？"

女朋友的眼泪"唰"地一下就流了下来，她点了点头，说道："嗯。"

我一把把她抱过来，用尽全力使劲地抱着，勒得她的骨头咯咯直响。

良久良久，我才把她放下来，说道："对不起，我以后再也不会失踪这么长时间了。"

女朋友含着泪笑了，使劲点了点头。

郭阳在旁边叹了口气，对我说道："唉，我说哥啊，你有这么好吃的正餐，以后别再吃什么拉面了。"

女朋友问道："什么拉面？"

我赶忙打岔说道："哦，我们刚刚说要去吃拉面的。"

女朋友笑了，说道："不吃拉面了，我买了菜，我给你们做饭吃吧。"

我说道："好，我想吃你给我做的面条了。"

女朋友点头说道："嗯，我给你做。"

我抬头看了看一旁的郭阳，又看了看身边的女朋友，说道："以后我再也不吃外面的拉面了，以后我只吃你给我做的面条。"

女朋友说道："好，你想吃什么，都行。"

女朋友拿起地上的菜，和郭阳一起推着我，三人向小区内走去。

远处的天边，夕阳西下，暮色四合。

第六章　我结婚了

我变成了一个好男人。

有句老话，浪子回头金不换，我没有想到，有一天我居然变成了这个"金不换"。

这七个月鬼门关一样的经历，让我明白了很多事情。人这种动物，你不死一回，还就真的不知道究竟应该怎么活着。

记得几年前有一次到五台山玩儿，遇到过一位老和尚，我这人嘴贫，逮谁就喜欢跟谁贫，那天我和老和尚在五台山的半山亭子里聊了一个下午，老和尚跟我说过一句话，我印象很深刻，但一直没明白是什么意思。老和尚的原话是："什么时候你活到一种境界，就圆满了。这种境界是，在你死亡之前死亡。"

现在，我终于明白了老和尚这句话的含义。

在张掖山顶中枪的一刹那，我明白了老和尚这句话的含义。当时，郭阳抱着我，我胸口的血咕嘟咕嘟地往外冒，在那一刻，我三十几年的人生就跟过电影一样从眼前划过，一瞬间回忆起这辈子很多事情。什么是对的，什么是错的，我做过的事情什么是真正值得做的，什么是不值得做的，全部在脑海里浮现出来。当时我脑子里想的是，如果能让我重来一次，我一定不会再这么活了。可惜我不会再有机会了。

临死之前的那种悔恨，那种不舍，甚至是对生活本质一下子洞若观火的顿悟，是平时你怎么修行、怎么成长也做不到的。

幸运的是，我并没有死，但我经历了死亡。在那一刻，我明白了老和尚那句话的含义，什么叫作"在死亡之前死亡"。

于是，我变成了一个好男人。

我的性格并没有变，依旧是那么贫、那么逗，但对于很多事情的想法，彻彻底底改变了。我并没有一下子成为圣人，我依旧花心，依旧好色，在街上看到前凸后翘的漂亮女孩，依旧会流口水。但我知道了什么是重要的，什么是不重要的，我应该做的是什么，我不应该做的是什么。

病好之后，我把以前做过的所有事情向我女朋友坦白，女朋友是个好姑娘，虽然听了以后很难过，但她选择了原谅我。

之后我找到了我的"拉面"，言无不尽，同样向她坦白了所有的事情，对她表达了歉意。我准备了十万块钱作为补偿，但没有想到的是，"拉面"虽然跟我在一起的时候挺矫情的，但这一次，她没有。"拉面"并没有要我的钱，只是使劲打了我一拳，然后告诉我："不再骗我，说明你还没有坏到家，但是你欠我的，你要记住。"

我说："我知道我欠你的，那要我怎么还？"

"拉面"很洒脱地笑了，说："你知道我很挑，但是我看上了你，就是因为你知道我喜欢什么样的男人，既然你知道我喜欢什么样的男人，你要负责给我找一个男朋友。""拉面"说完，把我给她的那张银行卡塞到我的手里，很洒脱地走了。

拿着那张银行卡，望着"拉面"的背影，我突然觉得，这个世界其实并没有我想象得那么尔虞我诈，其实在每个人的内心深处，都有非常真实和善良的一面，关键看你怎么对待别人，你不真诚，别人怎么可能对你真诚？

"拉面"的事情解决了，我的生活回到了正轨。

要说我这个人的运气还真不坏，因为出了这件事，我妈给我留下的那个小服装店，我半年多没怎么照顾，生意居然一点没落下。这半年的时间不仅把以前的库存卖得差不多了，看店的小姑娘居然还自己进了几批货，卖得还都不错，所谓患难见真情,出事见人心,小姑娘是一个值得信赖的人。

我把这半年多赚的钱,分了一半给她,她拿着这笔钱,我又凑了一些,我们俩合伙又开了一家分店,几个月经营下来,收入相当不错。

事业上可以说风生水起,感情生活上也是春风得意。自从做了好男人,我和女朋友的感情越来越好,我们开始商量结婚的事情,和她的父母见过面之后,我们把日子定在了这一年的十月一日。

郭阳、赵山几人听到我要结婚的消息,都很为我高兴。

说起郭阳,那件事情过去之后,我这几个共同经历过生死的朋友,都过得不错,唯独不争气的是郭阳。

在那件事情中,赵山被迫"死亡",她的原女友选择了新的生活。原本是件伤心的事情,没想到这小子反而捞到了。事情过去之后,他和陈雅楠走到了一起,要说陈雅楠和沈若冰这一对姑娘,确实不错,看得我都流口水。

按我的打分标准,那可都是九十几分的妹子啊,普通人一辈子连碰都碰不到一两个,所以说赵山捞到了。

至于沈若冰,事情过去之后,麻雨轩一直在追求她。

老麻虽然生意在呼市,但一到周末就开车来北京,美其名曰是来看我们,其实大家谁都知道他是干什么来的,好在两人已经有了一定的进展。老麻人不错,又有钱,沈若冰要是跟他在一起,不会吃亏的。

几个兄弟都过得不错,唯独让我担心的是郭阳。这小子榆木脑袋,我一直想好好教教他怎么追女孩,但他就是听不进去。虽说我现在踏踏实实做一个好男人了,不会再去追女孩了,可这一身功夫可不是假的,无奈这家伙就是听不进去。

赵山把他那个叫孙朗的小读者托付给了我,经过我这几个月的开导,那小子进步很大,唯独郭阳,针扎不进、水泼不进。我、我女朋友,包括麻雨轩、沈若冰一对、赵山、陈雅楠一对,我们六个人看在眼里,急在心里,每次聚会都是我们三对加他一个单崩儿的。我也试图把郭阳介绍给我的"拉面",可"拉面"死活看不上郭阳,说他虽然和我长得一样,但人太木了,书呆子一个,不好玩。

郭阳依然故我，看来这个工作要慢慢做。

时间进入九月，距离我和女朋友的婚期越来越近，我们也开始忙着挑婚纱、装修房子。陈雅楠和赵山这一对也要赶在一起凑热闹，赵山性格很沉稳，所以我估计是陈雅楠的主意。这姑娘每天都叽叽喳喳的，非要把我们的结婚典礼和他们俩的订婚典礼一起办了。这也是好事，好事成双嘛。

事情就这么定了下来。麻雨轩和沈若冰，还有在美国的郭阳，到时候都会到现场庆祝我们这两对的好事。

这天下午，我和女朋友一起到王府井挑结婚用的婚纱和礼服。女孩子和我们男人就是不一样，我女朋友虽然颜值没有沈若冰和陈雅楠高，但也算是个八分的美女，再加上身材又好，婚纱穿在身上别提有多靓了。以我的主意，既然每件穿上都不错，那不如就在价格能接受的里面随便来一件，反正看起来都差不多。

可女朋友却不这么想，几十件婚纱挑来选去，足足挑了一个下午还没挑完，最后我实在顶不住了，找了个理由出去转转，顺便到外面抽根烟。

九月是北京最美的季节，天空湛蓝，万里无云，路边的树木都变了颜色，有红的，有黄的，别提多美了。我记得小时候课本上有一篇老舍的文章，说的就是北京的秋天，他说秋天，一定要住在北平，北平的秋天，就是天堂。对此我深以为然。

我蹲在路边一边抽着烟，一边欣赏着四周的风景，突然，一个身材高挑的姑娘引起了我的注意，这姑娘够靓啊！

我本能地起身追了上去，赶了两步，又停住了，心里骂了一句，都要结婚的人了，还真是贼心不死啊，看来男人这种动物的劣根性，还真是DNA里带来的。我琢磨了片刻，这么靓的姑娘要是错过去了，还真有点可惜，我兄弟郭阳不是还单着吗？我可以替郭阳去认识一下啊，反正过几天郭阳就来北京了，到时候神不知鬼不觉地过渡给他，万一这姑娘能看上他，我兄弟的终身大事不就搞定了吗？

想到这里，我又兴奋了起来，继续往前追去。从东方广场正门绕到西单北大街，又往前追了一段，拐到外交部街，这条路很僻静，适合搭讪。我正准备加快脚步追上去和姑娘说话，远远地，只见路边站着一个男的背对着我，那姑娘走上前去，挽住了那男人的胳膊，两人挺亲热地向前走去。

我不由得暗骂了一句，看来没戏了，心里遗憾的同时，也有点好奇，这么靓的姑娘，会找个什么样的男朋友？远处的那个男人很挺拔，目测身高应该跟我差不多，背影和走路的姿势看着有点眼熟，不会是我认识的人吧？

我正要追上去看个究竟，手机响了。女朋友让我赶紧回去，说她已经选中了三套婚纱，让我帮她参谋参谋。我没有再继续追，挂了电话，又看了看前面那一对俊男靓女，回过头向东方广场走去。

进到店内，女朋友已经选好三套婚纱，一件件试给我看。说实话，还真看不出什么差别来，件件都不错，最后我随便胡诌了若干理由，让女朋友定了其中一件。之后就是选我的礼服了，又前前后后折腾了一个多小时，终于选好了。

我换上礼服对着镜子照来照去，别说，我之前从来没穿过这种青果领的正式礼服，没想到一穿上还真好看。我对着穿衣镜转过来转过去地臭美，总算理解为什么女孩子都那么喜欢照镜子了。

对着镜子美了好一阵，突然之间，我停了下来。

女朋友问道："怎么了？"

我没有回答，四下看了看，怎么感觉有什么不对？

回过头来，再一次向墙角的那面大穿衣镜瞟去，我不由得愣了一下。只见那面巨大的穿衣镜里映出的我自己的背影，看起来非常眼熟。

我左右挪动了一下身子，猛然间想起：就在刚刚，在外交部街看到的那个和美女在一起的男人，难怪我会觉得他的背影和走路的姿势很眼熟。他的背影和走路的姿势，像的不是别人，而是我自己！

我再次左右晃了晃身子，又前后挪了几步。没错，那个人的背影和走路姿势，现在回忆起来，可以说跟我一模一样，一样到就像看到了镜子中的自己！

第七章　再次见到郭阳

当天晚上，忙活完毕，我给在美国的郭阳打了个电话。

郭阳听了我说的事情，也觉得有点奇怪，不过他认为可能是我太敏感了，又没看清对方的长相，不能说明什么问题。

说实话，经历了上次那件事情，我在鬼门关走了一圈，确实和以前有很大变化。经历过那次九死一生，赵山的被迫害妄想倾向完全好了，而我却有点这种感觉了。自从在病床上苏醒过来，我明显觉得自己比以前敏感多了，很多时候甚至出现了疑神疑鬼的情况。我和赵山仔细讨论过这种情况，他告诉我这属于创伤后的应激反应综合征，是一种很正常的现象，只要别太在意，过一段时间，就会好的。

和郭阳通完了电话，我心里感觉好了一些。

接下来的几天，我尽量不再去想这件事情，果然，心情很快就恢复了平静。其实想想也是，那件事情已经过去好几个月了，NPR 的事情警方已经有了定论，该抓的都抓了，该判的都判了，事情已经过去了，还能有什么事？

婚纱订好之后，接下来就是买家具、收拾房子，虽说我这半年多赚了不少钱，不过还是不够在北京买套新房子的，我们的婚房用的是我妈给我留下的那套老房子，好好地装修了一下，就当我们的新家了。

房子装修完毕，我们把老旧家具全扔了，买了全套的新家具，接下来就是各种生活用品，床单、被罩之类的，忙得不亦乐乎。

九月二十五号，距离我们结婚的日子还有六天，这天是我和郭阳约好他来北京的日子。郭阳的飞机是下午四点钟落地，我和女朋友上午一起去北四环的宜家逛了逛，准备中午就在宜家吃饭，然后一起去机场接郭阳。

没想到，就在我们逛得差不多的时候，出了个意外。

这个意外倒不是什么大事，我女朋友的肠胃一直不大好，可能是这些天忙着结婚的事给累到了，结账的时候突然胃痛得厉害，最开始她还强撑着，坚持了一阵，我见她脸色都白了，额头冒出豆大的汗珠，我知道这次恐怕挺严重。女朋友很懂事，死活坚持要等接完郭阳再去医院，我见她实在是撑不下去了，不由分说，挑好的东西也不要了，背上她到停车场上了车，直奔朝阳医院。

到了医院一番检查，医生告诉我幸亏来得早，急性胃炎导致的胃穿孔，必须马上住院。等办完了手续，把女朋友送进病房，郭阳的电话打过来了。

我这才想起来，郭阳已经落地了。

慌忙接起电话，郭阳问我到哪儿了，我把女朋友的情况告诉他，郭阳也很替我着急，急忙问我情况怎么样，我告诉他已经没事了，不过要住几天医院，他这才放了心。郭阳告诉我不用接他了，他自己打车先去赵山家，我们原本说好的就是接上郭阳以后，一起去赵山家聚会，麻雨轩、沈若冰和陈雅楠已经在那里了，晚上大伙儿准备好好聚一下。我表示同意，告诉郭阳等我这边忙活完了，如果没什么大事，晚上就直接去赵山家和他们会面。

交代完以后，我刚要挂电话，郭阳突然说道："对了，哥，有件事要跟你说一下。"郭阳的口气有些奇怪，我问道："怎么了？"

郭阳在电话里沉默了一下，说道："我最近发现了一些事情……"

我问道："什么事情？"

郭阳说道："你有没有注意到，最近发生的一些裸奸……"

我愣了一下，问道："什么情况，什么裸奸？"

郭阳说道："你听我说，我的意思是……"

郭阳刚说到这里，电话突然断了，发出一阵"嘟嘟嘟"的忙音。我等了一会儿，电话并没有拨回来，我给郭阳拨过去，电话显示手机不在服务区，又拨了好几遍，依旧不在服务区。女朋友这边马上要开始治疗，我也没有多少时间，于是给赵山拨了个电话，告诉他郭阳一会儿直接去找他们，我这边临时有点事情要晚一点到。赵山问我怎么了，我没有告诉他们实情，怕他们担心。

女朋友的情况不算太严重，很轻微的胃穿孔，不需要手术，做过相应的物理治疗以后，医生给她挂上了点滴。我一直在病床旁陪着，挂了几个小时点滴后，疼痛的症状终于减轻了，医生又给女朋友用了一些镇定药物。这种剧烈疼痛是极其消耗体力的，再加上镇定药物的作用，女朋友很快就睡着了。

医生告诉我不用再陪着了，可以回去休息一下，明天早上再过来就行。如果中间有什么事情，医院会打电话给我的。

我终于放下了心，看了看表，已经晚上八点多钟了。我到医院停车场开上车，径直向赵山家开去。肚子已经开始咕噜噜叫上了，估计他们那边的聚餐已经开始了，每次聚餐，都是沈若冰和麻雨轩两人主厨，这两人的手艺都相当不错，不知道今天又做什么好吃的了。想到这里，我的肚子越发感到饿了起来，连口水都流出来了。

我用最快的速度赶到赵山家，敲开房门，直接冲进餐厅，口中大呼"饿死我了，饿死我了"，上桌拿起筷子就吃。几人看到我一副饿死鬼的样子，都笑了。

我也不理会他们，埋头狂吃，要说沈若冰和麻雨轩这两人的厨艺还真不赖，我一口气吃了半个小时，直到实在塞不进去了，这才停下筷子。

赵山问我到底出什么事了，这么晚才过来，我这才把情况告诉他们，得知我女朋友没有什么大事，大伙儿都放了心。

看了看表，时间已经快十点了，几人又聊了一会儿天，我带郭阳回家。

这一次郭阳过来，他提前和我说好了，我婚礼前的这几天，都是他陪我住，按照郭阳的话说："我过来陪你度过单身时代的最后日子，将来万一有一天你又一个人了，也不再是单身了，而是离异无子女了。"

郭阳这小子，虽然是个书呆子，有时候说出来的话，还挺傻气的，但话又说回来，郭阳说得确实挺有道理。跨过婚姻这道坎，就是要一直走下去的，绝不能再回头了。即便你回头，也回不到原来了，想一想还挺伤感的。

我和郭阳都累了，我是忙活了整整一天，又是担惊又是受怕的，郭阳则是坐了十几个小时的飞机。赵山他们几个意犹未尽，准备彻夜畅聊，我则拉着郭阳先行回家了。

进了家门，我们分别洗了澡，在床上躺下。

我这次装修，特意在小房间安排了一个上下铺，一个是为了将来有了小孩用，另一个就是留给郭阳来北京的时候，我和他一起住的，郭阳是我在这个世界上唯一的亲人，他在美国，我们见一面不容易，以后他来了北京，我还能让他住宾馆？

我睡在下铺，郭阳在上铺，两人有一搭没一搭地闲聊着，我突然想起他下午在电话里跟我说的事情，问郭阳："对了，你下午要跟我说什么来着？"

郭阳似乎一时没想起来，问道："什么？"

我说道："你不是跟我说什么裸奸嘛，你犯罪啦？不像啊。"

郭阳似乎一愣，随即笑了，说道："就你贫，想什么呢，什么裸奸啊？我就是随口跟你胡说一下，你还当真啦！"

我也笑了，骂道："几个月不见，你怎么也跟我学的这么贫了！怪不得不让我帮你找女朋友呢，是不是已经有了？"

郭阳说道："这个啊，得暂时保密。"

我们不再说这个话题，两人又有一搭没一搭地闲聊了一会儿。不知道为什么，我总觉得郭阳今天好像有点怪怪的。至于哪里怪，我也说不清。

他似乎并不是很想跟我聊天，但凡我说起什么话题，他总是含含糊糊应付我几句，并不想深入进去，难道是坐了十几个小时的飞机，累了？

看了看表，已经快十二点了，我们停止了闲扯，各自睡觉。郭阳确实是累了，没两分钟就听到了他那边的鼾声。我虽然也挺累，但一时还睡不着。

在床上翻腾了一会儿，还是睡不着，我起来上厕所。回来的时候，见郭阳的脚耷拉到床外面了，我拿起他的脚，给他放回到床上。

但就在拿起郭阳脚的一刻，我愣住了。

我记得很清楚，几个月前，我们在乌兰左旗大雪封山被困的那次，郭阳崴了脚，差点骨折。当时他落马的时候，脚踝被石头划了一道很大的口子，由于在山上缺医少药，也没法缝针，后来留下了一个挺大的伤疤。

可我面前郭阳的这只脚，脚踝位置却干干净净，没有任何伤疤的痕迹，就算是他回美国做了疤痕修复，也不可能修得这么干净。难道我记错了？

我躺回到床上，凝神细想，不会是我记错位置了吧，不是这只脚？

我仔细回忆那一次我们在乌兰左旗遭遇大雪，雪夜追杀，郭阳落马时候的情况，以及后来我们在木屋里照顾他的情形，没错，是右脚，我不可能记错！

我心头一凛，问郭阳："郭阳，你睡着了吗？"

郭阳没有回答，我又问了一遍："郭阳？"

郭阳"嗯"了一声，嘟囔了一句："怎么了？"

我故作轻松地说道："我睡不着，再陪我聊会儿吧。"

郭阳说道："大半夜的，你折腾什么啊？"

我说道："这不你过来我高兴嘛，再加上要结婚了，兴奋得睡不着，再陪我聊会儿。"

郭阳坐起身来，说道："行，你想聊什么？"

我说道："你知道前几天，谁过来看我了吗？"

郭阳问道："谁啊？"

我说道："乌兰左旗那老头子，他一直认为咱俩是他儿子，所以到现在还惦记着呢。"

郭阳问道："他来干什么？"

我说道："也没什么，就是过来看看我，对了，他还提起了你，说挺想你的，他说等什么时候你回国了，通知他一声，他过来看你。"

郭阳"嗯"了一声，没有说什么。

我说道："你还记得咱们在大山那个木屋的时候吗，老头子不是腰不太好吗？那时候一犯毛病，你就给他揉腰，我还奇了怪了，你说你一个做IT的，哪儿学的这么好的技术？老头子跟我说，等见到了你，还想让你给他好好揉揉，他最近腰病又犯了。"

郭阳笑了，说道："他还记得这事呢？行，等忙完你的婚礼，咱们一块儿回趟乌兰左旗，到时候我给他好好揉揉，虽说他不是咱们的亲生父亲，但毕竟对咱们不错。"郭阳轻描淡写地说道。

但是听到郭阳这句话的同时，我瞬间感觉头皮发麻，浑身上下在这一瞬间，被冷汗完全湿透了。

第八章　套话

老头子从来就没有什么腰病！

在深山木屋的时候，郭阳也从来没有给老头子揉过腰。郭阳这个书呆子，根本不懂什么按摩。外出打猎的时候，老头子确实扭过一次腰，不过不严重，我们也确实给老头子揉过一次，但给老头子揉腰的人，并不是郭阳，而是我。郭阳并不懂按摩，懂按摩的那个人，是我。

见我好长一段时间没有说话，郭阳问道："怎么了，怎么不说话了？"

我回过神来，努力平复了一下情绪，装作没事人似的说道："没事，我想起当初咱们在深山打猎的那段日子了，我还记得当时你把脚崴了，还非死撑着，拦都拦不住，每次打猎非要陪我们去，你说你对打猎怎么就那么大的瘾啊？"

郭阳笑道："在美国的时候，我不是每年秋天都去打猎吗？我有这个爱好。"

我们又闲聊了几句，结束了谈话。

在床上等了很久，上铺的郭阳发出了均匀的鼾声，看来他睡着了。

我躺在下铺的床上，盯着面前上铺的床板，身下的褥子已经完全被我的汗水打湿。我这辈子遇到的事情不少，但从来没有一件事情像这次一样，把我吓成这样。我现在已经可以百分之百确定，此时此刻睡在我上铺的这个人，并不是我的兄弟郭阳，而是一个与郭阳长得一模一样的人！

那现在郭阳在什么地方?

怎么会又出现了一个与我和郭阳长得一模一样的人？他到底是谁？

最重要的是，他来找我，究竟有什么目的？

巨大的恐惧包围着我，让我一动也不敢动。也不知道过了多久，我终于平静了一些，想到：我不能留在这里，我必须马上走，现在就走！

我深吸了几口气，努力坐起身来。上铺的"郭阳"呼吸均匀，应该已经睡得很熟了，我稍微宽了宽心，小心翼翼地下床，不敢弄出一点声响来。

蹑手蹑脚走出房间，轻轻把房门带好，我这才松了口气。

我并没有想好要去哪里，但我知道，我必须至少要先离开这里。我快步来到门厅，穿好衣服，刚要开门，突然，"啪"的一声，客厅的房灯被打亮了。

我猛然一惊，回头望去，只见"郭阳"站在客卧的门口，正皮笑肉不笑地看着我。一时间，巨大的恐惧袭上了我的心头，我语无伦次地说道："你你……你醒啦？"

"郭阳"问我："你要干什么去？"

"我我……"我赶忙找借口，"烟没了，我出去买盒烟……"

郭阳笑着看了看我，紧接着把目光转向了客厅的茶几。在客厅茶几上，有我昨晚回来刚刚买好的一条玉溪。我一下子愣住，不知道该怎么回答。

"郭阳"走到客厅的沙发上坐下，拿起那条烟，拆开一盒，取了一支用打火机点上。他抽烟的姿势很熟练，一看就是老手了，我记得很清楚，我认识的那个郭阳，是不抽烟的。

"郭阳"抽了两口烟，淡淡地说道："你什么时候发现的？"

我装傻，说道："你说什么呢？"

"郭阳"笑了，说道："你是什么时候发现，我不是郭阳的？"

我努力挤出一个笑容，继续装傻，说道："我说哥们儿，你说什么呢？我就是睡不着，想出去溜达溜达，顺便去买盒南京九五至尊……"

"郭阳"将香烟掐灭，抬起头凝视着我，说道："好了，既然已经被你发现了，就不用再演了，跟我走吧！"

我问道："跟你走？咱们干吗去啊？"

我还在装傻，同时脑中飞快地盘算着，究竟有什么办法可以脱身。

"郭阳"没有回答，起身去拿挂在衣架上的衣服，我趁着他一回头的工夫，飞快地拉开房门，抬腿就要往外跑。没想到一条腿刚刚迈出大门，就觉得后脖颈一紧，已经被身后的"郭阳"抓住了，这"郭阳"的手劲极大，就像拎小鸡子似的，一甩手就将我扔到了地上，跌得我七荤八素，眼前直冒金星。

我张口大骂。

"郭阳"一脚踩在我的脸上，说道："文明点！"瞬间，我脸上奇痛无比，连呼吸都呼吸不了了。

我闭了嘴，不敢再说什么，"郭阳"抬起脚，说道："好好躺着，等我穿好衣服，跟我走。"

片刻工夫，"郭阳"穿戴整齐，对我说道："起来吧，你走前面。"

我爬起身，这时候我注意到，"郭阳"的手上拿着一支枪，正是我见过的那种意大利伯莱塔92F。"郭阳"挥了挥手上的手枪，说道："走吧！"

我装作很屁的样子，连连点头，说道："好好，我走，我走。"

我说着话，抬脚慢慢向前挪去，"郭阳"闪了闪身，示意我走前面。

我慢慢向大门走去，这一次装修新房，我保留了原先门口的那个机关，这个"郭阳"既然是冒牌的，他肯定不知道。想到这里，我心里有了主意，一会儿只要趁他不备，按下门口的那个小按钮，两桶油漆掉下来糊住他，我就得救了。

这时候我已经走到门口，刚要伸手按动机关，突然听到身后的"郭阳"说道："别乱动，我知道你的门旁边，有个机关。"

我一下子愣住，脱口问道："你是怎么知道的，你不是不是郭阳吗？"

面前的假郭阳笑了，说道："虽然我不是郭阳，但是我知道，你用这个方法，对付过我的同伴，所以我不得不防。"

我说道："你……原来你也是NPR的，你们不是都被抓了吗？"

"郭阳"笑了，说道："抓了！几个替死鬼而已，我们有那么容易被你们抓吗？好了，别废话了，到了地方，你想知道的事情都会知道的。不过我提醒你，我知道你很机灵，但是不要在我面前耍小聪明，我的枪法很准。"

听了"郭阳"的话，我明白我没戏唱了。以前我跟他们打交道，仗着他们并不了解我，几次交手我还能占点小便宜，现在的情况，只能听天由命了。

我突然想到一件事情，说道："哥们儿，你想过一件事情没有？"

"郭阳"问道："什么事情？"

我说道："你看咱俩，长得一模一样对吧？我和那个郭阳，我们俩是双胞胎兄弟，那咱俩很可能也是啊……"

"郭阳"皱了皱眉头，说道："你在说什么？"

我说道："对对对，我说错了，咱俩，啊不，咱们仨，我、郭阳和你，咱们三个很可能是三胞胎，我们是兄弟啊，既然咱们很可能是兄弟……"

"郭阳"说道："不用可能，我们就是三胞胎兄弟。"

听到"郭阳"坦然承认了，我反而一下子愣住了，说道："既然你都承认了，咱是亲兄弟，你就别这么为难我了。"

"郭阳"的脸上毫无表情，说道："别套近乎了，没用的！"

他挥了挥手里的手枪，说道："快走吧。"

"郭阳"押着我走出大门，坐电梯来到一层。出了楼门，只见院子里停着一辆黑色的大切，见我和"郭阳"走过来，大切的车门打开，下来两个人。

其中一人对"郭阳"说道："怎么样？"

"郭阳"说道："被他发现了，执行第二套方案。"

那人笑了，说道："我就说过，这小子狡猾得很，不那么容易骗的。"

"郭阳"面无表情，挥了挥手。两名大汉把我塞上车，"郭阳"和我坐在后座，两名大汉在前，车子启动，出了小区。

我脑中飞快地盘算着，我知道，我现在可以说是生死悬于一线了。

现在的情况，再问他们什么，再怎么套近乎都没用，最重要的就是想办法逃走，可是三个拿枪的大汉看着我，我又在车上，怎么逃命呢？

车子出了小区，拐上二环路，径直上了京承高速，现在是凌晨一点多钟，路上的车已经很少了。他们的车开得很快，时速应该超过了一百公里。这一瞬间，我突然有了主意，只不过这个办法，太冒险了！

我悄悄伸手拉下安全带,旁边的"郭阳"看到我的动作,喝道:"你干什么?"

我赔着笑说道:"车开得太快了,我……我惜命!"

"郭阳"冷笑了一声,说道:"一会儿小命就要没了,还惜什么命?"

我心里一惊,看来真到了要拼命的时候了!

其实,刚刚想到那个方法的时候,我还有点犹豫,但是"郭阳"这句话,让我彻底王八吃秤砣了,要想活命,就只能拼命了。

想到这里,我系好安全带,咬了咬牙,突然伸出手去,死命勒住了前面开车的那个大汉的脖子,同时用右手使劲一拽他的胳膊。

车子在这一瞬间打横过来,直接冲下了右侧的路基。

整个车子完全失控,也不知道翻滚了多少下,我由于系着安全带,并没有被甩出去,但整个人在车子里被东甩西晃,头部、肩膀不停地磕在车顶、车架子上,几乎昏厥。也不知道究竟过了多长时间,车子终于停了下来。

我用尽全力解下安全带,挣扎着踹开车门下了车,但是还没走上十几步,一下子就摔倒在地上,只觉得四周所有的景物都在打转。我模模糊糊地看到,眼前的大切,质量还真是厉害,这么摔都一点没散架。就在这时,驾驶室的车门被踹开,开车的那个大汉拎着枪晃晃悠悠走下车,径直向我走过来。

我心里一紧,冒了这么大的险,到头来还是没逃过去。

我努力试图爬起身来,但头晕得厉害,怎么使劲也爬不起来。

那大汉离我越来越近,走到距离我三四米的地方,他晃晃悠悠停住,抬起枪口指向我,冷冷地喝道:"站起来!"

我脑中突然灵光一现,向他喝道:"你用枪指着我干吗?赶快去看看那小子,看看他死了没有!"

那大汉一愣,我又骂道:"还愣着干什么?快去啊,别让他跑了!"

那大汉反应过来,立刻放下枪,向车子的方向跑去。

我吁了口长气。但是我知道,我只能骗对方一小会儿,我和那个假郭阳连衣服都不一样,我也就是利用对方刚刚撞完车,脑子还不清醒,能唬住他一会儿,我必须马上逃走。想到这里,我突然有了力气,一下子爬起身来。

我能向哪里逃?往下走肯定不行,下面是一片麦田,一览无遗,就凭我两条腿，即便跑得再快，也跑不过他们手里的枪子儿。

我没有犹豫，用尽全力向路基上面爬去。路基上面就是高速路，我很快爬到了高速上，只见路边的围栏被撞坏了一大块，我飞快地穿过高速，爬过中间的隔离带，来到对面的高速上。这时，只见不远处有一辆大货车正开过来，我伸手刚要拦车，立刻打消了这个念头，大半夜高速路上拦车，没有车会停的。

想到这里，我快速退到路边，等大货车从我旁边开过去的时候，我用尽全力赶了几步，然后用力一跃，一下子抓住了货车的后车帮，翻上了车子。

躺倒在货车的车厢内，我瞬间就感觉浑身上下一丝力气也没有了。

这是死里逃生啊，我算是太有运气了。

其实，刚刚我想到这个方法的时候，一点勇气也没有，但是听了"郭阳"的那句话，想到呼吉雅大娘、孙国庆和赵红英他们，我知道落在他们手里也是个死，左右是个死，还不如拼一下，我运气不坏，不仅活了下来，而且顺利逃脱了。

精神一放松，我立即想起一件重要的事情，我得把手机关了，要不然他们很快会定位到我的。我赶忙掏出手机关掉，接下来我要做什么？

我女朋友暂时应该是安全的，没有人知道她现在在哪家医院，昨天"郭阳"和赵山他们都没有问，我也没说过，所以没有人知道她现在在什么地方。

剩下的就是赵山和麻雨轩他们几个，我必须尽快通知他们先躲起来，至于后面的事情，我现在脑子很乱，一时半会儿也想不出什么太好的主意来。

琢磨清楚以后，身体也差不多缓过来了，我爬起身看了看周围的环境，货车已经下了京承高速，正沿着京密路向顺义的方向开，车速很快，我刚刚是拼命了才爬上来的，这会儿让我跳下去，还真的有点肝儿颤。

还是等车停了再下去吧。

我正好可以利用这段时间好好琢磨琢磨，究竟是怎么一回事？

自从上次在张掖死里逃生，整件事情不都已经结束了吗？

我们最后得到的消息是，在国际刑警的配合下，已经完全捣毁了隐藏在NPR公司内部的邪恶团体，所有相关人员全部被抓，那现在是怎么回事？

难道事情并没有结束，我们揭出来的，只是冰山一角？

我想起来了，前几天和女朋友一起在王府井买婚纱的时候，我看到的那个背影和我很像的人，应该就是这个假的郭阳。也就是说，从那时候起，甚至比那时候更早，我们就已经被他们盯上了。

现在的问题是，他们为什么要派假郭阳来接近我？真的郭阳现在在哪里？还有就是，假郭阳接近我的目的是什么？

思来想去，没有任何结果。

货车的车速明显降了下来，我爬起身，这才发现货车已经开进了一个货场，没过多久，车子在货场的一角停下来，司机熄了火，下车离开。

我又在车上等了一阵，确认周围没有人了，这才蹑手蹑脚爬下车来。

出了货场，我辨认了一下方向，这儿应该是在距离顺义县城很近的一个叫龙塘路的地方，离赵山住的地方并不算太远，应该不超过十公里。

不过问题是，十公里的距离，我怎么过去呢？

我的手机不能开机，所以我不能打车，甚至连共享单车都扫不了码。正琢磨着，突然看到前面不远处的一户院子门口，停着一辆自行车，我走过去，老天有眼，车子居然没有锁。这是一辆二八永久加重自行车，还是七八十年代的那种款式，怪不得没锁车，这种老古董，随便往哪儿一扔都没人偷的，因为卖不出价钱来。我用手捏了捏前后两个轮胎，气很足。看了看那个住户的门牌：龙塘路甲一三七号，行，我记住了，如果将来有一天我能活着回来，我一定赔一辆新车给你。

第九章　恐怖片

一路上我拼命地骑着，所幸我的方向感还不错，体力也好，十公里左右，只用了半个多小时，就到了赵山家的小区。为了安全，我没有走正门，把车子停在小区的围墙外，找了个没有摄像头的地方，翻墙进了小区。

说实话，我现在心里是七上八下的，因为我完全不知道赵山他们那边的情况。由于我结婚的事情，老麻也特意从呼市赶了过来，赵山、老麻、陈雅楠、沈若冰几人都在，如果他们遇到了和我同样的事情，那可就是被一锅端了。

跳下围墙，我蹑手蹑脚向前走去。来到了赵山家附近，定了定神，刚要上前去敲门，我突然停住了。琢磨了片刻，我现在完全不知道里面的情况，贸然敲门，万一那帮坏人在里面，我这不是自投罗网吗？

四下看了看，此时已经快凌晨四点钟了，小区内没有一个人。

我快步闪身到旁边的一棵大树后面，再次确认周围没有人，然后小心翼翼地绕到赵山家后面。赵山现在住的地方，是他那个出国朋友留下的农家院，后面是一排平房，前面是个大院子，我来过很多次，所以对布局很了解。

再次确认四下没有任何人以后，我低下身子，像猫一样溜到赵山家的后窗根下，一排房子中只有中间的窗户亮着灯，应该就是赵山家的客厅。

我低身走到亮灯的窗户下，侧耳听了听，赵山家的窗户都是双层玻璃，隔音很好，在这里听不到里面的任何声音。我慢慢抬起身，探头向房间内望去，只见房间内开着壁灯，赵山、老麻、陈雅楠三人坐在沙发上，每人抱了一杯茶，正在聊天，只有沈若冰不在，不知道去哪里了。

我吁了口长气，看来他们几个暂时还安全，对方还没摸到这里来。

接下来就是怎么进入赵山家，直接敲门肯定是不行的，虽说刚刚我已经仔细观察了周围的环境，应该没有人在附近监视，怕就怕万一是我没发现他们呢，又或者监视的人在远处用望远镜看，那不就完蛋了？不怕一万，就怕万一，发生了刚刚假郭阳的事情，我现在草木皆兵，一点险都不敢冒。必须悄悄进去，把事情跟他们讲了，然后大家想个办法偷偷溜出来，换个安全的地方再详谈。

我突然想起来，赵山和我说过，他家储藏室的防盗窗坏了，防盗窗上有根铁条松动了，一抽就能抽出来，要是小偷知道了，想进来很容易。他一直想换，还没来得及换。想到这里，我立马有了主意。我贴着窗根慢慢往右面挪，赵山家的储藏室在最右面一间，我进去过，那个房间还不小，有将近二十个平方。

不大会儿工夫，我挪到储藏室的窗根下，观察了一下窗户上的防盗栏杆，确实有一根已经松动了，伸手拽了拽，果然一下子就拽了下来。

我将铁条放在地上，推了推里面的窗户，很幸运，窗户开了个缝，并没有关严。赵山朋友的这套房子是平房，尤其储藏室，平常很少有人进来，如果不一直开窗通风，平房潮气很大，用不了多长时间，房间里的东西就都发霉了。

我轻轻将窗户推开，抬腿迈上窗户，爬了进去。

房间里的光线很暗，我摸索着一点点向前走去，走了几步，眼睛慢慢适应了屋内的黑暗。这时候可以看到，储藏室里面和我上次进来的时候不太一样了，显然被整理过，杂物都集中放在了房间西面的墙边，腾出来的地方，整整齐齐放了四个半人高的大柜子，也不知道是干什么用的。

现在也没心思琢磨这些乱七八糟的小事，我快步走到门边，侧耳听了听，院子里面没有人，我轻轻打开房门，走进院子，然后蹑手蹑脚来到客厅的大门前。探头向客厅里面望了望，赵山几人还在喝茶聊天，神色很轻松的样子。

伸出手来刚要敲门，突然之间，我停住了。

不知道为什么，我隐隐约约感觉到似乎哪里不对。

我把手放下来，沉静了片刻。由于刚刚发生了假郭阳的事情，我现在的神经极其敏感，所以我不能放过心里一丝一毫的警觉。

为什么会突然感觉不对劲呢，原因是什么？

琢磨了片刻，我想起来了，是沈若冰，沈若冰去哪里了？

其实今天晚上过来的时候，除了我和那个假郭阳，就只有赵山、麻雨轩、陈雅楠，沈若冰当时就不在房间里，她是我吃完饭以后才回来的，说是一个人到小区外的河边散步去了。这个解释非常合理，赵山家的小区环境很好，温榆河穿过整个小区。但问题是，沈若冰大晚上去散步，麻雨轩为什么不陪着一起去？

还有一件事情，沈若冰回来前，陈雅楠就不在房间里了，直到我和那个假郭阳离开，他们送我们出门，陈雅楠也没回来，按麻雨轩的话说，陈雅楠去卫生间了。

我把手放下来，心里涌出一种说不出来的感觉，仅仅是一种感觉，但却是一种极其诡异并且极其不对劲的感觉。

在原地静了片刻，我慢慢蹲起身来，透过客厅门的玻璃向房间内望去，几人还坐在沙发上聊着天，看起来很轻松，但不知为什么，我就是觉得哪里不对劲。

其实，我现在特别想赶快敲门进去，把遇到的事情全都告诉他们，我现在心里很害怕，需要有人和我在一起，甚至可以说，需要有人来帮我壮壮胆。

但同时，我心里有一种很强烈的声音告诉我，我不能敲门，不能进去。我努力让自己冷静下来。到底是怎么了，为什么我心里会有这样的感觉？

不过，我宁愿相信这种感觉，在道儿上混了十几年，很多次能够在关键时刻逃离危险，靠的就是这种突如其来的直觉，我绝对相信我的这种直觉。我要冷静，我知道，我必须冷静下来。到底是什么事情让我觉得不对劲呢？

猛然之间，我想起了一件奇怪的事情，就是刚刚我进来的那间储藏室，为什么仅仅几天没有过来，那个房间的变化却那么大？赵山突然买了那几个大号柜子，到底是用来做什么的？为什么从来没听他跟我们说起过这件事情呢？

从储藏室的情况看，这一番折腾动静不小，整个储藏室的所有东西都堆到了另一侧的墙边，为那几个大柜子腾地方，他到底在干什么？

我必须过去看看！

想到这里，我蹲下身，顺着墙根慢慢挪到储藏室门口，轻轻推开门进去。

房间里很暗，但我不能开灯。在原地适应了片刻，透过窗子射进来的微光，基本能模模糊糊看清屋里的情况。房间内确实被整理过了，所有杂物都被收拾到了房间西面的靠墙一边，靠东面的墙放了四个半人高、一人多长的大柜子。

这是什么东西？我慢慢走到近前，终于看清了，这是四个特大号的冰柜，就是冷饮店用的那种冰柜，只是个头大了一些。

我心里不由得奇怪，赵山弄了这么多大冰柜放在储藏室里，到底要干什么？只见墙边有个很大的插排，显然四个冰柜都通着电。

我隐隐感觉不对，俯身拉开了面前那个冰柜的柜门。房间内很暗，冰柜里面更暗，模模糊糊地看到冰柜里面似乎躺了个人，我心里一惊，顾不得那么多，从口袋中掏出打火机，点了好几次才点着，哆哆嗦嗦地将打火机移到冰柜上方，在打火机发出的火光照射之下，只见冰柜中躺着的那个人不是别人，正是赵山！

我完全惊呆了，面前冰柜中的赵山显然已经死去多时，脸上全是冰霜。

我迅速来到其他三个冰柜前，把柜门一一拉开，第二个冰柜里是沈若冰的尸体，第三个冰柜里是麻雨轩的尸体，而第四个冰柜里，则是陈雅楠的尸体。

我瞪大眼睛，望着面前冰柜内的四具尸体，人已经完全吓呆了。

突然之间，手指上一阵剧痛，打火机已经烧得烫手了。我赶忙关掉打火机，房间内一下子暗了下来。黑暗之中，我只觉得一股刺骨的寒意从后背升起。

我的面前，是赵山、麻雨轩、沈若冰和陈雅楠的尸体，那么……那么现在旁边客厅里聊天的那几个人，到底是谁？

我完全想不出答案，脑子已经完全蒙掉了。

我得跑，我必须赶紧跑，否则我就要和冰柜里的那几个人一样了。

想到这里，我踉踉跄跄地向窗边跑去，突然，我被地上一个软软的东西绊了一下，回头望去，模模糊糊只见墙角的位置躺着一个人，似乎是郭阳！

我扑上前去，是郭阳！我扶起郭阳，他的身体已经僵硬了，我伸手探了探他的鼻息，早已经没有气了，显然已经死去多时。

郭阳的身上没有任何伤口，也没有血迹，看不出来是怎么死的。

所有人都死了，所有人都死了，就剩我一个人了！

我手忙脚乱地放下郭阳，打开窗户逃了出去。

第十章　诀别

我现在去哪里？我还能去哪里！

我现在口袋里没有钱，手机不能开机，我还能去什么地方？

突然，我想到了一件重要的事情，小海。知道这些事情的人，除了我，还有小海，我不能这么不讲义气，我得赶快去通知小海。

翻墙出了小区，我骑上自行车，发疯一般向小海的住处骑去，顺义距离南锣鼓巷至少有三十公里，我不知疲倦地蹬着自行车，也不知道骑了多久，终于骑到了小海家的楼下，扔下自行车，我的腿已经酸得连路都不会走了。

缓了好一阵，我上楼敲开了小海家的房门。

小海穿着睡衣给我开门，一脸睡眼惺忪的样子，看到是我，他一下子愣住了，问我："刚子，出什么事了，这么晚过来？"

我一把将小海推进房间，反手锁上了房门。

小海见我神色不对，问道："你到底怎么了？"

我喘了几口气，问道："告诉我，你是小海吗？"

小海显然愣了，问道："你……哥们儿你什么意思？"

我说道："别废话，告诉我，你是小海吗？"

其实我也知道我这个问话很奇怪，但是一个人如果遇到了和我一样的经历，也一定会问出如此奇怪的话来。

　　小海完全蒙了，说道："刚子，你这话什么意思？我都不知道该怎么回答你。"

　　我问道："你告诉我，咱俩第一次见面的时候，我跟你说过什么话？"

　　小海说道："咱俩第一次见面，那哪儿还记得啊？"

　　我一把将小海按在墙上，右手"嗖"地一下抓起一旁茶几上的水果刀，顶在了他的脖子上，吼道："回答我！"

　　小海的眼神就像看着一个怪物，他说道："刚子，你到底要干吗啊，你遇到什么麻烦了？"

　　我再次吼道："别废话，回答我的问题！"

　　小海愣了愣，说道："你让我想想，我记得好像是在西单的一家冷饮店，你带了一个挺漂亮的姑娘进来，我看了你们几眼，你当时骂我，瞅什么瞅？"

　　我松了口气，但是手上的水果刀并没有放下。

　　小海说得没错，我们第一次认识，是不打不相识，我带着一个姑娘去西单那边的一家冷饮店，刚进门，小海就狂瞅我们俩，我当时确实是这么说的。

　　我问道："后来发生了什么事情？"

　　小海说道："后来我就说瞅你怎么了，你说不服咱俩到后面练练去，然后咱俩就到西单后面的小胡同打了一架，谁也打不过谁，最后大家都打得没有力气了，就认识了……"

　　小海回答得没错，我放下刀子，说道："把衣服脱下来。"

　　小海说道："脱衣服干吗？"

　　我说道："转过身来，快脱！"

　　小海转过身，脱下了外衣。只见他的后背上，有一道很大的刀疤，那是有一次我们俩遇到仇家，他为我挡刀留下的伤痕。我仔细查看，没错，就是这道刀疤，这道刀疤的形状，我记得很清楚，一模一样。

　　我松了口气，扔掉刀子，一屁股坐在了地上。

　　小海赶忙把我扶起来，问道："刚子，你到底是怎么了？"

　　我喘了几口气，点了点头，说道："你是小海。"

小海说道："废话，我不是小海是谁？你倒是说啊。"

我说道："来不及细说了，你赶快收拾点东西跟我走，什么也别问，一会儿我全都会告诉你，记住拿上银行卡。"

小海见我神色郑重，于是不再问什么，简单收拾了些东西，跟我离开了房间。

下了楼，我拉着小海从楼门洞里向外观察了一番。天还没有完全亮，小区内没有一个人，确认安全以后，我把自行车推过来，让小海带着我一口气骑出去半个多小时，来到后海边上，确认确实没有人跟踪我们，这才下了车。

在后海边的长椅上坐下，我将整个晚上发生的事情告诉了小海。

小海听完我的话，完全蒙了，缓了半晌，问我："这……这到底是怎么回事？"

我摇了摇头。

小海又问道："那……接下来你打算怎么办？"

我颓然说道："我不知道，但有件事情很明显，咱们肯定对付不了他们，以后只能四处猫着，亡命天涯了。"

小海一拳打在椅子上，骂道："这帮孙子！"

他劝我道："你也别灰心，肯定有办法。要不咱们报警吧，赵山家里不是有四具尸体吗？那就是证据！"

我摇了摇头，说道："没用的，肯定晚了。假郭阳跟他们是一伙的，我这一跑，他们很快就会转移尸体，报警也没有用。"

小海叹了口气，也知道我说的是实情。我沉默了片刻，说道："没别的办法了，只能跑了，不过临走之前，我得去看看我女朋友。"

一个小时后，小海陪我来到了朝阳医院。我从后门溜进病房，小海在门外给我把风。天还没有亮，女朋友还在睡，我没有吵醒她，只是静静地坐在病床前，望着我的女朋友，啊不，我一直改不过口来，其实她现在已经是我媳妇了，我们俩已经领了证。望着面前熟睡的媳妇，我的眼泪不争气地不停往下流。我知道，这次见面，很可能就是生离死别了，我们的对手实在太强大了，我不知道我能躲多久，但是躲到最后肯定会被他们揪出来，到时候他们就像碾死一只蚂蚁一样，把我弄死。

但是我必须得保护好我媳妇。只要我不露面，她就是安全的，即便那帮兔崽子能找到我媳妇，也没有办法用她来要挟我。原因很简单，我躲在暗处，他们联系不上我，想要挟也无从谈起。所以我必须藏好，绝不能暴露。

想到这里，我从护士站要来纸笔，给我媳妇写下一张纸条。在纸条里，我告诉她我遇到了一些事情，为了安全，她病好之后一定不要再回家，也不要再去原公司上班了，马上换一个城市，不要让任何人知道她在哪里，我留下的银行卡里有五十万，那是我全部的积蓄，足够她生活一段时间了。另外，我告诉她，不要再等我，等事情平静下来以后，找个好人嫁了。我含着泪看了我媳妇最后一眼，将纸条和银行卡塞在了她的枕头下，和小海离开了医院。

从这一天，我和小海就开始了漫长的逃亡生涯。

我们用了几天的时间，从不同地点的提款机把小海银行卡里的所有钱全部取出来，一共二十万。之后我俩就离开了北京，先到新疆找了一座小城市，在一个很不起眼的不需要身份证的小旅馆住了下来，前前后后住了半年多。虽说小海的二十万不算少，但考虑到就这么坐吃山空，恐怕也花不了几年。

思来想去，我想起了当初大雪封山，我和郭阳、老头子躲了好几个月的那个林中木屋，那个地方远在深山，一般不会有人去的，到那里躲着肯定安全。

打定了主意，我们俩坐上长途车直奔内蒙古，由于不敢乘坐公共交通工具，两人前前后后花了将近半个月，才赶到乌兰左旗。我没有去找老头子，我知道，越是这个时候，越要忍住，不能去找我认识的任何熟人，很多通缉犯被抓，都是栽在了感情上，忍不住回家探望亲人时被抓的。所以我必须忍住。

我和小海直接上了山，但谁也没想到，来到木屋前，只见整间木屋被收拾一新，周围还开出了几片菜地，种着各种各样的蔬菜，还养了鸡鸭和羊。

我正在发愣，突然身后传来了一声熟悉的呼喊："娃儿，是你吗？"

我回过头去，是老头子，跟在他后面的是巴图大叔，两人的身上都背着猎物，显然是刚刚打猎回来。

老头子见真的是我，扔掉肩膀上的猎物，一下子扑过来，抓住我喊道："娃儿，真的是你，你这大半年……到底跑哪儿去了？可担心死我们了……"

再次见到老头子，我感情的闸门一下子打开了，抱住老头子"哇"的一声哭了出来。

老头子拍着我的肩膀说道："娃儿别哭，别哭，到底怎么了？有我呢，有我在呢……"听到老头子这么说，我哭得更响了。

我这一口气足足哭了有十来分钟，把这半年多来的难过全都发泄了出来。

等我的情绪终于平复下来，四人进屋，我这才把这半年多以来的遭遇一股脑全都讲给了老头子和巴图大叔，两人听完以后，全都呆住了。

老头子喃喃说道："怪不得，怪不得……娃儿，你的婚礼我和巴图都去了，但到了那儿以后才发现，你请的人都来了，就是不见你和新娘子……"

我想起来，我的婚礼确实邀请了老头子和巴图大叔。我问道："后来呢？对了，你和巴图大叔怎么会在这儿？"

老头子和巴图大叔交换了一个眼神，说道："这不都是为了找你吗？"

原来，半年多以前，老头子和巴图大叔应邀到北京参加我和我媳妇的婚礼，结果临出发前，死活联系不上我。两人到了北京以后，在婚礼现场发现我和我媳妇邀请的客人全都到了，就是不见我们两人，所有宾客都不知道发生了什么事情。大伙儿互相一串消息，这才发现所有人这些天无论是联系我，还是联系新娘子，都没有联系上过，大家这才感觉肯定是出了事。

老头子马上打了110报警，警察赶到以后，立即到我家里调查，结果什么也没有查出来。两人在北京待了足足有一个月，一直在配合警方调查，没有任何进展。俩人商量，这么下去也不是办法，必须双管齐下，于是赶紧花钱找了北京最有名的几个私家侦探去调查，几乎把所有积蓄都花光了。最后实在没有办法了，两人把房子和牲口都卖了，还是没查出什么来，最后只能住到深山的这个木屋来了。

听了老头子的故事，我心里异常感动。老头子这个人非常固执，他从第一天认识我开始，就笃定我是他的孩子，怎么说也不听。我叹了口气，说道："我说老头子，你也太傻了，这么做值得吗？我又不是你的孩子，我跟你说科学检测……"

老头子打断了我的话，说道："娃儿你打住吧，你别跟我说什么科学检测的，只要你是从你妈肚子里生出来的，那你就是我的娃儿。"我摇了摇头，说实话，有时候我挺烦老头子的这种固执的，但是现在，我只有感动。

经过这些天的跋涉，我和小海都累坏了，躺在床上睡了一会儿，老头子和巴图大叔给我们做好了饭。

四人吃过晚饭以后，老头子问我："我说娃儿，你们以后有什么打算？"

我摇了摇头，说道："不知道，可能就要一辈子这么躲着了。要不以后我们俩就在这儿陪着你吧，就待在这儿，直到老死为止……"

老头子说道："你陪着我，我当然高兴了，但你们俩还这么年轻，不能就这么窝在这儿啊，怎么着也得想想办法。"

我叹了口气，说道："我和小海都想过了，没有办法。"

老头子和巴图大叔交换了一个眼神，两人都沉默了。

我们现在确实已经山穷水尽了，这半年多，我和小海分析过无数次，思考过无数次，但是没有想出任何办法，我们的对手，实在太强大了。

但有一件事情现在是清楚的，上次被抓的那个查尔斯，也就是那个死而复生的查尔斯，绝对不是最大的老板，在整件事情的背后，肯定还有人！

查尔斯被抓，对方最多也就是丢卒保帅而已。我们的对手一直都在，而且他们的强大，要远远大于我们的想象。

不过，还有一件事我和小海一直没想明白，就是那个假郭阳和赵山客厅里的那几个人，到底是谁？他们精心地做出这个局对付我，目的到底是什么？如果只是为了灭口，直接干掉我们几个不就完了？

坐在深山的木屋里，我把我和小海分析过的事情全都讲给了老头子和巴图大叔，两人听完之后，也是良久不语。或许这件事情的谜底，只能带进棺材了，又或者，哪天被他们抓住了，临死之前能满足一下我这份好奇心。

第十一章 最后的办法——开逛

有了老头子和巴图大叔的陪伴，我们不再那么孤单和恐惧，就这样，我和小海在这间深山的木屋里住了下来，心情也一天天好了起来。

夏去秋来，很快到了九月。

所谓春华秋实，九月正是丰收的季节，也是北方最美的季节，林子里的野物众多，我们几个也抓紧时间打猎，采集木柴，为过冬做准备。这天一早，小海陪着巴图大叔和老头子进城采办一些冬天要用的东西，我则留下来看家。

早上起得太早，又在院子里干了会儿活，我又困了，于是回屋睡了个回笼觉。迷迷糊糊睡得正香，突然听到门外有动静，我以为是老头子他们回来了，困劲儿正浓，我迷迷糊糊冲外面喊了一句："我先睡会儿啊，一会儿再帮你们卸车。"

话音未落，猛听"砰"的一声巨响，房门被踹开，有人蹿进房间。我一下子坐起身来，只见几名彪形大汉站在床前，为首一人用枪指着我，正是假郭阳。

我瞬间清醒，冷汗一下子就下来了。假郭阳笑了，说道："好久不见啊，你居然躲到这儿来了！"

我惊得已经说不出话来，假郭阳晃了晃手里的枪，对身边几人说道："这小子狡猾得很，把他铐起来。"

几名大汉二话不说，像拎小鸡一样把我从床上拎起来，戴上了铐子。

我哆哆嗦嗦地说道："哥们儿哥们儿，有话好说，有话好说……"

假郭阳笑眯眯地走到我面前，用枪拍了拍我的脸，说道："有什么好说的？乖乖地跟我们走吧！"

我问道："你们……你们要把我带到哪儿去？"

假郭阳笑了，说道："着什么急嘛，去了你不就知道了吗？"

两名大汉把我架起来，另一人从随身的箱子里取出一个针管，我注意到，针管里是一种淡蓝色的液体，那大汉面无表情，拿着针管走上前来。

我满脸惊恐，喊道："你们……你们要干什么？"

那大汉理也不理，上前将针管里的液体注射进我的肩膀。我拼命地挣扎着，但只是片刻，眼前的景象就开始模糊，我瞬间想到在赵山家储藏室看到的那些尸体，难道他们几个的死，就是因为注射了这种淡蓝色的液体吗？怪不得他们的身体上看不到任何致命的伤痕。巨大的恐惧袭上心头，我失去了知觉。

在失去知觉的瞬间，我脑子里想的是，我再也见不到我媳妇了。

也不知道过了多久，我醒了过来。睁开眼睛，面前是一个用简陋的巨石垒成的巨大房间，我的脑袋还有些发蒙，缓了好长一段时间，这才想起来究竟发生了什么事情。起身打量四下的环境，这是一个极其粗糙的房间，地面是土地，墙壁是用巨大的石块垒成的，没有窗户，很像电影里牢房的样子。房间内极其昏暗，只在墙上点了一盏小灯，向上看去，房间似乎很高，黑乎乎的看不见顶。

我在什么地方？我已经死了吗？用手掐了掐自己的脸，很疼，说明我不是在做梦，又摸了摸我的脉搏，好像还活着。可奇怪的是，他们为什么没杀我呢？

到现在为止，所有和那件事情有关的人，郭阳、赵山、陈雅楠、麻雨轩、沈若冰，全都死了，现在只剩下我了，他们既然抓住了我，为什么不杀我？

还有一件奇怪的事情，如果仅仅是灭口，派几个杀手过来不就行了，为什么会出现假扮赵山他们的那几个人？还有那个假郭阳，他已经抓到我两次，为什么还让我活着？难道说，我活着对他们来说，比我死了更重要吗？脑中念头狂转，但始终想不出个所以然来。正在这时，忽听外面传来一阵脚步声，似乎是有人要进来，我赶忙躺回到床上继续装睡，说不定能听到他们说些什么。

果然，只听"咣当"一声房门响动，紧接着几个人走了进来，我微微睁开眼睛，几名彪形大汉走进房间，领头的正是那个假郭阳。

几人径直向我床边走来，我赶忙闭上眼睛，继续装睡。

只听脚步声逐渐靠近，几人在我的床边站定，紧接着有人拍了拍我的脸，我忍着没有做任何反应，那人说道："奇怪啊，应该醒了，我给他注射的镇静剂是十四小时的剂量，计算好的，这都已经快十五个小时了。"

这帮兔崽子给我注射的是镇静剂，原来已经过去了十四个小时了。我马上想到，为什么是十四个小时的剂量，还是计算好的？我现在在哪里？

只听那个假郭阳阴森森地一笑，说道："郭刚，起来吧，别装睡了。"

我心里一惊，居然被他看出来了，但我怕假郭阳诈我，还是没有动。

屋子里沉寂了片刻，只听"咔嗒"一声轻响，紧接着听到那个假郭阳说道："还不醒吗？好，我剁下你一根手指头，看看你还装睡不？"

猛然感觉我的右手被人按住，紧接着大拇指一凉，显然是有一把锋利的刀子按在了我的手指上，我赶忙睁开眼睛，满脸堆笑，说道："哥们儿哥们儿，别剁别剁，我醒了我醒了……"

假郭阳笑了，收起刀子，我急忙缩回手，坐起身来。

面前是假郭阳和三名大汉，就是十几个小时前在木屋里我见过的那几个人。

假郭阳拉过一把椅子，在我床前坐下，说道："还记得那天晚上在你家，你问过我的一句话吗？"

我问道："什么话？"

假郭阳说道："你和我说，我们两个长得一模一样，会不会是双胞胎兄弟？"

我看着面前的假郭阳，心里奇怪，这家伙怎么会突然提起这个？

假郭阳笑了笑，说道："我现在可以再次回答你这个问题，你说的是对的。"

我一下子愣住，不知道这孙子这会儿在打什么主意。

我愣道："你……你说的是真的，你……你是我的兄弟？"

"没错，我们是兄弟。"假郭阳顿了顿，说道，"既然我们是兄弟，那我希望你能帮我点小忙，可以吗？"

我问道："什么忙？"

假郭阳说道："把那件东西给我。"

假郭阳的话让我有点蒙，我问道："什么东西？"

假郭阳笑了，说道："明知故问吗？好，我提醒提醒你，那份档案。"

我一下子明白了，原来是这样！

我明白了，我一下子全明白了！

我终于明白为什么赵山他们几个全都死了，就我一个人活下来了。他们一直没杀我，原因很简单：我手上有他们的命根子，也就是刚刚假郭阳说到的那份档案。

如果不是这个假郭阳提醒，这件事情我几乎都忘了。

假郭阳说得很对，我这个人一向很狡猾，也很贼，就是因为我这十来年道儿上混过的经验，让我养成了这种习惯，我做事总喜欢留一手，这已经成了我的本能。一年前，在张掖见到那个纳尔逊的时候，他给我们看了一份档案，后来纳尔逊被蓖麻毒素毒死，那个死而复生的查尔斯进来抓住我们的时候，我趁着那些人不注意，把电脑上插的那个存有档案的U盘拔了下来，偷偷揣进了口袋里。

说实话，我当时自己都不知道为什么要这样做，这可能已经成为我下意识的举动，如果能攥住别人的小辫子，怎么着也要主动些。

再后来，我们几个差点被对方弄死，关键时刻老头子把我们救下来，之后警方赶到，我们终于脱险，这个U盘一直在我身上。

养好伤之后，我就把这个U盘随手扔在了家里，也没太当回事。现在这个假郭阳跟我要的，肯定就是这个存有NPR公司档案的U盘。看来这个东西对他们来说极其重要，我一下子兴奋起来。孙子们，原来爷爷身上有你们想要的东西啊，那这个游戏就好玩了，看爷爷我不把你们这帮孙子给玩死。

想到这里，我抬起头来，说道："你说的是那个U盘？"

假郭阳笑了，说道："果然聪明，没错，就是那个U盘，还给我，你就没事了。"

还忽悠我，以为我是傻子呢？我说道："行啊，那我问你，如果我不给你，你们能怎么样呢？"

假郭阳说道："不给我？不会的。你一定会给的。"

我说道："你就这么有把握？"

假郭阳说道："不信吗？那就跟我走，带你见识见识。"

假郭阳一挥手，两名大汉上前架起我，把我带出了房间。

我没有丝毫挣扎，任由他们拖着我向前走去。

房间外面是一条长长的走廊，两边都是巨石垒成的墙壁，墙壁上点着灯，向上看去，和我的房间一样，黑黢黢的看不到顶。

我一边观察着，同时心里奇怪，这到底是什么地方？这帮孙子把我迷昏了十四个小时，把我弄到这个地方来，难道说这个地方距离他们抓我的那个木屋，路程是十四个小时吗？如果是这样，我现在在什么地方？

整座建筑看来很大，几人拖着我足足走了十来分钟，这才在一扇大铁门前站定，一名大汉上前推开铁门，另外两人把我架了进去。

看到面前的情景，我不由得心里骂了一句："演电影啊？"

眼前的房间整个就是一个抗战神剧里的鬼子审讯室，百十来平米的房间，摆满了各种各样的刑具，有的我认得出来，有的我根本说不上来是什么东西。

假郭阳在房间正中站定，环视了一下整个房间，说道："参观一下吧，都是我的藏品，自我介绍一下，我是一个刑具发烧友和收藏家，这整间房屋里的东西，都是我在世界各地收集过来的各种刑具，怎么样，琳琅满目吧？"

他指了指旁边的一张大桌子，说道："这张桌子上的，都是我自己的发明，不错吧？"

我笑了，说道："怎么着，要刑讯逼供吗？"

假郭阳说道："刑讯逼供？多难听啊，我只是想请你尝一尝这里面每一件东西的味道，相信你尝不到一半，就会把我想要的东西给我的。"

我撇了撇嘴，说道："不见得吧？"

假郭阳说道:"看来你想试一试,你知道吗?这里面的东西,没有人能熬过三分之一的。"

我笑了,一脸满不在乎的表情。

假郭阳说道:"怎么,不信?"

我说道:"怎么会不信呢?我信,您多牛啊,不过我还信另外一件事情,这里面的东西,你一样都不会在我身上用的。"

假郭阳一愣。

我用假郭阳刚刚的口气说道:"怎么,不信?"

假郭阳说道:"当然不信。"

我说道:"好啊,要不要我先给你表演个节目?"

假郭阳看着我,显然并不明白我的意思。

我对旁边一名大汉说道:"把你身上的刀子给我用用。"

那大汉没明白我的意思,看了看假郭阳,假郭阳显然也是一愣,但只是片刻,便说道:"好,我倒要看看,你到底要表演什么节目。"

他对那大汉说道:"给他!"

大汉拔出身上的匕首,我接过来,这是一把在世界上非常有名的挺进者GB军刀,正品价格要好几千块钱人民币,我伸手摸了摸刀刃,果然锋利无比。

见我拿过刀子,几名大汉明显紧张了起来,我笑道:"放松点,没事的,就是给你们表演个节目。"

说完,我把面前工作台上的刑具往两旁扒拉了一下,然后把左手放在了台上,之后,我将那把军刀的刀刃按在了我的左手小指上。

我抬起头来,笑着看着面前的假郭阳,说道:"看好了啊,开始!"说完,我连犹豫也没犹豫,用力向下一按,把自己的左手小指齐根切了下来。

一阵剧烈的疼痛从我左手的断指处传来,撕心裂肺一般,但我始终微笑地看着面前的假郭阳,连脸上的肌肉都没有抽动一下。

假郭阳和他身边的三名大汉全部惊呆了。

我微笑地看着面前的假郭阳,房间内一时间变得极为寂静,只能听到我断指处的血流下来，滴在桌子上发出的"嗒嗒"声响，整个房间内死一般地沉寂。

断指处的剧烈疼痛令我的头脑有些发晕，眼前的景物都在打晃儿，但我知道，我不能流露出丝毫疼痛的表情，要始终表现得云淡风轻。

很显然，我的方法起效了，面前的假郭阳和那三个彪形大汉全都惊呆了。

我现在所做的事情，学名叫作"开逛"，是一九四九年前天津卫混混最有名的一种斗狠方式。民国初年，两伙天津卫的混混争夺海河一个码头的摆渡权，其中一方码头的老板当着众人的面，用一把锋利的剃须刀将自己一根竖起的食指削得只剩下骨头，末了还在这根食指的根部环绕一刀，将不规则的皮肉削平，一下子把对方的所有人全部吓退。天津混混就是用这种方式告诉对方，我是一个连自己的命都不在乎的狠到极致的主儿，剩下的事，你们就看着办吧。

这是我现在唯一能活下去的办法，用一根手指头，换一条命。

见面前的假郭阳不说话，我说道："怎么，没看过瘾吗，再来一根？"说完，我把左手再次放在工作台上，这一次将军刀按在了左手的无名指上。

果然，假郭阳伸出手来，喝道："住手！"

我笑了，说道："怎么，不看了？"

假郭阳说道："你……你到底要干什么？"

我收起军刀，递给旁边的大汉，说道："来，拿着。"

那大汉愣愣地站在那里，并没有接。

我将军刀塞到他手中，说道："别紧张，手别哆嗦。"

大汉回过神来，将军刀插进腰间的刀鞘。

我看着面前的假郭阳，一字一句说道："听好了，几个事，第一，U盘是在我手里，不过嘛，我是不会轻易给你的。"

假郭阳面色铁青，说道："你有什么条件？"

我说道："条件啊，简单，你听好了。"

我抬起头来打量了一下眼前的房间，说道："你们能整出这么大一个基地来，应该不差钱吧？"

假郭阳说道："你要什么？"

我笑了，说道："我要什么？简单啊，我要钱啊。你看看你们，随随便便身上带的一把刀子，都值几千块钱，你们肯定不差钱吧？"

我假装琢磨了片刻，说道："这么着吧，我也不多要，小目标，一个亿，要现金，然后你们给我找辆车，等我到了安全的地方，我会告诉你那个U盘在什么地方，怎么样？"

假郭阳说道："我们要是不答应呢？"

我笑了，说道："不答应？好啊，那你们就打死我。打死我，一了百了，不过那个U盘，你们也就别想拿到了。哦对了，忘了告诉你了，那个U盘啊，现在被我存在一个网盘的邮件系统里，收信人地址是公安部的举报邮箱，用的是延时发送，今天几号来着？对了，二十三号，你们还有一个星期的时间筹钱，如果一个星期，我不往那个邮箱里输入解锁密码，邮件就给公安部发过去了，到时候你们就只能弄死我解解气了。"说到这里，我忍不住哈哈大笑。

假郭阳说道："你的要求，我做不了主。"

我满不在乎地说道："做不了主没关系啊，去问你老板啊！"

假郭阳说道："如果到时候你收了钱，不给我们U盘，怎么办？"

我说道："看不起我是吧？你到北京四九城打听打听，刚子是谁？你问问他们，刚子说过的话，有吞回去的时候吗？"

假郭阳显然犹豫不决。

我装作不耐烦地说道："行了，大老爷们儿别磨叽了，就谈到这儿吧，赶快找个医生给我包扎包扎，你们想看我流血流死啊？"

假郭阳不再犹豫，很听话地叫来了医生，给我包扎好伤口，又打了抗生素之后，把我送回了房间。

第十二章　绝境逢生

我躺在床上,伤口出奇地疼痛,但我不知道这房子里有没有监控,所以我不能表现出一丝一毫的懦弱来,否则我用一根手指头换来的活命机会,就不存在了。

我必须让他们始终相信一件事,那就是他们面前的这个人,是一个生死无畏的狠主儿,拿北京话来说叫滚刀肉,他们奈何不了我,既然手上被我抓着小辫子,那就只能听我的,否则就弄死我。这场戏我必须演下去,而且要演全乎,我坚信一件事情,那个U盘里的东西,一定是他们的软肋。

手上的伤口疼得我满头大汗,我必须不停地想事情来分散注意力,这样才能表现得自然一点。我想起了小海、老头子几人,那个假郭阳抓我的时候,小海他们几个都出去了,但愿假郭阳他们当时来去匆匆,并没有发现那个房子里住了好几个人,这样,小海、老头子他们就应该还安全。我又想起了我媳妇,我希望她能听我的话,这样对方就很难再找到她。也不知道她现在怎么样了?

脑子里就这么胡思乱想着,也不知道过了多久,房门响动,一名大汉进来给我送饭,我装作爱搭不理地躺在床上。等大汉走了以后,我爬起身看了看,四菜一汤,伙食还不错,看来对方很可能已经上套儿了。

我绝对不能表现得太怂,但说实话,我现在伤口剧痛,根本没有任何食欲。

但考虑到对方很可能一直在监视着我，我还是大剌剌地往桌边一坐，端起碗来就吃。大汉送进来的除了饭菜，居然还有一瓶五粮液，我给自己掂了一大碗酒，一口喝下。为了显示出我啥事也没有，我大口喝着酒，大口吃着菜，很快就把一瓶酒喝干，桌上的饭菜也吃了个精光。

饶是我酒量相当不错，但一瓶五十二度的五粮液下肚，头也晕了，好处是手上的伤口明显感觉不那么疼了。吃完饭，我躺在床上，倒头便睡。

这一觉睡得酣畅淋漓。也不知道究竟睡了多久，我醒了过来，房间内没有丝毫变化，只是桌上的餐具已经被收走，桌子擦得很干净。

我没有表，也不知道时间，只能按照我每天睡觉的时间来计算。接下来的几天，每天都有人给我送两顿饭，没有酒的那顿应该是午饭，有酒的那顿是晚饭。我之所以这么判断，是因为我每次吃完有酒的那顿饭，倒头便睡。当然，睡觉也很可能不是由于我的生物钟，而是喝了酒的缘故。

就这么过了大概三天。这天中午，我吃过午饭，回到床上睡了个午觉。刚刚睡醒，突然之间，我的直觉感觉似乎有点不对劲，睁开眼睛，房间内并没有什么异常，我四下看了一遍，突然注意到，就在墙上那盏壁灯的旁边，似乎多了一根绳索。我一下子坐起身来，这什么情况？

凝神再瞧，没错，虽然房间里的光线很暗，但我还是看出来了，那确实是一根绳索，而且是一根很专业的登山绳索。绳索正在墙上微微地晃动，似乎上面有什么东西，我抬头向上看去，黑黢黢的什么也看不到。眼前的绳索就这么轻轻地晃动着，过了半分钟左右，那根绳索突然加大了晃动幅度，我还没来得及反应，只觉得眼前一花，一个人顺着绳索滑了下来，跳在了地上。

我这一惊非同小可，差一点就大叫了起来，我赶忙闭住了嘴。

眼前那个人背对着我，正在拆卸身上的搭扣，所以我看不到他的脸。只见那人穿着一身黑衣，作为一个资深驴友，我看得出来，他身上这套装备绝对价值不菲。片刻，那人卸下了身上的搭扣，转过身来。

当我看清对面那个人的脸时，不由得一下子愣住了。

面前的这个人，不是别人，正是赵山。

然而有点奇怪，他的模样是赵山，但我又感觉他似乎不是赵山，他虽然没有说话，但可以看出来，他和我认识的赵山，气质完全不同。最重要的是，在他的右脸颊上，有一道长长的疤痕，从额头一直通到嘴角边。

我瞬间想起他是谁来了，不由得脱口而出："你……你是赵峰！"

我面前这个人，正是赵峰。我听过赵山给我讲述的故事，赵山是一个作家，他的语言描述能力极强，听完他的故事以后，我虽然并没有见过他的那个双胞胎兄弟——赵峰，但感觉就像已经认识了很多年一样。

面前的人听到我这句话，神色依旧没有什么变化，只是淡淡地说道："你果然聪明，一下子就猜到了。"

我说道："你……你真的是赵峰？你不是死了吗？"

由于情绪有点激动，我的声音有些大。赵峰伸手在嘴边做了一个"嘘"的手势，说道："小点声，门外的楼道有人看守，不要让他们听到。"

我赶忙闭了嘴。

赵峰拉了一把椅子，在我的床边坐下，说道："这个房间没有监控，你放心。另外，我观察过了，你的房间平时不会有人进来，只有每天中午十二点和晚上六点，他们会过来送饭，其他时间你都是自由的。"

说到这里，赵峰看了看表，说道："现在是下午两点三十五分，我们还有不到四个小时的时间。"

我问道："你先回答我的问题，你不是死了吗？"

赵峰说道："我们的时间很紧，我没有时间跟你说这些无关紧要的事情，我只能告诉你，我确实没有死。我来这里，是来跟你讲，怎么从这里逃出去。"

我愣道："你进都进来了，把我带出去不就完了吗？"

赵峰并没有回答我的问题，只是静静地看着我，说道："我再重复一遍，我们的时间很紧，你有很多东西要记，只要记错一项，你就出不去了。所以，我们没有时间再聊其他的事情。"

我听过赵山讲述的故事，知道赵峰的性格就是这样，只好说道："好好，我听你的，只要能逃出去，怎么都行。"

赵峰点了点头，从随身的背囊里拿出了一张纸，在我的床上展开，说道："你来看，这是这里的地图。"

我不由得倒吸了一口凉气，我的面前，是一张极其复杂的建筑结构平面图。

赵峰用手指向图上的一条红线，对我说道："这条红线是你的逃生路线，每一个节点的情况都极其复杂，你现在要集中精神，把我告诉你的所有都记住，如果任何一项你记错了，只有一个结果，你会被他们抓住。"

我见赵峰神色郑重，连连点头，说道："好好，你说，我努力记。"

我面前的这张图纸，就是我现在所在位置的建筑结构图，接下来的几个小时，赵峰向我详细地讲述我的逃生路线，每一个节点上我将会遇到的麻烦，诸如守卫情况、监控摄像头的情况、警卫巡逻的情况，以及最后逃生通道里的每一处机关如何破解等，超级复杂，尽管图上的每一处都做了详细标注，但还是有很多需要我记忆的东西。我从小没好好上过学，也没背过什么东西，这么一大套极为复杂的逃生路线，背得我脑子几乎要炸了，这才勉勉强强记下来。

赵峰指着地图又让我重复了一遍，确认无误后，这才点了点头，说道："好了，我的事情办完了，你多保重。"赵峰说完，站起身来就要走。

我一把拉住他，说道："我说哥们儿，你干吗去？你什么都没跟我说，就告诉我这么一套逃生路线，到底什么意思？"

赵峰看了看我，从口袋里摸出一块手表，说道："这个你拿着，一会儿吃完晚饭，你就从这里出发。你记住，晚上八点三十分之前你必须逃出去，否则，你会和这个基地里所有人同归于尽。"

我一下子愣了，说道："同归于尽！你什么意思？"

赵峰并没有回答我的问题，抬起手腕看了看手表，说道："距离他们给你送饭，还有二十分钟的时间，所有你想问的，都可以问，不过你只有二十分钟时间。"

这个赵峰的性格，还真是……

赵山向我描述得一点也不假，这个叫赵峰的富二代，性格还真是……只有二十分钟时间，我能问出什么来啊？不过还不能不问，我想了想，问道："那你先告诉我，你不是死了吗？这么长时间，你到底干吗去了？"

赵峰说道："我没有死，和赵山一样，我当时也想到了那场车祸是一个阴谋，所以我骗了赵山，这样我就可以躲起来，在暗中调查这件事情。你们查到的所有事情，其实我都查到了，唯一和你们不一样的是，张掖事件结束后，我并没有放松警惕，我认为这件事情不可能就这么轻易地结束了。"

我说道："所以，你没有出来和我们相认。"

赵峰说道："是的。我一直躲在暗处，继续查，这才查到了最后的真相，但非常抱歉，你们出事的时候，我不在北京，所以没来得及救下他们几个。"

我点了点头，问道："那你都查到了什么？"

赵峰说道："NPR，表面上是一家心理研究机构，实际上，这个组织庞大到无法想象，所有我们能公开查到的信息，只是这个庞大组织的冰山一角，至于这个组织到底是干什么的，我到现在也没有完全搞清。"

我问道："那他们做这些事情，目的到底是什么？"

赵峰很肯定地说道："敛财。甚至可以说，是疯狂地敛财。NPR成立于一九六五年，表面上是一家心理研究机构，实际上，他们是利用现在的基因和人工授精技术，制造出很多对同卵多胞胎，分别送进不同的家庭，进行人类的成长环境对后天性格及成功的影响因素的实验。"

我说道："你说的这个，我都知道。"

赵峰说道："是的，但你不知道的是，他们的实验其实不是同卵双胞胎，而是同卵多胞胎，NPR研发出一种可以将一个同卵多胞胎，分裂成多个独立胚胎的方法，这样他们就可以选择胚胎，分别送进不同环境的家庭进行观察实验，而剩下的，则在这个基地里长大，进行洗脑，最终成为他们的工具人。"

我愣道："你说什么？"

但同时，我恍然大悟："我明白了，怪不得会出现假郭阳，还有假赵山、假麻雨轩和假的沈若冰他们。"

赵峰点了点头，说道："是的。他们利用这项研究的成果，在全世界成立了数以千计的儿童成长方面的心理学连锁机构、私立幼儿园，甚至私立小学、私立中学，收费极其昂贵，据我所知，NPR这些年来，光这一项的收入，就超过一千五百亿美元。"

我张大了嘴巴，一千五百亿美元，这数字太大了，一般人可能不知道一千五百亿美元是什么概念，换算成人民币，那至少是一万个亿，要是都给一个人花，就算你能活一百年，一千五百亿每天也得花上两千多万，这辈子才能把这些钱花完。而且这是几乎不可能的事情，按照最低的银行利息，年息百分之二来计算，一万亿人民币的年息是二百个亿，几乎一天要花掉五千万以上，你才能把利息花掉，如果你花钱花不到这个数字，你的钱反而会越花越多。

我脑子里胡思乱想着，赵峰继续说道："这些钱其实只是他们的九牛一毛，通过调查，我发现了NPR更大的秘密，他们送到各个家庭的那些同卵多胞胎中，很多是送到了世界顶级富豪的家里，孩子长大后继承了家族的财产，他们会杀掉那个孩子，让他们在这里长大的备胎顶替对方，然后将富豪名下所有的财产裸捐到一家慈善机构，而这家慈善机构背后最大的老板，就是NPR。"

"裸捐！"我脱口而出，一下子想起来，郭阳和我最后一次通电话，提到了一个词，"裸奸"，现在看来，其实不是"裸奸"，而是"裸捐"，看来郭阳一定是发现了什么，所以他才会被这帮兔崽子灭口。

我把我的想法告诉赵峰，赵峰点头说道："你的猜测是对的，根据我的调查，全世界最近十年以来，以这种裸捐形式捐出去的钱数，超过了一万亿美元，也就是七八万亿元人民币。"

听到这里，我不由得瞪大了眼睛，世界上没有一家公司这么有钱，七八万亿的金钱，这么多的钱，已经快赶上一个世界大国一年的财政收入了。

我问道："那……这NPR公司敛这么多的钱，他们到底要干吗啊？这么多钱，就算他们公司有几万员工，那每个人也都是亿万富翁了啊。"

赵峰说道："你说得对，但至今为止，我也没有查到他们的目的到底是什么，但有一点我可以肯定，这家公司一定在酝酿着一个巨大的阴谋。"

赵峰说到这里，看了看表，说道："好了，时间快到了，你还有什么问题吗？"

我问道："最后一个问题，你干吗过来教我逃生方法，你不跟我一起走吗？"

赵峰摇了摇头，说道："我要留下，和他们同归于尽，给我的兄弟赵山报仇。"

我一下子愣住了，问道："你说什么！同归于尽？不至于吧？"

赵峰很平静地说道:"你知道我们现在在哪里吗?我们现在所处的位置,并不在中国,而是中蒙边境,蒙古国境内的卡古尔山深处……"

我打断赵峰的话,说道:"你说什么,这里不是中国?"

赵峰点头说道:"是的。其实这里才是NPR的秘密总部,我猜想,这个基地应该是NPR成立之初就建造好的,当然还有一种可能,是日本人当年留下的。"

我说道:"日本人?"

赵峰说道:"对。抗战期间,日本关东军为了对抗苏联,曾经在满蒙边境修筑过数量庞大的地下秘密基地群。"

我点了点头,这个事情我也听说过,很多电影、电视剧里,都提过这个事。

赵峰继续说道:"NPR的大老板是个狂人,他在这座基地的下面埋藏了上万公斤TNT炸药,控制开关就在基地的总控室里。今天晚上八点整,NPR的全部高层和中层人员都将来到这个基地,这次应该是他们的一个重要会议。我的计划是,在他们所有人到齐的时候,启动基地自毁装置,把所有坏人,全部埋葬在这里。"

我说道:"那……那你也不用跟他们同归于尽啊,弄个定时器不就完了。"

赵峰说道:"我试过了,那个自毁装置只能手动操作,所以我必须留在这里。"

我一下子急了,伸手拉住赵峰,说道:"要不这次就算了,咱俩先逃出去,回去再想办法?"

赵峰摇了摇头。

我还要再说什么,楼道里突然传来一阵脚步声,有人来给我送饭了。

赵峰向我笑了笑,说道:"生亦何欢,死亦何苦,我很快就可以见到我的父母、赵山,还有我的女朋友了,你应该祝贺我的……"

赵峰说到这里,突然想到了什么,从口袋里掏出一张纸条递给我,说道:"这个你拿着,等你安全了以后,按照上面的提示,登录一个邮箱,这里面是用户名和密码。"

我问道:"里面是什么东西?"

"到时候你就知道了。"赵峰伸出手来,使劲握了握我的手,说道,"替我、赵山、郭阳，还有麻雨轩、沈若冰和陈雅楠他们，好好地活下去，我走了。"赵山说完，起身抓住墙壁上的绳索，快速攀了上去，同时把绳索收了上去。

赵峰上去的瞬间，房门"咣当"一声响，一名大汉端着饭菜走了进来，将饭菜放到桌上，看都不看我一眼，返身离开房间，锁上铁门。

大汉走了以后，赵峰在上面将绳索甩了下来，绳索在我面前晃了三晃，我知道这是赵峰在和我道别，我的眼泪瞬间湿润了眼眶，我抓住面前的绳索，也晃了三晃，算是给他的回应，绳索上不再传来任何动静，我知道，赵峰已经离开了。

第十三章　闯出龙潭

我回到床上，望着面前的一桌饭菜，没有任何食欲。但是我知道，我必须吃下去，因为接下来的逃亡，不知道会多久没有饭吃。我坐起身来，竭尽全力把所有的菜全部吃光，米饭和酒留下，我将床上的枕罩拆下来，把米饭倒进去，和那瓶酒一起揣进了口袋。这些米饭和酒在我逃出去以后，如果不能找到东西吃，可以顶一顶。

一切准备完毕，看了看赵峰留下的手表，现在是晚上六点二十八分，距离赵峰所说的启动自毁装置的时间，还有两个小时，时间还来得及。

我坐在床上，努力静了静神，让心情平静下来。

五分钟后，我站起身来，把鞋带和腰带系紧，系好攀登搭扣，抓住从墙壁上垂下来的绳索，小心翼翼地向上爬去。赵峰非常专业，绳索上，他给我留下了攀登专用的上升器和下降器，所以向上攀爬很容易。

爬上去十来米后，我略微休息了一下，向下望去，不由得被眼前的情景震撼住了。我的身下，是一个足足有几万平米的巨大岩洞，差不多有几十个足球场大小，被隔成了上千个房间，每一个房间都没有顶棚，可以看到很多人在下面忙碌着。

我不敢大意，稍事休息之后，继续向上爬，来到一处岩壁凸起的小平台，很快找到了赵峰留下的二号绳索。按照赵峰跟我讲的，我必须沿着二号绳索再次下到地面，然后穿过整个基地，来到基地北侧，再从那里的一处通风管道爬出去，这是整座基地除进门处以外，唯一一个可以出去的通道。

看了看手表，晚上六点四十二分。我的速度还挺快，只用了不到十分钟就爬到这里了。不过这种攀登很费体力，我在原地喘了几口气，把绳索上的攀登设备、升降器等工具全部系在二号绳索上，然后把一号绳索收上来，再将绳索从固定钉上拆下来，盘好了背在后背上，喘了几口气，我开始沿着二号绳索慢慢向下降。

从上面向下望去，这根绳索是紧贴着山洞的洞壁笔直地垂下去，最下面是一小片空地，堆放着很多杂物，很像是一个垃圾场。整座基地的灯光并不算太亮，我又穿着一身黑衣，所以即便从下面向上看，应该也看不到我。

我小心翼翼地向下降着，五分钟后，我降落在一个岩壁上突出的小平台上。这里距离地面只有不到三米，我把绳索在平台上藏好，再一次确认了一下下面没有人，然后蹬着石壁上突出的地方，慢慢滑到了地面。

这里确实是一个垃圾场，堆放着不少垃圾。

我在一堆破纸箱子后面藏好，掏出赵峰给我的地图。地图显示，我现在的位置在基地的西北角，而逃生的那条通风管道则是在整个基地的东南角。从基地内建筑结构来看，我只能贴着山洞的洞壁先向东面走五十米左右，到那里路就断了，之后我要想办法横穿整个基地，才能到达基地南侧。而在这中间，我必须想办法躲过所有摄像头以及警卫和巡逻人员。

幸好赵峰已经事先摸清了所有情况，下午那三个多小时，我就是在背这些东西，包括每个路口摄像头位置、如何躲过摄像头、警卫巡逻规律等等。观察好周围的环境，我又仔细查看了一遍地图，之后深呼吸了几口，将情绪完全平复下来，然后按照赵峰事先给我描述好的路线，向前走去。最开始这五十米很容易，我只花了不到两分钟就走完了。不过从这里，真正的挑战才算开始。

从这里向前走，路尽头是一座巨大的建筑。从图上的标注来看，应该是一个很大的仓库，仓库旁边有一条通道，这条通道上没有摄像头。我猫着腰走到通道尽头处，躲在一堆木箱后向外看了看。其实我现在所处的位置，与我最终的目的地直线距离不超过一千米，即便中间有很多建筑，走起来曲里拐弯的，最多也只需要半个小时就走到了。但难点是，这中间的所有通道基本都有摄像头，如果我直接走过去，那就只有一个结果，被他们发现，然后被抓起来。

正因如此，我必须在基地里面绕着走，想办法躲开每一个摄像头。这样路途就会大大增加，而且有很多地方根本无法躲开监控，那就必须想办法了。

再次看了看前面的环境，按照赵峰告诉我的情况，这第一处的摄像头是有监控死角的，我只要紧贴西面的墙根，摄像头是看不到我的。我深吸了一口气，站起身来，紧贴着墙根向前走去，没有花多大工夫，我就走到了通道的拐角处。从这里再往前走就不行了，前面的监控是全面覆盖。唯一的方法，就是翻过面前的几堵墙，绕到另一处监控没有覆盖的通道上。

面前的墙壁并不算高，也幸亏这座基地里的房间基本都是用很原始的粗糙石块垒成的，有很多可以手扒脚踩的地方。

我很快爬到了墙顶，墙壁后面是一个杂物间，并没有人。我没作任何停留，翻过了四堵墙之后，来到了另一处监控没有覆盖住的通道。

每翻越一堵围墙之前，我都仔细查看地图。在整个逃生的过程中，我不能有丝毫差错，这里的每一处墙壁、每一条通道都长得差不多，只要弄错一点，就是生死攸关的事情，弄不好就翻到人家的办公室里去了。

赵峰是一个智商极高的人，根据他的讲述，他是在两周前找到这处秘密基地的，之后他就一直在研究这里的情况，为了不被发现，他第一项工作就是找到这里的监控中心，用电脑连接上了基地的内部网络，然后仔细研究基地内每一个摄像头的覆盖范围，这才画出了我手里的这张逃生地图。

这条路线实际走起来要比原计划慢很多，一个小时后，我只走完了全部路程的二分之一多一点。我看了看表，时间已经是十九点五十分，如果按照原计划，我不可能走完下面的路程，赵峰将在二十点三十分准时启动基地的自毁装置，到那时，如果我还出不去，就跟着那帮王八蛋同归于尽了。

我急得满头大汗，现在只剩下最后一个办法，拼拼运气，硬闯过去，这是赵峰给我的紧急备用方案。我迅速来到了地图上赵峰标注的一处地点，这是一片三十来平米的小空场，堆放着很多木箱。我很容易便找到了赵峰标注好的一个木箱，里面是他事先给我留下的东西，一套基地工作人员的工作服，还有一把手枪。

摸出那把手枪，我不由得低声欢呼了一声，这是我一直以来最喜欢的那款伯莱塔92F，取下弹匣，里面子弹是满的。我迅速将工作服套上，穿上工作靴，戴好帽子，再把枪揣在腰间，快步来到了空场南面的通道口。

从这里向南走，距离我的最终目的地大约有三百米，但这里没遮没拦，我只能硬着头皮闯过去，会不会被发现就只能看运气了。此时我已经紧张到了极点，心脏"怦怦"狂跳着，能不能活下去，我的小命到底能不能保住，就要看接下来这十来分钟了，所以我必须镇定、镇定、再镇定。

我在通道口站定，眼观鼻、鼻观心，深呼吸了三次，然后一咬牙，抬腿向通道内迈去。

我知道，这十来分钟只要出现任何差错，就前功尽弃了，三十六拜都拜过去了，就差这一哆嗦，无论如何，这一哆嗦我一定得哆嗦过去。

我尽量装作很轻松的样子，甩开大步，凭着对地图上路线的记忆，快步向前走去。我的运气还不错，一路上都没有看到几个人，偶尔和几个基地内的工作人员擦肩而过，他们同样是步履匆匆，根本没有注意到我。

我心中窃喜，凭我的估算，此时我已经拐来拐去走了二百多米了，应该还有不到一百米的路程，只要一会儿到了地方，从通风管道爬出去，爷就活了。

我暗自得意，神色越来越轻松，拐过下面一条通道，刚要往前走，对面来了两个人，一身雇佣兵的服饰，手里端着突击步枪，腰里还别着匕首和手枪。我心里一紧，运气不好啊，遇到基地里面的巡逻人员了。

他们已经看到了我，再想躲也来不及了。我只能硬着头皮，假装神色很轻松地继续向前走去。来到近前，两名警卫看了我一眼，我并没有回避他们的视线，甚至努力装作很轻松的样子，向他们挤出了一个笑容。

警卫没有任何异常，和我擦肩而过，我暗自松了口气，刚要继续向前走去，猛然听到身后有人喊道："Stop！"

我心里一紧，这么简单的英文我还是听得懂的。很显然，是刚刚过去的那两名警卫在喊我。怎么办，往前跑，还是停下来？我还没琢磨清楚，后面再次响起警卫的声音："Stop！"

我只能站住了，回过身来，那两名警卫已经停下，其中一名警卫走上前来，用英文跟我说了一句话，我完全听不懂。

见我没有回答，那警卫重复了一遍。

怎么办？此时我后背已经被冷汗湿透了。大不了就是个死，拼了吧，我抬起头来，凝视了面前的警卫片刻，用中文说道："别叽叽，说中国话！"

那警卫一愣，用蹩脚的中文说道："你，证件！"

原来是查证件的，但我哪有什么证件啊？脑中念头狂转，突然之间，我想起以前在一部不知道是什么名字的电视剧里看到的一个情节，也不知道好使不好使，赌一赌运气吧！

我努力镇定下来，看着面前的警卫，突然笑了，抬手指着面前的警卫，用一种极为嚣张的语气说道："你，跟我要证件？"

警卫神情严肃，用中文说道："是的，证件。"

我再次笑了，然后抬起手来，抡圆了胳膊，一下子扇在了那警卫的脸上，警卫一下子呆住了。我摘下帽子，仔细让他看了看我的样子，骂道："跟我要证件？也不看看爷是谁！要是不认识我，去问问你们的主管！"

警卫捂着脸，呆在了原地。

说完，我转过身，头也不回地大步离开。

我的心里已经紧张到了极点，这一招也是没有办法的办法。我大步向前走着，五步，十步，十五步，二十步，后面并没有任何动静，看来我成功了。不过这种小招儿骗人，最多也就是骗一会儿而已，等那孙子反应过来，还不知道会怎么着呢。此时已经走到了前面的通道口，我大步向左面拐去，拐进去以后，我也顾不得那么多了，通道里没有人，我甩开大步拼命向前跑去。

这里距离我的预定地点已经不足三十米了，只要再拐两道弯就是了。

我拼命地向前跑着，来到通道尽头，前面是一个巨大的大厅，我在通道口站定，探头向外看了看，大厅内有很多警卫，但并没有人望向我这边。看清情况后，我没有丝毫犹豫，沿着大厅墙根快步向我的目的地走去，再往前几十米，有一条通道，沿着通道走到头，我就到地方了。

为了不引起大厅内警卫的注意，我不敢走得太快。我一边走，一边随时注意着大厅内警卫的动静。所有警卫都望向一个方向，我有些奇怪，顺着他们的目光望去，只见大厅的尽头处，是一扇大铁门，看来这帮兔崽子是在等什么人。

又走了十来米，突然听到一阵声响，转头望去，大厅的铁门正缓缓打开，不大会儿工夫，就开进来十几辆汽车，所有人员全部向前走去，迎向了那十几辆汽车，看这阵势就像迎接美国总统似的。

我好奇心起，蹲下身子藏在了一张大桌子后面，探头向前望去。车子已经停了下来。很快，车门打开，从十几辆汽车里面下来了几十号人。

先前那帮人迎上前去，神色很是热情，就跟看见亲娘一般。我定睛望去，在迎接的那群人中，我看到了陈雅楠、麻雨轩、郭阳，甚至还有赵山，但是我知道，眼前的这几个，并不是我认识的那些人。

我又向从车上下来的那些人望去，不由得目瞪口呆，这里面有很多人是我认识的。我说的认识，只是我认识人家，但人家不认识我。我认出来的那些人，无一例外，都是全世界最富有的一些富豪，年龄都在二十几岁到四十几岁之间。

眼前的情景简直无法想象，这么多名人齐聚一堂，在现实中几乎是不可能发生的事情。看来赵峰没忽悠我，他说的事情是真的。

正要仔细多看两眼，猛然之间，我注意到就在刚刚我过来的那个通道口，跑出来两个人，正是我遇到的那两名警卫，只见那两个人从通道内冲出来，四下打量了一番，然后快步朝着一个看起来是警卫头目的人走了过去。

坏了，看来他们还是起了疑心，我得马上跑。

观察了一下周围的环境，我所处的位置很偏僻，还没有人注意到我。而我要去的那个通道口，距离我现在的位置只有不到十米。我猫起身子，快步向那个通道口的位置跑去，嘴里念着阿弥陀佛，千万不要有人注意到我。

运气还不坏，直到我跑进通道，没有任何异常。进了通道以后，我没有停下脚步，一口气跑到底，这里已经是山洞的岩壁位置了，我根据记忆，沿着岩壁向东跑了三十米，果然在上面五米左右的位置，隐隐约约可以看到一根绳索。

我心里一阵欢呼，赵峰留下的这套逃生绳索并没有垂到底，就是为了防止被人发现。我在原地喘了几口气，用手扒着岩壁凸起的位置向上爬去，很快爬到绳索位置，从口袋中取出攀登用的搭扣和升降器安装好。看了看表，晚上二十点十二分，时间刚刚好，我还有十八分钟的时间逃生，我没有再耽误时间，迅速攀了上去。

这一次我并不需要攀到很高的位置，通风口距离地面只有不到十米，我很快爬到了通风口位置，看了看表，只用了不到五分钟。观察了一下，眼前是一根直径一米左右的铁皮做成的管道，弯曲向上。爬进去的一刻，我向下看了看，下面的那群人已经向大厅尽头的会议室走去。看来他们的会议马上要开始了。

我抬腿钻进了通风管道。

接下来的十几分钟，就是与时间赛跑了，满打满算，我还有十三分钟。我竭尽全力向前爬着，时间一分钟一分钟地过去，眼前的管道似乎没有尽头。

我把吃奶的力气都使上了，到最后，两个胳膊肘都磨破了，终于在二十点二十四分爬出了通风管道的出口。

钻出管道，眼前是一片群山，应该是农历十五六的样子，天上的月亮正圆，将整个山上照得亮如白昼。我深吸了一口外面的空气，一种死里逃生的感觉让我心旷神怡，不过，我现在的位置还不安全，我完全不清楚上万公斤TNT炸药的威力究竟有多大，我必须想办法逃得越远越好。

我现在的位置在半山腰，距离地面还有三十米左右，我取下背上的绳索，找了一块大石头绑好，然后迅速沿绳索滑到了地面。

对面几百米处有一个小山丘，我只要想办法跑到那个小山丘的后面，应该就安全了。我没有停留，撒开腿就跑，也幸亏我平时经常锻炼，偶尔还跑个半马什么的，就算这样，等我跑到对面的山丘后面的时候，也已经累得上气不接下气了。

我在山丘的后面趴下，看了看表，二十点二十八分，距离赵峰所说的时间，还有不到两分钟，我安全了。

我在原地喘息着，一边看着手表，时间一秒一秒地过去，马上就接近二十点三十分了。我活下来了，但是赵峰……

就在这一刻，我突然听到一声巨大的闷响，我被震得从地上被抛起来半米多高，然后摔在了地上，我迅速爬起身来，向前望去，只见我面前的那座巨大的山峰，似乎被一种巨大的力量向上托了一下，然后沉了下去。

只是片刻，一切归于宁静，似乎什么也没有发生一样。面前的那座山峰还在，只是矮了十几米的样子，如果不仔细看，应该根本看不出来。

我知道，那个邪恶的 NPR 组织，被彻底消灭了，而赵峰也在这一刻，离开了这个世界。他用他自己的生命救下了我，救下了这世界上很多的人。

"兄弟！"我用沙哑的嗓音对着面前那座矮了十几米的山峰，喊出了这个词。在这一刻，我想起了赵峰的故事，他大学的女朋友，他女朋友临死之前给他唱过的那首歌，赵峰在启动基地自毁装置的那一刻，想必也在唱着这首歌吧？

想到这里，我已泪眼婆娑。

别哭，我最爱的人，今夜我如昙花绽放

在最美的一刹那凋落，你的泪也挽不回的枯萎

别哭，我最爱的人，可知我将不会再醒

在最美的夜空中眨眼，我的眸是最闪亮的星光

是否记得我骄傲地说，这世界我曾经来过

不要告诉我永恒是什么，我在最灿烂的瞬间毁灭

是否记得我骄傲地说，这世界我曾经来过

不要告诉我成熟是什么，我在刚开始的瞬间结束……

第十四章　尾声

辗转一个月之后，我回到了中国。

这一个月，我受了很多苦，甚至可以说是九死一生，先是在大山里徒步走了一个多星期，我就是靠着身上带着的那一袋米饭和那瓶酒活下来的。

接下来，我又徒步走到了中蒙边境，躲过了边境的巡逻哨，偷渡回到中国。我身上没有一分钱，只能靠到饭馆里去吃别人的剩饭为生，然后徒步走了两个多星期，终于回到了乌兰左旗深山的那间木屋。

我不知道小海和老头子他们究竟还在不在，我不知道NPR的人有没有发现他们，然后把他们灭了口。

当我走到木屋前，看到正在门口修理弓箭的老头子的时候，我"哇"的一声哭了出来。

老头子、巴图大叔和小海都还活着，活得好好的，他们一直想办法到各处找我，但始终没有找到。我给他们讲述了这一个多月来的经历。

听过我的经历，知道了NPR终于被干掉之后，每个人都觉得很解气，但同时大家也为赵峰感到惋惜。

我们商量过之后，大伙儿都觉得，虽然赵峰用自己的牺牲把NPR一锅端了，但究竟还有没有 NPR 的残余势力在，我们都不知道，所以还是小心些为好。我们商量完之后，四人一起搬了家，巴图大叔在县城里找人租了套房子，没有通过中介公司，也没有登记身份证，我们四人就这么住了下来。

我在网吧给我媳妇发了一封邮件，向她报平安。我媳妇回信告诉我，她在医院病好后，听我的话，没有回家，也没有回公司，找了另一个城市安顿了下来，一直在等我的消息。

我给媳妇发了地址，一个星期后，她来到乌兰左旗。再次见到她的时候，我媳妇已经瘦得快飞起来了，满嘴都是大燎泡，我说你是不是想我想的，我媳妇不说话，只是用手拼命地掐我，掐得我满胳膊都是乌青。

我们五个人就在这个临时住处住了下来。

我在移动营业厅把我的电话卡重新开通，然后买了一部新手机。为了安全，我平时还是不开机，但每天下午，我都会来到乌兰左旗的农贸市场，把手机开机以后，将手机藏到一棵大树上面，然后躲在旁边观察，看看究竟会不会有人来找我，只要 NPR 的人还在，我的手机开机，并且经常在这一带活动，他们一定会来找我。

第一个月，没有人，第二个月，没有人，第三个月，还是没有人。

我并没有掉以轻心，整整坚持了一年，一直没有任何可疑的人员出现。

看来我们安全了。赵峰并没有白死，那一次的爆炸，确实把所有 NPR 的核心人员全部一锅端了，我们已经安全了。

我们终于可以回家了。

老头子亲自把我和我媳妇，还有小海送到车站，分别的时候，我第一次喊了老头子一声"爸"，老头子听完以后，热泪盈眶，所有人的眼睛都湿了。

老头子虽然和我没有任何血缘关系，但我知道，他是我的亲人，我这辈子，认他这个爸。

回到北京以后，我和我媳妇补办了婚礼，一年后，我们的小孩出生，我也当爸爸了，在那一刻，我终于感觉自己是一个大人了。

回想起以前每天鬼混泡妞，有了正餐还要吃拉面的日子，真是荒唐，幸福其实很简单,大多数人选择的生活,就是幸福。

我现在的日子很简单,每天早上起来给老婆孩子做早饭,然后送孩子去托儿所,送老婆上班,之后去服装店里照顾生意,晚上接老婆孩子回家,然后一家子其乐融融地做晚饭,这种生活只有两个词可以形容,平静,幸福。

那件事情的后遗症在我身上还是挺严重的,很长一段时间,我每天还是会处于一种很紧张的状态,直到一年多以后,确实再也没有发生过任何奇怪的事情,我才终于放松了下来。一次朋友聚会,我认识了一个写作的哥们儿,于是我把这段离奇的故事讲给了他,或许有一天,他会把这个故事写出来。

对了,还有一件事情我没说。我从蒙古逃回来以后,特意查了新闻,有一条很多人可能都不会太注意的新闻,九月十四号晚上二十点三十分零三秒,在蒙古人民共和国的家瓦市西北一百八十七公里的卡古尔山,发生了一场里氏四点三级的地震,地震强度很小,没有造成任何人员伤亡。

九月十四号,就是我从 NPR 基地逃出来的那一天。

看到这条新闻的那一刻,我再次想起了赵峰,想起了他用他的生命消灭了邪恶,救了我和很多的人,也想起了赵峰的那段故事,他和他女朋友的故事,也想起了那首歌:

> 别哭,我最爱的人,今夜我如昙花绽放
> 在最美的一刹那凋落,你的泪也挽不回的枯萎
> 别哭,我最爱的人,可知我将不会再醒
> 在最美的夜空中眨眼,我的眸是最闪亮的星光
> 是否记得我骄傲地说,这世界我曾经来过
> 不要告诉我永恒是什么,我在最灿烂的瞬间毁灭
> 是否记得我骄傲地说,这世界我曾经来过
> 不要告诉我成熟是什么,我在刚开始的瞬间结束……

(本书完)

图书在版编目（CIP）数据

镜像人 / 景旭枫著. -- 北京：北京联合出版公司，2023.4

ISBN 978-7-5596-6567-6

Ⅰ.①镜… Ⅱ.①景… Ⅲ.①幻想小说－中国－当代 Ⅳ.① I247.5

中国版本图书馆 CIP 数据核字 (2023) 第 011493 号

镜像人

作　　者：景旭枫
出 品 人：赵红仕
策　　划：牧神文化
责任编辑：张　萌
特约编辑：风不动
封面设计：陈雪莲
插图绘制：瓜瓜那个瓜瓜
内文版式：陈雪莲

北京联合出版公司出版
（北京市西城区德外大 83 号楼 9 层　100088）
北京联合天畅文化传播公司发行
上海盛通时代印刷有限公司印刷　新华书店经销
字数 460 千字　890 毫米 ×1240 毫米　1/32　15.125 印张
2023 年 4 月第 1 版　2023 年 4 月第 1 次印刷
ISBN 978-7-5596-6567-6
定价：69.00 元

版权所有，侵权必究
未经许可，不得以任何方式复制或抄袭本书部分或全部内容
本书若有质量问题，请与本公司图书销售中心联系调换。
电话：(010) 64258472-800